WIMMER WILKENLOH

Eidernebel

KALTES HERZ Ein Mord erschüttert die idyllische Halbinsel Eiderstedt. In der Kirche des kleinen Dorfes Witzwort bei Husum liegt eine grausam zugerichtete weibliche Leiche.

Kommissar Jan Swensen, der mit den Ermittlungen in dem mysteriösen Fall betraut wird, gerät schon bald unter Druck: In den folgenden Monaten werden in verschiedenen Kirchen der Region weitere ermordete Frauen aufgefunden – mehrere von ihnen waren Mitarbeiterinnen eines großen Discounters.

Swensen ist sich sicher: Die Spuren deuten auf einen Serienmörder hin. Doch welche Verbindung gibt es zu Lisa Blau? Der Frau, die seit einer Herztransplantation vor fünf Jahren von seltsamen Träumen geplagt wird …

Wimmer Wilkenloh, 1948 im schleswig-holsteinischen Itzehoe geboren, studierte an der Hamburger Hochschule für bildende Künste Visuelle Kommunikation und war viele Jahre als Autor beim NDR-Fernsehen tätig. Heute arbeitet er als freier Künstler und Krimiautor in Hamburg. »Eidernebel« ist sein vierter Kriminalroman um den Husumer Kommissar Jan Swensen.

Bisherige Veröffentlichungen im Gmeiner-Verlag:
Poppenspäl (2009)
Feuermal (2006)
Hätschelkind (2005)

WIMMER WILKENLOH

Eidernebel

Kriminalroman

Original

GMEINER

Besuchen Sie uns im Internet:
www.gmeiner-verlag.de

Im Ehnried 5, 88605 Meßkirch
Telefon 07575/2095-0
info@gmeiner-verlag.de

2. Auflage 2011

Lektorat: Claudia Senghaas, Kirchardt
Herstellung: Katja Ernst
Korrekturen: Sven Lang, Katja Ernst
Umschlaggestaltung: U.O.R.G. Lutz Eberle, Stuttgart,
unter Verwendung des Fotos »Schutz vor mehr Meer …
Eidersperrwerk« von: © Sobotta-Photo / fotolia.de
Druck: Fuldaer Verlagsanstalt, Fulda
Printed in Germany
ISBN 978-3-8392-1115-1

Personen und Handlung sind frei erfunden.
Ähnlichkeiten mit lebenden oder toten Personen
sind rein zufällig und nicht beabsichtigt.

Vorwort

Es könnte sein, dass einige meiner Leser geneigt sind, den folgenden Roman in das Genre Mystery einzuordnen. Um dem vorzubeugen, möchte ich ein paar Worte über die neusten Forschungen auf dem Gebiet der Biologie voranschicken.

Es ist nicht lange her, da herrschte bei Naturforschern das einfache Konzept: Alle Organismen, bis hin zu den Organen des Menschen, sind kleine Maschinen. Dieser Glaube ist mittlerweile außer Kraft gesetzt. Die Biologie hat ihre Objektivität aufgehoben, denn selbst die sensationelle Entschlüsselung des menschlichen Genoms hat nicht dazu geführt nachzuvollziehen, wie sich aus den Genen ein fertiger Körper bilden kann. Je mehr heute das Leben auf der Mikroebene studiert wird, desto mehr häufen sich die Beweise, wie komplex und intelligent beispielsweise eine menschliche Zelle arbeitet. Jeder Mensch besitzt 50 bis 100 Billionen davon, und jede einzelne Zelle sucht aktiv nach einer geeigneten Umgebung, die ihr Überleben fördert, das heißt sie wird von einem übergeordneten Wissen zusammengehalten, was für sie gut ist und was ihr schadet.

Seit einigen Jahren treten im Zusammenhang mit der Transplantationsmedizin zunehmend Phänomene auf, die transplantierte Organe nicht nur als ein Stück Fleisch erscheinen lassen. Den Organen scheint eine Erinnerungsfähigkeit innezuwohnen, die bis dahin nur dem Gehirn zugeschrieben wurde. Besonders Organempfänger von Herzen haben nach ihren Operationen von Veränderungen ihrer Persönlichkeit berichtet, die auf den Spender hindeuten.

Das bestätigt die alte These des italienischen Philosophen

Eugenio Rignano (1870–1930): Alle Materie, besonders aber lebende Materie, besitzt ein Gedächtnis.

Die folgende Geschichte ist zwar frei erfunden, stützt sich aber auf Erfahrungen, die nach realen Herztransplantationen gemacht wurden.

Das Leben ist unendlich viel seltsamer als irgendetwas, das der menschliche Geist erfinden könnte. Wir würden nicht wagen, die Dinge auszudenken, die in Wirklichkeit bloße Selbstverständlichkeiten unseres Lebens sind.

Sherlock Holmes zu Dr. Watson

In höheren, bewussten Lebensformen entwickelte das Gehirn eine Spezialisierung, die es dem gesamten System ermöglichte, sich auf seine regulatorischen Signale einzuschwingen. Die Evolution des limbischen Systems erzeugte einen einzigartigen Mechanismus, der chemische Kommunikationssignale in Empfindungen übersetzte, die von allen Zellen der Gemeinschaft wahrgenommen werden konnten. In unserem Bewusstsein erfahren wir diese Signale als Emotionen. Das Bewusstsein nimmt nicht nur den Fluss der koordinierenden Zellsignale wahr, sondern kann auch Emotionen erzeugen, die sich im Nervensystem in Form kontrollierter Freisetzung von regulatorischen Signalen manifestieren.

Zellbiologe Bruce Lipton

Juni 1998

Vor ihm gibt es nichts zu sehen, nur die Leuchtziffern seiner Digitaluhr schweben direkt vor seinen Augen durch den freien Raum. Es ist kurz nach 4 Uhr. Der Mann erhebt sich von der Holzkiste und streckt sich stumm. Seit einigen Stunden ist es stockfinster um ihn herum, selbst durch das kleine vergitterte Fenster zur Straße fällt kein noch so schwaches Licht in den Heizungskeller. Er setzt seine Infrarotbrille auf und ist nicht mehr blind. So erreicht er mit wenigen Schritten problemlos die Eisentür, die ins Treppenhaus führt, öffnet sie mit dem angefertigten Nachschlüssel, drückt sie einen Spalt auf und lauscht hinauf.

Vor einer Stunde hatte er das Gleiche schon einmal gemacht. Aber, obwohl er keinen Laut vernommen hatte, war er sicherheitshalber weiterhin an seinem Platz geblieben. Gegen zwei waren die letzten Schritte und Stimmen im Treppenhaus zu hören gewesen, seitdem ist es still geblieben.

Neben der Tür steht seine Tasche mit dem Spezialequipment. Er hängt sie um und schließt die Tür hinter sich wieder ab. Das Schloss hatte er beim Kommen routinemäßig geölt, jetzt dreht es sich butterweich. Als er die Kellertreppe nach oben steigt, beginnt er leise vor sich hin zu summen: *Die Nacht ist nicht allein zum Schlafen da*. Das Lied stammt aus dem uralten Ufa-Film *Tanz auf dem Vulkan*. Es wird von dem berühmten Gustaf Gründgens gesungen, der den rebellischen Schauspieler Debureau darstellt und zur Nazizeit damit sogar den Zorn von Goebbels auf sich gezogen hatte.

Seit er hier im Westen seine Brötchen verdient, hat er ein Faible für alte Schwarz-Weiß-Filme entwickelt. *Tanz auf dem*

Vulkan lief gestern Vormittag im Fernsehen und seitdem spukt der Ohrwurm unentwegt in seinem Kopf herum:

Wenn die Bürger schlafen geh'n
in der Zipfelmütze
und zu ihrem König fleh'n,
dass er sie beschütze,
zieh'n wir festlich angetan
hin zu den Tavernen.
Schlendrian,
Schlendrian,
unter den Laternen.

Im ersten Stock dringt nirgends Licht unter den Türen hervor. Auch im zweiten Stock ist alles dunkel, alles ruhig. Im dritten Stock geht er sorgfältig von Büro zu Büro, legt ein Ohr an jede Tür und horcht.

Unnötig, alle ausgeflogen. Hier treibt sich niemand mehr herum.

Gleich neben dem Büro für Gebäudeservice liegt das gesuchte Anwaltsbüro Detlef von der Heide.

Na, dann man los, spornt er sich selbst an, was zu geht, geht auch wieder auf. Schlösser knacken ist keine Sache von Kraft, man braucht nur ein halbwegs ruhiges Händchen.

Den Rüttler lässt er unberührt in der Tasche. Seit es diese Erschütterungsmelder gibt, benutzt er keinen Hochleistungsvibrator mehr, der die Sperrstifte des Profilzylinders auf die gleiche Höhe schütteln kann. Der Sputnik dagegen ist ein spezieller Grundschlüssel, der auf drei kleinen Messingbeinen sitzt. Mit denen kann er winzige Drähte aus der Schlüsselleiste ausfahren und vorsichtig auf die Sperrstifte schieben. Der Clou daran ist sein eingebautes Hochleistungsmikrofon, mit dem er das Geräusch wahrnehmen kann, wenn die Drähte aufsetzen. Er setzt die Kopfhörer auf, noch ein Tröpfchen Öl, den Schlüsselteil des Sputnik langsam einführen und die Drähte ausfahren. Das Schloss gibt ohne Widerstand nach. Das Ganze hat keine zehn Minuten gedauert.

Wer rein will, kommt rein. Überall.

Der Mann schiebt die Tür behutsam einen Spalt auf. Es ist immerhin denkbar, dass an der Eingangstür eine Alarmanlage montiert ist. Um das zu checken, stellt er sich auf mindestens 15 Minuten Wartezeit ein, erst dann will er das Büro betreten. Er nimmt die Brille ab, massiert mit den Handballen die Augen und starrt in die plötzliche Finsternis. Nur sein Atem ist zu hören, er geht gleichmäßig und leicht.

Eigentlich kann er diese Aufträge nicht ausstehen, aber sie werden einfach saugut bezahlt. Außerdem lässt er keine Gelegenheit aus, einem untreuen Weib eins auszuwischen. Sein jetziger Klient möchte jedenfalls unbedingt erfahren, was seine Gattin zusammen mit ihrem Scheidungsanwalt über seine Vermögensverhältnisse auskakelt. Im Grunde macht er heute dasselbe wie zu seinen besten DDR-Zeiten. Damals, in seinem ersten Leben, wie er immer zu sagen pflegt. Prompt fluten die Bilder der Erinnerung in sein Bewusstsein.

Er war gerade 19 gewesen und absolvierte den Wehrdienst bei der Nationalen Volksarmee, als er von einem Vorgesetzten zu einer Unterredung in einen Sonderraum abkommandiert wurde. Dort drinnen wurde er von einem Mann empfangen, der eindeutig westliche Klamotten trug.

»Herr Rösener, haben Sie sich schon einmal die Frage gestellt, was Sie in Zukunft gerne mit Ihrem Leben machen wollen?«, fragte der eindringlich und zog demonstrativ an einer Stuyvesant.

»Fußballspielen bei Dynamo Dresden!«, hatte er spontan geantwortet. 1987 wusste jeder Bürger, Dynamo war der

Sportklub der Sicherheitskräfte und der Stasi. Der Mann zog eine Verpflichtungserklärung für die Stasi hervor und gab ihm zu verstehen, dass er es nicht bereuen würde, wenn er die jetzt unterschreiben würde. Er überlegte nicht lange, doch aus ihm wurde trotzdem kein begnadeter Fußballer. Da ihm nichts Besseres einfiel, blieb er bei der Firma, wie die Stasi unter Kollegen genannt wurde. Nach einer gründlichen Ausbildung verpflichtete er sich zum Dienst bei der konspirativen Überwachung. Man teilte ihn für die Raststätte Michendorf ein, die letzte Anlaufstelle, bevor die Westler nach West-Berlin kamen.

Während er einen Blick auf seine Digitaluhr wirft, erscheint vor seinem inneren Auge sein damaliger Arbeitsplatz, das alte Gebäude im Landhausstil aus der Nazizeit. Daneben der neue zweistöckige Betonklotz mit dem Intershop, grau wie die gesamte DDR. Das obere Dachgeschoss war Tag und Nacht mit Stasileuten besetzt. Kein Außenstehender wusste, was da oben ablief, nicht mal die Tankwarte, von denen die meisten ebenfalls Informanten waren. Die Stasi hatte immer mindestens zwei Personen in Zivil für die Bodenüberwachung abgestellt. Er ging immer mit einem Tonbandgerät seinem Dienst nach. Sein Westwagen besaß eingebaute Kameras in den Scheinwerfern und mit Richtmikrofonen fing er Gespräche aus verdächtigen Autos auf. An den Zapfsäulen gab es auch Kameras, die er per Fernauslöser bedienen konnte, um Großaufnahmen von einem Überwachten machen zu können. Er sollte die Fahrzeuge aufspüren, in denen Ostdeutsche über die Grenze geschmuggelt wurden. Damals hielt er alle Menschenschmuggler für Kriminelle, schließlich hatte er das von klein auf in der Kinderkrippe gelernt. Er vertrat hier das Gesetz, nicht den Sozialismus. Ideologien waren schon damals nicht seine Sache.

Jetzt sind die 15 Minuten fast um!

Weit und breit ist kein Martinshorn zu hören. Für den Moment fühlt er sich sicher.

Der nächste Schritt steht an!

Der Mann streift die Latexhandschuhe über, setzt die Sichtbrille wieder auf und drückt mit äußerster Vorsicht, im Zeitlupentempo, die Tür weit auf.

Langsame Bewegungen nehmen die meisten Bewegungsmelder nicht wahr!

Er nimmt den Funkwellendetektor aus der Tasche und schaltet ihn ein. Das Gerät zeigt nichts an, er kann sich endlich normal bewegen.

Tür abschließen. Hier drinnen ist er erst mal sicher!

Die Büroräume sind verhältnismäßig groß. Im Eingangsbereich ein breiter Empfangstresen mit Telefonanlage, Computer und Faxgerät. Direkt gegenüber eine kleine Teeküche und drei Toiletten. Am Ende des Flures eine Art Konferenzraum mit breiter Fensterfront. Darin ein Diaprojektor, eine Leinwand und sechs Stühle um einen massiven, rechteckigen Tisch. Daneben das Büro vom Chef, ›Von der Heide‹ steht auf einem kleinen Messingschildchen. Konzentriert inspiziert er den Rest der Räumlichkeiten. Auf dem Schreibtisch ein DeTeWe.

Das dürfte schon bessere Zeiten gesehen haben!

Damit kennt er sich immerhin gut aus, also kein Problem für seine Telefonwanze. Die Schaltknöpfe und Lämpchen des Geräts benötigen fünf Volt Gleichstrom, er kann auf die Akkuwanze verzichten. Hinter der Metallmanschette des Deckenstrahlers verschwindet ein Minisender mit Rundum-Mikro. Neben dem mächtigen Aktenschrank steht ein Kopierer, an der Decke darüber hängt eine Klimaanlage, deren Metallschacht nach draußen führen dürfte. Er klopft die Wand mit einem Schraubenzieher ab, der Schacht geht nach links. Der ideale Platz für eine Linse in einem Glasfaserstrang. Von hier aus hat er den Aktenschrank im Blick. Wenn es darauf ankommt weiß er sofort, aus welcher Akte ein wichtiges Schriftstück verschwinden muss. In den Schacht lassen sich auch gleich der Sender und die Antenne einbauen. Danach kommt der Empfang an die Reihe und den Konferenzraum sollte er aus Sicherheitsgründen nicht auslassen. Ein Glück, dass er dafür genügend Zeit zur Verfügung hat.

*

Wenn ich die nächsten Stunden überleben sollte, wird mein Herz dann wirklich mein eigenes sein, überlegt Lisa Blau. Wird es der gleiche Herzschlag sein, oder wird er für immer etwas Fremdes bleiben, etwas ewig Unbekanntes, das zwar für mich schlägt, mich am Leben hält, sonst aber nicht das Geringste mehr mit mir zu tun hat?

»Liebe Frau Blau!« klingen ihr die beruhigenden Worte von Professor Rollesch in den Ohren nach. Der Chefarzt des Transplantationszentrums des Uniklinikums in Kiel hatte ihre rechte Hand zwischen seine Hände genommen. »Wir sollten uns keine unnötigen Sorgen machen. Eine Herztransplantation gehört heute gewissermaßen zum Standardprogramm einer guten Herz- und Gefäßchirurgie. Stellen Sie sich doch einfach eine Pumpe vor, die nicht mehr ausreichend Wasser fördert. Ihr Herz ist momentan so eine Pumpe. Sie pumpt nicht genügend Blut, damit Sie gut versorgt sind. Die neue Pumpe wird diesen Defekt beseitigen. Danach kann Ihr Leben wieder ganz normal weitergehen.«

Lisa Blaus Finger krallen sich in die Bettdecke, während sie durch endlose Gänge geschoben wird. Den Blick an die Decke gerichtet, schweben kleine Sonnen über sie hinweg, unterbrochen vom surrenden Geräusch der elektronischen Flügeltüren. Dann kommt die Fahrt ins Stocken.

»Wir müssen einen kurzen Moment warten bis die Schleuse zum OP frei wird«, erklärt eine unbekannte Stimme.

Lisa Blau bemerkt, dass sie unwillkürlich ihre Schultern anspannt. Ihr Atmen wirkt gehetzt, verfolgt von einer Angst, es könne ihr noch kurz vor dem entscheidenden Moment die Luft wegbleiben. Vor ihrem inneren Auge rauschen Bilder wie im Zeitraffer durch ihr Bewusstsein.

Sie kann ihre Ausgelassenheit spüren. Es ist der 4. September 1997, der Abend ihres größten Triumphes. Harald Lehmann und sie haben mit einem hauchdünnen Vorsprung das Ranglistenturnier im Lateinamerikanischen Tanz in Ludwigsburg gewonnen. Wochen harten Trainings und übermäßiger Erschöpfung lagen hinter ihr. Sie sieht sich völlig aufgekratzt in den Flur ihrer Wohnung zurückkommen. Stolz tritt sie vor den Spiegel, um noch einmal ihren roten Rock aus Stretch-Satin und die schwarze Korsage mit den Strasssteinen zu bewundern, als ihr Herz zu rasen beginnt. Was sie zu diesem Zeitpunkt nicht weiß, sie hat in der stressgeplagten Vorbereitung zum Turnier eine Lungenentzündung verschleppt. Ihre rechte Hand fasst sich ans Herz. Schmerzverzerrt wankt sie ins Wohnzimmer zum Telefon und sackt, nachdem es ihr gerade noch gelungen ist die Wohnungstür zu öffnen, direkt vor die Füße der Sanitäter. Der Arzt im Rettungswagen lässt sie sofort ins nächste Krankenhaus einweisen. Ihr Zustand bleibt 68 Stunden lang kritisch. Ihre Herzleistung sinkt auf unter 20 Prozent, Diagnose: bakteriell bedingte Herzmuskelentzündung. Trotz gründlicher Untersuchungen kann das Bakterium aber nicht gefunden werden. Glücklicherweise schlägt das Antibiotikum an. Nach vier Wochen hat sich ihr Herz erholt und die Ärzte entlassen sie aus dem Krankenhaus. In den darauf folgenden vier Monaten steigt die Herzleistung wieder auf 70 Prozent an. Der Hausarzt sagt ihr, sie sei jetzt wieder gesund. Sie geht arbeiten und fängt langsam wieder an zu trainieren. Fünf Monate später bricht sie erneut zusammen, diesmal auf der Tanzfläche im Trainingsraum. Ihr Tanztrainer schüttelt sie und spritzt ihr kaltes Wasser ins Gesicht. Die Herzleistung ist abermals auf 20 Prozent abgesackt. An der Uniklinik Kiel wird nach einer Gewebeprobe aus dem Herzmuskel das Parvovirus B19 entdeckt. Die Struktur der Herzmuskelzellen ist bereits so weit verändert, dass diese in naher Zukunft ihre Funktion nicht mehr erfüllen können. Zu guter Letzt würde ihr Herz versagen, die Ärzte raten zu einer Transplantation.

Wieder zu Hause wird sie depressiv, vergräbt sich in ihrem Schlafzimmer, beobachtet stundenlang die Maserungen der Raufasertapete und grübelt ununterbrochen über den Sinn des Lebens nach. Am Ende kommt immer dieselbe Frage: »Warum gerade ich? Wieso ist mir das passiert?«

Am Anfang des nächsten Jahres arbeiten die Nieren nicht mehr richtig, ihre Leberwerte verschlechtern sich rapide. Sie muss sich des Öfteren übergeben, verliert fast zehn Kilo. Ihre Herzleistung sinkt erneut stark ab. Als sie endlich innerlich der Operation zustimmen kann, bricht eine noch schlimmere Phase an. Im Krankenhaus ist sie ans Bett gefesselt, wartet auf die Erlösung, kämpft gegen den Tod an, während sie kaum noch in den Schlaf findet, die Tage und Nächte zählt und die Angst ihr dabei fast die Kehle abschnürt. Der Speiseplan beginnt alle drei Wochen von vorn, sie lässt sich zur Abwechslung ab und zu Essen vom Italiener kommen. Es wird Sommer, gutes Wetter. Die beste Zeit für Menschen, die ein neues Organ brauchen, wird hinter vorgehaltener Hand geflüstert. Die Motorradsaison beginnt. Auch wenn es noch so makaber erscheint, aber sie weiß, ein neues Herz kann nur aus einem hirntoten Körper kommen. Die sterben ja nicht, weil ich ein neues Herz brauche, versucht sie sich zu beruhigen, der Tod lauert überall und irgendwann erwischt es eben auch deinen Herzspender. Doch die Zeit vergeht. Sie ist der Verzweiflung nah.

Das Bett rollt in den OP-Bereich und die Flügeltür schließt mit einem leisen Surren hinter ihr. Es ist 0.27 Uhr. Lisa Blau merkt, dass die Beruhigungstablette sie müde macht. Ihr ist kühl und die runde Lampe, die in der Mitte des Raumes über dem OP-Tisch hängt, wirft grünliches Licht an die hohen Wände. Professor Rollesch steht mit der OP-Schwester rechts neben ihr, zwei weitere Ärzte links. Am Kopfende, zwischen Computern und Monitoren weiß sie den Anästhesisten.

»Atmen Sie ganz ruhig«, hört sie seine tiefe Stimme, und die Kunststoffränder der Sauerstoffmaske drücken um Nase und Mund. Sie spürt einen kurzen Einstich, ihre Augenlider werden unendlich schwer. Ihre Augen schließen sich fast automatisch. Dunkle Nebelschwaben dringen durch ihre Haut, treiben langsam durch ihre Innenwelt, werden von Licht getränkt und legen sich wie eine watteweiße Wolke um ihr Herz.

*

1.17 Uhr. Vor einer halben Stunde war die Information vom Entnahmearzt aus dem Klinikum Nordfriesland in Husum eingegangen, die OP ist geglückt, das Organ entnommen. Er hat das Herz geprüft und es für gut befunden. In 10 Minuten ist der Hubschrauber in der Luft.

Eine Schwester reicht Professor Rollesch das Skalpell. Der setzt mit einer sicheren Handbewegung einen etwa 25 Zentimeter langen senkrechten Schnitt in Lisa Blaus Brustkorb. Mit einem elektrischen Messer durchtrennt der Chefarzt die nächsten Hautschichten. Durch den Mundschutz dringt der scharfe Geruch verbrannter Hautzellen. Das Brustbein liegt frei, eine Säge frisst sich mit einem hohen Ton durch den unterschiedlich dicken Knochen und trennt ihn genau in der Mitte. Mit einem Gerät, das einem Schraubstock gleicht, biegen die Ärzte von beiden Seiten den Brustkorb auseinander. Danach werden die aufgebogenen Knochen mit einer Thoraxsperre fixiert und während der Chefarzt an der Kurbel dreht, öffnet sich leise knacksend der Brustkorb von Lisa Blau.

Man kann jetzt zehn Zentimeter tief in den Körper sehen, das Herz ist im Blickfeld. Es ist eindeutig viel zu groß und wabbert bei jedem Schlag vor sich hin. In diesem Moment klingelt das Telefon.

»Unser Hubschrauber ist gelandet«, meldet einer aus dem Team, »wir können durchstarten.«

Der Kardiotechniker schiebt daraufhin eine Kanüle in die große Hohlvene der Patientin. Für die nächsten eineinhalb Stunden läuft hellrotes Blut durch die Schläuche der Herz-Lungen-Maschine neben dem OP-Tisch und wird über die Aorta wieder in den Körper von Lisa Blau zurückgepumpt. Ihr Kreislauf ist jetzt ausgelagert. Ihr Herz hat aufgehört zu schlagen. Wie eine dicke, tote Qualle liegt es da.

Der Entnahmearzt, eine blaue Kühltruhe in der Hand, betritt den Operationssaal. Er öffnet den Deckel und zieht eine große, durchsichtige Plastiktüte hervor, darin schwimmt das neue Herz.

»Hier ist euer Goldfisch«, scherzt er lächelnd, »ein kräftiges Superherz, mitten aus dem Leben!«

Professor Rollesch grinst zurück und sieht sich das hellbraune, beinahe farblose Organ aus der Nähe an. Er nimmt die Tüte, schneidet sie über einer flachen Silberschüssel auf, sodass sich das Eiswasser über die Ränder ergießt. Das Herz liegt vor ihm. Mit vier schnellen Schnitten schneidet der Chefarzt das alte Herz heraus. Unwirklich klafft ein großes Loch im leeren Brustkorb.

Wahnsinn, denkt er bei jeder Transplantation erneut, ein Mensch ohne Herz.

Vorsichtig versenkt er das neue Herz in den Hohlraum und näht es mit flinken Fingern an den entscheidenden vier Schnittstellen wieder an. Gleichmäßig summt die Herz-Lungen-Maschine. Das Team ist in äußerster Anspannung, nur das klappernde Besteck ist zu hören. Wie aus dem Jenseits kommen dazwischen die Anweisungen von Rollesch: »Sauger, Tupfer, Nadel, Faden!«

Nebelschwaden werden träge über den braunen Sand geblasen. Dunkelhäutige Menschen gehen ohne Eile über einen weiten Platz. Dazwischen ein Fremdkörper, eine blonde Frau, eindeutig eine Touristin, die jedem hier sofort ins Auge fällt. Unsicher folgt sie den Einheimischen, weiß nicht, wo sie sich befindet, so andersartig und fremd ist alles um sie herum. Nicht weit vor ihr schreitet eine Frau in Sandalen. Ihre Füße sind mit hennaroten Mustern bemalt, die offensichtlich kunstvoll mit der Hand aufgetragen wurden. Ihr tiefschwarzer Zopf hängt zwischen den Schulterblättern herunter. Sie trägt einen dunkelblauen Sari aus Seide, den sie fest um ihre Schulter gezogen hat. Ein Duft von Kardamom und Nelke liegt in der Luft und es riecht nach gekochter Milch. Der gemeinsame Weg zu einer Tempelanlage führt durch ein Spalier stoffüberdachter Karren mit großen Speichenrädern. Die Ladeflächen sind übersät von Nüssen, Bananen und kunstvoll aufgetürmten Orangenbergen. Von den bunten Stoffdächern hängen knallbunte Bonbonketten und Chipstüten herab. Die Händler preisen wortgewaltig ihre Waren, während die beiden Frauen die rosa getünchte Tempelmauer erreichen. In der Mitte befindet sich ein großer, geschwungener Torbogen aus schneeweißem Marmor, dessen silberbeschlagene Tore weit offen stehen. Die Frau im Sari berührt mit ihren Fingerspitzen ehrfürchtig den Rüssel einer Elefantenfigur aus schwarzem Stein. Weitere solche Figuren zieren die Seiten des Eingangsportals.

Trotz des frühen Tages ist es bereits brütend heiß. Der Himmel wirkt übernatürlich Blau. Die Sonne bringt die Marmorornamente zum Erstrahlen, sodass die blonde Touristin unwillkürlich die Augen zusammenkneifen muss. Ein Mann mit bernsteinfarbenem Gesicht und einem großen, roten Turban fordert sie mit Handzeichen auf, die Schuhe auszuziehen. Der Boden im Inneren des Tempels besteht aus einer Art Schachbrettmuster aus schwarzem und weißem Marmor. Er wird bevölkert von einer riesigen Schar zerzauster Ratten mit funkelnden Knopfäugelchen. Überall liegt verstreutes Futter und die Nager knabbern mit unbändigem Appetit an den kleinen safrangelben Reiskugeln oder fressen Getreidekörner aus unzähligen Tontöpfen. In den Ecken stehen rußschwarze Eisenschüsseln, bis zum Rand mit Milch gefüllt. Rundum auf den Rändern hocken dicht an dicht braune Felle, tunken ihre Barthaare ins süße Weiß und schlecken um die Wette. Weiter hinten, unter einem Dach, kochen mehrere Männer in riesigen Töpfen neues Futter.

Seit einer Stunde schlägt das neue Herz mithilfe der Herz-Lungen-Maschine, gefüllt mit dem Blut von Lisa Blau. Langsam verändert sich die blass-weißliche Färbung, die durch die Konservierungsflüssigkeit und den Blutmangel entstanden ist, in ein gesundes Rosa und danach in ein kräftiges Rotbraun. Wartezeit, das ganze Chirurgenteam fällt, kaum dass es auf Hockern Platz genommen hat, in eine Art Halbschlaf. Nach einer viel zu kurzen Zeit holt Professor Rollesch die müde Schar an den OP-Tisch zurück.

»Bybass zurücknehmen!«

Langsam wird die Herz-Lungen-Maschine heruntergefahren. Eine Schrecksekunde, das neue Herz bleibt stehen.

»Paddel! 200Joule!«

Der Chefarzt platziert den Defibrillator. Die anderen Ärzte treten zurück.

»Achtung!«

Der bebende Ton des Tempelgongs lässt den Körper der blonden Frau vibrieren. Sie sieht, wie die Ratten blitzartig in den Löchern des Mauerwerks verschwinden. Eine Gänsehaut kriecht ihr von den Schenkeln den Rücken hinauf. Sie spürt den Blick einer Person in ihrem Nacken, die sich unmittelbar hinter ihr befinden muss. Vor lauter Angst dreht sie ruckartig den Kopf herum, doch es ist kein Mensch zu sehen. Trotzdem ist etwas hinter ihr her, eine physische Bedrohung, die ihr unmittelbar vor die Brust springt. Sie kann einen Körper fühlen, der kein Körper ist. Ihr ist, als hätte eine unsichtbare Hand ihre Schulter gepackt. Aber die Berührung kommt nicht von außen, es ist ein Griff, der sie von innen anfasst, ein Griff der aus ihrem eigenen Herzen kommt. Die blonde Frau will laut schreien.

Im selben Moment holt ein Priester, der im Allerheiligen des Tempels steht, zu einem zweiten Schlag aus. Doch diesmal bleibt der bebende Ton aus, nur ein lautloser Schlag trifft ihren Kopf. Es knackt dumpf, als würde ihr Schädel zerspringen. Ein fürchterlicher Schmerz quillt zähflüssig wie glühende Lava aus den Ritzen ihres Bewusstseins. Sie wird in ein weißes Laken gehüllt, wird durch ein Labyrinth von engen Gassen getragen und auf einem ovalen Hügel abgelegt. Hier liegt sie neben mehreren toten Körpern auf gestapelten Holzstämmen. Eine breite Steintreppe führt zu einem halbmondförmigen Flussbecken hinunter, in dem das Wasser dunkel durch den Schein der Flammen strömt. Die Domra, Leichenverbrenner aus der Kaste der Unberührbaren, entfachen mit nackten Oberkörpern und um die Hüften gewickelten Baumwollstoffen immer neue Feuer. Flammende Holzstücke schleudern Funkenwirbel in die schwarze Nacht. Die Verstorbenen bäumen ihre Glieder ein letztes Mal in der Hitze auf. Der Gestank von kochenden Eingeweiden und verschmortem Fleisch liegt in der Luft. Ihr Körper liegt einsam in einem Kreis von lodernden Scheiterhaufen, die bereits seit Tausenden von Jahren brennen, Tag und Nacht, bis in alle Ewigkeit.

»Ram nam satya hai« – alles ist vergänglich, rezitierten die Trauernden unentwegt das Mantra des Lebens

Ist das alles nur ein Traum?

Bin ich bei der Operation gestorben?

Die taumelnden Feuerzungen vor ihren Augen verblassen. Eine kalte Dunkelheit breitet sich aus. Geisterhafte Stimmen rufen aus der Ferne. Sie hört ihren Namen, erst schwach, dann immer lauter.

»Frau Blau! Wachen Sie auf! Sie haben es geschafft!«

21. Februar 2003

Hauptkommissar Jan Swensen hat schlecht geschlafen. Er ist mehrmals in der Nacht aufgewacht. Annas Haus führt ein Eigenleben, das sich ziemlich konträr von seiner alten Wohnung in Husum verhält. Das Gebälk lässt von Zeit zu Zeit stöhnende Geräusche vernehmen, es ächzt und knackt unter der Last des Reetdachs, besonders wenn draußen ein kräftiger Wind vom Meer herüberbläst. Dazwischen ist es oft beunruhigend still, man könnte sagen totenstill. Nachts ist hier niemand unterwegs, kein Fahrzeug ist weit und breit zu hören. Erst in den frühen Morgenstunden schackern die Elstern und die Raben schicken ihr lautes Krickrack hinterher.

Anna, als notorische Langschläferin, bleiben die ersten Eindrücke eines neuen Tages weitgehend verborgen. Swensen hat heute Morgen keine Lust länger zu warten und schleicht sich aus dem Bett. Auf dem Weg zum Bäcker entdeckt er im Vorgarten die ersten Winterlinge, die ihre gelben Blüten durch die Schneedecke gebohrt haben. Es ist empfindlich kalt, dem Hauptkommissar zieht es die Schultern in die Höhe. Er klappt den Mantelkragen hoch und vergräbt die Hände tief in den Taschen. Am Himmel steht kein Wölkchen, es wird ein strahlender Tag, dank dem Hochdruckgebiet ›Helga‹, wie der Wetterbericht gestern Abend nach der Tagesschau verkündet hat. Der dicke Pullover hält nicht das, was er verspricht. Die Kälte findet ihren Weg durch die grob gestrickte Wolle.

Während der Kommissar die Dorfstraße hinuntermarschiert, grübelt er über die vielen Veränderungen nach, die nach dem Umzug von Husum nach Witzwort sein Leben gründlich auf den Kopf gestellt haben. Manchmal muss er sich über sich selbst wundern, dass er so naiv gewesen war zu denken, der Entschluss, endlich mit Anna zusammenzuwohnen, würde keine Auswirkungen auf ihre Beziehung haben.

Du warst schon immer mehr Eigenbrötler, nie ein wirklicher Gemeinschaftsmensch, denkt er fröstelnd, schaut zum Dach der Kirche hinüber, das mit Raureif überzogen sehnsüchtig auf die warmen Sonnenstrahlen wartet, und betritt den vollen Bäckerladen.

»Moin, Moin, Herr Swensen!«, ruft die mollige Frau hinter dem Tresen lauthals über die Kunden hinweg, die sich fast alle neugierig zu ihm umdrehen. Dem Hauptkommissar ist die herbeigerufene Aufmerksamkeit sichtlich unangenehm.

»Moin, Moin«, antwortet er etwas verlegen.

Im Dorf weiß offensichtlich schon jeder, wer er ist, obwohl er bisher nur mit den unmittelbaren Nachbarn von Anna und der Bäckerin gesprochen hat. Ob er will oder nicht, der fremde Mann aus Husum ist in den Dorffokus geraten und die Anonymität, die selbst eine Kleinstadt bietet, gibt es wohl nicht mehr. Swensen merkt, dass ihm das nicht sonderlich gefällt. Er versucht, sich möglichst unauffällig in die Schlange der Wartenden einzureihen. Doch die Bäckerin lässt, obwohl sie erst die Leute vor ihm bedient, nicht locker.

»Und Herr Swensen, wie üblich? Drei Kürbiskernbrötchen und zwei Schusterjungen?«

Der Hauptkommissar nickt und zieht sein Portemonnaie aus der Manteltasche.

»Sind Frau Diete und Sie denn heute Abend beim Biikebrennen in Simonsberg? Das sollten Sie auf keinen Fall versäumen, ganz Witzwort wird dort sein!«

»Das kann ich leider noch nicht sagen, Frau Görtzen«, druckst Swensen, indem er kurz mit der Schulter zuckt. »Sie wissen doch, Dienst ist Dienst!«

»Ja, ja, das Verbrechen schläft nicht, nech wahr, Herr Kommissar?« Ihre dröhnende Stimme folgt ihm im Nacken bis auf die Straße.

Diese Form von Kommunikation kennt Swensen noch gut aus seiner Jugendzeit. Deshalb war er nach der Schule aus seinem Geburtsort Husum in die Großstadt nach Hamburg geflüchtet. Er hatte die Erfahrung gemacht, dass eine Kleinstadt an jeder Ecke heimliche Augen und Ohren besaß. Sein Vater war seinerzeit über sein Nachtleben und seine ersten Liebschaften immer besser informiert als er selbst. Den Mief der Enge konnte er auf die Dauer nicht ertragen, in Husum kannten ihn Leute, die er selbst nicht kannte. Swensen wollte wissen, was hinter seinem Treiben stand, welchen Sinn das Ganze ergab. Er belegte einen Studienplatz im Fachbereich Philosophie.

Das war im September 1967 gewesen, zwei Monate nachdem ein Polizist den Studenten Benno Ohnesorg auf einer Demo in Berlin erschossen hatte. Die Studenten rebellierten gegen die herrschenden Verhältnisse und der Student Swensen war plötzlich mitten drin. Ein Philosophiestudium gehörte plötzlich zum Establishment. Nach einem halben Jahr hatte der Kleinstädter Swensen die Nase voll von dem steten politischen Gequatsche, das er sowieso nicht richtig verstand. Er schmiss sein Studium hin, fand sich kurze Zeit später in einem Tempelkloster in der Schweiz wieder und lauschte einem buddhistischen Meister aus Tibet. Lama Rhinto Rinpoche stellte Swensens Weltbild gründlich auf den Kopf. Nicht wir müssen die Massen verändern, war zu seiner Lehre geworden, sondern die Revolution fängt in uns selbst an.

Die Hand, mit der Swensen die Brötchentüte trägt, ist mittlerweile eiskalt. Er wechselt die Tüte auf die andere Seite und lässt die steife Hand in die warme Manteltasche gleiten. Kurze

Zeit später fühlt sie sich an, als würden tausend Nadeln auf sie einstechen.

»Schmerz ist nur das Festhalten an einen flüchtigen Gedanken«, klingt dem Hauptkommissar die Stimme seines Meisters im Ohr. Er erinnert sich an die frühmorgendlichen Gänge von seiner Mietwohnung auf einem Schweizer Bauernhof hinüber zur Morgenmeditation. Im Winter wurde er des Öfteren von einem Schneesturm begrüßt und kam halb erfroren im kalten Tempel an, sodass er kaum den Lotussitz einnehmen konnte.

»Wenn unser Geist nur rasch genug einen flüchtigen Gedanken nach dem anderen hervorbringt, verlassen wir den jetzigen Augenblick und schaffen die Illusion von Kontinuität und Substanz. Es ist wie in einem Kino, in dem die einzelnen Filmbilder rasch hintereinander abgespielt werden und uns Bewegung vorgaukeln. Auf solche Weise bauen wir die Vorstellung von einem steten Schmerz auf und haben so das Leiden in die Welt gebracht. Die Erfahrung von Leid entsteht dadurch, dass wir uns mit ihm verbinden.«

Wie häufig hat Swensen ergebnislos über die Worte von Meister Rinpoche nachgesonnen, die allein mit intellektuellem Verstand nicht zu begreifen sind. Er betritt das Haus und der Blick ins Schlafzimmer bringt den erwarteten Anblick, Anna liegt noch im Tiefschlaf.

Die hat es gut, denkt Swensen, den Arbeitsplatz direkt im eigenen Haus und die ersten Klienten kommen nie vor 10 Uhr.

Er geht, ohne den Mantel abzulegen, in die Küche, schmiert im Stehen ein Käsebrötchen und nimmt es mit. Auf der Straße vor dem Haus parkt sein alter Polo. Die salzhaltige Luft auf Eiderstedt hat dem Lack über die Jahre bereits sichtbar zugesetzt, doch ein neuer Wagen ist im Moment nicht drin. Er steigt hastig ein, dreht die Heizung voll auf und beißt in das Brötchen. Als er kauend durch die Tempo-30-Zone in Witzwort fährt, wird es langsam etwas wärmer. Kurz vor dem Dorfrand liegt rechts die Billigtankstelle Oase, die mit reparaturbedürftigen Landfahrzeugen vollgestellt ist. Der Benzinverkauf läuft wahrscheinlich nur nebenbei mit. Nach der fünften Stufe der Ökosteuer ist der Benzinpreis in diesem Jahr ziemlich in die Höhe geschossen, steht heute bei 1,14 Euro. Swensen bezahlt zähneknirschend im Büro, das sich im Wohnhaus befindet. Danach geht es weiter über den unbeschrankten Bahnübergang bis zur B 5.

Für den neuen Arbeitsweg braucht er jetzt zwar nur acht bis zehn Minuten länger, trotzdem ist die tägliche Fahrt noch so ungewohnt wie das neue Zusammenleben mit Anna in ihrem Haus. Immerhin hatten sie acht Jahre getrenntes Wohnen hinter sich.

»Der Unterschied zum wirklichen Augenblick ist die Erfahrung, uns mit anderen Dingen zu verbinden«, kommentiert Meister Rinpoche seine Gedanken. Swensen grübelt nach, was der Satz ihm sagen soll. Es ist kurz nach 8 Uhr, als er den Hof der Polizeiinspektion Husum erreicht.

*

Ein stechender Schmerz zieht Maria Teske in den linken Arm. Gleichzeitig sticht es in der Herzgegend. Die Journalistin drückt sich erschrocken in die Lehne ihres Drehstuhls und legt eine Hand auf die linke Brust, als könne sie nach ihrer Angst greifen. Die gerade geschriebene Textzeile ihres Exposés starrt erbarmungslos vom Bildschirm ihres Computers. ›Reiß dich zusammen‹, steht da geschrieben, ›du kannst jetzt doch nicht schlapp machen.‹

Das ist der Aberwitz pur, stellt sie verdutzt fest und kann die Tatsache, dass sie in einer persönlichen Krise steckt, nicht mehr verdrängen. Der Gedanke an ihren eigenen Tod ist ihr mittlerweile so nah auf den Leib gerückt, dass keine Woche mehr ohne eine Panikattacke vergeht. Wenn sie ehrlich ist, hat ihr Zustand bereits im letzten Jahr begonnen.

Mit unfassbarem Glück war sie einem Mörder entkommen, der im Schlosspark drei Frauen erschossen hatte. Beinahe wäre sie an der Seite dieser Frauen mit ins Verderben gelaufen. Wie tief der Schock wirklich saß, ist ihr am Anfang gar nicht richtig bewusst geworden. Wie immer versuchte sie, mit Arbeit den unangenehmen Gefühlen beizukommen, die besonders in der Nacht über sie herfielen. Bis zu diesem Zeitpunkt war der Tod eine rein berufliche Angelegenheit gewesen, den sie gelassen von außen angesehen und über den sie nur geschrieben hatte. Der Tod trifft immer nur die anderen, lautete ihre Lebensdevise bis dahin. Plötzlich hatte der Verlust der eigenen Existenz etwas erhalten, was nicht unbedingt irgendwo in weiter Ferne lag.

Dann kam Anfang des Jahres der tragische Unfall ihrer Freundin Hannelore Wulf dazu, die aus unerklärbarem Grund auf der B 5 ins Schleudern geraten war und gegen einen Baum prallte. ›Irreversibler Hirntod‹ stellten die Ärzte fest, nur das Beatmungsgerät hielt ihren Körper am Leben.

Als die Journalistin davon erfuhr, hatte sie völlig die Fassung verloren. Sie bekam eine schmerzhafte Gürtelrose und musste sich das erste Mal während ihrer Berufszeit krankschreiben lassen. Die Beerdigung in Koldenbüttel stürzte Maria Teske in eine unbeschreibliche Trauer. Dann erfuhr sie auf der Trauerfeier auch noch von der Mutter ihrer Freundin, dass die Mediziner sie und ihren Mann immer wieder bedrängt hatten, die Organe ihrer Tochter für eine Organspende freizugeben. Sie fühlten sich durch ihre schnelle Einwilligung schuldig, glaubten, zu früh aufgegeben zu haben.

Letzte Woche hatte Maria Teske die Mutter zufällig am Grab der Tochter getroffen. Sie klagte über entsetzliche Albträume, in denen sie immer wieder ihr Kind über einen Friedhof irren sieht. Am Ende dieser Träume findet sie die Tochter an ein Steinkreuz gelehnt. Als sie ihr die Hand reichen will, sagt diese mit leiser Stimme: »Mutter, du hast mich verlassen.«

Die Geschichte ging der Journalistin nicht mehr aus dem Kopf. Irgendetwas, ganz tief in ihrem Inneren, ließ sie nicht mehr los. Sie begann, neben der täglichen Zeitungsarbeit, über Herztransplantation zu recherchieren, und je länger sie sich mit dem Thema beschäftigte, desto mehr Fragen tauchten auf. Dabei wurde ihr die Transplantationsmedizin höchst suspekt. Die sogenannte Nächstenliebe, die sich die Ärzte auf ihr Banner geschrieben haben, ist nur eine Seite der Medaille, überlegte sie. Mit der anderen stellen sich die selbstlosen Mediziner für ihre Verdienste gerne ins gleißende Rampenlicht.

Aber wäre das alles nicht nur ein *Leben um jeden Preis*?

Macht die Angst vor der eigenen Sterblichkeit uns alle nicht nur viel zu schnell kritiklos?

Maria Teske opferte ihre Freizeit, suchte nach betroffenen Eltern und traf sich mit ihnen.

»Ich fühlte mich völlig unaufgeklärt«, hatte eine Mutter unter Tränen gebeichtet, »ich hatte keine Ahnung von der Tragweite meiner Entscheidung. ›Reiß dich zusammen, du kannst jetzt doch nicht schlapp machen‹, hab ich mir gesagt. ›Du musst jetzt eine Entscheidung treffen.‹ Aber die Gespräche mit diesen Ärzten fühlten sich immer an, als wollten sie mich manipulieren. Sie setzten alles daran, mein Ja zu bekommen. Später stellte sich dann auch noch heraus, dass es bei der

Spende nicht nur um ein Organ ging. Mein Sohn wurde in alle Einzelteile zerlegt, sie haben ihm Herz, Nieren, Leber und Augen entnommen. Man hat ihm sogar die Beckenkammknochen aus dem Körper gesägt. Seine Organe sind über ganz Europa verteilt worden. Wenn ich das nur im Geringsten geahnt hätte.«

Herzrasen holt Maria Teske an den Arbeitsplatz zurück. Sie spürt einen Kloß im Hals, Gänsehaut am Oberarm. Für einen kurzen Moment glaubt sie, in Ohnmacht zu fallen.

Jetzt ist es aus, du bekommst einen Herzinfarkt!

»Ist dir nicht gut?«, fragt der Kollege am Nachbartisch.

»Nee, alles in Ordnung! Bin nur kurz weggetreten«, antwortet Maria energisch und wischt sich den Schweiß von der Stirn.

»Fünf vor elf, *Think Big* hat sich schon in Pose gesetzt«, grinst der Kollege, steht auf und trabt auf das Büro des Chefredakteurs zu. Maria Teske mobilisiert ihre gesamte Willenskraft, um sich vom Drehstuhl zu erheben. Sie ist die Letzte, die in den kleinen Raum stolpert und lässt sich erschöpft auf den freien Platz direkt vor dem Schreibtisch des Chefs nieder. Der bugsiert seinen Drehstuhl, unter Zuhilfenahme seiner Füße, hinter dem Schreibtisch hervor.

»Donald Rumsfeld hat gerade bekannt gegeben, dass große Teile der US-Truppen bereit für einen Krieg im Irak sind«, beginnt er die Themensitzung. »Hat dpa gerade gemeldet. Laut Washington Post will die USA nach dem Sieg die Kontrolle über das Land übernehmen. Schätze, für die Kieler Zentrale wird das der morgige Aufmacher werden. Also, ich wünsche jetzt vergleichbar starke Themen von euch. Ich höre!«

»Ich finde wir sollten uns unbedingt die Rekordarbeitslosenzahlen vornehmen. Im Januar waren immerhin 4,6 Millionen Menschen ohne Arbeit. Wie wäre es mit einem Zustandsbericht aus der Region?«, meldet Kay Müller das erste Thema an.

»Klingt nach eingeschlafenen Füßen, mein Lieber«, knurrt der Chefredakteur und schüttelt den Kopf. Sein Blick schweift über die anwesenden Köpfe und bleibt an Maria Teske hängen, die mit geschlossenen Augen auf ihrem Stuhl hängt. »Hallo, Maria, bist du ausgebrannt oder hast du irgendein Eisen im Feuer?«

Als die Journalistin ihren Namen vernimmt, klappen ihre Lider auf und wie ferngesteuert tritt ein Satz aus ihrem Mund: »Du sollst nicht begehren, was deines Nächsten ist!«

»Muss ich das jetzt verstehen«, fragt *Think Big* mit süffisanter Stimme, »oder lieferst du uns eine passende Erklärung nach, meine Liebe?«

»Es geht um Organtransplantationen«, erklärt Maria Teske und versucht das leichte Zittern in ihrer Stimme zu überspielen. »Ich hab in der letzten Zeit mit Eltern gesprochen, die die Organe ihrer Töchter und Söhne zur Transplantation freigegeben haben. Viele plagen Schuldgefühle, fühlen sich von den Ärzten überrumpelt.«

Think Big drückt den Drehstuhl mit den Füßen zurück, als wolle er so schnell wie möglich dem Inhalt des Gesagten entfliehen.

»Nee doch, Maria!«, stöhnt er auf. »Dein alter Chefredakteur gibt dir einen guten Rat: Finger weg von solchem Unthema! Welcher Mensch liest freiwillig so was Gräuliches? Das verprellt unsere letzte Leserschaft!«

»Aber könnte es nicht sein, dass wir klammheimlich in einen modernen Kannibalismus hineinschlittern? Früher riss der Mensch seinem Gegner noch das Herz aus der Brust und verspeiste es, um dessen Kraft zu bekommen. Heute wird er auf den OP-Tisch gelegt, betäubt, und seine Organe werden einem anderen einverleibt.«

»Maria, Maria! Bleib auf dem Teppich!« Die Stimme vom Chefredakteur klingt abweisend. »Ich glaube, du verrennst dich da gewaltig. Das ist kein Thema für die Husumer Rundschau. Ende! Ich finde, wir sollten etwas zum Benzinpreis machen. Das brennt den Lesern auf den Nägeln.«

Hätte ich mir doch gleich denken können, dass ich dem Chef mit diesem Thema viel zu dicht auf die Pelle rücke. Durch seinen Bluthochdruck ist der einfach zu nah dran. Wahrscheinlich geht es ihm grundsätzlich so beschissen, wie mir zurzeit.

Maria Teske bleibt plötzlich die Luft weg. Schweißperlen sammeln sich auf ihrer Stirn. Die Journalistin zwingt sich mit aller Kraft ruhig zu atmen. Es ist alles in Ordnung, redet sie mit ihrer inneren Stimme auf sich ein, du bekommst schon keinen Herzinfarkt.

Ist vielleicht gar nicht verkehrt, dass das Thema abgeschmettert wurde. Bei meinem momentanen Zustand ist es sowieso kontraproduktiv.

*

Wilhelm Rösener schaut sich sorgfältig um, ob ihn hier jemand unbemerkt beobachten könnte. Dann tritt der drahtige Mann entschlossen an das Heck des BMW Z3 heran, dessen metallicsilberner Lack den Glanz von Reichtum verströmt. Er kniet sich hin, befestigt mit schnellen Handgriffen den kleinen Thermosensor aus Messing am Auspuffrohr und platziert die Magnetplatte mit dem Peilsender direkt daneben. Ein einfaches Prinzip: Hat die Außenwand des Rohrs eine bestimmte Temperatur erreicht, beginnt der Sender automatisch zu arbeiten und stellt sich ab, wenn das Rohr wieder auskühlt. Dadurch hält der Akku wesentlich länger. Die Installation hat keine Minute gedauert. Rösener schlendert gelassen zu seinem Wagen zurück und klemmt sich hinters Steuer. Er überprüft noch einmal die durchsichtigen Plastikstreifen mit den sieben dünnen Kupferlitzen, die er innen an die Windschutzscheibe und an den beiden Seitenfenstern befestigt hat. Die Verbindungsdrähte führen an den Streben hinunter zu einem kleinen Kasten, seinem Peilempfänger. Im Gerät befinden sich ein Verstärker und mehrere Komparatoren, die alle Signale, die ankommen, miteinander vergleichen und an drei Leuchtdioden weiterleiten. Leuchtet die mittlere Diode auf, fährt der angepeilte Wagen direkt vor ihm. Linke Diode, der Wagen bewegt sich nach links, rechte Diode, er bewegt sich nach rechts.

Den Auftrag für diese Aktion hatte Rösener vom Inhaber einer Husumer Maschinenbaufirma bekommen, die spezielle Fischbearbeitungsmaschinen für die Heringsentgrätung und Enthäutung von Dorsch und Kabeljau konstruiert. Einer seiner Ingenieure war dem Firmenbesitzer unlängst aufgefallen. Der hatte seinen Lebensstandard auffällig in die Höhe geschraubt, einen teuren Sportwagen gekauft und war in ein nagelneues Eigenheim gezogen. Das konnte dieser Mitarbeiter unmöglich alles von seinem Gehalt als Konstrukteur bestritten haben. Der Firmenchef hatte begonnen, seinen Top-Ingenieur in der Firma akribisch zu beobachten, doch an seinem alltäglichen Verhalten war nichts Verdächtiges festzustellen gewesen. Trotzdem hatte der Unternehmer weiterhin ein ungutes Gefühl gehabt. Etwas stimmte mit dem Mann nicht, da war er sich mittlerweile sicher gewesen. Er beschloss, der Sache auf den Grund zu gehen und hatte ihn als Kundschafter engagiert.

Am Anfang erschien Rösener die Sache eine Nummer zu groß. Nachdem der Auftraggeber aber ein erstes Treffen arrangiert hatte, merkte der ehemalige Stasimann sofort, dass er ein solches Angebot vielleicht nie wieder bekommen würde. Wenn er den Auftrag nicht versieben würde, müsste er sich in Zukunft nicht mehr mit diesen grauenvollen Scheidungsfällen herumschlagen. Dieser Auftrag würde ihm die Türen für die wirklich lukrativen Angebote öffnen.

»Trauen Sie sich die Sache zu?«, hatte der Firmenchef am Ende des Gesprächs gefragt. »Wenn Sie Gewissensbisse haben, dann sagen Sie das gleich jetzt!«

»Gewissensbisse leisten sich nur diejenigen, die schon alles haben«, hatte er geantwortet. Im Westen hatte er noch keinen Menschen mit wirklich ernsthaften Gewissensbissen getroffen und für ihn waren sie seit seiner Stasizeit sowieso ein Fremdwort.

Seit knapp einer Stunde liegt er bereits vor der Villa des Ingenieurs auf der Lauer und verkneift sich das Pinkeln. Als er gerade den Entschluss gefasst hat, seinen Posten für einen kurzen Moment zu verlassen, öffnet sich die Haustür. Der Observierte stürmt heraus, steigt in seinen BMW und braust davon. Rösener ist ihm sofort auf den Fersen, obwohl der Verfolgte sich nicht im Mindesten an die Geschwindigkeitsbeschränkung hält.

Der fährt wie eine gesengte Sau, denkt der Exstasi genervt. Andererseits gar nicht so schlecht. Wer so fährt, wird sich kaum die Mühe machen, aufmerksam im Rückspiegel zu verfolgen, was hinter ihm passiert.

Die rasende Fahrt geht die Friedrichstraße entlang, Richtung Mildstedt. Rösener hält auf der geraden Strecke genügend Abstand und lässt sich von seinem Peilsender führen.

In seinem Kopf beginnt gleichzeitig eine andere Verfolgungsjagd, eine, die er noch kurz vor dem Mauerfall in der DDR erlebt hat. Da war er mit dem Peilsender einem Klassenfeind auf den Fersen gewesen. Monatelang hatten sie den

Studenten aus dem Westen im Visier gehabt. Bei der Fotoauswertung war er dahintergekommen, dass der junge Westler bei seinen Einkäufen im Intershop der Raststätte in regelmäßigen Abständen Kontakte zu unterschiedlichen Volksgenossen aufgenommen hatte. Rösener war daraufhin mit dem Richtmikrofon zu seinem Schatten geworden. Dabei hatte sich sein Verdacht auf systematischen Menschenschmuggel erhärtet. Der Anfang vom Ende. Während der nächsten Einreise war dem Studenten bei der Kontrolle ein Peilsender angebracht worden und Rösener hatte ihn über die ganze Transitstrecke nicht mehr aus den Augen gelassen. Er hatte dann, als an einer einsamen Stelle eine Person zugestiegen war, den geheimen Transfer aus sicherer Entfernung fotografiert. Die Volkspolizei hatte den Wagen danach kurz vor der Grenze gestoppt und konnte bei dem Studenten eine Summe von 20.000 Westmark sicherstellen.

Rösener hatte es sich nicht nehmen lassen, höchstpersönlich die Kofferraumhaube aufzureißen. In dem Hohlraum waren eine zusammengekauerte Mutter und ein Kleinkind gewesen, das von der Frau an ihre Brust gepresst worden war. Als sie Rösener gesehen hatte, strahlten ihre Augen vor Glück. Die Republikflüchtige war offensichtlich der Meinung gewesen, er wäre einer der Schleuser, da er natürlich Zivilkleidung getragen hatte. Nach und nach war der Frau langsam klar geworden, dass sie nicht im Westen war und hatte daraufhin nur noch Rotz und Wasser geheult. Wenig später war sie in sich zusammengesackt.

Den Anblick dieser Frau, dieses armen Häufchen Elends, hat er bis heute nicht vergessen. Rösener kann sich noch genau daran erinnern, wie er die am ganzen Körper zitternde Frau aus dem Kofferraum gezogen hatte und, als er ihre Panik bemerkte, ein unbändiges Kribbeln in seinen Körper gespürt hatte. Ein unerhörtes Gefühl von Macht war damals in ihm aufgestiegen, ein Gefühl, das ihn danach nie mehr losgelassen hatte.

»Sie sind verhaftet!«, sagt eine Stimme, während er die Szene vor seinem inneren Auge sieht. »Sie sind verhaftet! Sie sind verhaftet.«

Mit heimlichem Genuss hatte er diese Worte gesprochen und mit demselben Genuss mit angesehen, wie man die Frau und ihr Kind in die Untersuchungshaft nach Potsdam geschafft hatte. Es war ihm eine tiefe Genugtuung gewesen. Zwei Wochen zuvor hatte seine Freundin ihn verlassen und er hatte seine ganze Wut bei dieser Frau loswerden können.

Der BMW biegt auf den Parkplatz vor der Reithalle von Mildstedt und die Zielperson verschwindet kurze Zeit später in dem großen, lang gestreckten Wellblechschuppen. Rösener stellt seinen Wagen in der Nähe ab und hastet hinterher. Die Reitbahn ist von einer brusthohen Holzbalustrade umrahmt. Kleine Mädchen und Jungen hocken auf dem Rücken von Fjordpferden und Oldenburgern und werden von einem Angestellten der Reithalle im Kreis herumgeführt. Die Mütter sprechen ihren Kleinen Mut zu und die stolzen Väter schießen die Fotos dazu, eins nach dem anderen.

Seine Zielperson ist wie vom Erdboden verschluckt. Rösener will gerade innerlich fluchen, als er den Mann hinter den Tribünenfenstern wiederentdeckt. Er sitzt dort mit einer für ihn fremden Person zusammen. Rösener sprintet zur Toilette, steigt danach die Treppe in den ersten Stock hinauf, besorgt einen Kaffee am Tresen und platziert sich erleichtert drei Tische vom Observierten entfernt. Die Fensterfront bietet einen guten Ausblick auf die Schar der jungen Reiter in der Halle. Rösener winkt übertrieben nach unten, damit er den Anschein erweckt, als würde er ein Kind dabei haben. Nachdem er gecheckt hat, dass sein Mann ihn nicht weiter beachtet, schiebt er sein Resonanzröhren-Mikrofon zwischen eine Zeitung, die er in seiner Tasche mitgebracht hat, richtet es auf die beiden Personen, drückt unauffällig den Ohrenstöpsel ins Ohr und schaltet das Mitschnittgerät in der Tasche ein.

»Ich hab den ersten Versuchsballon beim russischen Generalkonsulat in Hamburg gestartet. Die haben mir unter der Hand zugesagt, dass sie sich für ein Einwanderungsgesuch von uns beiden auf höchster Ebene einsetzen würden«, spricht der Mann im Ohr. »Die Sache wird jetzt ernst, Karl. Ich möchte nicht, dass du im letzten Moment abspringst. Also ohne Umschweife, bist du jetzt dabei, oder nicht?«

»Bist du wirklich sicher, dass es am Ende nicht noch Probleme geben wird?«

»Ich sag dir, das geht alles klar, Mann! Hier ist übrigens das Anschreiben, das morgen rausgeht. Hör zu! Sehr geehrter Herr Bla-Bla-Bla, ich gehe davon aus, dass bei der russischen Industrie ein lebhaftes Interesse für modernste Fischbearbeitungsmaschinen von außergewöhnlicher Leistungsfähigkeit besteht. Wir sind zwei hoch qualifizierte Konstrukteure und würden uns freuen, wenn uns eine Genehmigung für einen dauerhaften Aufenthalt in Russland erteilt werden wird und wir eine Anstellung als Spezialkonstrukteure für Fischbearbeitungsmaschinen mit einem auskömmlichen Gehalt sowie prozentualer Gewinnbeteiligung in einer russischen Maschinenfabrik vermittelt bekommen. Im Gegenzug wird unser Know-how, welches für die russische Fisch- und Konservenindustrie einen unschätzbaren Fortschritt bedeuten würde, ihrem Staat zur Verfügung gestellt. Um die ganze Sache von unserer Seite glaubhaft zu machen, lege ich dem Schreiben einige Seiten der kopierten Konstruktionszeichnungen und Blaupausen von unserer Heringsentgrätungsmaschine vom Typ 745 bei. Ich versichere, dass sich die gesamten Pläne von fünf verschiedenen Maschinentypen in unserem Besitz befinden.«

Rösener triumphiert innerlich. Das ist der Durchbruch, denkt er, ab heute werde ich in einer anderen Liga mitspielen.

*

Die Sonne sackt glühend rot in den Dunst des Horizonts. Swensen steuert seinen Polo an der Schlange von parkenden Fahrzeugen vorbei, die sich am Innendeich aneinanderreihen, und parkt in eine der letzten Lücken ein. Kaum hat der Hauptkommissar die Wagentür geöffnet, schlägt ihm der eisig kalte Westwind entgegen. Er zieht seine Wollmütze tief über die Ohren, reibt sich kräftig die Hände und klappt den Mantelkragen hoch. Anna bleibt derweil demonstrativ auf ihrem Platz sitzen. Swensen braucht einen Moment, bis er es bemerkt, um die Kühlerhaube hastet und die Beifahrertür mit einer höflichen Handbewegung öffnet. Mit einem breiten »besten Dank, mein Lieber!« steigt die Psychologin aus und lächelt, was selbst eine Mona Lisa nicht geheimnisvoller hinbekommen hätte.

»Ich finde es sehr lobenswert, dass du doch noch vernünftig geworden bist«, sagt Anna mit ironischem Unterton in der Stimme.

»Was heißt denn hier vernünftig? Du hast schließlich schwere Konsequenzen angedroht, wenn ich heute Abend nicht mitkomme.«

»Das war nur ein ernst gemeinter Ratschlag, Herr Hauptkommissar. Du lebst jetzt bald fünf Monate in Witzwort. Da musst du dich mal zeigen und hin und wieder etwas mitmachen. Dat gehöört sik so, opn Dörpen! Ich möchte nicht wegen dir in den Ruf kommen, mich würden die Witzworter nicht interessieren. Es war schwer genug, hier überhaupt akzeptiert zu werden.«

»Siehste, ich wusste schon, warum ich so lange gezögert habe, bei dir einzuziehen, meine Liebe. Demnächst darf ich für dich noch auf dem Schützenfest antreten.«

»Na ja, das wäre doch auch mal ganz nett. Warum solltest du nicht Schützenkönig werden? Ein Kommissar muss doch schießen können, oder?«

»Anna, ich bitte dich!«

»Jan Swensen!«, Annas Stimme wird deutlich lauter und wenn sie seinen vollen Namen ausspricht, das weiß er aus Erfahrung, bedeutet das nichts Gutes. »Jedes Jahr am 21. Februar findet an der gesamten Nordküste das Biikebrennen statt. Das ist ein großes Fest, zu dem sich alle Bewohner der Umgebung zusammenfinden. Und da geht man hin, weil jeder zeigt, dass er zur Dorfgemeinschaft dazugehört. Und du, Jan Swensen, gehörst jetzt auch dazu. Also gewöhn dich möglichst schnell daran, du lebst nicht mehr in Husum, sondern in Witzwort. Ist das angekommen?«

»Ist ja gut, ist ja gut! Nun komm wieder runter, Anna!«

»Ich bin unten, mein Lieber. Du bist es, der von oben herunterschaut!«

»Lass uns gehen, sonst kommen wir noch zu spät«, lenkt Swensen ein und schaut zum Himmel hinauf. Ein Netz von Lichtpunkten spannt sich über den violettschwarzen Grund und die Mondhälfte dazwischen wirkt wie ausgeschnitten. Swensen und Anna sind nur kurz allein unterwegs. Von allen Seiten strömen Menschen herbei und alle zusammen marschieren auf den Ortsrand von Simonsberg zu, wo an der Badestelle Lundenbergsand das Heer der vermummten Gestalten zum Stehen kommt. Die meisten tragen Wachsfackeln in ihren Händen, auf denen durchbohrte Bierdeckel zum Tropfenschutz stecken. Ein Feuerwehrmann mit einem kleinen

Propangasbrenner geht von einem Fackelträger zum nächsten und entzündet die Wachsstäbe. Bald leuchtet eine Lichterkette den Deich entlang. Mit Pauken und Trompeten führt der Spielmannszug der Feuerwehr, dessen uniformierte Männer mit klammen Fingern und blau gefrorenen Lippen tapfer Töne zu einer zackigen Melodie vereinen, die Fackelträger und die nicht Erleuchteten zu dem hoch aufgetürmten Stapel aus morschem Holz, vertrockneten Weihnachtsbäumen, Holzpaletten und brennbarem Strandgut. Mehrere Jugendliche warten vor Ort auf die heranwalzende Menschenmasse.

»Die Jungs haben den Biike-Platz abgesichert«, erklärt Anna, »haben hier bestimmt schon die gestrige Nacht ausgeharrt.«

»In dieser Eiseskälte?«, fragt Swensen, der das Treiben um sich herum mit misstrauischem Blick beobachtet. »Wozu soll das denn gut sein?«

»Die passen auf, dass die Biike nicht frühzeitig von rivalisierenden Jugendlichen aus den Nachbargemeinden angezündet wird. Das wäre die größte Blamage, die den Simonsbergern passieren könnte.«

In der Zwischenzeit hat sich jemand vor dem riesigen Holzstoß aufgebaut, auf dessen Spitze ein menschenähnliches Gebilde aus Stroh und Stofffetzen thront.

»Liebe Simonsberger, Uelvesbüller, Witzworter, liebe Gäste, die ihr von weit her angereist seid«, beginnt er seine Rede. »Morgen ist Piddersdai, unser St. Petritag, ein historischer Tag. Früher wurden an diesem Tag von den friesischen Landvögten neue Gesetze eingeführt und Streitigkeiten geschlichtet. Heute treffen wir uns an diesem Tag, um Spaß zu haben und das eiskalte Regiment des Winters zu beenden. Deshalb wird es jetzt höchste Zeit, dass wir dem Petermännchen Feuer unter dem Hintern machen! Ich danke in diesem Zusammenhang besonders unseren regen Landfrauen, die auch dieses Jahr wieder den wichtigsten Teil der Biike angefertigt haben.«

»Petermännchen?«, Swensens Stimme senkt sich zu einem Flüstern. »Meint der die Strohpuppe da oben?«

»Soweit ich weiß, soll das ein Symbol für den Papst und das Christentum sein. Beides war vor langer Zeit für die Bauern hierzulande ein rotes Tuch. Du musst davon ausgehen, dass der Brauch noch aus einer heidnischen Ära stammt und wahrscheinlich was mit den Germanengöttern Odin und Wotan zu tun hatte. Es geht um das Ausbrennen des Winters, um Fruchtbarkeit, Heilung von Krankheiten und die Vertreibung des Bösen. Biike heißt aus dem Friesischen übersetzt: Feuerzeichen.«

Der Redner hat seine nicht enden wollende Einführung hinter sich gebracht und gibt das Handzeichen, die brennenden Fackeln in die Biike zu werfen. Die ersten Flammen fressen sich durch das aufgeschichtete Holz, zuerst noch vereinzelt, dann lodert der ganze Stapel und das Feuer richtet sich rasend schnell zu einer züngelnden, lichtgetränkten Wand auf. Ein lang gezogenes »Oooohh!« tönt aus Hunderten Kehlen. Der Höhepunkt ist erreicht, das Feuer erfasst die Strohpuppe, in einem explosionsartigen Zischen verbrennt sie zu Asche.

»Ich kann nur sagen, von vorn werde ich hier fachgerecht geröstet«, kommentiert Swensen das Geschehen trocken, »und von hinten werde ich gleichzeitig schockgefroren.«

»Wir sollten uns langsam zum Grünkohlessen ins Festzelt absetzen«, schlägt Anna vor und zieht Swensen am Arm mit sich fort. Der Hauptkommissar hätte sich lieber gleich nach Hause abgesetzt.

»Freude bedeutet, die Augen für die gesamte Situation offen zu halten«, mahnen ihn die Worte von Meister Rinpoche. »Für den Buddha gibt es keinen Grund, sich nicht gegen die

Konvention aufzulehnen. Aber trotzdem bleibt er tief in den Überlieferungen seiner Gesellschaft verwurzelt. Er braucht die Tradition als Anregung, um sich aus ihr zu befreien.«

In circa 200 Metern Entfernung ist ein riesiges Festzelt auf die Wiese gestellt worden. Der Eingang wird von einer Menschentraube blockiert. Schon von Weitem duftet es verführerisch nach Bratkartoffeln, Kochwurst und Kassler. Für einen vegetarischen Hauptkommissar riecht es hier allerdings mehr nach einem fleischgewordenen Albtraum.

»Du kannst mir deine Kochwurst und das Stück Kassler geben«, sagt Anna mit Blick auf die finstere Miene, die sich auf Swensens Gesicht abzeichnet. »Ich sorge schon dafür, dass dein Seelenheil weitgehend unbeschadet bleibt, mein Liebster.«

»Wo willst du denn mit den Unmengen Fleisch hin?«, fragt Swensen ungläubig.

»Hörst du nicht meinen Magen knurren?«

»Das ist meiner Achtsamkeit entgangen, aber vielleicht könnten wir uns das Essen ja auch tei…«

»…'schuldigung«, unterbricht ihn Anna und deutet auf einen Mann im schwarzen Mantel und Fellmütze, »aber da vorne steht gerade Pastor Claßen. Der ist für die Gemeinden Witzwort und Uelvesbüll zuständig. Komm, ich stell ihn dir kurz vor, Jan.«

»Woher kennst du denn den Pastor von Witzwort? Solange wir zusammen sind, sind wir höchstens mal am Weihnachtsabend in die Kirche gegangen, und auch nur, weil deine Mutter das so wollte.«

»Stimmt, aber ich spreche trotzdem mit Pastoren, wenn es sich zufällig ergibt, mein Lieber. Aber im Ernst, Pastor Claßen und ich verstehen uns sehr gut. Er hat mir schon öfter jemanden geschickt, der eine psychologische Begleitung nötig hatte.«

»Grüß Gott, Frau Diete, wie geht es Ihnen?«, ruft der Pastor durch das Stimmengewirr, noch bevor Anna ihn erreicht hat.

»Danke gut, Herr Claßen. Das ist übrigens mein Lebensgefährte Jan Swensen, er ist vor Kurzem zu mir gezogen.«

»Sie sind also Herr Swensen und Sie sind Kommissar in Husum, wenn ich mich nicht irre?«

»Die Buschtrommel scheint ja nicht schlecht zu funktionieren, Herr Claßen.«

»Sagen wir mal, in einer Dorfgemeinschaft wird noch miteinander gesprochen, Herr Swensen.«

»Und was macht ein Pastor auf diesem … na, eher heidnischen Fest?«

»Aber, aber, Herr Swensen, ein Gottesmann muss überall sein, wo seine Gemeinde ist. Außerdem ist die wirkliche Bedeutung des Petritages überhaupt nicht richtig geklärt, Herr Kommissar. Die Biikefeuer dienten eine Zeit lang sogar als Abschiedsgruß für die auslaufenden Walfänger. Früher wurde an diesem Tag aber auch Gericht gehalten. Wenn die Feuer brannten, trat der sogenannte Thingrat zusammen. Das Thing stand für die Wahrheit und das Feuer für den Ursprung des Seins. Die meisten unserer Kirchen wurden auf solchen Thingplätzen errichtet.«

»Dann haben wir ja einen ziemlich ähnlichen Beruf, Herr Pastor. Wenn man so will, suche auch ich täglich nach der Wahrheit.«

»Nur, dass Sie den Sündern nicht vergeben können, Herr Swensen.«

»Das ist auch nicht meine Aufgabe, Herr Pastor.«

Swensen meint zu ahnen, dass Pastor Claßen nun mit dem Jüngsten Gericht kontern wird und legt sich innerlich etwas vom weltlichen Strafvollzug zurecht, als Annas Finger sich in seine Seite bohrt und sie leise »Ist ja gut, Jan« flüstert. Im selben Moment erklingt der Digitalsound des Kirchenliedes ›Ein feste Burg ist unser Gott‹. Pastor Claßen grinst den Kommissar etwas verlegen an, greift in die Manteltasche und zieht sein Handy hervor. Anna zupft Swensen am Mantelärmel und gibt ihm mit einer Kopfbewegung zu verstehen, sich zurückzuziehen, damit der Pastor in Ruhe telefonieren kann.

»Thiel, sind Sie das? Nun erst einmal ganz ruhig, was ist denn los?«

Anna dreht sich neugierig um und sieht noch, wie sich die Augen des Pastors erschrocken weiten. Die Psychologin spürt sofort, dass etwas passiert sein muss, denn der Kirchenmann wird aschfahl, stößt mehrere Fragen hervor und kommentiert das Telefongespräch immer wieder mit den Worten: »Das ist ja schrecklich!«

Die Menschen, die sich vor dem Festzelteingang drängen, scheinen das ebenso zu spüren. Sie weichen wie ein bedrohter Fischschwarm zur Seite aus, sodass sich bald niemand mehr in unmittelbarer Nähe des Kirchenmannes aufhält. Als auch Anna und Swensen sich entfernen wollen, fuchtelt der Pastor wild gestikulierend mit der freien Hand.

»Herr Kommissar … bitte … einen Moment!«, fleht er förmlich und deutet den beiden an, hierzubleiben. »Bleiben Sie auf alle Fälle dort, ich komme sofort«, hört Swensen ihn noch sagen, bevor er das Handy vom Ohr nimmt.

»Ein Mord! Es ist … es ist ein Mord passiert«, sagt er fast abwesend.

»Ein Mord?«, echot Swensen.

»Der Organist ist in der Kirche …«, der Pastor bricht mitten im Satz ab und starrt ins Leere.

»In der Kirche?«, fragt Swensen, »in welcher Kirche?«

»Unsere Kirche in Witzwort. Das kann doch nicht sein.«

»Was hat der Organist denn gesagt?«

»Da sitzt ein junges Mädchen … vorn … ganz vorn in der ersten Sitzreihe … tot … und alles ist voller Blut!«

In der Ferne, aus Richtung Tetenbüll, flackert der helle Feuerschein einer anderen Biike herüber. Der Nachthimmel ist wolkenfrei und das Mondlicht zeichnet scharfe Konturen in die Marschlandschaft. Außerhalb des Wagens scheint es Stein und Bein zu frieren. Swensen sitzt schweigend neben Pastor Claßen. Er hat Anna seinen Polo dagelassen, damit sie allein zurückfahren kann. Bis eben hat der Kirchenmann ihn noch mit Fragen überhäuft.

»Es hat überhaupt keinen Sinn zu spekulieren, Herr Claßen«, hatte der Hauptkommissar geantwortet, mehr um seine eigene Vorahnung zu bekämpfen, als um den Kirchenmann zu beruhigen. »Wir wissen noch nicht einmal, ob wirklich ein Mord geschehen ist. Vielleicht hatte die Frau eine Krankheit, Magenbluten zum Beispiel. In so einem Fall kann es passieren, dass Blut erbrochen wird. Das sieht dann ganz schrecklich aus. In meiner Dienstzeit bei der Kripo habe ich so etwas schon öfter gesehen.«

Er hat sofort einen Fall vor Augen, als er noch bei der Hamburger Schutzpolizei tätig war. Da hatten ein Kollege und er einen jungen Mann auf der Toilette einer Gastwirtschaft vorgefunden, der nach einem Blutsturz in seinem Blut lag. Obwohl Swensen damals fest an ein Verbrechen geglaubt hatte, war später nur ein natürlicher Tod festgestellt worden.

»Immer wenn Gefühle kommen und wir glauben, mit ihnen nicht fertig zu werden, schauen wir in der Regel zurück in unsere Erinnerung. Wir wollen den Schein wahren, nicht aus der Fassung geraten. Das ist die unnötige Angst vor dem Löwengebrüll des Samsara, der Lärm, der den Kreislauf des Lebens in Gang hält, der uns in jedem Moment sagt, dass gerade diese Situation uns das Leben lehrt.«

Auf manche Lehren würde ich gerne verzichten, denkt Swensen, und spürt ein Vakuum in seinem Kopf, eine Blockade, die er von früher her kennt. Sie tritt immer auf, wenn er versucht seine Ängste nicht wahrzunehmen. Da hilft nur, sich die Ahnungen bewusst anzusehen.

Wenn sich in der Kirche wirklich eine Ermordete befindet, dann bedeutet das jedenfalls etwas Abnormes, etwas, dass er bis jetzt noch nicht erlebt hat. Wer jemanden an so einem symbolischen Ort ermordet, kann nur eine schwere psychische Störung haben.

Das Drosseln des Motors reißt den Hauptkommissar aus seinen Gedanken. Sie haben das Ortsschild von Witzwort passiert und fahren die Dorfstraße hinauf. Die geduckten Ziegelhäuser werden vom Lichtschein des Wagens aus der Dunkelheit geschreckt und huschen augenblicklich wieder dahin zurück. Claßen stoppt vor dem Grundstück der Kirche, deren Rundbogenfenster erleuchtet sind. Der Schattenriss des Gebäudes, das auf einem Hügel steht, zeichnet sich kaum vor dem Nachthimmel ab. Wie aus dem Nichts stürzt eine hagere, hochgewachsene Gestalt auf den Wagen zu. Swensen kann im Dunkeln nur erkennen, dass es ein Mann ist, der eine Brille mit dicken Gläsern trägt. Kaum sind er und der Pastor ausgestiegen, sprudeln die Worte aus dem Mann mit der Brille heraus. Völlig außer sich legt er mitten in seinen Sätzen immer wieder eine Hand auf sein Herz.

»Ich bin nach der Arbeit erst nach Hause, nach St. Peter, das war kurz vor … nein …, doch, es war schon nach acht, äh … 20 Uhr, bin ich nach Hause gekommen. Und da dachte ich, ich hab mir überlegt, doch noch zum Üben hier herzufahren, für Sonntag. Also, üben in der Kirche, die Orgel …, auf der Orgel üben …«

»Ludwig«, unterbricht Pastor Claßen, »bleib ganz ruhig! Der Herr ist bei dir!«

»Was ist in der Kirche passiert?«, fragt Swensen leise.

»Das Mädchen ist tot … in der Bank … vorn vor dem Altar.«

»Sind Sie ganz sicher, Herr …?«

»Das ist Herr Thiel, Ludwig Thiel. Er ist unser Organist«, ergänzt Pastor Claßen, während der Hagere dazu nickt. »Und das ist Kommissar Swensen von der Husumer Polizei. Er war zufällig beim Biikebrennen.«

»Haben Sie die Tote angefasst, Herr Thiel?«, fragt der Hauptkommissar weiter, »oder haben Sie drinnen etwas verändert?«

Der Hagere schüttelt wild mit dem Kopf. »Das konnte ich … Das war so schrecklich, ich konnte … konnte kaum hinsehen.«

»Kennen Sie das Mädchen?«

»Ich … ich glaube nicht. Aber wie gesagt, ich hab kaum hingesehen.«

»Sie bleiben bitte beide hier«, ermahnt der Kriminalist, »es dürfen keine Spuren verwischt werden. Ich schaue mir die Sache einmal an.«

Er geht vorsichtig den Plattenweg hinauf. Seine Augen haben sich mittlerweile an die Dunkelheit gewöhnt und der diffuse Lichtschein aus den Fenstern reicht aus, um einigermaßen den Überblick zu wahren. Die Holztür im Rundbogenportal steht offen, sodass er sie problemlos mit dem Ellenbogen aufschieben kann. Swensen verschlägt es einen Moment den Atem, so unerwartet trifft ihn der Anblick des Kirchenraums. Im Chorraum am Ende der Holzbankreihen steht ein prachtvoller Schnitzaltar, der farbenfroh die Kreuzigungsszene zeigt. Trauernde Frauen, die Jünger Jesu und ein Heer von Soldaten sind in kunstvollen Figuren dargestellt. Die goldenen Gewänder schimmern in der elektrischen Beleuchtung.

Der Kriminalist verharrt einen kurzen Moment, bevor er seinen Blick von der Pracht lösen kann, das Mädchen auf der vordersten Bank entdeckt und sich langsam nähert. Ihr Kopf ist nach hinten geklappt, der Körper zusammengesunken. In der Herzgegend springen ihm mehrere Einstiche im Mantelstoff ins Auge, der blutgetränkt ist. Steinboden und Holzbank sind blutverschmiert, unzählige Spritzer wurden über die Lehne bis auf zwei Bänke dahinter geschleudert. Der Hauptkommissar sieht seine schlimmsten Befürchtungen bestätigt.

Das war Wut und Jähzorn, schießt es ihm durch den Kopf, während er sein Handy aus der Manteltasche zieht und die Nummer der Husumer Kripo eintippt.

»Swensen hier«, meldet er sich bei Jacobsen. »Ich stehe gerade in der Kirche von Witzwort. Hier gibt es ein Mordopfer, eine erstochene Frau. Schrecklicher Anblick. Trommel sofort das Team zusammen, Rudolf, und ruf als Erstes bei Hollmann an. Wir brauchen sofort die Spurensicherung.«

Der Kriminalist steckt sein Handy nach einem kurzen Austausch mit seinem Kollegen zurück in die Brusttasche. Entschlossen tritt er an die Frau heran, beugt sich leicht über den nach hinten geklappten Kopf und schaut der Toten direkt ins Gesicht. Im Kehlkopfbereich sind fleckige Blutergüsse und Rötungen zu entdecken, deutliche Würgemale. Die Augen stehen weit offen. Sie weisen schwache Bindehautblutungen auf. Swensen zuckt zurück, ein beklemmendes Gefühl drückt seine Brust zusammen.

Wie aus heiterem Himmel sieht er plötzlich die klaffende Halswunde eines der Kinder aus dem Sternschanzenpark vor sich. Das war 1992 gewesen, als er noch bei der Hamburger Kripo gearbeitet hatte. Nachts waren ihm die Mordbilder im Traum erschienen und das Erlebte war auch am Tage nicht verschwunden. Unerwartete Flashbacks ließen ihn damals die immer wiederkehrenden Bilder der Kinder sehen, als wären sie real vor ihm. Er hatte dann einen Vortrag über posttraumatische Belastungsstörungen an der Uni besucht. Dort war er auch Anna begegnet, Glück im Unglück. Nachdem er seine Probleme durch eine Therapie bei einer Kollegin von Anna in den Griff bekommen hatte, ließ er sich nach Husum versetzen, zurück in seine Geburtsstadt. Er wollte Abstand haben, raus aus dem kriminellen Wahnsinn einer Großstadt, und er wollte Anna wiedersehen. Kurz danach waren sie ein Paar geworden.

Handelnde können ihrem Schicksal nicht entfliehen, denkt der Hauptkommissar, während er mit Panik im Nacken aus der Kirche eilt. Die kalte Nacht holt ihn in die Wirklichkeit zurück. Die Angst, dass sich die alten Bilder von früher noch einmal in seinem Kopf festsetzen könnten, bleibt. In der Ferne hört er ein Martinshorn näherkommen. Er hastet den Weg hinunter, hofft, dass die bekannten Gesichter der Kollegen diesen Spuk vertreiben können.

Das Spiel ist aus. Der Satz ist plötzlich in seinem Kopf. Sartre …, das mit dem Entfliehen ist von Sartre, aus dem Buch: Das Spiel ist aus.

Februar 2003

Der Vater war nur beim Herrn, stand in seinem Licht und holte die Finsternis ins Haus, die neue Mutter, das Ungeheuer, das Dogma seiner Seele. Sie konnte den Sohn mit ihren Augen vernichten, mit ihrem Blick in ihn eindringen, alle Schutzzellen sprengen. Elende Mutter, in deinen großen Augen leuchtete die Abgründigkeit, du Unheimliche. Mit deinem eiskalten Blick hast du alles vernichtet, damit hast du auch den Sohn vernichtet. Das Übel, dein überbordender Willen, implodierte in deiner Kontrollsucht, mit der du den Sohn verfolgtest bis in sein Zimmer, bis in jeden Winkel. Dort wo du auf ihn eingeschlagen mit der Sprachwut deiner Macht, wo du im Irrealis deiner Anklagen, immer schneller, effektiver und präziser das Leid der Welt auf die Schultern des Sohnes legtest.

Deine Augen sind noch immer in ihm, schleichen durch seine Blutbahnen, sind die Spione seines Denkens, wollen wissen, was er weiß, das Geheimnis deiner schändlichen Taten in ihm finden. Du willst den Sohn von innen heraus verschlucken, ihn in das Loch zurückrutschen lassen, damit der Sohn mit seiner Wahrheit darin verschwindet, die nur er kennt, nicht einmal du.

Mutter, du bist immer auf der Hut. Das ist deine Stärke, das ist deine vernichtende Logik. Du hältst den Sohn als Gefangenen an seinem selbst geschaffenen Angstort, einer grenzenlosen Wüste, die dem Sohn ihre Wirklichkeit erbarmungslos vor Augen führt. Die Wirklichkeit des ewigen Leidens und seiner möglichen Vernichtung. Bis dahin muss der Sohn sich um seine eigenen Strategien kümmern, damit er deine Existenz in sich auflösen kann, sich selbst etwas ausdenken kann.

Wer denkt braucht nicht zu fühlen.

Denken ist die Wirklichkeit.

Fühlen ist der Tod.

Aber das Denken duldete keine Öffentlichkeit. Überall lauerte sie, deine Muttermacht.

Mutter, die Strategin ihrer eigenen Gerechtigkeit, die jederzeit ihre Meinung im Sohn positionieren kann. Die ihre Weisheiten in ihm versenkt, für immer. Mutter ist die Gegenwart von Druck und Unterdrückung. Der Sohn will aus ihrer Haut, das Mutter-Ich, die Muttertotalität aus sich herauskratzen, bis auf das nackte Fleisch und tiefer, Mutterschicht für Mutterschicht.

»Denken sind keine Lichter und Arschlöcher keine Gesichter!«

»Kinder mit 'nem Will'n, kriegen was auf die Brill'n!«

»Der Rohrstock liegt oben auf dem Küchenschrank, vergiss das nicht!«

»Noch so 'n Widerwort, und ich hau dir eins auf dein gottloses Maul!«

Der Sohn hatte keine Chance, sich ihrer Eloquenz zu entziehen, war nie ungestört, ohne Irritation, Verunsicherung, Ungenügen und Schuld. Mutter war immer da, die allgegenwärtige Infragestellung seiner Existenz. Er schien sich nicht selbst zu gehören, sein Können wurde nicht gesehen. Die Welt hatte die Augen vor ihm geschlossen. In seinem Herzen waren nur die Augen der Mutter.

Der Sohn will nicht mehr unfertig sein, will nicht mehr ausgeschlossen in der Wüste verdursten. Der Sohn will raus aus dem ewigen Diskurs seiner Legitimation, der Sohn will über die Stränge schlagen, der Sohn will sich austoben, den Zorn in eine Form geben, das Mutterwerk anhalten, das unentwegt in ihm tickt, ihn stillstehen lässt in der Zeit.

Der Sohn braucht ein Gesetz der Möglichkeitsermächtigung. Er will es der Mutter beweisen, dass er sich aus ihrem verborgenen Drahtgeflecht herauswinden kann. In ihm steckt ein monolithischer Wahn, der will sich durch eigene Werke unverrückbar in der Welt festsetzen. Nur ein eigenes Werk könnte im Sohn den erlittenen Verlust kompensieren. Er brauchte seine Befreiung, seine große Tat.

Ab heute schreibt der Sohn seine eigenen Geschichten, Geschichten des Schreckens, schrecklicher als ihre eigene Tat, die nicht aus der Welt zu schaffen ist. Die Bilder des Todes, die der Sohn gesehen hat, waren kein Traum, der Himmel hat sich wirklich geöffnet. Aber nicht alles ist benennbar, nicht alles ist erklärbar, sinnhaft. Es gibt den Hass, den Tod, das Böse. Alles Schweigen des Sohnes hat ihn nicht davon befreit. Die Engel sind nie zu ihm herabgestiegen, auf der Himmelsleiter, der Stiege, der Treppe. Nie werden sie zu ihm herabsteigen.

Schaffe dir deinen eigenen Kosmos, Jakob! Koche das Linsengericht für dein Erstgeburtsrecht, das Recht mutterlos zu sein, ein Sohn ohne Mutter.

Er will nicht mehr der stille Sohn sein. Es will heraus aus dem Sohn, eruptiv. Die Worte, die es dafür gibt, sind viel zu zahm, viel zu bedacht. Seine Geschichten sind mit Tinte aus Blut geschrieben. Seine Buchstaben sind mit dem Hammer geprägt, mit dem Messer geritzt, auf Menschenhaut verfasst. Der Sohn ist außer Kontrolle, Schreckensmutter. Du bist das stumme Echo des Sohnes, dessen besinnungslose Seele nach Macht giert. Der Sohn wird die Welt impfen gegen dich, den Muttervirus, die Epidemie des vergewaltigten Geistes, den er stoppen muss, um endlich ein freier Sohn zu werden.

*

Es ist schon weit nach 5 Uhr in der Früh, als Stephan Mielke Swensen die kurze Strecke vom Tatort zu Annas Haus hinüberfährt. Der Hauptkommissar hätte sie natürlich auch schnell zu Fuß gehen können, aber er fühlte sich schlecht, war müde und völlig durchgefroren, weshalb er das Angebot des Kollegen ohne zu zögern angenommen hatte. Obwohl vom Team während der Ermittlung vor Ort einige Heizlüfter herbeigeschafft worden waren, blieb die Kirche weiterhin frostig kalt. Um die Ergebnisse des Polizeiarztes nicht zu verfälschen, durften sie erst nach Beendigung seiner Arbeit angeschaltet werden. Swensens Füße waren mit der Zeit zu Eisklumpen geworden. Jetzt breitet sich ein schmerzhaftes Kribbeln in ihnen aus und beim Gang durch den Garten zu Annas Haus hinauf fühlen sie sich bei jedem Schritt völlig taub an. Mit klammen Fingern schließt er die Haustür auf. Die Enge in der Brust hat er mit hierher gebracht. Er hängt den Mantel an die Garderobe, holt sich eine Plastikschüssel aus der Küche und füllt sie im Bad mit heißem Wasser. Nachdem er Schuhe und Socken ausgezogen hat, setzt er sich auf den Badewannenrand und lässt die Füße in die Schüssel gleiten. Augenblicklich stechen tausend Nadeln in seine Haut. Swensen atmet tief aus, während allmählich eine wohlige Wärme den Körper hinaufflutet. Die Bilder der langen Nacht sickern aus seinem Bewusstsein hervor.

Er sieht die füllige Gestalt von Michael Lade neben der Leiche stehen, sieht wie er in seinem Instrumentenkoffer herumkramt.

»Wenn ich das hier so sehe, bekomme ich ein verdammt schlechtes Gefühl, Doc«, hört er sich zum Polizeiarzt sagen. »Irgendetwas in mir gibt Alarm. Dieser Mord passt in gar kein Schema, das ich aus meiner gesamten Polizeiarbeit kenne.«

»Ich verstehe gerade nicht, wovon du redest, Jan«, murmelt Lade leicht abwesend, ohne den Blick von der Toten abzuwenden. »Erwürgt oder erstochen, eins von beiden ist die Todesursache. Näheres wird die Obduktion ergeben.«

»Das ist alles, was du sagen kannst?«

»Nun, etwas ist schon ungewöhnlich. Das Mädchen hat keine Wunden an Händen und Unterarmen. Sieht so aus, als wenn sie sich überhaupt nicht gewehrt hat. Wer lässt sich ohne Gegenwehr so zurichten? Wenn du das gemeint hast, fällt das eindeutig aus dem üblichen Schema.«

»Nein, ich dachte schon eher an den ungewöhnlichen Tatort. Das Mädchen wurde offensichtlich direkt hier ermordet. Da stellt sich die Frage, warum hat der Täter sie ausgerechnet in eine Kirche gebracht? Der wird sich doch etwas dabei gedacht haben!«

»Ich bin Arzt, Jan, kein Psychologe! Solche Fragen stellen sich mir nicht!«

»Und wie lange ist sie tot?«

»Schwierig zu sagen. An den Augenlidern und den kleinen Gelenken hat die Totenstarre begonnen. Aber es ist eiskalt, selbst hier drinnen. Da kann ich aus dem Stehgreif keine genaue Zeit sagen. Zwei bis vier Stunden mit Vorbehalt. Ich messe gleich noch die Raumtemperatur. Bis dahin bleiben eure Heizlüfter aus.«

Irgendwo in der Ferne schnarrt es leise. Swensen starrt auf seine nackten Füße, die eine rötliche Färbung angenommen haben. Er erwacht wie aus einem Traum. Das Geräusch kommt vom seinem Handy, das im Mantel an der Flurgarderobe steckt. Mit nassen Füßen eilt er in den Flur, um das Klingeln zu stoppen bevor es Anna aufwecken könnte.

»Swensen hier!«, meldet sich der Hauptkommissar, nachdem er blitzschnell das Gerät aus der Manteltasche gefingert und in der Küche die Tür hinter sich zugemacht hat.

»Heinz Püchel!«

»Heinz?«, platzt es aus Swensen heraus, bevor sich ein unterschwelliger Ärger in die Stimme mischt. »Das glaub ich jetzt nicht! Es ist gleich 6 Uhr in der Früh! Ich denk, du bist auf Fortbildung?«

»Bin ich auch!«, donnert der Polizeirat. »Sonst wäre ich

heute Nacht ja wohl vor Ort gewesen. Also, was ist da los bei euch? In kurzen Stichworten bitte!«

»Woher weißt du denn überhaupt, dass hier was los ist?«, fragt Swensen genervt. »Na ja, ich kann's mir schon denken. Jacobsen hat dich bestimmt als Ersten angerufen, stimmt's? Typisch … vorauseilender Gehorsam!«

»Was soll der Mist, Jan! Selbstverständlich werde ich immer von allen informiert – außer von dir!«

»Du befindest dich in Frankfurt, soweit ich weiß. Meinst du nicht, dass es warten kann, bis du wieder in Husum bist?«

»Jan, ich bin der Chef. Ich bin für unseren Laden verantwortlich. Was soll ich sagen, wenn mich hier jemand darauf anspricht? Etwa, ich hab keine Ahnung? Nun, erzähl schon, was los ist. Ist Jean-Claude bereits bei euch vor Ort, oder haben sie jemand anderen aus Flensburg runtergeschickt?«

»Nein, Jean-Claude ist hier. Warum rufst du ihn denn nicht gleich persönlich an?«

»Du hast mir gerade erst gesagt, dass er da ist! Außerdem will ich nur wissen, warum ausgerechnet du zuerst am Tatort warst! Nun rede endlich, von Anfang an!«

»Also, ich war auf dem Biikebrennen in Simonsberg, als der Pastor aus Witzwort einen Anruf bekam, dass sich eine Leiche in seiner Kirche befindet. Ich stand zufällig daneben und hab es mit angehört. Dann bin ich natürlich gleich mit ihm zum Tatort gefahren. Ein Organist, der an dem Abend in der Kirche üben wollte, hat die Tote gefunden. Wir wissen noch nicht, wer sie ist, die Jugendliche hatte keine Papiere dabei. Wurde entweder erwürgt oder erstochen, die genaue Todesursache steht noch nicht fest.«

»Eine Jugendliche?«

»Ja, bestimmt noch keine 20, würde ich schätzen.«

»Und sie wurde in der Kirche ermordet? Oder wurde sie nachträglich dahin geschafft?«

»Nein, es ist direkt in der Kirche passiert. Wir haben keine Ahnung, warum die Frau sich dort aufgehalten hat und wie sie dahin gekommen ist. Der Pastor sagte mir, normalerweise ist die Kirche um diese Jahreszeit abgeschlossen. Die alten Kirchen auf Eiderstedt sind alle nur in den Sommermonaten tagsüber geöffnet. Es gibt bis jetzt auch keine Zeugen, die etwas beobachtet haben. Aber mitten in der Nacht ist das kein Wunder und außerdem waren die meisten Witzworter zur Tatzeit schon beim Biikebrennen in Simonsberg. Es würde also nichts bringen, aufs Geratewohl die Leute aus dem Bett zu klingeln. Der Doc wollte sich zwar nicht festlegen, aber die Tat könnte zwischen 17 und 20 Uhr passiert sein.«

»Ist dieser Organist außer Verdacht?«

»Nein, ist er natürlich nicht. Aber das ist alles viel zu früh, um schon was sagen zu können. Die Ermittlung hat doch grade erst begonnen, Heinz, ein wenig Geduld. In der ersten Vernehmung hat der Mann behauptet, gegen 20 Uhr an der Kirche angekommen zu sein. Hat zwei Tage zuvor den Schlüssel aus dem Pastorat geholt und sich gewundert, dass die Kirchentür nicht verschlossen war. Er hat dann Licht gemacht, ist zur Orgel hinauf und erst oben von der Empore hat er die Frau auf der vordersten Kirchenbank sitzen sehen.«

»Die saß da in der Kirchenbank?«

»So ist es. Der Kopf war nach hinten gekippt und der Hals wies Würgemale auf. Ansonsten mindestens vier Messerstiche, einer direkt ins Herz.«

»Was sagt Jean-Claude dazu?«

»Was soll er sagen? Der Täter hat keine Visitenkarte hinterlassen. Wir müssen die Spuren erst auswerten, dann sehen wir weiter.«

»Ihr habt doch bestimmt drüber gesprochen, ob es sich um einen oder mehrere Täter handelt.«

»Es gibt keine Hinweise, ob einer oder mehrere!«

»Der oder die Täter müssten beim Verlassen doch völlig blutverschmiert gewesen sein, oder?«

»Das mit Sicherheit, so wie der Tatort aussah, aber wie ich bereits sagte, gibt es keine Zeugen. Wir haben beschlossen zwei, drei Stunden zu schlafen und uns dann zu treffen, um eine SOKO einzurichten. Jean-Claude würde unser altbewährtes Team gerne wieder mit im Boot haben. Ist doch auch in deinem Sinne?«

»Selbstverständlich, klar! Ich möchte unter allen Umständen auf dem Laufenden gehalten werden, ich hoffe, das war deutlich genug, Jan!«

»Versprochen! Ich würde jetzt gerne ins Bett, Heinz. Ich bin todmüde!«

»Okay, bis dann! Und gute Nacht!«

»Ja, dir auch eine gute Nacht!«

»Ich für meinen Teil bin gerade aufgestanden, bis dann, Jan!«

Swensen steht mit dem Handy in der Hand und blickt auf sein Abbild im schwarzen Spiegel des Küchenfensters. Doch er kann es nicht erfassen, sieht durch sich hindurch auf die Kirchenbank mit dem toten Mädchen. Die offenen Augen sehen ihn erstaunt an. Nein, nicht erstaunt, sie haben einen gelassenen Eindruck gemacht, als hätten sie nicht eben noch einem Mörder ins Gesicht geblickt. Das Bild ist real, bedrohlich. Der Hauptkommissar schreckt zurück, wendet sich abrupt von seinem Spiegelbild ab, flüchtet ins Schlafzimmer, wo er Annas Atem hört, der meditative Rhythmus des Ein- und Ausatmens, der ihm langsam seinen Anflug von Panik nimmt.

*

Da ist wieder etwas in ihrer Nähe, schleicht sich heran. Ihr Blick irrt in alle vier Himmelsrichtungen. Das Etwas bleibt unsichtbar wie ein Windhauch, dessen Vorhandensein nur spürbar wird, wenn er über die Haut fließt. An ihren Armen richten sich die Härchen auf, doch es ist kein Wind. Sie hastet über einen schmalen Trampelpfad, der sich schnurgerade über die Deichkrone zieht. Er geht, soweit sie blicken kann, an einem Fluss entlang. Der Himmel ist wolkenlos blau, es scheint ein warmer Sommertag zu sein. Sie friert trotzdem, obwohl sie einen Schritt vor den anderen setzt. Jetzt ist es ganz nah, dieses Etwas. Sie reißt den Kopf herum, das Etwas schaut sie an. Ein körperloses Wesen steht ihr gegenüber. Voller Panik beginnt sie zu laufen, aber es ist ihr auf den Fersen, wird größer, präsenter. Dann packt es ihren Nacken. Von oben stürzt eine unbändige Gewalt auf sie herab, teilt lautlos die Luft und ein harter Schlag trifft mit voller Wucht ihren Kopf. Der Schädelknochen knackt dumpf, als würde er zerspringen. Ein fürchterlicher Schmerz quillt zähflüssig aus den Ritzen. Ihre Hände greifen danach, wollen die Qual stoppen, doch zwischen ihren Fingern bahnt sich eine glühende Lava ihren Weg, färbt die Haut dunkelrot. Sie schreit aus Leibeskräften, schreit sich die Angst aus der Seele, schreit und schreit.

Lisa Blau wird von ihrem eigenen Schrei geweckt, der ihre Augenlider aufklappen und sie ins Schwarz des Zimmers blicken lässt. Sie realisiert, dass sie völlig verkrampft, mit angezogenen Beinen im Bett sitzt und am ganzen Leib zittert, spürt gleichzeitig ihren weit aufgerissenen Mund, aus dem ein markerschütternder Schrei dringt. Dann herrscht unheimliche Stille, Totenstille. Sie greift sich an die Brust, das Nachthemd ist nass vom Schweiß. Es braucht einen Moment, bis ihr Körper sich an den gefahrlosen Zustand gewöhnt. Trotzdem bleibt eine abgrundtiefe Angst, die wie ein Herbststurm aus dem Jenseits durch ihren Kopf tobt, alle aufkommenden Gedanken mit sich fortreißt und sie weiterhin bewegungslos bleiben lässt. Ihr ist, als rückten die Wände ihres Zimmers immer enger zusammen, als würde ihr der letzte sichere Platz streitig gemacht. Es ist dasselbe Gefühl wie damals, kurz nachdem sie aus der Narkose erwacht war.

»Lisa, aufwachen! Es ist vorbei, Lisa!«

Sie erwachte in einem Gewirr von Stimmen, hörte immer wieder jemanden ihren Namen sagen, lauter und immer lauter. Bin ich in der Welt oder im Himmel?, war ihr erster Gedanke gewesen. Sie wollte etwas fragen, brachte aber keinen Ton heraus. Ein Beatmungsschlauch steckte in ihrer Luftröhre.

»Die Operation ist gut verlaufen«, sagte eine Schwester, »es ist alles in Ordnung.«

Tränen sickerten aus ihren Augen. »Danke!«, murmelte sie innerlich und fiel erneut ins Nichts zurück. Stunden waren vergangen, als sie wieder erwachte, schweißnass. Der Beatmungsschlauch war entfernt worden und sie war nicht bei sich, schrie und schlug wild mit den Armen in der Luft herum. Mehrere Männer in grünen Kitteln waren ihr auf den Leib gerückt, hatten im Bereich der Halsschlagader einen Zugang gelegt und führten gerade die Biopsiezange ein, um eine Gewebeprobe von ihrem neuen Organ zu nehmen. Professor Rollesch verfolgte den Vorgang auf dem Monitor. Sie spürte, wie ihr Herz zu rasen begann, konnte die Schläge über die Apparate hüpfen sehen. Eine Ampulle Valium schickte sie ins Nichts zurück und ein rasselndes Geräusch holte sie erneut ins Hier.

»Wir machen eine Röntgenaufnahme«, hörte sie Schwester Annegrets freundliche Stimme und sah, wie sie mit zwei weiteren Schwestern ein riesiges Vehikel hereinrollte. Es wurde direkt auf ihr platziert, ohne dass sie es spüren konnte.

»Wir brauchen alle vier Stunden eine Aufnahme, das ist sehr wichtig«, sagte Professor Rollesch, als er die Angst in den Augen der Patientin sah.

In Lisa Blau überschlugen sich ängstliche Fragen.

Ist das neue Herz kräftig genug, wie lange würde es noch schlagen?

Vielleicht stößt mein Körper das Organ ab?

Wenn das Herz gar nicht richtig angenäht ist?

Wissen die Menschen hier wirklich, was sie tun?

Obwohl ihr physisches Siechtum über Nacht einer neuen Beweglichkeit gewichen war, kam sie mit der neuen Situation nicht zurecht. Irgendetwas war anders, weit mehr, als dass sie mit dem Herzen eines anderen Menschen lebte.

Zudem tauchten immer neue Fragen auf, marterten ihren Verstand, ließen sie hinabsinken auf den Grund ihres Daseins, bis nur noch die letzte Frage nach Leben oder Tod übrig blieb. Eine Art Schuld an dem Tod des Menschen, der für sie gestorben war, plagte sie Tag für Tag. Viel zu lange hatte sie gehofft, sich sogar danach gesehnt, dass jemand sterben möge. Sie hatte es gedacht, hatte gar nicht anders denken können, damals. Und dann fragte sie sich, ob es rechtens gewesen war, dass dieser Wunsch sie so erfüllt hatte. Und je häufiger sie versuchte sich davon zu überzeugen, dass es keinerlei Zusammenhang zwischen dem Tod des Spenders und ihrem innigen Flehen nach einem neuen Herzen gegeben haben konnte, desto weniger brachte es ihr eine Entlastung. Es gab Tage, da wünschte sie den Zustand vor ihrer Operation zurück. Sie hatte sich damals bereits so daran gewöhnt gehabt, dass ihre Seele den Kontakt zu ihrem jetzigen Körper endgültig verloren zu haben schien.

Professor Rollesch bewachte sie in dieser Phase wie eine unbezahlbare Kostbarkeit. Er hatte ihr neues Herz in den Händen gehalten, hatte es zum Schlagen gebracht. Manchmal glaubte sie, dass er ein besseres Verhältnis zu ihrem Herzen besaß, als sie selbst.

»Ab und zu glaube ich, ein anderer Mensch ist aus der OP erwacht«, gestand sie dem Arzt ein.

»Frau Blau, da bilden sie sich etwas ein. Es ist alles in Ordnung. Ihre Genesung verläuft nach Plan, alles geht genauso voran, wie wir es erwartet haben. Vielleicht haben Sie ja eine leichte Depression. Es kann sein, dass Sie sich in der Zeit vor der Operation, obwohl Sie in einer lebensbedrohlichen Lage waren, ruhig und gelassen gefühlt haben. Jetzt ist diese Gefahr gebannt, endgültig vorbei. Da beginnt die Psyche oft verrücktzuspielen. Vielleicht kommen jetzt noch mal all die Ängste, die Sie die ganze Zeit nicht zulassen konnten.«

»In mir gibt es eine Stimme, die mir immer wieder sagt, wie undankbar ich bin!«

»Ich verstehe nicht, was Sie meinen, Frau Blau.«

»Jemand hat sein Leben gegeben. Ich möchte mich bei der Familie des Spenders dafür bedanken, Herr Professor!«

»Das ist unmöglich, Frau Blau. Ich rate Ihnen eindringlich, von diesem Wunsch möglichst schnell Abstand zu nehmen. Oder möchten Sie die Büchse der Pandora öffnen, lieb Frau Blau?«

»Die Büchse der Pandora? Ist das nicht ein wenig übertrieben?«

»Ganz und gar nicht! Aus gutem Grund wird die Organspende in Deutschland anonym durchgeführt. Es ist nicht vorhersehbar, wie die Angehörigen des Spenders auf die Situation reagieren würden. Das ist für alle ein gefühlsüberfrachtetes Thema. Ich fürchte Sie überschätzen sich da, Frau Blau. Die Sache ist viel zu brisant, lassen Sie es lieber gut sein!«

»Das heißt, es ist keine Frau gewesen?«

»Das hab ich nicht damit sagen wollen. Man redet im Allgemeinen immer von einem Spender.«

»Also ist es eine Spenderin?«

»In Gottes Namen, Frau Blau, ja, es ist eine Spenderin. Und sie können von Glück reden, dass alles so schnell ging. Das Herz kam nämlich aus dem Klinikum Nordfriesland in

Husum. Aber was sage ich hier, ich rede mich noch um Kopf und Kragen. Selbst das dürfen Sie nicht wissen, Frau Blau.«

»Ich hab's aber gehört, Herr Professor!«

»Vergessen Sie das einfach sofort wieder! Denken Sie lieber an schönere Dinge. Was würden Sie denn gerne tun, wenn Sie den Krankenhausaufenthalt hinter sich haben?«

»Nichts Besonderes, Herr Professor, ganz normale Sachen, die ich früher immer als selbstverständlich angesehen habe. Spazierengehen wäre schön, oder tanzen. Und wenn ich richtig fit bin, wieder in meiner Tanzschule arbeiten.«

»Und jetzt, Frau Blau? Gibt es im Moment einen Wunsch, den ich Ihnen erfühlen kann?«

»Wenn Sie mich so fragen, Herr Professor, ich würde jetzt am liebsten ein riesiges Glas mit Cola trinken!«

Kaum hatte sie die Worte ausgesprochen, war sie über sich selbst verblüfft gewesen. Solange sie sich zurück erinnern konnte, war gerade Cola ein Getränk, das sie immer verabscheut hatte. Aber so verrückt es auch war, genau in diesem Augenblick verspürte sie ein unbändiges Verlangen auf genau dieses zuckersüße Getränk, nichts auf der Welt, nur dieser prickelnde Geschmack würde ihren Durst im Moment löschen können.

*

Das bleiche Mädchen liegt auf der silberschimmernden Aluminiumplatte, in der sich mittig unter ihrem Rücken eine Ablauffuge entlangzieht. Sie hat ihre persönlichen Daten dabei, am großen Zeh des rechten Fußes hängt eine Pappkarte, auf der mit blauem Filzstift notiert wurde: ›1,79/78,9‹, Größe und Gewicht. Als Swensen in den Sektionssaal tritt, muss er zweimal hinschauen, bevor er die Tote aus der vergangenen Nacht im grellen Neonlicht wiedererkennt. Sie ist nackt und gewaschen und selbst die Wundmale haben etwas Unwirkliches angenommen. Zumindest ist ihre Identität seit dem frühen Morgen geklärt, sie heißt Andrea Goldschmidt, ist 18 Jahre alt und Schülerin aus Oldenswort. Die Eltern hatten die junge Frau bei der Polizei als vermisst gemeldet und auf einem Foto die Tote als ihre Tochter identifiziert.

Der Hauptkommissar sieht beklommen auf den mit Wunden übersäten Körper. Eine frisch vernähte, leicht bogenförmige Narbe geht quer von Schulter zu Schulter und führt zentral abwärts zum Schambein. Die Kleidung, in Plastiktüten verstaut, steht am Fußende. Jürgen Riemschneider, der Gerichtsmediziner aus Kiel, schaltet gerade sein Diktiergerät aus, das an einer Apparatur direkt vor seinem Mund hängt und mit dem Kinn bedient werden kann. Eine Sonderanfertigung des LKA, damit man es nicht mit seinen Händen bedienen muss. Riemschneider streift, jeweils von einem Knall begleitet, die Latexhandschuhe von den Händen und nimmt den Mundschutz ab.

»Hallo, Jürgen, machst du das hier heute allein?«, fragt Swensen den Mann im grünen Kittel.

»Um Gottes willen, nein!«, begrüßt der den Kommissar von Weitem. »Pinocchio … äh Markgraf ist mit der Assistentin gerade eben zum Mittag abgeschwirrt. Mensch, Jan, wir treffen uns wohl immer nur, wenn es bei euch in Husum eine Leiche gibt!«

»So ist es, Jürgen! Und ich frage mich jedes Mal, wenn ich dich sehe, wie man freiwillig Gerichtsmediziner werden kann?«

»Man muss im wahrsten Sinne durch den Menschen hindurchsehen und sich um Gottes willen nicht die Schicksale zu eigen machen. Außerdem hat meine Frau den gleichen Beruf, da nimmt man die Sache sowieso mit Witz und Humor«, antwortet Riemschneider und sein Gesicht nimmt etwas Spitzbübisches an. »Kennst du den? Was kriegt ein Rechtsmediziner von seiner Frau zum 31. Geburtstag?«

Swensen sieht den Rechtsmediziner ungläubig an, der nach seiner Frage genussvoll eine Zäsur einlegt, bevor er grinsend selbst die Antwort liefert: »Ganz einfach, eine Leiche mit 31 Messerstichen!«

Während der Mediziner noch in sich hineinkichert, zieht der Hauptkommissar die Augenbrauen hoch. »Das ist überhaupt nicht witzig, Jürgen!«

»Komm, ein bisschen Spaß muss sein, Jan! Doch bevor du vollends zum Spielverderber wirst, sage ich dir, was ich bis jetzt schon weiß. Also, in diesem Fall haben wir es mit sechs Messerstichen zu tun. Wenn du mich fragst, da hat jemand eine richtige Wut gehabt. Vier Stiche in der linken Unterschlüsselbein-Region, zwei in den Abdomen. Zwei Stiche waren sofort tödlich. Das Tatmesser ist circa 15 Zentimeter lang und hat eine schmale, spitze Klinge.«

»Irgendetwas Auffälliges?«

»Die Jugendliche hat sich nicht gewehrt, es gibt keine Abwehrspuren an den Extremitäten.«

»Ja, das haben wir auch schon bemerkt.«

»Vielleicht war sie weggetreten. Im Blut waren aber nur 0,3 Promille Alkohol festzustellen. Für Hinweise auf Drogen müsst ihr euch bis nach der toxikologischen Untersuchung gedulden.«

»Anzeichen für einen Vergewaltigungsversuch?

»Nein, nichts! An der Leiche gibt es keine Spermaspuren.«

»Das war alles, was du rausbekommen hast?«

»Richtig! Aber deswegen bist du doch nicht extra hergekommen, da wäre mein Bericht ausreichend gewesen?«

»Im Prinzip schon ...«, druckst Swensen herum, »aber die ersten Tage ..., du weißt doch ..., da können die neusten Fakten für die Ermittlung schon entscheidend sein. Also, man sieht sich!«

Der Hauptkommissar nickt kurz und eilt aus dem Raum. Die Frage hat ihn auf dem falschen Fuß erwischt, denn er weiß selbst nicht genau, was ihn hierher getrieben hat. Wenn er es genau bedenkt, ist es pure Angst gewesen. Er wollte ihr nicht ausweichen, wollte die tote Frau noch einmal sehen, um die schrecklichen Bilder der Nacht zu relativieren. Zumindest ist er sich jetzt ziemlich sicher, dieser Fall wird für ihn schwer werden. Die alte Angst hat sich wieder in ihm breitgemacht, die Angst von damals, die ihn noch immer in Schrecken versetzt, als er die Bilder der Kinder mit sich herumgeschleppt hat. Das Gesicht der toten Frau in der Kirche hat ihn diesmal tiefer berührt, als er es von sich gewohnt ist. Er muss den Fall so schnell wie möglich aufklären, auch für sich selbst.

Die Kollegin Silvia Haman wartet mit deutlicher Ungeduld am Haupteingang des Krankenhauses. »Warum musstest du dir denn unbedingt die Gerichtsmedizin reinziehen?«, löchert sie Swensen im selben Moment, als der durch die Glastür tritt, »im Bericht wird sowieso alles stehen, was wir wissen wollen.«

Der Hauptkommissar zuckt mit den Achseln und geht wortlos neben ihr her zum Dienstwagen. Bevor sie einsteigt, wirft sie demonstrativ einen flehenden Blick zum Himmel. Swensen setzt sich ohne zu fragen hinters Steuer und fährt den Polo zügig aus der Stadt hinaus.

»Dieser ungeklärte Mordfall, den Colditz heute Morgen während der Frühbesprechung auf den Tisch gepackt hat, bist du da eigentlich schon in Husum gewesen?«, fragt Silvia nach circa fünf Minuten Schweigen.

»War mein erster Mordfall hier oben«, antwortet Swensen. »Das war 1998, und ich bin bereits 93 von Hamburg nach Husum.«

»Und was war das für ein Fall?«

»Auch eine junge Frau«, berichtet Swensen, »wurde am

Eiderdeich Höhe Reimersbude gefunden. Der Täter hat ihr mehrmals mit einem stumpfen Gegenstand, einem Hammer wahrscheinlich, auf den Kopf geschlagen. Die Frau hat nach der Tat längere Zeit dort gelegen, bevor sie entdeckt wurde. Sie hat dann noch drei Tage gelebt, ist nur noch kurz zur Besinnung gekommen.«

»Hört sich abscheulich an.«

»War es wohl auch. Glücklicherweise war ich nicht ganz vorn dabei. Damals war Kollege Heitmann hier der Dienstälteste, der hatte mich unter seine Fittiche genommen. Er ist dann 99 in Rente und du hast die freie Stelle übernommen.«

»Und wieso bringt Colditz den alten Fall aufs Trapez?«

»Schätze mal, der Chef hat ihn mit der Nase draufgestoßen. Der Fall ist immer noch ungeklärt, so was ist Püchel ein Dorn im Auge. Dabei war Colditz damals gar nicht der Leiter der SOKO Hammer. Da war ein anderes Team aus Flensburg hier, der Leiter hieß … na … nee, fällt mir nicht ein, der Name.«

»Ich denk, der Chef ist grad auf Fortbildung?«

»Ist er doch auch. Aber Püchel ist selbst dann hier, wenn er nicht hier ist!«

»Glaubst du denn, dass die beiden Fälle etwas miteinander zu tun haben könnten? Du sagtest doch, dass die Frau mit einem Hammer erschlagen wurde. Unsere gestern wurde erstochen. Das passt erst mal nicht zusammen.«

»Sieht auf den ersten Blick nicht so aus, finde ich auch. Aber was ich glaube, sagt natürlich nichts. In Flensburg wird das eh routinemäßig überprüft.«

»Übrigens fand ich es richtig gut, dass Stephan und du das gestern Nacht mit dem Benachrichtigen der Eltern übernommen habt. Da hat sich schließlich keiner nach vorn gedrängelt. War bestimmt schrecklich, oder?«

Silvia nickt stumm, sagt aber nichts dazu.

»Wo in Osterende wohnt jetzt der Freund?«

»Exfreund«, verbessert Silvia. »Unsere Tote hat sich vor Kurzem von ihm getrennt, haben die Eltern uns gesagt.«

»Und wo wohnt nun der Exfreund?«

»Die Mühle, gleich hinter Witzwort, die kennst du doch bestimmt? Also, in der nächsten Kurve, direkt wenn man an ihr vorbei ist, ist es das zweite Haus auf der linken Seite.«

Swensen bremst den Wagen ab und fährt langsam über den unbeschrankten Bahnübergang vor Witzwort. Anschließend durch die Tempo-30-Zone auf der geraden Straße weiter, an der Kirche biegt er links ab und nachdem er an Annas Haus und der Meierei vorbei ist, geht es zügig durch eine flache Wiesenlandschaft mit grasenden Schafen und Kühen. Am Horizont sieht Swensen den winzigen Kirchturm von Uelvesbüll. Die Windräder davor drehen sich nicht, es herrscht Windstille. Ein äußerst seltener Moment in dieser Gegend. Hinter der nächsten kleinen Kurve erscheint die alte Windmühle von Osterende. Swensen geht vom Gas und fährt an dem historischen Gebäude vorbei.

»Da vorn kannst du anhalten«, dirigiert ihn Silvia Haman.

Kaum hat der Hauptkommissar den Wagen gestoppt, als die Kollegin schon aus der Tür springt und zur Hofeinfahrt des Backsteingebäudes sprintet, um sich einem verrosteten BMW in den Weg zu stellen, der gerade vom Hof fahren will. Mit einer Handbewegung fordert sie den Fahrer auf, den Motor auszumachen und auszusteigen.

»Kriminalpolizei Husum! Wir haben ein paar Fragen an Sie«, sagt Silvia mit lauter Stimme, als Swensen dazukommt. »Sie sind doch Peter Kirch, oder?«

»Kommen Sie wegen Andrea? Ich schwöre, ich hab damit nichts zu tun!«

»Nun mal ganz langsam, Herr Kirch«, sagt Swensen. »Wir haben Sie doch gar nicht beschuldigt.«

»Da scheint jemand ein schlechtes Gewissen zu haben?«, fährt Silvia Haman dazwischen.

»Quatsch …«, sagt der Mann zornig, »wir … wir sind doch schon zwei Monate getrennt. Aber die Leute im Dorf gucken bereits, als wenn ich der Mörder wäre!«

»Wo waren Sie denn gestern Nacht?«, fragt der Hauptkommissar.

»In der Nachtschicht!«

»Dann geben Sie mir den Namen eines Kollegen, der das bezeugen kann!«

»Ich war nicht auf Arbeit. Ich war in der ›Disco Nachtschicht‹ in Husum!«

»Dann dürften Sie ja zumindest ein gutes Alibi haben«, kontert die Hauptkommissarin. »Wir werden das natürlich nachprüfen, versteht sich.«

*

»Ich möchte gern zu Herrn Kreienbaum«, sagt er mit gedämpfter Stimme zu der jungen Frau hinter dem gewaltigen Empfangstresen. Der matte Glanz der Marmorwände wirft jeden Besucher augenblicklich auf seine Nichtigkeit zurück. Die Blondine hebt ihren Blick über den PC und fragt gelangweilt: »Haben Sie einen Termin?«

»Ja, wir haben einen Termin um 15 Uhr.«

»Ihren Personalausweis bitte!«

Rösener fingert das Dokument aus der Brieftasche. Die Frau wirft einen Blick darauf und reicht ihn zurück.

»Ich gebe Herrn Kreienbaum Bescheid. Bitte nehmen Sie so lange dort drüben Platz. Es wird Sie gleich jemand abholen.«

Wilhelm Rösener setzt sich auf die rote Ledercouch. Sie ist alles andere als bequem. An der Wand gegenüber hängt ein riesengroßes Gemälde mit einer knallroten Farbfläche, von der er seinen Blick nicht abwenden kann.

Sozialistisches Rot, denkt er und beginnt sich zu erinnern, wie er vor zwei Jahren mit dem Zug nach Berlin reiste, mit der U-Bahn nach Lichtenberg fuhr und in die Normannenstraße ging, um sich die ehemalige Stasizentrale von innen anzusehen. Im November 90 ist der Riesenkomplex zum Museum erklärt worden und über die Jahre im Westen war in ihm der Wunsch gewachsen, wenigstens einmal persönlich in Erich Mielkes Büro zu stehen. Trübes Licht fiel durch die Fenster, als er wie Theseus einen Weg durch das Labyrinth des Hauptgebäudes suchte.

Rösener kann noch die Geräusche hören, die seine Schuhe damals auf dem Linoleum erzeugten. Im zweiten Stock hatte er das ›Allerunheilige‹ dann entdeckt. Das Büro des Ministers für Staatssicherheit war menschenleer, ein mit Parkett ausgelegter geräumiger Raum. Der holzfurnierte Schreibtisch in senfbraun ist nicht besonders groß. Darauf zwei Telefone und die Totenmaske Lenins, gegossen aus weißem Gips. Daneben das Porträt des Begründers der Sowjetunion an der Wand.

Es war kalt in dem Raum und die Luft verbraucht gewesen. Ihm wurde schlecht im Angesicht der unbeschreiblichen Banalität dieser Wirklichkeit. Plötzlich hatte er die stammelnde Stimme des Stasichefs im Ohr gehabt: ›Ich liebe … ich liebe doch alle … alle Menschen … Na, ich liebe doch … Ich setze mich doch dafür ein.‹

Die erste und einzige Rede, die er in der Volkskammer gehalten hatte.

»Herr Rösener?«, fragt jemand neben ihm und die Bilder von Mielkes großem Vorzimmer, in dem heute Cafétische für die Besucher stehen, verschwinden wie ein alter Spuk. Ein großer Mann im Nadelstreifenanzug, hellblauem Hemd und mit einem Schlips in dezentem Rosa steht wie eine Eins neben der Sitzgruppe. Er hat blondes, gewelltes Haar und eine jugendliche Erscheinung. Der durchtrainierte, muskulöse Körper scheint auf den ersten Blick nicht zu ihm zu passen.

»Mein Name ist Drenkhahn, Peter Drenkhahn, ich begleite Sie zu Herrn Kreienbaum, folgen Sie mir bitte!«

Rösener geht hinter dem Nadelstreifen her, der ihn mit einer Chipkarte durch eine Schleuse führt. Wenig später stehen sie im Fahrstuhl und steigen im 15. Stock wieder aus. Es geht an drei Uhren vorbei, die das Foyer zieren, New York: 9:26 Uhr. Tokio: 22:26 Uhr. Hamburg: 15:26 Uhr. Das riesige Büro, in das Drenkhahn den Besucher bringt, ist sonnendurchflutet. Ein breites Plexiglasbord steht hinter einer Sitzgruppe aus dem gleichen Material. Der Schreibtisch ist dagegen aus fast schwarzem Holz. An der Fensterfront steht ein Hüne von Mann, der selbst Röseners Nadelstreifenbegleiter noch überragt. Abgewandt beobachtet er den Hafen, der sich vor ihm ausbreitet.

»Das ist die *Santiago*«, entziffert er, legt ein elegantes Fernglas auf den Schreibtisch zurück und nimmt seine Tasse.

»Grüner Tee, sehr gesund! Möchten Sie auch eine Tasse, Herr Rösener?«

»Kaffee wäre mir lieber«, entgegnet Rösener und mustert den Mann mit dem markanten Gesicht und dem leicht ergrauten, schütteren Haar unauffällig. »Wenn es nicht zu viel Mühe macht.«

»Das ist unser Vorstandvorsitzender Dr. Kreienbaum«, flüstert der Begleiter, während der Mann auf eine Sprechanlage drückt und die Anweisung gibt, Kaffee und noch eine Kanne grünen Tee zu bringen. Nachdem alle in der Sitzgruppe Platz genommen haben, wird Kreienbaum gesprächiger.

»Sie wurden mir wärmstens von einem Unternehmer aus Husum empfohlen. Reden wir also nicht um den heißen Brei herum. Der Libo-Konzern hat im Moment gewisse Probleme in seinem Betriebsabläufen, die wir so schnell wie möglich in den Griff bekommen müssen.«

Kreienbaum verstummt, als die Sekretärin mit den Getränken hereinkommt und fährt erst fort, nachdem sie wieder aus der Tür ist.

»Jede unserer Filialen hat im Schnitt zwölf Beschäftigte. Das ist von uns wohlüberlegt. Ein Betriebsrat könnte dadurch nur aus einer Person bestehen, was daher natürlich kaum jemand auf sich nimmt. Allerdings gibt es momentan im Norden, besonders in der Region Eiderstedt, Bestrebungen, trotzdem einen Betriebsrat zu installieren. Das möchten wir gleich im Keim ersticken. Wir brauchen die Namen der Personen, die unsere Belegschaft aufwiegeln, und wir brauchen ein genaues Persönlichkeitsprofil von jenen Mitarbeiterinnen, die sich aufwiegeln lassen. Können Sie sich so einen Auftrag vorstellen?«

»Ich wurde Ihnen empfohlen«, versichert Rösener. »Geben Sie mir genaue Instruktionen und ich erledige diesen Job zu Ihrer vollsten Zufriedenheit.«

»Dann sind wir uns einig«, stellt der Hüne fest. »Noch eins, der Auftrag erfordert höchste Diskretion. Ihre Protokolle dürfen keinen Hinweis auf den Vorstand dieses Hauses enthalten. Ab jetzt ist Herr Drenkhahn ihr Ansprechpartner, nur er. Sie dürfen unter keinen Umständen hier anrufen oder irgendwelche elektronischen Nachrichten an unsere Hauptzentrale abschicken. Es gibt nur den persönlichen Kontakt über Herrn Drenkhahn. Und jetzt entschuldigen Sie mich bitte, Herr Drenkhahn wird alles Weitere mit Ihnen besprechen.«

Der Hüne steht auf, begibt sich zu seinem Schreibtisch, greift nach dem Fernglas und stellt sich an seine alte Position an der Fensterfront. Drenkhahn macht eine Handbewegung, ihm zu folgen, und Rösener trottet brav hinter ihm her zum Fahrstuhl. Zwei Stockwerke tiefer geht es über einen langen

Flur in ein vergleichsweise kleines Büro. Der Nadelstreifen ist hier plötzlich wie verwandelt. Er ist nicht mehr stocksteif, sondern schmeißt sich locker auf seinen Drehstuhl hinter dem Schreibtisch, Rösener nimmt auf dem Stuhl davor Platz.

»Es geht in der ersten Phase um unsere Filialen in Friedrichstadt, Husum, Tönning, St. Peter, Norderstapel und Breklum. Ich werde mit den Leitern der Märkte Kontakt aufnehmen und Sie ankündigen«, erklärt Drenkhahn mit markiger Stimme und setzt ein spitzbübisches Lächeln auf. »Wir wollen ja nicht, dass sie sich extra Nachschlüssel anfertigen müssen, um bei uns reinzukommen.«

»Ich komm auch ohne Nachschlüssel überall rein, Herr Drenkhahn.«

»Ohne Nachschlüssel? Sie benutzen kein spezielles Gießmetall?«

»Das ist was für den Hausgebrauch, für kleine Amateurganoven. Ich bin Profi! Ich habe mein eigenes Werkzeug.«

»Das werden Sie bei uns nicht brauchen. Die Filialleiter werden Sie in die Örtlichkeiten einweisen. Natürlich weiß keiner von denen etwas über ihren wirklichen Auftrag. Sie werden glauben, es geht nur um die übliche Diebstahlüberwachung. Die Geschäftsleitung möchte von allem, was in den Filialen gesprochen wird, Filmdokumente, egal wo, ob Aufenthaltsraum oder Toilette. Können Sie von den einzelnen Mitarbeiterinnen DVD-Zusammenschnitte anfertigen?«

Rösener nickt.

»Ich mache dann jeweils einen Treffpunkt außerhalb unserer Hauptzentrale mit Ihnen aus, wo ich die DVDs entgegennehme.«

Rösener kommen unwillkürlich alte Erinnerungen an die gepflegte Villa mit der hohen Gartenhecke, in der er zu Stasizeiten vertretungsweise gearbeitet hatte. Hier in der Chiffriervilla hatte er ein drei viertel Jahr lang Tag für Tag gesessen, um mitgehörte Telefongespräche aus Autotelefonen und von dem Polizeisprechfunk aus dem Westen zu verschlüsseln.

Rösener amüsiert es noch heute, wenn er daran denkt, wie sie damals selbst noch das letzte Wort verschlüsselt haben, wie »Guten Tag« oder »Was haben Sie gestern Abend gegessen?«.

»Haben Sie eigentlich keine Mitarbeiter?«, fragt Rösener plötzlich.

Die Frage brennt ihm schon die ganze Zeit auf der Zunge, da Drenkhahn unentwegt nur über die Mitarbeiterinnen redet.

»Sie sprechen immer von Mitarbeiterinnen!«

»Die Filialleiter sind männlich, der Rest ist zum größten Teil weiblich. Das funktioniert einfach besser so. Sie kennen doch den Spruch, wo viel Geld ist, sind Männer. Wo viel Arbeit ist, sind Frauen. Das war immer und überall so – und das gilt auch bei Libo.«

*

Die mittelgroße Frau klemmt sich unbeholfen ein Käsebrötchen zwischen ihre Zähne, derweil sie ihre Unterlagen, die sich den Tag über auf ihrem Schreibtisch verteilt haben, in der Schublade verschwinden lässt. Der Mordfall in der Kirche von Witzwort, den *Think Big* am Morgen bei der Themenbesprechung genüsslich auf den Tisch gepackt hatte, kam für die gesamte Redaktion wie aus heiterem Himmel. Keiner hatte davon im Vorfeld etwas mitgekommen und der alte Fuchs aalte sich förmlich in dem Unwissen seiner Mitarbeiter. Maria Teske hatte gleich geahnt, dass die Hauptarbeit am Ende an ihr hängen bleiben würde, und lag damit richtig.

»Maria, du hast in der Redaktion mittlerweile die meiste

Erfahrung mit Mordfällen«, hatte der Chef verkündet und ihr empfohlen noch zwei erfahrene Kollegen mit ins Boot zu nehmen. Für Morgen würde er einen Aufmacher erwarten, der sich gewaschen habe, beendete er danach die Zusammenkunft.

Sie war überfordert gewesen, ihm in dem Moment zu sagen, dass es ihr zurzeit sehr schlecht gehe und dass der Auslöser dafür wahrscheinlich ihre Arbeit an dem Dreifachmord voriges Jahr gewesen war. Wie hätte sie ihm das auch erklären sollen, etwa: Ich hab Panikzustände und Herzrasen? Anfang des Monats war sie erst 36 Jahre alt geworden und sie konnte schon im Voraus erahnen, was der Chef ihr gesagt hätte.

›Eine gute Journalistin, noch dazu in deinem Alter, hat so etwas nicht. Geh zum Arzt, Maria, und bis du einen Termin hast, bleibst du an dem Fall dran, verstanden!‹

Die heutige Pressekonferenz der Husumer Kripo ist für 17 Uhr angesetzt und bis dahin ist noch eine Stunde Zeit. Für die Journalistin ist das Brötchen im Mund der erste Bissen nach ihrem Frühstück. Sie kaut genüsslich und fasst den Entschluss, vor dem Termin noch in ihrem Stammlokal vorbeizuschauen, dem Historischen Braukeller, um wenigstens etwas Warmes in den Magen zu bekommen. Als sie die Redaktion verlässt, stopft sie schnell einen Stapel ausgedruckter Rechercheartikel in ihre Tasche, die sie unbedingt noch durcharbeiten will. Obwohl *Think Big* das Thema Transplantationen vom Tisch gefegt hatte, ist sie heimlich weiter drangeblieben und hat Material aus dem Internet gesammelt.

Eine viertel Stunde später nimmt sie die Schachtel *Cohiba Minis* aus der Jackentasche, zieht ein Zigarillo heraus und zündet es an. Nachdem die Journalistin gierig einen tiefen Zug genommen hat, fühlt sie, wie ihr Herz wieder schneller schlägt.

»Einmal Pizza Mare und einen Orangensaft«, bestellt sie

bei der Bedienung, ohne in die Karte zu gucken, und versucht sich zu entspannen. Doch sie muss erkennen, dass es mit innerem Druck nicht funktioniert. Sie fingert ihre Unterlagen aus der Handtasche, breitet sie auf dem Tisch aus und überfliegt einen wahllos ausgesuchten Ausdruck.

Unser Körper ist eine Zellgemeinschaft von circa 50 Billionen Zellen. Die Herrschaft über das Ganze hat unser Verstand. Einige moderne Wissenschaftler gehen mittlerweile davon aus, dass alle Informationen darüber, wie unser Körper funktioniert, in jeder einzelnen Zelle vorhanden sind. Das wirft neue Fragen auf: Gibt es ein übergeordnetes Zellengedächtnis? Werden auch Gefühle und Erinnerungen des Menschen in jeder Zelle gespeichert? Um diese Fragen zu beantworten, ist es nützlich z. B. eine Herzzelle mit Gehirnzellen zu vergleichen.

Die moderne Wissenschaft nimmt an, dass die Zellen im Gehirn in komplexen Netzwerken von Feedbackschleifen lernen. So erzeugen sie mit der Zeit eine integrative, systemische Erinnerung. Aber gilt das nur für Gehirnzellen?

Das Herz ist das Organ, das über die Blutzirkulation biochemische Nährstoffe in jede Körperzelle pumpt. Pumpt es gleichzeitig auch Energie- und Informationsstrukturen in die gleichen Zellen?

Im Elektrokardiogramm kann das elektrische, vom Herzen erzeugte Potenzial erkannt werden und aufgrund der Volumenleitung von jeder Stelle des Körpers abgelesen werden.

1995 entdeckte Dr. Ming-He Huang, ein Forscher an der Harvard Medical School in Boston, einen neuen Zelltypus im Herzen. Diese so genannten ICA-Zellen, die eine magnetische Eigenschaft aufweisen, vermutete man bis dato ausschließlich im Gehirn. Die Forschungsergebnisse deuten darauf hin, dass es zwischen Herz- und Gehirnzellen eine elektromagnetische Verbindung geben könnte. Wenn wir also voraussetzen, dass alle Zellen Wissen und Energie speichern, kann gerade das Herz, wegen seiner zentralen Lage, an solchen Prozessen besonders beteiligt sein und eine Art Zellgedächtnis aufweisen. Die alte Weisheit, etwas tief im Herzen zu wissen, ist vielleicht nicht nur eine geläufige Redensart.

Mein Zellgedächtnis scheint nicht besonders ausgeprägt zu sein, denkt Maria Teske, denn sie hat gerade nichts von dem gelesenen Inhalt begriffen. Erleichtert sieht sie das Essen kommen und steckt das Papier in ihre Tasche zurück. Gleichzeitig schrickt sie zusammen, weil ihr Herz zu stolpern scheint und dann zu rasen beginnt. Auf ihrer Stirn bilden sich Schweißperlen. Sie kramt hastig einen Tablettenstreifen hervor, drückt eine 10-mg-Valium heraus und schluckt sie mit dem Orangensaft hinunter. Gleichzeitig schweifen ihre Gedanken hektisch zu der bevorstehenden Pressekonferenz und sie bemerkt, dass sie ihr Essen schon wieder gedankenlos in sich hineinschaufelt. Darüber thront die Angst, wie lange sie diesen Zustand noch aushalten wird.

Du bist ein elendes Gedankenmonster!

Sie geht an die Kasse, bezahlt und stürmt auf die Straße. Die feuchte Kälte, die über Husum liegt, empfängt sie vor der Tür. Fünf Minuten später tritt sie in die Drehtür am neuen Rathaus und drückt sich nach drinnen. Die Türen zum großen Saal stehen offen und der Raum hat sich bereits mit Journalistenkollegen gefüllt. Maria Teske sieht die altbekannten Gesichter und begrüßt, indem sie kurz die Hand hebt, Fred Petermann vom Lokalradio. Auf dem Podium am Kopfende des Raums sitzen Hauptkommissar Jan Swensen und Dr. Ulrich Rebinger, der bereits das Wort ergriffen hat. Als er die Journalistin erblickt, verfinstern sich seine Gesichtszüge.

Immer noch nachtragend, der feine Herr Staatsanwalt, denkt Maria Teske spürbar benommen von dem Valium.

Wenn hier einer Grund hat, sauer zu sein, dann bin ich das.

Sie nimmt demonstrativ auf einem leeren Stuhl in der ersten Reihe Platz.

Der hat schließlich im letzten Jahr hinter meinen Rücken bei *Think Big* interveniert, um einen unliebsamen Artikel über seine Person aus der Zeitung zu kicken.

Das schmale Gesicht des Staatsanwalts wirkt grau und genervt. Er beugt sich angespannt über sein Mikrofon.

»Der Täter ist mit äußerster Brutalität vorgegangen. Am Tatort im Innenraum der Witzworter Kirche bot sich unseren Polizeibeamten ein schreckliches Bild. Die Getötete ist mit sechs Messerstichen attackiert worden, von denen zwei das Opfer tödlich verletzt haben. An weiteren Verletzungen waren Spuren einer massiven Würgehandlung vorhanden, die noch zu Lebzeiten gesetzt worden sind. Das Spurenbild ergab, dass das Opfer sich nicht gewehrt hat. Im Blut wurden nur 0,3 Promille Alkohol gefunden. Aber dafür ergab die toxikologische Untersuchung Restspuren von Oxybaten, welches in den sogenannten K.-o.-Tropfen enthalten ist. Das Opfer wurde also mit Sicherheit im Vorfeld der Tat von dem Täter betäubt.«

»Von den Eltern der Ermordeten wissen wir, dass ihre Tochter am 21. Februar zum Biikebrennen nach Simonsberg unterwegs war«, ergänzt Hauptkommissar Swensen. »Sie soll sich mit einer Freundin verabredet haben. Diese Angabe hat sich nach unserer Ermittlung nicht bestätigt, denn die Freundin wusste nichts von dieser Verabredung. Die Kriminalpolizei geht deshalb davon aus, dass die junge Frau heimlich auf eigene Faust losgezogen ist. Wahrscheinlich wollte sie per Anhalter dort hinkommen.«

»Wir bitten deshalb jede Person, die in der Zeit von 16 bis 20 Uhr in Oldenswort, Witzwort oder Simonsberg irgendetwas beobachtet hat, zum Beispiel ein fremdes Fahrzeug, oder eine Frau, die in ein fremdes Fahrzeug gestiegen ist, dieses unverzüglich der Polizeidienststelle Husum zu melden«, beschwört Rebinger weiter.

»Handelt es sich um ein Sexualdelikt?«, ruft einer der Journalisten aus der hinteren Reihe dazwischen.

»Das können wir selbstverständlich nicht ausschließen, wir konnten allerdings keine Spermaspuren am Opfer sicherstellen.«

»Gibt es sonst irgendwelche Hinweise auf den Täter?«, hakt der Mann nach.

»Unsere Laboruntersuchungen haben bis zum jetzigen Zeitpunkt noch keine Spuren, die auf den Täter hindeuten, ergeben.«

»Herr Swensen«, meldet sich Maria Teske, »soweit ich das mitbekommen habe, handelt es sich bei der Ermordeten um ein 18-jähriges Mädchen?«

»Das haben sie richtig mitbekommen, Frau Teske«, antwortet der Hauptkommissar.

»Und soweit ich mich erinnere, gab es vor einigen Jahren schon einmal einen Mordfall in Nordfriesland, bei dem eine junge Frau ermordet wurde.«

»Frau Teske, Sie sind mit ihrer Vorliebe für Spekulationen nicht ganz unbekannt. Also bleiben Sie bitte bei der Sache!«, fährt der Staatsanwalt mit ungewohnt scharfer Stimme dazwischen.

»Ich bleibe grundsätzlich bei der Sache, Herr Rebinger!«, sagt die Journalistin mit einem verächtlichen Seitenblick. »Mich interessiert, ob es einen Zusammenhang zwischen dem Mordfall in Witzwort und diesem ungeklärten Mord vor einigen Jahren geben könnte.«

»In diesem Fall kann ich dem Herrn Staatsanwalt nur beipflichten«, übernimmt Swensen die Situation erneut. »Wenn die Kriminalpolizei einen Zusammenhang zwischen den beiden Fällen sehen würde, hätten wir das hier bekannt gegeben. Das ist im Moment aber nicht der Fall. Also, meine Damen und Herren von der Presse, berichten Sie bitte nur über unsere Ermittlungsergebnisse und lassen Sie sich nicht zu irgendwelchen Vermutungen hinreißen. Ich danke Ihnen. Die Pressekonferenz ist damit beendet.«

»So geht das aber nicht!«, wehrt sich Maria Teske. »Die Bevölkerung hat so lange Angst, bis sie handfeste Ergebnisse bekannt geben. Jeder weiß, dass der Täter jederzeit wieder zuschlagen könnte.«

»Sehen Sie, meine Damen und Herren«, bellt Staatsanwalt Rebinger. »So können Sie die Menschen in Panik versetzen. Dafür besteht aber überhaupt kein Grund. Sie wissen jetzt genau das, was auch wir wissen. Keine weiteren Fragen bitte!«

Im Saal setzt allgemeines Gemurmel ein. Maria Teske findet die Luft im Raum plötzlich stickig, eilt hastig aus dem Gebäude und atmet tief durch.

April 2003

Jan Swensen erwacht aus dem Tiefschlaf und spürt, dass ihm kalt ist. Irgendwie muss er im Schlaf die Decke weggestrampelt haben. Die Fensterläden sind geschlossen und es ist stockdunkel im Raum, aus der Ferne schimmert die Zeitangabe des Digitalweckers herüber, 7.27 Uhr.

Dein erstes freies Wochenende nach über einem Monat, und du wachst wie gewohnt um halb acht auf, denkt der Hauptkommissar leicht ungehalten. Neidisch hört er auf die gleichmäßigen Atemzüge von Anna, die an einem Wochenende gewöhnlich nichts vor zehn aus dem Schlaf bringen kann. Er zieht die Bettdecke wieder zurecht, kuschelt sich ins Kissen und schließt die Augen. Das Konzert der Vögel hat fast die Fülle einer Beethoven-Sinfonie erreicht. Nach kurzer Zeit wird ihm klar, dass er nicht wieder einschlafen wird, denn viel zu intensiv drängen sich die Erinnerungsfetzen der letzten Wochen in seinen Wachzustand. Er versucht, dem Wirrwarr mit seinem Verstand beizukommen, die Bilder und Fakten innerlich zu ordnen, sie in einen linearen Verlauf zu zwingen. Doch der Dauerdienst, die täglichen Überstunden bis spät in den Abend, Woche für Woche, haben seine Konzentrationsfähigkeit angegriffen.

»Eine junge Frau ist ermordet worden«, hatte Jean-Claude Colditz eine der allerersten Frühbesprechungen begonnen. »Es wurden K.-o.-Tropfen in ihrem Blut nachgewiesen. Das ist unsere vorrangige Spur! Trotzdem, bevor wir uns nur darauf stürzen, etwas Allgemeines zur Erinnerung vorweg, Kollegen. In den meisten Fällen geht einer solchen Tat irgendein Konflikt voraus. Ich will nur noch einmal daran erinnern, dass bei einem Mord zu circa 80 Prozent zwischen Opfer und Täter eine Beziehung besteht.«

»Übrigens bekommt man K.-o.-Tropfen heute locker im Internet. Es gibt sogar Foren, auf denen es Anweisungen gibt, wie man diese GHB-Droge problemlos selbst zusammenmixen kann«, hatte Mielke nach einer Weile eingebracht.

»Ich sag nur, italienische Mafia! Oder die russische Mafia!«, war Jacobsens bewährter Kommentar gewesen.

»Bevor wie jetzt alle in die Richtung unseres Kollegen Jacobsen ermitteln«, hatte Colditz seine Anweisungen fortgesetzt, »sollten wir erst mal mit unserer altbewährten Ermittlungsstrategie beginnen. Wir durchkämmen an erster Stelle das Umfeld der Familie, der Freunde und Bekannten. Das hat sich tausendfach bewehrt. Erst wenn wir dort keine Spur finden, erweitern wir unseren Radius. Dann durchleuchten wir dieses Volksfest, zu dem das Opfer anscheinend an dem Abend unterwegs war, vielleicht auch dort gewesen ist. Das heißt, wir müssen so viele wie möglich von den Besuchern, die sich dort aufgehalten haben, identifizieren. Das ist eine elende Affenarbeit, ich weiß, aber wir brauchen jedes Detail von diesem Abend. Lasst euch von den Leuten Fotos geben, die sie an dem Abend gemacht haben. Jedes unbekannte Gesicht, jeder Name ist wichtig. Und natürlich sollten wir die ganze Zeit die K.-o.-Tropfen im Hinterkopf behalten. An die Arbeit, Kollegen!«

In den darauf folgenden Wochen hatten die Beamten der SOKO Kirche durchgehend ermittelt, waren aber in ein merkwürdiges Nichts gelaufen. Keine Spur zu den K.-o.-Tropfen, keine Spur in der Familie. Das Alibi des Exfreundes konnte zwar nicht hundertprozentig bestätigt, aber auch nicht eindeutig widerlegt werden. An dem Gymnasium in Husum war das ermordete Mädchen zwar beliebt, aber nicht auffälliger als alle Jugendliche in ihrem Alter gewesen. Die Aussagen der Schulfreundinnen und Freunde brachten keine Erkenntnisse zu dem Verbrechen. Im Umfeld des Biikebrennens wurden im Laufe der Zeit Hunderte von Personen überprüft, aber niemand hatte das Mädchen an dem Abend dort gesehen. Niemand konnte auch nur den kleinsten brauchbaren Hinweis geben. Das Volksfest hatte auch dieses Jahr wieder Unmengen von Touristen angezogen, die zum größten Teil, selbst wenn sie auf Fotos abgelichtet waren, nicht identifiziert werden konnten. Die Spur zum Mordfall Witzworter Kirche blieb kalt.

Püchel übte wie immer mächtigen Druck aus. »Wir können uns keinen zweiten ungeklärten Mordfall in dieser Region leisten«, hatte er ein paar Mal bei den Frühbesprechungen gedroht. Doch das war Ausdruck der allgemeinen Hilflosigkeit, durch die erst recht nichts zutage gefördert wurde. Nach drei erfolglosen Wochen hatte sich bei den Kollegen und Swensen ein tiefer Frust breit gemacht. Dazu plagte den Hauptkommissar noch diese unterschwellige Angst, die ihn selbst während der wenigen Freizeit nicht zur Ruhe kommen ließ. Sie hatte ihn sogar öfters von der täglichen Meditation abgehalten, denn nur während der Dienstzeit fühlte er sich einigermaßen davor sicher. Da war immer so viel zu tun, dass es nicht dazu kam, dass das Gesicht des toten Mädchens vor seinem inneren Auge erschien.

So hatte sich unterschwellig eine Angst vor der Entspannung gebildet, in der er seinen Körper sofort nach Anzeichen seiner früheren posttraumatischen Belastungsstörung absuchte, eine Angst vor der Angst, dass er den Anblick der zugerichteten Leiche nicht mehr aus dem Kopf bekommen würde.

»Im Buddhismus sind die Dämonen kriegerische Wesen«, wird Swensen von der Stimme seines Meisters aus seinen Grübeleien gerissen. »In der westlichen Welt würdet ihr sie Machtmenschen nennen. Die Mentalität eines Dämons ist ziemlich klug, nicht der kleinste Winkel in euch bleibt ihm verborgen. Wenn wir glauben, mit einem Dämon Auge in Auge zu kommunizieren, steht er bereits in unserem Rücken. Es ist wie in einer Paranoia. Die Mentalität eines Dämons ist eine der Verteidigung dienende Gestalt des Stolzes, verwandt mit dem Wind, dem Umherrasen, dem Versuch, alles sofort zu erreichen. Sie will uns ständig zu etwas Größerem und Besserem bringen. Sie hält uns ständig im Kampf, um unsere Sicherheit aufrechtzuerhalten. Sie hält uns davon ab, irgendetwas anzunehmen und irgendetwas zu erfahren.«

Was hat denn das jetzt mit mir zu tun?, denkt Swensen abwehrend, ich bin doch kein Machtmensch und ich hab keine Paranoia, ich kann annehmen und will etwas erfahren. Swensen beschließt aufzustehen und zu meditieren.

Er schlägt die Bettdecke zurück, richtet sich auf, sitzt eine Weile auf der Bettkante, kann sich aber nicht entschließen sich zu erheben.

»Was machst du denn da, Jan, mitten in der Nacht?«, hört er Annas gequälte Stimme in seinem Rücken.

»Ich bin hellwach und will gerade aufstehen. Schlaf einfach weiter.«

»Bleib hier!«, bittet Anna. Eine Hand packt ihn am Arm und zieht ihn zurück ins Bett. »Wir haben schon Wochen nicht mehr richtig miteinander gesprochen. Und außerdem siehst du schlecht aus, mein Lieber!«

»Es ist stockdunkel, wie willst du das sehen?«

»Jan Swensen, was soll der Kinderkram? Ich bekomm doch mit, wie du hier täglich hereinschleichst. Und ich sag ja auch nichts, wenn du so gut wie gar nichts mehr von dem machst, was wir vereinbart haben, abwaschen zum Beispiel, geschweige denn Staub saugen.«

»Der Fall ist ziemlich hart, Anna!«

»Das kann ich mir denken, Jan, und deshalb übernehme ich im Moment ja einiges mehr. Aber ich arbeite auch. Bist du in deiner Wohnung früher genauso *versackt*?«

»Was meinst du denn mit ›versackt‹?«, entgegnet Swensen und hört, wie Anna aus dem Bett aufsteht, sich zum Fenster hinübertastet, es öffnet, die Fensterläden aufstößt und das Fenster wieder schließt. Licht flutet ins Zimmer und sein letzter Schutz ist dahin.

»Mit ›versackt‹ meine ich deine verschwiegene Unzugänglichkeit«, fleht Anna und legt sich wieder neben ihn ins Bett. »Wenn ich schon dafür sorge, dass du dich nicht um den Alltag kümmern musst, dann kannst du wenigstens ab und zu mit mir reden. Ich weiß nichts von dir, ich seh dich zwar jeden Tag, aber du bist nicht da. Wo bist du, Jan?«

»Was willst du hören? Wo soll ich sein?«

»Was geht in dir vor?«

»Nichts, was da nicht schon immer vorging. Ich bin wie immer.«

»Ich weiß nicht, wie du das früher gemacht hast. Aber wir sind in der Zwischenzeit zusammengezogen. Hast du geglaubt, dadurch würde sich überhaupt nichts ändern?«

»Ich weiß nicht, was du willst, Anna, was soll sich denn verändern?«

»Du willst doch nicht dein gewohntes Eigenbrötlerleben, das du jahrelang in der Hinrich-Fehrs-Straße durchgezogen hast, mit mir einfach weiterführen?«

»Ich bin Kriminalpolizist! Weißt du eigentlich wirklich, was ich mir manchmal mit ansehen muss? Soll ich beim Abendbrot ein wenig darüber plaudern? Stell dir vor, wir haben eine Leiche in der Witzworter Kirche gefunden. Kannst du mir mal die Butter rüberreichen? Du wirst es nicht glauben, mit sechs Messerstichen. Die Kirchenbänke waren von oben bis unten mit Blut voll gespritzt. Schneidest du mir bitte auch noch ein Brot ab?«

»Ich dachte dabei nicht ausgerechnet an das gemeinsame Abendbrot. Ich dachte mehr daran, dass du mir in einer ruhigen Stunde erzählst, wie du dich dabei fühlst, wenn du dir so etwas Schreckliches ansehen musst.«

»Anna, solange man in so einer Ermittlung steckt, herrscht in einem ein Ausnahmezustand. Ich habe in den letzten Wochen mit so vielen Menschen gesprochen, um irgendeinen Hinweis auf den Täter zu bekommen, dass ich selber schon nicht mehr weiß, wie die alle aussehen. Wenn so ein Fall nicht vorangeht, sind selbst die Kollegen gereizt. Jetzt will Colditz wahrscheinlich auch noch einen alten Fall dazunehmen.«

»Einen alten Fall?«

»Ja, der Fall von 98, du erinnerst dich bestimmt. Ich war da grad fünf Jahre hier, als diese junge Frau bei Reimersbude erschlagen wurde.«

»Dieser Fall, den ihr nie aufgeklärt habt?«

»Ja, genau der. Colditz will, sicher auf Druck vom Chef, dass wir ihn noch einmal aufrollen, weil beide Tatorte nicht weit auseinander liegen. Das bedeutet, wir sollen unvoreingenommen, ohne die alten Schlussfolgerungen zu übernehmen, die gesamten Akten noch einmal durchgehen. Das zeigt natürlich besonders deutlich, dass wir mit dem neuen Fall nicht mehr weiterkommen. Vielleicht wird der Witzwort-Mord, selbst wenn Heinz Püchel noch so zetern wird, demnächst ebenfalls zu den Akten gelegt werden müssen. Ich glaube, das zieht mich am meisten runter. Noch so einen ungeklärten Fall kann ich mir im Moment überhaupt nicht vorstellen. Stephan hat den Eltern noch vollmundig versichert, dass wir alles tun werden, um den Mörder zu finden.«

»Das hört sich für mich an, als würde für dich noch etwas Tieferes dahinterstecken?«

»Der Fall geht mir irgendwie besonders nahe. Ich weiß auch nicht, warum … vielleicht, äh … vielleicht liegt es daran, dass ich der Erste am Tatort war. Ich war mit diesem toten Mädchen völlig allein in der Kirche, bis die Kollegen kamen. Das Bild spukt öfter mal in meinem Kopf herum. Ich hab einfach Angst, dass sich wieder solche Symptome einstellen …, wie damals in Hamburg, nachdem die toten Jungen gefunden wurden.«

»Darüber können wir miteinander sprechen, Jan. Das musst du nicht allein ausmachen. Also, für mich hört sich diese Angst mehr nach einer Angst vor der Angst an. Du brauchst unbedingt mehr Ausgleich nach der Arbeit, mein Lieber.«

»Ich hab im Moment überhaupt keine Energie zum Meditieren.«

»Das ist vielleicht auch nicht das Richtige. Du brauchst körperliche Betätigung. Sport wäre nicht schlecht, Joggen ist ideal. Und du solltest ab und zu auch etwas Geselliges tun, etwas neben dem täglichen Weltverbessern. Du braucht auch einfach nur mal Spaß. Wie wäre es mit Boßeln, geh doch mal zum Boßelverein in Witzwort. Ich bin bei den Frauen. Es gibt natürlich auch einen für Männer. Das macht wirklich Spaß, ehrlich!«

»Boßeln? Nee, nicht das auch noch!«

*

Durch das Schlafzimmerfenster fällt grelles Sonnenlicht. Der Wetterbericht vom Vorabend versprach einen ungewöhnlich warmen Apriltag und das scheint wirklich zu stimmen. Lisa Blau greift nach einem hellblauen Sommerkleid, zieht es über und tritt aufgekratzt vor den Flurspiegel. Im Ausschnitt ist ein kleines Stück ihrer Operationsnarbe zu sehen, die unter dem leichten Stoff in einer langen senkrechten Linie über den Oberkörper verläuft und in Höhe des Magens von einer weiteren Narbe durchkreuzt wird. Die Narben gehören mittlerweile so selbstverständlich zu ihr, dass sie die Kleidung, die sie kauft und für den Tag auswählt, nicht mehr davon abhängig macht. In ihr gibt es nach wie vor ein tiefes Gefühl von Dankbarkeit, dankbar am Leben zu sein. Sie trägt ihre Narben mit Demut und Stolz, wie ein Kriegsveteran, der mit den Wunden aus der gewonnenen Schlacht seinen Mut heraufbeschwört. Sie hat die große Schlacht gegen den Tod gewonnen und die Narben sind bleibende Erinnerungen an die von Schmerzen geprägte Zeit mit ihrer Krankheit. Immer noch etwas ungläubig sieht Lisa jetzt eher hoffnungsvoll in die Zukunft und es wird ihr von Tag zu Tag klarer, dass das Schlimmste hinter ihr liegt.

In der letzten Woche war das passiert, wovor sie sich nach der Transplantation am meisten gefürchtet hatte. Die erste Erkältung hatte sie erwischt, obwohl sie übervorsichtig gewesen war. Das ist dein sicherer Tod, war es ihr sofort durch den Kopf geschossen, als es im Hals zu kratzen angefangen hatte. Das wird eine Grippe oder Bronchitis. Doch mehr als Halsschmerzen und dass ihre Nase lief, war nicht passiert. Das Ganze hatte nur vier Tage gedauert. Mehr als ungewöhnlich für Lisa Blau, die deshalb früher öfter eineinhalb Wochen das Bett hüten musste.

Es geht dir gut, Lisa, es geht dir verdammt gut, sagt sie innerlich zu ihrem Spiegelbild und ihr fällt ein, dass auch ihre schweren Migräneanfälle, die sie früher aus heiterem Himmel heimsuchten und oft tagelang ein halbseitiges Taubheitsgefühl erzeugten, völlig verschwunden sind.

Irgendetwas geht in deinem Körper vor, irgendetwas Neues. So vieles ist anders, irgendwie ist es unheimlich.

Lisa Blau schiebt die Ahnung beiseite, geht in die Küche und holt die Tablettenpackungen aus der Schublade. Es ist die tägliche Zeremonie. Noch bevor sie ihr Frühstück zubereitet, zählt sie ein Dutzend Tabletten ab, ihre Finger sortieren sie wie von selbst in eine Reihe. Darunter ist auch Cyclosporin, ein Medikament, das die Abstoßung des fremden Organs verhindert und von dem sie weiß, dass sie es bis an ihr Lebensende einnehmen muss.

Die Tanzlehrerin muss innerlich lächeln, als sie wie gewohnt einen schwarzen Tee aufbrüht und einige Kardamomsamen mit hineingibt. Vor ihrer Transplantation wäre das undenkbar gewesen. Nichts und niemand hätte sie von ihrem Frühstückskaffee abbringen können. Vieles hat sich geändert. Früher gab es nur Wurst oder Käse auf Brot. Jetzt liebt sie Süßes über alles. Heute entscheidet sie sich für zwei Scheiben Vollkornbrot mit Erdnussbutter.

Manchmal glaubt sie, dass noch jemand anderes in ihr ist. Sie kann es nicht beschreiben, eine Art inneres Geheimwissen, das sie selbst nicht begreift. Irgendwie gibt es dieses eindeutige ›Ich bin Lisa Blau‹ nicht mehr. Das Ich-Gefühl ist einem unterschwelligen Wir-Gefühl gewichen, als würde sich jemand ihren Körper mit ihr teilen. Dabei fühlt sie sich zwar weniger weiblicher, aber ihr Selbstvertrauen ist dagegen wesentlich größer geworden. Früher hätte sie sich eher als harmoniesüchtig bezeichnet, heute geht sie keiner Veränderung und Auseinandersetzung mehr aus dem Weg. Und dann sind da auch noch diese unerklärlichen Träume, manchmal auch Albträume mit bedrohlichen Bildern, die ihr neues Herz im Tiefschlaf zum Rasen bringen und sie schweißnass aufwachen lassen.

Lisa Blau schließt die Augen, schluckt ihre Tabletten mit Wasser herunter und trinkt schnell noch ein weiteres Glas hinterher. Das neue Herz ist wieder gegen sein eigenes Immunsystem gewappnet. Sie verlässt das Haus, konzentriert sich nur auf den heutigen Tag und schiebt die negativen Gedanken beiseite. Als sie um die nächste Hausecke biegt, sieht sie ihren Bus schon an der Haltestelle stehen. Ohne nachzudenken, sprintet sie los und erreicht außer Atem die hintere Tür.

Was machst du dir unnütz Sorgen. Dein Körper strotzt vor Kraft und Dynamik.

Innerlich ist sie überzeugt, dass dieser Tag ein besonderer Tag werden wird. Vor genau einem Jahr konnte sie ihre Arbeit in der Tanzschule wieder aufnehmen, in der sie zusammen mit ihrem Turnierpartner Harald Lehmann unterrichtet und die ihr Partner während ihrer Krankheit weitergeführt hat. Am heutigen

Mittag wird in den Räumen das erste Treffen einer Selbsthilfegruppe stattfinden. Sechs Transplantierte – viele Organempfänger mögen das Wort ›Organempfänger‹ nicht – hatten sich nach einer Zeitungsannonce von Lisa Blau gemeldet und ihr Interesse bekundet. Daraufhin hatte sie das Treffen organisiert.

Der Bus hält in Kiel an der Station gegenüber vom Schwedenkai, an dem gerade eines der riesengroßen Fährschiffe, hoch wie ein Dreifamilienhaus, festgemacht hat. Lisa Blau geht zu Fuß in die Hafenstraße weiter und biegt dann links in die Andreas-Gayk-Straße. Dort im Hinterhof eines Wohnblocks befindet sich ihr Tanzstudio ›Dancin' Lounge‹. Vor der Tür stehen bereits ein großer kahlköpfiger Mann und eine Frau mit auffällig blonden Locken.

»Möchten Sie zu dem Treffen der Selbsthilfegruppe?«, fragt Lisa Blau.

»Richtig! Sind Sie Lisa Blau?«, fragt der Mann zurück.

»Genau, die bin ich«, antwortet sie und muss über das Wort ›ich‹ insgeheim lächeln, »ich lass Sie erst einmal herein.«

30 Minuten später sitzen in dem 60 Quadratmeter großen Tanzsaal vier Frauen und drei Männer etwas verloren in einem Kreis und haben soeben ihre Vorstellungsrunde beendet.

»Ich dachte es wäre gut, uns einfach über unsere komplizierte Situation auszutauschen«, startet Lisa Blau den ersten Annäherungsversuch. »Ich erzähl am besten, wie es mir zurzeit so geht. Also, bei mir gibt es Tage, da fühle ich mich in der Mitte durchgerissen und wieder zusammengenäht. Man hat Teile aus meinen Körper herausgenommen und durch Teile eines anderen Menschen ersetzt. Große, wichtige Teile. Ich glaube, es gibt eine tiefe Trauer in mir, Trauer über den Verlust.«

»Das kenne ich auch«, bestätigt die Frau neben ihr. Sie heißt Julia und ist Mitte 30, trägt eine runde Brille, einen langen weinroten Pullover und Jeans. Die blonden Locken erinnern an einen Rauscheengel. »Jeder sagt einem ständig, was wir für ein Glück haben, dass wir überhaupt noch am Leben sind. Ehrlich gesagt, ich kann es nicht mehr hören. Mir geht es zeitweise so etwas von sauschlecht, das kann sich keiner von den netten Menschen um mich herum überhaupt vorstellen.«

»Völlig richtig!«, unterbricht Dörte, eine schlanke Frau mit braunen Haaren, die wie eine Kappe auf ihrem Kopf wirken. Sie sitzt mit angezogenen Beinen, fast unbeweglich auf ihrem Stuhl. »Niemand will von mir hören, dass ich mich krank fühle. Manchmal kotzt es mich an. Die meisten Leute wollen kein tief gehendes Gespräch, sie fühlen sich gut, wenn es möglichst an der Oberfläche dahinplätschert. Wenn jemand anruft, versuche ich immer die Alte zu sein und immer nett zu bleiben.«

»Ich hab mich schon gefragt, ob meine Transplantation die richtige Entscheidung war. Gestern Abend habe ich in einer Fernsehsendung ein Löwenjunges gesehen, das sein Rückgrat gebrochen hatte und sein gelähmtes Hinterteil hinter sich herzog. Das hat mich so sehr an mich selbst erinnert, an meinen Kampf, am Leben zu bleiben. Und nun? Nachdem ich das neue Herz habe, ist das nicht zu Ende. Es geht immer weiter, für den Rest meines Lebens. Auch jetzt muss ich mich darum kümmern, wie ich am Leben bleiben kann. Das kann nicht der Sinn des Lebens sein.«

»Hat jemand von euch schon mal das Gefühl gehabt, dass er sich nach der Transplantation verändert hat?«, fragt Lisa Blau, um das Gespräch in eine andere Richtung zu bringen. »Meine Vorlieben beim Essen haben sich dramatisch verändert. Früher konnte ich zum Beispiel scharfes Essen überhaupt nicht ausstehen. Heute kann es nicht scharf genug sein. Ich gehe neuerdings besonders gerne indisch essen.«

»Ich glaube manchmal, ich bin nicht der Gleiche wie vor der Transplantation«, meldet sich ein junger Mann mit Namen Paul zu Wort. »Es gibt … also ich empfinde das jedenfalls … also, das ist so eine Ahnung, als wenn es eine fremde Präsenz in meinem Inneren gibt. Gerade neulich, bei einer Nachuntersuchung, da sagte ich vor der Biopsie zu meinem Herzen: Da müssen wir jetzt durch. Es hat keinen Zweck, wenn du dich jetzt querstellst, sonst geht es uns beiden an den Kragen.«

»Vielleicht sollte ich auch etwas sagen«, meldet sich der Kahlkopf, der sich als Jürgen vorgestellt hatte. »Ich bin … bei mir … so was kenn ich von mir gar nicht. Also, jetzt schon mehrmals, danach … nach der OP …, da hab ich vor meiner Frau geflucht, schon ziemlich vulgär, ›ihr Wichser‹ und so ’n Zeug. Ich hab dabei jedes Mal an den gedacht, dessen Herz jetzt in mir ist. Aber über so was kann man doch nicht nachdenken, sonst steigt eine panische Angst in mir auf. Ich hab einmal geträumt, dass eine Horde Ärzte um mich herumsteht und darüber diskutiert, wann der günstigste Moment wäre, das Herz wieder herauszunehmen. Ich will nicht so weit gehen, dass es zwei Persönlichkeiten in mir gibt, aber ich habe mich verändert.«

»Aber das ist doch unmöglich«, fährt eine Frau namens Carla erbost dazwischen. »So etwas gibt's nicht, das ist doch alles Quatsch! Mein neues Herz ist mir jedenfalls nicht fremd und da ist auch kein anderer Mensch in mir. Ich hab nur mal einen komischen Traum gehabt, aber ein Traum ist doch nur ein Traum!«

»Was war denn das für ein Traum?«, fragt Lisa Blau. »Kannst du uns etwas mehr dazu sagen?«

»Wenn ihr das unbedingt möchtet.«

»Aber deswegen treffen wir uns doch hier.«

»Ich habe gerade eine sehr schwere Zeit hinter mir«, beginnt Carla. »Es gab eine Abstoßattacke von meinem Herzen. In der Nacht im Krankenhaus hatte ich diesen merkwürdigen Traum. Zwei weibliche Gestalten kämpften an einem Abgrund. Die eine versuchte immer wieder die andere hinabzustoßen. Man hat mir gesagt, dass ich mein neues Herz von einer Frau bekommen habe, und dieser Kampf erinnerte mich an das typische

Stutenbeißen unter Frauen. Am nächsten Tag habe ich mein Herz innerlich angeschrien: Du bist mein! Jemand anderer hat mir dich gegeben! Das wird für immer so bleiben!«

*

Es ist kurz vor 5.45 Uhr. Ein großer Sattelzug biegt auf den noch leeren Parkplatz der Libo-Filiale in Friedrichstadt. Zwei Männer steigen müde aus und trotten zum Heck. Einer öffnet die Verriegelung der Hecktür und der andere klettert hinauf und beginnt mit dem Hubwagen die Ware auf die Ladebordwand zu fahren. Gegenüber gehen die Lagertüren auf. Ein großer Mann mit Sommersprossen und blondem Haar scheucht drei junge Frauen vor sich her, deutet auf die Paletten, die gerade hydraulisch mit der Ladebordwand abgesenkt werden, und verschwindet danach wortlos wieder im Inneren des Gebäudes. Dorit Missler, eine hochgewachsene Brünette, legt der Frau neben sich die Hand auf den Oberarm, um den sich ein tätowiertes keltisches Ornament windet. Die schmächtige Frau hat eine leichte Höckernase, ihre blonden Haare sind zu einem Pferdeschwanz zusammengebunden.

»Schau mal, Tina«, sagt die Brünette, »da drüben steht schon wieder so ’n schwarzer Audi A4.«

»Na, und? Den hat bestimmt jemand stehen gelassen.«

»Quatsch Mensch, guck doch genau hin! Da sitzen welche drin. Ich sag dir, das sind diese jungdynamischen Wachhunde. Grün hinter den Ohren und frisch von der Uni. Die Chefetage setzt die auf uns an, hab ich gehört. Lungern nur hier rum, um uns zu bespitzeln. Ob wir auch wirklich Punkt 6 Uhr anfangen.«

»Meinst du wirklich? Das darf doch nicht war sein!«, schimpft die Frau mit dem Pferdeschwanz erbost und schiebt mit dem Hubwagen eine Palette Brokkolikartons davon.

Dorit Missler nimmt sich die Karotten und folgt ihrer Kollegin.

»Zügig, zügig, die Damen!«, ermahnt Filialleiter Jürgen Kretschmer, als sie durch den Lagerraum eilen. »Und wenn Sie fertig sind, Frau Missler, schnappen Sie sich die Kehrmaschine. Um acht kommen die Kunden, dann möchte ich, dass Sie Kasse eins übernehmen!«

»Nicht schon wieder! Da komm ich den ganzen Tag nicht hinter raus. Ich würde heute lieber für Kasse zwei eingeteilt werden.«

»Höre ich da etwa irgendeinen Widerstand?« Die Stimme des Filialleiters nimmt einen suggestiven Unterton an.

»Es geht wirklich nicht, Herr Kretschmer. Ich kann nicht den ganzen Tag sitzen, ich hab es mit dem Rücken.«

»Sie waren und sind die größte Simulantin, die ich kennengelernt hab, Frau Missler. Oder hat Ihr Mann Sie wieder nicht zugedeckt, als er Sie von hinten genommen hat?«

Dorit Missler bleibt für einen Moment die Luft weg, ihr fehlen die Worte. Ihre Augen werden feucht, Tränen rollen die Wangen hinab. Sie rennt zur Toilette und schließt die Tür ab. Wenig später hämmert es an der Tür.

»Sie haben fünf Minuten, dann sind Sie wieder an Ihrem Arbeitsplatz, oder ich mache eine Meldung! Ist das klar!«

Die Frau wartet einen Moment, schleicht wie ein geprügelter Hund zur Kehrmaschine und beginnt wortlos den Verkaufsraum zu säubern.

Um 8 Uhr sitzt sie wie betäubt hinter der Kasse und rüstet sich für den ersten Ansturm. Meistens wartet schon eine Handvoll Kunden vor der Tür, dass der Laden öffnet. Wenig später geht es los. Automatisch blenden sich die Gedanken aus. Unterstützt vom ewigen »Biep – Biep – Biep« zieht sie die Artikel über den Scanner, greifen – ziehen, greifen – ziehen. Wie in Trance sprudeln immer die gleichen Worte aus ihr heraus.

„Macht 21 Euro 70. Und 1 Euro 30 zurück, schönen Tag noch, danke gleichfalls.«

»Hallo, Biep, 3 Euro 99, Biep, 1 Euro 55, Biep, und 5 Euro 59, das macht 11 Euro 13. Haben Sie es nicht kleiner? Macht nichts, es geht schon, 38 Euro 87 Cent zurück, den Bon, vielen Dank und schönen Tag noch.«

»Ich wollte Sie nur kurz darauf hinweisen, dass Sie die letzte halbe Stunde unter 40 Scans pro Minute waren«, flüstert ihr der Filialleiter im Vorbeigehen ins Ohr. »Reißen Sie sich zusammen, sonst sorge ich persönlich dafür, dass der nächste Testkäufer bei Ihrer Kasse auftaucht. Verstanden!«

Die Wut legt sich bleischwer auf ihre Zunge, aber sie nickt nur, spürt die Kupfer-Fett-Schicht an ihren Fingerkuppen.

»Haben Sie eine Kundenkarte?«

Die Finger tippen auf die Tasten, fühlen sich an, als hätten sie winzige Airbags an den Spitzen. Das kommt von diesen Eincentstücken, die ich wegen dieser elenden ›99 Cent Preise‹ ständig rausgeben muss, denkt sie.

»Die Toilette ist dort drüben!«

Wann ist es endlich 13 Uhr?

Diese aufgedonnerte Göre mustert mich total arrogant von oben herab und kichert hinter vorgehaltener Hand heimlich mit der Zicke neben ihr.

»Biep!«

Rentner mit sexistischen Andeutungen.

»Biep!«

Männlicher Macho mit Bierwampe.

»Biep!«

Kind, das sich auf den Boden wirft.

»Biep!«

Betrunkener mit Fahne.

»Biep!«

Hilflose Oma.

Kurz vor 13 Uhr hat der digitale Biepton, Nadelstich für Nadelstich, die Nerven blank gelegt. Das ist die Zeit, in der manchmal Rachegedanken durch ihren Kopf geistern. Dann möchte sie am liebsten alle erwürgen, oder wenigstens einen, der ihr blöd kommt. Doch bevor es so weit ist, kann sie jedes Mal, auch heute wieder, das Schild ›Die Kasse ist geschlossen‹ auf das stehende Band stellen.

Als die Frau an der Kasse eins zügig den Arbeitsplatz räumt, stoppt Wilhelm Rösener den 16-Kanal-Rekorder. Er gähnt lauthals und reckt die Arme mit einem Stoßseufzer über dem Kopf. Im Rücken zieht es schmerzhaft von der gekrümmten Haltung. Das waren schon vier Stunden Material aus der Libo-Filiale Friedrichstadt, die er zuletzt eher im Dämmerzustand auf dem Monitor verfolgt und dabei mit rasanter Fingerfertigkeit die Timecodes aller gesprochenen Worte der Kassiererin und die inhaltlichen Stichworte dazu stenografiert hatte.

Auf seiner Arbeitsplatte hat sich bereits ein kleiner Stapel Zettel voll geschwungener Kürzel angesammelt. Der enge Raum ist voll gestopft mit Technik, drei Flachbildmonitore und Digitalrekorder, DVD- und MP3-Player, PCs, externe Brenner, Faxgerät, Drucker, Scanner, zwei Telefone und eine Kaffeemaschine auf der Fensterbank. Dazu kommen zwei lange Regale voller Kisten und Aktenordner, dazwischen zwei Sessel und ein kleiner Tisch, auf dem Zeitschriften und Rätselhefte liegen.

Rösener steht auf, lässt sich in einen Sessel plumpsen, legt die Füße auf den Tisch und greift gelangweilt zum neuen Spiegel. Das Titelbild zeigt einen amerikanischen Soldaten in Bagdad, der eine US-Flagge über den Kopf der Saddam-Statue stülpt.

So geht die Macht dahin, denkt er, und wie von selbst springen seine Gedanken in die Zeit kurz vor dem Mauerfall. Nicht im Traum wäre er damals darauf gekommen, dass es mit der DDR einmal zu Ende gehen könnte. Er erinnert sich, wie seine Kollegen Ende 1989 noch witzelten: Der Letzte macht das Licht aus.

Jetzt ist Saddam dran, damals war es der Genosse Erich Honecker, Generalsekretär der Sozialistischen Einheitspartei Deutschlands, Erster Sekretär des Zentralkomitees, Staatsratvorsitzender und Vorsitzender des Nationalen Sicherheitsrats, Führer der Kampfgruppen … und so weiter. Auch sein Abgang war nicht gerade rühmlich. Anfang 1990 hatte man ihn verhaftet, Verdacht auf Korruption und Hochverrat, dann aber wieder freigelassen. Genosse Honecker hatte sich daraufhin nach Moskau abgesetzt, wurde 1992 ausgeliefert, der Prozess gegen ihn jedoch eingestellt, weil er Leberkrebs hatte.

Röseners Gedanken beginnen zu sprudeln, er muss an die letzte Feier denken, 40 Jahre DDR, am 3. Oktober 1989, kurz bevor der Staat auseinanderkrachte. Er erinnert sich an das Bankett, das die Stasi für sich selbst und ihre sowjetischen Genossen gab. In den Räumen tummelten sich über tausend Leute, während draußen die Unruhen auf den Höhepunkt zusteuerten. Erich Mielke hielt Einzug, rechten Arm hoch, Finger hinters Ohr, linker Arm gestreckt, zwei Finger in die Höhe, und dann eine vierstündige Rede. Einige Worte sind Rösener bis heute im Gedächtnis geblieben: ›Und vergesst nie das eine, Genossen: Das Wichtigste, was ihr habt, ist die Macht! Haltet um jeden Preis an der Macht fest! Ohne sie seid ihr nichts!‹

Wo er recht hatte, hatte er recht, denkt Rösener und kehrt vor den Bildschirm zurück. Saddams kommen und gehen, aber wer clever ist, der findet einen neuen Dunstkreis der Macht. Und je größer der Dunstkreis, um so eher kann man seine kleinen Geschäftchen machen. Das war so und das wird auch immer so sein.

Rösener startet den Rekorder. Auf dem geteilten Bildschirm erscheinen sechs Kameraeinstellungen aus der Libo-Filiale. Mit einem Klick der Maus hat er formatfüllend nur das Bild vom Kassenraum. Die streichholzschachtelgroße Kamera für diese Aufnahme hat er selbst unter der Deckenplatte angebracht. Ein Wunderwerk der Technik, das Objektiv ist kleiner als ein Eincentstück. Die Überwachung geht laut Vertrag noch sechs Tage weiter. Am Samstag nach Ladenschluss wird abgebaut und der Rest ausgewertet.

Dorit Missler kommt mit ihrer Kasse in den Kassenraum, Zutritt nur für das Personal. Sie nimmt das Bargeld, die Gutscheine und Belege der EC-Kartenzahlungen heraus und zählt die Summen zusammen. Danach trägt sie alle Beträge in das vorgefertigte Arbeitsblatt und reicht es dem Filialleiter Kretschmer herüber. Der fertigt einen Ausdruck vom aktuellen Kassenstand.

»Da gibt es mal wieder eine Differenz von 2 Euro 15 Cent minus, Frau Missler«, sagt der Filialleiter mit süffisanter Stimme.

»Was heißt hier *›mal wieder‹*?«

»›Mal wieder‹ heißt ›mal wieder‹. Das ist schließlich nicht das erste Mal, oder.«

»Ich zahle die Differenz aus eigener Tasche.«

»Das ist ja eh selbstverständlich! Die Sache geht diesmal nicht ohne Abmahnung, ist das klar?«

»Wir arbeiten hier schließlich jeden Tag länger, als es im Arbeitsvertrag steht …«

»… wollen Sie auch noch rebellieren?«

»Nein, will ich nicht! Dann noch einen schönen Feierabend.« Die Stimme von Dorit Missler überschlägt sich fast. Mit hochrotem Kopf stürmt sie aus dem Raum.

Rösener klickt sich in den Verkaufsraum, Kameraeinstellung an den Süßigkeitsregalen.

»Heeh, Dorit, welche Laus ist dir denn über die Leber gelaufen?«, ruft Tina Jürs ihrer Kollegin hinterher.

»Voll Scheiße, dieser Saftladen!«, donnert Dorit Missler los. »Ich reiß mir hier den Arsch auf und Kretschmer droht mir mit 'ner Abmahnung. So geht das nicht mehr weiter, dass versprech ich dir!«

Die Frau mit dem Pferdeschwanz guckt die Kollegin verwundert an: »Wie meinst du denn das?«

»Ich hab keine Lust, mir den Scheiß noch länger gefallen zu lassen. Mensch, wir sind genügend Leute hier in diesem Laden. Wir können einen Betriebsrat wählen, damit wir endlich anfangen, uns gegen diese ständige Schikane zu wehren.«

»Bist du verrückt«, sagt der Pferdeschwanz entsetzt. »Wenn das Kretschmer erfährt, kommen wir in Teufels Küche, Dorit!«

»Willst du kneifen, bevor es überhaupt losgeht?«

»Ich brauch den Job, ich kann nicht so einfach riskieren, dass die mich feuern!«

»Denk mal nach, Tina! Ein Betriebsrat ist unkündbar, das gilt selbst für Libo. Und wenn wir erst einen haben, kann der uns alle hier sehr gut vor Entlassungen schützen!«

»Und wer soll das machen?«

»Ich natürlich! Und ich versprech dir, wenn ihr alle mitzieht, mach ich dem Kretschmer Feuer unterm Arsch!«

Das Telefon klingelt, Rösener greift automatisch zum Hörer und stoppt mit der anderen Hand den Rekorder.

»Media Personal-Information!«, meldet er sich.

»Drenkhahn hier, spreche ich mit Wilhelm Rösener?«

»Am Apparat, Herr Drenkhahn. Ich grüße Sie, was kann ich für Sie tun?«

»Ich möchte Ihnen nur den morgigen Treffpunkt durchgeben. Ich bin Punkt 17.30 Uhr am Stuhlmannbrunnen in Hamburg-Altona, Platz der Republik. Alles Weitere besprechen wir unter vier Augen. Bis Morgen, Herr Rösener!«

»Geht in Ordnung, Herr Drenkhahn. Auf Wiederhören!«

*

Maria Teske hat das Schiebdach von ihrem Smart City Coupé aufgezogen. Der Himmel ist wolkenlos blau und für einen Apriltag ist es viel zu warm. 22 Grad bestätigt der Radiosprecher ihr Gefühl während der Fahrt über die Autobahn. Die Journalistin hängt mal wieder der Zeit hinterher, spürt einen unangenehmen Druck an ihren Schläfen und hat zusätzlich Schwierigkeiten, sich im Kieler Stadtverkehr zurechtzufinden. Mehrere Male muss sie am Straßenrand anhalten und den Stadtplan aufklappen, um nachzusehen, wie es weitergeht. Heilfroh biegt sie endlich in die Olshausenstraße ein. Direkt vor der Christan-Albrechts-Universität sind einige Parkplätze frei. Die Journalistin steuert den Wagen in die erstbeste Lücke und atmet tief durch.

Jetzt bloß kein Herzrasen, schießt es ihr durch den Kopf, obwohl sie die letzten Tage völlig beschwerdefrei war. Doch die Angst hat sich bereits festgesetzt, hält sie in einer steten Anspannung. Sicherheitshalber drückt die Journalistin eine Valium aus dem Tablettenstreifen, den sie immer in ihrer Handtasche hat, würgt sie ohne Wasser hinunter und steigt besonders dynamisch aus. Während sie auf den Haupteingang zugeht, rutscht die Arznei mühsam wie ein kleiner Kiesel durch die Speiseröhre.

Mir liegt etwas quer im Hals!

Die Journalistin deutet es als Zeichen dafür, dass sie bei der Husumer Rundschau neuerdings automatisch für Mord und Totschlag zuständig ist. Eins weiß sie sicher, der Mordfall in der Witzworter Kirche ist nicht gut für ihr körperliches Befinden, der Tod rückt ihr zu dicht auf die Pelle. Es bereitet ihr Unbehagen, dass die Kriminalpolizei bisher im luftleeren Raum ermittelt, nicht die geringste Spur zutage gefördert hat. Eigentlich eine ideale Situation für ihre Pressearbeit. In mehreren Artikeln konnte sie schon das Versagen der SOKO Kirche anprangern, aber ihr ist einfach nicht wohl dabei. Da draußen läuft ein brutaler Mörder herum, niemand scheint zu wissen, was für ein Motiv ihn antreibt, oder ob er noch einmal zuschlagen wird. Dazu gibt es vielleicht, trotz aller Dementi der Kripo, einen Zusammenhang mit dem ungeklärten Mord vor einigen Jahren.

Manchmal befürchtet Maria Teske, sie selbst könnte diesen Mann durch ihre Zeitungsartikel auf sich aufmerksam machen. Allein der Gedanke hat ihr eine Heidenangst eingejagt und seitdem hat sie das Gefühl, langsam den Boden unter den Füßen zu verlieren.

Schluss jetzt!

Hör auf mit diesem Mist, Maria!

Das nimmt irrationale Züge an!

Der Mordfall liegt auf Eis!

Gestern hat sie drei Tage Urlaub beantragt, um endlich Abstand von ihrem täglichen Trott zu bekommen. Sie will endlich wieder Reportagen mit Anspruch realisieren. Als *Think Big* das Thema Herztransplantation seinerzeit schonungslos abschmetterte, hatte er nur ihren Trotz geweckt. Sie hatte den Entschluss gefasst, ihrer Schreibe wieder eine neue Richtung zu geben, wenn es sein müsste auch auf eigene Faust.

Deswegen ist sie heute in Kiel unterwegs und hat ein Interview mit dem Zellbiologen Prof. Dr. Albert Metsky arrangiert.

Während sie vor sich hin grübelt, bemerkt die Journalistin, dass die Flure im Unigebäude alle gleich aussehen. Sie ist mal wieder, ohne zu überlegen, losgestürmt, ohne Plan, wo sie eigentlich hin muss. Erst nachdem sie den dritten Studenten nach dem Weg gefragt hat, steht sie vor dem Zimmer des Zellbiologen. Sie zupft noch einmal ihre Bluse zurecht und klopft. Eine imposante Erscheinung im hellblauen Hemd, farblich abgestimmten Manschettenknöpfen und einem Schlips in dezentem silbergrau öffnet die Tür. Das zurückgekämmte Haar verleiht ihm eine tatkräftige Note.

»Teske?«, fragt er.

»Richtig! Maria Teske von der Husumer Rundschau. Sie sind Herr … Prof. Dr. Metsky?«

»Genau, kommen Sie doch herein und stören Sie sich nicht an der Unordnung in meinem Zimmer.«

Die Journalistin nimmt vor dem mit Papieren überladenen Schreibtisch Platz. Der Professor holt seinen Stuhl dahinter hervor und setzt sich neben sie. Sie kramt ihr Notizbuch aus der Handtasche und überfliegt kurz ihre Fragen. Seit sie privat an dem Thema Transplantation recherchiert, hat sich ihr Schwerpunkt mehrfach geändert. Gestartet war sie mit den nicht informierten Angehörigen, die ihre Töchter und Söhne als Ersatzteillager missbraucht sahen. Danach hatte sie sich für die Empfänger selbst interessiert und war dabei auf unerklärliche Phänomene von Wesensveränderungen nach einer Herzverpflanzung gestoßen. Im Internet fand sie die Geschichte eines jungen Mädchens, das vor seiner Operation nie irgendwelche musischen Neigungen besessen hatte. Als diesem Mädchen dann das Herz eines 20-jährigen Jungen eingesetzt worden war, begann sie leidenschaftlich zu komponieren. Eine Fähigkeit, die nachweislich der Spender besessen hatte.

Bei den normalen Schulmedizinern war sie mit diesem Phänomen gegen eine Mauer gelaufen. Die versicherten, medizinisch ließe sich kein Zusammenhang zwischen einer Transplantation und einer Wesensveränderung eines Patienten belegen. Sie erklärten es sich mit einer sogenannten Phänotophobia, einer unbegründeten Angst vor dem Verlust des Selbst, die eine Folge der Krankheit oder der schweren Operation sein könnte. Die Patienten wären außerdem zuvor einer jahrelangen psychischen Belastung ausgesetzt gewesen. Hinzu kämen die vielen Medikamente und alles zusammen könne dann vielleicht eine Art ›Organfantasie‹ auslösen.

»Herr Prof. Dr. Metsky, sagt Ihnen der Begriff Organfantasie etwas?«

»Soweit ich weiß, ist das eine Wortschöpfung aus der konservativen Schulmedizin, die damit unerklärliche Persönlichkeitsveränderungen bei Herzempfängern nach einer Transplantation begründet.«

»Gibt es für Sie als Zellbiologen eine wissenschaftliche Erklärung dafür, dass Menschen mit einem transplantierten Herzen glauben, eine Verbindung zu dem verstorbenen Organspender zu spüren?«

»Das Herz ist ein ganz besonderes Organ. Es ist in unserem Körper der stärkste Generator von elektromagnetischer Energie. Aus unserem Herzen kommen mehr als 5.000 Millivolt Strom, aus dem Gehirn nur 100 bis 140 Millivolt. Mit der Energie eines Herzens könnte eine kleine Glühbirne zum Leuchten gebracht werden. Dazu kommt das magnetische Feld des Herzens. Mit sensiblen Magnetometern kann dieses Feld nicht nur an jeder Stelle des Körpers gemessen werden, es lässt sich sogar noch aus 30 bis 40 Metern Entfernung orten.«

»Und was bedeutet das konkret für eine Transplantation?«

»Nach neuster wissenschaftlicher Erkenntnis verwandelt sich die Materie unserer Welt im feinstofflichen Bereich nur noch in dünne Luft. Schon Einstein bekam heraus, dass unser

Universum nicht aus einem leeren Raum besteht, in dem sich einzelne physische Objekte befinden, sondern dass alles ein unteilbares, dynamisches Ganzes ist, in dem Materie und Energie eng miteinander verbunden sind. Die Schulmedizin hat die Rolle der Energie als Informationsträger selbst nach der Entdeckung der Quantenphysik weitgehend ignoriert. Es waren die Quantenphysiker, die spezielle Geräte entwickelten, mit deren Hilfe sich die Frequenzabstrahlungen chemischer Substanzen analysieren ließen. Damit konnte eine neurochemische und elektrochemische Kommunikation zwischen Herz und Gehirn nachgewiesen werden, die weit über die bekannte neurologische Verbindung hinausgeht. Gedanken, Gefühle, Ängste werden nicht nur im Gehirn, sondern auch im Herzen gespeichert und von dort an alle Zellen weitergegeben. Ich bin davon überzeugt, dass dieses ›zelluläre Erinnerungsvermögen‹ mit einem Spenderherz an den Körper des Empfängers weitergegeben werden kann.«

»Kann ich kurz unterbrechen, Herr Professor«, stoppt Maria Teske den Redefluss des Wissenschaftlers. »Ich kann mir das unmöglich alles merken! Gibt es irgendwelche Artikel dazu, wo ich Ihre Informationen in Ruhe nachlesen kann?«

»Selbstverständlich, Frau Teske, ich lasse Ihnen am Ende des Interviews eine kleine Mappe zusammenstellen.«

Maria Teske atmet erleichtert durch und stellt die nächste Frage gleich etwas gelassener: »Herr Professor, haben Sie keine Angst, dass Sie mit solchen Aussagen von Kollegen ausgelacht werden?«

»Es ist nun mal Fakt, dass einen die Logik in ungewöhnliche Richtungen führen kann. Aber ich stehe mit dieser Meinung mittlerweile nicht mehr allein. Paul Pearsall, ein amerikanischer Psychoneuroimmunologe, hat fast hundert Fälle dokumentiert, die auf ein Zellgedächtnis hinweisen. Der Biochemiker Rupert Sheldrake spricht in diesem Zusammenhang sogar von einem

›morphischen Feld‹, einem Gedächtnis der Natur, welches einen Erinnerungstransfer zwischen Individuen und zwischen Generationen in Betracht zieht. Dieses Feld existiert für ihn im Kleinen und im Großen gleich. Eine Form von Hierarchie der Natur. Ganz unten regulieren beispielsweise die Organellen in einem Zellkern die physikochemischen Prozesse. Diese Prozesse bilden ein Feld, welches die Substanz für übergeordnete Felder von Zellen ist. Solche Felder bestimmen das Gewebe, Gewebe die Organe und die Organe schließlich das morphische Feld des ganzen Organismus. Das wäre eine der Erklärungen dafür, dass ein Lebewesen Wesenszüge, Verhaltensweisen und sogar Erinnerungen eines Verstorbenen annehmen kann. Von den Mystikern ist diese Tatsache stets in Betracht gezogen worden. Das ist die Grundlage für den Glauben an Wiedergeburt und eine Kontinuität zwischen Lebenden und Toten. Das Leben ist mit Sicherheit viel merkwürdiger als alles, was der Geist der Menschen erfinden könnte. Selbst hier in Kiel gibt es seit Neustem eine Selbsthilfegruppe von Menschen mit einer Herztransplantation, die offen über ihre Veränderungen nach der Operation sprechen.«

»Eine Selbsthilfegruppe? Das hört sich ja überaus interessant an. Gibt es die Möglichkeit, dass Sie mir einen Kontakt zu dieser Gruppe vermitteln können?«

»Ich schau mal, was ich für Sie machen kann, Frau Teske.«

*

Es ist noch sehr früh am Morgen. Die Sonne hat sich vor knapp 20 Minuten über dem Horizont erhoben und strahlt fast waagerecht über die Marschlandschaft. Eine kleine Gruppe Männer, die sich an der Landseite des Deichs auf einer Weide versammelt hat, wirft lange Schatten über das blasse Grün. Es wird herzhaft gelacht, jemand füllt Gläser mit klarem Schnaps und Swensen weiß, dass er ihn in dieser Situation nicht ablehnen kann. Er nimmt das volle Glas, hält es wie alle anderen in die Höhe, bis der Mann mit der Flasche in der Hand laut »Und Tschüs!« in die Runde ruft. Mit einem schaurigen Brennen läuft die Flüssigkeit den Rachen des Hauptkommissars hinab, sodass er sich unweigerlich schütteln muss. Die innere Abwehr wird durch eine wohlige Wärme, die sich in seiner Brust ausbreitet, aufgelöst. Der Alkohol steigt ihm sofort in den Kopf. Voll Übermut schnappt sich der Kriminalist eine der kleinen Holzkugeln, die auf dem Gras liegen und wiegt sie in der Hand.

Er hatte auf Annas Rat gehört und im letzten Monat seinen Alltag etwas umgestellt. Zu der täglichen Meditation joggte er nun alle zwei bis drei Tage zusätzlich mindestens eine halbe Stunde über die Feldwege um Witzwort. Das schreckliche Bild von der erstochenen Frau in der Kirche war dadurch zwar nicht verschwunden, aber seine Angst, er könnte noch einmal eine posttraumatische Belastungsstörung entwickeln, hatte sich fast gänzlich gelegt. Deswegen war er auch auf Annas weitere Idee eingegangen, neben den üblichen Kontakten mit den Arbeitskollegen, seine Freizeit ab und zu mit anderen Menschen zu verbringen. Vor zwei Wochen hatte er sich durchgerungen, bei einer Sitzung im Witzworter Boßelverein für Männer hereinzuschauen und musste sein Vorurteil von der vermeintlichen Vereinsmeierei danach revidieren. Er war dort auf einen fröhlichen Haufen gestoßen, bei dem es nicht um Mord und Totschlag ging, sondern um solche simplen Dinge, wie man die Uelvesbüller beim nächsten Aufeinandertreffen empfindlich schlagen kann.

Swensen erfuhr etwas über die jahrhundertealte Tradition des Boßelns. Erste Aktivitäten dieser Sportart kamen von den Bewohner der Niederelbe, die mit bewundernswerter Treffsicherheit die römischen Eindringlinge um 5 nach Christi Geburt mit in der Sonne gebrannten Lehmkugeln beworfen hatten.

Aus dieser Kriegswaffe ist dann im Laufe der Zeit die heutige Boßelkugel entstanden. Der Kommissar hatte immer angenommen, die Holländer hätten diese Sportart im 17. Jahrhundert nach Norddeutschland gebracht, nachdem sie vor einer der schweren Sturmfluten in den Norden geflüchtet waren.

Vom Schnaps leicht beschwipst hält Swensen die schwere Kugel noch etwas unbeholfen in der Hand.

»Wie ich sehe, hast du dich mit der Kloot ja schon vertraut gemacht, Jan«, scherzt Peter Lührs, einer der Witzworter Landwirte. »Ich erklär dir kurz die Regeln und dann kann's auch gleich losgehen!«

»Das Ding nennt sich Kloot?«, fragt Swensen mit schwerer Zunge.

»Genau, das ist eine Holzkugel mit Bleifüllung, circa ein Pfund schwer.«

»Die älteste verbriefte Kloot stammt übrigens aus dem Jahr 1585«, wirft Claus Ovens, der Geschäftsführer der Witzworter Meierei, mit bedeutender Stimme ein.

»Dahinten steht unser Bahnwieser«, erklärt Peter Lührs weiter und deutet auf einen Mann, der sich in der Zwischenzeit in vielleicht hundert Metern Entfernung aufgestellt hat und deutlich sichtbar eine Fahne in die Höhe hält. »Der weist uns an, wohin die Kugel geworfen wird. In einem richtigen Wettbewerb gibt es zwei Bahnen, weil dann natürlich zwei Mannschaften gegeneinander antreten, die Guten und die Schlechten.«

»Die Guten und die Schlechten?«, grinst Swensen ungläubig.

»Klar! Grundregel Nummer eins, die Schlechten sind immer die anderen«, lacht Claus Ovens.

»Genau!«, bestätigt Peter Lührs. »Und deswegen wirfst du als Witzworter die Kloot möglichst so weit, dass der Gegner deine Weite auch mit zwei Würfen nicht erreicht. Das gibt dann einen Schott für uns.«

»Einen Schott?«

»Das ist ein Punkt, Jan! Wichtig ist es, die vorher festgelegte Strecke mit möglichst wenigen Würfen zu überwinden. Nach deinem Wurf wirft unser nächster Spieler von der Stelle, wo deine Kugel liegen geblieben ist. Und es zählt nicht der Aufprallpunkt, sondern der Trüll.«

»Trüll?«, echot Swensen verwirrt. »Na das wird ja immer komplizierter.«

»Der Trüll ist die Strecke, die deine Boßelkugel nach dem Aufprall noch weiterläuft. Also, nach der Hin- und Rückrunde wird die Distanz zwischen den Boßeln abgeschritten, das nennt man übrigens Kiek up. Die Mannschaft mit den meisten Schotts oder dem Kiek up hat dann gewonnen. Alles verstanden?«

»Nicht die Bohne!«, verneint Swensen.

»Macht nichts«, sagt Peter Lührs ruhig. »Learning by doing! Vorher gibt es noch einen Kurzen, dann geht alles wie von selbst.«

Swensen bekommt das zweite Gläschen gereicht und stürzt es mit einem protestierenden Murren herunter. Danach kommt das Zeichen vom Bahnwieser und der Hauptkommissar stellt sich in Position. Er steht einen Moment regungslos, hält die Holzkugel fest in der Hand vor sein Gesicht und versucht sich zu konzentrieren.

Ein Impuls.

Jetzt!

Swensen lässt die Hand sinken, stürmt mit Riesenschritten vorwärts, dreht sich wie ein Diskuswerfer einmal um die eigene Achse und wirft die Kugel mit aller Kraft aus dem Handgelenk nach vorn. Ohne es beabsichtigt zu haben, ist es ihm gelungen, ihr den nötigen Spin zu geben. Wie ein Geschoss nimmt sie eine gekrümmte Flugbahn ein. Nach dem Aufschlag rollt sie noch mindestens zehn Meter über die Wiese.

»Dreih di nich uem, de Kommissar geiht uem!«, singt Claus Ovens übermütig.

»Mensch, Jan, das waren mindestens 80 Meter! Herzlich willkommen im Boßelverein Witzwort«, jubelt Peter Lührs und lässt seine rechte Hand mit voller Wucht auf den Rücken von Swensen knallen. Der Bann ist gebrochen, von allen Seiten setzt es Geknuffe und Geklopfe. Noch ehe der Hauptkommissar sich wehren kann, hat er schon das dritte Glas Apfelkorn in der Hand und alle stoßen mit ihm an. Er schließt die Augen und schüttet die Flüssigkeit die Kehle hinunter. Als er sich erneut schüttelt, klingelt sein Handy in der Jackentasche. Er greift danach, als wäre es ein Rettungsreifen.

»Jan Swensen!«

»Stephan Mielke. Wo steckt du gerade, Jan?«

»Ich steh auf einer Koppel in Witzwort. Was ist passiert?«

»Die zweite Leiche, Jan! Wieder in einer Kirche! Osterhever, die St.-Martin-Kirche. Kommst du?«

»Was! Wieder eine Leiche in der Kirche? Das darf nicht wahr sein!«

Im Augenwinkel sieht Swensen, wie die Boßelfreunde einer nach dem anderen verstummen und ihn neugierig anstarren. Er drosselt seine Stimme und dreht ihnen den Rücken zu.

»Weißt du schon Näheres, Stephan?«

»Nein, nur, dass es dort genauso blutig aussehen soll wie bei dem letzten Mal in Witzwort. Die Spurensicherung ist schon auf dem Weg. Colditz und Püchel sind gerade los.«

»Okay, ich bin gleich da!«

Swensen ist schlagartig nüchtern und seine fröhliche Stimmung ist wie weggeblasen, er steht einen Moment wie versteinert auf einem Fleck und blickt verstört auf das Handy.

Komm jetzt nicht auf dumme Gedanken, mahnt die innere Stimme, drei Korn sind genug.

»Tut mir leid, Leute! Dienst ist Dienst, ich muss sofort weg«, sagt er und tippt eine Zahlenreihe auf dem Handy. »Ich brauch sofort ein Taxi in Witzwort. Können Sie mich bitte vor der Kirche abholen.«

Ohne ein weiteres Wort lässt er die verdutzten Boßler stehen und eilt ins Dorf.

Fünf Minuten nach dem Anruf sitzt der Hauptkommissar in sich gekehrt auf dem Beifahrersitz eines Husumer Taxis. Am Sonntagmorgen ist auf den Straßen so gut wie kein Verkehr und der Mercedes prescht durch die flache Landschaft, vorbei an Wiesen, auf denen schon die ersten kleinen Lämmer übermütig in die Luft springen. Es geht durch das menschenleere Oldenswort und acht Minuten später passiert der Wagen die 100-jährige Schankwirtschaft ›Op de Hörn‹ in Warmhörn. Die schlichte Kirche von Osterhever steht etwas abseits vo der Dorfstraße auf einer kleinen Warft und wird an der Turmfront von zwei schrägen Ziegelmauern gestützt. Der Parkplatz davor ist voll mit geparkten Autos, die in einer Reihe vor der überdachten Bushaltestelle und den zwei Glascontainern stehen. Die Sonne spiegelt sich im Wasser des schmalen Grabens, der sich um das Kirchengrundstück zieht. Swensen bezahlt den Taxifahrer und blickt mit unangenehmem Gefühl in die Lichtpunkte, die vor seinen Augen tanzen. Rechts von ihm hat ein einsamer Streifenpolizist damit begonnen, über die Zufahrt zum Parkplatz ein Absperrband zu spannen. Der Hauptkommissar gibt sich einen Ruck, öffnet die Pforte und geht den Weg zur paneelverzierten Eingangstür hinauf. Der Schatten auf der Sonnenuhr im Mauerwerk darüber zeigt auf X, es ist circa 10 Uhr. Swensen hält den Atem an, öffnet die Kirchentür und tritt in den Chorraum. Ein kleines Regal, gefüllt mit grünen und knallroten Gesangsbüchern, steht im

Eingangsbereich unter der Orgelempore. An der Wand dahinter gibt es eine alte Grabsteinplatte mit einem Flachrelief von einer Frau und einem Mann in Eiderstedter Tracht. Polizeirat Heinz Püchel hat sich an den Stein angelehnt und redet lebhaft auf Jean-Claude Colditz ein. Als er den Hauptkommissar wahrnimmt, wird seine Gestik noch hektischer. Er zieht den Flensburger Beamten an der Schulter mit sich fort zu Swensen hinüber.

»Gut, dass du da bist, Jan! Ich rede schon die ganze Zeit mit Jean-Claude, was wir hier machen können!«

»Hallo, Heinz! Hallo! Ich bin gerade durch die Tür.«

»Und ich hab bei der Sache hier ein verdammt mulmiges Gefühl, Leute! Zwei ermordete Frauen in zwei Kirchen, das ist doch nicht mehr normal, das ist total irre! So etwas hat es in ganz Norddeutschland noch nicht gegeben. Schätze, wir müssen lernen, über den Tellerrand zu gucken. Vielleicht gibt es bei den Kollegen in Hamburg oder Niedersachsen Vergleichbares. Du hast in Hamburg gearbeitet, Jan, hast du damals mal was von einer Toten in einer Kirche gehört?«

»Nein, hab ich nicht, Heinz! Aber das bringt uns jetzt auch nicht weiter. Vielleicht kann ich mir erst einmal anschauen, was hier passiert ist, oder wie siehst du das, Jean-Claude?«

»Okay, Jan, schau dich erst mal um und mach dir ein Bild. Wir sprechen in der Frühbesprechung weiter.«

Swensen nickt kurz und dreht sich in den Raum. Einige Männer in weißen Overalls arbeiten sich durch die hölzernen Sitzbänke. Der mittlere Gang ist mit Vliesmatten ausgelegt, auf der ihm der Polizeiarzt Michael Lade entgegenkommt.

»Kein schöner Anblick da hinten, Jan!«, sagt der Doktor und deutet in Richtung des Rundbogens, der in die Apsis führt. »Fast dasselbe Gemetzel wie vor einem Monat. Unzählige Messerstiche, mindestens zwei waren sofort tödlich. Leichenstarre ist schon stark ausgebildet. Bei der Kälte hier in der Kirche würde ich sagen, die Frau ist zwischen acht bis zwölf Stunden tot.«

»Du sagtest fast dasselbe Gemetzel? Ist irgendwas anders?«

»Ja, der Körper ist voll mit Hämatomen, im Gesicht, an Händen und Beinen. Das Opfer muss vorher systematisch und über längere Zeit verprügelt worden sein.«

»Was ist bloß aus unserem idyllischen Eiderstedt geworden? Ich glaub, ich fall bald vom Glauben ab«, stöhnt Swensen auf.

»Da bist du an einem unpassenden Ort«, grinst Lade und deutet auf den gekreuzigten Christus über seinem Kopf, der zwischen den Schnitzfiguren von Maria und Johannes hängt.

»Lass den Blödsinn, Michael. Das ist nicht der passende Moment zum Scherzen, finde ich.«

»Dann schau dir die Leiche vor dem Altar an. Der Verrückte, der das gemacht hat, ist wesentlich pietätloser mit dem christlichem Ambiente umgegangen«, knurrt Lade und zieht mit angesäuertem Gesicht von dannen.

Swensen schüttelt verständnislos den Kopf. Er schaut nach rechts auf das achteckige Taufbecken, über dem ein Engel mit goldenen Flügeln in einem blauen Gewand schwebt und einen goldenen Kranz in seinen Händen hält. Fünf Meter vor dem Altar stehen Silvia Haman und Stephan Mielke, die Peter Hollmann beobachten, wie er die kunstvoll geschnitzten Palmenblätter der Abendmahlbänke, die zu beiden Seiten des Altarblocks stehen, auf Spuren untersucht. Auf der ersten Stufe liegt eine große Frau auf dem Bauch in einer riesigen, bereits eingetrockneten Blutlache. Ihre brünetten Haare sind strähnig und zerzaust. Swensen wirft einen längeren Blick auf die Tote, um sich dann dem bemalten Schnitzaltar zuzuwenden.

›Kommet her zu mir alle, die ihr mühselig und beladen seid‹, steht unter dem Mittelteil der Kreuzigung.

Ob der Täter sich durch diesen Spruch inspiriert gefühlt hat?

Quatsch, das ist Zufall!

Irgendwie erinnern die kunstvollen Schnitzereien den Hauptkommissar an den Witzworter Altar. Nur die Christusfiguren sind hier auffallend kleiner und sie tragen auch keine goldenen Gewänder. Auf dem rechten Seitenflügel gibt es sogar einen ungewöhnlichen Christus, der auf seinem Kreuz sitzt.

Vielleicht hat der Täter ja so etwas wie einen religiösen Wahn, denkt der Hauptkommissar. Der Tatort sieht fast so aus, als wolle jemand ein Opfer darbringen. Vielleicht gibt es irgendeinen Pfarrer, Küster oder Kirchenmitarbeiter, der völlig durchgedreht ist?

»Wir sollten unsere Ermittlungen ab jetzt vorrangig auf das kirchliche Umfeld konzentrieren«, spricht Silvia Haman seine Gedanken aus.

»Ein mordender Pfarrer?«, fragt Mielke ungläubig.

»Warum nicht?«, mischt Swensen sich ein. »Unter dem Altar steht doch: ›Kommet her zu mir alle‹. Also, gehen wir doch einfach hin und fragen wir mal nach, oder?«

Mai 2003

Der Sohn möchte, dass alles Böse um ihn herum stirbt, um selbst leben zu können. Denn nur der Tod ist übermächtiger als du, Schattenmutter, du ewige Schuld des Weiblichen. Du hast die Einheit des Sohnes zerrissen und sein Ich ausgehungert. Du hast die unteilbare Welt um ihn herum in Stücke gebrochen, in kleine Brocken, sie zu einem losen Puzzle deines Lebens gemacht, sie für immer verstreut, nicht mehr zusammenfügbar.

Du hast den Sohn in einem leeren Raum zurückgelassen und hast mit dem tanzenden Wahnsinn deiner Worte seine Seele besetzt. Am Anfang stand dein Wort.

Höre auf meine Stimme!

Tu was ich dir sage!

Du hast den Sohn hervorgebracht und nie mehr losgelassen. Er muss dich jetzt mit sich tragen, ertragen, von Anbeginn seiner Zeit, zeitlos und grenzenlos.

Dein Wille geschehe hier auf Erden, dein gnadenloser Mutterwille, der in sein Ich gekrochen ist und dem Sohn das Dogma der guten Mutter auf seine Stirn geritzt hat. Satansmutter, du Schlangenreptil. Der Körper des Sohnes rebelliert gegen das tödliche Muttergift und kann doch nicht aus deiner Haut. Der Sohn möchte sich täglich häuten, Mutterschicht für Mutterschicht, und sein Gedärm zetert und tobt bei jedem Versuch.

Der Sohn kann nicht glauben, dass sein Herz wirklich noch schlägt, in ihm, Schlag für Schlag, im Rhythmus seiner wahnbesessenen Bosheit, dieser vernichtenden Mutterkraft. Sein Herz steht in Flammen, will seinen unfreien Willen verbrennen.

»Du hast ein schlechtes Herz, mein Sohn!«

»Du bist böse, tief in dir drin bist du böse!«

Jeder Atemzug bringt dem Sohn nicht das wirkliche Leben. Alles was von außen kommt, will ihn letztlich vernichten. Er kann seinen Gedanken nicht mehr trauen. Etwas in ihm will die Haut aufritzen, nein, ausreißen, zur klaffenden Wunde, der Mutterriss, um endlich den Beweis zu sehen: Der Sohn hat noch Leben in sich, das rote Leben, das aus ihm herausfließen kann, wenn er die Haut ritzt. Ein Stich, ein Durchstich durch die Beklemmung seines Herzens. Der Sohn will sich töten, damit er sich selbst gehört. Das Auge des Sohnes ist blind, blind gegenüber dem, was seine Hand machen könnte.

Der Mann sieht das blutige Messer in seiner Hand, sieht wie er es durch den Raum schnellen lässt, es mit Hass hernieder fährt, wieder hochgerissen wird, immer und immer wieder. Er weiß, dass es keine Traumbilder sind, die durch seinen Kopf ziehen, er ist hellwach.

Abrupt hält er mitten im Schreiben inne. Die Hand mit dem Kugelschreiber sinkt auf das Papier, er hebt den Kopf und blickt verstört durch die verschmutzte Fensterscheibe nach draußen. Hinter den hell schimmernden Weiden und grauen Haselnusssträuchern stehen Kühe auf den blassen Marschwiesen, die sich bis an den Horizont ausdehnen und sich mit dem fahlen Licht der Abenddämmerung voll saugen. Ein diffuser Schimmer, dem bald die Nacht folgt.

Neue Worte gären in seinem Kopf, wollen aus ihm herausbrechen. Seine Hand will erneut den Kugelschreiber greifen, doch das Schreiben scheint ihm mit einem Mal zu zahm, viel zu überwacht und bedacht. Er wünscht sich richtig schreiben zu können, einen gewaltigen Text zu verfassen, einen, der mit Hammer und Meißel in einen Stein gehauen wurde. Er möchte explodieren, er möchte, dass das, was er aufs Papier schreibt, ihm endlich Erleichterung bringt, den tiefen Schmerz lindert, der ihn bedrängt und quält so lange er nicht an diesem Ort ist, in seinem Exil, fernab von seinem normalen Leben.

Nur an diesem Ort ist er richtig frei, hier brodeln seine Fantasien, liegen mit ihm auf der Lauer, in den Straßen und Plätzen der Ortschaften. Aber hier spürt er auch das Vakuum, seine schreckliche Erinnerung, die ihn überall und jederzeit überfällt.

Plötzlich sieht er sich hinter dem riesigen Altar an der Wand hocken. Der tote Winkel der Kirche, in dem er sich oft am Sonntagmorgen versteckt hatte. Er hört die Stimme seines toten Vaters sprechen, tief und eindringlich, hört die Geschichte von Jakob, die er seiner Gemeinde gerne erzählte. Jakob, der sich hinter einen mächtigen Stein legte, zum funkelnden Himmel hinaufblickte und in einen tiefen Schlaf fiel. Jakob, der träumte, eine gewaltige Leiter lehnte an dem Stein, neben dem er träumte, eine Leiter, die so hoch war, dass er ihr Ende nicht sehen konnte. Jakob ließ seinen Blick die Leiter hinaufwandern, die bis zum Himmel zu reichen schien. Eine wunderschöne Leiter. Ihre Stufen glänzten im Mondlicht schwarz wie Ebenholz, glänzten im Schein der Sterne. Hell leuchtende Engel stiegen auf der Leiter herab. Und ganz oben, am Ende der Leiter, stand der Herrgott, lächelte Jakob an und sprach zu ihm:

›Jakob, du kennst mich und ich kenne dich. Ich bin der Gott, den auch dein Vater kennt und deine Mutter.‹

Nein! Neiiiin!, schreit eine dröhnende Stimme in ihm.

Mit dem Geräusch des Kugelschreibers, der gehetzt über das Papier schwingt, schreibt er sich in seine Fantasie zurück, Wort für Wort, will er ihr Wesen anklagen, um sie endgültig zu vernichten.

Mutter kennt den Herrn nicht, dieses kriechende Ungeheuer, das mit der gespaltenen Schuld züngelt und den Sohn in ihren Blicken bannte, ihn nicht sein ließ, der er war, ein Sohn, ein Kind. Die Verdammte hat unser heiliges Haus mit Sprengsätzen vermint, hat in alle Ecken ihren tödlichen Terror gelegt und dem Leben ihre Fallen gestellt. Und sie, die unheimliche Mordmutter, saß in der Mitte, Monstrum und Epizentrum in einem, spuckte Wortlava und verbrannte damit jede menschliche Regung.

Wie oft hab ich dir das schon gesagt!

Du sollst hier in diesem Haus nichts anrühren!

Alles, was du berührst, geht grundsätzlich kaputt.

Du sollst nichts fallen lassen! Bloß nichts fallen lassen!

Kannst du nicht hören, du dummes Kind!

Willst du es nicht begreifen, oder kannst du es nicht?

DU SOLLST NICHTS FALLEN LASSEN!

Etwas Schweres poltert und rutscht die Treppe hinab, die Himmelsleiter, die zur Musik des Himmels hinaufführt, schlägt mehrmals laut polternd auf die Holzstufen. Der Sohn zuckt zusammen, drückt sich ängstlich an die Wand, hört das laute Stöhnen von Schmerz, nur wenige Meter vor ihm. Es strömt röchelnd in den Raum und will nicht mehr enden. Der Sohn will nicht hören, ist schon tot, gestorben, als die jammernde Stimme der Mutter herabweht, ihre Schritte die Himmelsleiter herunterkommen.

*

Kurz vor der Witzworter Kirche entscheidet Jan Swensen, heute nicht die übliche Strecke über Simonsberg nach Husum zu nehmen. Er biegt von der Dorfstraße nach rechts ab, erreicht wenige Minuten später die Bundesstraße nach Husum, fährt geradeaus über die Kreuzung und passiert kurz danach das Ortsschild von Reimersbude. Die Asphaltstraße schlängelt sich in S-Form an den grünen Getreidefeldern entlang, an den wenigen Häusern und Höfen vorbei, zum Eiderdeich hinauf. Der Hauptkommissar stoppt den Wagen neben einem silberblanken Alutisch und zwei Bänken, direkt gegenüber vom Schleusenhäuschen, und steigt aus. »Kie-vit! Kie-vit!«, erklingt der Ruf des Kiebitz aus der Ferne. In dem kleinen Eiderhafen liegt ein Motorboot an einem schmalen Schwimmsteg.

Den Hafen gab es hier bereits vor 600 Jahren, hatte Stephan Mielke ihm vor Kurzem erzählt. Seinerzeit soll es sogar einen Fährbetrieb über die Eider gegeben haben, und weil der Herzog von Schleswig-Holstein-Gottorf dem Fährmann eine Bude gegen den Regen genehmigte, kam dieser Ort zu seinem merkwürdigen Namen.

Auf der anderen Seite der Schleuse ist ein kleines Staubecken, von dem aus sich zwei Wasserarme in die Wiesen schlängeln. Etwas lässt den Hauptkommissar zögern, bevor er den Pfad auf der Deichkrone betritt.

Welcher Dämon hat dich nur hierher getrieben, denkt Swensen verunsichert, und sein Blick erfasst sofort die Stelle, an der im Juni 1998 die halb tote Frau gefunden worden war. Ehe er richtig nachdenken kann, stürzen schon die alten Bilder aus der Nacht auf ihn ein.

Thomas Heitmann, ein älterer Kollege, der seit mehreren Jahren in Rente ist, führte die ersten Ermittlungen vor Ort, solange, bis die Kollegen vom K1 aus Flensburg eintrafen und den Fall übernahmen. Wegen seiner gerade überwundenen posttraumatischen Belastungsstörung war Swensen heilfroh gewesen, dass er bei dem Fall in der zweiten Reihe bleiben konnte. Die brutale Gewalt, die sich hier abgespielt hatte, machte ihm immer noch Angst. Es war dunkle Nacht gewesen und es waren noch keine Lampen an den Tatort geschafft worden. Deshalb hatte der erste Eindruck Heitmann glauben lassen, die junge Frau wäre bereits tot. Am Kopf klaffte eine tiefe Wunde, aus der viel Blut ausgetreten war. Jemand hatte mit einem schweren, stumpfen Gegenstand mehrmals auf die junge Frau eingedroschen und sie an Arm, Schulter, Brust und Kopf getroffen.

Marion Döscher, genau, das war ihr Name!

Während einer der Kollege den Puls fühlen wollte, schlug die Frau plötzlich unverhofft ihre Augen auf und versuchte zu sprechen. Es wurde sofort ein Krankenwagen gerufen und die entsetzte Spurensicherung musste mit ansehen, dass die Sanitäter während ihres Rettungsversuchs vermutlich wertvolle Spuren unbrauchbar machten. Die Frau wurde ins Husumer Krankenhaus gefahren und in ein künstliches Koma versetzt. Doch es kam nicht mehr zu einer Vernehmung durch die Kripobeamten. Nach drei Tagen war die Frau verstorben.

Physische Gewalt ist wirklich eine Sprache mit größter Überzeugungskraft, denkt Swensen, sie braucht nicht übersetzt zu werden. Gewalt ist unmissverständlich, sie ist sofort spürbar, wenn man einen Tatort betritt. Der Hauptkommissar schlendert langsam durch das frische Gras an den damaligen Tatort auf der Deichkrone. Seine Augen gleiten über den Boden, suchen nach Anhaltspunkten des Grauens, das hier verübt wurde, aber es ist nicht mehr das Geringste zu sehen. Das Blut ist schon lange unter die Haut der Erde gesickert, ist vom ewigen Organismus der Natur vereinnahmt worden.

Was mach ich hier eigentlich?

Er grübelt darüber nach, warum er geglaubt hat, der Ort könnte irgendeine Erinnerung in ihm wecken, einen Zusammenhang herstellen mit den frischen Fällen in den Kirchen. Aber selbst die beiden Kirchenmorde scheinen auf den ersten Blick nichts miteinander zu tun zu haben. Es gibt bis auf die gleichen Tatorte und die Waffe keine eindeutige Handschrift.

Kann das in allen Fällen ein und derselbe Täter gewesen sein?

Eine Bewegung in der Grasfläche zieht die Aufmerksamkeit des Hauptkommissars auf sich. Er beugt sich hinunter und entdeckt eine große Kröte, die sich auf allen vieren durch die Halme kämpft. Plötzlich verharrt das Tier, hat ihn wahrgenommen. Die Pupillen, die sich in der goldenen Iris öffnen, schauen ihn magisch an. Der Körper ist übersät mit mikroskopisch kleinen Schluchten und Höhenzügen, die wie Juwelensplitter glänzen.

Das Leben ist an diesen Ort des Todes zurückgekehrt, denkt der Kriminalist. Gibt es überhaupt einen Ort der Unschuld? Gibt es irgendwo einen Flecken Erde, der noch nie mit Blut getränkt wurde?

»Meditation beruht darauf, deine dualistische Bindung aufzulösen, deinen ewigen Kampf Gut gegen Böse zu beenden«, hört Swensen die Stimme von Lama Rinpoche, während er mit seinem Polo auf die Bundesstraße 5 in Richtung Husum biegt. »Wir müssen erkennen, dass wir in jedem Moment ganz gewöhnliche Menschen sind. Es geht nicht darum, größer, reiner, spiritueller und einsichtsvoller als andere zu werden. Wir müssen lernen unsere Unvollkommenheit hinzunehmen, so wie sie wirklich ist, nämlich ganz gewöhnlich. Wer sich seiner Unvollkommenheiten entledigen will, macht sie sich zum Feind. Es ist wie mit dem Atem. Er ist nur wie er ist, ohne dass wir ihn zu gebrauchen suchen.«

20 Minuten später sitzt der Hauptkommissar allein vor einer Tasse grünem Tee im Konferenzraum, versucht sich mit der Atmung zu verbinden und seine Gedanken so zu nehmen, wie sie sind. Doch es bleibt ihm nicht viel Zeit, schon geht die Tür auf. Rudolf Jacobsen ist der Erste, der in den Raum kommt und Jan Swensen ein Superman-Comicheft unter die Nase hält.

»Schau dir das an, Jan! Superman Action Comics, Nr. 812, in einer Superqualität mit Originalunterschrift vom Autor Joe Kelly. Und nun rate mal, wie wenig ich für dieses Prachtstück hinblättern musste?«

Der Hauptkommissar guckt sichtlich irritiert erst auf das Titelbild, das einen lederbekleideten Muskelmann auf einem futuristischen Motorrad zeigt, und anschließend auf seinen Kollegen Jacobsen, der mit einem fragenden Gesichtsausdruck auf ihn herabblickt.

»Na, was meinst du?«, drängt Jacobsen.

»Also ehrlich, Rudolf, woher soll ich denn das wissen. Fünf Euro?«

»Fünf Euro! Bist du wahnsinnig! Das ist bei eBay ersteigert, nur 120 Euro.«

»Wer hier wohl wahnsinnig ist!«, kontert Swensen.

»Du hast einfach keinen blassen Schimmer, Jan. Das Action-Comics-Heft-Nr.1 hat zurzeit einen Wert von mindestens 150.000 Dollar. Was sagst du nun?«

»150.000 Dollar?«, fragt Stephan Mielke ungläubig, der gerade den Raum betreten hat und sofort nach dem Heft greift. »Das Teil soll 150.000 Dollar wert sein?«

»Vorsichtig!«, warnt Jacobsen ängstlich, während immer mehr Kollegen hereinkommen und sich hinter Mielke scharren. »Wenn du da einen Kniff rein machst, ist es gleich viel weniger Wert.«

»Ich glaub's nicht, 150.000 Dollar!«, kommentiert ein Flensburger Kollege die Szene.

»Nicht dieses Heft, das ist keine 150.000 wert!«, korrigiert Jacobsen. »Ich hab von dem ersten Supermanheft gesprochen, ist im Juni 1938 in der USA erschienen. Mein Heft kostet nur 120 Euro.«

»Für so 'n Schrott bezahlst du 120 Euro?«, fragt Silvia Haman mit hysterischem Unterton. »Ich frage mich, was deine Frau dazu sagen würde? Die muss doch glauben, dass dein Job bei der Husumer Kripo komplett überbezahlt ist.«

»Im Gegensatz zu dir weiß meine Frau genau, wann sie den Mund halten muss«, braust Jacobsen los.

»Und ich weiß genau, wann hier die Frühbesprechung stattfindet«, ruft Jean-Claude Colditz lauthals dazwischen. »Könnten alle Supermänner jetzt bitte ..., natürlich auch unsere Superfrau, ihre Aufmerksamkeit auf unsere Mordermittlung konzentrieren?«

Die Gruppe löst sich schlagartig auf und verteilt sich auf die Stühle, die um den Tisch herumstehen. Der Leiter der SOKO wartet geduldig, bis alle sitzen. An der Pinnwand hinter seinem Rücken sind die Fotos der zwei ermordeten Frauen mit Reißnägeln befestigt.

»Also, Leute, bringen wir uns auf den neusten Stand«, eröffnet Colditz die Besprechung. »Seit gestern Nachmittag haben wir die Identität der Toten. Der Kollege Mielke hat einen guten Job gemacht. Sagst du was dazu, Stephan?«

Stephan Mielke atmet so tief in die Brust, dass der Stoff seines Oberhemds anspannt. Alle Augen fliegen zum Oberkommissar hinüber, der das Interesse an seiner Person sichtlich genießt.

»Um es kurz zu machen«, beginnt Mielke mit theatralischer Gestik, »ich hab nur die Vermisstenmeldungen von Schleswig-Holstein durchgeackert und Bingo, der zweite Anruf war ein Volltreffer. Unser Opfer heißt Dorit Missler, wohnte in Friedrichstadt und arbeitete dort in der Supermarktkette Libo. Der Ehemann hat seine Frau bereits identifiziert.«

»Ohne deine Arbeit schmälern zu wollen, Kollege Mielke«, setzt Silvia Hamann eine ihrer beliebten Spitzen, »aber ich bin einfach neugierig, wie viele Vermisstenmeldungen denn überhaupt in unserem Revier vorlagen?«

»Was soll das jetzt wieder?«, reagiert Mielke verärgert und schaut Hilfe suchend zum Leiter der SOKO hinüber. »Willst du neuerdings meine Arbeit kontrollieren, Silvia?«

»Es wäre schön, wenn wir uns weiterhin um unseren Mordfall kümmern würden«, interveniert Colditz.

»Wahrscheinlich gab es nur zwei Vermisstenmeldungen«, mault Silvia Haman.

»Woher willst du das wissen?«, knurrt Mielke.

»Schluss mit den Albernheiten!«, unterbricht Colditz. »Ich hab Stephan eingeteilt, das zu prüfen. Ich will, dass ihr bei der Sache bleibt, verdammt noch mal! Ich sag das nicht noch einmal!«

»Ich berichte kurz, was wir wissen«, setzt Mielke erneut an. »Die Gerichtsmedizin hat den Todeszeitpunkt für Samstag zwischen 23 und 24 Uhr festgelegt. Der Frau wurden Messerstiche in Bauch und Brust zugefügt. Ein vergleichbarer Tathergang, wie wir ihn gerade in der Witzworter Kirche erlebt haben. Aber das Opfer scheint sich schon vorher in den Händen des Täters befunden zu haben. Es wurde tagelang brutal geschlagen. Die Hämatome im Gesicht, an Beinen und Händen waren alle älteren Datums, und ihr Ehemann kann für die Tat definitiv ausgeschlossen werden.«

Mielke legt eine Pause ein. Aber als niemand der Kollegen Anzeichen macht, sich zu äußern, fährt er fort: »Wie bereits erwähnt, ist die Identität des zweiten Opfers geklärt. Dorit Missler, geborene Hermann, wurde am 3. Januar 1978 in Flensburg geboren. Sie ist seit drei Jahren mit dem Postbeamten Kurt Missler verheiratet. Nach Aussagen der Nachbarn führten sie eine harmonische Ehe. Nie Streit. Auch die

Eltern der Frau haben nur Gutes über den Ehemann ausgesagt.«

»Auf den ersten Blick scheint es erst mal nichts zu geben, was die beiden ermordeten Frauen miteinander verbindet«, stellt Colditz fest. »Andrea Goldschmidt war 18 Jahre alt, Dorit Missler 25 Jahre. Andrea Goldschmidt war Schülerin, Dorit Missler Angestellte in einem Supermarkt.«

»Das kann ich nur bestätigen«, ergänzt Silvia Haman. »Ich war bei den Eltern unseres ersten Opfers und habe ihnen das Foto vom zweiten Opfer gezeigt. Die haben die Frau noch nie gesehen, haben sie gesagt, und sie glauben auch nicht, dass ihre Tochter sie gekannt hat. Eine Freundin und der Exfreund Peter Kirch waren der gleichen Meinung. Ich fürchte, wir brauchen nicht länger um den heißen Brei herumreden. Der Täter hat seine Opfer wahllos ausgesucht, hat sie vorher wahrscheinlich gar nicht gekannt und es gibt kein persönliches Motiv wie Rache oder Eifersucht.«

»Halt, das geht mir etwas zu schnell!«, unterbricht Colditz. »So früh dürfen wir in unseren Ermittlungen noch nichts ausschließen. Noch wissen wir nicht einmal eindeutig, ob es sich um ein und denselben Täter handelt! An den Opfern gibt kaum Spuren. Bis jetzt haben wir nur ein paar Stofffasern gefunden. Die Tatorte in der Kirche sind dagegen voll mit Spuren, unzählige Haare beispielsweise, die wir mit hoher Wahrscheinlichkeit keiner konkreten Person zuordnen können. Auch eine verdächtige Reifenspur ist nicht sehr aussagekräftig.«

»Dafür gibt es übergeordnete Zusammenhänge. Es wurde immerhin zweimal an einem gleichen Tatort gemordet«, unterbricht Silvia Haman. »Es wurde eine ähnliche Waffe benutzt, ein Messer, es wurde brutal auf die Opfer eingestochen. Ich finde, wir können von einem Täter ausgehen, jemand der seiner Wut und seinem Hass freien Lauf lässt. Der Handlungsablauf deutet auf einen rituellen Hintergrund hin. Für mich sieht das jedenfalls verdammt nach einer Handschrift aus.«

»Und was willst du damit konkret sagen, Silvia?«, fragt Colditz.

»Na, wir haben doch alle schon klammheimlich daran gedacht. Es spricht einiges für einen Serientäter!«

»Nicht so schnell mit den jungen Pferden«, unterbricht Swensen, »es gibt schließlich auch andere Möglichkeiten. Beispielsweise ein Trittbrettfahrer. Der erste Mord in Witzwort wurde von der gesamten Presse ausgeschlachtet. Vielleicht hat jemand das mit der Kirche einfach nur kopiert?«

»Ein mordender Trittbrettfahrer?«, fragt Colditz nachdenklich. »Hast du da einen konkreten Verdacht?«

»Nun, der erste Mord in Witzwort scheint eine spontane Tat gewesen zu sein«, erklärt Swensen. »Das Opfer ist dem Täter erst kurz vor der Tat begegnet. Der zweite Mord ist da grundlegend anders abgelaufen. Das Opfer hat sich vor dem Mord beim Täter aufgehalten und wurde geschlagen. Spricht dafür, dass er das Opfer vor der Tat gekannt hat. Vielleicht hatten beide eine heimliche Beziehung.«

»Er kann das Opfer aber auch für längere Zeit gefangen gehalten haben. Das würde dann wieder auf einen Serientäter hindeuten«, wirft Silvia Haman erneut ein. »Außerdem hast du anscheinend vergessen, dass man beim Opfer diese Partydroge GHB gefunden hat, K.-o.-Tropfen wie beim ersten Opfer.«

»Wo Silvia recht hat, da hat sie recht«, stimmt Mielke zu. »Davon konnte kein Trittbrettfahrer etwas wissen, Jan, das haben wir nicht an die Presse weitergegeben.«

»Bleibt die Frage, wie sicher unsere Obduktionsergebnisse wirklich sind«, wirft Swensen ein. »Die Substanz Gammahydroxybutyrate ist bekanntlich ziemlich schwer nachzuweisen, oder? Vielleicht liegen die Kollegen falsch.«

»Quatsch, Jan!«, fährt Colditz dazwischen. »Wo kommen wir hin, wenn wir Ergebnisse von den Experten anzweifeln, bloß weil es nicht in unsere Theorie passt?«

*

Es ist ein schöner Sommertag. Der Wind fährt über die prallen Weizenähren, als würde er sanfte Hände besitzen, und streichelt sie kaum spürbar hin und her, um im nächsten Moment mit voller Kraft über das Feld zu treiben und das Meer der Halme wie eine Wasseroberfläche auseinanderdriften zu lassen. Vom Horizont her tuckert ein riesiger grüner Blechkasten heran, schiebt die drehenden Schneidemesser vor sich her, bahnt breite Schneisen in die gelbe Pracht. Darüber flimmert eine mächtige Staubwolke in der Hitze. Von Weitem beobachte ich den Storch, der in einiger Entfernung von dem Mähdrescher durch das Stoppelfeld stolziert. Ich gehe auf dem Trampelpfad die Deichspitze entlang. Links von mir macht der Fluss eine lang gezogene Schleife. Wasser und Himmel, aufgelöst zu einer Lichtfläche. Hoch oben am weiten Pergamentblau kreist vor milchigen Wolkenschlieren ein Raubvogel mit ausgebreiteten Flügeln. Kurz vor mir flattert eine Elster flach über den Boden und landet in einem Bogen auf einem der Stackpfähle, die unten am Flussufer ins Wasser ragen. Das Gefieder schillert schwarz, smaragdgrün und weiß. Ein Geräusch in meinem Rücken lässt mich herumfahren. Nur wenige Meter entfernt steht eine Frau mit kräftigem Körperbau und breiten Hüften. Sie trägt kurz geschnittene Haare und hat eine eckige Brille auf der breiten Nase. Ihre Augen sind groß und blau. Sie trägt eine mit feinen Mustern bestickte weiße Bluse und eine kakigrüne Militärhose.

»Hallo!«, sagt sie und stößt beim Sprechen leicht mit der Zunge an.

»Kennen wir uns?«, frage ich leise, während meine Arme sich mit einer Gänsehaut überziehen. Mir ist, als würde ich eine unbekannte Vertraute treffen, wie eine Schwester, die mir meine Mutter verschwiegen hat. Mein Herz schlägt mir bis zum Hals, es pocht und schlägt, als wäre es kaum zu bändigen. Ich bekomme Panik, lege meine Hand auf die linke Brust. Die Frau tritt zu mir und legt ihre Hand auf meine. Sofort verschwindet meine Angst. Sie strahlt etwas Körperloses aus, sieht mir tief in die Augen und zieht ihre Hand unspürbar wieder von meiner Brust zurück.

»Du bist Marion?«, frage ich.

Sie lächelt mich nur an.

»Ja, du bist Marion, Marion ... ich weiß nicht ... ich nenne dich einfach Marion D.«

»Es ist Zeit«, mahnt die junge Frau. »Ich muss gehen. Aber keine Angst, ich bin bei dir, egal wo ich hingehe.«

Ihre Worte schmerzen mich. Ich schließe die Augen und setze blind einen Schritt vor den anderen, gehe durch das Nichts immer geradeaus weiter. Eine unbeschreibliche Sehnsucht treibt mich an. Ich fühle, dass es zwischen uns noch etwas zu erledigen gibt. Ich kehre um. Die Frau steht noch am selben Ort. Je näher ich komme, umso mehr verliert ihr Körper an Substanz. Ein Licht strahlt aus ihrem Inneren. Ich trete dicht an sie heran, küsse ihren durchsichtigen Mund, atme das Licht in mich ein. Es ist der tiefste Atemzug, den ich je in meinem Leben gemacht habe. Augenblicklich weiß ich, dass wir beide, Marion und ich, für immer Seelenverwandte sein werden, dass wir für den Rest meines Lebens ein und dieselbe Person sind.

»Diesen Traum hatte ich sieben Monate nach meiner Transplantation«, sagt Lisa Blau mit ruhiger Stimme. Tränen laufen ihr die Wangen hinab, tropfen auf den Tisch und hinterlassen feuchte Sterne auf dem glänzenden Universum aus

Holz. »Solche Bilder, so etwas Reales, habe ich noch nie in einem Traum erlebt. Es schien, als wäre alles in Wirklichkeit passiert, als hätte ich gar nicht geschlafen, so lebhaft habe ich das Gesehene erlebt. Gleich nachdem ich erwacht war, hatte ich das Gefühl von einem unendlichen Glück. In mir sprühten Funken. Meine alte Energie schien zu mir zurückgekehrt zu sein und ich habe innerlich vor Freude getanzt. Ich glaube, in dem Moment habe ich den tiefsten Atemzug in meinen Leben gemacht. Ich wusste ganz tief in mir drin, dass mein neues Herz nun körperlich zu mir gehörte.«

»Und dieser Name, der Ihnen in diesem Traum gekommen ist? Glauben Sie im Nachhinein immer noch, dass es wirklich der Name ihrer Spenderin ist?«

»Vor diesem Traum ist mein neues Herz etwas gewesen, das ich von einem mir unbekannten Menschen erhalten habe. Die ersten sieben Monate war dieser Mensch für mich ein anonymes Wesen. Nach diesem Traum hat sich das schlagartig anders angefühlt. Ich erwachte und ich war mir sofort sicher, dass Marion D. meine Organspenderin gewesen ist. Sie lebt mit mir, genauso wie sie früher einmal gewesen ist.«

»Sie haben aber nicht nachgeprüft, ob es wirklich wahr ist, oder?«

»Damals war der Wunsch herauszubekommen, ob ich im Traum meiner wirklichen Spenderin begegnet bin, unsagbar groß«, antwortet Lisa Blau und ihre Augen schauen durch die Frau, die ihr gegenübersitzt, hindurch. Sie wirkt plötzlich entrückt, außerhalb ihres Körpers. »Aber wie hätte ich das anstellen sollen, Frau Teske?«

»Nun, einfach im Krankenhaus nachfragen. Irgendeiner der Ärzte oder eine der Schwestern wird doch wissen, woher das Herz gekommen ist.«

»Habe ich ja gemacht! Drei Tage nach meinem Traum habe ich es nicht mehr ausgehalten. Ich hab im Krankenhaus angerufen und mich zu Schwester Annegret durchstellen lassen. Schwester Annegret hat mich die lange Zeit vor und nach der Transplantation betreut und wir hatten am Ende ein fast freundschaftliches Verhältnis. Mir war natürlich klar, dass sie dem gleichen strengen Geheimhaltungskodex unterliegt, wie alle Mitarbeiter der Klinik.

›Vor ein paar Tagen hatte ich einen merkwürdigen Traum‹, habe ich der Schwester am Telefon berichtet. ›Den möchte ich Ihnen unbedingt erzählen. Mir ist nämlich im Traum eine Frau begegnet, die Marion D. hieß.‹

Ihre Antwort war: ›Lisa, um ... um Gottes willen, woher ... das ist völlig unmöglich. Das ... das können Sie gar nicht wissen.‹ Schwester Annegret verlor während des Gesprächs hörbar die Fassung. ›Ich ... ich darf mit Ihnen über solche Dinge nicht sprechen, Lisa! Sie ... Sie können das gar nicht wissen. Lassen Sie unter allen Umständen die Finger davon! Selbst wenn Sie es schaffen sollten, die Familie Ihrer Spenderin zu finden, treten Sie damit vielleicht auf eine Mine und verursachen ein nicht rückgängig zu machendes Chaos.‹

›Ich weiß nicht, was Sie mir sagen wollen, Schwester Annegret.‹

›Es ist doch möglich, dass die Angehörigen der Spenderin ganz anders reagieren, als Sie es sich in Ihrer Fantasie ausmalen. Vielleicht sind sie entsetzt, schockiert, ablehnend. Ich kann es ja verstehen, dass Sie mehr über Ihre Spenderin wissen wollen. Aber Ihr Versuch kann ganz gewaltig nach hinten losgehen, Lisa. Gefühle sind einfach unberechenbar.‹

›Ich war sehr enttäuscht, dass Schwester Annegret mich mit meinem Wissen um Marion D. allein gelassen hat. Wer der Spender gewesen sein könnte, hatte mich schon während meines gesamten Krankenhausaufenthalts beschäftigt, mal mehr und mal weniger, doch nur ein Arzt hatte die Andeutung gemacht, dass mein Herz aus einem Husumer Klinikum gekommen ist.‹«

»Aus Husum? Da sind Sie sicher?«, die Stimme der Journalistin klingt elektrisiert.

»Der Arzt hat es nur unter der Hand erwähnt. Er hat mich gebeten, es niemandem zu erzählen. Ich bitte Sie eindringlich, es nicht in Ihrem Artikel zu erwähnen, Frau Teske. Das müssen Sie mir hier und heute versprechen, Ehrenwort!«

»Das ist doch selbstverständlich, Frau Blau«, beruhigt die Journalistin, »auch wir Journalisten halten uns an einen Kodex. Aber mit Ihrer Information kann man natürlich trotzdem eine Menge anfangen.«

»Was meinen Sie damit?«

»Ich könnte vielleicht etwas für Sie tun, Frau Blau. An welchem Tag genau war Ihre Transplantation?«

»Moment, da muss ich nachdenken …, das war …, ja, das war am 17. Juni 1998. Weshalb wollen Sie das wissen, Frau Teske?«

»Ich könnte vor Ort recherchieren, wer am 17. Juni im Husumer Krankenhaus gestorben ist. Ihre Spenderin muss mit Sicherheit aus der näheren Umgebung gekommen sein. Was meinen Sie, soll ich das für Sie probieren, Frau Blau?«

»Das ist die Geschichte, die mir die Frau erzählt hat. Ihr müsst doch zugeben, die ist sensationell, oder?«

»Ich sage nur, Maria Teskes Märchenstunde!« platzt es aus Erwin Siebenhüner heraus, seines Zeichens Kulturredakteur der Husumer Rundschau.

Feste Redakteure und freie Mitarbeiter sitzen in der morgendlichen Themenkonferenz zusammen. *Think Big* hat den Worten von Maria Teske mit ungläubigen Augen und verschränkten Armen gelauscht und sich dabei langsam immer tiefer in die zurückgeklappte Rückenlehne seines Drehstuhls gepresst.

Kein Wunder, dass Kollege Siebenhüner mal wieder genüsslich zum Halali gegen mich bläst, denkt die Journalistin. Sie versucht ihre aufkochende Wut zu bändigen, bemerkt aber gleichzeitig, dass ihr Herz schneller zu schlagen beginnt. Mittlerweile ist Maria Teske davon überzeugt, dass ihr Herzrasen und die Verbissenheit, den Chef doch noch für das Transplantationsthema zu begeistern, etwas miteinander zu tun haben.

Sie presst die Zähne zusammen, dass sie knirschen. Ihr inneres Auge schaltet auf ›Film ab‹. Die Szene von gestern Nachmittag startet, als sie dem Ärztlichen Direktor des Kreiskrankenhauses Husum ihren Presseausweis unter die Nase hält und ihren gesamten weiblichen Charme mobilisiert. Eine Woche Wartezeit hatte sie dieser Termin gekostet.

»Maria Teske, ich bin Journalistin bei der Husumer Rundschau und ich recherchiere zu dem heiklen Thema Herztransplantationen.«

»Da sind Sie hier in Husum an der verkehrten Stelle, liebe Frau Teske. So einen Eingriff nehmen wir in unserem Krankenhaus nicht vor.«

»Das weiß ich natürlich, Professor Hanauer. Mir geht es im Moment auch viel mehr um den Ablauf im Umfeld. Wie kommen die Organe eigentlich zu einer Transplantationsklinik?«

»Ganz automatisch, Frau Teske. Gemäß den ›Richtlinien zur Feststellung des Hirntodes‹ sind wir Krankenhäuser verpflichtet, eine potenzielle Organspende den Transplantationszentren zu melden. Das ist im Transplantationsgesetz ausdrücklich so festgelegt. Wir arbeiten in einem solchen speziellen Fall dann eng mit den Zentren zusammen.«

»Wie häufig kommt es zu einer solchen Situation? Das

letzte Mal war das doch am 17. Juni 1998, da müssten Sie eine junge Frau für Hirntod erklären, oder?«

»Keine Ahnung, das genaue Datum habe ich nicht mehr im Kopf. Aber woher wollen gerade Sie das so genau wissen?«

»Ich bereite mich vor, wenn ich zu einem Thema recherchiere. Ich würde gerne einen Bericht über die Organentnahme dieser Frau schreiben. Ist es möglich, dass ich von Ihnen den Namen bekommen könnte? Das wäre zweifellos vertraulich, Professor Hanauer!«

»Das können Sie sich gleich aus dem Kopf schlagen. Wir unterliegen selbstverständlich der Schweigepflicht. Eine Transplantation ist eine überaus sensible Angelegenheit, dazu dürfen wir uns grundsätzlich nicht äußern, Frau Teske. Und gerade dieser Fall ist mit Sicherheit völlig ungeeignet für ihre Zwecke. Er hat nämlich einen besonders tragischen Hintergrund, die Spenderin war einem Verbrechen zum Opfer gefallen.«

Das war ein genialer Schachzug!

Die Journalistin muss unwillkürlich grinsen, so geschickt hatte sie den Typen vollgequatscht, sodass der, ohne das Geringste zu merken, alles ausgeplaudert hatte, was sie wirklich wissen wollte.

»Ich finde, dass es bei deinen Themenangeboten neuerdings keinen Grund zum Grinsen gibt, Maria«, knurrt *Think Big*.

»Ich hab nur über die unqualifizierte Aussage von Kollege Siebenhüner gegrinst, ich würde Märchen erzählen«, kontert Maria Teske.

»Dann mal ganz im Ernst«, sagt *Think Big* und beugt sich vor. »Die Geschichte dieser Frau klingt für meinen Geschmack mehr nach esoterischem Krimskrams als nach seriösem Journalismus.«

»Ich gebe zu, das Thema Herztransplantation ist auf den ersten Blick nicht leicht verdaulich, Theodor, aber meine weitere Recherche hat mittlerweile eine echt sensationelle Wendung genommen. Das Herz, das dieser Frau transplantiert wurde, ist kein anderes, als das von Marion Döscher.«

»Muss ich Marion Döscher kennen?«, fragt Siebenhüner.

»Eigentlich schon, Kollege! Marion Döscher wurde am 17. Juni 1998 bei Reimersbude überfallen und erschlagen. Unsere Zeitung hat seinerzeit breit darüber berichtet. Ist jetzt der Groschen gefallen, Kollege?«

»Und deine Frau hat das Herz der Ermordeten?«, fragt Siebenhüner, der langsam ahnt, dass die Kollegin eine heiße Story aufgetan hat.

»Richtig! Ich war im Archiv und weiß, dass dieser alte Mordfall bis heute nicht aufgeklärt ist! Die Frau wurde damals am Eiderdeich gefunden und überlebte den brutalen Angriff nur drei Tage.«

»Das hört sich schon wesentlich besser an, Maria«, sagt *Think Big* wohlwollend. »Das klingt nach einer Story, aus der man was machen kann, finde ich! Aber diese Schauergeschichte, dass die Frau sich im Kontakt mit ihrer Organspenderin befindet, das ist nichts für uns, Maria. Das glaubt uns kein Mensch.«

»Langsam, Theodor! Warte doch erst einmal ab«, protestiert die Journalistin und spekuliert, dass der Chefredakteur das Thema nur vom Tisch haben will, weil er keine Ahnung von den neusten Forschungen der Biologen hat. »Ich werde keine obskuren Behauptungen aufstellen. Ich habe einen namhaften Zellbiologen gefragt, welche wissenschaftlichen Argumente für die Aussagen der Frau sprechen könnten.«

»Und? Was hat der zu dem Unsinn gesagt?«

»Ein transplantiertes Organ ist nicht bloß ein Stück lebloses Fleisch und der Empfängerorganismus nimmt das Organ nicht einfach wie ein Ersatzteil an. Der Kieler Zellbiologe hat mir berichtet, die Avantgarde der heutigen Biologen geht mittlerweile von einer ›Schöpferischen Ökologie‹ aus. Sie nehmen an, dass die Erinnerung nicht nur eine Eigenschaft des Gehirns ist, sondern möglicherweise von allen Substanzen. Diese Erkenntnisse könnten die beschriebenen Veränderungen, die meine Organempfängerin nach ihrer OP empfindet, sogar wissenschaftlich erklären.«

*

Stephan Mielke bremst langsam ab und steuert den Dienstwagen auf die Abbiegespur nach Friedrichstadt. Von vorn zieht eine nicht enden wollende Autokarawane heran. Der Oberkommissar trommelt nervös auf das Lenkrad und schaut zu seinem Kollegen Rudolf Jacobsen hinüber, der wegen der schrägen Sonne mit verkniffenen Augen neben ihm sitzt. Seine Boxernase wirkt in dem grellen Licht noch schiefer als sonst. Mielke streckt seine Hand aus und klappt die Sonnenblende auf der Beifahrerseite herunter. Jacobsen muss über die spontane Fürsorge seines Kollegen grinsen, der daraufhin beleidigt wieder nach vorn schaut. Im selben Moment wird eine kleine Lücke frei und Stephan Mielke drückt das Gaspedal durch. Der Polo schießt mit quietschenden Reifen über die linke Spur.

»Heeh, du drückst ja mächtig auf die Tube. Fährst du neuerdings für die Formel 1?«, kommentiert Jacobsen von oben herab. »Kannst es wohl gar nicht abwarten, in dieses elende Kaff zu kommen?

»Was hast du gegen Friedrichstadt? Ist doch 'ne nette Stadt.«

»So, was findest du daran nett? Hier ist Norddeutschland und nicht Holland!«

»Du bist und bleibst ein Kulturbanause, Rudolf.«

»Nur weil ich nicht die Augen verdrehe, wenn ich diese künstliche Kaaskopp-Architektur sehe? Ich bitte dich! Amsterdam des Nordens, wenn ich das schon höre.«

»Ein bisschen norddeutsche Geschichte würde dir guttun. Die Stadt ist schließlich nicht von Holländern, sondern von Herzog Friedrich von Schleswig-Holstein-Gottorf gegründet worden.«

»Ja, ja, ich weiß! Ich hab auch Heimatkundeunterricht gehabt. Ich weiß schon, dieser Speckdäne hat den ganzen Mist verzapft und dieses Religionsgesocks in unserer Gegend angesiedelt, Remonstranten, Mennoniten, Petersianer, Gichtelianer, Quäker, Juden!«

»Rudolf, das war im frühen 17. Jahrhundert!«

»Na und, man sieht ja, was dabei herausgekommen ist! Mittlerweile machen sich hier diese Islamisten breit. In Husum reiht sich schon eine Döner-Bude an die andere.«

»Was du täglich absonderst, Rudolf … Manchmal möchte ich dir wirklich eine reinhauen.«

»Du gehst zu oft zum Boxtraining!«

Der Oberkommissar beißt die Zähne zusammen, um die Kabbeleien für sich im Keim zu ersticken.

»Heeh, wo fährst du denn hin? Da war doch grad der Libo-Markt, rechts von uns. Bist du blind?«

Mielke biegt wortlos von der Tönninger Straße in die Brückenstraße, fährt geradeaus über eine Brücke, die die Ostersielzug-Gracht kreuzt, in die Innenstadt. Kurz hinter dem Rathaus, direkt am Marktplatz mit dem Brunnenhäuschen, steuert er den Dienstwagen auf den Parkplatz und verschwindet mit einem »Bin gleich zurück«. Jacobsen sieht verwundert wie sein Kollege auf eines der Giebelhäuser zusteuert und durch den runden Türbogen den Laden mit dem Schild ›Schiffsrundfahrten‹ betritt. Fast 30 Minuten später klemmt der Oberkommissar sich leicht grinsend wieder hinter das Lenkrad. Ohne Erklärung fährt er wieder zur Stadt hinaus und biegt nach hundert Metern auf den Parkplatz des Supermarkts Libo. Er parkt einfach direkt vor dem Eingang, obwohl genügend Parkplätze in der Nähe frei sind. Jacobsen steigt demonstrativ langsam aus, sodass Mielke neben der Fahrertür warten muss, bis er sie endlich verriegeln kann.

»Darf man wissen, was der kleine Abstecher sollte? Du siehst nicht aus, als hättest du eine Grachtenfahrt gebucht«, stichelt Jacobsen.

»Das war ein privater Besuch«, antwortet Mielke knapp.

»Ein privater Besuch? Verstehe! Attraktiv privat, oder?«

»Das geht dich gar nichts an!«

»Deshalb dein plötzliches Interesse an Friedrichstadt.«

»Rudolf, halt einfach die Klappe!« Stephan Mielkes Stimme klingt bestimmt. Mit großen Schritten geht er auf den Eingang des Supermarkts zu, Jacobsen trottet hinterher. An der Kasse steht eine längere Schlange. Die Kassiererin, eine junge Frau mit Pferdeschwanz, zieht ohne Pause Waren über den Scanner. Ihren rechten Oberarm ziert ein auffälliges Tattoo, das Mielke an Stacheldraht erinnert.

»Kripo Husum, wo finde ich den Filialleiter?«, fragt der Oberkommissar, während Jacobsen sich neben ihn stellt.

»Herr Kretschmer ist im Büro«, antwortet die Frau mit erstauntem Gesicht und deutet mit dem Finger hinter sich. »Die Tür dort, da wo ›Privat‹ draufsteht.«

Als Mielke auf die Tür zueilt, wird sie urplötzlich aufgerissen und ein großer Mann mit kurzen, blonden Haaren stürzt heraus und winkt eine stämmige Frau zu sich.

»Haben Sie keine Augen im Kopf, Frau Seifert? Die Mopro muss eingeräumt werden, aber zackig! Da steht mal wieder kein einziger Frischmilchkarton im Regal!«

»Hallo, geht das bei Ihnen immer so freundlich zu?«, fragt Mielke und hält dem Mann mit Genuss seinen Dienstausweis unter die Nase. »Kripo Husum, wir sind die Oberkommissare Mielke und Jacobsen! Wir ermitteln im Mordfall Dorit Missler und möchten Sie zu Ihrer Mitarbeiterin befragen, allein, bitte!«

»Frau Missler, mein Gott! Das ist eine schreckliche Sache«, sagt der Filialleiter mit theatralischer Mimik, wobei er seine Stimme fast bis zum Flüstern dämpft. »Wir sind alle noch völlig fassungslos. Die Nachricht hat uns wie aus heiterem Himmel getroffen.«

Der Mann hat den letzten Satz gerade beendet, da dreht er sich abrupt um und geht ohne ein Wort mit Riesenschritten auf sein Büro zu. Als er schon an der weiß gestrichenen Eisentür steht, macht er mit einer knappen Kopfbewegung deutlich, dass die Kripobeamten ihm nachkommen sollen. Stephan Mielke steht für kurze Zeit perplex da, schaut zu Jacobsen hinüber, der die Situation aber anscheinend als völlig normal einstuft, und folgt dem Mann in sein Büro. Jacobsen schlendert gelassen hinterher. Der Filialleiter sitzt bereits auf seinem Drehstuhl und schielt auf den Bildschirm des Computers, auf dem angezeigt wird, dass eine E-Mail eingegangen ist. Die beiden Kripobeamten setzen sich auf zwei unbequeme Holzstühle.

»Wann haben Sie Ihre Mitarbeiterin das letzte Mal gesehen, Herr Kretschmer?«, fragt der Oberkommissar.

Der Mann wendet sein sommersprossiges Gesicht vom Bildschirm ab und schaut nachdenklich an die Decke. Dann zuckt der mit den Achseln: »Schon länger her, weiß ich nicht mehr aus dem Kopf.«

»Und?«, drängt Mielke ungeduldig »Könnten Sie dann bitte irgendwo nachsehen?«

Ohne ein Wort klickt der Filialleiter sich mit der Maus durch die Dateien und ruft eine Seite mit einer Tabelle auf.

»Also, Frau Missler hat genau am Samstag den 12. April das letzte Mal hier gearbeitet. Als sie am folgenden Montag nicht zur Arbeit kam, habe ich ihr auf den Anrufbeantworter gesprochen. Dann hat ihr Ehemann hier völlig aufgelöst angerufen und gesagt, dass seine Frau verschwunden ist. Danach habe ich nichts mehr gehört. Und plötzlich stand in der Presse, dass sie ermordet wurde. Ich konnte das im ersten Moment gar nicht glauben.«

»Ist Ihnen in der Zeit davor etwas aufgefallen? War Frau Missler irgendwie auffällig, gab es Anzeichen von Angst, hat sie sich in irgendeiner Weise anders als sonst oder besonders merkwürdig verhalten?«

»Nein, mir ist nichts aufgefallen! Frau Missler ist immer pünktlich und zuverlässig gewesen, hat ihre Arbeit wie immer verrichtet, ganz normal, da gab es nichts Merkwürdiges.«

»Könnte es eine Affäre gegeben haben? Wurde sie vielleicht nach Feierabend von einer fremden Person abgeholt?«

»Dazu kann ich Ihnen gar nichts sagen. Libo interessiert sich nicht für das Privatleben seiner Mitarbeiter. Die machen hier ihre Arbeit und gut ist es!«

»Da ist die Husumer Kripo anders, Herr Kretschmer. Wir interessieren uns für das Privatleben von Frau Missler. Wenn Sie uns da nicht weiterhelfen können, dann würden wir jetzt gerne alle Mitarbeiter persönlich befragen.«

»Das geht auf keinen Fall. Bevor die mit Ihnen sprechen dürfen, muss ich erst die Genehmigung der Geschäftsleitung einholen!«

»Doch, das geht auf jeden Fall, Herr Kretschmer! Und wenn Sie nicht sofort veranlassen, dass wir jeden Einzelnen allein befragen können, werden wir die gesamte Belegschaft zum Verhör in die Husumer Direktion einbestellen, und zwar sofort und alle auf einmal. Außerdem möchte ich Namen und Adressen aller Personen, die im Moment nicht arbeiten. Wir ermitteln in einem Mordfall, falls ich Sie daran erinnern muss.«

»Bevor Sie mir hier die Pferde scheu machen, können Sie meinetwegen in den Aufenthaltsraum gehen. Ich schicke Ihnen dann alle Frauen rein, eine nach der anderen. Aber Sie müssen mir versprechen, dass Ihre Gespräche vertraulich behandelt werden und nicht in die Öffentlichkeit gelangen.«

»Das hört sich ja fast an, als hätten Sie Dreck am Stecken?«, mischt Jacobsen sich mit einem drohenden Unterton ein. »Seien Sie nur froh, dass wir nicht von der Presse sind.«

Jürgen Kretschmer springt auf, eilt zur Tür und öffnet sie. Er lehnt sich heraus und ruft in den Verkaufsraum: »Frau Jürs, machen Sie Kasse zwei zu und melden Sie sich bei mir! Frau Hinrichs, Sie übernehmen so lange!«

Kurze Zeit später tritt die Frau, die Mielke an der Kasse angesprochen hatte, ins Büro und sieht die Männer fragend an.

»Frau Jürs, die beiden Herren sind von der Husumer Kripo, die im Mordfall von Frau Missler ermitteln. Sie möchten Ihnen einige Fragen stellen. Sie kannten Frau Missler doch ganz gut. Können Sie die Herren bitte in den Aufenthaltsraum begleiten und melden Sie sich, wenn Sie fertig sind, wieder bei mir.«

»Okay«, sagt die Frau aufgeregt, »kommen Sie dann?«

Mielke und Jacobsen folgen der Frau, während der Filialleiter sich wieder dem Computer zuwendet. Er klickt das Postfach an und sieht, dass die angekündigte Mail aus der Konzernleitung kommt. Er öffnet sie und liest:

Sehr geehrter Herr Kretschmer,

nach einer unserer routinemäßigen Kontrollen in Ihrem Markt in Friedrichstadt sind folgende Mängel zu verzeichnen:

1. Die Mitarbeiterin Jürs ist am rechten Oberarm tätowiert. Dies sieht sehr nach Marke ›Eigenbau‹ aus. Insbesondere von älteren Kunden könnte das als Gefängnis-Tätowierung ein-

gestuft werden. Frau Jürs ist von Ihnen umgehend anzuweisen, den Oberarm während der Arbeitszeit, insbesondere an der Kasse, bedeckt zu halten.

2. Des Weiteren ist uns der untragbare Zustand des Aufenthaltsraums aufgefallen. Dort befanden sich während unserer Kontrolle Tönungsfolie für Autos, Johanniskraut Dragees, ein Gartenschlauch, ein Gartensprenger, ein Pediküreset, drei Mal Mischbatterien für die Brause/Dusche, Café Frappé, eine Miniluftpumpe und ein Camembert. Was die Artikel dort zu suchen hatten, war nicht ersichtlich. Wir möchten, dass Sie das unverzüglich klären.

3. Bei Libo gibt es bundesweit 2.400 Filialen mit 40.000 Beschäftigten. Bis jetzt ist es lediglich in 7 Filialen gelungen, einen Betriebsrat durchzusetzen. Die Geschäftsleitung legt großen Wert darauf, dass es dabei bleibt. In der Filiale Friedrichstadt soll es erste Versuche gegeben haben, die Wahl eines Betriebsrates anzustreben. Über diese Vorgänge liegt uns bis heute kein Hinweis von Ihrer Seite vor. Die Geschäftsleitung möchte darauf hinweisen, dass wir eine loyale Haltung unserer leitenden Mitarbeiter erwarten.

Es versteht sich von selbst, unbedingtes Stillschweigen über dieses Schreiben zu bewahren.

Im Auftrag der Geschäftsleitung
Peter Drenkhahn

Durch eine Mauer getrennt, nur wenige Meter vom Drehstuhl des Filialleiters entfernt, sitzen die beiden Kripobeamten auf blauen Plastikstühlen im Nebenraum. Es ist eng in dem schlauchartigen Aufenthaltsraum, die Wände schmucklos grau, selbst ein verblasstes Mallorca-Plakat scheint bereits einige Jahre hier zu hängen.

»Es wird höchste Zeit, dass Sie uns endlich sagen, was Sie wissen, Frau Jürs.« Die Stimme von Oberkommissar Mielke klingt fordernd. Die schmächtige Frau hockt wortlos auf ihrem Plastikstuhl, sieht auf den Boden und spielt nervös mit den Fingern in ihrem Pferdeschwanz.

»Ich brauch diesen Job hier«, fleht die Frau. »Wenn ich irgendetwas ausplaudere, was denen da oben nicht passt, bin ich weg vom Fenster, Herr Kommissar.«

»Ihre Kollegin Dorit Missler ist ermordet worden. Ist Ihnen das etwa egal?«

»Natürlich ist mir das nicht egal. Aber da ist unser Filialfreddie davor. Ich muss hier schließlich weiterarbeiten, wenn Sie wieder weg sind.«

»Ihr Filialleiter erfährt kein Wort von dem, was wir hier ermitteln.«

»Es gibt einen Spruch: Bei Libo haben die Wände Ohren.«

»Hatte Frau Missler auch Ärger mit Ihrem Chef?«

»Genauso wie wir alle hier. Wenn man nur einen Moment mit dem Typen allein ist, kommt ein dummer Spruch.«

»Wie muss ich mir das vorstellen?«

»Ein Beispiel gefällig: Kleine Frauen mit großen Nasen, die machen Probleme beim Blasen. Reicht das?«

Mielke realisiert im selben Moment den kleinen Höcker auf der Nase der Frau und blickt verlegen zu Jacobsen hinüber, der aber stur zum Fenster hinaussieht und den Eindruck erweckt, als würde er sich nur mit Mühe ein Grinsen verkneifen.

»Sie meinen also, dass Ihr Chef auch Frau Missler mit solchen Sprüchen belästigt hat?«

»Ich hab das nie persönlich gehört, aber immerhin war die Dorit total sauer auf den Filialfreddie, weil Sie eine Abmahnung bekommen hat, wegen 2,15 Euro Differenz in der Kasse. Fuchsteufelswild ist die gewesen, wollte, dass wir hier sofort einen Betriebsrat wählen.«

»Einen Betriebsrat?«

»Ja, Dorit war ganz besessen von der Idee«, schluchzt die junge Frau. »Aber das Thema hat sich für die Herren da oben ja jetzt von allein erledigt. Das passt denen bestimmt gut in den Kram!«

Die Frau hält inne, holt tief Atem und guckt mit leerem Blick an Stephan Mielke vorbei. Tränen rollen ihr die Wangen hinab. »Ich kann es noch immer nicht glauben, dass man sie ermordet hat. Wer macht denn so was?«

Oberkommissar Mielke zuckt mit den Achseln: »Wir wissen es noch nicht!«

*

In der Nacht muss es kräftig geregnet haben. Auf dem Asphalt der schmalen Straße am Dorfrand von Witzwort spiegeln sich die Wolken in dem Nässefilm. Die ersten Strahlen der aufgehenden Sonne fluten über die Koppeln, während Swensen mit ausholenden Schritten über den Feldweg sprintet und die kühle Morgenluft durch den Mund einzieht. Die Reitpferde heben die Köpfe, verfolgen neugierig den Mann, der feldeinwärts weiterläuft. Die rhythmischen Bewegungen versetzen Swensen in Hochstimmung. Er lässt das Ortsausgangsschild von Witzwort hinter sich, genießt die Ruhe und den Anblick der Landschaft. Die Rotoren der Windräder drehen stoisch ihre Runden, der Hauptkommissar macht ihnen Konkurrenz.

Als er vor knapp einem Monat mit dem Joggen angefangen hatte, war er nach der morgendlichen Runde noch richtig fertig gewesen. Mittlerweile kann er die Strecke ohne Probleme bewältigen.

Swensen ist in der Zwischenzeit an der Stelle angekommen, wo er wieder zurückläuft. Plötzlich schnellt ein rötlicher Schatten aus den Büschen, bewegt sich zielsicher durch das feuchte Gras und gleitet graziös unter einem Weidezaun hindurch.

Ein Fuchs, wahrscheinlich auf der Pirsch, vermutet er und neidet dem Raubtier seine vermeintliche Freiheit. Obwohl, Füchse und Polizisten haben auch gewisse Ähnlichkeiten. Wenn sie eine Spur aufgenommen haben, sind sie nicht mehr davon abzubringen.

Der Kriminalist sieht noch kurz die weiße Spitze des buschigen Schwanzes aufleuchten, bevor die Natur das Tier wieder verschluckt hat.

»Wenn wir Menschen den uns innewohnenden Gesetzen folgen würden, würden wir genauso vollkommen wie die Tiere sein«, hört er die Stimme seines Meisters. »Sie können besser sehen und hören, haben einen besseren Geruchssinn und besitzen Fähigkeiten, die wir Menschen schon lange verloren haben. Ein Tier in seiner natürlichen Umwelt ist vollkommen. Ein Mensch dagegen, der konstant das bleibt, was er gerade ist, wird niemals vollkommen sein.«

Eine halbe Stunde später ist Swensen mit verschwitztem T-Shirt auf dem Rückweg. Er läuft die Dorfstraße hinauf, kann bereits das Reetdach seines neuen Zuhauses sehen, als er von hinten ein Motorgeräusch vernimmt. Der Hauptkommissar weicht mit einem Tritt zur Seite auf den Grünstreifen aus, da bleibt der silberne Milchlaster mit einem Zischen der Luftdruckbremse auf der anderen Straßenseite stehen.

»Moin, Moin!«, ruft jemand aus dem Führerhaus herüber. »Gut, dass ich dich treff, Jan!«

Swensen erkennt das kantige Gesicht von Albert Pahl, einem seiner neuen Boßelfreunde, der aus dem heruntergelassenen Seitenfenster herauswinkt.

»Moin, Moin, Albert, nur 50 Meter bis zur Molkerei und du brauchst noch 'ne Pause? Pass bloß auf, dass die Milch nicht sauer wird«, scherzt der Kriminalist mit einem breitem Grinsen.

»Wat denn, ich denk du bist Kriminalist und nicht Kabarettist?«

»Die Husumer Polizei ist sehr vielseitig, mein Lieber!«

»Scherz beiseite! Mir ist da vor drei Tagen etwas aufgefallen. Vielleicht ist es ja wichtig. Ich komm mit dem Laster am späten Nachmittag an unserer Kirche vorbei, da schleicht dort so 'n Typ rum, immer an den drei Stützmauern entlang. Tastet mit der Hand übers Mauerwerk und so. Hat sich äußerst merkwürdig verhalten, fand ich. Anders als die üblichen Touristen, die man hier sonst sieht. Ich dachte, ich erzähl dir das mal, Jan. Könnte doch was mit den Morden zu tun haben, oder?«

»Alle Hinweise sind wichtig, Albert. Wie sah der Bursche aus?«

»Ehrlich gesagt, so genau hab ich den nicht gesehen. Ich fahr zwar ziemlich langsam durchs Dorf, aber man ist ja trotzdem schnell vorbei. Gewelltes Haar hatte er, eher dunkel, und groß war er, durchtrainiert, würde ich sagen. Mehr kann ich leider nicht bieten.«

»Immerhin, besser als nichts, besten Dank. Wir werden das in unsere Ermittlungen mit einbeziehen.«

»Nichts zu danken, Jan. Bis die Tage!«

Der Milchlaster fährt an und Swensen sieht, wie er bei den runden Milchsilos auf den Hof der Osterhusumer Meierei biegt. Er öffnet die Gartentür, geht gemächlich bis zur Haustür hinauf und empfindet sein Ankommen immer noch als befremdlich.

Ich fürchte, für mich ist es einfach Annas Haus, denkt er, während er die Haustür aufschließt. Müsste wohl mal mit ihr drüber sprechen. Nur wann? Ermittlungsarbeit frisst irgendwie alles Private.

Anna ist anscheinend noch nicht auf. Er geht unter die Dusche, kleidet sich an, isst ein Käsebrot im Stehen und merkt dabei, dass es im krassen Gegensatz zu seiner Meditationspraxis steht: Mache alles in Achtsamkeit.

Während der Fahrt zur Inspektion hängt er den Gedanken nach, wieso er im Alltag nie genügend Zeit zu haben scheint.

»Das Problem der Zeit kann nicht mit Logik gelöst werden«, spricht Lama Rinpoche prompt in seine Grübeleien. »Allein mit der direkten Erfahrung einer höheren Dimension fließt du in der Zeit. Je weniger wir uns bewegen, physisch oder geistig, umso mehr hat uns die Zeit in der Hand. Bewegen wir uns aber im Rhythmus des Universums, erleben wir Zeitlosigkeit. Im Hier und Jetzt existiert keine Zeit.«

Ermittlungen finden leider mehr im Gestern und Morgen statt, denkt Swensen, während er in der kleinen Küchenzeile der Inspektion steht und mit dem Messer ein Stück von dem Teeziegel abtrennt, den er vor Kurzem bei einem Ausflug mit Anna in Kiel erworben hat.

»Moin, Moin, Herr Swensen«, grüßt Susan Biehl mit säuselnder Stimme, zwängt sich hinter dem Rücken des Hauptkommissars vorbei, nimmt eine Kaffeedose aus dem Hängeschrank und stutzt, als sie den Teeziegel sieht. »Was haben Sie denn da?«

»Moin, Susan«, grüßt Swensen zurück. »Das ist grüner Tee, genauer Pu-Erh. Kommt aus China und soll sehr gesund sein.«

»Tee? Sieht eher aus wie Haschisch.«

»Ich dachte dieser Scherz wäre langsam durch?«

»Na ja! So was hab ich schließlich schon mal gesehen, damals, als ihr diesen Dealer hoppgenommen habt. Der hatte etliche Plastikbeutel mit genau solchen grünen Platten dabei.«

»Und jetzt glauben Sie, Hauptkommissar Swensen haut sich hier heimlich die Birne zu?«, schmunzelt Swensen.

»Natürlich nicht, Herr Swensen!«, singt Susan beschwichtigend.

»Weiß du was, Susan, ich finde wir lassen das mal mit dem Herr Swensen. Wir arbeiten doch schon lange genug zusammen, also, ich heiß Jan!«

»Oh, Herr Swens… Jan. Das freut mich jetzt aber.« Susan Biehl strahlt über das ganze Gesicht.

Swensen grinst, legt den Teeziegel in seine Blechdose zurück, stellt sie in den Hängeschrank, nimmt Teekanne und Tasse und will gerade mit einem ›Bis dann, Susan‹ die Küchenzeile verlassen, als er sich umdreht und fragt: »Wie geht es dir eigentlich? Ich meine, wie geht es dir mit dem Tod deiner Freundin?«

»Ist nicht so einfach«, flüstert die Kollegin. »Manchmal kommt es ganz plötzlich über mich, dann denke ich, was hätte Ronja dazu gesagt. Das ist dann sehr traurig.«

»Das tut mir sehr leid, Susan. Es freut mich aber, dass ich dich in letzter Zeit auch öfter wieder lachen seh.«

»Nun, es gibt eben auch etwas Erfreuliches. Marcus Bender, einer der Puppenspieler, hat mich vor Kurzem angerufen und gesagt, er würde in diesem Jahr wieder nach Husum kommen.«

»Aha!«

Susan Biehl steigt die Röte ins Gesicht: »Keine falschen Gerüchte, Jan. Noch ist gar nichts los, klar!«

»Ich kann schweigen, Susan, versprochen«, sagt Swensen, hebt die Hand flüchtig zum Schwur und verlässt die Küche in Richtung Konferenzraum. Dort versammelt sich das Team der SOKO Kirche nach und nach um den langen Tisch. Swensen gießt sich gerade Tee ein, da kommt Colditz herein, im Schlepptau den Polizeirat. Der Hauptkommissar schließt die Augen. Er ahnt bereits, was jetzt kommt.

»Ich will es kurz machen, Kollegen!«, hört er die Stimme von Heinz Püchel und sieht selbst mit geschlossenen Augen, wie der Polizeirat seine Worte mit hektischen, sprunghaften Bewegungen begleitet.

»Und Kollegin!«, sagt Silvia Haman lakonisch dazwischen.

»Silvia!«, knurrt der Polizeirat. »Muss das jedes Mal sein?«

»Was ist so schwer da…«

»Nichts, liebe Kollegin, nur, dass ich heute keinen Nerv für diese Mätzchen habe. Bei mir steht das Telefon nicht mehr still, die Fernsehsender geben sich die Klinke in die Hand für ein Interview. Ich denke, ihr solltet wissen, dass der Tod der beiden Frauen einen mächtigen Druck erzeugt. Und darum bin ich hier.«

»Druck machen wir uns schon selbst genug, Heinz«, meldet sich Swensen zu Wort. »Und dass du unter Druck stehst, ist doch ein Dauerzustand!«

»Heinz möchte nur an der Besprechung teilnehmen, sonst nichts«, ergreift Colditz das Wort. »Es besteht kein Grund, künstlich Probleme zu erzeugen, Jan.«

»'schuldigung, ich wollte nur künstliche Hektik vermeiden.«

»Ist gut jetzt! Lasst uns endlich anfangen. Gibt es irgendwelche neuen Ergebnisse?«

»Ich war gestern noch einmal am Gymnasium von Andrea Goldschmidt«, beginnt Silvia Haman. »Eine spontane Eingebung. War mir schon länger suspekt, dass wir damals so wenig rausbekommen haben. Mit Unterstützung des Rektors habe ich mir alle Jungen der Klasse noch einmal einzeln vorgenommen.«

»Das passiert erst jetzt?«, bellt Püchel.

»Heinz, bitte!«, interveniert Colditz. »Wir machen, was wir können. Weißt du eigentlich, wie viele Hinweise wir abarbeiten?«

Püchel hebt beschwichtigend die Hand und spielt nervös mit seiner Zigarettenschachtel. Colditz bittet Silvia mit einem Blick, fortzufahren.

»Um es kurz zu machen, einer der Burschen ist eingeknickt. Hat mir gesteckt, dass ein Junge mächtig verknallt in die Goldschmidt war, aber nicht den Mut hatte, sie anzusprechen.«

»Da konnte auch nur Silvia drauf kommen, finde ich«, wirft Stephan Mielke ein und erntet einen bösen Blick von Colditz.

»Also, der Junge hat mir gegenüber alles abgestritten. Will am Tatabend beim Biikebrennen in St. Peter gewesen sein. Müssten wir nachprüfen, wenn das überhaupt noch funktioniert.«

»Versuch macht klug. Dann leg mal los, Silvia.«

»Ich hab heute Morgen einen Hinweis bekommen«, setzt Swensen die Besprechung fort. »Ein Lastwagenfahrer aus Witzwort hat eine ortsfremde Person gesehen, die um die Kirche geschlichen ist. Es war ihm aufgefallen, dass sie sich merkwürdig verhalten hat, nicht einer der üblichen Touristen war, der nur die Kirche besichtigen will. Was haltet ihr davon?«

»Unbedingt nachhaken«, fordert Colditz mit fester Stimme. »Wir sollten den Mann unbedingt einbestellen und zusammen mit einem Mitarbeiter unserer ›Visuellen Fahndungshilfe‹ ein Phantombild erstellen lassen.«

»Der könnte den Mann aber nur ungenau beschreiben«, wirft Swensen ein.

»Wir haben keine Wahl, wir müssen jeden Strohhalm packen, der sich uns darbietet. Vielleicht kommt ja doch etwas dabei heraus. Außerdem sollten wir in Osterhever nachfragen, ob jemand der Einwohner dort ähnliche Beobachtungen gemacht hat.«

Juni 2003

»Um Gottes willen, sprich jetzt nicht weiter. Sie können alles sehen und hören«, sagt die Frau mit beschwörender Stimme und springt in einem Satz vom Sofa auf. Sie trägt ein helles Viskosekostüm und eine Pillbox aus demselben Material auf dem Kopf.

»Wer hört und sieht alles?«, bedrängt sie der Mann mit dem weißblonden Bürstenhaarschnitt.

»Nachher, nachher, wir müssen hier raus. Wir müssen so schnell wie möglich aus dem Hotel weg, sonst sind wir verloren!«

»Wovon sprichst du eigentlich? Wovor hast du Angst?«

»Da, sieh doch ... und da drüben auch«, sagt die Frau und deutet hysterisch nach oben. »Und dort! Überall im Hotel, hier. In der Bar, in jedem Zimmer, im Nachtklub, sie können alles beobachten. Wir müssen sofort weg hier!«

Der Weißblonde schaut ungläubig zu den Stuckverzierungen an der Decke, die das prunkvolle Hotelzimmer umspannen. Zwischen den Ornamenten blitzen, kaum sichtbar, mehrere Linsen von winzigen Kameras.

»Bitte, bitte! Glaub mir!«, kreischt die Frau. »Hör zu Henry, ich habe dich belogen, die ganze Zeit belogen. Aber jetzt muss du mir glauben, nur dieses eine Mal. Bitte, bevor es zu spät ist.«

»Warum ...?«

»Um Gottes willen, frag nicht mehr. Komm, komm, bevor es zu spät ist.«

Die Frau stürzt wie besessen hinaus auf den Hotelflur, der Mann bleibt dicht hinter ihr. Sie drückt panisch auf den Fahrstuhlknopf und schaut sich immer wieder angsterfüllt um. Doch der Flur bleibt menschenleer.

»Sag's jetzt«, drängt der Mann, als sich die Türen teilen.

»Nicht hier«, wiegelt die Frau ab, »sie können uns hören. Erst müssen wir hier weg.«

Es geht mehrere Stockwerke abwärts, bis der Fahrstuhl plötzlich stoppt und ein Mann mit untersetzter Statur die Kabine betritt. In der linken Hand hält er eine Pistole und sagt verächtlich: »Du Luder!«

Die Fahrt geht wortlos weiter, nachdem sich die Türen geschlossen haben. Als sie wieder aufgehen, befiehlt der Untersetzte den beiden mit einem scharfen »Los« auszusteigen. Ein Kellergewölbe liegt vor ihnen, darin steht ein hagerer Mann, der die Gefangenen bereits erwartet. In einem verzweifelten Versuch stürzt sich der weißblonde Recke auf ihn. Doch der andere eröffnet ohne Warnung das Feuer. In der Hektik gerät die Frau in die Schusslinie, wird von einer Kugel getroffen und sinkt langsam zu Boden. Wenig später liegen sie und der Weißblonde in einem bunkerähnlichen Betonverlies. Eine Wand des Raums ist mit unzähligen Monitoren und Schaltanlagen versehen. Die Bildschirme zeigen alle Zimmer, Räume und Flure des Hotels. Nach kurzer Zeit lassen die beiden Ganoven die verletzte Frau und den weißblonden Mann hilflos zurück, verschließen den Raum mit einer mächtigen Stahltür.

»Ist dir eigentlich klar geworden, dass wir die Einzigen sind, die von dieser Fernsehzentrale hier wissen? Außer ihm natürlich!«, sagt der Untersetzte unheilvoll. »Und wird dir da nicht ein bisschen mulmig?«

Der Hagere bleibt stumm, nimmt stoisch ein Zigarettenetui aus der Jackentasche, zieht eine Zigarette heraus und zündet sie an.

»Ich weiß nicht«, redet der andere auf ihn ein, »ich habe so ein merkwürdiges Gefühl. Als dich der Fernsehreporter überrascht hat, wie du die defekte Kamera in seinem Zimmer ausgewechselt hast, war er innerhalb einer Stunde mausetot. Nummer 11, tot. Heute Nacht der Klumpfuß, hat seine Rolle ausgespielt, wird nicht mehr gebraucht, fort. Und nachdem jetzt die Sache mit dem Amerikaner so völlig schiefgegangen ist, weißt du, ob wir beide ihm noch wichtig sind?«

»Wer hat ihm denn die ganze Anlage hier eingerichtet?«, fragt der Hagere eindringlich und antwortet selbst. »Ich! Wer hat ihm die alten Gestapopläne verschafft und auf Fernsehen umgestellt? Ich! Millionen hat er damit gemacht. Mich kann er nicht fallen lassen.«

Die kleinen blauen Augen des Mannes blitzen auf, während er die Szene genüsslich auf dem Bildschirm verfolgt. Sein Mund verzieht sich freudig zu einem schiefen Lächeln.

Eine geile Investition, dieser Flachbildfernseher, denkt Rösener. Eine echt andere Dimension des Filmeguckens.

Von dem letzten Honorar hat er sich vor einer Woche dieses nagelneue Wunderwerk der Technik gegönnt. Selbst der alte Schwarz-Weiß-CCC-Film ›Die 1.000 Augen des Dr. Mabuse‹ hat darauf fast Kinoqualität. Er nimmt einen letzten Schluck Bier, drückt auf der Fernbedienung Stopp und augenblicklich erstarren die beiden Männer auf dem Bildschirm. Dann steht er auf, geht über den Flur zur Toilette.

Nicht zu fassen, geht es ihm durch den Kopf. Den Streifen hat der Fritz Lang 1959 mitten im Kalten Krieg gedreht. Wenn der damals schon gewusst hätte, wie harmlos sein Überwachungsszenario im Gegensatz zu der Realität war, die wir zur selben Zeit bei uns in der DDR praktiziert haben. Im Grabe würde der sich umdrehen, was sage ich, rotieren würde der.

Rösener wäscht seine Hände, sieht sein rundes Gesicht im Spiegel und muss unwillkürlich an die hysterische Atmosphäre denken, damals 1989, kurz bevor seine Firma ›Horch und

Guck‹ endgültig vor dem Konkurs stand und sein Arbeitgeber Erich Mielke ihnen allen noch in letzter Minute einimpfen wollte: Wenn wir verlieren, werden sie uns alle aufknüpfen.

Und mit dem ›sie‹ war das Volk gemeint, das in Massen draußen auf den Straßen bereits ›Wir sind das Volk‹ brüllte. Von dort kamen auch immer neue Gerüchte. Plötzlich hieß es von irgendwoher: Ein amerikanisches U-Boot soll vor der türkischen Küste gesichtet worden sein. Im nächsten Moment schwor jemand: Die amerikanischen B52-Bomber stehen befehlsbereit und Mielke ist bereits aus der Kommandobrücke getürmt. Als ihm daraufhin mitten in der Nacht ein naher Kollege versichert hatte: »Ein russisches U-Boot ist vor der Norwegischen Küste versenkt worden«, wäre er vor Angst beinahe abgedreht. Seine innere Stimme hatte ihn gewarnt: Du musst sofort alle Akten vernichten, in denen dein Name auftaucht. Bald wird das Chaos ausbrechen, der Mob von der Straße wird alles durchwühlen und danach weiß jeder, was du bei der Stasi gemacht hast.

Er war in das Zimmer seines Vorgesetzten gestürmt und hatte gebrüllt: »Wir müssen den gesamten Aktenscheiß durch den Reißwolf jagen!«

»Es gibt keinen Befehl von oben, Wilhelm!«

»Da kannst du lange warten, Mann! Die Ratten verlassen das sinkende Schiff. Jetzt ist sich jeder selbst der Nächste!«

Er hatte alle Akten, die meterlang in den Regalen standen, aus den Schränken geräumt und in mehreren Fuhren im Kofferraum seines Wagens in seinen Schrebergarten gefahren und die Berge von Papier nach und nach im alten Eisenofen der Laube verbrannt. Fünf Tage lang hatte er mit hochrotem Kopf vor dem rot glühenden Ofen gestanden und die schwarzen Rauchwolken beobachtet, die sich in den Himmel drehten. Als er fertig gewesen war, stand sein Nachbar am Gartenzaun und hatte ihn angepflaumt: »Du elende Stasiwanze, deine Schandtaten lassen sich nicht einfach verbrennen! Jetzt kommt auch die Inquisition zu dir, mein Lieber! Ich hoffe, du wirst auf dem Scheiterhaufen schmoren! Wir sind das Volk!«

Diese beknackten Montagsdeppen, denkt Rösener, keine Ahnung hat dieses dämliche Volk gehabt, wer ›wir‹ damals alle waren. Hat doch glatt geglaubt, mit dieser Bundesrepublik Deutschland kommt das Schlaraffenland zu ihnen in den Osten. Von ›Blühenden Landschaften‹ hat Birne ununterbrochen gefaselt. Blühende Landschaften, dass ich nicht lache. Als Erstes haben diese Wessis die Treuhand erschaffen, aus dem Nichts, zeitweise die größte Staatsholding der Welt. Die verkaufte in weniger als fünf Jahren fast 14.000 unserer Ostunternehmen an private Bonzen ihrer Wahl. Den Rest haben sie gnadenlos dichtgemacht. 600 Milliarden ist der ganze Salat wert, sagte Treuhand-Chef Detlev Karsten Rohwedder damals, verschleudert haben sie es für knappe 67 Milliarden. Bei ihrer Selbstauflösung hinterließ diese treue Hand einen Schuldenberg von 250 Milliarden Mark. Kein Wunder, dass da nichts mehr richtig blühen wollte. Wenn das nicht eine symbolische Entwicklung gewesen ist.

Ich kann mich jederzeit im Spiegel ansehen, sagt Rösener sich, starrt auf sein Gesicht im Spiegel und hält seinem eigenen Blick stand.

Die Probleme der DDR waren doch nicht hausgemacht. Es herrschte Kalter Krieg, damals! Innere Sicherheit ist schließlich eine Dienstleistung für den Staat, auf welchem Feld auch immer. Was war denn mit dem Kapitalismus und den demokratischen Staaten? Hatten die etwa keine Nachrichtendienste, wenn es um die innere Sicherheit ging? Wieso werden die Methoden, die ich benutzt habe, heute so rigoros als unmoralisch angeprangert? Politik ist nicht die Umsetzung von Moral, sondern von gesellschaftlichen Interessen. Was ist an meiner heutigen Arbeit für diesen Libo-Konzern denn eigentlich anders, als das, was ich im Ministerium für Staatssicherheit gemacht habe? Selbst die Kirche, die sich die Zehn Gebote auf ihre Fahnen geschrieben hat, verstößt seit Jahrhunderten ohne Skrupel gegen genau diese Gebote. War die Hinrichtung der Andersdenkenden auf den Scheiterhaufen vielleicht kein Mord? Was war da mit dem fünften Gebot: Du sollst nicht töten? Hatte da etwa das Gute über das Böse gesiegt? 1990 waren alle davon überzeugt gewesen. Folglich war alles, was ich für den Staat der DDR getan habe, mit einem Mal kriminell und verbrecherisch. Ich habe das damals gleich geahnt und bin sofort im Westen untergetaucht. Und siehe da, heute mache ich ganz legal dasselbe wie damals. Und meine Auftraggeber? Dr. Kreienbaum findet meine Arbeit jedenfalls nicht im Geringsten kriminell.

Rösener bemerkt, dass er sich, wie so oft nach der Wende, innerlich in Rage geredet hat. Er geht zurück ins Wohnzimmer, will wissen wie der Film endet und lässt ihn mit einem Druck auf die Fernbedienung weiterlaufen. Er hatte den Schluss allerdings bereits erahnt, Dr. Mabuse ist der wahnsinnige Prof. Jordan, der sich hinter dem ominösen Hellseher Cornelius verbarg. Bei dem Versuch, aus dem Hotel zu flüchten, wird er von dem vermeintlichen Versicherungsvertreter Mistelzweig enttarnt, wunderbar von Röseners Lieblingsschauspieler Werner Peters gespielt, der sich in dieser Szene als geheimer Interpol-Agent outet. Auch Gerd Fröbe spielt den Kommissar Krass hervorragend, findet Rösener. Der Showdown beginnt, der Kommissar verfolgt den flüchtigen Mabuse und seine Komplizen über eine unwahrscheinlich autolose Autobahn, bis der Wagen am Ende auf einer Brücke das Geländer durchbricht und im Fluss versinkt. FIN.

Bleibt die alte Frage: Ist Dr. Mabuse wirklich tot?

Rösener schaltet den DVD-Player mit der Fernbedienung aus. Das reguläre Programm schaltet sich automatisch ein und das Gesicht von Donald Rumsfeld erscheint bildfüllend auf dem Fernsehschirm. Die Tagesthemen müssen gerade begonnen haben.

»Die Informationen unserer Geheimdienste über die Massenvernichtungswaffen des Irak waren selbstverständlich von hoher Qualität«, verteidigt der US-Verteidigungsminister den CIA vor dem Kongress. »Alles was US-Außenminister Colin Powell Anfang Februar vor dem UN-Sicherheitsrat ausgeführt hat, ist völlig exakt gewesen.«

»Und wo sind sie jetzt, die irakischen Massenvernichtungswaffen?«, knurrt Rösener dazwischen.

»Wir suchen noch!«, hatte Bush vor ein paar Tagen vor seinen Truppen in Katar gesagt und versprochen: »Die Wahrheit wird ans Licht kommen. Sicher ist, dass der Irak terroristischen Gruppen nicht mehr als Waffenarsenal dienen wird. Saddam Hussein hat Jahrzehnte damit verbracht, mörderische Waffen zu verbergen.«

Und das soll die Wahrheit sein?

Bei Rösener meldet sich neuer Unmut, auch wenn seine gedanklichen Selbstgespräche nie ein öffentliches Publikum finden.

Was die Wahrheit ist, kann ich euch sagen, tobt es in ihm. Kaum war der Warschauer Vertrag aufgelöst und die Sowjetunion zerbrochen, hat es nur so von Gehässigkeiten und Verdrehungen über unsere Stasiarbeit gehagelt. Alles nur Verleumdungen. Das war keine Unwissenheit von diesen Schreiberlingen, das war mit Kalkül forciert. Die Fortsetzung des Kalten Krieges im Geiste des Antikommunismus. Wir haben unsere Arbeit damals aus derselben Überzeugung heraus gemacht, wie der Geheimdienst der BRD. Wir haben auf vieles in unserem Leben verzichtet und einen hohen persönlichen Preis für die Erfüllung der notwendigen Aufgaben bezahlt. Aber damit ist es jetzt vorbei. Hier im Westen hol ich mir mit meinem Wissen aus dem Osten das zurück, was die Herren Mielke und Konsorten mir damals vorenthalten haben: Wohlstand!

Rösener schaltet den Fernseher aus, gähnt genussvoll in die Stille. Er weiß, morgen muss er in aller Herrgottsfrühe auf den Beinen sein. Die Libo-Filiale in St. Peter steht auf seinem Plan. Die Arbeit in Husum hat er vor drei Tagen erfolgreich abgeschlossen und den Bericht schon gestern persönlich an den kleinen Streber von diesem Kreienbaum übergeben.

*

Es ist 9 Uhr. Pünktlich wie jeden Morgen nimmt Lisa Blau ihre Medikamente aus den Packungen und ordnet sie in Reih und Glied auf dem Küchentisch. Die erste Dosis für diesen Tag, mehr als ein Dutzend Tabletten. CellCept vermindert die Anzahl der weißen Blutkörperchen, besonders der T-Lymphozyten, welche für die Abstoßung verantwortlich sind. Über Decortin H bekommt sie das körpereigene Hormon Prednisolon. Adalat senkt den Blutdruck, Aspirin gegen Thrombusbildung, Torem zur Entwässerung, Omep als Magenschonung wegen der vielen Pillen, die sie schlucken muss, und so weiter, und so weiter. Das Sandimmun unterdrückt die Abwehrkräfte und ist entzündungshemmend. Das gibt es zwar auch als Kapseln, aber sie nimmt es lieber als Lösung mit Orangensaft. Wie in Trance öffnet sie den Kühlschrank, nimmt eine Packung Hohes C heraus und schüttet den Inhalt in ein Trinkglas. Mit einem Plastiktauchkolben, der ein bisschen wie eine kleine Spritze aussieht, gibt sie den Wirkstoff Cyclosporin in den Saft.

Hauptsache, die Chemie stimmt, denkt sie sarkastisch und stellt sich vor, dass jemand, der sie heimlich beobachten würde, bestimmt annehmen müsste, dass sie voll auf Droge sei.

Aber was soll ich machen?

Ich habe keine andere Wahl.

In der ersten Zeit, kurz nachdem sie aus dem Krankenhaus entlassen worden war, hatte sie panische Angst gehabt. Schon der Gedanke zum Bäcker zu gehen, war eine Horrorvorstellung gewesen. Dort draußen vor der Wohnungstür beginnt eine gefährliche Welt, hatte sie sich in ihrer Vorstellung ausgemalt, dort draußen lauern an jeder Türklinke Armeen von feindlichen Keimen, die nur darauf warten, dass sie über meinen immungeschwächten Körper herfallen können.

Die Angst vor Ansteckung ist mittlerweile fast verflogen, es sei denn, sie muss in einen Raum voller Menschen. Die Aversion gegen den täglichen Tablettencocktail besteht jedoch nach wie vor. Manchmal beginnen Lisa Blaus Hände zu zittern, wenn sie nur an die Einnahme denkt, manchmal quält sie ein trockener Reizhusten, wenn die tägliche Medikamentenmenge vor ihr auf dem Tisch liegt.

Heute ist die Situation anders, eine andere Anspannung überlagert das unangenehme Pillenritual. Gestern Abend hatte diese Journalistin aus Husum angerufen, die vor einiger Zeit ein Interview mit ihr gemacht hatte, und von einer Entdeckung gesprochen, die sie Lisa Blau unbedingt persönlich mitteilen wolle. Die Tanzlehrerin ahnte sofort, dass es um ihre Spenderin gehen muss, doch am Telefon wollte die Pressefrau partout nichts herausrücken. So hatten sie für den heutigen Vormittag einen Termin im Zentrum von Kiel vereinbart.

Lisa Blau schaut auf die Uhr, sie ist noch gut in der Zeit. Vor der Haustür lauert ein feiner Nieselregen. Sie dreht sofort wieder um, holt einen Schirm und zieht ein Regencape über. Der erste Bus ist so brechend voll, dass sie sich entschließt, auf den nächsten zu warten, der kurze Zeit darauf auch eintrifft. Lisa Blau setzt sich abseits von den anderen Fahrgästen auf die hintere Sitzbank. Von der Haltestelle aus ist es nicht weit bis zur Andreas-Gayk-Straße. Als sie das Stadt-Café betritt und Maria Teske entdeckt, schlägt ihr Herz augenblicklich bis zum Hals. Die Journalistin winkt ihr zu und sie setzt sich mit zitternden Knien zu ihr an den Tisch.

»Hallo, Frau Blau! Möchten Sie auch einen Cappuccino?«, fragt Maria Teske, die bereits vor einer Tasse mit zimtbestäubtem Milchschaum sitzt.

»Wenn ich ehrlich bin«, sagt Lisa Blau und verzieht leicht ihren Mund, »ich hätte lieber ein Glas Cola.«

»Cola? Wirklich?« Die Journalistin sieht die Frau erstaunt an.

»Früher konnte ich Cola nicht ausstehen«, gesteht Lisa Blau, »aber zurzeit hab ich einen richtigen Janker darauf!«

Maria Teske winkt die Bedienung heran, bestellt die gewünschte Cola und lehnt sich zurück. Lisa Blau sieht an ihrem Gesichtsausdruck, dass es ihr nicht leicht fällt, die passenden Worte zu finden.

»Ich hab eine gute und eine schlechte Nachricht für
Frau Blau.«

»Geht es um meine Spenderin?«, fragt die Tanzlehrerin, starrt der Pressefrau in die Augen und rutscht dabei ungeduldig auf der Sitzbank hin und her.

»Ja, ich habe ein wenig in Husum recherchiert. Dabei habe ich herausgefunden, dass Ihr Traum, von dem Sie in unserem Interview berichtet haben, der Wirklichkeit entspringt. Ihre Spenderin hieß mit sehr hoher Wahrscheinlichkeit Marion Döscher.«

Lisa Blaus Gesicht wird bleich, für einen kurzen Moment schwinden ihr die Sinne. »Mein Gott«, bringt sie mit Mühe heraus, während ihr die ersten Tränen die Wangen herabkullern. »Sind Sie sich da völlig sicher?«

»Wie gesagt, mit sehr hoher Wahrscheinlichkeit.«

»Und … was … meinen Sie mit einer … schlechten Nachricht?«

»Nun … ich weiß nicht, wie ich es am besten sage, aber Ihre Spenderin wurde … ermordet. Es tut mir leid, aber das sind leider die Tatsachen.«

Lisa Blau merkt, wie ihr das Blut in den Kopf schießt. Er wird glühend heiß. Ihr Herz pocht in kurzen Schlägen in ihrer Brust. Gleichzeitig kann sie keinen klaren Gedanken mehr fassen. Wortfetzen branden wie Wellen an ihren Verstand und spülen über den Sand ihrer Seele. Ihr Körper ist blockiert. Vor ihren Augen taumeln grüne Lichtpünktchen, die treibendem Plankton gleichen, die schreckliche Informationen in die Nischen ihrer Organe wirbeln, ohne dass sie sich wirklich absetzen können. Gefühlt einige Minuten lang sitzt sie stumm auf der Bank, ihr innerer Blick tastet sich durch ein Universum von Erinnerungen. Es hat etwas Unheimliches, Bedrohliches, als würde ihr Selbst den Bezug zum eigenen Körper verlieren.

Ich existiere, weil jemand meiner Retterin Gewalt angetan hat, hämmert ein Gedanke in ihrem Kopf. Ich wurde gerettet und bin gleichzeitig zum Opfer geworden? Wie soll ich nur mit ihrem Herzen leben lernen?

Maria Teske ist nicht entgangen, dass Lisa Blau plötzlich tief in sich versunken dasitzt. Sie ist bestürzt, was ihre Nachricht offensichtlich angerichtet hat, und fühlt sich mit einem Mal richtig hilflos, sucht nach tröstenden Worten, doch die sind ihr genauso abhandengekommen. Die Situation ist in einer Schwere erstarrt, erst die Stimme der Bedienung wirkt wie ein frischer Wind: »Die Cola, bitte!«

Lisa Blau schreckt aus ihren Gedanken, greift nach dem Glas und schüttet das dunkelbraune Getränk hastig in sich hinein. Die Kohlensäure explodiert wie eine Erkenntnis in ihrem Magen, während sich die Bedienung mit klackenden Absätzen wieder entfernt.

»Was soll ich nur machen?«, fragt sie ein körperloses Gegenüber.

Maria Teske ahnt, dass sie nicht gemeint ist, antwortet aber trotzdem: »Was wollen Sie denn jetzt tun, Frau Blau?«

»In den letzten Jahren hatte ich häufiger das Gefühl, dass die Transplantation nicht wirklich stattgefunden hat«, gesteht die Frau, ohne auf die Frage der Journalistin zu reagieren. »Die ganze Operation war so weit von meiner Normalität entfernt, dass ich die Sache wahrscheinlich manchmal einfach nur verdrängt habe. Es war für mich eben viel einfacher, es als ein mystisches Geschehen hinzunehmen, als mich der Wirklichkeit zu stellen. Das Herz war irgendwie auch immer nur eine Fiktion, wie die namenlose Person, die für mich ja nie greifbar war. Und jetzt, wie aus dem Nichts, gibt es einen realen Menschen mit einem Namen, einen Namen, den mir meine Traumgestalt schon lange im Voraus gesagt hat. Ich habe es also wirklich erfahren. Es war nicht nur Fantasie, ich hab mir das nicht nur alles eingebildet.«

Die Journalistin nimmt eine Zeitung aus ihrer Handtasche und legt sie aufgeschlagen auf den Tisch. Unter der Überschrift ›Brutaler Mord an der Eider‹ prangt das Foto einer lächelnden, jungen Frau.

»Ist sie das, ist das Marion Döscher?«

Maria Teske nickt und sagt mit ruhiger Stimme: »Ich weiß natürlich auch etwas über die Familie Ihrer Spenderin. Wollen Sie den Wohnort und die Adresse der Eltern wissen?«

»Ich …«, Lisa Blau schaut zögerlich, »ich … weiß es nicht, jedenfalls im Moment nicht. Ich wollte immer alles wissen, aber jetzt spüre ich eine riesige Angst und muss erst einmal nachdenken. Was würden Sie an meiner Stelle machen, Frau Teske?«

»Ich würde mir einfach Zeit lassen, Frau Blau. Überlegen Sie sich alles in Ruhe. Sie haben meine Telefonnummer. Rufen Sie mich an, wenn Sie sich entschieden haben.«

»Kann ich die Zeitung behalten?«, fragt die Tanzlehrerin mit feuchten Augen. Die Journalistin nickt knapp und ergreift vorsichtig ihre Hand.

»Um eines würde ich Sie bitten«, sagt Maria Teske nach einiger Zeit. »Falls Ihre Entscheidung positiv ausfällt, kann ich Ihnen meine Hilfe anbieten. Ich kenne zufällig den Gemeindepfarrer, dem die Familie ihrer Spenderin bekannt ist. Der könnte im Vorfeld Kontakt mit den Angehörigen aufnehmen und fragen, ob sie überhaupt an einem Treffen interessiert wären. Ihre Tochter ist immerhin ermordet worden. Das ist eine schreckliche Voraussetzung.«

»Auch für mich, Frau Teske, auch für mich«, seufzt Lisa Blau. Ihr ist, als hätte die Nachricht ihr den Boden unter den Füßen weggezogen. Das makellose Bild ihrer Spenderin hat tiefe Risse bekommen. Wie betäubt drehen sich ihre Gedanken um diese nicht mehr umkehrbare Tatsache.

»Eine Frage hätte ich noch, Frau Teske, könnten Sie sich vorstellen, mich eventuell bei einem Treffen mit der Familie zu begleiten?«

»Natürlich, Frau Blau, das würde ich gerne tun. Aber jetzt muss ich leider los. Wir hören voneinander. Auf Wiedersehen!«

»Auf Wiedersehen«, sagt die Tanzlehrerin leise, schaut der Journalistin hinterher, sieht wie sie die Rechnung bezahlt und mit einem Wink das Café verlässt. Lisa Blau zieht die Zeitung zu sich heran und liest.

›Die Indologie-Studentin Marion D. aus Hamburg, die vor vier Tagen an der Eider bei Reimersbude überfallen wurde, ist gestern ihren schweren Verletzungen erlegen. Die Flensburger Mordkommission steht – nach wie vor – vor einem Rätsel. Es gibt bis heute keinen Hinweis auf den Täter, der mit äußerster Brutalität vorgegangen ist. Die junge Frau wurde von mehreren Schlägen eines stumpfen Gegenstandes am Kopf getroffen. Für sachdienliche Hinweise bittet die Kriminalpolizei Husum um Ihre Mithilfe.‹

*

»Weißt du eigentlich, dass auf Eiderstedt 18 Kirchen stehen?«, fragt Stephan Mielke, während er aufs Gas tritt und mit dem Dienstwagen gleich hinter der Kurve an einem Traktor vorbeizieht. Dicke Dreckbrocken klatschen an die Frontscheibe, die aus dem Profil der mächtigen Hinterreifen durch die Luft geschleudert werden.

»Nee, wusste ich nicht«, antwortet Swensen, gleich nachdem der Kollege den Überholvorgang beendet hat. Die Fahrt geht durch Uelvesbüll. Abgelegen am Innendeich, am Ende des Dorfs, steht die St.-Nikolai-Kirche. Der Blick des Hauptkommissars fällt auf das halbe Dutzend Windräder, die den Himmel über den Hausdächern dominieren.

»Nördlich der Elbe gibt es nirgends so viele Kirchen, wie hier auf Eiderstedt«, beginnt der Oberkommissar erneut.

»Möchtest du mir irgendetwas mitteilen?«, murmelt Swensen.

»Wie mitteilen?«

»Na, geht es um die Kirchen und unsere Morde …, oder was?«

»Ich quatsche ganz gerne auch mal nicht nur über Arbeit, Jan. Ich wollte nur sagen, dass die vielen Kirchen auf Eiderstedt den ungeheuren Wohlstand bezeugen, der im 17. Jahrhundert in der Bauernschaft herrschte. Damals, als auch Friedrichstadt aufgebaut wurde, da war das hier eine einzige Kornkammer.«

»Und das kommt von Friedrichstadt?«, fragt Swensen und wundert sich über seinen Kollegen, der während einer Ermittlung meistens ähnlich schweigsam ist wie er selbst.

»Das war einer der Gründe, dass Friedrichstadt 1621 förmlich aus dem Boden gestampft wurde«, erklärt Mielke mit Eifer in der Stimme. »Die neue Stadt sollte zu der Handelsmetropole im Norden werden. Die Eider hatte damals europäische Bedeutung. Von hier aus ging der Handel ins Rheindelta nach Holland, Flandern, Nordfrankreich und bis nach England. Wenn man hier heute so durchfährt, hat man den Eindruck, dass sich nur noch Fuchs und Hase Gute Nacht sagen.«

Ohne weiteren Gegenverkehr geht es über die schnurgerade Straße am nördlichen Außendeich entlang. Erst am Schleusenhaus macht sie eine leichte Kurve und Mielke bremst herunter. Swensen schaut zu seinem Kollegen hinüber, der offensichtlich im Moment wieder schweigsamer geworden ist.

»Wieso bist du eigentlich plötzlich Experte fürs Mittelalter, Stephan?«, fragt er in die Stille.

»Ich bin doch kein Experte«, wiegelt Mielke ab.

»Na hör mal. Du wirfst hier locker mit historischen Jahreszahlen um dich. Wer weiß denn schon, dass man 1621 angefangen hat, Friedrichstadt aufzubauen?«

»Ich beispielsweise. Ich bin eben auch an anderen Sachen interessiert.«

»Mir ist aufgefallen, dass immer, wenn während unserer Frühbesprechung das Wort Friedrichstadt fällt, Rudolf dich entweder anstößt oder dir zuzwinkert.«

»Einmal Kriminalist, immer Kriminalist, oder?«

»Richtig, aber du weißt, ich bin auch Buddhist und übe mich in Achtsamkeit. Außerdem warst du mit Rudolf bei den Ermittlungen in Friedrichstadt, da zähl ich einfach eins und eins zusammen.«

»Und was kommt am Ende bei deiner Rechnerei heraus?«

»Dass es da einen engeren Zusammenhang zwischen Friedrichstadt und dir geben könnte. Ich tippe mal ganz frech, es gibt da jemanden, der dich für die Geschichte der Stadt begeistert, oder?«

»Manchmal bist du mir unheimlich, Jan.«

»Und, habe ich recht?«

»Das ist eigentlich privat«, sagt Mielke mit verschmitztem Gesichtsausdruck, »aber bevor irgendwelche unausgegorenen Gerüchte durch die Inspektion kursieren. Also, ich hab jemanden kennengelernt, in Friedrichstadt. Sie macht dort Stadtführungen in Holländertracht. Aber häng das bitte nicht an die große Glocke, dass wäre ein gefundenes Fressen für Silvia.«

»Ein Buddhist übt sich täglich im Schweigen, Stephan.«

Während der Oberkommissar den Dienstwagen am Richtungsschild ›Osterhever 6 km‹ nach rechts steuert, kommt Swensen die Erinnerung an die kleine hutzlige Gestalt von Lama Rinpoche. Er sieht sich in der Runde der Schüler im Meditationsraum des Schweizer Tempels sitzen. Jedes Mal bevor der Meister seine tägliche Belehrung begann, lächelte sein gesamter Körper. Dann schloss er meistens die Augen und sprach:

»Meditation ist eine 24 Stunden währende Aufgabe. Erst wenn ihr fähig seid, die Einfachheit wahrzunehmen, braucht ihr euch nicht mehr ständig zu beobachten. Erst dann könnt ihr die Erfahrung eines außerordentlichen Raumgefühls machen, ihr begreift die jeweilige Situation aus sich selbst heraus. Dann seid ihr einfach da, als würdet ihr in der Versenkung sitzen. In dem Moment ist weder der Atem noch irgendeine andere Technik wichtig. Ihr werdet in etwas angekommen sein, ohne Übersetzer und Beobachter. Dann wird die Sprache richtig verstanden.«

»Im 12. Jahrhundert soll die Halbinsel ein seltsames Gebilde aus Strandwällen, Marschflächen und Nehrungsstreifen gewesen sein, aus denen erst langsam ein Dreilandenkoog entstand ist, Utholm, Everschop und Eiderstedt«, startet der Oberkommissar erneut, als er auf den Parkplatz vor der Osterhever Kirche fährt und den Wagen parkt. »1103 wurde schon die erste Kirche in Tating gebaut und erst 1613 ist aus den drei Teilen die heutige Halbinsel geworden.«

Die beiden Kriminalisten steigen aus und gehen den bemoosten Fliesenweg zur Warft hinauf, auf der die Kirche steht. Vor der graublauen Eingangstür wartet eine füllige Person, mit der sie wahrscheinlich verabredet sind, Pastor Kleuker.

»Osterhever wurde übrigens 1113 erbaut«, bemerkt Mielke, als sie beinah oben angekommen sind.

»Wie, dann wäre dieses Gebäude ja bald 900 Jahre alt?«, sagt Swensen und schaut ungläubig zum Glockenturm hoch.

»So alt ist die jetzige Kirche nun doch nicht«, korrigiert der Mann, der den Beamten entgegenkommt. »Sie sind die Herren von der Polizei? Ich bin Pastor Kleuker.«

»Hauptkommissar Jan Swensen!«

»Oberkommissar Stephan Mielke! Ich hab aber gelesen, dass die Kirche 1113 erbaut wurde.«

»Da ist von der Osterhever Urkirche die Rede. Ihr Bau wurde sogar vor der ersten ›Groten Manstränke‹ 1362 noch erweitert, ist danach aber wahrscheinlich bei der Sturmflut untergegangen. Das war eine Katastrophe von historischem Ausmaß, im ›Chronicon Eiderostaense vulgare‹ wird von 100.000 Toten berichtet.«

»Dann ist aus der romanischen Epoche nichts mehr vorhanden?«, fragt Mielke und wirft seinem Kollegen einen triumphierenden Blick zu.

»Doch, das Portal und zwei kleine Fenster in der Nordwand«, klärt der Pastor auf. »Kennen Sie eigentlich das Schmuckstück unserer Kirche, den Christus bei der Rast?«

Mielke schüttelt den Kopf, während der Mordermittlung vor fast zwei Monaten hatte er keinen Blick für Details der Inneneinrichtung gehabt.

Mit einem »Das müssen Sie sich jetzt aber unbedingt anschauen« zieht der Kirchenmann die schwere Tür auf. Er führt die beiden Beamten an den Kirchenbänken vorbei, bis vor den blau grundierten Schnitzaltar.

»Oben rechts zeigt das Werk Christus vor Pilatus und darunter, das ist einmalig auf Eiderstedt, den Heiland bei der Rast sitzend auf dem Kreuz. Und sehen Sie sich mal die Kriegsknechte an. Im Laufe der Jahre wurden die kleinen Holzwaffen, die sie in Händen hielten, leider gestohlen. Für mich ein symbolisches Zeichen für die friedensstiftende Kraft unseres Herrn Jesu.«

»Der Glauben kennt keine Grenzen«, flüstert Swensen mit ruhiger Stimme in Mielkes Ohr. »Aber wir ermitteln nicht wegen gestohlener Spielzeugwaffen. Wir sollten langsam damit beginnen zwei Morde aufzuklären, Stephan.«

»Ist ja gut, ist ja gut, es hält dich doch niemand davon ab.«

»Meditation ist eine 24 Stunden währende Aufgabe«, redet die innere Stimme dem Hauptkommissar ins Gewissen. Er atmet tief durch und zieht das Phantomfoto, welches sie mithilfe des Milchlasterfahrers Albert Pahl anfertigen ließen, aus der Jackentasche.

»Haben Sie diesen Mann schon einmal gesehen, Pastor Kleuker?«, fragt er, indem er dem Kirchenmann das Foto unter die Nase hält. Der nimmt es in die Hand und schaut es sorgfältig an.

»Kann mich nicht erinnern, das Gesicht schon einmal gesehen zu haben. Soll das der fehlgeleitete Sohn sein?«

»Das können wir nicht sagen, Herr Pastor. Die Identität der Person ist uns nicht bekannt.«

»Der Mann wurde gesehen, als er vor Kurzem in merkwürdiger Weise um die Kirche in Witzwort geschlichen ist«, ergänzt der Oberkommissar.

»In merkwürdiger Weise?«, grübelt der Pastor. »Wie soll ich das verstehen?«

»Es gibt einen Zeugen. Der fand das Verhalten des Mannes merkwürdig«, erläutert Swensen. »Das ist natürlich eine subjektive Einschätzung. Aber es ist nicht ungewöhnlich, dass bestimmte Tätertypen an den Tatort zurückkehren. Wir möchten nur überprüfen, ob dass in Osterhever der Fall gewesen sein kann.«

»Ich habe diesbezüglich nichts gesehen. Aber ich bin natürlich nicht jeden Tag an der Kirche. Da müssten sie besser die Einwohner fragen, die um die Kirche herum wohnen.«

»Das machen wir natürlich auch«, informiert Swensen. »Es könnte aber schneller gehen, wenn Sie in ihrer nächsten Predigt auf die Tatsache hinweisen und das Foto im Schaukasten der Kirchengemeinde unten an der Pforte aushängen.«

»Wenn das helfen kann, würde ich… also, ich mach es einfach«, entschließt sich der Pastor.

»Stört Sie etwas an der Bitte?«, fragt Swensen. »Möchten Sie in Ihrem Gottesdienst keine Mordermittlung ansprechen?«

»Verstehen Sie mich nicht falsch, aber nach dem schrecklichen Mord ist in der Gemeinde einiges durcheinandergeraten. Sie werden es nicht für möglich halten, aber die Kirche ist seitdem während des Gottesdienstes fast bis zum letzten Platz gefüllt und ich hab kein gutes Gefühl dabei. Viele der Menschen gehören nicht zur Gemeinde. Ich fürchte, es steckt der gewisse Nervenkitzel, Gottesdienst in einer Mordkirche, dahinter.«

»Ich glaub es nicht!«, entrüstet sich Stephan Mielke. »Die Menschen haben mittlerweile jede Form von Anstand verloren.«

»Es sind nur wenige«, berichtigt der Pastor, »und vielleicht nehmen sie auch nur Anteil.«

Urplötzlich ist es mucksmäuschenstill im Kirchenschiff. Der Oberkommissar blickt Hilfe suchend zu seinem Kollegen hinüber, der unbeweglich unter der Holzfigur des Apostels Johannes verharrt, die über seinem Kopf im Mauertorbogen auf einem Balken steht und zu der Triumphkreuzgruppe gehört. Swensen entgeht Mielkes Blick, er hängt nur stumm seinen Gedanken nach.

Wir sollten nach dem Gottesdienst alle Personen, die aus der Kirche kommen, unauffällig fotografieren, rattert es durch seinen Kopf. Ist vielleicht gar nicht so abwegig, dass sich unser Mörder unter den fremden Leuten befinden könnte.

»Wir werden alles tun, damit die Mordfälle bald aufgeklärt sind«, kehrt der Hauptkommissar aus den Überlegungen zurück. »Trotz der unschönen Umstände sind wir für ihre Mithilfe dankbar, Pastor Kleuker. Wir lassen Ihnen von dem Foto einige …«

Mit einem lauten Geräusch wird die Kirchtür geöffnet. Eine hagere, hochgewachsene Gestalt mit zahlreichen Mappen unter den Armen trottet herein und ruft dem Pastor zu: »Moin, Moin, Pastor Kleuker! Sie haben hoffentlich nichts dagegen, wenn ich ein wenig übe?«

»Ist schon gut, fangen Sie ruhig an«, ruft der Kirchenmann zurück. »Wir sind hier sowieso gerade fertig.«

»Ist das Ludwig Thiel?«, fragt Swensen.

»Ja«, bestätigt Kleuker, »Sie kennen Herrn Thiel?«

»Herr Thiel ist Organist in Witzwort, oder?«

»Herr Thiel spielt auch in Osterhever und noch in vielen anderen Kirchen. Eiderstedt ist klein, es gibt nicht so viele gute Organisten hier, erst recht keine, die in der Nähe wohnen.«

»Wir würden gerne noch mit Herrn Thiel reden, bevor wir gehen«, unterrichtet der Hauptkommissar den Kirchenmann. »Also, auf Wiedersehen Herr Pastor.«

»Grüß Gott, Herr Swensen, Grüß Gott, Herr Mielke. Ich höre von Ihnen?«

»Selbstverständlich«, sagt Swensen und steigt über eine schmale Treppe zur Empore hinauf. Mielke folgt ihm. Der Organist schaltet gerade das Gebläse der Orgel ein, das die

Windlade mit Luft versorgt, zieht eines der Register, drückt auf die Klaviatur und tritt das Fußpedal. Ein tiefer Basston bringt die Magengegend der beiden Beamten zum Vibrieren.

»Herr Thiel, wir würden gerne kurz mit Ihnen sprechen«, versucht Swensen das Klangvolumen der Orgelpfeife zu überbieten.

Der Organist erschrickt und schaut, als wäre er ertappt worden, durch die dicken Gläser seiner Brille auf die beiden Männer.

»Die Husumer Polizei? Was … was machen Sie denn hier?«

»Im Moment interessieren wir uns für Orgelmusik«, antwortet der Hauptkommissar spöttisch. »Ist es eigentlich schwer, solch ein großes Instrument zu bedienen, Herr Thiel?«

»Es ist schon eine Herausforderung«, erklärt der Organist völlig ernst, ohne auf den Unterton des Kriminalisten einzugehen. »Es ist ein ziemlich träges Instrument. Je nach Bautechnik liegen unterschiedliche Verzögerungen zwischen einem Tastenanschlag und dem Erklingen eines Tons. Man muss sozusagen immer etwas früher spielen, um diesen Unterschied auszugleichen. Deswegen braucht es viel Übung, möglichst auf vielen unterschiedlichen Orgeln. Hier auf Eiderstedt gibt es zum Glück viele Kirchen dicht beieinander.«

»Und Sie spielen alle Orgeln?«

»Ja klar, jede Orgel hat ihren speziellen Reiz!«

Swensen zieht ein weiteres Phantombild aus der Jackentasche und hält es dem Organisten vor sein Gesicht. »Sagt Ihnen dieser Mann etwas?«

»Wer soll das sein?«

»Er soll um Kirchen herumschleichen. Haben Sie die Person in der letzten Zeit mal irgendwo vor einer Kirche gesehen?«

»Jetzt im Sommer schleichen immer einige Leute um die Kirchen herum, das sind typische Touristen. Aber wenn Sie das gerade so betonen, vor Kurzem hab ich jemanden an der Kirche von Katharinenheerd gesehen. Der verhielt sich wirklich etwas merkwürdig. Also, in der St. Katharina, direkt neben dem Altar, steht die große Holzskulptur des Ritters St. Jürgen auf seinem Holzpferd. Ich war an dem Tag – wie immer – oben auf der Empore, also ziemlich weit weg, aber ich hab da einen Mann gesehen, der kniete vor dem Pferdekopf und hat in das offene Maul geschaut. Sah dem Mann auf dem Foto irgendwie ähnlich, wenn ich so drüber nachdenke.«

»Und was hat er noch gemacht?«

»Keine Ahnung, so genau hab ich nicht drauf geachtet. Ich war ja da, um Orgel zu spielen.«

»War es das einzige Mal, dass Sie den Mann gesehen haben? Nur in Katharinenheerd, oder auch anderswo?«

»Nein, das war das einzige Mal. Aber ich kann ja weiterhin meine Augen offen halten.«

»Das würden wir sehr begrüßen, Herr Thiel. Wenn Ihnen der Mann noch einmal unterkommen sollte, rufen Sie uns bitte sofort an.«

*

Die Luft flimmert in der Hitze. Ich gehe auf der Deichkrone in Richtung Reimersbude. Nur ab und zu weht eine leichte Brise von der Eider den Deich hinauf, streift kurz mein Gesicht und weht landeinwärts weiter. Ich sehe, wie der Wind die prallen Weizenähren wellenartig vor sich her treibt. Ein grüner Mähdrescher tuckert in einer Staubwolke über das Feld. Die drehenden Schneidemesser kappen das Korn. In einiger Entfernung der Maschine stolziert ein Storch durch das Stoppelfeld und sucht Nahrung im aufgewühlten Erdreich der Reifenspuren. Die Eider nebenan macht eine lang gezogene Schleife. Am Himmel kreist ein Raubvogel mit ausgebreiteten Flügeln.

Plötzlich verharrt er flatternd, stößt von oben herab und erhebt sich wieder mit einer Beute in den Fängen, die nach einer jungen Biberratte aussieht. Ich starre auf das zappelnde Tier, spüre, wie es mir vor Mitleid den Hals zuschnürt, und schaue dem Vogel lange hinterher, bis er nur noch ein kleiner schwarzer Punkt in der Ferne ist. Je kleiner der Punkt wird, umso größer wird mein beklommenes Gefühl. Eine dunkle Ahnung treibt mich an, ich folge dem Trampelpfad über die Deichkrone, der sich mit dem Fluss durch die Landschaft schlängelt. Es ist ein schier endloser Weg, der die Zeit verschluckt, Minuten, Stunden, und der mir ängstliche Gedanken vor meine Füße speit. Vom Horizont schleicht sich langsam die Dämmerung an. Ein kühler Wind weht vom Wasser herüber, bringt mich zum Frösteln. Ich gehe schneller, als müsste ich irgendetwas entkommen, doch bald bemerke ich, dass die Gefahr nicht hinter mir ist, sie scheint überall zu sein. Ein schmaler Kanal, der vom Fluss abzweigt, hindert mich am Weitergehen. Der Deich macht einen Knick nach rechts und endet an einer Straße, die den Kanal kreuzt. Daneben steht ein Schleusenhaus und aus dem Staubecken davor fließen mehrere Kanäle in die Wiesen. Mich fröstelt, ich gehe über die Straße und spüre, wie sich meine Nackenhärchen aufrichten. Weiße Dunstschwaden steigen aus den Wiesen empor und schweben über den Deich. In Höhe des Schleusenhauses steht ein Auto, die Kühlerhaube ist hochgeklappt und ein Mann beugt sich über den Motorblock. Der Bodennebel wird immer dichter, es dauert nur wenige Sekunden und ich stehe in einem milchigen Nichts und kann die Hand vor Augen nicht mehr sehen.

»Können Sie mir helfen?«, flüstert eine Stimme dicht an meinem Ohr.

Ich fahre herum, schaue aber ins Leere. Eine aggressive Energie ist in meiner unmittelbaren Nähe.

»Der Wagen springt nicht an!«

»Nein … nein!«

Ich laufe los, renne durch raumlose Watte.

Nur weg hier! Zurück auf den Deich!

Jemand ist hinter mir her, ich höre Schritte, die mir auf den Fersen bleiben. Etwas will nach mir greifen, ich bin nur noch einen Hauch voraus. Die Luft ist plötzlich eiskalt. Die Schweißperlen gefrieren auf meiner Stirn und mein Herz pocht in der Brust. Ein dumpfer Schlag reißt mir die Füße unter dem Körper weg.

Ich falle, falle, falle in eine weiße Unendlichkeit.

Ein Knall.

Nur ein Lidschlag und der Schrecken ist eine Illusion. Ihr Blick tastet durch den dämmrigen Raum. Die Schlafzimmertür, die sie immer offen lässt, ist zugeschlagen.

Muss der Zugwind gewesen sein, denkt Lisa Blau, streckt erleichtert die Beine aus dem Bett und geht zum Fenster, um die Klappe zu schließen.

Die Bilder der Nacht bedrängen ihr Bewusstsein. Sie spürt ihr Herz schlagen, real schlagen. Aber die andere Welt, aus der sie gerade erst erwacht ist, scheint genauso real zu sein.

Das ist der Traum!

Der Traum, den du schon öfter geträumt hast!

Nur viel eindringlicher als sonst!

Die Frau setzt sich auf die Bettkante und stützt den Kopf auf die Handflächen. Sie spürt einen beklemmenden Druck auf der Brust, als würde sie in einem engen Eisenring stecken.

Was will mir dieser Traum nur sagen?

Einmal hatten die Trugbilder sie zu ihrer Spenderin geführt, hatten ihr ihren Namen preisgegeben.

Waren das wirklich nur Trugbilder?

Trugbilder sind nicht wahr. Aber ihre Träume sind wahr, das hat ihr sogar die Journalistin aus Husum bestätigt. Außerdem war der heutige Traum noch einmal anders gewesen.

Richtig, diesmal ist es nicht derselbe Traum gewesen. Sie selbst war die Frau auf dem Deich.

Mit einem Mal glaubt sie ihren Traum zu verstehen. Sie selbst steckte im Körper ihrer Spenderin, sie war Marion Döscher, die den Weg über den Deich gegangen war. Und der Traum hatte nicht an der vertrauten Stelle geendet, an der sie früher immer erwacht war, er war weitergegangen. Da hatte plötzlich dieses Auto gestanden, auf der Straße, nachdem sie auf den kleinen Hafen bei Reimersbude gestoßen war und den Deich verlassen musste. Die hochgeklappte Kühlerhaube, was hat das zu bedeuten? Eine Panne? Oder war das geplant worden, eine Falle gewesen?

Ihre Erinnerung bricht jäh ab. Ein unheimlicher Gedanke steigt in ihr auf. Etwas in ihr wehrt sich noch dagegen, aber einen Gedanken kann man nicht beeinflussen, er denkt sich wie von selbst.

War das etwa die Situation, in der ihre Spenderin ermordet worden war?

Nein, das kann nicht sein!

Doch, es kann sein!

Du kannst doch keinen Mord sehen, den du nicht gesehen hast. Es sei denn, dein Herz hat ihn gesehen!

Ihr schwindelt. Sie will nicht mehr weiterdenken. Allerdings kennen ihre Gedanken keine Gnade, spulen die Bilder erneut ab, noch mal, noch mal und noch mal, bis sie glaubt, was sie sieht.

Ich bin ermordet worden!

»Kick, Kreuzen, Tip und Drehung! Und gleich noch einmal«, ruft der Mann im rhythmischen Tonfall in den Raum, während fünf Pärchen noch unbeholfen über den glänzenden Parkettfußboden schlittern. »Mehr Hüftschwung die Damen! Und die Herren, achten sie auf den Grundschritt. Nein, nein, stopp! So geht das nicht! Wie oft muss ich das noch sagen, beim Tanzen bestimmt in erster Linie der Mann, wo es langgeht! Und wo haben Sie gerade wieder ihren rechten Fuß, Herr Kemp?«

Lisa Blau fühlt sich irgendwie abwesend, sieht ihren Körper in dem riesigen Spiegel, der sich über eine Wand des Tanzraums zieht. Ihre Beine sind stocksteif und erstarrt, sie steht dort wie eine Fata Morgana aus einer anderen Welt. Neben ihr leitet ihr Tanzpartner Harald Lehmann die heutige Unterrichtsstunde mit ganzem Körpereinsatz. Lisa Blau ist die alltägliche Situation plötzlich unsagbar fremd.

Der Traum aus der letzten Nacht hat sie bis ins Mark erschüttert und den ganzen Tag über begleitet. Er ist nach wie vor real, lähmt ihren Körper, sodass die notwendige Beweglichkeit fehlt.

»Lisa und ich werden es Ihnen noch einmal von Anfang an zeigen«, sagt Harald Lehmann und baut sich vor Lisa Blau auf. »Achten Sie darauf, dass sie auf dem ganzen Fußballen stehen. Und dann, eins … zwei … und ran … zwei … eins … und ran.«

Lisa Blau setzt die Schrittfolge automatisch, kommt sich aber vor, als müsste ihr Partner eine Schaufensterpuppe führen. Sein genervter Blick verrät, dass sie nicht völlig falsch liegt.

»Was ist heute los mit dir, Lisa?«, flüstert er unwirsch.

»Hab einen schlechten Tag erwischt«, flüstert sie zurück.

»Na ja, die Neuen merken davon hoffentlich nichts. Aber lass das nicht einreißen«, flüstert er, löst ihren Kontakt und wendet sich an die Tanzpaare. »Nehmen Sie bitte die Grundposition ein! Und eins … zwei … und ran …«

Lisa Blau hat sich innerlich wieder abgemeldet, starrt wie hypnotisiert auf eine der apricot gestrichenen Wände. Vor der Transplantation hatte sie sich so krank gefühlt, dass sie nicht daran glauben konnte, je wieder das Leben eines normalen Menschen zu führen, geschweige denn, ihre Tanzlehrertätigkeit noch einmal ausüben zu können. Nach der Operation hatte sie die Vorstellung, sie müsse zum Dank für ihre Spenderin und die neu gewonnene Genesung auch selbst ein Opfer bringen, sozusagen ihre Tanzleidenschaft für das neue Herz opfern.

Ihr fällt ein, dass die ältesten Darstellungen vom Tanzen aus Indien stammen sollen. In einem Buch über Höhlenmalerei hat sie einmal die Abbildung einer Reihentanzformation gesehen. Die Zeichnung sollte zwischen 5.000 bis 2.000 Jahren vor Christi Geburt entstanden sein.

Immer wieder taucht Indien auf, schießt es ihr durch den Kopf. Auch der Traum, den sie während der Herz-OP gehabt hatte, führte sie nach Indien. Ihre Spenderin soll Indologie studiert haben, hatte Maria Teske ihr erzählt.

Das wird mir langsam unheimlich!

Lisa Blau hat den Eindruck, als würde sie nach der letzten Nacht noch intensiver empfinden.

Natürlich schlägt das neue Herz stärker. Aber kann es sein, dass ihr neues Herz auch zu stärkeren Gefühlen in der Lage ist? Jedenfalls ist nach der Transplantation alles extremer geworden. Wenn sie sich glücklich fühlt, schwebt sie gleich im siebten Himmel. Wenn sie einen schlechten Tag hat, so wie heute, wird sie unangemessen deprimiert, leidet am ganzen Körper wie ein Hund.

Einmal war sie Zeugin gewesen, wie sich ihr Tanzpartner in der Teeküche an der scharfen Kante einer Papiertüte in den Daumen geschnitten hatte und sich ein großer Blutstropfen bildete. Bei dem Anblick hatte sie selbst einen solchen körperlichen Schmerz gespürt, dass sie laut »Autsch« rufen musste.

»Das war doch harmlos«, hatte Harald darauf erstaunt zu ihr gesagt, »im Gegensatz zu dem, was du durchgemacht hast.«

»Deine Schnittwunde ist genauso real wie meine Transplantation. Schmerz ist Schmerz, jedenfalls fühlt sich das für mich genauso an«, war ihre Antwort gewesen.

Auch der Anblick von Gewalt und Brutalität ist für Lisa Blau mittlerweile unerträglich geworden. Sie verzichtet fast gänzlich auf die Abendnachrichten im Fernsehen und selbst harmlose Spielfilme bringen sie urplötzlich aus ihrem inneren Gleichgewicht. Als beispielsweise in der Filmkomödie ›Ein Fisch namens Wanda‹, die kleinen Hunde der alten Dame von einem Betonklotz erschlagen werden, fand sie es gemein und grausam, war innerlich zu verstört und geschockt, als dass sie über den schwarzen Humor von Herzen lachen konnte. Wie sollte sie da erst mit der Tatsache der Ermordung ihrer Spenderin zurechtkommen?

Ich muss endlich Klarheit über diese Marion Döscher haben, denkt sie aufgewühlt. Ich muss endlich den Kontakt mit der Familie aufnehmen. Was hält mich eigentlich noch davon ab?

»Gehen wir noch etwas trinken?«, fragt ihr Tanzpartner, nachdem die Tanzstunde beendet ist und die Paare mit viel Gekicher und den üblichen Sprüchen die ›Dancin' Lounge‹ geräumt haben.

»Lieber nicht, Harald«, sagt sie entschuldigend, »du hast ja schon bemerkt, wie ich heute drauf bin. Ich mach mir noch einen Tee und geh dann auch.«

»Okay, wir sehen uns!«

Lisa Blau beobachtet durch die Tür zum Vorraum, wie Harald Lehmann seinen Mantel anzieht und den Arm zum Abschied hebt. Kurz danach fällt die Eingangstür mit einem dumpfen Knall ins Schloss. Augenblicklich breitet sich Totenstille aus, die Tanzlehrerin ist allein. Sie starrt auf ihr Abbild in der Spiegelwand, steht bewegungslos im Raum und spürt, wie die Gefühle aus dem Albtraum der letzten Nacht sie erneut bedrängen. Vor ihrem inneren Auge sieht sie die junge Biberratte in den Krallen des Raubvogels.

Das Leben lebt vom Leben, überlegt sie, während der Gedanke sie traurig werden lässt. Es ist schrecklich, aber ein Lebewesen kann immer nur auf Kosten anderer Lebewesen überleben. Das ist die bittere Realität, gerade auch für sie selbst.

Sie geht in den Vorraum hinüber, sucht im Büroschrank nach einem Blatt Papier, legt den Bogen auf einen kleinen Beistelltisch und starrt eine Zeit lang auf die magische Leere.

Diese Träume sind ein Zeichen! Marion hat mir selbst den Weg zu ihrem Elternhaus gezeigt!

Er ist da, der Impuls. Sie beginnt ohne Mühe zu schreiben.

Sehr geehrte Frau Döscher, sehr geehrter Herr Döscher,

es ist zwar schon über fünf Jahre her, aber ich möchte Ihnen immer noch jeden Tag für das kostbare Geschenk danken, das sie mir, ohne mich persönlich zu kennen, gemacht haben. Ich lebe mit dem Herzen ihrer Tochter und kann dadurch wieder ein verhältnismäßig normales Leben führen

Es liegt nicht an den Verantwortlichen, dass ich Ihren Namen und Ihre Anschrift erfahren habe. Alle haben ihre Schweigepflicht gewahrt. Es war eine Journalistin, die mir bei der Suche nach Ihnen geholfen hat. Es hat mich viel Überwindung gekostet, diesen Brief an Sie zu schreiben. Ich könnte natürlich verstehen, wenn Sie mir nicht antworten wollen und habe gleichzeitig die Hoffnung, dass Sie mich kennenlernen möchten, so wie ich mich sehr freuen würde, Sie zu sehen und mit Ihnen zu sprechen.

In tiefer Dankbarkeit
Lisa Blau

Juli 2003

Franziska Giese hat kein gutes Gefühl, als sie den kleinen, schlauchartigen Raum der Libo-Filiale betritt. Seit fünf Jahren arbeitet die 39-Jährige beim Husumer Discounter und noch nie zuvor wurde sie zu einem Gespräch in den Aufenthaltsraum zitiert. Rechts am Pausentisch sitzt stocksteif der Filialleiter Herbert Jacobi, der ihrem Blick in auffälliger Weise ausweicht. Neben ihm hat sich ein unbekannter junger Mann im dunkelblauen Anzug niedergelassen, ein anderer im gleichen Outfit, der wesentlich kleiner ist, steht an die Wand gelehnt. Der Sitzende gibt ihr mit einer flüchtigen Handbewegung zu verstehen, dass sie auf dem Plastikstuhl Platz nehmen soll.

»Es dauert hoffentlich nicht allzu lange?«, fragt Franziska Giese mit fester Stimme. Die mittelgroße Frau hat sich fest vorgenommen, vor diesen Anzugträgern keine Blöße zu zeigen.

»Wie lange das hier dauern wird, hängt ganz von Ihnen ab, Frau Giese«, antwortet der Sitzende. »Haben Sie uns vielleicht etwas zu beichten?«

»Ich? Was soll ich Ihnen beichten? Ich weiß ja noch nicht einmal, wer Sie überhaupt sind?«

»Wir sind aus der Gebietszentrale Siek. Wir sind hier, um einige Ungereimtheiten in dieser Filiale aufzuklären. Also, noch ist Zeit, uns in der Sache behilflich zu sein.«

»Ich verstehe nicht, bei welcher Sache ich Ihnen behilflich sein soll?«

»Nun, es geht um die Kassendifferenz vor zwei Wochen. In Ihrer Kasse fehlten 16,59 Euro, oder ist Ihnen das etwa schon entfallen?«

»Was läuft denn hier für eine Nummer?«, fragt Franziska Giese mit scharfer Stimme. »Ich bleibe nicht eine Minute länger hier!«

Die Frau springt vom Stuhl auf und stürzt auf die Tür zu. Bevor sie dort ist, wird sie von dem kleineren Anzug zur Seite gedrängt. Er baut sich demonstrativ vor der Tür auf und signalisiert, dass es kein Durchkommen gibt. Die Frau nimmt ihr Handy aus der Handtasche, beginnt eine Nummer einzutippen. Aber der Anzug ist sofort neben ihr und entreißt ihr mit einer blitzschnellen Handbewegung das Gerät.

»Heeh, ich will sofort meinen Mann anrufen!«

»Solange wir die Probleme nicht gelöst haben, bleiben Sie hier im Raum und rufen niemanden an, verstanden!«, zischt der größere Anzug.

»Herr Jacobi, nun sagen Sie endlich mal was. Was soll das hier!«

Der Filialleiter schaut ängstlich zu den beiden Männern hinüber, doch die würdigen ihn keines Blickes.

»Herr Jacobi kann Ihnen nicht helfen. Es gibt Beweise, dass Sie in die Kasse gegriffen haben. Sie sind nämlich dabei gefilmt worden, werte Frau!«

»Gefilmt?«

»Genau, eine Überwachungskamera hat die Szene festgehalten.«

»Das war gar nicht so! Die Differenz habe ich selbst bemerkt. Ich hab's Herrn Jacobi sofort gemeldet und musste das fehlende Geld aus der eigenen Tasche zurücklegen.«

»Und dann? Dann sind Sie durchgedreht!«

»Herr Jacobi, was für einen Schwachsinn verbreiten Sie da über mich?«

Der rundliche Filialleiter verbirgt sein Gesicht in den Händen, mit denen er sich abstützt, sitzt zusammengesunken in seinem engen Kittel, ein blitzweißes Häufchen Elend.

»Wenn Sie mit dem erhobenen Mittelfinger durch die Filiale rennen, wie würden Sie so was denn nennen, Frau Giese? Für mich sind das Wahnvorstellungen, werte Frau!«, sagt der größere Anzug.

»Wir müssen schließlich an unsere Kunden denken«, wirft der kleinere dazwischen. »Ich denke, das ist Grund genug, Ihnen eine fristlose Kündigung auszusprechen!«

»Ich hab niemandem den Stinkefinger gezeigt! Sie haben hier die Wahnvorstellungen!«

»Sie sind hiermit fristlos gekündigt. Und denken Sie immer daran, falls Sie sich irgendwelche Schritte für das Arbeitsgericht überlegen wollen, bekommen Sie eine Anzeige vom Unternehmen obendrauf. Wir haben einen eindeutigen Beweis in petto, der genau belegt, dass Sie in die Kasse gegriffen haben.«

Franziska Giese springt auf. Ihr Gesicht ist puterrot vor Zorn. Sie tritt mit voller Kraft gegen den Plastikstuhl, sodass er gegen den Tisch prallt und scheppernd zu Boden fällt.

»Sie wollen mir hier etwas anhängen, unter allen Umständen …«, brüllt die Frau, »und zwar nur, weil ich in diesem Saftladen einen Betriebsrat einrichten will. Das ist die ganze Wahrheit!«

»Einrichten wollten, Frau Giese! Das dürfte sich derzeit als nichtig erwiesen haben.«

Franziska Giese merkt, wie sich ihr Nacken anspannt. Sie stürzt so wütend auf die Tür zu, dass der kleine Anzug automatisch zur Seite tritt. Es folgt ein lauter Knall. Mit ausholenden Schritten rauscht die blonde Frau an dem Gebäckregal entlang, drängt sich an der Schlange vorbei, die vor der Kasse ansteht, und verlässt die Filiale, ohne ihre ehemaligen Kolleginnen noch eines Blickes zu würdigen.

Draußen wird ihre Wut von warmer Luft empfangen. Der schwarze Asphalt hat sich voll Sonne gesogen und strahlt eine flimmerige Hitze ab. Abrupt zuckt sie zusammen, als etwas von oben durch ihr Blickfeld zu Boden fällt. Sie erkennt, dass es ein gelbliches Schneckenhaus ist. Es rollt über das Pflaster und bleibt circa fünf Meter entfernt liegen. Franziska Giese schaut hoch, sieht einen Kolkraben herabflattern. Er landet punktgenau neben seiner Beute. Die dunkelbraune Iris mustert die Frau argwöhnisch, das Gefieder glänzt im grellen Licht metallisch grün. Der schwarze Schnabel schnappt nach dem Schneckenhaus. Dann schwingt sich der Vögel erneut circa 10 Meter in die Luft und lässt die Schnecke abermals herabfallen. Das Gehäuse hält auch dem zweiten Aufprall stand. Franziska Giese, die mittlerweile die Situation kapiert hat, hebt fuchtelnd die Arme und scheucht den herannahenden Vogel davon.

Wenn wir Schwachen nicht zusammenhalten, wer sonst?

Die Frau hebt die Schnecke auf, trägt sie in ein nahes Gebüsch und macht sich auf den Weg in Richtung Innenstadt. Der Marktplatz vor der Marienkirche ist auffallend voll mit Soldaten in Uniform. Neben dem Tine-Brunnen ist eine große Bühne errichtet worden, die immer mehr Zuschauer anlockt. Neben der Bühne entdeckt die Frau ein Plakat, das den heutigen Auftritt der Big Band der Bundeswehr ankündigt, die ein Benefizkonzert für Multiple-Sklerose-Erkrankte geben wollen. Etwas weiter entfernt, vor dem alten Rathaus, brüllen mehrere junge Leute lauthals den Satz: »Ziviler Ungehorsam, statt Militärspektakel!« Dabei schwenken sie ein Transparent, auf dem derselbe Satz zu lesen ist. Einige Polizisten sind gerade dabei, die kleine zivile Truppe mit handfester Argumentation zur Aufgabe zu bewegen. Bei dem Anblick muss Franziska automatisch an ihren Mann denken, der beim Flugabwehrraketengeschwader 1 hier in Husum stationiert ist, und dem sie am Liebsten ihre fristlose Kündigung verschweigen würde.

Der wird mich zur Schnecke machen, schießt es ihr durch den Kopf, ein Glück hat er heute Wochenenddienst und muss in der Kaserne bleiben.

Blechern hallen die Begrüßungsreden über den gefüllten Marktplatz. Langsam nehmen die Männer der Big Band auf der Bühne Platz, ein Oberstleutnant eilt ans Mikrofon, kündigt ›In The Mood‹ von Glenn Miller an. Das berühmte Saxofon-Solo startet, in das nach 13 Takten Trompeten und Posaunen einfallen. Während die Riffs an- und abschwellen drängt sich Franziska Giese aus der Menge der Zuschauer heraus und bummelt gemächlich zu einem kleinen Getränkestand hinüber.

»Einen Riesling, bitte«, bestellt sie, bekommt ein Glas gereicht und stellt sich an einen Stehtisch zu einem Mann, der Weizenbier trinkt. Es beginnt langsam zu dämmern, von der Bühne tönt die Swingfassung von dem Frank Sinatra Hit ›It Was A Very Good Year‹ herüber. Der Alkohol steigt ihr langsam in den Kopf, betäubt die diffusen Zukunftsängste, die sich bis eben noch tapfer gegen die Bläser behaupten konnten.

»Na, die Musik scheint Ihnen wohl nicht besonders zu gefallen?«, fragt der Mann mit dem Weizen etwas scherzhaft.

»Doch, ich hatte nur keinen guten Tag«, antwortet sie knapp.

»Ja, ja, die stressige Arbeit. Ich kann ein Lied davon singen, bin nämlich Betriebsrat. Ich weiß genau, wie die Lage in den Betrieben ist, seitdem Hartz II eingeführt wurde!«

»Sie sind Betriebsrat?«

»Genau, schon seit drei Jahren.«

»Das ist ja ein Ding! Ich wollte grade einen gründen und jetzt … jetzt hat man mich fristlos entlassen.«

»Weil Sie einen Betriebsrat gründen wollten?«

»Davon gehe ich aus.«

»Das kann doch nicht angehen, wo arbeiten Sie denn?«

»Bei Libo.«

»Libo? Diesem Discounter? Na, dann wundert mich nichts mehr. Der Laden geht nicht zimperlich mit seiner Belegschaft um. Da kann ich Ihnen einiges erzählen, liebe Frau! Trinken Sie noch einen Wein, ich geb einen aus!«

Franziska Giese zögert für den Bruchteil einer Sekunde, eine innere Stimme warnt sie: Pass auf! Doch die Stimme spricht leise und nach Hause möchte sie auch noch nicht. Die Möglichkeit, mit jemandem zu sprechen, der ihre momentane Situation versteht, vielleicht sogar die Gefühle mit ihr teilt, ist größer als diese kleine Regung des Unbewussten.

»Lassen Sie sich bloß keine Ich-AG aufschwatzen«, sagt der muskulöse Mann, der einen makellosen Anzug trägt, und stellt das Glas Wein vor ihr auf den Tisch. Franziska Giese bemerkt schnell, dass der vermeintliche Gewerkschaftler trotz allem wenig Mitgefühl zeigt, sondern einfach nur gerne ununterbrochen redet. Die Frau bedauert ihre Entscheidung innerlich, trinkt mehrmals von dem spendierten Wein und schaltet klammheimlich auf Durchzug. Langsam werden die Aussichten, von denen der Mann predigt, immer düsterer: »Wenn 2005 Hartz IV eingeführt wird, wird es noch schlimmer. Dann wird aus Arbeitslosenhilfe und Sozialhilfe das Arbeitslosengeld II, dass unter dem Niveau von der heutigen Sozialhilfe liegt.«

Franziska Giese wird erst in fünf Stunden merken, dass zu diesem Zeitpunkt in ihr bereits ein schwarzer Vorhang gefallen ist, ein Blackout, der alles, was augenblicklich um sie herum passiert, nicht mehr in ihrem Gedächtnis speichert. Dabei macht sie auf die Menschen, die um sie herumstehen, weiterhin einen ganz normalen Eindruck.

Der Mann neben ihr redet weiter und weiter. Sie hört nicht mehr zu, obwohl es nicht so aussieht. Er nimmt ihre Hand, zieht sie mit sich fort. Sie lacht, geht mit ihm. Beide gehen Hand in Hand zum Hafen hinunter, vorbei an den Segelbooten, über die Holzbrücke in einen Fußgängerweg durch die Neubauten. Dahinter führt der Mann sie zu einem Wagen, der dort auf dem Parkplatz steht, öffnet die Tür, schiebt sie auf den Beifahrersitz und steuert das Fahrzeug aus der Stadt heraus. In der flachen Landschaft neben der Straße lauert die Dunkelheit, die ihre Sinne verstört, ähnlich wie ihr Bewusstsein schon eine Weile lang gestört ist.

*

»Commissario, non vedo l'ora, ich voll frohe Sie sehen!«, sprudelt es aus dem Mund von Bruno, während er, wie immer im blütenweißen Hemd und langer, roter Schürze, hinter dem Tresen hervorstürmt. »Venga, Venga! Kommen Sie! La signora Diete. La già aspetta a tavola, sitzen am Tisch hinten, warten schon!«

»E' Venerdì, es ist Freitag und wir sind da!«, grinst Swensen.

»Letzten Freitag nicht … und davor Freitag nicht …«

»Sie haben recht, Bruno«, unterbricht der Hauptkommissar. »Waren länger nicht da. Ich bin umgezogen und wohne jetzt bei Frau Diete in Witzwort.«

»Signora Diete schon erzählen, Commissario, è fantastico, super prima!«, jubelt der Chef vom Dante und dreht an seinem Schnurrbart. »E ora vi sposate, und jetzt heiraten?«

»Sie erfahren das als Erster, Bruno, wenn es so weit ist, versprochen. Aber keine Hektik, mein Freund, das kann noch etwas dauern.«

Swensen nimmt dem rundlichen Mann mit der Glatze die Speisekarten aus der Hand und geht mit einem Augenzwinkern zu dem Tisch, an dem Anna auf ihn wartet.

»Hallo, Jan! Schön, dass du pünktlich Schluss machen konntest, ich hab nämlich einen Mordshunger!«

»Ich bin auch froh, dass es heute endlich mal problemlos ging. Ich hab leider nicht so viel Appetit, mir liegen die Fälle im Magen.«

»Ach herrje, dann werde ich wohl für uns beide essen müssen!«

»Tja, Frau Psychologin, gehe nie mit einem Kriminalpolizisten essen, vor allem nicht, wenn der auch noch Vegetarier ist.«

»Jetzt gibt es kein zurück mehr, Schnüffelhase. Ich sehe, du hast die Speisekarte dabei«, scherzt Anna und nimmt Swensen eine aus der Hand. Während er sich setzt, blättert sie schon zur Tageskarte. Bruno kommt mit seinem Block in der Hand an den Tisch und kann es nicht lassen, einen vorzüglichen Rotwein anzupreisen.

»Ich neu haben … un vino unico, Signora Diete, Commissario, für Sie ein Rosso Primitivo, ich nur sagen eccellente!«, redet er sich in Begeisterung, obwohl er genau weiß, dass der Hauptkommissar fast nie Alkohol trinkt.

»Okay, okay, Bruno, Sie alter Casanova, nun bringen Sie uns schon eine Flasche!«, gibt Swensen klein bei.

»Sie nicht bereuen das, Commissario!«, jubelt der Chef vom Dante.

»Und ich nehme die Pasta con Pesto alla genovese«, bestellt der Hauptkommissar.

»Ich bitte den grünen Spargelflan mit Garnelen«, schließt Anna sich an.

»Mi affretto! Ich schon unterwegs«, frohlockt Bruno und eilt davon.

»Du siehst nachdenklich aus«, stellt Anna fest, als sie allein sind. »Die Mordfälle?«

»Nun ja, wir kommen nicht wirklich voran. Keiner hat eine zündende Idee, was zu machen ist. Hier eine Spur, da eine Spur, doch keine wird richtig heiß. Seit Monaten laufen sich alle in der SOKO die Hacken ab und wir sind trotzdem keinen Schritt weiter. Manchmal glaube ich, Colditz und der Chef warten auf den nächsten Mord, weil sie darauf hoffen, dass der Täter endlich einen Fehler macht.«

»Das hört sich schrecklich an, Jan, das kann ich mir nicht vorstellen.«

»Bei der Kripo gehört das Schreckliche zum Alltag.«

»Du bist auch noch etwas anderes als Polizist, oder?«

»Stimmt. Buddha soll einmal gesagt haben: ›Bist du nicht an der Hand verletzt, kannst du auch Gift anfassen, ohne dass es dir schadet.‹«

»Ein kluger Satz. Und wie sieht es sonst bei dir aus? Du hast lange kein Wort mehr über deine Angst verloren, die du am Anfang hattest.«

»Ich glaube, das Laufen, zu dem du mir geraten hast, tut mir sehr gut. Diese Angst vor der Angst ist beinahe verschwunden. Und bei dir? Ich habe mich gefragt, wie es dir eigentlich damit geht, dass letztes Jahr eine deiner Klientinnen ermordet wurde?«

»Eine schmerzliche Erfahrung. Wir waren mitten in der Therapie, plötzlich war sie nicht mehr da und alles war offen. Du weißt, ich war auf der Beerdigung, aber … Ich hatte danach nicht das Gefühl, dass es wirklich abgeschlossen war.«

»Und später? Ist das so geblieben?«

»Nun, ich hab mir noch mal die Zeit genommen, alle Notizen unserer Sitzungen durchzulesen. Danach habe ich einen Abschiedsbrief geschrieben und in einem persönlichen Ritual verbrannt. Die Trauer ist dadurch natürlich nicht weg.«

»Ein Ritual? Wie hast du das gemacht?«

»Eine Kerze angezündet … und dabei der Person gedankt, beispielsweise.«

»Im Prinzip müssten wir eigentlich auch so etwas machen«, sagt Swensen nachdenklich, »kommt mir gerade so in den Sinn.«

»Wir? Wer ist ›wir‹?«

»Wir Kripobeamte. Unsere Toten bleiben bei der Ermittlung ja nicht unpersönlich, auch wenn wir innerlich so mit ihnen umgehen.«

»Da hast du recht, wo bleibt ihr mit euren Gefühlen?«

»Wir sprechen nicht drüber. Ich fürchte, wenn ich von irgendwelchen Ritualen für unsere Ermordeten reden würde, käme ich endgültig in die Spinnerschublade.«

»Vielleicht wäre es einen Versuch wert.«

»Nein, ich glaube nicht. Die Zeit ist noch nicht reif.«

»Schade!«

Bruno bringt den Wein und kommt wenig später mit dem Essen. Beide genießen das Ritual, achtsam zu essen und dabei nicht zu sprechen. Swensen lässt sich von dem Geschmack verführen, spürt einen Hauch von Pinienkernen, Basilikum, Knoblauch und Parmesan auf der Zunge.

Komisch, ein Candle-Light-Dinner würde niemand als rituellen Spleen einordnen, denkt er.

Der Klingelton des Handys in seiner Jackentasche klingt wie das Sirren eines Insekts, das in der vollkommenen Ruhe einer Sommernacht die Stille bedroht. Anna Diete wirft dem Hauptkommissar einen ärgerlichen Blick zu, doch der ignoriert ihn und holt wortlos sein Gerät hervor. Der nächste Klingelton schrillt ungedämmt in den Raum.

»Swensen hier!«, meldet er sich und Anna ahnt bei der scharfen Frage »Wo?« sofort, dass ihr obligatorisches Freitagabendessen jetzt als beendet betrachtet werden kann. Mit einem »Ich komme sofort« beendet Swensen das Gespräch. Sein Gesichtsausdruck kann den Schrecken nicht verbergen.

»Was ist passiert?«, fragt Anna Swensen, obwohl sie bereits weiß, was er sagen wird.

»Ich muss noch mal los. Es ist erneut eine tote Frau gefunden worden.«

»Oh Gott, wie schrecklich!«

»Tut mir leid, Anna«, entschuldigt er sich. »Die Kollegen sind schon alle auf dem Weg.«

»Wo musst du hin?«

»Nach Uelvesbüll, St.-Nikolai-Kirche. Du brauchst nicht auf mich zu warten heute Abend.«

Swensen nimmt Annas Hand, drückt sie kurz, steht auf und informiert Bruno, bevor er das Dante verlässt. Fünf Minuten später sitzt der Hauptkommissar im Taxi, das er in der Norderstraße gegenüber der Post bekommen hat, und fährt in Richtung B 5 aus der Stadt. Die Nacht starrt schwarz durch die Frontscheibe, nur die Scheinwerfer errichten vor ihnen eine Lichtmauer, die erst bei Gegenverkehr durchbrochen wird, wenn die Lampenkegel der entgegenkommenden Fahrzeuge durch die Dunkelheit heranstürzen und am Seitenfenster vorbeiflammen. Swensen bekommt Kopfschmerzen.

Nur keinen Small Talk mit dem Taxifahrer, denkt er, fühlt sich von der kommenden Situation überfordert und grübelt über den Sinn des Ganzen nach, wie damals in seiner Studentenzeit, als er ein Semester versucht hatte, Philosophie zu studieren.

»Du studierst Philosophie?«, lauteten seinerzeit die abfälligen Fragen der meisten Studenten aus den anderen Fachbereichen.

»Die Philosophen haben die Welt nur verschieden interpretiert, es kommt aber drauf an, sie zu verändern.«

»Philosophisches Gequatsche ist doch nur der Zeitvertreib der Bourgeoisie.«

Auf den Versammlungen wurde ununterbrochen von der Masse der Werktätigen geredet, von materieller Produktion, materiellen Mitteln und materiellen Werten. Spirituelles war allen um ihn herum höchst suspekt, war eben Opium fürs Volk.

»Marx hat gesagt: Das religiöse Gemüt ist einzig und allein ein Produkt der gesellschaftlichen Umstände.«

Swensen hatte derweil begonnen, die Schriften von Buddha zu lesen: ›Jene sind nicht weise, deren Gedanken nicht gefestigt sind und deren Geist nicht gelassen ist, die den Dharma, das Lebensgesetz, nicht kennen. Jene sind weise, deren Gedanken gefestigt sind und deren Geist gelassen ist, unberührt von Gut und Schlecht. Sie sind wach und frei von Angst.‹

In einer Zeitschrift hatte er einen Artikel entdeckt, in dem stand, dass die Schweiz in den frühen 60er-Jahren etwa 1.000 tibetische Flüchtlinge aufgenommen hatte. In deren Folge war es zu mehreren buddhistischen Klostergründungen gekommen. Dort schien ein Weg zu sein, sich selbst zu finden.

Der pochende Schmerz in der Stirn gibt keine Ruhe. Der Hauptkommissar versucht seine Gedanken ziehen zu lassen, ohne anzuhaften, blickt in die schemenhafte Landschaft, die durch die Dunkelheit an seinem Seitenfenster vorbeigezogen wird, und spürt eine unbehagliche Angst im Nacken, möchte eigentlich nicht dort ankommen, wo die Realität gerade ein Horror-Szenario ausgebreitet hat.

Der Aufenthalt in dem buddhistischen Tempel hat zwar meinen Geist gefestigt, denkt er, hat mich sogar zum Kriminalbeamten werden lassen, aber ich bin bis heute noch nicht so gelassen, dass mich das Böse unberührt lässt.

Kurz hinter dem Bahnübergang über die A5 biegt das Taxi links in Richtung Uelvesbüll ab. Es geht schnurgeradeaus weiter, an flachen Marschwiesen und reetgedeckten Bauernhöfen vorbei. Das Dorf liegt versteckt hinter Bäumen. Von links sickert ein heller Lichtschein durch das dichte Laub.

»Da müssen wir hin!«, dirigiert Swensen den Taxifahrer zur Seitenstraße, die zum Platz vor der Kirche führt.

Kurze Zeit später stoppt der Wagen vor einer Doppelreihe von Schaulustigen. Der Hauptkommissar bezahlt, lässt sich eine Quittung geben, steigt aus und bahnt sich einen Weg durch die Menschen bis zum Absperrband, das weiträumig um das Kirchengelände gespannt ist. Das Gebäude von St. Nikolai ist ein schlichter Ziegelbau, der in unmittelbarer Nähe zum Deich auf einem niedrigen Hügel steht, welcher auch als Friedhof dient. Mehrere Strahler haben den Eingangsbereich des Turms hell erleuchtet. Swensen duckt sich unter dem Plastikband hindurch und geht auf die offene Pforte zu. Davor steht Paul Richter, ein Streifenpolizist aus Husum, der dem Kriminalisten sagt, dass der Weg zur Kirche hinauf noch von der Spurensicherung untersucht werden muss.

»Sie können dort oben aufs Gelände kommen«, erklärt Richter und deutet mit dem Finger in die Richtung. Als Swensen über das hüfthohe Geländer auf das Grundstück klettert, sieht er im Lampenlicht Silvia Haman, Rudolf Jacobsen und Jean-Claude Colditz stehen. Er tappt durch die Dunkelheit auf sie zu.

»Ich fürchte, das Unsagbare dürfte jetzt passiert sein«, empfängt ihn der Chef der SOKO Kirche, als er Swensen kommen sieht. »Eine Frau …, so etwas Schreckliches hab ich noch nicht geseh'n. Der Unterleib ist teilweise aufgeschnitten. Ich würd mir das im Moment nicht antun, Jan, warte bis der Körper zugedeckt ist. Die Tote ist nur halb bekleidet, die Kleidung ist an mehreren Stellen zerschnitten, teilweise auch aufgerissen.«

»Wurde sie wieder vor den Altar gelegt?«, fragt Swensen.

»Nein, diesmal nicht. Sie liegt draußen, direkt vor der Kirchentür. Die Tür ist verschlossen. Scheint so, als wäre der Täter nicht hineingekommen.«

»Habt ihr Papiere gefunden, gibt es einen Namen?«

»Nein, wir haben nichts gefunden. Außerdem ist noch etwas anders, als bei unseren Fällen davor. Die Frau hat mit Sicherheit nicht mehr gelebt, hat mir der Doc schon bestätigt, sie war bereits tot, bevor sie hier hergeschafft wurde. Der Täter hat sie in eine Plane eingerollt und bis vor die Kirchentür geschleift.«

*

Sie war für immer eingebrannt, die Doktrin der guten Mutter, auf seiner Stirn, sichtbar für den Rest der Welt, das ewige Kainszeichen des bösen Sohnes. So hat sie es geplant, das Muttermonstrum, so perfide war ihre Strategie.

Der Sohn war keine Person, er war nur ein Sachverhalt, erniedrigt zu einer Persona non grata, zum Faktum Sohn. In seiner Gedankenmühle wurde sein Ich zermalmt, zusammengequetscht, im Mahlwerk deiner Worte klein geschrotet. Nur wenn er zu Staub geworden war, Staub seiner selbst, traute sie sich, sich ihm zu Füßen zu werfen. Alles, was an ihm lebendig wurde, was ihrer Kontrolle zu entgleiten drohte, wurde in aller Nüchternheit von ihr seziert, in Stücke geschnitten, abgetrennt, tot gemacht.

Sie war das unaussprechliche Grauen seiner Jugend, das Muttermesser, Schnitt für Schnitt, verletzt unter ihrem kalten Blick, scharf und spitz, aufgeschlitzt von Worten.

Auf dich hat die Welt gerade noch gewartet, du kleiner Bastard!

Du bist und bleibst ein Nichts!

Der Sohn war das ausgesuchte Opfer, die Geisel einer Meuchlerin, ein Gefangener seiner Jugend. Es war keine singuläre Erfahrung. Du Furie. Du hast dich an dem Sohn ausgetobt. Du hast dem Sohn die Seele amputiert, sie behindert gemacht. Deine Taten waren nie banal, sie haben seine Gegenwart vereitelt, sie inhibierten ein Sich-ins-Leben-lassen. Die Seele kennt kein Welterleben, sie lebt außerhalb der Welt in einem Zwischenraum, im Exil der Gefühle. Seine Seele ist das Gefäß zum Bleigießen, voll mit dunklen Mutterfiguren, kleine Mutterteufel, Mutterdämonen, Vampire, Untote, zusammengestellt zur Gruppe der unterdrückten Angstschreie.

Doch wo ist die Wut des Sohnes?

Wo ist das Aufbegehren des Sohnes?

Er will endlich leben, will sich dem Rausch hingeben, vom

Erleben berauscht sein. Er will im Erleben sein Leben füllen, hinabsteigen in sich, seine Abgründe durchkämmen. Er will den Unterschied entdecken, den kleinen Unterschied zwischen Ursache und Wirkung, der die Katastrophe beschreibt, die in ihm tobt. Das Ultimatum läuft bereits und seine Forderungen sind unerfüllbar. Die Welt mag ihn nicht, und er will die Welt nicht. Er will sich, sein ICH, so wie sie, die Höllenmutter, ihn aus dem Himmel gestoßen hat. Jetzt ist die Hölle seine Welt. Er will stechen, schneiden, schlagen.

Unsere Persönlichkeit dringt uns aus allen Poren!

Wie bitte, Herr Freud?

Was für eine fade Hermeneutik, Herr Seelendoktor!

Erinnere dich nur an deine Mutter, du Quacksalber, bevor du die Welt mit Worten verbrennst. Du bist ein Sohn, ein Sohn, ein Sohn. Du bist ein Opfer, vergiss das nie.

Die Hand erstarrt auf dem gerade gesetzten Punkt. Er kann nicht weiterschreiben, sein Kopf droht zu zerspringen, ein bohrender Schmerz zieht an beiden Schläfen nach innen. Unwillig legt er den Kugelschreiber zur Seite und überfliegt das Geschriebene. Es ist ihm fremd, scheint mit einem Mal keinen Sinn zu ergeben. Er kann nicht glauben, dass diese Worte gerade von ihm auf das Papier gebracht wurden.

»Und es gab Engel im Himmel, die ihren hohen Rang missachteten«, hört er eine Stimme sprechen und sieht sich hinter dem Altar hocken, damals als kleiner Junge. Dort fühlte er sich sicher, solange der Gottesdienst dauerte. Hier konnte er ungestört den Worten lauschen, konnte sich von der vollen Bariton-Stimme einlullen lassen, als käme sie aus einer jenseitigen Welt, als würden die Worte nur für ihn ganz allein gesprochen.

»Und im Himmel war auch der Erzengel Luzifer, Phosphoros, der Lichtträger, der seine Vortrefflichkeit schlecht gebrauchte und nicht in der Wahrheit stand, sondern von dem höchsten Gut abgefallen war. Da entbrannte ein Kampf im Himmel. Erzengel Michael und seine Engel erhoben sich, um mit dem Drachen zu kämpfen. Der Drache und seine Engel kämpften, aber sie konnten sich nicht halten und sie verloren ihren Platz im Himmel. Er wurde gestürzt, der große Drache, die alte Schlange, die Teufel oder Satan heißt und die ganze Welt verführt. Der Drache wurde auf die Erde gestürzt und mit ihm wurden seine Engel hinabgeworfen. Weh aber euch, Land und Meer! Denn der Teufel ist zu euch gekommen. Seine Wut ist groß, weil er weiß, dass ihm nur noch eine kurze Frist bleibt.«

Etwas lässt ihn vom Tisch aufspringen, etwas in seinem Hirn, das den Bilderspuk in seinem Kopf abschütteln möchte. Da sind sie wieder, die Zweifel, die er seit seiner Kindheit mit sich herumschleppt. Den Himmelssturz von Luzifer hatte er schon damals als zutiefst ungerecht empfunden. Warum hatte Gott, der Schöpfer, zugelassen, dass der gute Engel böse werden konnte? Und was heißt es denn überhaupt, böse zu werden? Ist es nicht ein freier Entschluss, etwas Eigenes, etwas, was nur der Mensch für sich entscheiden kann, eine Freiheit, die keiner dieser guten Engel im Himmel für sich in Anspruch nehmen darf, wenn er nicht hinabgestürzt werden möchte?

Ein unscheinbares Lächeln entspannt sein Gesicht. Er muss daran denken, dass er seinen eigenen Raum geschaffen hat, in dem er das erwachen lässt, das aus dem Himmel gestoßen war.

Der Impuls, jetzt das Haus zu verlassen, verebbt. Etwas treibt ihn noch einmal zu der Tür, die in den hinteren Teil des Hauses führt, lässt ihn die Klinke herunterdrücken und die Eisentür langsam aufschieben. Den fensterlosen Raum hat er über Monate selbst ausgebaut, die Wände schalldicht verstärkt.

Er schaltet das Licht an, eine Neonröhre flackert auf. Es

gibt nur ein Bett, einen Tisch und einen Stuhl darin. Sein Blick gleitet über den Boden und die Wände, ohne Eile, erhaben wie der Flug eines Albatros.

Mehrere Stunden hatte er gebraucht, um hier wieder alles zu säubern. Die Arbeit hatte ihn so erregt, dass er mehrmals innehalten musste und den blutverschmierten Lappen betrachtete, bevor er ihn in den Eimer mit Wasser tauchte.

Dann waren sie da, die Bilder, nach denen sich seine Fantasie so sehnte. Bilder, die sich real hier abgespielt haben. Er sieht die weit offenen Augen, die Spiegel des Schreckens. Den zusammengepressten Mund, der die Todesangst zerdrücken möchte. Doch es waren seine Hände, die drückten, würgten und sich im richtigen Moment wieder öffneten, die sich Zeit ließen, um den Rausch der Macht voll auszukosten. Am Ende war da nur noch ein abwesender Ausdruck in den Augen, wenn er den Raum betrat.

Das sind deine Augen, hatte er dann gedacht. Sie hatten den gleichen Ausdruck, wenn Mutter sie gesehen hat, nachdem der verlorene Sohn aufgespürt war, in irgendeinem Fluchtversteck. Augen des Ausgeliefertsein, Augen, die im Voraus sahen, was mit ihm passieren würde. Und der Sohn ließ es über sich ergehen, bekam nie eine Erklärung, welches sein Vergehen war. Der Sohn wurde bestraft, weil er ihr Sohn war.

Er sieht die riesige, offene Hand, die sich mit einem Ruck bis weit in den Himmel hinaufhob. Der Zorn bildete ein Vakuum, um dann umso heftiger …

Er löscht das Licht, schließt die Tür, stürzt hastig aus dem Haus. Der Wagen in der Einfahrt glänzt in der sternenklaren Nacht.

Es wird niemand kommen, der mich verhaften will, denkt er und erinnert sich an die Zeit nach seiner ersten Tat.

Ungläubig hatte er festgestellt, dass sein Leben genauso weiterging wie bisher. Sie reagierten nicht auf ihn, war ihm nach einigen Wochen klar geworden. Es war, als wäre nie etwas passiert. Eigentlich haben sie ja auch keine Möglichkeit, auf ihn zu kommen. Es gab keine Verbindung von ihm zu den toten Frauen. Selbst wenn sie haufenweise Spuren hätten, könnten sie nichts damit anfangen.

Er steigt ein, wirft den Motor an, schaltet das Fernlicht an und fährt im Schritttempo am Innendeich entlang. Nach circa 800 Metern passiert er einen großen Bauernhof, der etwas abseits geduckt hinter Bäumen steht. Es brennt kein Licht mehr. Er drückt auf den CD-Player. Mit den drei charakteristischen Oktaven verwandelt die Toccata d-moll von Bach seinen Chrysler Limited in eine Kathedrale. Die folgenden Septakkorde gleiten mit dem Grundton der Orgelmusik am Bogen der Straße entlang, ziehen den Jeep mit sich in die Dunkelheit.

*

»Kollege Richter, können Sie mir hier mal rüberhelfen?« Heinz Püchels Stimme ist bereits in der Ferne zu hören, bevor er leibhaftig sichtbar wird. Die gewohnte Zigarette im Mund, umgeben von Rauchwirbeln, trabt er heran, und Swensen ahnt bereits, was er gleich zu hören bekommen wird: Jetzt muss endlich was passieren.

»Jetzt muss endlich was passieren, Leute! Dieser Irre muss von der Straße! Ich brauch euch nicht zu sagen, was schon morgen über uns hereinbricht. Die dritte Frau, die tot in einer Kirchen liegt. Schnappt euch endlich den Kerl!«

»Komm runter, Heinz«, sagt Colditz scharf. »Die Frau liegt übrigens nicht in der Kirche, sondern draußen.«

»Draußen? Hat das was zu bedeuten?«, fragt Püchel. Aller Druck ist aus seiner Stimme gewichen, um im nächsten Moment mit den Worten »Und warum steht ihr hier rum wie die Ölgötzen?« und »Wo ist die Leiche?« wieder wie gewohnt zu klingen. Dann stürmt er in Richtung Lichtschein davon.

»Das ist keine so gute Idee, Heinz!«, ruft Colditz dem Polizeirat hinterher. »Warte lieber, bis der Doc seine Arbeit erledigt hat!«

»Mein Gott!«, ertönt fast zeitgleich Püchels entsetzter Schrei. So schnell wie er davongeeilt ist, taucht er wieder bei den Kollegen auf. Er atmet tief durch, wirft die Zigarettenkippe ins Gras und tritt sie aus. Im Schein der Tatortlampen erkennt Swensen, dass sein Gesicht kreidebleich geworden ist. »Du elende Scheiße«, stammelt er atemlos und fummelt eine neue Zigarette aus der Schachtel, »da kann man ja gar nicht hinschauen. Warum hat mich denn keiner von euch vorgewarnt?«

Alle Augen richten sich ungläubig auf den Polizeirat, nur Colditz guckt demonstrativ zur Seite. Das knallartige Geräusch von Latexhandschuhen, die sich jemand von den Händen reißt, platzt in das Schweigen. Im selben Moment taucht die rundliche Gestalt von Michael Lade auf, die um die Ecke des Backsteingebäudes trottet.

»Na, Heinz, du bist aber schnell wieder davon«, stellt der Doktor trocken fest. »Wohl etwas zu viel des Guten, wa?«

»Wie hältst du das nur durch?«, knurrt Püchel zurück.

»Ich mach meinen Job – und ihr euren«, belehrt Lade.

»Und? Was kannst du uns für unseren Job sagen?«, fragt Colditz.

»Ist mit Sicherheit über einen Tag tot, die Frau. Die Totenstarre beginnt sich wieder zu lösen. Den genauen Zeitpunkt kann ich hier nicht bestimmen, da müsst ihr den Bericht der Obduktion abwarten. Ansonsten kann ich schon mal sagen, das Opfer wurde schwerstens misshandelt. Hinweise auf Würgen, Dunsung des Gesichts, Blutaustritt aus der Nase, tiefe Schnittverletzungen und mehrere Hautanschnitte in der Wundumgebung, mindestens sechs Stichverletzungen.

In der Nabelregion wurde der Bauch aufgeschlitzt. Mäßige Ausbildung von Totenflecken. Ein Zeichen von Ausblutung und …«

»Danke, Doc, das reicht für den Anfang«, unterbricht Colditz.

»Können wir uns die Tote jetzt ansehen«, fragt Swensen zögerlich.

»Ich hab die Plane wieder über die gröbsten Grauslichkeiten gezogen«, erklärt Lade und zwinkert mit dem rechten Auge. »Muss ja nicht sein, dass einigen von euch das Essen aus dem Gesicht fällt.«

Der Hauptkommissar schließt kurz die Augen, atmet tief in den Bauch und lässt seine Gedanken wie Wolken durch den Kopf ziehen.

»Ich geh dann, Kollegen«, verkündet Lade lauthals.

»Bis dann«, sagt Swensen, »und grüß Desiree von mir. Wenn die Sache hier vorbei ist, laden wir deine Frau und dich zu uns nach Witzwort ein, versprochen.«

Der Doktor drückt ihm kurz die Hand. Swensen gibt sich einen Ruck und geht entschlossen um die Ecke bis zur Kirchentür. Sein Vorstoß wirkt wie eine Initialzündung, die drei Kollegen folgen ihm. Nur Polizeirat Püchel bewegt sich nicht vom Fleck, raucht stoisch und bläst den Qualm in die Luft.

Das Gesicht der toten Frau wirkt unnatürlich entspannt, trotz der Hämatome und Blutspuren. Doch Swensen weiß aus Erfahrung, dass es sinnlos ist, daraus irgendwelche Schlussfolgerungen zu ziehen. Es ist der natürliche Prozess der Muskeldegeneration, die den Schrecken vor der Ermordung nach dem Tod verschwinden lässt. Er zwingt sich, der Frau in die gebrochenen Augen zu blicken.

»Fotos sind schon gemacht«, erklärt Colditz.

Die Männer der Spurensicherung kriechen in ihren weißen Overalls auf Knien über den Weg, der zur Kirchentür führt.

Swensen kann Hollmann ausmachen, der unten an der Pforte den Einsatz leitet.

»Wird nicht eine Frau aus Husum vermisst?«, fragt Swensen in einem plötzlichen Gedankenblitz die Kollegen. »Ich hab die Akte erst vor Kurzem auf Susans Schreibtisch gesehen. Da muss doch ein Foto drin gewesen sein? Hat jemand von euch da mal reingeschaut?«

Silvia Haman und Rudolf Jacobsen zucken mit den Achseln.

»Mielke überprüft alle Vermisstenfälle in Schleswig-Holstein«, sagt Colditz. »Der dürfte sich in der Zwischenzeit darum kümmern.«

»Und warum haben wir den Fall noch nicht in der Frühbesprechung behandelt?«

»Weil wir unsere Opfer immer gefunden haben, bevor wir auf ihre Vermisstenanzeige gestoßen sind. Ich hab das damals intern mit Heinz Püchel besprochen. Die Husumer Vermisste ist noch nicht aufgetaucht, obwohl sie jetzt fast eine Woche verschwunden ist. Das passt also nicht in das Schema unserer Fälle. Die Frau wird im Moment als normaler Vermisstenfall behandelt.«

»Aber dieser Tatort könnte wieder passen, oder?«, stellt Swensen fest. »Und Stephan müsste doch das Foto aus der Akte kennen. Vielleicht wirft er kurz einen Blick auf die Tote. Wo ist der eigentlich?«

»Bei den Gaffern hinter dem Absperrband«, erklärt Colditz, »zeigt dort unser Phantombild rum. Er dachte, es wäre gut, die Leute nach dem Typen zu befragen, der hier in der Gegend um die Kirchen schleicht.«

»Okay, ich geh dann mal Stephan auftreiben«, stellt Swensen fest, marschiert wortlos am rauchenden Polizeirat vorbei und klettert über die Einzäunung des Kirchengrundstücks. Wenig später hat er Stephan Mielke in der Menschenmenge ausgemacht und eilt zu ihm hinüber.

»Colditz hat mir gesteckt, dass du die Akte der vermissten Frau aus Husum auf den Tisch hattest?«, fragt Swensen.

»Und? Was ist das Problem?«

»Wäre gut, wenn du dir das Gesicht der Leiche ansehen könntest. Ich hab da so 'ne vage Ahnung.«

»Ich hab 'ne bessere Idee«, entgegnet der Oberkommissar. »Die Kollegen von der Streife müssten alle ein Foto von der Frau im Wagen haben.«

Ohne Swensens Antwort abzuwarten, winkt er den Streifenpolizisten Richter, der noch immer an der Kirchenpforte steht, heran und erklärt ihm den Sachverhalt. Der Mann läuft zum Streifenwagen hinüber. Swensen folgt ihm, kann durch die Frontscheibe sehen, wie er das Armaturenbrett durchwühlt und fündig wird. Mit dem Foto in der Hand steigt er aus dem Wagen. Der Hauptkommissar greift hastig danach. Eine blonde Frau, längliches Gesicht, dezent geschminkt, lächelt vom Hochglanzpapier. Ein kurzer Blick genügt, um aus Swensens Verdacht eine Gewissheit zu machen: Das ist eindeutig die Frau, die oben vor der Kirchentür liegt.

Stephan Mielke sitzt angespannt hinter dem Lenkrad und drückt aufs Gaspedal. Der digitale Tacho zeigt 140 Kilometer pro Stunde. Die Scheinwerfer des Dienstwagens schneiden eine milchig graue Schneise in die Dunkelheit, an den Rändern stürzen die farblosen Bäume am Seitenfenster vorbei. Swensen blickt in die Nacht, ohne wirklich zu sehen. In ihm läuft sein eigener Film. Er sieht, wie das Foto von der vermissten Frau von Hand zu Hand geht, sieht die Kollegen, die unentschlossen um die Leiche herumstehen. Wenig später rauscht Polizeirat Püchel heran, dass selbst seine Rauchwolke ihm nicht mehr folgen kann. Stakkatohaft sprudeln ihm die gewohnten Worthülsen aus dem Mund: »Ich muss euch doch nicht darauf hinweisen, dass wir Ergebnisse brauchen, jetzt und nicht erst morgen. Ich mag mir gar nicht ausmalen was ist, wenn die Presse von dem neuen Fall Wind bekommt. Sechs Monate, die dritte ermordete Frau! Hier läuft ein durchgeknallter Killer herum, der Probleme mit der Kirche haben muss. Da muss es doch irgendwelche Hinweise geben. Dreht jeden Stein um, wir müssen endlich handfeste Spuren finden!«

»Heinz! Möchtest du jetzt wieder selbst ermitteln?«, blockt Colditz süffisant ab.

»Du weißt genau, worauf ich hinaus will, Jean-Claude!«

»Du nervst nur unnötig, Heinz! Wir wissen schon, dass die Frau Franziska Giese heißt und bei Libo in Husum gearbeitet hat, obwohl sie keine Papiere dabei hat. Und das alles nach noch nicht mal zwei Stunden, schneller geht's nun wirklich nicht.«

»Ich fahr zuerst bei der Fliegerhorstkaserne vorbei«, holt Mielkes Stimme den Hauptkommissar aus seinen Gedanken zurück. Er realisiert die Geschwindigkeit, mit der sie unterwegs sind und die seine inneren Bilder mit sich fortreißt.

»Wieso willst du dort zuerst hin?«, fragt Swensen und bittet: »Und kannst du ein bisschen langsamer fahren?«

»Ich glaube, dieser Feldwebel müsste Bereitschaft haben«, überlegt der Oberkommissar und geht vom Gas. »Doch ja, ich bin mir jetzt ziemlich sicher. Mein Anruf bei dem Mann ist zwar schon etwas her, aber er hat mir damals seinen Dienstplan gegeben, damit ich ihn sofort erreichen kann, wenn es Neuigkeiten von seiner Frau gibt.«

Links huscht die hell erleuchtete Messehalle vorbei. Mielke steuert den Dienstwagen auf die Ausfahrt, biegt auf die Flensburger Chaussee, fährt die Straße hinunter und biegt nach links. Er stoppt vor dem Schlagbaum. Ein Wachsoldat kommt an das Seitenfenster, während Mielke es herablässt.

»Kriminalpolizei Husum«, sagt Mielke und hält seinen

Ausweis hoch. »Wir müssen unbedingt zu Feldwebel Giese vom Flugabwehrraketengeschwader 1. Der müsste heute im Dienst sein!«

»Eine Moment bitte, ich werde mich erkundigen«, sagt der Soldat und geht zum Wachhäuschen hinüber, um mit einem anderen Soldaten zu sprechen. Auf der anderen Seite des Eingangsgeländes steht im Licht einer Bogenlampe ein Patriot-Trägersystem für Lenkflugraketen. Stephan Mielke trommelt nervös auf dem Lenkrad.

»Warum bist du eigentlich nicht stutzig geworden, dass die Vermisste bei Libo angestellt war?«, fragt Swensen plötzlich. »Im letzten Fall hat die Ermordete auch bei Libo gearbeitet. Das ist doch auffällig.«

»Ist mir auch aufgefallen. Aber ihr Mann hat bei der Vermisstenanzeige angegeben, dass man ihr an dem Tag, an dem sie verschwunden ist, gekündigt hatte. Da hab ich keinen Zusammenhang mit unseren Mordfällen gesehen. Ich dachte, sie hätte Angst vor der Auseinandersetzung mit ihrem Mann und wäre einfach nur abgehauen.«

»Gekündigt?«

»Ja, fristlos gekündigt. Soll in die Kasse gegriffen haben, hat mir der Filialleiter am Telefon gesagt.«

»Da ist doch was faul, Stephan, oder?«

»Seh ich auch so, im Nachhinein wirkt das alles ziemlich merkwürdig.«

»Ich denke, die Libo-Filiale Husum wird demnächst einen Besuch von uns bekommen.«

Mit zackigen Schritt tritt der Wachsoldat wieder ans Seitenfenster und meldet: »Sie können hier warten. Feldwebel Giese kommt gleich zu Ihnen.«

Keine fünf Minuten später braust ein Jeep heran und bremst mit quietschenden Reifen hinter dem Schlagbaum. Ein Mann springt heraus und eilt an dem salutierenden Wachsoldaten vorbei auf den Dienstwagen der Kripobeamten zu. Swensen mustert die stattliche Gestalt von oben bis unten, nachdem er ausgestiegen ist. Der Mann im Kampfanzug mit Tarnmuster hat einen dunklen Teint, schwarze, kurz geschnittene Haare und die Figur eines Leistungssportlers, breite Schultern, über eins achtzig groß.

»Geht es um meine Frau?«, fragt er mit unbewegtem Gesicht.

Mielke nickt, bekommt aber plötzlich kein Wort heraus.

»Es gibt keine guten Nachrichten, Herr Giese«, steht Swensen dem Kollegen zur Seite.

Das Gesicht des Feldwebels versteinert. »Ist sie tot?«, fragt er knapp.

»Es tut mir sehr leid«, sagt Swensen.

»Selbstmord?«

»Wie kommen Sie darauf?«

»Weil man sie verdächtigt hat, Geld gestohlen zu haben.«

»Wo soll sie Geld gestohlen haben?«

»Bei Libo, sie hat hier in der Husumer Filiale gearbeitet. Ich war bereits da und hab mit dem Leiter geredet, diesem miesen Typen. Der hat meiner Frau fristlos gekündigt, weil sie Geld aus der Kasse genommen haben soll. Ich hab den ganzen Laden zusammengebrüllt. So ein Schwachsinn, meine Frau hätte nie etwas gestohlen. Die wollten sie nur loswerden.«

»Und Sie glaubten, dass sie sich deshalb umgebracht haben könnte?«

»Ja, ich hab darüber nachgedacht, dass sie das vielleicht nicht verkraftet und eine Kurzschlusshandlung begangen hat.«

»Es tut mir leid«, wiederholt Swensen, »aber ich muss Ihnen mitteilen, dass Ihre Frau ermordet worden ist.«

Das Gesicht des Feldwebels bleibt ohne jegliche Gefühlsregung und er sagt lange Zeit kein Wort.

»Hatte Ihre Frau irgendwelche Feinde?«, fragt Stephan Mielke endlich.

»Feinde? Was für Feinde?«, antwortet der Mann, als würden seine Worte von jemand anderem gesprochen.

Der Oberkommissar bemerkt, dass seine Wortwahl im Angesicht eines Soldaten nicht gerade geschickt war und versucht die Situation zu entschärfen: »Ich meinte, könnte es jemanden geben, mit dem Ihre Frau, von diesem Filialleiter einmal abgesehen, Probleme gehabt hat?«

»Wissen Sie, wer das gemacht hat?«, fragt der Feldwebel abwesend, ohne auf Mielkes Frage einzugehen.

»Nein, noch nicht, Herr Giese. Deshalb müssen wir Ihnen diese Fragen stellen«, erklärt Swensen geduldig.

»Ich will meine Frau sehen!« Die Stimme des Feldwebels klingt wie ein Befehl.

»Wir werden Sie benachrichtigen«, sagt Swensen, »Sie müssen ihre Frau sowieso identifizieren.«

»Ich will sie sofort sehen!«

»Das ist keine gute Idee, Herr Giese«, versucht Mielke abzublocken. »Eine ermordete Person ist kein schöner Anblick. Ich rate Ihnen, damit zu warten.«

»Haben Sie diesen Mann schon einmal gesehen«, fragt Swensen und zieht die Phantomzeichnung heraus.

»Ist das der Täter?«

»Das wissen wir nicht. Es ist ein Verdächtiger, der um Kirchen herumschleicht.«

»Um Kirchen? Was hat das mit meiner Frau zu tun?«

»Der Täter hat Ihre Frau vor einer Kirchentür abgelegt.«

»Vor einer Kirche?«, fragt der Feldwebel. »Was hat das zu bedeuten?«

»Wissen wir nicht«, antwortet Swensen und wundert sich über das rationale Verhalten des Mannes. »Deswegen fragen wir nach diesem Mann.«

»Wenn Sie wissen, wie der Mann aussieht, warum nehmen Sie ihn nicht fest?«, fragt der Feldwebel angespannt wie ein Raubtier, das zum Sprung ansetzen will.

»Wir wissen noch nicht, wer der Mann ist.«

»Versteh ich nicht. Der muss sich doch hier irgendwo in der Nähe rumtreiben. Warum legt Ihr euch nicht auf die Lauer, bis Ihr das Schwein habt? Wenn Ihr das nicht könnt, ich kann das!«

*

Maria Teske nimmt noch einen Zug von ihrem Zigarillo, wirft den brennenden Rest auf den Boden und tritt ihn mit verkappter Aggression aus. Dieses saublöde Rauchverbot in der Redaktion, denkt sie und zieht die Stirn in Falten. Die Nacht war wieder grauenvoll gewesen, dreimal war sie vom Herzrasen aus dem Schlaf gerissen worden. Die Berichterstattung über die Mordfälle in den Kirchen um Husum hat sie innerlich aufgewühlt. Das Thema Tod will nicht mehr aus ihrem Leben weichen und aktiviert immer wieder ihre alten Ängste. Ihr desolater Zustand wird durch den schlechten Schlaf noch verstärkt, obwohl die Untersuchung beim Arzt vor Kurzem keinerlei Ergebnis gebracht hatte.

»Sie sind kerngesund«, waren die beruhigenden Worte des Doktors gewesen. »Wenn Sie schlecht schlafen, sollten Sie zuerst einmal das Rauchen einstellen und etwas kürzer treten, Frau Teske. Um es noch deutlicher zu sagen, machen Sie sich weniger Stress!«

Als sie die Praxis verlassen hatte, war ihr klar geworden, dass es ein tiefsitzendes Problem geben musste. Sie hatte die Faxen endgültig dicke gehabt und sich einen Termin bei einer Psychologin geholt.

Die Journalistin kickt den zertretenen Zigarillo unter die

Hecke und geht durch die verglaste Eingangstür der Husumer Rundschau. In der Redaktion sind schon alle Plätze besetzt.

»Moin, Moin!«, ruft sie in den Raum.

»Moin, Moin«, schallt es hinter den Bildschirmen zurück.

Sie geht zu ihrem Schreibtisch, lässt sich auf den Drehstuhl fallen und fährt mit einem kurzen Fingerdruck den Computer hoch. Kaum hat sie ihre Unterlagen auf der Tischplatte ausgebreitet, erklingt die kleine Redaktionsglocke.

»Kommt zur Konferenz, yeah!«, singt Erwin Siebenhüner mehrmals dazu.

Du nervst gewaltig, denkt Maria Teske. Ich kann den Spruch nicht mehr hören. Aber aus Erfahrung weiß sie, dass es überhaupt keinen Zweck hat, dem Kollegen das kundzutun. »Was willst du denn«, hatte er sich schon bei ihrem letzten Versuch gewehrt. »Der Song ist aus dem Trickfilm ›Konferenz der Tiere‹ nach Erich Kästners Kinderbuch.«

Wenigstens schaut sie demonstrativ zum Himmel, als sie an Siebenhüner vorbei ins Büro von *Think Big* geht und sich in die äußerste Ecke des Raumes flüchtet. Der Chefredakteur hat sie aber bereits fest im Auge. Gleich nachdem er die Themenkonferenz eröffnet hat, wendet er sich an sie.

»Bevor wir richtig anfangen, will ich etwas von dir hören, Maria«, sagt er mit feinem Unterton. »Diese aberwitzige Story von der herzkranken Frau. Du wolltest mit ihr zu der Familie, die das Herz ihrer Tochter zur Transplantation freigegeben hat. Ich bin höllisch gespannt, was dabei herausgekommen ist.«

Alle Augen richten sich auf Maria Teske. Die Journalistin fühlt sich plötzlich unwohl, sitzt stocksteif auf ihren Stuhl und sucht nach Worten. Gleichzeitig hat sie die Bilder des gestrigen Tages vor Augen. Sie sieht das Gesicht von Lisa Blau, die neben ihr auf dem Beifahrersitz sitzt, als sie auf der Straße

Richtung Koldenbüttel vor dem Blicklicht am Bahnübergang zum Stehen kommt.

»Ich würde gerne erst einmal zur Kirche fahren«, informiert sie die Tanzlehrerin. »Ich glaube, es ist besser, wenn wir vorher bei meinem Freund, dem Pastor, vorbeischauen. Der wird in der Zwischenzeit bestimmt mit der Familie geredet haben.«

»Du meinst, sie haben vielleicht nur deswegen einem Treffen zugestimmt?«

»Herr Döscher hat dir doch auf den Anrufbeantworter gesprochen?«, fragt Maria Teske. Nachdem Lisa Blau ihr vor zwei Wochen das Du angeboten hat, fühlt sie sich dem Schicksal dieser Frau noch mehr verbunden.

»Als ich die Stimme hörte, schlug mein Herz bis zum Hals«, platzt es aus Lisa Blau heraus. »Das Dumme war nur, Herr Döscher hatte nicht gesagt, ob sie mich sehen wollen.«

»Und wie ging es dir damit?«

»Schlecht! Aber, obwohl ich eine Heidenangst hatte, ha ich sofort zurückgerufen und es hat sich eine leise Frauenstimme mit ›Hallo‹ gemeldet. ›Hier ist Lisa Blau‹, habe ich gesagt. ›Wir freuen uns, Sie kennenzulernen. Mein Mann und ich haben Ihren Wunsch besprochen und sind uns einig, dass es im Sinne unserer Tochter wäre‹, hatte Frau Döscher mir dann mitgeteilt. Ihre Stimme klang sehr emotionslos.«

Der Regionalzug aus Hamburg rast über den Bahnübergang in Richtung Husum. Auf der blauen Diesellok klebt ein riesiger Werbeaufkleber von Radio RSH. Das Blinklicht erlischt. Wenig später passiert der Wagen der Journalistin den Ortseingang von Koldenbüttel. Hinter Bäumen taucht die weiß gekalkte Kirche auf. Die Straße macht einen weiten Bogen. Nach dem Einparken gehen die beiden Frauen den gepflasterten Weg hinauf. Die Kirchentür ist olivgrün und mit Eisenbeschlägen verziert. Beim Eintreten empfangen sie Orgelklänge von Bach. Der Pastor geht die Sitzbänke entlang und legt Gesangsbücher auf die Sitzflächen. Über ihm an der Wand hängt ein auffälliges Epitaph, auf dem das Porträt von Martin Luther hervorsticht. Lisa Blau bleibt wie angewurzelt stehen und starrt ungläubig auf das Gemälde, das einen jugendlich anmutenden Reformator zeigt, der geschützt unter dem Flügel eines Engels steht.

Die Journalistin begrüßt den Pastor mit einem herzlichen Handschlag: »Hallo, Hans-Peter! Lange nicht gesehen. Das ist Frau Blau.«

»Pastor Hudemann, ich freue mich Sie zu sehen«, stellt der Kirchenmann sich der Frau vor. Als sie nicht antwortet sagt er mit Blick zur Orgelempore: »Wir gehen besser nach draußen, Herr Thiel, unser Organist, übt heute besonders laut.«

Maria Teske folgt dem Pastor in Richtung Empore, während Lisa Blau noch zum Schnitzaltar eilt. Es dauert eine Ewigkeit, bis sie sich wieder davon losreißen kann und mit völlig verklärten Augen zu Maria Teske und dem Pastor zurückkommt.

»Warum möchten Sie die Familie Döscher kennenlernen, Frau Blau?«, fragt Pastor

»Ja, warum eigentlich«, überlegt Lisa Blau laut. »Ein Gefühl in mir sagt, Marions Herz hat alles getan, um mich nach Hause zu ihrer Familie zu führen. Mir ist, als würde ein Teil von ihr – mit mir – zu Ihnen heimkehren.«

»Wir standen vor der Kirchentür und Lisa Blau fragte den Pastor, ob es sein kann, dass ihre Herzspenderin diese Kirche gekannt habe. Er habe sie selbst konfirmiert, bestätigte der Pastor. Lisa Blau erzählte darauf von ihrem Gefühl, dass sie gerade eben im Kirchenschiff gehabt hatte, nämlich, dass sie die Kirche kennt, obwohl sie noch nie hier war.«

Im Büro des Chefredakteurs ist es mittlerweile mucksmäuschenstill. Selbst Siebenhüner lauscht gespannt den Ausführungen von der Kollegin, als sie von der Begegnung mit der Familie Döscher berichtet. Nur *Think Big* hängt wie üblich teilnahmslos in seinem Drehstuhl.

Lisa Blau und Maria Teske folgen Frau Döscher in das bieder eingerichtete Wohnzimmer, in dem Herr Döscher bereits wartet. Sie dürfen auf dem Sofa Platz nehmen und Frau Döscher setzt sich neben Lisa Blau.

Das Herz der Tochter sitzt neben der Mutter, denkt Maria Teske und hört, wie Frau und Herr Döscher verlegen über die Anreise und das Wetter reden.

»Ihre Tochter lebte in Hamburg und hat Indologie studiert?«, fragt die Journalistin, um das Gespräch in eine andere Richtung zu bringen.

»Ja, unsere Tochter war schon vier Jahre aus dem Haus. Alles was mit Indien zu tun hat, war ihre Leidenschaft«, erzählt Frau Döscher mit gefasster Stimme. »Sie war gerade von einer Reise durch Rajasthan zurück, als sie hier auf Besuch war. Sie … sie wollte nur einen kurzen Spaziergang auf dem Deich machen …, als … als …«

»Ich habe während der Operation von Indien geträumt«, unterbricht Lisa Blau die schmerzhafte Situation. »Ich habe einen Tempel gesehen, in dem unzählige Ratten herumliefen.«

Frau Döscher zuckt zusammen. Sie will etwas sagen, doch bevor sie ein Wort herausbringt, kommen ihr die Tränen. »Davon hat Marion uns erzählt«, sagt sie dann schluchzend. »Sie ist in dem Tempel gewesen. Es soll vor lauter Ratten gewimmelt haben, über tausend, hat sie gesagt, und die wurden von den Indern mit Reis und Milch gefüttert.«

»Also, Maria, ich muss mich hier mal einklinken«, unterbricht *Think Big* den Bericht von Maria Teske. »Wenn ich ganz ehrlich bin, hatte ich so was schon befürchtet. Eine Frau, die das Herz einer Ermordeten bekommen hat, das ist schon eine Story. Aber was du da erzählst, ist mir entschieden zu viel Spökenkram.«

»Ich war selbst dabei«, protestiert Maria Teske vehement. »Die Frau war das erste Mal bei der Familie ihrer Spenderin. Sie wusste Dinge, die sie eigentlich nicht wissen konnte. Das bestätigt alles, was mir der Zellbiologe über Zellerinnerung gesagt hat, Theodor.«

»Die Erinnerung einer Zelle! Stell dir mal so eine Schlagzeile vor! Solch ein Zeug glaubt uns doch kein normaler Mensch, Maria, und unsere Leser sind normale Menschen.«

Plötzlich hängt ein bleiernes Schweigen im Raum. Keiner der Kollegen springt der Journalistin zur Seite. Nur das Trommeln von *Think Bigs* Fingern auf der Tischplatte ist zu hören.

»Wenn du diesen spirituellen Firlefanz weglässt, können wir über die Geschichte reden«, lautet das Angebot des Chefredakteurs.

»Firlefanz, Firlefanz! Ich kann mir die Geschichte nicht so hinbiegen, wie sie dir am besten ins Konzept passt.«

Das Klingeln des Telefons beendet den Streit abrupt. *Think Big* greift zum Hörer, gibt mehrmals ein lautes »Das ist nicht wahr« von sich und ist, nachdem er den Hörer wieder auf die Station gelegt hat, wie ausgewechselt.

»Vergiss deine Zellerinnerung, Maria. Das ist im Moment überhaupt nicht mehr wichtig. In Uelvesbüll wurde die dritte ermordete Frau gefunden. In drei Stunden gibt es eine Pressekonferenz im Rathaus. Das machst du, Maria.«

Der Journalistin schnürt sich der Hals zu, als sie an die unwirkliche Szene während der Themenkonferenz denken muss. Und hinterher auch noch die Pressekonferenz der Husumer Kriminalpolizei, die jetzt auch schon zwei Stunden vorbei ist. Es ist bereits dunkel, als sie in Witzwort ankommt. Sie kann direkt vor dem kleinen Reetdachhaus parken. Nervös klingelt sie an der Haustür und eine mittelgroße Frau mit roten, schulterlangen Haaren öffnet die Tür.

»Hallo, Frau Teske, ich bin Frau Diete, kommen Sie bitte rein«, sagt sie und führt sie in einen schlichten Raum, in dem nur wenige Möbel stehen. »Sie können in diesem Sessel Platz nehmen«

Auf einem kleinen Beistelltisch brennt eine weiße Kerze. Die Deckenbeleuchtung ist leicht herabgedimmt. Erst nach ein paar Minuten registriert die Journalistin, dass Frau Diete ihr ganz ruhig gegenüber sitzt und anscheinend keine Eile hat, ein Gespräch zu beginnen.

Irgendetwas muss ich jetzt wohl sagen, denkt sie, und allein der Gedanke lässt ihr Herz wieder spürbar schneller schlagen. Da erlöst die Therapeutin sie aus der beginnenden Anspannung.

»Sie haben mir ja schon am Telefon ein wenig berichtet, warum Sie ein Beratungsgespräch möchten. Vielleicht mögen Sie mir einfach erzählen, wie es Ihnen in den letzten Tagen ergangen ist, worunter Sie im Moment leiden.«

»Ja, ich hab ständig ein unerklärliches Herzrasen und manchmal auch so was wie Panik. Gerade letzte Nacht hab ich die ganze Nacht nicht geschlafen.« Maria Teske atmet tief durch und fährt fort: »Ich war auch schon bei meinem Hausarzt. Der hat alles untersucht und überhaupt nichts festgestellt, also … also ich bin kerngesund … und trotzdem hab ich unentwegt diese Beschwerden.«

»Erst mal hört sich das so an, als wenn Sie große Angst haben. Seit wann ist das so?«

»Im letzten Jahr wäre ich beinahe ermordet worden«, platzt

es aus der Journalistin heraus. Sie zieht ihre Schultern zusammen und fängt völlig unvermittelt an zu schluchzen.

»Entschuldigung, das tut mir leid«, sagt sie mit zittriger Stimme. »Ich weiß gar nicht, was los ist, das ist mir noch nie passiert.«

»Haben Sie diesen Satz vorher schon einmal so ausgesprochen?«

»Nein, also ... ich hab das schon ganz häufig so gedacht ..., aber irgendwie hab ich das immer mit mir abgemacht. Es ist ja auch gar nichts passiert.«

»Wenn Sie mögen, erzählen Sie mir doch bitte von Anfang an, was da im letzten Jahr passiert ist.«

August 2003

Das Gewitter hatte sich bereits den ganzen Tag über angekündigt. Es war drückend schwül gewesen, die Luft hatte wie Blei auf seinen Schultern gelegen. Anstrengende Bedingungen für einen Ermittlungstag am Telefon. Swensen hat Kopfschmerzen, als er spät am Abend den Computer herunterfährt. Draußen vor der Tür der Inspektion ist der Himmel mit einer pechschwarzen Wolkendecke überzogen. Als der Hauptkommissar den Parkplatz hinter dem Gebäude erreicht und gerade die Tür seines Polos aufschließt, kündigt ihm eine Windböe an, dass sich die aufgestaute Energie am Himmel bald entladen wird. Kaum hat er die B 5 erreicht, bricht der Regen los, prasselt mit ohrenbetäubendem Lärm auf das Autodach. Die Sicht beträgt schlagartig nur noch wenige Meter. Swensen sucht einen Platz am Straßenrand, wo er ohne Gefahr anhalten kann. Grelle Lichtwurzeln brennen sich quer über den Himmel, gewaltig und bedrohlich nah, als würde ein wildgewordener Fotograf die gesamte Gegend dokumentieren. Swensen hat plötzlich das Bild von einer Nussschale im Meer vor Augen. Doch seine innere Stimme beruhigt ihn, dass er im Faradayschen Käfig seines Wagens völlig sicher ist. Im nächsten Moment erschüttert das mahlende Gebrüll eines Donners ihn bis ins Mark. Er hat das Gefühl, als würden seine Knochen vibrieren und jemand wolle seine Urängste wachrütteln. Ihm fällt die Geschichte des Buddhas ein, der in der dritten Woche nach seiner Erleuchtung unter dem Mucalinda-Baum von einem monsunartigen Regen überrascht wurde. Die im Baum wohnende Kobra wand ihren Schlangenleib um seinen Körper und spreizte ihre Halshaut über seinem Kopf, um den Erhabenen vor dem Regen zu schützen.

»In der Natur erkennen wir das allgemeine Aufeinander-bezogen-Sein allen Lebens«, hört Swensen die Stimme von Meister Rinpoche. »Wir können unser eigenes Sein nur richtig erfassen, wenn wir seine innere Spannung in einer anderen Erscheinung entdecken. Unser persönliches Sein ist nur ein Teil seiner selbst, durch das der Strom der Welt hindurchfließt.«

So schlagartig wie der Wolkenbruch gekommen ist, verebbt er auch wieder. Der Hauptkommissar wartet noch eine Weile, dann setzt er seine Fahrt fort. Aus den Wiesen treiben Nebelschwaden über die Straße. Vorsichtig steuert er den Wagen durch den milchigen Dampf, der ihm immer wieder für einen kurzen Moment die Sicht nimmt. Beinahe übersieht er die Abbiegung nach Witzwort. Es geht schon auf 23.30 Uhr zu, als er den Wagen vor seiner neuen Wohnstätte abstellt. Die Fenster sind dunkel, Anna dürfte bereits ins Bett gegangen sein. Swensen schließt leise die Haustür auf, schleicht, ohne Licht anzumachen, in die Küche und setzt sich auf einen Küchenstuhl. Das leise Brummen des Kühlschranks dringt monoton in seine Gedanken. Er schließt die Augen, sieht sofort die Fotos der drei ermordeten Frauen, die Colditz an die Pinnwand im Konferenzraum geheftet hat.

»Unser erstes Opfer, Andrea Goldschmidt. Schülerin, 18 Jahre, aus Oldenswort. Getötet in der Kirche von Witzwort. Sechs Messerstiche mit einer 15 Zentimeter langen Klinge, vier in der linken Unterschlüsselbein-Region, zwei im Bauchbereich. Zwei Stiche waren sofort tödlich. Keine Abwehrspuren an Händen und Armen. Keine Spermaspuren. Sie wurde mit K.-o.-Tropfen betäubt.«

Colditz deutet auf das zweite Foto, das ein brünettes Frauengesicht zeigt.

»Das zweite Opfer, Dorit Missler, Angestellte in einer Libo-Filiale in Friedrichstadt, 25 Jahre, wohnhaft in Friedrichstadt. Getötet in der Kirche von Osterhever. Wieder eine 15 Zentimeter lange Klinge, elf Messerstiche, ebenfalls zwei davon verletzten das Opfer tödlich. Ältere Hämatome an Gesicht, Händen und Beinen. K.-o.-Tropfen im Blut.«

Das letzte Foto, auf das Colditz deutet, zeigt eine Frau mit blonden Haaren und einem länglichen Gesicht.

»Opfer Nummer drei, Franziska Giese, in der Libo-Filiale Husum tätig, 39 Jahre, tot vor der Kirche in Uelvesbüll abgelegt. Wurde schwer gefoltert, tiefe Schnittverletzungen und Hautschnitte, sieben Stichverletzungen, nicht alle mit einem Messer, mit großem Blutverlust. Die zwei tödlichen Stiche sind aber wieder mit einem Messer mit langer Klinge erfolgt. Es gibt eindeutige Würgemale am Hals. Sie wurde ins Gesicht geschlagen, sodass es zu Nasenbluten kam. Nach ihrem Tod wurde der Bauch aufgeschnitten und der Darm herausgezogen. Wenn ihr auch K.-o.-Tropfen gegeben wurden, so konnten die nicht mehr nachgewiesen werden.«

Colditz wendet sich mit einem fragenden Blick an die Beamten der SOKO. Es herrscht beklommenes Schweigen, jeder ahnt, was alle denken.

»Sieht das jetzt nach einem eindeutigen Serientäter aus, Kollegen, oder nicht?«, traut Colditz sich endlich, die unangenehme Frage in den Raum zu stellen.

Es ist ein Serientäter! Die Tatsache geistert durch Swensens Kopf, wird mit vagen Gegenargumenten verworfen und wieder neu gestellt. Er öffnet die Augen, sitzt im Dunkeln am Küchentisch und starrt durch das Fenster in die Nacht.

Es muss ein Serientäter sein!

Der Hauptkommissar spürt, dass selbst die gedachte Antwort ihm den Hals zuschnürt. In seine Erinnerung drängt sich der nach hinten geklappte Kopf von Andrea Goldschmidt. Ihre gebrochenen Augen springen ihn aus der Dunkelheit an, die Augen, die er seit damals nicht vergessen kann, als würden sie ihm noch immer direkt in seine Seele blicken. Abrupt springt er vom Stuhl auf, als könnte er seinen beängstigenden Gefühlen entfliehen. Sein Körper signalisiert ihm Erschöpfung. Er tastet sich in den Flur, zieht die Schuhe aus, stellt sie neben der Treppe ab und geht auf Socken hinauf. So vorsichtig er auch seine Schritte setzt, das Holz knarrt unter seinem Gewicht. Er schleicht ins Bad und zurück auf den Flur. Die Schlafzimmertür steht offen. Swensen tappt weiter ins Schwarz vor seinen Augen, entkleidet sich möglichst geräuschlos und tritt ans Bett, als die Nachtischlampe aufleuchtet.

»Hallo, mein Schnüffelhase«, begrüßt Anna ihn, wobei es einen anrüchigen Unterton in ihrer Stimme gibt.

Swensen verzieht den Mund zu einem Lächeln und sagt mit gedämpfter Stimme: »Hallo, Anna, entschuldige, ich wollte dich nicht aufwecken.«

»Das macht gar nichts«, flüstert Anna und rutscht zu ihm hinüber, »ich hab sowieso auf dich gewartet.«

Sie lässt zwei Finger langsam den Oberschenkel von Jan hinauflaufen. Der legt ihr seine Hand in den Weg. Als die Finger versuchen demonstrativ darüber zu klettern, packt der Hauptkommissar die Finger und hält sie fest.

»Findest du nicht, dass es schon reichlich spät ist?«, fragt er trocken.

»Seit wann ist es denn für uns zu spät, Spaß zu haben?«, antwortet Anna betont lüstern und schlägt die Bettdecke auf, sodass ihr nackter Körper sichtbar wird.

»Ich bin hundemüde Anna, es ist nach zwölf und ich muss morgen wieder früh raus.«

»Was ist los mit dir?«, fragt Anna enttäuscht und zieht die Bettdecke wieder über ihren Körper. »Seit Wochen …, was sage ich …, seit Monaten läuft bei uns im Bett so gut wie gar nichts mehr. Jan, da stimmt doch etwas nicht?«

»Was soll denn nicht stimmen, Anna? Ich bin nur müde.«

»Das glaubst du doch selber nicht!«

»Ich weiß nicht, worauf du hinaus willst?«

»Jan bitte, wir müssen darüber reden.«

Der Hauptkommissar geht zu seiner Bettseite hinüber, setzt sich auf die Bettkante und verschränkt die Arme vor der nackten Brust, als wolle er sich selbst halten.

»Ich finde, du hast schon dieselben Erwartungen wie jeder Normalbürger da draußen. Kriminalbeamte können alles, sie können alles gut und obendrein können sie auch alles ertragen. Wenn wir nicht jeden Tag reibungslos funktionieren, werden wir als Weichei tituliert.«

»Halt stopp, Jan! Was soll denn diese plötzliche Verallgemeinerung. Ich gehöre nicht zu deinen imaginären Normalbürgern, ich bin deine Freundin. Ich hab dir nichts vorgeworfen und will auch keine Vorwürfe hören. Wie wäre es, wenn du mir einfach sagst, was mit dir los ist.«

»Als wenn das so einfach wäre.«

»Versuch es doch einfach!«

»Ich denke, du kannst …«, beginnt Swensen und bricht wieder ab. »Es ist schwer, es in Worte zu packen, Anna. Ich glaube nicht, dass … dass du dir vorstellen kannst, was ich mir manchmal ansehen muss, da draußen. Das ist teilweise so fürchterlich, dass ich einfach Zeit brauche, um es irgendwo zu lassen. Mein Kopf ist im Moment voll mit geschändeten Frauen. Und wahrscheinlich ist das, was wir alle befürchtet haben, mittlerweile so gut wie eine Tatsache. Bei den drei ermordeten Frauen handelt es sich um die Tat eines Serienmörders. Und das Schlimme ist, es gibt keine Spuren und wir finden keinen Ansatzpunkt, wie wir an den Mann herankommen. Also, in … in solchen Phasen … ist mir einfach nicht nach Sex. Ich möchte einfach nur schlafen und abschalten.«

»Das tut mir leid, Jan, das war mir so nicht klar«, sagt Anna mitfühlend, kriecht an seinen Rücken und schließt ihn in ihre Arme. »Ich bin froh, dass du mir das gesagt hast. Damit geht es mir besser.«

»Okay, Anna, das ist jetzt aber nichts Neues. Immer wenn ich in intensiven Ermittlungen stecke, können wir weniger miteinander reden.«

»Ich finde, diesmal war das schon anders.«

»Weil ich nicht mehr mit dir schlafen wollte?«

»Also, ehrlich. Das war schon ein Grund. Irgendwann mache ich mir eben Sorgen …, und wenn … wenn du nicht erreichbar …, also, ich nicht mit dir sprechen kann, wird es einfach schwierig.«

»Serienmörder sind auch kein guter Gesprächsstoff.«

»Richtig, aber wie es dir damit geht, das ist mir schon wichtig.«

»Du hast ja recht. Ich werde mich bemühen, wieder achtsamer zu sein.«

»Okay, mein Buddha. Ich denke, wir sollten langsam schlafen.«

Anna rollt sich auf ihre Bettseite und der Hauptkommissar schlüpft unter seine Decke. Das Licht geht aus.

»Ehrlich«, spricht Swensen in die Dunkelheit. »ich werde darauf achten, mir trotz der angespannten Umstände mal wieder ein Wochenende freizuschaufeln. Dann könnten wir gemeinsam was unternehmen.«

»Das wäre schön«, sagt Anna und er spürt wie sie sich sanft an seinen Rücken schmiegt, spürt ihre Wärme. Mit einem wohligen Gefühl fällt er kurze Zeit später in den Schlaf.

*

»Wie sollen wir mit dem wenigen Personal allein die 18 Kirchen auf Eiderstedt im Auge behalten?«, knurrt Stephan Mielke, als er sich auf dem Parkplatz der Inspektion hinter das Steuer des Dienstwagens setzt. Swensen, obwohl er auch gerne fährt, nimmt ohne zu murren auf dem Beifahrersitz Platz.

»Was hältst du von dem, was da in der Frühbesprechung angedacht wurde, Jan?«

Der Hauptkommissar zuckt mit den Schultern.

»Das ist aberwitzig!«, braust Mielke erregt auf. »Selbst wenn wir die gesamte SOKO auf alle Kirchen verteilen würden, wer arbeitet dann noch an der Aufklärung der Morde?«

»Warum gibt es auf diesem kleinen Flecken eigentlich so viele Kirchen?«, fragt Swensen, obwohl er sich vage daran erinnert, dass Mielke ihm das schon mal erklärt hat.

»Das geht ins 12. Jahrhundert zurück«, greift der Oberkommissar die Frage freudig auf und steuert den Dienstwagen vom Hof in Richtung Bahnhof. »Ursprünglich bestand dieses Land aus vielen halligähnlichen Inseln. Das muss ganz früher mal so ein seltsames Gebilde aus Strandwällen, Marschflächen und Nehrungsstreifen gewesen sein.«

»Hast du das alles von deiner kleinen Holländerin aus Friedrichstadt?«, fragt Swensen grinsend.

»Sie ist keine Holländerin«, bemerkt der Oberkommissar bissig. »Meine Freundin macht Stadtführungen in holländischer Tracht, wegen der Touristen. Die finden so was eben toll.«

»Aber sie bringt dich historisch auf Vordermann, oder?«

»Das ist doch nicht schlecht, oder wusstest du etwa, dass

zur Zeit Karls des Großen eine Menge Friesen nach Eiderstedt eingewandert sind?«

»Nein, wusste ich nicht.«

»Das ist an den Ortsnamen mit der Endung ›um‹ zu erkennen, beispielsweise Brösum und Olversum. Aber auch an Ortsnamen mit ›büll‹, wie Tetenbüll, Poppenbüll und Uelvesbüll.«

»Interessant, über die Ortsnamen hab ich mir noch nie Gedanken gemacht. Weißt du denn auch, wo der Name Witzwort herkommt?«

»Die Dithmarscher sind zwischen 1000 und 1100 nach Christi Geburt in diese Gegend gekommen. Das war die Zeit, in der die ersten Bedeichungen stattfanden. Diekhusen, Stufhusen, Borsthusen weisen auf dithmarscher Herkunft hin, aber eben auch Oldenswort und Witzwort. Die Holländer sind erst ab 1100 nach Eiderstedt gekommen. Daher kommen die Namen Helmfleth und Sieversfleth, aber auch Medehop.«

»Dass du die ganzen Namen alle behalten kannst«, stöhnt Swensen. »Und dazu noch dein Boxtraining, wie schaffst du das alles nur?«

»Na ja, seitdem ich Leentje kenne, hab ich die Boxhandschuhe öfter mal an den Nagel gehängt.«

»Leentje? Schöner Name, klingt aber doch sehr holländisch.«

»Das ist der Beiname von Maria Magdalena, kommt genau genommen aus dem hebräischen und bedeutet: die aus Magdala Stammende. Meine Freundin ist aber, trotz des Namens, in Friedrichstadt geboren.«

Der Wagen der beiden Kriminalisten hat den Parkplatz vor der Libo-Filiale erreicht. An dem kastenartigen Gebäude prangt das bekannte viereckige Logo, gelb auf grün mit roter Schrift. Vor der Eingangstür sitzt ein Punk mit Hund und bettelt die herauskommenden Kunden an. Swensen und Mielke gehen durch die sich automatisch öffnende Glastür und der

Hauptkommissar steuert zielsicher auf die erste Mitarbeiterin zu, die am Gemüsestand das Obst vorteilhaft drapiert.

»Moin, Moin, ich suche den Filialleiter, wo finde ich den?«

»Herrn Jacobi! Gehen Sie ganz bis hinten durch. Sein Büro ist auf der linken Seite.«

»Danke«, sagt Swensen und sucht seinen Kollegen. Stephan Mielke ist gleich nach dem Hereinkommen zum Süßigkeitsregal abgebogen, hat sich einen Schokoriegel genommen und steht jetzt an der Kasse, um ihn zu bezahlen. Der Hauptkommissar gibt ihm durch den Raum ein Handzeichen, bevor er das Büro des Filialleiters betritt. Der Kollege kommt kurz darauf und hört Swensen noch fragen: »Sie sind Herr Jacobi?«

»Dass die Polizei sich so schnell hier meldet, das hatte ich nicht erwartet«, bekundet der kleine Mann mit dem Bierbauch. »Ich hab doch erst vor einer halben Stunde auf eurer Dienststelle angerufen.«

»Ich versteh nicht ganz?«, fragt Swensen erstaunt.

»Ich hab wegen diesem Verrückten angerufen, der hier vorhin schon zum zweiten Mal den ganzen Laden zusammengebrüllt hat.«

»Von welchem Verrückten reden Sie?«, mischt Mielke sich ein.

»Na, dieser wild gewordene Bundeswehrtyp, kommt hier reingestürmt und behauptet jedes Mal, ich hätte seine Frau umgebracht«, ereifert sich der Filialleiter.

»Sie haben der Frau fristlos gekündigt, oder?«, sagt Swensen trocken.

»Woher wissen Sie das?«, der rundliche Mann steht wie angewurzelt da.

»Eben von diesem Verrückten!«, mischt Mielke sich mit einem sarkastischen Unterton ein.

»Die Frau wurde kurz nach ihrer Kündigung ermordet«, ergänzt Swensen. »Und genau deswegen sind wir hier!«

»Ermordet?« Die Stimme des Filialleiters wird schrill. »Jetzt fangen Sie auch noch damit an. Was hab ich damit zu tun? Wer jemanden kündigt, der ermordet ihn doch nicht.«

»Wo waren Sie denn am Abend des 30. Juli?«, bedrängt Mielke den Mann.

»Ich arbeite bis 20 Uhr!«

»Wir meinen die Zeit nach 20 Uhr, Herr Jacobi!«

»Das geht Sie gar nichts an! Ich hab niemanden umgebracht! Die Frau hat Geld gestohlen, es fehlten über 16 Euro in der Kasse. Das Ganze wurde von der Überwachungskamera gefilmt. Daraufhin musste ihr gekündigt werden. Das ist doch keine persönliche Entscheidung von mir, dafür sind extra zwei Herren aus der Gebietszentrale gekommen.«

»So viel Aufwand für 16 Euro, das glauben Sie doch selbst nicht«, fährt Mielke dazwischen. »Mal ganz im Vertrauen, hat Frau Giese sich vielleicht auch hier in Husum für Mitarbeiter eingesetzt?«

»Auch hier in Husum? Was soll denn das schon wieder heißen?«

»In Ihrer Filiale in Friedrichstadt wollte eine gewisse Frau Missler einen Betriebsrat einführen und wurde kurz darauf ermordet. Also Herr Jacobi, wollte Frau Giese in dieser Filiale auch einen Betriebsrat einführen?«

»Nein! Wie kommen Sie auf so etwas Absurdes?«

»Wenn Sie glauben, wir bekommen das nicht raus, dann haben Sie sich getäuscht.« Die Stimme des Oberkommissars hat an Schärfe zugenommen. »Wir nehmen jeden Einzelnen Ihrer Mitarbeiter in die Mangel. Und wehe Ihnen, wir kommen danach zu einem anderen Ergebnis.«

»Ich darf darüber keine Auskunft geben. Das ist mir von ganz oben untersagt worden, das müssen Sie verstehen.«

»Müssen wir ganz und gar nicht! Hier geht es um eine Mordsache!«

»Ich bitte Sie, sprechen Sie mit dem Verantwortlichen in der Gebietszentrale Schleswig-Holstein.«

»Finden wir dort auch die Herren, die Frau Missler gekündigt haben?«

»Ja, das sind Herr Zernitz, Peter Zernitz, und sein Stellvertreter Konrad Hähnle.«

»Und wo befindet sich diese Gebietszentrale?«

»In Siek, Kreis Stormarn, zwischen Hamburg und Lübeck.«

»Und wo waren Sie nun am 30. Juli?«, mischt Swensen sich erneut ein.

»Verdammt noch mal, zu Hause natürlich, ich bin jeden Abend zu Hause.«

»Kann das jemand bezeugen?«

»Meine Frau selbstverständlich!«, sagt der Filialleiter ungehalten. »Ich finde, Sie gehen hier entschieden zu weit. Sie sollten sich lieber um diesen Bundeswehrmenschen kümmern. Ich werde schließlich von dem Mann bedroht.«

»Alles zu seiner Zeit, Herr Jacobi«, sagt Swensen, »wir reden mit dem Mann. Und wenn weitere Ungereimtheiten auftauchen, sehen Sie uns schneller wieder, als Ihnen lieb sein kann. Moin, Moin, Herr Jacobi.«

Knappe 30 Minuten später steuert Stephan Mielke den Dienstwagen bei Schuby auf die Autobahn und holt alles aus dem alten Polo heraus. Die Strecke ist voll mit Lastwagen, die ihr obligatorisches Elefantenrennen veranstalten und immer wieder die Überholspur blockieren. Das Gesicht des Oberkommissars verfinstert sich zunehmend.

»Du solltest die Kollegen von der Verkehrspolizei informieren. Wir könnten denen hier gleich Dutzendweise Autonummern durchgeben.«

»Beruhige dich, Stephan. Jene, die aufsteigenden Zorn

zurückhalten wie einen rollenden Wagen, sind wahre Wagenlenker. Andere halten bloß die Zügel.«

»Wo hast du denn diesen Blödsinn her?«

»Von Siddhartha Gautama, dem erleuchteten Buddha.«

»Meine Erleuchtung sagt mir, dass der abends bestimmt keine Verabredung hatte!«

»Mit Sicherheit nicht.«

»Aber ich. Und wenn wir hier weiter so trödeln, kann ich die allemal vergessen!«

»Leentje wird auf dich warten.«

»Ich möchte dich noch mal daran erinnern, mein Privatleben auch privat zu lassen, Jan.«

»Die neunte Übung in der buddhistischen Achtsamkeit ist die wahrhafte und rechte Rede, Stephan. Ich glaube nicht, dass ich der Geschwätzigkeit anheimfalle.«

»Okay, verstanden«, knurrt der Oberkommissar und fällt demonstrativ in Schweigen. Swensen registriert das, schaut aus dem Fenster und macht sich Gedanken über Feldwebel Giese und seinen aggressiven Auftritt in der Libo-Filiale. Die Fahrt geht über die Nord-Ostsee-Kanal-Brücke. Danach zieht die flache Marschlandschaft am Seitenfenster vorbei.

»Was hältst du eigentlich von diesem Giese«, kann sich der Hauptkommissar nicht mehr länger zurückhalten, »ich meine seinen Auftritt in der Libo-Filiale?«

»Alle Soldaten sind Mörder«, kommt es lapidar aus Mielkes Mund. »Stammt von Tucholsky, nicht von mir.«

»Und du, was sagst du dazu?«

»Soldaten sind der einzige Berufsstand, dem die natürliche Tötungshemmung systematisch abtrainiert wird. Auf Befehl ziehen sie los, um andere Menschen umzubringen. Deswegen wird unsere Freiheit bereits am Hindukusch verteidigt, oder? Was meinst du, wie lange es noch dauern wird, bis deutsche Soldaten in Afghanistan die ersten unschuldigen Zivilsten töten?«

»Im Juni haben die Taliban allerdings vier unserer Soldaten in die Luft gesprengt«, protestiert Swensen. »Außerdem wollte ich von dir kein politisches Statement hören, sondern deine persönliche Einschätzung von Feldwebel Giese.«

»Wie gesagt, Giese ist Soldat, also kann er auch ein potenzieller Mörder sein.«

»Ich würde es weniger dramatisch ausdrücken wollen, aber vielleicht fällt der letzte Mord aus der vermeintlichen Serie heraus«, überlegt Swensen. »Ich spekuliere einfach mal, ob Giese seine Frau umgebracht haben könnte. Die perfekte Vorlage für den Mord konnte er ja lang und breit in der Zeitung nachlesen. Vielleicht wurde die Frau aus diesem Grund vor der Kirchentür abgelegt.«

»Schon wieder deine Trittbrettfahrertheorie? Also ehrlich …, ich finde das sehr unwahrscheinlich, obwohl … es ist natürlich auch irgendwie möglich.«

Mielke verlässt in Höhe Bad Bramstedt die Autobahn, fährt quer rüber nach Bad Segeberg, um den größten Teil der Reststrecke auf der nächsten Autobahn zurückzulegen. Eine halbe Stunde später biegt er auf den Parkplatz vor dem Libo-Gebäude in Siek. An der Rezeption zeigt der Hauptkommissar den Dienstausweis.

»Kripo Husum, wir haben uns telefonisch angekündigt und möchten zu Herrn Zernitz.«

»Warten Sie hier bitte«, befiehlt eine gestylte junge Frau. »Es kommt jemand, der Sie durch die Sicherheitsschleusen bringen wird.«

Ein Wachmann erscheint und bringt die beiden Beamten bis vor die Bürotür von Peter Zernitz, der sie bereits erwartet.

»Kommen Sie herein, meine Herren«, sagt der freundlich. »Das ist Herr Hähnle, ich habe ihn gebeten, bei dem Gespräch dabei zu sein. Es geht um den Mord an einer unserer Mitarbeiterinnen, soweit ich Sie am Telefon verstanden habe.«

Swensen und Mielke nicken dem anderen zu, während sich Zernitz hinter dem Schreibtisch verbarrikadiert.

»Das ist nicht ganz richtig, Herr Zernitz. Es geht nicht um einen Mord«, korrigiert ihn Swensen und mustert den jugendlichen Mann im perfekten Nadelstreifen aus dem Augenwinkel. »Es sind bereits zwei Mitarbeiterinnen ihres Konzerns ermordet worden.«

»Das kann nur ein dummer Zufall sein«, versucht der Chef der Gebietszentrale zu beschwichtigen.

»Ist es auch nur ein Zufall, dass gerade diese beiden Mitarbeiterinnen einen Betriebsrat in ihren Filialen gründen wollten?«

»Was hat das jetzt mit den Mordfällen zu tun, meine Herren?«

»Das möchten wir gern von Ihnen wissen.«

»Die Frauen sind doch nicht ermordet worden, weil sie einen Betriebsrat gründen wollten!«

»Das sagen Sie so. Für uns sieht das überhaupt nicht nach Zufall aus, Herr Zernitz«, versucht Swensen die Schraube etwas fester zu ziehen. »Es ist allgemein bekannt, dass der Libo-Konzern nicht gerade auf so etwas steht.«

»Wenn das wirklich so wäre, wovon ich selbstverständlich nicht ausgehe, wäre das die Politik von unserem Vorstandsvorsitzenden Dr. Kreienbaum in der Hauptzentrale in Hamburg.«

»Aber Sie halten doch den Kontakt zu den gesamten Filialen in Schleswig-Holstein? Was ist denn da Ihre Aufgabe?«

»Die Logistik, dass alle Filialen rechtzeitig mit Waren versorgt werden.«

»Ich wollte keine allgemeine Arbeitsplatzbeschreibung, Herr Zernitz. Weswegen besuchen Sie persönlich die einzelnen Filialen?«

»Wir führen beispielsweise Kontrollen durch, ob die Arbeitszeiten pflichtgemäß eingehalten werden.«

»Und Sie sprechen fristlose Kündigungen aus, auch pflichtgemäß, nehme ich an?«

»Wenn unsere Mitarbeiterinnen uns bestehlen, ist es das normale Prozedere. Es besteht also kein Grund, uns mit Gewalt von unseren Mitarbeiterinnen zu trennen«, grinst Zernitz. »Wir sind keine Auftragskiller der Hauptzentrale, meine Herren, wir arbeiten in einem harmlosen Einzelhandelskonzern.«

»Und Sie glauben natürlich auch, dass eine Kündigung nichts mit Gewalt zu tun hat, oder, Herr Zernitz?«

*

Es war einmal ein Junge, der wurde, kurz nachdem er gestorben war, zu der berühmten Mystikerin Karni gebracht, damit sie ihn ins Leben zurückrufen möge. Allen Menschen im Land war bekannt, dass die heilige Frau über magische Kräfte verfügte. Karni entsprach dem Wunsch, versetzte sich in Trance und traf auf den Todesgott Yama, der seine mächtige Keule furchterregend über seinem Kopf schwang. Sein grüner Körper war muskulös und in prächtige Kleidung gehüllt.

»Yama!«, rief die Mystikerin ohne Furcht. »Gib sofort die Seele des Jungen heraus! Seine Eltern sind in Gram.«

»Das kann ich nicht mehr«, brüllte der Gott des Todes. »Der Junge ist bereits wiedergeboren. Deswegen habe ich keine Macht mehr über seine Seele.«

»Wenn deine Macht so gering ist«, verfluchte Karni Mata ihn mit zornentbranntem Gesicht, »verspreche ich dir, dass von diesem Zeitpunkt an keine Seele eines Verstorbenen aus meinem Volk je wieder dein Totenreich betreten wird. Nach ihrem Tode werden alle Seelen ab sofort als Ratten wiedergeboren. Und wenn die verstorbenen Seelen das Leben als Ratte hinter sich gebracht haben, sollen sie nach meinem Wunsche als Barde wiederauferstehen, denn bei uns Rajputen sind fahrende Sänger von je her hoch angesehene Personen.«

Das ist die Geschichte von Karni Mata, welche die Macht des Todesgotts Yama brach. Um die Göttin und die Seelen der Verstorbenen zu ehren, wurde vor 600 Jahren der Karni-Mata-Tempel in Deshnoke, einem kleinen Dorf südlich von Bikaner in Rajasthan, gebaut. Bis zum heutigen Tag pilgern die Menschen von nah und fern zu den Ratten des Karni-Mata-Tempels. Die Göttin aber hat wirklich gelebt.

Karni ist eine Chandri, eine Mondgöttin, gewesen. Sie wurde 1387 im Süden Indiens geboren und zog mit ihrer Familie nach Deshnoke. Wegen ihrer magischen Kräfte war sie weit über die Region hinaus bekannt geworden, als der Gründer von Bikaner eine Allianz mit ihr schmiedete und sie noch zu Lebzeiten einen nominellen Götterstatus bekam. Die Göttin der Kraft ist Durga, Karni Mata wurde ihre Inkarnation. Bis heute trägt Bikaners Flagge die Farben von Karniji und sie ist die Schutzgöttin des weltberühmten Kamelkorps ›Ganga Rissala‹.

Die Buchstaben tanzen plötzlich vor ihren Augen. Lisa Blau legt das Buch behutsam wie einen kostbaren Schatz aus den Händen, kann es noch gar nicht glauben, was sie in der kurzen Zeit alles herausbekommen hat. Neben ihr auf dem Lesetisch der Zentralbibliothek Kiel stapeln sich mehrere aufgeklappte Bildbände über Rajasthan, voll mit Fotos von Fenstern aus filigran gearbeitetem Sandstein und bunten Glassteinen. Edelstein besetzte Maharadscha-Throne, die auf dem Rücken bemalter Elefanten stehen. Eine knallbunte, exotische Traumwelt wirbelt durch ihre Gedanken und lässt ihre Fantasie erblühen. Mit elektrisierten Fingern greift sie nach dem Bildband ›Die Tempel in Rajasthan‹, sucht ungeduldig im Index nach dem Namen Deshnoke, dem Ort, an dem die Ratten einen eigenen Tempel haben sollen, und schlägt das Buch an der angegebenen Seitenzahl auf. Das Foto geht über eine Doppelseite und zeigt die prächtige Fassade des Tempels mit Göttern, Bäumen und Rattenreliefs aus weißem Marmor.

Beim Anblick wird der Tanzlehrerin plötzlich heiß, sie spürt ihren Herzschlag bis in den Kopf. Sie braucht einen Augenblick, bis sie wieder einen klaren Gedanken fassen kann.

Das ist der Tempel aus ihrem Traum!

Das kann nicht sein, das gibt es nicht!

Doch, es ist der Tempel, ganz sicher!

Es ist, als wären die Szenen aus ihrem Traum, den sie während ihrer Herztransplantation gehabt hatte, auf diesen Buchseiten abgebildet, bis ins Detail stimmt alles haargenau. Sie kann sich noch deutlich an die vielen Rattenfiguren erinnern, die in den Stein modelliert wurden und an der ganzen Tempelanlage zu finden sind.

Die Eltern von Marion Döscher haben bei ihrem Besuch von einem Rattentempel erzählt, schießt es Lisa Blau durch den Kopf. Ihre Tochter war kurz vor ihrem gewaltsamen Tod von einer Indienreise zurückgekommen und ist auch in diesem ungewöhnlichen Tempel gewesen. Ich hab im Traum genau diesen Tempel gesehen, obwohl ich noch bis vor Kurzem überhaupt nichts von seiner Existenz gewusst habe. Das Herz meiner Spenderin hat ihn mir gezeigt, es kann nur so gewesen sein.

Lisa Blau ist mit einem Mal, als wären alle Teile ihres Lebens nach dieser bedrohlichen Krankheit durcheinandergewürfelt worden und die einzelnen Fragmente würden nicht mehr richtig ineinanderpassen.

Man sieht nur mit dem Herzen gut!

Der Satz, den der Fuchs dem kleinen Prinzen sagt, fällt ihr ein, während sie die Bücher zurück in die Regale stellt und mit dem Bildband über den Rattentempel zur Ausleihe geht.

Wenn es wirklich so ist, dass unser Herz das Haus der Seele ist, bin ich denn jetzt etwa ohne Seele, seelenlos?

Ihre innere Stimme verstummt abrupt, zu unheimlich ist die gestellte Frage. Hastig zieht sie den Code des Buches über den Ausgabe-Scanner, steht fünf Minuten später auf der Straße und eilt in Richtung Innenstadt. Die namenlose Angst ist ihr wieder auf den Fersen, sorgt dafür, dass sie ihre Erinnerungen nicht verdrängen kann. Seit ihrem Besuch bei der Familie ihrer Spenderin sind die Ängste, dass sie in ihrem eigenen Körper nicht mehr allein das Sagen hat, in ihrem Bewusstsein wieder so präsent wie in der ersten Zeit nach der Operation. Nur jetzt ist sie sich noch viel sicherer, dass es keine Hirngespinste sind. Ihre plötzliche Vorliebe für scharfes Essen hat einen direkten Bezug zum Lebenswandel ihrer Spenderin. Ihr unerklärbares Faible für Cola wurde durch die Aussage der Mutter erklärt, dass ihre Tochter seit ihrer Jugend furchtbar gerne Cola getrunken hatte.

Es beginnt bereits zu dämmern, als Lisa Blau die Bushaltestelle erreicht. Mehrere Personen stehen dort und warten, es kann also nicht mehr lange dauern. Die bunten Neonlichter der Geschäfte spiegeln sich im Glas der Haltestelle. Der Blick der Tanzlehrerin verliert sich in den Kreisen und Streifen, schaut durch sie hindurch und weckt den Traum, den sie schon öfter geträumt hat, der Traum von dem Spaziergang über den Deich, der immer an diesem unheilvollen Schleusenhäuschen geendet hat.

Dieser merkwürdige Traum ist auch wahr!

Sie muss an die Situation denken, als die Journalistin nach dem Besuch der Eltern den Vorschlag machte, noch kurz an den Ort zu fahren, an dem ihre Spenderin ermordet worden war. Im ersten Moment wollte sie nichts davon wissen, so tief hatte sie die Vorstellung erschreckt, doch am Ende war die Neugier größer gewesen. Ein unbändiges Gefühl, für dass sie sich gleichzeitig schämte, zog sie förmlich hin zu diesem schrecklichen Ort, an dem ihr Herz noch nicht das ihre gewesen war. Sie wollte ihn mit eigenen Augen sehen und während der wenigen Kilometer von Koldenbüttel bis Reimersbude hatte sie das Gefühl, als würde sie sich auf einer Reise vom Leben in den Tod befinden. Ihr Verstand wollte Gewissheit und gleichzeitig hoffte sie, diese schrecklichen Albträume könnten danach endlich aufhören.

Der Vollmond stand am Himmel, als sie den Ort erreichten. Das Schleusenhaus war nur ein imaginärer Schattenriss, bis der Scheinwerfer von Maria Teskes Wagen es grell anleuchtete. Sofort hatte sie das Gebäude wiedererkannt.

Das Hydraulikgeräusch der Bustür reißt Lisa Blau an ihren realen Ort zurück. Ihr Herz schlägt ruhig und gleichmäßig. Wie in einem Trancezustand steigt sie ein, findet auf der hintersten Bank einen Fensterplatz. Die Blitzlichter der Stadt ziehen vorbei, drehende Punkte, blinkende Buchstaben, eingetaucht in einförmige Flächen. Dahinter Häusergerippe, die sich leblos mitten im prallen Leben verstecken. In ihr ist es still, als würde sie träumen. Alles Gesehene verschmilzt zu einer Lichtlinie, die zwischen Himmel und Erde gezogen wird. Es gibt keine Bewegung mehr, kein Vogel, kein Lärm. Und da ist es wieder, das Mondlicht über Reimersbude. Sie sitzt wie gelähmt im Wagen, während Maria Teske aussteigt und die Straße an der Schleuse entlanggeht, bis zu einem Blechschild am Zaun einer Weide. Obwohl dahinter keine Tiere grasen, weiß Lisa Blau, was auf dem Schild steht: ›Schafzuchtgebiet, Hunde sind an der Leine zu führen‹.

Sie öffnet die Autotür und ruft der Journalistin zu: »Was steht drauf auf dem Schild?«

»Schafzuchtgebiet«, kommt es zurück.

Sie sieht sich auf der Straße stehen, ist plötzlich allein. Maria Teske ist verschwunden. Es gibt nur den Augenblick um sie herum, gefangen von der Ewigkeit.

Der Mensch lebt weiter, auch nach dem Tod.

Was ist es sonst, was in ihrer Brust schlägt, als das ewige Leben, das ihr das Wissen von diesen Dingen gibt, die sie gar nicht wissen kann.

Werde auch ich weiterleben, nach dem Tod, ohne den Tod?

In mir und meiner Gegenwart sind die Vergangenheit und die Zukunft, das ewige Dreieck des Lebens.

Hat der Tod eine Gegenwart?

»Maria!«, ruft sie. »Maria, wo bist du?«

Bilder dringen in sie ein, milchiger Dunst kriecht aus den Wiesen, wabert über die Straße, trennt das Schleusenhaus von der Erde ab und lässt es frei in der Luft stehen. Ein feines Dröhnen flutet in die Stille der Natur.

Es ist Musik, Orgelmusik von Bach, die Toccata d-moll.

Direkt vor ihr steht der Wagen mit der geöffneten Motorhaube. Die Fahrertür steht offen, entlässt die Klänge ins Freie. Der Nebel steigt auf, wird immer dichter. Sie ist ohne Angst, das erste Mal steht sie gelassen in der Feuchtigkeit, die sanft über ihr Gesicht streift, wartet auf die Gestalt, die gleich aus dem Nichts auftauchen wird.

Als Erstes sieht sie die Augen des Mannes vor sich, die sie gierig anstarren. Sie liegen tief im jugendlichen Gesicht, unbeweglich hart, kalt und blau. Darüber leicht geschwungene Augenbrauen. Der Kopf ist eiförmig mit einer hohen Stirn und blonden, gekräuselten Haaren, ohne Scheitel und nach hinten gekämmt. Seine Ohrläppchen sind angewachsen, der Mund ist weich, mit fein gezeichneten Lippen, die Mundwinkel zeigen nach unten. Das Kinn ist rundlich, seine Nase ist schmal, nach außen gewölbt. Die porige Haut ist auffällig blass mit einigen Sommersprossen.

Wenn es um den Tod geht, verstummt selbst das Schweigen.

Lisa Blau hält mit äußerster Anstrengung seinem Blick stand, weicht auch nicht ab, als sich die feingliederigen Finger nach ihr ausstrecken. Jetzt packen Hände ihre Schultern, als würden sie Krallen besitzen. Der Mann atmet schnell und flach, sein Mund öffnet sich. Er zeigt seine Reißzähne. Seine Lippen beginnen sich zu bewegen, sie sprechen mit ihr.

»Hallo! Aufwachen! Werte Frau, wachen Sie auf!«, sagt eine Stimme und ihre Schulter wird geschüttelt. Lisa Blau öffnet die Augen und blickt in zwei hellblaue Augen, die sie freundlich anschauen. Der Busfahrer hat sich halb über sie gebeugt. »Sie sind eingeschlafen. Wir sind an der Endstation!«

*

In dem Moment, als Jan Swensen am Morgen die Inspektion betritt, merkt er, dass heute etwas anders ist. Es fühlt sich an, als würde eine andere Energie durch die Räume schwingen. Der Hauptkommissar geht über den Flur in Richtung Küchenzeile. In Höhe von Püchels Büro kommt zu seiner Ahnung noch ein ungewohnter fruchtiger Duft dazu, den er als Orange einstuft. Gleichzeitig dringt eine schwache Frauenstimme durch die geschlossene Tür, eine Stimme, die nicht einer der Kolleginnen der Inspektion gehört. Daneben kann er den Tonfall von Colditz und Püchel ausmachen. In der

Küchenzeile trifft er auf Susan Biehl, die gerade dabei ist, einen Kaffee aufzubrühen. Swensen begrüßt die Kollegin mit einem kräftigen »Moin, Moin« und muss unwillkürlich schnuppern, weil ihm auch der Kaffeeduft ungewohnt vorkommt.

»Spinn ich jetzt, oder ist das ein neuer Kaffee, Susan?«, fragt er, öffnet die Tür vom Hängeschrank und nimmt seine Teedose heraus.

»Du hast echt eine Spürnase, Jan«, antwortet die Blondine aufgekratzt. »Kaleb Organic, ein äthiopischer Wildkaffee. Ich kann nur sagen *Terroir*.«

»Keine Ahnung, was du meinst.«

»Terroir, aus dem Französischen, steht für eine Gegend, in der die Bodenbeschaffenheit und die klimatischen Verhältnisse den Geschmack eines Weins beeinflussen. In Äthiopien gilt das für den Kaffee, das einzige Land der Welt, wo noch ursprünglicher Kaffee wächst. Und in den Regenwaldgebieten, selbst wenn sie nur wenige Kilometer auseinander liegen, soll dieser Kaffee unterschiedlich schmecken, mal cremig-weich, oder leicht fruchtig bis hin zu aromatisch. Gehört zu den reinsten Sorten der Welt und ist von herausragender Qualität.«

»Und woher weißt du das alles?«

»Ich hab einen Tipp vom Kollegen Mielke bekommen, dass es am Markt in Friedrichstadt ein Kaffeekontor gibt. Und der Ladenbesitzer hat mir das alles gesteckt. Übrigens ein völlig verrückter Laden, vollgestopft mit alten Kaffeemaschinen, Mühlen und alten Kaffeedosen und natürlich Kaffee, fast hundert verschiedene Sorten.«

»Ach ja, der Kollege Mielke und Friedrichstadt«, grient der Hauptkommissar und zieht mit seinem dampfenden Tee ab. »Jetzt hat er seine Finger auch noch in eurem Kaffee.«

»Muss ich das verstehen?«, flötet Susan Biehl hinter ihm her.

»Nee, Susan, da gibt es nichts zu verstehen«, ruft er, bereits auf dem Flur.

Schon wenige Meter vor dem Konferenzraum bemerkt der Hauptkommissar, dass auch das gewohnte Schweigen der Kollegen heute einem lebhaften Getuschel gewichen ist. Niemand zeigt eine Reaktion, als er den Raum betritt, kleinere Grüppchen stehen beieinander und stecken die Köpfe zusammen.

»Moin, Moin! Hallo! Gibt es etwas, was ich wissen müsste?«, fragt Swensen laut in den Raum und setzt sich auf einen der freien Stühle am Tisch. Einen kurzen Moment ist Stille, dann geht das Gebrabbel ohne Antwort weiter.

Nur Silvia Haman kommt zu ihm herüber und flüstert: »Colditz hat doch vor einiger Zeit angekündigt, einen Profiler mit in unsere SOKO zu holen.«

Die Hauptkommissarin guckt ihn bedeutungsvoll an, spricht aber nicht weiter. Swensen kommt es so vor, als dürfte dieser Satz nicht laut ausgesprochen werden. Gleichzeitig fällt ihm die Frauenstimme hinter Püchels Bürotür ein. Der Groschen fällt.

»Und der Profiler ist eine sie?«

Silvia nickt stumm. Gleichzeitig platzt Colditz herein, dicht hinter ihm Heinz Püchel und eine unbekannte Frau, auffällig geschminkt. Sie trägt einen dezenten Nadelstreifenanzug mit taillenbetontem Schnitt. Die drei stellen sich wie eine Einheit vor der Pinnwand auf. Swensen beobachtet, dass den Kollegen der SOKO fast die Luft wegbleibt. Es dauert mindestens drei Atemzüge, bis sie unter lautem Stühlegerücke Platz genommen haben.

»Das ist Dr. Helene Klein vom Bundeskriminalamt«, stellt Colditz die hochgewachsene Unbekannte vor. »Sie arbeitet seit Jahren als Fallanalytikerin. Ich habe Sie, nach Rücksprache mit Heinz, gebeten, uns bei den Kirchenmorden behilflich zu sein.«

»Ich bin Frau Dr. Klein sehr dankbar, dass Sie uns so prompt zugesagt hat«, ergänzt der Polizeirat mit frenetischer Stimme. »Ihr wisst alle, wir haben es mit ungewöhnlich kniffeligen Fällen zu tun. Dass es sich dabei um einen Serientäter handelt, wird immer wahrscheinlicher. Ich setzte große Hoffnung darauf, dass uns Frau Dr. Klein neue Wege offenbaren kann. Gibt es irgendwelche Fragen, Kollegen?«

Es wird mucksmäuschenstill im Raum, die meisten Männer gucken verlegen auf die Tischplatte oder starren zur Decke. Die Luft ist plötzlich zum schneiden dick, voll mit aufgestautem Emotionen, die sich explosionsartig zu entladen drohen.

»Was können Sie, was wir nicht können, Frau Dr. Klein?«, fragt Silvia Haman in die unerträgliche Stille. Alle Augen richten sich jetzt auf die Profilerin, die dem Interesse an ihrer Person locker begegnet.

»Ich kann nicht mehr, als Sie auch können«, sagt sie mit klarer Stimme. »Aber ich kann wahrscheinlich etwas anderes. Auch eine Fallanalytikerin leistet Teamarbeit, die Sie hier ja sowieso praktizieren. Ohne ihre Bereitschaft, mich mit in ihr Team zu integrieren, werde ich nicht viel bewirken können. Und damit Sie einen kleinen Eindruck von meinen Fähigkeiten bekommen, werde ich kurz einen Ausschnitt aus meinem Arbeitsgebiet skizzieren. Ich bin Expertin für Gewaltsignaturen von Serienmördern.«

»Gewaltsignaturen«, echot Mielke. »Wie ist das zu verstehen?«

»Nun, die perfideste Spielart eines Serientäters ist beispielsweise der Sadismus. Wie verhält sich also gerade ein Sadist? Ein Sadist steigert seine Erregung in die Leidenschaft, über ein Opfer absolut und jederzeit verfügen zu wollen. Er wird versuchen sein Opfer systematisch zu dehumanisieren, es zu einer Sache zu degradieren, damit er es für seine eigene, zügellose Begierde benutzen kann. Das oberste Ziel des Sadisten ist es, Macht auszuüben. Die Leiden, die er dem Opfer aufzwingt, lassen ihn selbst groß werden, versetzen ihn in einen ekstatischen Zustand von Allmacht. In dieser Hochstimmung fühlt er sich allen überlegen, wird zu einer Art Gott, zu einem Herrscher über Leben und Tod, kann alle Schranken durchbrechen, beliebig oft und beliebig lange.«

Frau Dr. Klein setzt eine gezielte Pause, lässt ihre Worte nachwirken. Nachdem sie festgestellt hat, dass alle Augen an ihr haften, fährt sie fort.

»Lassen Sie mich zu der Frage kommen, was einen Sadisten auszeichnet. Ein Sadist hat sich von aller sozialen Ordnung losgesagt. Jede Form von Intimität sieht er als eine Bedrohung an. Ein Blick in sein Inneres könnte ihn enttarnen, zeigen, dass er scheu, angstvoll, schreckhaft, isoliert und unbeachtet ist. Damit ihm niemand auf die Schliche kommt, ist er für andere entweder der Fremde oder der Feind. Weil er selbst ein Entwurzelter ist, sucht er nach persönlicher Sicherheit. Und Besitz verspricht ihm diese Sicherheit. Deshalb will er über andere Menschen verfügen, zunächst in überbordenden Fantasiespielen, am Ende mit realer Gewalt. Die soziale Inkompetenz des Sadisten, gepaart mit seiner seelischen Impotenz, lässt ihn zu einem Killer werden, der nur noch fesseln, knebeln, stechen, foltern und töten will. Und genau an dieser Stelle kommt meine Tätigkeit ins Spiel. Die Gewaltausbrüche eines jeden Serientäters haben eine individuelle, rituell geprägte Vorgehensweise, die charakteristische Züge aufweist. Alles zusammen liefert mir die Informationen, um seine persönliche Signatur annähernd bestimmen zu können und seine Handschrift offen zu legen.«

»Und Sie glauben, die Kirchen als Tatort verweisen auf eine solche Handschrift?«, fragt Stephan Mielke.

»Das könnte, und ich betone könnte, also …, die Kirchen könnten einen rituell geprägten Hintergrund haben. Aber ich habe mich noch nicht ausreichend eingearbeitet, um das bereits exakt beantworten zu können. Da sind Sie mir voraus. Gruppenwissen ist stets umfangreicher. Ich muss mich erst mit den Fakten beschäftigen, brauche erst die Tathergangsanalysen, um zu einem annehmbaren Täterprofil zu kommen. Und noch eins, damit ich schnell ins Team aufgenommen werde, denke ich, dass Sie mich bitte wie Ihresgleichen auch Duzen. Ich bin Helene!«

»Danke für die einführenden Worte und das Angebot, Helene«, schaltet sich Colditz ein. »Ich stelle dir nach der Sitzung alle Kollegen der SOKO persönlich vor. Wie abgesprochen, bleibst du bei unseren Besprechungen erst einmal im Hintergrund, hörst einfach nur zu, bis du die Aktenlage kennst. Und wir machen so weiter wie jeden Tag.«

»Ich bin froh, dass die Sache endlich in die richtige Richtung läuft«, jubelt der Polizeirat, steckt sich eine Zigarette in den Mund und eilt zur Tür. »Ich werde selbstverständlich informiert, wenn es wichtige Fortschritte gibt!« Und schon ist er verschwunden.

Die hingeworfenen Phrasen von Heinz Püchel ärgern Swensen, besonders ›… endlich in die richtige Richtung‹ klingt noch länger in ihm nach. Er muss sich zwingen, den Worten von Colditz zu folgen, der gleichzeitig stichwortartig das Ergebnis des Autopsieberichts von Franziska Giese unter ihr Foto schreibt und dazu spricht.

»Todesursache – zwei tödliche Stiche ins Herz. Folter vor dem Tod – Hautschnitte, tiefe Stichverletzungen, Würgemale und Schläge. Mageninhalt – feste Nahrung circa vier Stunden vor dem Tod. Posthume Verletzung – aufgeschnittener Bauch, herausgezogener Darm. Rückstände an der Leiche – Spermaspuren.«

»Es sind Spermaspuren gefunden worden?«, fragt Swensen und meldet sich mit seiner ganzen Aufmerksamkeit zurück.

»Ein riesiger Fortschritt«, bestätigt Colditz. »Endlich gibt es eine heiße Spur. Leider bringt uns die DNA im Moment kein Stück weiter, sie befindet sich in keiner Datenbank. Die Identität des Täters bleibt weiterhin im Dunkeln. Trotzdem scheint eine veränderte Handlungsweise des Täters vorzuliegen. Der Mann wird unvorsichtiger, geht offensichtlich höhere Risiken ein, als in den beiden Fällen zuvor.«

»Oder die Gewaltfantasien haben in ihm eine neue Dimension erreicht und beginnen sich zu verselbstständigen«, unterbricht Helene Klein und zuckt verlegen mit den Achseln, weil sie es nicht lassen kann sich einzumischen. »Im Allgemeinen ermöglichen Fantasien ein introvertiertes Erleben. Sie sind sozusagen innere Drehbücher, nach denen die Filmbilder im Kopf ablaufen. Der Mensch nutzt das als Ersatzbefriedigung, um unerfüllbare Bedürfnisse und Leidenschaften auszuleben. Aus diesen Fantasien werden immer dann reale Verbrechen, wenn es sich um extrem gewaltbesetzte Visionen handelt und diese Zwangsvorstellungen das Bewusstsein überlagern, immer wieder auf Verwirklichung drängen und sich letztendlich tatsächlich in einer Gewalttat entladen. Vielleicht haben sich die Allmachtsfantasien unseres Täters mittlerweile zu einem beherrschenden Impuls gesteigert, sodass er keine Vorsichtsmaßnahmen mehr treffen kann.«

»Aber dein tolles Wissen hilft uns trotzdem nicht weiter«, wirft Silvia Haman lapidar ein.

»Noch vielleicht nicht, Kollegin«, kontert Helene Klein mit gelassener Stimme. »Die sexuelle Befriedigung deutet auf ein hautnahes, ungebremstes Ausleben seiner geistigen Vorlage, dem Drehbuch der Tat. Es sieht so aus, dass der Täter aus seinen Fehlern lernt und in Zukunft seine Taten wieder penibler planen wird. Da liegt auch unsere Chance. Wenn der Täter aus seinen morbiden Vorstellungen ein abgesichertes Ritual entwickeln will, ist er zu starren Handlungsabläufen verpflichtet, die ihn leichter erklärbar machen werden. Das FBI unterscheidet beispielsweise den ›organized‹ und den ›disorganized‹ Killer. Der ›organized‹ Typ ist der planende Täter, der eher unter den Begriff Soziopath eingestuft wird. Er kann berufstätig sein, kann in einer Beziehung leben, wählt nur ihm unbekannte Opfer aus. Er verfolgt oft die Ermittlungen in den Medien, nicht selten genauso penibel, wie er seine Taten plant. Das Gegenstück, der ›disorganized‹, der nicht planende Typ, gilt als weniger intellektuell, gelegentlich auch als schizophren. Er ist Einzelgänger, lebt allein und zurückgezogen in der Nähe des Tatorts.«

»Genau, von Beruf ist er Krabbenfischer, lebt bei seiner Mutter, war früher Bettnässer, ist natürlich als Kind sexuell missbraucht worden und hat seine Katze gequält. Und nicht zu vergessen, dass er selbstverständlich stottert, oder?«, platzt es aus Silvia Haman heraus, die dabei ihren sarkastischen Unterton freien Lauf lässt. »Steht alles in dem Buch ›Die Seele des Mörders‹ von diesem Ex-FBI-Mann John Douglas. Der rühmt sich sogar, den Regisseur von ›Das Schweigen der Lämmer‹ in Sachen Serienmörder beraten zu haben. Für meinen Geschmack ist das Buch nur mit psychologischen Plattitüden gespickt. Eine Kostprobe gefällig? Ein typisches Zitat lautet: Nichts geschieht einfach so.«

»Und niemand übt Kritik einfach so, Kollegin Haman!«, bellt Stephan Mielke dazwischen.

»Wer hat dich denn gebissen, Kollege Mielke?«

»Was hat das, was du hier in die Runde wirfst mit Frau Dr. Klein zu tun? Das ist nur ein unqualifizierter Rundumschlag!«

»Nenn mich Helene, bitte«, unterbricht Helene Klein. »Ich gehöre zum Team. Und in der Kritik an John Douglas bin ich übrigens exakt derselben Meinung wie …«

»Silvia«, sagt Mielke trocken.

»Und außerdem«, fährt Helene Klein fort, »kann ich ganz gut für mich selbst sprechen …«

»Stephan«, sagt Silvia Haman.

*

Es ist schon nach Mittag, als Maria Teske in der Redaktion auf ihren Drehstuhl sinkt. Noch bevor sie den Computer hochfährt, steht Theodor Bigdowski vor seinem Glaskasten, hebt betont den rechten Arm und zeigt ohne ein Wort mit dem Zeigefinger der anderen Hand auf sie. Der Chefredakteur ist es gewohnt, dass jede Person, die dieser Bannstrahl trifft, sofort alles stehen und liegen lässt und sich bei ihm einfindet. Deswegen erwartet er auch keine sichtbare Rückmeldung seiner Mitarbeiterin, macht auf der Stelle kehrt und wartet hinter seinem Schreibtisch im Büro auf sie. Normalerweise wäre die Journalistin jetzt bereits auf 180. Doch heute bleibt sie innerlich gelassen, startet seelenruhig den Computer und ist erst auf dem Weg, als die Windows-Erkennungsmelodie erklingt.

Die Therapie scheint irgendwie zu wirken, stellt sie fest. Kaum zu glauben, ich sitz nur da und erzähle so 'n bisschen, was in mir los ist, und diese Psychologin sagt nur ab und zu was dazu. Mehr nicht. Und trotzdem, das Herzrasen ist in den letzten Wochen kaum noch aufgetreten.

Maria Teske besetzt den Holzstuhl, der einsam vor dem Schreibtisch steht, und schaut ihrem Chef, der nervös seinen Kugelschreiber zwischen den Fingern kreisen lässt, erwartungsvoll in sein gerötetes Gesicht.

Hochdruckstimmung, denkt sie.

»Wie weit bist du mit deinem Artikel für die Morgenausgabe, Maria?«, fragt er unwirsch, ohne sie dabei anzusehen. »Diese Kirchenmorde sind mein persönliches Topthema, alles andere steht hintenan. Ich erwarte, dass du heute noch was Neues rüberschiebst.«

»Gestern hab ich den Ehemann des letzten Opfers getroffen«, beginnt die Journalistin. »aber das war eher eine schwierige Angelegenheit. Ich hab keinen richtigen Draht zu dem gekriegt. Unangenehmer Mensch, Soldat – Feldwebel, und unterschwellig extrem aggressiv. Das hat er auch schon in Natura bewiesen.«

»Wieso, hat der dich bedroht?«

»Nein, nicht mich persönlich, aber den Filialleiter von Libo in Husum, schon zweimal.«

»Das hat er dir erzählt?«

»Nein, ich war vorher schon bei diesem Libo-Typen gewesen. Der hat mir erzählt, dass dieser Giese in den Markt gestürmt ist und ihn für den Tod seiner Frau verantwortlich gemacht hat.«

»Hört sich ziemlich merkwürdig an. Wie kommt der Mann denn darauf? Hat er dir das auch gesagt?«

»Nein, aber ich hab mir nach Feierabend eine der Kolleginnen seiner Frau geschnappt. Die hat mir unter der Hand gesteckt, dass man Frau Giese fristlos gekündigt hat, weil sie in die Kasse gegriffen haben soll.«

»Das wird ja immer verrückter!«

»Es kommt noch besser, Theodor. Die Frau meinte nämlich, die Kündigung wäre nur eine vorgeschobene Sache gewesen. Man hat ihr wohl eher gekündigt, weil sie einen Betriebsrat gründen wollte. Da haben in mir alle Alarmglocken geläutet. Ich bin gleich zum Libo-Markt in Friedrichstadt gefahren. Und Bingo! Das Mordopfer, das dort gearbeitet hat, wollte kurz vor ihrer Ermordung auch einen Betriebsrat gründen. Das kann kein Zufall sein, oder?«

»Das hört sich nach 'ner heißen Story an, Maria. Da sollten wir was draus machen«, jubelt der Chefredakteur und taxiert seine Mitarbeiterin. »Muss allerdings Hand und Fuß haben, das Ganze! Wenn die Rechtsanwälte von Libo irgendeine Ungereimtheit finden, zucken die nicht lange mit der Wimper, um uns mit einer Klage zu überziehen. Also, nicht zu weit vorpreschen, aber hart am Ball bleiben. Ich gebe dir 80 Zeilen, zweispaltig. Bau auf alle Fälle die Aussage der Kollegin mit ein! Schaffst du das bis 18 Uhr?«

»Klar, ich setz mich gleich ran«, bestätigt Maria Teske.

Schon während sie das Büro von *Think Big* verlässt, wühlt der bereits wieder seine Papierstapel durch. Die Journalistin macht einen kurzen Umweg vor die Tür, raucht hastig ein Zigarillo und sinniert bereits über eine Schlagzeile nach. Mord beim Discounter! Kauft der Kirchen-Mörder bei Libo? Betriebsrat, und du bist tot?

Alles Bullshit!

Maria Teske tritt die Kippe aus, kehrt an den Schreibtisch zurück und ruft QuarkXPress auf. Die Digitalseite auf dem Bildschirm leuchtet fordernd auf, weiß und leer. Sie versucht den ersten Satz zu formulieren, doch die Worte lassen sich nicht zusammenfügen. Dafür drängt sich ihr das Bild der schmächtigen Frau vor Augen. Sie sieht sich mit ihr neben einem Glascontainer stehen, etwas abseits von der Libo-Filiale, und nimmt wahr, wie sie verlegen an ihrem Pferdeschwanz zupft.

»Manchmal standen die hier schon kurz vor sechs auf dem Parkplatz«, beginnt die Frau zögernd und blickt immer wieder angespannt zum Supermarkt hinüber, »hockten geduckt in ihren Nobelkarossen, um uns zu kontrollierten, ob wir auch wirklich pünktlich anfangen.«

»Kannten Sie die Personen?«

»Klar, kannten wir die! Nicht … nicht persönlich natürlich! Aber das waren echte Jungspunde, direkt aus der Zentrale. Dorit hat die förmlich gerochen. Zernitz heißt der eine, das ist der Chef und sein Stellvertreter heißt Hähnle.«

Die Frau stockt. Eine einsame Träne läuft ihr die Wange herunter.

»Ich glaube, die hatten Dorit besonders im Visier, erst recht nachdem rauskam, dass sie einen Betriebsrat gründen wollte.«

»Sie sind nicht gut zu sprechen auf die Herren, oder?«, fragt Maria Teske provozierend. Die Frage sitzt auf den Punkt, triumphiert sie innerlich. Die Augen der Frau haben geblitzt, die ist bis oben voll mit aufgestauter Wut.

»Das sind Sklavenhändler, alle miteinander! Wir haben hier nur zu funktionieren. Seit der letzten Kontrolle darf ich nur noch langärmlige T-Shirts tragen, damit die Kunden mein Tattoo nicht sehen. Lange Ärmel, im Sommer! Die haben auch unseren Kretschmer eingenordet, garantiert. Jedenfalls wurde Dorit danach vom Chef noch mehr schikaniert!«

»Wer ist Kretschmer?«

»Unser Filialleiter Jürgen Kretschmer. Für mich ist der noch schlimmer als diese Bluthunde, ein echt sexistisches Arschloch. Dorit hat mir oft erzählt, was sie sich alles für Sprüche anhören musste.«

»Zum Beispiel?«

»So was können Sie sowieso nicht veröffentlichen.«

»Das lassen Sie meine Sorge sein, Frau Jürs. Ich muss mir doch ein Bild machen können.«

»Wenn Sie meinen. Also ..., einmal ... einmal hat er zu Dorit gesagt: Du hast mehr Fäuste im Arsch als eine Kasperlepuppe.«

»Stimmt, das ist wirklich ziemlich übel!«

»Das ist nur die Spitze vom Eisberg!«

»Hat ihre Kollegin irgendwelche Andeutungen gemacht, dass sie sich bedroht fühlte?«

»Sie meinen von dem Kretschmer?«

»Hat er sie bedroht?«

»Das weiß ich nicht. Davon hat sie nie etwas gesagt. Aber so was kann ich mir auch nicht vorstellen. Hunde, die bellen, beißen nicht.«

»Hat sie sich vor der Ermordung denn anders verhalten?«

»Ich hab nichts bemerkt«, wehrt die Frau ab. »Ich möchte jetzt auch nichts mehr dazu sagen.«

Ich brauch einen Anfang … einen Anfang, grübelt Maria Teske, ein Königreich für den ersten Satz.

Das Bild der jungen Frau vor Augen, blättert sie ihre Notizen durch. Doch es ist nichts Brauchbares dabei. Und dann, wie aus dem Nichts, ist zumindest die Schlagzeile in ihrem Kopf. Die Finger fliegen über die Tastatur.

›Wende bei den Kirchenmorden auf Eiderstedt.‹

Der Bann ist gebrochen.

›In dem grauen Betonkasten der Libo-Filiale in Friedrichstadt scheint wieder Normalität zu herrschen. Morgens um sechs Uhr treten die Mitarbeiterinnen des Supermarkts wie gewohnt die Frühschicht an. Obst und Gemüse müssen pünktlich um acht Uhr aufgebaut, die Qualitätskontrolle muss erledigt sein und das frische Brot muss eingeräumt werden. Auch wenn es auf den ersten Blick nicht so aussieht, aber die Stimmung ist gedrückt. Der Mord an ihrer Kollegin begleitet die Frauen bei jedem ihrer Handgriffe.‹

Das Klingeln des Telefons schreckt die Journalistin aus ihrem gerade gewonnenen Schreibfluss. Sie nimmt den Hörer von der Station und meldet sich: »Husumer Rundschau, Maria Teske!«

»Lisa hier«, sagt eine leise Stimme. »Lisa Blau. Ich muss unbedingt mit dir reden, Maria. Hast du gerade etwas Zeit?«

»Äh …, klar doch«, lügt die Journalistin. »Für dich hab ich immer Zeit. Was gibt es?«

»Mir geht es nicht gut im Moment, gar nicht gut.«

»Was ist los, Lisa? Du kannst mir alles sagen, es bleibt vertraulich.«

»Gut! Aber es hört sich vielleicht noch verrückter an, als alles, was ich dir bis jetzt schon erzählt habe.«

»Ich verspreche dir, ich werde dir alles glauben.«

»Du erinnerst dich doch, du bist mit mir, nach dem Besuch bei den Eltern von Marion, zu diesem kleinen Ort gefahren.«

»Reimersbude?«

»Ja, da wo Marion ermordet wurde. Ich hab wieder von diesem Ort geträumt, schon mehrere Male. Und diesmal ist dort ein Mann aufgetaucht, im Traum. Ich hab ganz deutlich sein Gesicht sehen können, Maria, ganz deutlich!«

Die Stimme bricht abrupt ab. Die Journalistin hört ein zaghaftes Schluchzen im Hörer.

»Lisa, was ist? Weinst du?«

»Es ist so schrecklich.« Lisa Blaus Stimme zittert. »Ich glaube … ich glaube es ist … der Mörder. Es ist der Mörder von Marion. Ich hab sein Gesicht gesehen, ganz bestimmt.«

»Bist du dir da sicher?«

»Ja, Maria, ich bin mir völlig sicher. Ich hab von Marions Mörder geträumt.«

September 2003

Es ist erst Viertel nach neun, als Swensen den hellblauen Clio von Anna auf der schmalen Teerstraße durch die Salzwiesen steuert. Wenig später stellt er den Wagen auf dem Strandparkplatz in der Nähe der ›Seekiste‹ ab, einem der typischen Pfahlbauten-Restaurants hier vor der Küste. Beim Aussteigen werden Anna und er von drückender Luft empfangen. Ein milchig gelber Dunst liegt in der Luft. Sie ziehen die Schuhe aus, verstauen sie hinter den Sitzen, krempeln die Hosenbeine hoch bis unters Knie und marschieren ins Watt. Die Füße sacken leicht in den silbergrauen Schlick, der zwischen den Zehen hervorquillt. Sie sind nicht allein im Vorland unterwegs, mehrere Familien mit Kindern und andere Paare treibt es zum Gezeitensaum. Es ist Ebbe, das Meer hat sich ungewohnt weit zurückgezogen.

»Ich will ja nicht unken«, sagt der Hauptkommissar, nachdem sie eine Strecke gegangen sind, »aber gestern Abend hatte ich einen kurzen Moment den Eindruck, du wärst nicht sonderlich begeistert, dass ich mir ein Wochenende freigeschaufelt hab?«

»Wie kommst du denn darauf?«, fragt Anna Diete.

»Du bist heute Morgen schon um acht Uhr aufgestanden!«

Anna zuckt mit den Achseln.

»Heeh, ich täusch mich doch nicht! Irgendwas ist los, oder?«

»Also, ehrlich gesagt …«, druckst Anna herum, »aber … gerade dieses Wochenende ist ein wenig ungünstig.«

»Du wolltest unbedingt, dass wir zusammen was unternehmen!«

»Deswegen machen wir's ja auch. Ich weiß doch, dass ich mich im Moment an deine knappe Zeit anpassen muss.«

»Was ist denn gerade so ungünstig bei dir?«

»Mein Vortrag auf dem Storm-Symposium in diesem Monat, die psychologische Deutung seiner Märchen.«

»Aber den hast du mir doch schon vorgetragen. Ich denke, der ist fertig?«

»Ist er ja eigentlich auch. Mir ist nur noch eine Idee gekommen, die Novelle ›Psyche‹ mit in den Vortrag aufzunehmen.«

»Psyche? Ist das ein Märchen?«

»Im Grunde nicht, aber ich finde, gerade diese Novelle hat aus heutiger Sicht etwas unfreiwillig Märchenhaftes.«

»Psyche, eine Figur aus der griechischen Götterwelt, oder?«

»Richtig, der Mythos wurde von Lucius Apuleius überliefert, 170 nach Christus, soweit ich weiß. Steht in dem Buch: ›Der goldene Esel‹. Im Mythos wird Psyche als schmetterlingsartiges Wesen beschrieben, die wegen ihrer Schönheit den Zorn der Venus auf sich zieht.«

»Ich hab überhaupt keine Ahnung, um was es in der Geschichte geht.«

»Nun, Venus befiehlt ihrem Sohn Amor, Psyche dazu zu bringen, sich in einen schlechten Menschen zu verlieben. Doch Amor erliegt der Schönheit der Psyche und entführt sie in ein Zwischenreich zwischen Erde und Himmel. Die neidischen Schwestern der Psyche stacheln sie auf, dass ihr Geliebter eine Schlange von furchtbarer Gestalt sei. Darauf schleicht sich Psyche mit einer Öllampe und einem Messer in sein Gemach. Dort erblickt sie den schönen Körper des geflügelten Amors. Der Gott, ärgerlich über ihren Verrat, fliegt davon. Untröstlich stürzt Psyche sich ins Wasser und wird vom Meeresgott gerettet und an Amor zurückgegeben.«

»Und was hat Storm damit zu tun?«

»Der beruft sich in seiner Novelle auf Apuleius. Darin wird

ein Mädchen von einem Bildhauer vor dem Ertrinken gerettet. Der Künstler verliebt sich und schafft in seiner Sehnsucht eine Skulptur, die er die ›Rettung der Psyche‹ nennt und die auf einer Ausstellung ein großer Erfolg wird. Dem Publikum wird schnell klar, dass der dargestellte Poseidon eine gewisse Ähnlichkeit mit dem Künstler aufweist.«

»Der Meeresgott sticht Amor aus?«

»Genau! Das interessierte mich an dieser Geschichte. Storm benutzt seine übersprudelnde Heldin dazu, um die Ideale mit der Wirklichkeit zu verbinden. Mir scheint, dass dies ziemlich märchenhaft ausgefallen ist, weil er seine Psyche von Anfang an so rein und unschuldig beschrieben hat.«

»Zumindest bekomm ich langsam eine Ahnung von deinem persönlichen Mythos«, stellt Swensen fest. »Du würdest im Moment lieber an deinem Vortrag rumdifteln, als mit mir durch den Schlamm zu waten, stimmt's?«

»Menschen, die wie die alten Friesländer am Wasser wohnen, zeichnen sich besonders durch ihre Kühnheit und Freiheitsliebe aus.«

»Ist das von Storm?«

»Nein, von der Schriftstellerin Isabelle Nowotny, einer glühende Verehrerin von ihm.«

»Als dein glühender Verehrer werde ich dir gelassen deine gedankliche Abwesenheit verzeihen«, grinst der Hauptkommissar.

Er stapft in das Bett eines Priels, in dem knöcheltiefes Wasser steht. Winzige Garnelen mit glasigen Körpern strampeln in kleinen Resttümpeln ums Überleben, warten voller Energie auf die Flut. Die Schlammfläche dahinter ist voll mit gekringelten Röhren, die von marinen Würmern aus dem Schlick gepresst wurden. Swensens Auge streift durch eine Miniaturlandschaft aus Wellenrippeln mit mosaikartigen Übergängen, die sich in einer steten, unscheinbaren Verwandlung befindet. Die süße jodhaltige Luft aus Schöpfung und Verfall weckt seine Lebensgeister, versetzt ihn in eine euphorische Grundstimmung.

»Wie weit seid ihr in euren Mordfällen?«, fragt Anna den munter voranschreitenden Hauptkommissar. »Oder hast du keine Lust darüber zu sprechen?«

»Doch schon«, antwortet Swensen nach kurzem Überlegen. »Aber es gibt nichts Neues, nur dass Colditz eine Kriminalpsychologin in unser Team geholt hat.«

»Eine Profilerin?«

»Sie möchte lieber als Fallanalytikerin bezeich…« Der Kriminalist bricht mitten im Satz ab und deutet in Richtung Horizont. »Heeh, Anna, guck mal was da von draußen aufzieht!«

Eine mächtige Nebelwand treibt vom Meer heran und keine fünf Minuten später werden die beiden von einem feinen, feuchten Dunst verschluckt, der zunehmend dichter wird. Obwohl sie sofort umkehren, ist es schon zu spät. Swensen kann kaum mehr die Hand vor Augen sehen, geschweige denn nur einen Hauch von der Küste erkennen. Anna klammert sich an seine Schulter.

»Was ist das, Jan?«, fragt sie mit Panik in der Stimme.

»Eine Seenebelbank. Draußen über der Nordsee muss es eine plötzliche Abkühlung gegeben haben und mit der Flut hat der Wind den Schlamassel hierher geblasen.«

»Was machen wir jetzt? Wie kommen wir wieder zurück?«

»Erst einmal ganz ruhig bleiben«, sagt Swensen und drückt Anna an sich. »Es wäre falsch, wenn wir blind drauflosstürmen. Am besten wir bleiben erst einmal hier stehen und warten ab. Es sind noch eine Menge anderer Personen im Watt, viel weiter draußen als wir. In St. Peter haben die in der Zwischenzeit bestimmt schon mitbekommen, was sich hier draußen zusammengebraut hat. Es wird sicher bald Hilfe kommen.«

Die schwüle Luft ist mit dem Nebel einer empfindlichen Kälte gewichen. Annas nackte Arme sind mit einer Gänsehaut überzogen. Eine unheimliche Stille herrscht um sie herum, kein Meeresrauschen, kein Möwengeschrei. Swensen muss an den letzten Dienstag denken, als sie zwischen Tür und Angel ihre Geburtstagsgeschenke ausgetauscht haben. Anna war 47 und er 56 geworden.

Wer hat schon am selben Tag Geburtstag?, denkt er voll Ironie. Hoffentlich werden wir jetzt nicht auch noch am selben Tag sterben.

Die Minuten scheinen sich zu Stunden in die Länge zu ziehen. Dann endlich weht ein erlösendes Sirenengeheul von der Küste herüber. Eine quäkende Lautsprecherstimme fordert alle Wattwanderer auf, unbedingt die Ruhe zu bewahren und sich in Richtung Sirenenton zu bewegen. Die Orientierung ist so schlagartig zurück, wie sie verloren war. Doch der Weg der Rettung ist für Swensen wie ein Gang durch die Unendlichkeit des Raums.

»Einsicht ist das Wesen des Geistes sowie der Leerheit. Wohin sie uns führen soll, ist jener Zustand, wo der Geist in sich selbst ruht: jenseits aller Verbalisierung und aller Begriffe, wo Denken zur Ruhe kommt und nur das hellwache Gewahrsein besteht.«

»Ich wurde schon so oft vor diesem Nebel gewarnt«, stellt Anna nachdenklich fest, als sie ihren Wagen wieder erreicht haben, »aber richtig begreifen kann man die Gefahr doch erst, wenn man sie einmal selbst erlebt hat.«

Swensen schlägt vor, nach diesem Schreck auf direktem Weg nach Hause zu fahren, um den Rest des Tages im sicheren Garten zu verbringen. Anna stimmt auffallend freudig zu und er ahnt gleich, dass sie noch an ihrem Vortrag arbeiten möchte. Letztlich kommt es ihm nicht ganz ungelegen, denn so kann er heute endlich mal wieder etwas länger meditieren.

Als sie in Witzwort ankommen ist es früher Nachmittag. Hier im Innland strahlt der Himmel genauso blau wie vor ihrer Abfahrt. Der Nebel muss an der Küste hängen geblieben sein. Anna schnappt sich mit einem Augenzwinkern ihr Manuskript und verschwindet in den Garten. Swensen ruft ihr von der Terrassentür hinterher, dass er zum Meditieren nach oben auf sein Zimmer geht und danach für den Kaffee sorgt. Als er am Wohnzimmertisch vorbeikommt, entdeckt er den aufgeschlagenen ersten Band der gesammelten Werke von Theodor Storm. Ein augenfällig gelb markierter Abschnitt erregt seine Aufmerksamkeit. Er beugt sich über die Seite und stellt fest, dass es in der Textpassage um diesen – von Anna beschriebenen – Bildhauer geht, der sich Gedanken zu dem Mythos von Amor und Psyche macht. Voll Neugier beginnt er zu lesen:

›Wie erzählt nur Apulejus das anmutige Märchen? – Psyche, das arme leichtgläubige Königskind, hatte den neidischen Schwestern ihr Ohr geliehen: ein Ungeheuer sei der Geliebte, der nur in purpurner Nacht bei ihr verweilen wolle. Nach dem Rate der Argen, mit brennender Lampe und mit scharfem Stahl bewehrt, war sie an das Lager des Schlafenden getreten und erkannte, bebend vor Entzücken, den schönsten aller Götter. Aber die Lampe schwankte in der kleinen Hand, ein Tropfen heißen Öls erweckte den Schlafenden, und zürnend entriss der Gott sich ihren schwachen Armen und hob sich in die Luft. Aus dem Wipfel einer Zypresse schalt er die törichte Geliebte; dann breitete er aufs Neue die Schwingen aus und flog zu unsichtbaren Höhen. – – – O süße Psyche! Als im leeren Luftraum dein Auge ihn verlor, da hörtest du die Wellen des nahen Stromes rauschen; da sprangst du auf und stürztest dich hinein, dein zartes Leben sollte untergehen in den kalten Wassern!

Doch der Gott des Stromes, fürchtend den mächtigeren Gott, der selbst das Meer erglühen macht, trug dich auf seinen Armen sanft empor und legte dich auf die blühenden Kräuter seines Ufers. – Nahmen nicht oft die Götter die Gestalt der Menschen an? – – Vielleicht nahm er die meine, und mir träumte nur, ich sei es selbst gewesen. O, süße Psyche, ich hätte dich an keinen Gott zurückgegeben!‹

Auf der Treppe in den ersten Stock hat sich das Wort ›Ungeheuer‹ im Kopf des Hauptkommissars festgesetzt.

Eine ungeheuerliche Aussage, einen Gott als Ungeheuer zu betiteln, denkt er. Klingt ein wenig wie der Aufruf zur Rebellion, einer Rebellion gegen die kosmischen Gesetze. Und Psyche lässt sich von den Schwestern dazu verführen. Und auch der Künstler hat die gleichen frevelhaften Gedanken. Er sagt: ›O, süße Psyche, ich hätte dich an keinen Gott zurückgegeben.‹

Swensen betritt sein Zimmer, entzündet die Teelichter auf seinem kleinen Altar, verbeugt sich, indem er die zusammengelegten Hände vor die Nase führt, und setzt sich im Lotussitz auf sein Meditationskissen.

»Wir verbeugen uns nicht vor dem Buddha, denn der Buddha ist kein weltlicher Gott. Wir verbeugen uns, um zu erkennen, dass es Bedeutenderes gibt als uns selbst. So reinigen wir unseren Stolz, den wir in zahllosen Leben angesammelt haben, indem wir dachten: Ich bin besser als andere – Ich habe recht – Ich bin der Wichtigste.«

Mit den Worten im Ohr nimmt Swensen den Holzschlägel in die Hand, doch bevor er ihn gegen die Klangschale schlägt, hält er mitten in der Bewegung inne.

Was hatte diese Klein noch über die Eigenschaft eines Sadisten gesagt? Sein oberstes Ziel ist es, Macht auszuüben. Die Leiden, die er dem Opfer aufzwingt, lassen ihn selbst groß werden, versetzen ihn in einen ekstatischen Zustand von Allmacht. In dieser Hochstimmung fühlt er sich allen überlegen, wird zu einer Art Gott, zu einem Herrscher über Leben und Tod, kann alle Schranken durchbrechen, beliebig oft und beliebig lange.

›O, süße Psyche, ich hätte dich an keinen Gott zurückgegeben.‹

Er will die Frau für sich haben, der Bildhauer, überlegt Swensen. Will der Täter auch nur etwas ›für sich haben‹, etwas besitzen, das er an keinen Gott zurückgeben muss? Ist das vielleicht der Hintergrund für sein Bestreben nach Überlegenheit? Er erobert, raubt und tötet, weil er Gott leugnen will?

Swensen spürt, wie sehr ihn seine Gedankenspiele innerlich aufwühlen. Er ahnt tief im Inneren, dass er sich auf einer Spur befinden könnte, einer Spur, die in eine andere Richtung weist. Die Kollegen und er sind bisher immer davon ausgegangen, der Täter habe sich die Kirchen ausgesucht, um in einer Wahnvorstellung Gott etwas zu opfern. Aber vielleicht sind seine Taten das genaue Gegenteil, vielleicht will er damit einem Gott trotzen, ihm zeigen, wie überlegen er ihm ist.

*

Silvia Haman macht ein verkniffenes Gesicht. Die letzten zwei Stunden war sie betont wortkarg und auch jetzt hockt sie nur stumm hinter dem Lenkrad, während die rasante Fahrt am nördlichen Seedeich in Richtung Uelvesbüll entlanggeht. Swensen führt ihr Schweigen auf die Anwesenheit von Helene Klein zurück, die ebenfalls stumm auf der Rückbank sitzt.

»Es gibt insgesamt 18 dieser alten evangelischen Kirchen auf Eiderstedt, Helene«, unterbricht der Hauptkommissar die etwas gedrückte Stimmung. »Sie sind alle vom Baustil her so ähnlich wie die, die wir gerade in Osterhever gesehen haben.«

»Ziemlich viele für so 'ne kleine Halbinsel«, stellt die Profilerin trocken fest. »Gibt es dafür eine Erklärung?«

»Kollege Mielke hat mich gerade historisch ein wenig auf Vordermann gebracht«, erklärt Swensen. »Also, die Kirchen sind das Verdienst der Bauern im Mittelalter. Die waren so reich, dass sie damals sogar rheinischen Tuff für die Zierfenster oder Marmor aus dem belgischen Namur über die Eider hierher schaffen ließen. Der Taufstein in der nächsten Kirche ist beispielsweise aus Namur. Wenn du mehr darüber wissen willst, rede einfach mit Stephan, der ist ein wandelndes Lexikon für solche Sachen.«

»Du meinst unseren Stephan?«, platzt es aus Silvia heraus, als sie gerade den Dienstwagen vor der Uelvesbüller Kirche abstellt.

»Stephan weiß wirklich gut Bescheid«, bestätigt der Hauptkommissar. »Zum Beispiel hat er mir vor ein paar Tagen erzählt, dass der Husumer Pastor Hermann Tast 1524 die erste evangelische Predigt auf dem Marktplatz von Garding gehalten hat. Hättest du das gewusst?«

»Wer ist Hermann Tast?«, fragt Silvia, stellt den Motor ab und schaut genervt zum Himmel. »Ich weiß nur, dass Martin Luther 1517 seine Thesen an die Schlosskirche von Wittenberg genagelt hat.«

»Das ist der kleine Unterschied zwischen dir und Stephan«, grinst Swensen, steigt aus und wuchtet den Sitz nach vorn, damit Helene Klein problemlos aussteigen kann. Der Küster, mit dem der Hauptkommissar telefonisch einen Termin vereinbart hat, wartet offensichtlich bereits an der Kirchenpforte. Der Mann begrüßt Swensen, Klein und Haman, führt sie den Weg zur Warft hinauf und schließt die Kirchentür mit einem nagelneuen Sicherheitsschlüssel auf.

Die beiden anderen Kirchen hatten richtig alte Schlösser, erinnert sich Swensen und fragt spontan: »Hat die Tür ein neues Schloss?«

»Nicht nur ein neues Schloss«, knurrt der etwas bärbeißige Mann. »Wir haben im letzten Jahr eine ganz neue Kirchentür bekommen. 10.000 Euro, die Spende einer betuchten Witwe aus unser Gemeinde.«

Swensen hatte bereits vor Wochen, während der Ermittlungen im Kirchenumfeld, mit dem Küster gesprochen, der schon damals unterschwellig abweisend gewesen war. Deswegen geht er gleich auf Distanz und überlässt Silvia Haman das Feld, die dem Mann ins Kirchenschiff folgt. Helene Klein bleibt neben Swensen vor der halb offenen Tür stehen, dreht sich langsam um die eigene Achse und mustert das Umfeld des Kirchengeländes. Danach kniet sie an der Treppenstufe nieder, als gebe es jetzt noch etwas zu entdecken.

»Nach den Fotos vom Tatort hat der Täter die Leiche hier vor die Tür geschleift«, spricht die Profilerin leise vor sich hin, als rede sie mit sich selbst. »Die Ermordete liegt auf dem Rücken. Er klappt die Plane auf, als wollte er die Verletzungen der Frau zur Schau stellen.«

»'schuldigung, aber ich hab zufällig mitgehört«, drängt sich der Hauptkommissar in ihre Überlegungen, »sagt das Zurschaustellen etwas über den Täter aus?«

»Das Verhalten eines Täters spiegelt seine Persönlichkeit«, antwortet Helene Klein kurz angebunden. »Ich versuch mir erst einmal ein Bild zu machen. Deshalb würde ich jetzt auch gern die Kirche von innen ansehen.«

Sonnenlicht flutet durch das Bogenfenster und taucht das Gold des Altars in einen außerirdischen Glanz. Swensen sieht, dass Silvia mit dem Küster am achteckigen Taufstein steht. Der redet auf sie ein und klopft mit der Hand gegen den Marmor. Als der Hauptkommissar und die Profilerin die beiden fast erreicht haben, zieht der Mann die Oberkommissarin weiter zu einem holzgeschnitzten Epitaph.

»Schauen Sie nur«, hört Swensen ihn erklären, indem er auf zwei Frauenfiguren deutet, die vor einem Christus am Kreuz knien, »die tragen eine typisch Eiderstedter Tracht. Und hier unter dem Sockel das Gesicht eines Indianers, daneben Kaffee- und Kakaopflanzen. Das zeugt von dem blühenden Handel im 16. Jahrhundert.«

»Hast du eine Vermutung, warum der Täter das Opfer in dieser Kirche nicht in den Innenraum gebracht hat, Jan?«, fragt Helene Klein, nachdem sie längere Zeit das Tonnengewölbe des Gebäudes angeschaut hat.

»Nicht wirklich«, sagt Swensen achselzuckend. »Ich überlege gerade, ob es vielleicht an der neuen Kirchentür liegen könnte. Bei den anderen Kirchen kann der Täter einen Nachschlüssel gehabt haben. Hier wurde unerwartet eine neue Kirchentür eingesetzt. Ich spekuliere einmal: Sein Nachschlüssel hat nicht gepasst.«

»Keine schlechte Schlussfolgerung«, bekräftigt Helene Klein, »das würde sein Verhalten erklären, dass er die Leiche in diesem Fall vor der Tür präsentieren musste. Er möchte grundsätzlich, dass seine Tat die größtmögliche Aufmerksamkeit erregt und dabei kennt er weder Mitleid noch Schuld oder Reue.«

»Bleibt die Frage: Warum macht der Mann das?«

»Im Moment können wir nur fragen: Was ist geschehen? Die Kirchen zu einem Tatort zu machen, scheint dem Täter viel zu bedeuten. Die Einzigartigkeit seiner Vorgehensweise deutet auf einen religiösen Hintergrund. Nehmen wir uns die letzte Kirche in Witzwort vor.«

Auf der Fahrt nach Witzwort bleibt Helene Klein erneut stumm. Swensen sieht aus dem Augenwinkel, dass sie in Gedanken versunken aus dem Fenster schaut. Auch Silvia sagt kein Wort, parkt gegenüber vom Witzworter Markttreff und marschiert abwesend mit den beiden den Weg zur Kirche hinauf. Die mit blauen Quadratornamenten verzierte Kirchentür ist nicht verschlossen.

»Die meisten Kirchen auf Eiderstedt sind in der Zeit von April bis Oktober geöffnet«, erklärt Swensen, als er das erstaunte Gesicht der Profilerin wahrnimmt. »Daran haben offensichtlich selbst die Morde nichts geändert.«

Angespannt folgt der Hauptkommissar den beiden Frauen durch die Holztür. Seit der Mordnacht ist er nur einmal wieder vorn im Chorraum gewesen. Sobald er die Holzbank in der ersten Reihe sieht, hat er sofort das Gesicht des toten Mädchens vor Augen. Doch bevor der Schauder sich richtig festsetzen kann, wird hinter ihm erneut die Kirchtür aufgestoßen.

»Herr Swensen«, hört er eine bekannte Stimme.

Noch während er sich umdreht, weiß er, dass es Pastor Claßen ist, mit dem er damals hier zum Tatort gefahren war. Er hatte vorgestern einen Termin für den heutigen Tag mit ihm vereinbart.

»Herr Pastor, wie geht es Ihnen?«, fragt Swensen mit mitfühlender Stimme, »und wie geht es ihrer Gemeinde nach diesem schrecklichen Vorfall?«

»Eine schwere Frage, Herr Swensen. Für mich haben die Gottesdienste seither etwas Bedrückendes gehabt, als wenn sich das Böse an diesen Ort eingeschlichen hat und nicht weichen will.«

»Das tut mir leid. Wir versuchen wirklich alles, um diese Kirchenmorde endlich aufzuklären«, sagt Swensen und stellt dem Pastor seine beiden Kolleginnen vor.

»Manchmal hab ich so einen merkwürdigen Gedanken«, grübelt der Kirchenmann nachdenklich, »als wenn … als … ach, kommen Sie doch bitte mit zum Altar, ich möchte Ihnen gerne etwas zeigen.«

Der Pastor schreitet an den Holzbänken entlang und sein Körper taucht kurz vor dem Altar in die schrägen Lichtstreifen, die durch das vordere Fenster fallen. Plötzlich erstrahlt der Raum in einer mystischen Friedlichkeit, als wäre er nie durch sinnlose Gewalt entweiht worden. Swensen fühlt sich mit einem Mal wie einer der Heiligen Drei Könige, die vor das Allerheilige getreten sind und sich im Glanz der goldbemalten Figuren spiegeln.

»Wenn Sie bitte den Mittelteil des Altars ansehen, ganz oben rechts«, erklärt Pastor Claßen und deutet mit dem Finger auf die geschnitzten grünen Ranken. »Gleich unterhalb der gekrönten Marienfigur gibt es eine Teufelsgestalt, der ein Blatt vor den Augen hängt. Ich denke, das zeigt wie blind und fern der Teufel von Gott ist.«

Swensen braucht einige Zeit, bis er die kleine schwarze Flügelfigur auf einem grünen Hügel entdeckt. Helene Kleins Augen irren weiterhin über das Schnitzwerk, bis der Hauptkommissar ihr behilflich ist, den versteckten Teufel zu finden.

»Und hier oben, auf dem linken Seitenflügel, steht Jesus vor Pilatus. Der wäscht seine Hände in Unschuld, während unten in seinem goldenen Thron, in einer Art Mauseloch, ebenfalls eine Teufelsgestalt kauert.«

»Das Böse, das sich eingeschlichen hat?«, fragt Helene Klein vorsichtig.

»Manchmal glaube ich, es gibt einen symbolischen Zusammenhang mit dem, was hier passiert ist«, antwortet der Pastor nachdenklich. »Aber das ist vielleicht ein zu abwegiger Gedanke.«

»Vielleicht auch nicht«, sinniert die Profilerin. »So abwegig finde ich ihren Gedanken gar nicht. Die Psyche eines Täters handelt nicht ohne seinen Verstand. Nehmen wir einmal an, er kannte diese Teufelsfiguren. Vielleicht haben die ihn inspiriert, seine Tat gerade an diesem Ort zu begehen.«

»Immerhin hat die Mordserie hier begonnen«, ergänzt Swensen.

»Vielleicht ist das der Ansatz!«, bricht es aus Helene Klein heraus. »Diese Kirche ist mehr als geeignet, um gerade hier eine proaktive Strategie zu versuchen.«

»Eine proaktive Strategie?«, meldet sich Silvia Haman mit ironischem Unterton zurück.

»Ich meine, wir sollten die Möglichkeit der Medien ausnutzen. Beispielsweise könnten wir einen Gedenkgottesdienst für die Opfer organisieren. Nach meinem ersten Eindruck ist die strategische Lage der Kirche für so ein Vorhaben besonders geeignet, sie ist von allen Seiten gut einsehbar und wir können sie, ohne aufzufallen, problemlos beschatten. Ich bin mir mittlerweile ziemlich sicher, dass unser Täter die Presseberichte über die Ermittlung verfolgt. Es könnte ihn reizen, zu solch einer öffentlichen Veranstaltung zu kommen.«

»Könnten wir eventuell auf Ihre Mithilfe zählen, Pastor Claßen?«, fragt Swensen.

»Schon in der Bibel steht: Du sollst nicht töten; wer aber tötet, soll dem Gericht verfallen sein«, antwortet Claßen mit pastoraler Stimme. »In Gottes Namen, natürlich helfe ich, die Guten von dem Bösen zu trennen.«

Knapp eine halbe Stunde später marschiert der Hauptkommissar auf der Dorfstraße in Richtung seines neuen Zuhauses. Er hatte Silvia gebeten, mit Helene Klein allein in die Inspektion zurückzufahren. Die war nicht gerade begeistert gewesen, aber er hatte keine Lust die Strecke heute noch zwei Mal zu fahren. Am Abend läuft im Husumer Verzehrkino ›Fluch der Karibik‹ und er will mit Anna in die Vorstellung. Johnny Depp ist ihr Lieblingsschauspieler und daher ein absolutes Muss. Er könnte danach seinen Wagen vom Dienstparkplatz abholen.

Eine Frau kommt durch die Gartenpforte vom Grundstück, eilt über die Straße und schließt ihre Autotür auf. Swensen sieht sie nur schräg von hinten, aber er weiß sofort, dass er sie kennt.

Maria Teske, rätselt er und verwirft es sofort wieder. Nein, das kann nicht sein.

Als die Frau die Wagentür öffnet, schaut sie herüber und verharrt in der Bewegung.

»Herr Swensen!«, ruft sie erstaunt. »Was machen Sie denn hier in Witzwort?«

»Ich wohne hier!«, ruft er zurück, und im selben Moment wird ihm die Situation klar.

»Sie kennen Frau Diete?«

»Sicher, seit neun Jahren!«

»Oh, na so was! Die Welt ist klein.«

»Sie kommen aus der Praxis?«

»Äh … ja … ich … ich hatte gerade … ein kleines Beratungsgespräch. Sie behalten das bitte für sich, oder?«

»Was für ein Zufall! Ich bin noch nie einer Klientin von Anna begegnet, die ich persönlich kenne«, sagt Swensen nachdenklich. »Aber Sie brauchen sich keine Sorgen zu machen, Frau Teske, alles was mit Annas Praxis zu tun hat, ist für mich automatisch topsecret.«

Die Journalistin schaut den Hauptkommissar mit einem ungläubigen Ausdruck an.

»Ehrlich«, bestätigt Swensen noch einmal, »wenn Sie da ganz sichergehen wollen, brauchen Sie es nur Frau Diete zu erzählen. Die würde mir die Hölle heiß machen, wenn ich gegen unsere Regeln verstoße.«

»Ich glaube Ihnen ja«, bekräftigt Maria Teske seine Aussage und grinst verlegen. »Ich wollte nur sagen, dass ich mir in meinem Job kein Gerede leisten kann.«

»Klar doch! Ich denke, ich weiß, wovon Sie sprechen.« Swensen Stimme klingt beruhigend. »Wir brauchen uns ja immer mal wieder, beruflich meine ich. Apropos ›brauchen‹. Es soll demnächst einen Gedenkgottesdienst für die drei Opfer der Kirchenmorde geben. Die Husumer Inspektion wäre sehr daran interessiert, wenn Ihre Zeitung vorab darüber berichten würde, möglichst in einem größeren Artikel.«

»Da steckt doch was dahinter, oder?«

»Für uns steht das in einem ermittlungsrelevanten Rahmen, mehr kann ich Ihnen dazu nicht sagen.«

»Wenn sich daraus eine brandheiße Story entwickelt, dann bin ich aber …«

»… Sie sind die Erste, versprochen!«

»Gut! Allerdings wäscht eine Hand immer die andere, wie man so schön sagt.«

»Keinen Kuhhandel, Frau Teske! Sie wissen genau, ich kann …«

»… ich bräuchte nur eine kleine Privatinformation, Herr Swensen.«

»Privat? Nichts, was mit den Fällen zu tun hat?«

»Nein, nichts! Ich kenne eine Frau, die eine Herztransplantation hinter sich hat. Die hat in letzter Zeit schreckliche Albträume, in denen sie einen Mann sieht. Ich würde im Zusammenhang mit einem Artikel gerne ein Bild dieses Mannes haben. Könnten Sie mir vielleicht jemanden nennen, der Phantombilder erstellen kann? Natürlich müsste das unter der Hand sein, ohne viel Aufwand!«

»Klingt ziemlich konspirativ!«

»Ist es aber nicht.«

»Gut, ich werde sehen, was ich für Sie tun kann. Ich kenne im LKA Kiel eine Computerfachfrau, die vor längerer Zeit mal ein Gesicht für mich rekonstruiert hat. Ich werde sie anrufen, ganz unverbindlich versteht sich.«

»Besten Dank, Herr Swensen.«

*

Sein Körper ist infiziert mit dem Jagdfiebervirus, ein unbändiges

Kribbeln in der Magengegend, das ihn seit Wochen aus dem Haus und wieder hierher zurück treibt. Gestern war er sehr spät am Abend aus dem Örtchen Welt zurückgekommen, wo er den Cache in der St.-Michael-Kirche gefunden hatte.

In der kleinen Plastikfilmdose, die mit einem Magneten hinter dem rechten Dachrinnenrohr auf der rechten Seite des Glockenturms befestigt worden war, hatte ›Seefahrer‹ die neuen Koordinaten Nord 54° 20.046 – Ost 8° 49.478 bekannt gegeben. Heute Morgen wollte Michael Moraht natürlich so schnell wie möglich wissen, welcher neue Standort sich hinter den Zahlen verbirgt.

Er ist schon früh auf den Beinen, duscht zügig und wirft sich in die Klamotten. In der Küche belegt er ein Brot mit Käse, nimmt eine Milch aus dem Kühlschrank und gießt sie in ein großes Glas. Die Milch in der Hand, das Brot zwischen die Zähne geklemmt, marschiert er zu seinem Computer und fährt ihn hoch. Kauend hört er die Windows-Erkennungsmelodie: »Dim dim dim … dimdim«. Ungeduldig klickt er sich ins Netz und danach auf die Seite ›Official Global GPS Cache Hunt‹ und weiter zu ›HIDE & SEEK A CACHE‹. Über Germany, Eiderstedt kommt er zum Cache: Staller Fedderkens.

Für das übernächste Ziel hat ›Seefahrer‹ bereits unvollständige Koordinaten angegeben: ›Nord 54° 20.0-- Ost 8° --.1--‹. Die fehlenden Zahlen, so schreibt er in seinem Rätsel, können am nächsten Ziel auf dem Stein-Relief an der äußeren Südwand des Chores und links neben dem Altar gefunden werden. Nord: Das Jahrhundert des Todestages. Ost: Anzahl der Buchstaben des Spruchs auf dem Grabstein + der Monat ihrer Geburt – sowie die Zähne im Unterkiefer des Holtenpeer. Die ermittelten Zahlen vervollständigen die Koordinaten, die zum letzten Cache führen. Um diesen dann vor Ort zu finden, gab es den Tipp, im Dunkeln zu kommen, eine Taschenlampe mitzunehmen und das Zielobjekt abzuleuchten.

Sofort ist Michael Morahts Neugier entfacht, nichts kann ihn jetzt mehr in seiner Wohnung in St. Peter halten. Er muss an den Ort, er will dieses Rätsel lösen, sofort. Das hellgrüne GPS-Gerät liegt auf der Kommode im Flur. 150 Euro hat ihn der ›Garmin Geko 201‹ gekostet. Er gibt die Koordinaten ein, die er beim letzten Ziel in Welt gefunden hat und sitzt keine fünf Minuten später auf seinem Motorroller. Knatternd fährt er durch St. Peter und verlässt das Dorf über den schnurrgeraden Medfeldweg. Kurz bevor er die Bundesstraße 202 erreicht, macht die Straße eine lang gezogene S-Kurve. Dahinter holt er noch einmal alles aus dem Motor heraus. Voll am Limit saust er durch Tating und Garding. Eine Verkehrsinsel kündigt Katharinenheerd an. Michael Moraht stoppt und schaut auf den GPS-Bildschirm. Der Pfeil auf dem Kompass deutet an, dass er sich rechts halten muss.

Es muss ganz in der Nähe sein, denkt er und biegt nach 200 Metern rechts in Richtung Bahnhof ab. Ein erneuter Stopp mit Blick auf den ›Geko‹ bringt ihn zu dem Entschluss, besser den Roller abzustellen und zu Fuß weiterzugehen. Er schließt ihn kurzerhand an dem verzierten Kirchenzaun an. Durch die Pforte führt ein schmaler Plattenweg erst an Ziersträuchern und dann am hölzernen Glockenturm vorbei, direkt auf die kleine Kirchentür zu, die mit grünen Zick-Zack-Ornamenten verziert ist. Es ist nicht abgeschlossen. Alles deutet darauf hin, dass er das Rätsel bald gelöst hat. Er lugt vorsichtig in die Kirche hinein, keine Menschenseele ist zu sehen. Das schlichte Kirchenschiff hat etwas Anheimelndes. Er geht durch die Reihe der Kirchenbänke, die durch Türen in kleine separate Logen getrennt werden. An der Wand neben der Triumphkreuzgruppe hängt eine verschnörkelte Uhr. Anno 1617 liest er auf der unteren Leiste. Der Zeiger, ein goldener Finger, steht auf 17 Uhr. Das Abendmahl vor Augen, betritt er den Chor. Die Farben des Altargemäldes fesseln seinen Blick und er bemerkt erst nach einer Weile das mannshohe Holzpferd, auf dem ein dürrer Mann in Ritterrüstung sitzt.

Das ist das Holtenpeer!

Er schaut sich den Unterkiefer der Holzskulptur an, zählt 15 Zähne, es könnten aber auch 16 sein, eine Stelle ist etwas undeutlich geschnitzt, und schreibt die Zahl auf einen Zettel. Erst auf dem Rückweg fallen ihm die kleinen Bauernmalereien auf, die sich über die Empore ziehen. Beeindruckt verlässt er die Kirche und beschließt, zu Hause im Internet nachzusehen, auf welchen historischen Pfaden er sich gerade befindet. Jetzt drängt es ihn mit aller Macht zu diesem ominösen Steinrelief und er eilt auf die Rückseite des Gebäudes. Die Frau in Eiderstedter Tracht, die darauf frech ihren Rock hebt, um ihre Füße zu zeigen, ist nicht zu übersehen. Am unteren Rand ist der Satz ›Et gah uns wohl op unse olen Dage‹ in den Granit eingemeißelt.

Es geht uns gut auf unsere alten Tage, übersetzt er im Kopf und studiert die darunter eingelassene Grabplatte in der Kirchenmauer: ›Zum Gedächtnis an Martje Flohrs, geboren am 21.4.1689, gestorben am 31.1.1747, das Große, das Reine, die Treue bleibt der Nachwelt verloren.‹

Für einen kurzen Moment ist das Rätsel, das er hier unbedingt lösen wollte, vergessen. Irgendwie interessiert es ihn vielmehr, wer diese Frau gewesen ist. Aus der Schule weiß er noch, dass der Große Nordische Krieg von 1700 bis 1721 wütete. Dänemark und Schweden waren sich wegen des Herzogtums Schleswig in die Haare geraten.

Zu jener Zeit muss diese Frau noch ein kleines Mädchen gewesen sein, denkt er. Noch etwas, was ich unbedingt im Internet nachschauen will.

Hallo, Michael, ruft eine zweite Stimme, weswegen bist du hierher gekommen? Das Jahrhundert des Todestages. Die Anzahl der Buchstaben des Grabsteinspruchs. Der Monat ihrer Geburt.

*

Zwei Stunden waren Stephan Mielke und Jan Swensen beharrlich im Nieselregen von Haustür zu Haustür marschiert, hatten den Bewohnern das Phantombild ihres mutmaßlichen Täters unter die Nase gehalten und waren der Lösung, wer die Person ist, um keinen Schritt näher gekommen. Jetzt fühlen sich beide wie zwei begossene Pudel. Swensen ist heilfroh, als er endlich wieder im trockenen Dienstwagen sitzt.

»Manchmal frage ich mich ernsthaft, warum ich diesen Job hier eigentlich mache«, knurrt Stephan Mielke missmutig und steckt den Zündschlüssel ins Schloss.

»Ganz einfach«, grinst Swensen, »weil du dich dafür entschieden hast, mein Lieber.«

Stephan Mielke verharrt mit dem Schlüssel in der Hand, lehnt sich trotzig zurück und sagt spöttisch: »Der freie Wille ist doch nur eine Illusion!«

»Sagt?«

»Unsere Profilerin Helene Klein!«

»Helene Klein? Wirklich?«

»Ich hab mich mit ihr unterhalten. Übrigens eine kluge Frau, finde ich. Obwohl, das mit dem unfreien Willen hat sie von so 'nem Hirnforscher, einem gewissen Mar… Mar… Markowitsch. Der behauptet: Wir sind zwar jene, die handeln, aber dass trotzdem die Frage offen bleibt, warum wir eigentlich so oder so handeln.«

»Und? Warum handeln wir?«

»Weil wir ein Produkt unserer Vergangenheit sind, zusammengesetzt aus Genen, frühkindlichen Erfahrungen, Erziehung und den Ansprüchen der Gesellschaft, in der wir aufwachsen. Wir können also gar nichts dafür, dass wir Kriminalbeamte geworden sind. Nur ein Hauch anders, und wir hätten genauso Bankräuber werden können.«

»Da würde ich entschieden widersprechen«, hält Swensen dagegen. »Dieser Markowitsch hat ja recht, dass unsere Natur durch die Gesetze der Physik festgelegt ist, aber unser Wille ist nicht Gegenstand dieser Gesetze und wir können daher frei handeln.«

»Sagt Buddha, oder?«

»Sagt kein anderer als Immanuel Kant. Das buddhistische Weltbild ist jenseits von einem freien oder nicht freien Willen.«

»Das ist doch Unfug, Jan, wo soll denn der Wille sein? Hört sich an wie ›Jenseits von Gut und Böse‹. Hab ich damals schon nicht kapiert, als ich noch Nietzsche gelesen hab, in meiner Sturm-und-Drang-Zeit. Helene hat mir jedenfalls von dem US-Neuropsychologen Adrian Raine erzählt, der auf Gehirntomografien von 41 Mördern einen reduzierten Stoffwechsel im Frontalhirn nachweisen konnte. Und jetzt kommt's, diese Region ist wesentlich für Mitgefühl, Ethik und Verantwortung zuständig.«

»Und? Das sagt nur dann etwas aus, wenn der Geist vom Gehirn erzeugt würde. Anscheinend sieht Herr Markowitsch das genauso. Der Buddhismus vertritt da eine entgegengesetzte Sicht. Für den ist der Geist auf der Ebene seiner Natur vollkommen frei. Bloß solange wir diese Ebene nicht realisiert haben, bleiben wir in unseren Umständen gefangen. Nur die Idee von einem unabhängigen ICH hält uns in der Illusion eines freien oder unfreien Willens. Erst wenn wir diese Vorstellung überwunden haben, wird dieses Paradox verschwinden und es gibt dieses ICH nicht mehr, das unbedingt zwischen einem freien oder keinem freien Willen entscheiden will.«

»Kein ICH? Jan, ich bin Stephan Mielke! Und wenn nicht, dann bin ich gespannt, wer uns jetzt nach Husum fährt?«, grinst Mielke, startet den Wagen und dreht das Licht an.

Während ihres Gesprächs hat die Dämmerung eingesetzt

und mittlerweile ist es bereits ziemlich dunkel. Der Oberkommissar verlässt gerade Tetenbüll in Richtung Oldenswort, als das Handy von Swensen klingelt. Der Kriminalist fingert es aus der Regenjacke, meldet sich und anhand seiner Antworten wird Mielke sehr schnell klar, dass etwas im Busch sein muss.

»Wir müssen wieder umkehren, Stephan«, bestätigt Swensen seine Vorahnung, »wir müssen sofort nach Kotzenbüll rüber. Thiel, unser Organist, soll vor fünf Minuten in der Inspektion angerufen und gemeldet haben, dass er dort bis spät in den Abend Orgel gespielt hat und beim Verlassen einen Mann gesehen habe, der mit einem Motorroller auf dem direkten Weg zur Kirche war. Dass jemand so spät zur St. Nikolai fährt, sei ihm verdächtig vorgekommen.«

»Wir sind auch immer gerade da, wo es Arbeit gibt«, mosert Mielke vor sich hin und steigt voll in die Bremse, sodass Swensen nach vorn in den Sicherheitsgurt schießt. Nach einem rasanten Wendemanöver rast der Oberkommissar die Strecke nach Tetenbüll zurück und weiter bis zur Bundesstraße 202. Das schabende Geräusch der Scheibenwischer kratzt sich durch ihr Schweigen.

Swensen denkt an Meister Rinpoche, als er ihn bei seinen Besuchen in ein Gefängnis begleiten durfte. Dort unterwies der Lama die Häftlinge einmal in der Woche in Meditation. Seinen Unterricht begann er immer mit denselben Worten: »Es ist wichtig, dass ihr euch selbst nicht als Kriminelle seht, sondern als Menschen, die eine kriminelle Tat begangen haben.« Swensen erinnert sich noch genau, dass er damals nicht nachvollziehen konnte, was Meister Rinpoche an dieser unwirklichen Situation des Weggeschlossen-Seins eigentlich verändern wollte, bis einmal, nach einer dieser Stunden, ihn einer der Gefangenen ansprach: »Du bist immer so ruhig, kommt das von diesem Buddhismus?«

»Oh nein«, hatte Meister Rinpoche lächelnd geantwortet,

»das hat nichts mit Buddhismus zu tun. Ich habe mich nur dazu entschlossen, ein Problem nicht mit Gewalt zu lösen. Das heißt, ich verletze einen Menschen unter keinen Umständen mit Gedanken, Worten und Taten, denn würde ich so handeln, dann wird dieser Mensch nach Hause gehen und seine Kinder verprügeln. Und ich will einfach nicht, dass er das tut.«

*

Es ist schon spät, als sein GPS-Gerät verkündet, dass er endlich das letzte Ziel erreicht hat. Michael Moraht kettet seinen Motorroller vor einem Wassergraben an einem kleinen Schaukasten mit einer Eiderstedt-Karte fest. Nur vage kann er in der Dunkelheit die Umrisse des mächtigen Kirchengebäudes erahnen, auf das sich der Pfeil des Kompasses ausgerichtet hat.

Dummerweise war er gezwungen gewesen, zu Hause einen längeren Zwischenstopp einzulegen. Kurz nachdem er die Koordinaten beim vorigen Stopp ermittelt hatte, war der Akku von seinem GPS-Gerät plötzlich leer gewesen. Er musste notgedrungen aufgeladen werden, bevor er weitermachen konnte. Während der Wartezeit in seiner Wohnung konnte er einfach nicht widerstehen und hatte sich ins Internet eingeloggt, um mit der Suchmaschine nach Martje Flohrs zu suchen. Er fand einen Eintrag unter ›Boßelverein – Martje Flohrs‹, der eine Erklärung zu dem Spruch auf dem Steinrelief gab und aus der Sagensammlung des Karl Müllenhoff von 1845 stammte:

›Während der Belagerung Tönnings im Jahre 1700 nämlich hatte eine Gesellschaft von feindlichen Offizieren auf einem Hofe in Katharinenheerd Wohnung genommen und verfuhr nach Feindes Art nicht eben säuberlich, so dass ihnen bei Tische eher der Gedanke als der Wein ausging. Die Tochter im Hause, Martje, damals 10 Jahre alt …, sah dem Treiben der Fremden und der Trübsal ihrer Eltern mit Unwillen und

Bedauern zu, als sie von den übermütigen Gästen aufgefordert wurde, auch eine »Gesundheit« auszubringen. Dies tat sie auf eine Weise, welche ihr Andenken bis jetzt erhalten hat. Unter »Martje Flohrs' Gesundheit« nämlich, ohne welche in Eiderstedt beim sinnig frohen male Gast und Wirt sich selten trennen, wird der von ihr damals ausgebrachte Trinkspruch »Et gah uns wohl op unse olen Dage« verstanden.‹

Die Zeit war wie im Fluge vergangen und draußen hatte bereits die Dämmerung eingesetzt, als seine Recherche ihn schließlich auch noch zu dem Holtenpeer führte. Er erfuhr, dass die Schnitzerei schon im 15. Jahrhundert gefertigt worden war. Bei dem Holzreiter handelt es sich um das Abbild des Ritters St. Jürgen, der als ein Drachentöter gilt und der unter dem römischen Kaiser Diokletian den Märtyrertod erlitten haben soll. Bei den Tumulten während der Einführung der Reformation in Eiderstedt sollen die Katharinenheerder ihre Statue auf einer Fenne in der Nähe der Kirche vergraben haben, damit sie nicht an den dänischen König ausgeliefert werden musste.

Als Michael Moraht, den Kopf voll mit seinen Recherchen, durch die Kirchenpforte den Friedhof betritt, kann er kaum noch die Hand vor Augen sehen. Mittlerweile ist der Nieselregen auf dem Weg hierher zu einem unangenehmen Regenschauer geworden. Im Norden gilt die alte Weisheit: Es gibt kein schlechtes Wetter, es gibt nur schlechte Kleidung, hatte er sich noch vor der Abfahrt gesagt.

Trotzig zieht er sich den Südwester über die Ohren, fingert angespannt die Taschenlampe aus der Jackentasche des Ölzeugs und folgt dem Lichtschein, den er vor sich über die Gehplatten gleiten lässt. Trotz des schürfenden Geräuschs, das sein Regenzeug bei jeder Bewegung verursacht, glaubt er plötzlich ein Knacken gehört zu haben. Er bleibt stehen, späht erschreckt in alle Richtungen, kann aber nichts entdecken.

Nachts haben Gräber immer etwas Unheimliches, denkt er und ahnt, dass hier etwas nicht in Ordnung ist. Eigentlich kennt er solche Angst nicht, denn viel zu oft ist er in der Nacht schon allein durch die Gegend gezogen. Aber heute scheint eindeutig etwas anders zu sein und um sich innerlich zu beruhigen, versucht er an das gelöste Rätsel von Katharinenheerd zu denken, das ihn noch zu dieser unsäglichen Zeit hierher gelockt hat.

Wieder ein Knacken.

Und wieder gibt es in der Dunkelheit nichts zu entdecken.

Der alte Drachentöter wird doch nicht um die Kirche spuken?

Michael Moraht klammert sich fest an den Griff seiner Taschenlampe und lässt den Strahl langsam über die Kirchturmwand gleiten. Der Cache soll sich, so hatte die Mitteilung im Internet versprochen, von selbst bemerkbar machen. Mit den mysteriösen Sätzen im Ohr schreitet er die linke Turmseite ab, während der Lichtkegel die Ziegel ableuchtet. Jeden Moment kann etwas passieren, seine Anspannung ist kurz vor dem Höhepunkt. Plötzlich blitzt ein winziges Licht auf. Der junge Mann tritt an die Mauer heran und stellt fest, dass es aus einer Mauerlücke kommt. Seine Fingerspitzen reichen mit Mühe heran. Erst als er sich auf die Zehenspitzen stellt, kann er die Plastikfilmdose herausfummeln. Ein Phosphor-Klebeband ist darum gewickelt.

Das ist das Geheimnis! Deshalb konnte der Cache sich also selbst bemerkbar machen!

Er schließt die kleine Dose fest in seine Hand. Als er sich umdreht fliegt wie aus dem Nichts ein großer Schatten auf ihn zu. Zwei Hände packen seine Schultern und reißen ihn zu Boden. Er will schreien, doch ein Unterarm legt sich über seinen Nacken und drückt sein Gesicht mühelos ins nasse Gras. Todesangst ergreift seinen Körper, er glaubt zu ersticken. Doch obwohl er seine letzten Kräfte mobilisiert, kann er seinen Kopf keinen Zentimeter mehr bewegen.

»Wenn du nicht augenblicklich gestehst, wirst du Erde fressen«, flüstert ihm eine Stimme bedrohlich ins Ohr. »Also Freundchen, überleg nicht lange. Du hast drei Versuche!«

Der Druck im Nacken lockert sich ein wenig. Michael Moraht schnappt gierig nach Luft, muss husten und es braucht einen Moment, bis er stammelt: »Sind Sie nicht bei Trost, Mann? Was wollen Sie von mir?«

»Versuch eins, falsche Antwort!«, zischt die Stimme und drückt ihn brutal ins Gras zurück. »Ich will dein Scheiß-Geständnis, hast du verstanden!«

Wieder lockert sich der Druck. Er überlegt in Panik, was da mit ihm passiert, was dieser Irre, der auf seinem Rücken hockt, von ihm hören will.

»Ehrlich, Mann, Sie müssen mich mit jemandem verwechseln! Lassen Sie mich sofort los!«

»Noch einen Versuch, du kleine Ratte! Das ist meine letzte Warnung!«, droht der Schatten und drückt sein Gesicht abermals ins Gras.

»Polizei Husum, lassen Sie sofort den Mann los«, hört er plötzlich eine Person schreien, dann fällt ein Schuss und ihm wird schwarz vor Augen.

*

Swensen schlägt die Augen auf und starrt ungläubig auf eine geflieste Wand, schmutzig gelb, als würde sein Blick in eine fremde Welt fallen. Einen beunruhigenden Augenblick lang weiß er nicht, wo er ist, bis dieser trügerische Zustand zwischen Schlafen und Wachen wieder verschwunden ist. Die Erinnerung kehrt zurück. Er richtet sich auf, bleibt eine Weile auf dem Rand der Pritsche hocken und spürt, wie sein Kopf sich mit Gedanken füllt. Ihm fällt die Szene aus dem Verhörraum vom gestrigen Abend ein, realistisch grell sitzt der hochgewachsene Mann im regennassen Kampfanzug vor ihm auf dem Stuhl. Er empfängt Swensen mit argwöhnischen Blicken, zeigt sonst keinerlei Regung. Das fast vierkantige Gesicht ist starr wie aus Stein gemeißelt, die Arme sind abweisend vor der Brust verschränkt. Die kurz geschnittenen Haare haben sich durch die Feuchtigkeit zu stacheligen Büscheln aufgerichtet.

»Hubertus Giese«, beginnt Swensen das Verhör. »41 Jahre alt, am 9. Februar 1962 in Flensburg geboren. Beruf: Feldwebel beim Flugabwehrraketengeschwader 1 in Husum. Richtig?«

»Ich schnappe euch den Mörder und Ihr wollt mich dafür einsperren? Da läuft doch wohl was falsch, oder?«

»Ich stelle hier die Fragen, Herr Giese. Sind meine Angaben zur Person richtig?«

»Das wissen Sie doch! Also, weswegen werde ich hier festgehalten?«

»Sie haben einen wildfremden Mann überfallen, Herr Giese!«

»Diese Bestie hat meine Frau umgebracht!«

»Woher wollen Sie das wissen?«

»Sie haben mir selbst das Foto von dieser Kreatur gezeigt. Und ich hab nicht mal drei Wochen gebraucht, bis ich ihn geschnappt hab. Ich schenk ihn euch, auch wenn er bei mir nicht so glimpflich davonkommen würde. Ein Dankeschön können Sie sich sparen. Kann ich nun endlich gehen?«

Swensen legt zwei Fotos auf den Tisch. Das eine ist das Phantombild und das andere zeigt den jungen Mann von der Kotzenbüller Kirche.

»Sehen Sie da einen Hauch von Ähnlichkeit?«, fragt der Hauptkommissar.

»Na und? Fotos können täuschen!«

»Wenn mich nicht alles täuscht, haben Sie zwei Kriminalbeamte angegriffen und einem ins Gesicht geschlagen. Und Sie haben erst von ihm abgelassen, als ich in die Luft geschossen habe.«

»Sie hätten beinah diesen Mörder entkommen lassen. Das war reine Notwehr!«

»Das war Widerstand gegen Vollstreckungsbeamte, § 113 StGB, Herr Giese! Das kann Sie sechs Monate kosten. Vielleicht wäre es gut gewesen, vor solch einer verrückten Aktion mal das ›Handbuch Staatsbürgerkunde‹ durchzublättern.«

»Als Soldat der Bundeswehr bin ich selbst Vollstreckungsbeamter!«

»Richtig, dummerweise hatten Sie nur keinen Befehl, Herr Feldwebel!

Swensen spürt seine Knochen, als er die Treppe aus dem Keller in den ersten Stock hinaufsteigt. Im Nachhinein findet er die Idee, in einer der leeren Aufnahmezellen zu übernachten, nicht gerade überzeugend. Aber nach den Verhören war es fast 5 Uhr und er verspürte nicht die geringste Lust durch den Regen noch nach Witzwort zu kurven. Die Uhr in seinem Büro zeigt 8.14 Uhr. Er hat keine zwei Stunden in seiner Kleidung geschlafen und fühlt sich dementsprechend nicht gerade buddhistisch ausgeglichen.

Hoffentlich muffle ich nicht schon, denkt er.

Auf dem Schreibtisch liegt das Protokoll von dem Verhör mit Michael Moraht. Ohne großartig nachzudenken, nimmt er es in die Hand und überfliegt den Text.

Husum, 25.09.2003

Vernehmung von Michael Moraht

(weitere Personalien bekannt)

Herr Moraht wurde am 25.09.2003 von Hauptkommissar Jan Swensen und Oberkommissar Stephan Mielke in die Husumer Polizeiinspektion gebracht. Herr Moraht wurde in das Dienstzimmer 217 geführt. Gemeinsam mit Herrn Moraht wurde anschließend der ›Personalbogen‹ ausgefüllt. Herr Moraht erklärte sich zu einer Tonbandvernehmung bereit. Er gibt Folgendes zu Protokoll …

Der Hauptkommissar kann immer noch nicht glauben, was sich bei dieser Vernehmung alles abgespielt hat. Einerseits schwoll Mielkes linkes Auge, der neben ihm im Verhörraum saß, immer weiter zu, andererseits saß da ein junger Mann in verschmiertem Ölzeug, der entweder hervorragend schauspielern konnte oder überhaupt keine Ahnung hatte, was die beiden Beamten von ihm wollten. Swensen holt sich die Situation noch einmal vor Augen. Er sieht, wie er das Phantombild über den Tisch zu Moraht schiebt.

»Haben Sie diesen Mann schon einmal gesehen?«, fragt Swensen.

»Wer soll das sein?«

»Jemand, der wie Sie um Kirchen herumstreift.«

»Nein, kenn ich nicht. Ich bin immer allein unterwegs.«

»Was haben Sie mitten in der Nacht an der Kotzenbüller Kirche gesucht?«

»Darüber sage ich nichts.«

»Du verkennst offensichtlich deine Lage, Moraht«, zischt Mielke.

»Sie sind Muggel, die Info ist für Muggel nicht vorgesehen!«

»Muggel?«, fragt Swensen erstaunt.

»Harry Potter? Wir haben hier keine Zeit für irgendwelchen hirnrissigen Tüttelkram aus Harry Potter«, bellt Mielke dazwischen. »Es geht hier um Mord und nicht um einen Dummejungenstreich, Freundchen! Du fängst augenblicklich an zu reden, oder es wird für dich äußerst ungemütlich, Moraht!«

»Die Filmdose, die Sie bei sich hatten, wofür ist die?«

»Rede endlich, Moraht! Verdammt noch mal rede!«

»Und dieses Zeug da drin, der kleine Teufelskopf mit dem offenen Maul, dieser Zettel mit Namen darauf, was hat das zu bedeuten?«

»Sie sind Muggel, das geht sie gar nichts an!«

»So kommen wir nicht weiter, Herr Moraht«, sagt Swensen mit betont ruhiger Stimme. »Es gibt zwei Möglichkeiten. Sie beantworten unsere Fragen oder ich nehme Sie augenblicklich fest und Sie werden erst in 48 Stunden dem Richter vorgeführt. Und wenn Sie dann immer noch nicht reden wollen, wird der Sie in Untersuchungshaft nehmen. Also, welche der beiden Möglichkeiten bevorzugen Sie?«

»Es ist doch nur ein harmloses Spiel. Und in dem Spiel muss ich mich eben an bestimmte Regeln halten.«

»Was für ein Spiel?«

»Geocaching.«

»Geocaching? Noch nie gehört. Was ist das?«

»So was ähnliches wie eine Schnitzeljagd. Die Verstecke können über geografische Koordinaten im Internet gesucht werden.«

Mielke und Swensen gucken sich irritiert an.

»Meine Filmdose ist ein Geocache, ein wasserdichter Behälter. Der Teufelskopf ist ein Tauschgegenstand und der Zettel ein Logbuch, in das sich der Geocacher einträgt und den Cache wieder an der gefundenen Stelle versteckt.«

»Ich glaube, jetzt ist der globale Irrsinn ausgebrochen«, stellt Mielke fest. »Ohne dass wir es ahnen, latschen irgendwelche Typen durch die Gegend und suchen versteckten Firlefanz. Könnte sein, dass wir unser Phantombild zu den Akten legen dürfen.«

»Wir achten eigentlich darauf, dass wir keine Muggel aufscheuchen«, widerspricht Michael Moraht.

»Was zum Teufel sind Muggel?«, faucht Mielke.

»Sie sind ein typischer Muggel. Muggel haben keine Ahnung davon, was wir machen. Deswegen passen wir besonders auf, dass die auch nichts mitbekommen, wenn wir einen Cache suchen.«

»Und wer versteckt dieses Zeug?«, fragt Swensen.

»Alle, die Lust dazu haben.«

»Und wie heißt der Mensch, der diesen Cache in Kotzenbüll versteckt hat?«

»›Seefahrer‹.«

»Wir wollen den Namen!«

»Den kennt niemand. Wir Cacher kennen uns nicht persönlich. Alles läuft anonym. Im Internet heißt er nur ›Seefahrer‹.«

Mit so etwas schlägt man sich die Nacht um die Ohren, denkt Swensen. Er fühlt sich körperlich zerschlagen und erinnert sich voller Mitgefühl an Stephan Mielke, der am Ende der Vernehmung nicht mehr aus seinem geschwollenen Auge sehen konnte. Er hatte den Kollegen vor der Vernehmung des Feldwebels nach Hause geschickt und unvernünftiger Weise allein weitergemacht.

Jetzt bekommst du die Quittung, sagt seine innere Stimme. Der Hauptkommissar fährt den Computer hoch und schwört sich, nach der Frühbesprechung sofort nach Hause zu fahren, um zu duschen und ein paar Stunden zu schlafen. Mit müden Augen ruft er die Seite einer Suchmaschine auf, gibt den Begriff ›Geocaching‹ ein und ist von der Flut der Eintragungen schier erschlagen. Er entscheidet sich für ›Geschichte des Geocaching‹ und studiert mit viel Mühe den Inhalt.

Demnach ließ am 2. Mai 2000 Präsident Clinton die künstliche Verzerrung der GPS-Signale abschalten, die ursprünglich rein militärisch genutzt worden waren. Das war der Startschuss für eine breite zivile Nutzung. Sofort verkündete der Amerikaner Dave Ulmer seine Idee von einem weltweiten Spiel, das über GPS-Navigation funktioniert. Noch im selben Monat versteckte er den offiziell ersten Geocache der Welt unter den Koordinaten N 45 17.460 – W 122 24.800 und schrieb dazu: ›Viele Überraschungen für die Finder. Sucht nach einem schwarzen Plastikeimer, der etwas abseits vom Weg eingegraben ist. Nehmt etwas heraus, lasst etwas anderes dafür darin! Haltet Euren Besuch im Logbuch fest. Viel Spaß.‹

In Deutschland begann Geocaching am 2. Oktober 2000. Ferenc Franke versteckte den ersten Cache mit dem Namen ›First Germany‹ südlich von Berlin.

Was hätte wohl Buddha zu Geocaching gesagt, überlegt Swensen nicht ohne Spott, hört aber gleichzeitig die mahnende Stimme seines Meisters:

»Auf deinem Pfad ist niemand da, dem du die Schuld für deine Situation geben kannst. Nicht einmal deinen Lehrer kannst du verantwortlich machen, der dich vielleicht diesen Weg einschlagen ließ. Nur dir persönlich kannst du den Vorwurf machen, warum du diese Reise überhaupt angetreten hast. Schuldzuweisungen bringen dich nicht weiter. Es bleibt die einzige Möglichkeit, den rechten Pfad zu finden und ihn konsequent zu folgen.«

Oktober 2003

Heinz Püchel platzt mit seiner hektischen Präsenz in die morgendliche Frühbesprechung. Jean-Claude Colditz wird mitten im Satz unterbrochen, seine Worte bleiben ihm förmlich im Hals stecken. Ohne den ungehaltenen Gesichtsausdruck des SOKO-Chefs zur Kenntnis zu nehmen, hält der Polizeirat mit hochrotem Kopf die Husumer Rundschau in die Luft und deutet mit dem Finger auf die Schlagzeile und das Foto eines Gesichts, das allem Anschein nach ein digitales Phantombild ist.

»›Ist das der Mörder von Reimersbude?‹«, zitiert er mit lauter Stimme den Satz, den jeder selbst lesen kann, und setzt ohne Unterbrechung zu einer seiner typischen Tiraden an. »Das hat uns gerade noch gefehlt. Wir stecken bis zum Hals in einer brenzligen Mordserie und jetzt kommt auch noch dieser ungelöste Fall auf die Titelseite. Außerdem, wie kann das überhaupt sein?«

Er wirft die Zeitung wütend auf den Konferenztisch, sodass sie über den Tisch schlittert und vor Swensen liegen bleibt.

»Wie kommt die Kanaille an das Bild eines Mörders, bevor die Inspektion etwas davon mitbekommen hat?«

»Ist diese Frage an mich persönlich gerichtet?«, fragt Swensen, als der Blick des Polizeirats längere Zeit auf ihm verweilt.

»Ich kenne doch meine Pappenheimer«, sagt Püchel mit drohendem Unterton.

Swensen bleibt stumm, denn er erinnert sich sofort an die Szene mit Maria Teske, die ihn um einen Kontakt zu einem Phantombildzeichner gebeten und der er großzügig Hilfe angeboten hatte.

Silvia Haman, die neben dem Hauptkommissar sitzt,

schnappt sich die Zeitung und überfliegt in Windeseile den kurzen Artikel.

»Hier steht doch, wie das mit dem Bild sein kann«, verkündet sie lauthals. »Ich zitiere: ›Dies ist die Geschichte der Lisa B. Die Tanzlehrerin hat ein Martyrium hinter sich, bei dem sie dem Tod ins Auge schauen musste. Nur eine Herztransplantation konnte sie retten. Doch die hat ihren Preis. Jetzt hat die Frau nächtliche Albträume, sieht den Mörder von Reimersbude. Wenn Sie neugierig geworden sind, dann lesen Sie ab Samstag unsere Serie: Das Herz der Lisa B.‹«

»Wegen dieser Räuberpistole machst du hier so einen Wind«, nörgelt Stephan Mielke, dessen Hämatom am Auge mittlerweile grünlich schimmert, was den Spott der Kollegen langsam abebben lässt.

»Was heißt hier Räuberpistole. Der Mord von Reimersbude ist schließlich kein Hirngespinst!«, verteidigt sich Püchel. »Und er ist dazu immer noch ungeklärt.«

»Und du willst im Ernst behaupten, dass, wenn jemand nachts aus irgendeinem Grund von irgendeinem Menschen träumt, diese Story auch nur im Geringsten glaubwürdig ist?«, fragt Mielke abfällig.

»Und was ist mit dem Artikel vor einer Woche? Da hat die Rundschau über die ermordeten Frauen von Libo berichtet, die beide einen Betriebsrat gründen wollten«, ereifert sich Püchel. »Da muss jemand der Zeitung doch einen Tipp gegeben haben, oder?«

»Was meinst du mit jemand, Heinz?«, schaltet sich Colditz ein.

»Na, einer von uns, was denn sonst!«

»Weißt du etwas, oder teilst du uns nur deine Vermutungen mit?«

»Ich kann eins und eins zusammenzählen, Jean-Claude. Und du kannst das auch!«

»Also, das mit dem Betriebsrat kann jeder halbwegs intelligente Journalist auch selber rausgekriegt haben. Der braucht nur in einen dieser beiden Libo-Supermärkte gegangen zu sein und sich eine aussagewillige Mitarbeiterin gekrallt zu haben.«

»Und die hat dem Pressefuzzi nebenbei den Mörder von Reimersbude verraten. Da ist doch etwas oberfaul!«

»Nun schmeiß nicht ständig Dinge zusammen, die nicht zusammen gehören, Heinz«, ruft Colditz den Polizeirat zur Ordnung. »Wer, in Gottes Namen, soll denn wissen, wer der Mörder von Reimersbude ist? Ich hab mir alle alten Akten angesehen. Da gibt es nichts, was auf einen konkreten Täter hinweist. Und ein Name wie Lisa B. taucht darin überhaupt nicht auf.«

»Und was soll ich Staatsanwalt Rebinger erzählen? Der sitzt bestimmt gleich bei mir im Büro und will ein Statement zu dem veröffentlichten Bild!«

»Du siehst, dass du von uns keins bekommen wirst. Lass uns weiterarbeiten, Heinz, wir sprechen nach der Sitzung miteinander!«

Der Polizeirat wirkt einen Moment wie erstarrt. Ein deutliches Zeichen, dass er sich abgewürgt fühlt. Ohne ein Wort verschwindet er mit finsterer Miene aus dem Raum. Nachdem die Tür ins Schloss gefallen ist, wendet Colditz sich an Helene Klein.

»Du kennst doch auch die Aktenlage dieses ungelösten Falls?«, fragt er die Profilerin. »Siehst du einen Zusammenhang mit den aktuellen Morden?«

»Das ist wirklich schwer zu sagen. Den Prägnanztyp eines Serienmörders gibt es nicht. Der Mord bei Reimersbude scheint mir keine geplante Tat gewesen zu sein, sie sieht eher spontan, situativ gebunden aus. Das spricht für eine Art Menschenjäger, der loszieht und bestimmte Regionen durchstreift, um sich wahllos ein Opfer herauszusuchen. Laut Aktenlage ist das Opfer vor ihm geflohen. Der Täter hat ihr nachgesetzt und sie erschlagen. Wenn wir diesen Mord mit unseren aktuellen Fällen vergleichen, gibt es bei dem ersten Mord noch eine gewisse Übereinstimmung. In beiden Fällen muss der Täter die Frauen vorher angesprochen haben. Vielleicht wurden beide als Anhalterinnen mitgenommen. Die fünfjährige Pause dazwischen ist dabei erst mal nichts Ungewöhnliches. Es kann sein, dass der Täter von Reimersbude nach dem Mord eine Art emotionale Abkühlung hatte, bis er dann Jahre später den nächsten Mord in Witzwort beging.«

»Emotionale Abkühlung? Geht es auch mit weniger Fachchinesisch?«, knurrt Jacobsen dazwischen.

»Um es vielleicht in deiner Sprache zu sagen, Rudolf, der erste Mord könnte ihn abgetörnt haben. Er war hinterher zu sehr mit seinen Erinnerungen beschäftigt, hat die Tat wahrscheinlich wieder und wieder im Kopf durchgespielt, sodass seine Gewaltfantasien, die zu der Tat geführt haben, längere Zeit in Schach gehalten wurden.«

»Besteht nun eine Dichotomie zwischen den Fällen, oder nicht?«, fragt Colditz ungeduldig.

»Bei unseren aktuellen Fällen zeigt der Tätertyp ausgesprochen sadistische Wesenszüge. Das ist eindeutig ein geplantes Töten. Es muss einen längeren Täter-Opfer-Kontakt gegeben haben. Es dürfte sich bei dem Täter um einen sympathischen Menschen handeln. Das spricht für jemanden, der gut in ein soziales Umfeld eingebetet ist. Außerdem ist anzunehmen, dass die Menschen in seinem Umfeld, selbst wenn es konkrete Hinweise geben würde, ihn kaum für den gesuchten Mörder halten werden. Tatort und Ablegeplatz Kirche deuten auf eine Art religiösen Wahn hin. Der Täter könnte glauben, mit Gott in direkter Kommunikation zu stehen, oder er hält sich für auserwählt und meint, er müsse die Welt von einem

Übel erlösen. Religiöse Wahninhalte erscheinen immer besonders irreal und unsinnig, dabei muss sich der Wahn nicht notwendig aus einem religiösen Erleben entwickelt haben. Der Grund kann auch auf menschliche Konflikte zurückzuführen sein, beispielsweise bei Eheproblemen oder Autoritätsproblemen.«

»Das hört sich ja alles gut und schön an«, interveniert Silvia Haman, »aber hilft uns das auch vor Ort weiter? Ein religiöser Wahn steht niemandem auf die Stirn geschrieben.«

»Ich teile euch nur einige der möglichen Charaktereigenschaften mit. Behaltet sie im Kopf, wenn ihr mit verdächtigen Personen redet. Ist die befragte Person beispielsweise kontaktfreudig, hat sie etwas Missionarisches? Und wie gesagt könnt ihr davon ausgehen, dass sein Umfeld den Täter nicht als verdächtig einstuft. Selbst enge Freunde werden nur Gutes über ihn sagen. Lasst euch also nicht davon blenden.«

»Konzentrieren wir uns als Nächstes auf diesen Gedenkgottesdienst«, übernimmt Colditz wieder die Leitung. »Es gibt bereits ein breites Presseecho auf die Ankündigung. Helene ist der Meinung, dass der Täter wahrscheinlich alle Medienberichte, die mit seinen Taten in Zusammenhang stehen, verfolgt. Da bietet sich uns eine gute Chance. Die Frage ist, wenn er wirklich kommt, gelingt es uns, ihn unter den vielen Besuchern herauszufiltern? Eine Idee ist, während der Feier in allen drei Kirchen ein Gedenkkreuz für das jeweilige Opfer aufzustellen. Vielleicht besucht der Täter dann die Orte. In jedem Fall werden wir heimlich Videoaufnahmen machen und Fotos schießen.«

»Außerdem gibt es einen zweiten Trumpf, die DNA«, wirft Helene Klein ein.

»Schon«, kontert Colditz, »aber es gibt keinen konkreten Verdächtigen.«

»Wir könnten einen großräumigen Speicheltest durchführen lassen.«

»Eiderstedt hat eine Einwohnerzahl von über 11.000 Menschen, Helene«, wirft Stephan Mielke ein. »Wir haben sowieso schon alle Hände voll zu tun. Wie sollen wir das eben schnell nebenbei bewerkstelligen?«

»Der Mann, den wir suchen, verfügt über große Ortskenntnis. Meine Hypothese: Der Täter stammt aus der unmittelbaren Region. Ich würde die erste Testphase auf den nördlichen Teil Eiderstedts eingrenzen, sagen wir mal Westerhever, Osterhever, Poppenbüll, Tetenbüll, Uelvesbüll, Witzwort und Oldenswort. Außerdem können wir uns auf männliche Personen zwischen 16 bis 35 Jahren beschränken.«

»Und wenn nichts dabei herauskommt?«, knurrt Jacobsen.

»Dann erweitern wir den Radius. Die Möglichkeit braucht natürlich Zeit, die wir nicht haben. Der Täter kann jederzeit wieder zuschlagen. Aber am Ende geht er uns mit hoher Wahrscheinlich ins Netz. Eure Ermittlungen laufen schon zu lange ins Leere«

»Ich werde mich darum kümmern, dass das LKA Kiel uns bei der Sache unterstützt«, beruhigt Colditz, der die langen Gesichter in der Runde wahrnimmt, die noch mehr Arbeit befürchten.

»Wie ist eigentlich deine Einschätzung zu diesem unangenehmen Macho-Feldwebel?«, meldet sich Silvia Haman zu Wort. »Kann es sein, dass ein Serientäter erst andere Frauen umbringt, bevor er seine eigene Frau tötet?«

»Mir ist kein Fall dieser Art bekannt«, grübelt Helene Klein. »Wie schon erwähnt, normalerweise richtet der Serientäter seinen Hass nicht gegen den realen Verursacher. Aber so etwas kann grundsätzlich nicht ausgeschlossen werden. Mit einem DNA-Test wäre der Verdächtige jedenfalls schnell zu überprüfen.«

»Übrigens, unser Phantombild von diesem Kirchenschleicher können wir wohl vergessen«, erklärt Stephan Mielke.

»Bei dem Verhör von unserem Selbstjustiz-Soldaten ist rausgekommen, dass auf Eiderstedt eine merkwürdige Clique von Menschen durch die Gegend zieht, um irgendwelche kleine Gegenstände zu finden, die andere versteckt haben. Geocaching nennt sich dieser neuste Freizeitsport aus dem Internet. Das Phantombild, das wir haben, zeigt anscheinend nur einen von diesen Spinnern.«

»Ein Fehlalarm?«, fragt Colditz ungläubig. »Du meinst, die kommen uns nur zufällig ins Gehege?«

»Das scheint so zu sein«, bestätigt Mielke. »Es gibt selbst an unseren Tatorten in Witzwort und Uelvesbüll versteckte Plastikschachteln und Döschen, die diese Typen als Cache bezeichnen.«

»Die sind doch alle im Internet zu Hause!«, regt Silvia sich auf. »Dann wissen die bestimmt auch alle, wie man ohne Mühe an K.-o.-Tropfen kommt. Wir sollten die Wohnungen dieser Geocacher durchsuchen lassen.«

»Es gibt keinen konkreten Verdacht«, greift Colditz ein. »Da wird kein Staatsanwalt mitziehen, Silvia.«

»Aber wenn die sich im Internet verabreden, können wir sie dann nicht zumindest alle zusammentreiben und durch die Mangel drehen?«, ereifert sich Jacobsen.

»Ich hab mir die offiziellen Seiten im Netz angesehen. Dieses Geocaching wird völlig anonym angeleitet. Jeder, der will, kann sich mit einem Fantasienamen in das Spiel einloggen. Gespielt wird einzeln, ohne dass irgendjemand irgendjemanden kennt. Selbst dieser Michael Moraht, den wir geschnappt haben, konnte uns nichts Großartiges sagen.«

»Herr vergib Ihnen, denn sie wissen nicht, was sie tun«, ereifert sich Jacobsen. »Diese Welt gebiert immer mehr Durchgeknallte.«

»Wir sollten aber schon an der Sache dranbleiben«, sagt Colditz. »Wir müssen diese Typen zumindest alle überprüfen.«

»Ich wüsste im Moment nicht, wie wir an diese Geocacher rankommen sollten. Aber ich werde mich noch einmal schlau machen.«

»Okay, dann beenden wir die Besprechung. Wichtig ist, dass die Vorbereitungen für den Gedenkgottesdienst zügig vorankommen. Moin, Moin!«

Colditz sammelt seine Unterlagen zusammen, gibt der Profilerin einen Wink und verlässt mit ihr gemeinsam den Raum. Swensen erhebt sich erst, als schon die meisten Kollegen verschwunden sind.

»Wollen wir heut Nachmittag gemeinsam nach Witzwort rüber?«, fragt Silvia Haman beim Rausgehen.

»Machen wir«, bejaht Swensen und geht langsam auf den Flur hinaus, der schon wieder menschenleer ist. Hinten, am anderen Ende, tritt ein Mann aus Püchels Büro. Erst auf den zweiten Blick erkennt der Hauptkommissar, dass es Staatsanwalt Rebinger ist. Mit forschem Schritt marschiert er auf Swensen zu. Erschreckt stellt der fest, wie stark verändert sein Äußeres ist. Das Gesicht wirkt aschfahl und sein einst so ausgeprägtes Doppelkinn ist fast verschwunden.

Der Mann hat mindestes zehn Kilo abgenommen, denkt der Kriminalist und grüßt laut: »Moin, Moin, Herr Rebinger!«

»Guten Tag, Herr Swensen«, grüßt der Staatsanwalt frostig zurück und geht ohne Blickkontakt vorbei.

Swensen stoppt vor Püchels Tür, klopft und tritt ohne abzuwarten ein.

»Mensch, Rebinger hat ja noch mehr abgenommen«, stellt er fest.

Der Polizeirat sitzt in einer Rauchwolke hinter dem Schreibtisch und zündet sich gerade eine neue Zigarette an.

»Antonia hat die Scheidung eingereicht«, sagt Püchel mit gedämpfter Stimme. »Das behältst du aber für dich. Ich glaub, Ulrich ist sowieso ziemlich sauer auf dich, weil er denkt, dass deine Ermittlungen im letzten Jahr zu seiner Ehekrise geführt haben.«

»Ja, ja«, stellt Swensen fest, »der Überbringer der schlechten Nachricht wurde früher sogar geköpft.«

»Du bist aber nicht hier, um mit mir über Rebinger zu sprechen, oder?«

»Nein, ich bin wegen diesem Phantombild des angeblichen Mörders hier, das sie heute in der Husumer Rundschau veröffentlicht haben. Ich fürchte, ich bin indirekt nicht ganz unschuldig daran.«

»Ich hab es doch vorhin schon geahnt«, braust Püchel auf. »Ich kenn doch meine Pappenheimer.«

»Das sagtest du bereits«, unterbricht der Hauptkommissar und denkt: Mach jetzt keinen Tamtam, Heinz Püchel, während ein Impuls im selben Moment seinen aufkeimenden Ärger beschwichtigt. Ihm fallen die Worte der Metta-Meditation ein: ›Mögest du glückselig, friedvoll und frei von Leiden sein.‹

*

Theodor Bigdowski ist in blendender Stimmung. Der Grund für diesen eher ungewöhnlichen Gemütszustand des Chefredakteurs war ein Anruf aus der Kieler Zentrale der Zeitung. Geschäftsführer Manfred Mauruschat hatte ihn zu der erfreulich gesteigerten Auflage beglückwünscht, die seit der Berichterstattung über die Kirchenmorde auf Eiderstedt zu verzeichnen ist. Die Husumer Rundschau wäre im Moment das Zugpferd, hatte Mauruschat gelobt, das selbst die Verkaufszahlen der anderen Regionalzeitungen aus dem Verlag mit nach oben zieht. Besonders der Artikel über den Libo-Discounter und die ermordeten Frauen, die dort einen Betriebsrat gründen wollten, werde von der Leserschaft aufmerksam verfolgt, was an den massenhaften Zuschriften zu erkennen sei.

Deshalb hätte man in Kiel beschlossen, der Husumer Rundschau die volle juristische Rückendeckung für die geplante Serie über diese Frau mit dem fremden Herzen und ihr Phantombild zu geben.

Mit den Worten »Weiter so, Theodor« hatte Mauruschat das Gespräch beendet und seitdem fühlt sich der Chefredakteur beinahe, als hätte er gerade den Ritterschlag erhalten. Euphorisch greift er nach der heutigen Ausgabe, hält die Titelseite am ausgestreckten Arm vor seine Augen und liest die Schlagzeile zum zigsten Mal: ›Ist das der Mörder von Reimersbude?‹

Nicht auszudenken, rumort es in ihm, wenn ich meiner anfänglichen Aversion gegen diese abgedriftete Story von Maria nachgegeben hätte. Im Grunde kann es mir doch scheißegal sein, ob diese Herzdame irgendwelche hellsichtigen Fähigkeiten verspürt und ihr der Mörder von Reimersbude im Traum erscheint oder nicht. Es ist einfach eine aberwitzige Story, Herz und Schmerz gewürzt mit Mord, was will man mehr? Unsere Leserschaft reißt uns jede Auflage mit diesem ungeklärten Mordfall aus den Händen, da bin ich mir sicher.

Theodor Bigdowski summt aufgekratzt vor sich hin, legt die Zeitung zurück auf den Schreibtisch und sieht dabei durch die Glasfront seines Büros drei Männer den Redaktionsraum betreten. Die drei stehen etwas unbeholfen vor den meist besetzten Schreibtischen, hinter denen sich Redakteure und Redakteurinnen in ihre Arbeit vergraben haben. Niemand scheint die Fremdlinge wahrzunehmen, bis einer von ihnen laut in den Raum ruft: »Frau Teske, können wir kurz mit Ihnen reden?«

Die Stimme, die der Chefredakteur selbst noch in seinem Raum hören kann, lässt seine Alarmglocke läuten.

Das ist doch dieser Hauptkommissar, denkt er, stürmt aus seinem Büro und erkennt, dass seine Vorahnung noch drastischer dahergekommen ist. Neben dem Hauptkommissar

Swensen steht ein mittelgroßer, durchtrainierter Mann mit fast schulterlangen braunen Haaren. Dahinter ein Bekannter aus dem Schützenverein, Staatsanwalt Dr. Ulrich Rebinger. Maria Teske sitzt verdeckt hinter ihrem Monitor, sieht den Chefredakteur an und hebt fragend eine Augenbraue, ob sie sich zeigen soll.

»Welch eine Überraschung!«, sagt Bigdowski mit süßlichem Unterton, während er der Journalistin mit der Hand zu verstehen gibt, dort zu bleiben, wo sie ist. »Was führt dich in meine bescheidenen Gefilde, Ulrich?«

»Jetzt zieh hier bitte keine Show ab, Theodor«, kontert der Staatsanwalt unterkühlt. »Wenn aus deinen Gefilden immer bescheidene Töne zu vernehmen wären, müsste ich mich nicht persönlich hierher bemühen.«

»Da muss dich aber etwas unheimlich wurmen, wenn du gleich zwei Mann Verstärkung dabei hast.«

»Diese beiden Männer müssen mit den Folgen leben, die deine leichtsinnige Berichterstattung verursacht hat. Darf ich vorstellen, Jean-Claude Colditz, Chef der Mordermittlung und Hauptkommissar Jan Swensen.«

»Aber meine Herren, mit ein bisschen gutem Willen lässt sich jedes Problem lösen«, schwadroniert der Chefredakteur. »Kommen Sie in mein Büro und erzählen Sie, was Sie auf dem Herzen haben.«

»Die Frage lautet eher, was Sie auf dem Herzen haben«, kann sich Swensen nicht verkneifen. »Ich denke, Frau Teske hat die Sache hier verzapft, von daher hätte ich sie beim Gespräch gerne dabei.«

»Nicht nötig, ich kann zu jeder Thematik meiner Zeitung Stellung nehmen.«

»Theodor!«, bemerkt der Staatsanwalt scharf. »Ich erinnere dich nur ungern an eure Kampagne gegen meine Person im letzten Jahr. Bei mir ist dein Konto bereits überzogen.«

Swensen ist überrascht, dass er ungewohnte Schützenhilfe von Rebinger erhält. Aber wie sagte sein Meister immer: ›Es gibt nur eine Gewissheit, nämlich, dass sich alles stetig verändert.‹

Der Chefredakteur geht zur Tür und winkt Maria Teske in sein Büro. Die schleicht wortlos herein und setzt sich ohne Blickkontakt abseits in eine Ecke. Die Situation ist ihr sichtlich unangenehm.

»Das ist eine äußerst ernste Angelegenheit, Theodor. Deine Zeitung veröffentlicht ein Phantombild eines angeblichen Mörders, ohne die Exekutive von einem Zeugen in diesem ungeklärten Mordfall zu unterrichten. Mit anderen Worten: StGB § 274 Abs. 1, Beweismittelunterdrückung.«

»Ho, ho, ho, wir wollen doch nicht gleich mit Kanonen auf Spatzen schießen, Ulrich«, versucht der Chefredakteur zu beschwichtigen. »Das lässt sich doch alles in einem normalen Gespräch beilegen. Es handelt sich in diesem Fall sowieso um eine Zeugin, die ihr nicht annähernd akzeptieren würdet.«

»Du meinst, weil der Zeugin angeblich der Mörder im Traum erschienen sein soll?«, fragt Rebinger ironisch. »Das kannst du deinen Lesern erzählen, aber nicht uns. Wir wollen mit der Frau reden, sofort!«

»Sowie unsere Serie erschienen ist, sehe ich da kein Problem, Ulrich.«

»Ich fürchte, du hast mich nicht verstanden, Theodor. Ich sagte sofort!«

»Lass dir erst einmal den Sachverhalt erklären, Ulrich«, versucht der Chefredakteur den Staatsanwalt zu beruhigen. »Kannst du bitte diese geballte Exekutive aufklären, Maria!«

Alle Augen wandern zu der Journalistin hinüber. Die konzentriert sich darauf, nach außen ihren professionellen Anschein zu wahren. Innerlich gibt sie dem Rasen ihres Herzens nach.

»Alles ist nur ein Zufall, Herr Staatsanwalt. Die Zeugin habe ich im Laufe meiner Recherche über Herztransplantationen kennengelernt. In den Gesprächen mit ihr fand ich heraus, wann ihre OP stattgefunden hatte. Zu eben jener Zeit verstarb diese Frau, die in Reimersbude ermordet wurde. Ich hab nur eins und eins zusammengezählt. Es ist doch normal, dass ich bei den Träumen der Frau von einem bedrohlichen Mann hellhörig geworden bin.«

»Sie wollen allen Ernstes behaupten, die Zeugin hat überhaupt nichts gesehen, nichts beobachtet«, fragt Rebinger ungläubig. »Ihre Zeugin hat nur das Herz der Ermordeten erhalten?«

»Genau, so ist es.«

»Auf solch eine Tatsache baut eure Zeitung eine ganze Serie auf?« Die Stimme von Rebinger ist einige Oktaven höher geworden. »Ist das wirklich alles, was ihr habt, Theodor?«

»Das ist mehr als genug, Ulrich«, pariert Bigdowski. »Die Erinnerung der Zeugin beruht auf dem Zellgedächtnis, eine Art Quantenfluss auf zellulärer Ebene.«

»Erspare mir die Details deiner Pseudowissenschaft. Ich sehe zwar im Moment keine Möglichkeit einer Strafverfolgung, Theodor, aber ich rate dir dringend, diesen Unsinn so schnell als möglich zu beenden.«

»In einer ruhigen Minute denke ich vielleicht darüber nach, Ulrich.«

»Es gibt immerhin einen menschlichen Aspekt dabei, Herr Bigdowski, und der ist nicht unerheblich«, meldet sich Colditz aufgebracht. »Ihre Zeitung kann nicht nach Lust und Laune x-beliebige Phantombilder angeblicher Täter veröffentlichen. So etwas kann auch nach hinten losgehen. Die abgebildete Person existiert doch überhaupt nicht, das ist wenigstens meine Meinung. Unschuldige Menschen können dadurch verdächtigt werden, oder es kann womöglich noch Schlimmeres passieren. Wir haben gerade erst einen Fall von Selbstjustiz hinter uns.«

»Jetzt habe ich mit Mühe den Herrn Staatsanwalt beruhigt, schon malen Sie ein neues, völlig übertriebenes Szenario an die Wand. Meine Herren, noch gibt es so etwas wie eine freie Presse.«

»Aber eine seriöse Presse sollte mit offenen Karten spielen«, knurrt Swensen mit gequält ruhiger Stimme. »Ich war Frau Teske im guten Glauben bei ihrer – harmlos ausgedrückt – unverantwortlichen Aktion auch noch behilflich, nur weil Sie mir den wahren Hintergrund ihrer Geschichte verschwiegen hat.«

»Im Gegenzug haben Sie einen großen Artikel über den geplanten Gedenkgottesdienst bekommen. Eine Hand wäscht die andere, oder?«, kontert Maria Teske.

»Genau!«, ergänzt Bigdowski. »Wir machen alle nur unsere Arbeit. Wir werden uns doch nicht wegen dieser Lappalien in die Haare kriegen?«

»Hier prallen zwei verschiedene Wirklichkeitsauffassungen aufeinander, Herr Chefredakteur«, hakt Swensen nach. »Wir ermitteln seit Monaten in mehreren Mordfällen. Es sollte auch in Ihrem Interesse sein, dass uns dabei niemand behindert.«

»Sie sprechen mir aus der Seele, Herr Hauptkommissar. Darf ich Sie jetzt hinausbegleiten, meine Herren, wir müssen auch morgen eine Zeitung auf den Markt bringen.«

»Wir finden selbst hinaus, Theodor«, knurrt der Staatsanwalt. »Aber denk daran, wir können auch zurückkommen, dann aber mit einem von mir unterzeichneten Durchsuchungsbeschluss. Moin, Moin!«

*

Kurz vor 12 Uhr betritt er das Wohnhaus. Es riecht penetrant nach Putzmitteln und das blitzblanke Treppenhaus ist menschenleer. Auf seine Erfahrung kann er sich verlassen.

Um diese Zeit läuft einem in einem Mietshaus nur sehr selten jemand über den Weg, denn die meisten Mieter sind sowieso bei der Arbeit. Er nimmt wie immer die Treppe, niemals den Fahrstuhl, um in den dritten Stock zu kommen. Wenn jemand in den engen Kabinen zusteigt, hat die Person zu lange die Möglichkeit, sich sein Gesicht einzuprägen. Im ersten Stock sickert Bratenduft durch eine Wohnungstür und während seine Nase den leckeren Geruch einzieht, hört er über sich ein schwaches Knarren.

Mist, was ist heute nur los?

Er stoppt mitten im Schritt, steht zögernd auf der Treppe und hält, um besser horchen zu können, den Atem an. Zwei Personen tuscheln miteinander und kommen die Treppe herab.

Da musst du jetzt durch!

Er lässt den kleinen Rucksack locker am Arm baumeln und geht lässig weiter nach oben. Zwei kichernde junge Mädchen stürmen vorbei, ohne ihn weiter zu beachten. Ihre schrillen Stimmen hallen noch von ganz unten herauf.

Es gibt vier Wohnungstüren im dritten Stock. Zum Glück hat keine einen Türspion. Er geht einmal reihum und horcht ausgiebig an jeder einzelnen Tür, hört aber nicht das Geringste. Das Türschild von Maria Teske ist aus Messing mit schwarzen Buchstaben. Darunter klebt ein Pappschild, auf dem mit Filzer geschrieben steht: DIN-A4-Umschläge bitte nicht knicken. Er setzt den Kopfhörer für das Hochleistungsmikrofon auf, nimmt den Sputnik aus dem Rucksack, gibt das übliche Tröpfchen Öl auf die Schlüsselleiste und führt sie langsam in das Profilzylinderschloss ein. Vorsichtig schiebt er die Drähte in die Kerben des Riegels. Eine Drehung, das Schloss gibt ohne Widerstand nach. Er tritt hastig in den Flur, schließt die Tür leise hinter sich und legt das Ohr ans Holz. In dieser lauernden Stellung verharrt er eine Weile, bis er sich sicher fühlt, dass auf dem Flur alles ruhig bleibt.

Danach fällt die Anspannung von ihm ab. Er wirft einen kurzen Blick in alle Räume, bis er das Arbeitszimmer mit dem Computer gefunden hat. Das schnurlose Siemenstelefon ist leicht aufzuschrauben. Er fummelt die Wanze hinein. Die hat ein eigenes Mikrofon und arbeitet erst, wenn man das Mobilteil aus der Ladestation nimmt.

Das war ein Kinderspiel!

Dagegen war der Einbau der gleichen Wanze an ihrem Arbeitsplatz, den er vorige Nacht bewältigt hat, ein wesentlich höheres Risiko. Wie leicht hätte plötzlich ein ungebetener Mitarbeiter in den Redaktionsräumen auftauchen können.

In der Mittagszeit wird die Zeitungsfrau nicht unerwartet auf der Matte stehen, das hat er im Vorfeld gecheckt!

Wilhelm Rösener holt einen Stuhl aus der Küche und stellt ihn unter den Deckenstrahler. Während er auf die Sitzfläche steigt und routiniert die Schrauben herausdreht, erinnert er sich an die ungewöhnliche Begegnung mit Peter Drenkhahn, die diesem Auftrag vorangegangen war.

Mittlerweile hatte sich der Stuhlmannbrunnen mit seinen Wasser speienden Kupferblech-Zentauren in Hamburg Altona zu einem kontinuierlichen Treffpunkt entwickelt. Diesmal hatte der Mann aus der Vorstandsetage von Libo ihn allerdings zu einem weit vorgezogenen Termin bestellt.

»Was gibt es dringendes, Herr Drenkhahn?«

»Eine heikle Geschichte, Herr Rösener, sehr heikel! Sie erfordert noch einmal mehr ihre höchste Diskretion. Wir würden uns nicht an Sie wenden, wenn die bisherige Zusammenarbeit mit Ihnen uns nicht so überzeugt hätte.«

»Ein zusätzlicher Auftrag? Spucken Sie schon aus!«

»Wir haben einen Tipp vom Chef unserer Gebietszentrale Schleswig-Holstein bekommen, dass es seit einer Woche eine reißerische Berichterstattung gegen unseren Konzern in der

Husumer Rundschau gibt. Da werden Mordfälle in der Eiderstedter Region mit den Betriebsratsambitionen unser ermordeten Mitarbeiterinnen in einen Topf geworfen.«

»Hab ich auch gelesen, aber nicht besonders ernst genommen. Was die gebracht haben, sind meiner Meinung nach nur vage Spekulationen.«

»Dr. Kreienbaum und ich sehen das anders. Langfristig kann das unserem Konzern nachhaltig schaden. Wir möchten einen Hebel in die Hand bekommen, um eine weitere Kampagne dieser Zeitung im Keim zu ersticken.«

»Einen Hebel? Was kann ich schon tun, um das zu verhindern?«

»Herr Zernitz aus unserer Gebietszentrale hat angedeutet, dass alle Artikel aus einer Feder stammen. Es geht dabei um die Journalistin Maria Teske. Ich möchte möglichst viele Informationen über diese Frau, wenn Sie verstehen, was ich meine.«

»Mit anderen Worten, Sie möchten wissen, mit wem diese Dame am Telefon so alles redet, oder?«

»Am liebsten, mit wem Frau Teske überhaupt redet, wer Sie zu Hause besucht, welche Kontakte Sie hat, an was für Themen Sie sonst noch arbeitet. Das volle Programm eben. Gibt es bei einer Überwachung dieser Art für Sie irgendein Problem, Herr Rösener?«

»Nein!«

»Sehr gut! Allerdings knüpfen wir einige Bedingungen an unseren Auftrag: Sie dürfen mit niemandem darüber reden, und wenn ich sage mit niemandem, dann meine ich auch mit niemandem. Und Sie müssen diese Arbeit unter allen Umständen allein durchziehen, es darf keiner Wind davon bekommen, um wen es in dieser Sache geht. Können Sie mir das garantieren?«

»Wie Sie es möchten, Herr Drenkhahn.«

»Am Telefon werden keine Namen erwähnt, verstanden! Alles, was Sie an Ergebnissen sammeln, geht nur an meine Person. Das Geld bekommen Sie in bar von mir persönlich, ohne Quittung. Okay?«

»Okay, Herr Drenk…«

»Keine Namen mehr, ab jetzt, klar!«

Sehr bizarr, diese Bedingungen, denkt Rösener, dem Peter Drenkhahn irgendwie anders als sonst vorgekommen war. Für einen kurzen Augenblick hatte er sogar den Eindruck gehabt, dass Kreienbaum von dem Auftrag überhaupt nichts wusste, verwarf den Gedanken aber später wieder.

Dieser ganze Typ ist durch und durch ein Untertan und kein frei denkender Mensch, schätzte er Drenkhahn letztendlich ein.

»Es ist der schöpferisch denkende Mensch, der in unserem elektronischen Kampf gegen den Westen die Hauptproduktivkraft ist«, fallen Rösener dazu die Worte seines Kumpels Rainer Rupp ein, während er grübelnd die Glühbirnen aus dem nächsten Deckenstrahler über dem Schreibtisch schraubt.

Mit Rainer Rupp, einem späteren Stasioffizier, war Rösener als Soldat zusammen auf einer Stube gewesen. Sie hatten damals bei der ›Diensteinheit des funkelektronischen Kampfes‹ auf dem mit neun Parabolspiegeln ausgestatteten Horchposten Biesenthal gedient.

Wenn der alte Rupp mich jetzt hier sehen könnte, der würde glatt vom Glauben abfallen!

Rainer Rupp hatte in der DDR eine Bilderbuchkarriere hingelegt, war als Hauptmann ganz oben in der damaligen MfS-Hauptabteilung III gelandet. Durch einen Zufall war Rösener seinem alten Kumpel vor drei Jahren bei einem Urlaub am Tegernsee auf der Straße begegnet. Nach der ersten Peinlichkeit hatten sie dann eine Tasse Kaffee zusammen getrunken. Rupp taute allmählich auf und es wurde ein wenig über die alten Zeiten geplaudert. Unter der Hand hatte er ihm dabei anvertraut, dass er bis zum Zusammenbruch unter anderem auch die Zielperson Nummer 1, Helmut Kohl, ausgehorcht hatte.

»Der Dicke war ein echter Profi«, hatte Rupp schwadroniert. »Der war vorsichtig, redete am Telefon nicht einfach drauflos und benutzte einen Sprachverschleierer.«

Der ehemalige Hauptmann erzählte, dass in der ›Wolfsschanze‹, wie man die Hauptverwaltung Aufklärung unter Markus Wolf nannte, alle völlig besessen von jedem gesprochenen Wort des Feindes gewesen waren. Im November 89 hatte seine Abteilung über 100.000 westdeutsche Anschlüsse unter Zielkontrolle. Kurz vor Ende der DDR passierte Rupp das Verrückteste in seiner gesamten Laufbahn. Als er zufällig einen Anruf annahm, der in seiner Abteilung ankam, hatte er den Dicken höchst persönlich in der Leitung gehabt: Kohl wollte sich zu Egon Krenz durchstellen lassen, um ihm zu seiner Wahl zum neuen SED-Generalsekretär zu gratulieren.

In der Zwischenzeit hat Rösener eine Art Sockelring mit Sockelfassung in den Deckenstrahler eingeschraubt, damit die Glühbirnen danach alle auf gleicher Höhe mit den Metallringen abschließen. Zuerst aber befestigt er eine Kontaktplatte mit vier Dioden und einer Reihenschaltung von Kondensator, Spule und Widerstand. Wenn die Journalistin ihr Deckenlicht einschaltet, wird damit der Akku der Wanze mit dem winzigen Mikrofon aufgeladen. Rösener verklebt sie akkurat am Boden des Metallrings und dreht die Glühbirne wieder ein. Danach verbindet er zwei Kondensatoren als Antennen mit den Metallschienen des Deckenstrahlers.

Nicht schlecht, keine 20 Minuten das Ganze!

Rösener schaltet kurz den Deckenstrahler an.

Dürfte alles klargehen.

Sorgfältig stellt der Überwachungsexperte den Stuhl an seinen alten Platz zurück. Bloß keinen dämlichen Flüchtigkeitsfehler zum Schluss!

Mit höchster Konzentration öffnet er die Wohnungstür einen Spalt weit und lugt hinaus. Draußen herrscht Stille. Es hört sich nicht so an, als würde gleich irgendwo unverhofft eine Wohnungstür aufgehen. Rösener hängt sich den Rucksack über und tritt mit einer raschen Bewegung hinaus. Den Sputnik ins Schloss gesteckt, eine kurze Drehung, er war niemals hier.

Während er die Treppen hinabsteigt, klingen die Prahlereien von Hauptmann Rupp in seinen Ohren nach.

»Wir hatten Zugriff auf 75 bis 100 Telefone im Kanzleramt. Helmut war durchschnittlich alle 14 Tage im Originalton dabei. Über 19.000 Protokollseiten im Laufe der Jahre. Topsecret-Befehle verlangten von uns Sofort-, Einzel- und Ergänzungsinformationen. Das Plansoll waren 480 Berichte und Analysen, dazu 250 Dossiers.«

Rösener kann immer noch nicht glauben, was damals im Osten alles zusammengetragen worden war. Kein Wunder, dass alle den Überblick verloren hatten. Dagegen ist sein Job für diesen Libo-Konzern ein Kinderspiel.

Im Verhältnis zum Aufwand ist die Kohle, die dabei rausspringt, mehr als leicht verdient!

Rösener tritt auf die Straße, atmet erleichtert durch. Da biegt eine mittelgroße Frau in einer roten Lederjacke um die nächste Straßenecke und marschiert direkt auf ihn zu. Er dreht sich spontan zur Seite. Sie eilt an ihm vorbei und verschwindet in dem Hauseingang, aus dem er eben gekommen ist. Rösener ist es plötzlich sehr heiß.

Scheiße, Scheiße, denkt er und hat das ovale Gesicht mit dem struppigen Kurzhaarschnitt vor Augen.

Von wegen Kleinigkeit, das war meine Zielperson. Kommt einfach mitten am Tag nach Haus. Um Haaresbreite und … so was solltest du nicht im Alleingang machen, Rösener, sonst kannst du gleich russisches Roulette spielen.

*

Jan Swensen bleibt kurz verwundert an der Gartenpforte stehen, als er den stockenden Verkehr auf der Dorfstraße sieht. Sein kurzer Fußweg zur Witzworter Kirche führt ihn an einer Schlange parkender Fahrzeuge vorbei, die auf dem Grünstreifen am Rand der Straße stehen und zwischen denen nur vereinzelt noch eine Lücke frei ist. So viel Andrang für den Gedenkgottesdienst der drei Mordopfer hat der Kriminalist nicht erwartet. Der kleine Parkplatz vor der Kirche ist bis auf den letzten Platz belegt und mehrere Streifenpolizisten haben alle Hände voll zu tun, die ankommenden Autos auf Parkmöglichkeiten am Dorfrand zu verweisen. Vom Bürgersteig aus bemerkt der Hauptkommissar Pastor Claßen, der neben der offenen Kirchentür steht. Zu seiner Rechten die hagere Gestalt des Organisten Ludwig Thiel. Hinter der Ligusterhecke am hölzernen Glockenturm, der separat neben dem Backsteingebäude errichtet wurde, haben sich bereits einige Kollegen der Husumer Kripo versammelt. Swensen erkennt Polizeirat Püchel und SOKO-Chef Colditz ungewohnt in schwarzen Anzügen mit Krawatte, bei ihnen steht die Profilerin Klein. Die Oberkommissare Mielke und Jacobsen reden etwas abseits miteinander. Ein gleichmäßiger Besucherstrom strebt durch die offene Pforte den Plattenweg hinauf, links am Gebäude entlang, hinüber zum Haupteingang. Der Hauptkommissar reiht sich hinter einem älteren Paar ein, um durch den Engpass aufs Grundstück zu kommen, und biegt danach gleich zu seinen Kollegen ab.

»Die Hauptüberwachungsposten habe ich an der Straße direkt gegenüber und vor der Pforte am zweiten Eingang aufstellen lassen«, hört er Helene Klein sagen, als er nur noch wenige Meter entfernt ist.

»Wo denn, wo?«, fragt Püchel, hektisch wie immer. »Ich seh nichts!«

»Die schwarzen Lieferwagen mit den getönten Scheiben. Die Beamten vom LKA Kiel fotografieren von da aus alle Besucher und machen zusätzlich Videoaufnahmen. Letzte Woche wurden von ihnen zusätzlich mehre versteckte Videokameras im Innenraum der Kirche installiert. Über Funk können alle Bilder von dort in den Fahrzeugen aufgezeichnet werden.«

»Hoffentlich halten die Presseleute sich heute etwas zurück«, ergänzt Colditz, »es wäre kontraproduktiv, wenn wir einerseits den Mörder anlocken und ihn auf der anderen Seite gleich wieder in die Flucht schlagen.«

»Jan, kannst du denen nicht ins Gewissen reden?«, ruft der Polizeirat, als er Swensen kommen sieht. »Frau Teske von der Husumer Rundschau hab ich übrigens hier schon rumschwirren sehen.«

»Es gibt eine freie Presse, Heinz«, antwortet der knapp.

Püchel zieht ärgerlich an seiner Zigarette, sagt aber nichts.

»Auf alle Fälle, keine Pressekameras in der Kirche!«, befiehlt Colditz.

Swensen nickt, schlendert zur anderen Seite des Kirchengebäudes und nimmt sich die Journalisten, einer nach dem anderen, vor. In den Gesprächen entgeht es ihm nicht, dass Maria Teske versucht, sich hinter einer Gruppe Kirchgänger, die sich um das Gedenkkreuz für die ermordete Andrea Goldschmidt versammelt haben, unsichtbar zu machen. Er schneidet ihr den Fluchtweg ab, indem er von der Kirchentür aus direkt auf die Zeitungsfrau zusteuert.

»Frau Teske, wie schön, dass Sie mich gefunden haben«, grüßt er die Journalistin mit einem Lächeln.

»Da ist leider einiges schiefgelaufen, Herr Swensen!« Die Stimme der Journalistin klingt gepresst. »Ich hab das damals selbst nicht überblickt, ehrlich.«

»Übrigens, das Fotografieren in der Kirche ist verboten. Sollte Sie nebenbei ein schlechtes Gewissen plagen, können Sie jetzt bei mir beichten, zum Beispiel, warum Sie den Zusammenhang von Ihrer Bitte nach einem Phantombildzeichner und dem Mordfall Reimersbude verschwiegen haben.«

»Ich war überzeugt, dass Sie mir das nicht glauben würden, Herr Swensen. Wenn Sie wüssten, wie viele Monate ich gebraucht habe, damit mein Chef dem Thema überhaupt zustimmt.«

»Die Frau hatte vorher wirklich keinen Kontakt zu der Ermordeten? Wie erklären Sie sich denn, dass sie etwas über die Ermordung der Organspenderin weiß?«

»Wie das biologisch funktioniert, weiß ich nicht. Aber bei meinen Recherchen bin ich auf amerikanische Wissenschaftler gestoßen, die dieses Phänomen mit dem Erinnerungsvermögen unserer Zellen erklären. Der Neurokardiologe Dr. Pearsall hat beispielsweise innerhalb der letzten zehn Jahre 23 Herztransplantationen dokumentiert, bei denen sich die Erfahrungen von Empfängern und Spendern vermischt haben, was sich besonders häufig in Träumen gezeigt hat.«

»Der Buddha soll gesagt haben: Glaube nichts auf bloßes Hörensagen hin.«

»Wenn Sie persönlich mit Frau Blau geredet hätten, würden Sie das anders sehen, Herr Swensen.«

»Aha, sie heißt also Lisa Blau! Das ist ja schon mal ein Anfang. Aber ich habe beim besten Willen im Moment keine Zeit mit ihrer ominösen Zeugin zu reden. Unsere Mordfälle verlangen unseren ganzen Einsatz. Also bis dann, Frau Teske.«

Die Kirchenglocken beginnen zu läuten. Der Hauptkommissar sieht Anna von der Dorfstraße aus auf die Kirche zueilen, winkt ihr noch kurz zu und geht zurück auf die andere Seite des Gebäudes. Auf halbem Weg kommen ihm Püchel und Colditz entgegen, die ebenfalls am Gottesdienst teilnehmen wollen. Der Kriminalist nickt ihnen im Vorbeigehen zu, während der ohrenbetäubende Klang der Glocken durch seinen Körper vibriert. Trotz der Lautstärke hört er seinen Meister klar und deutlich sprechen, als würde der die Situation in der Kirche kommentieren.

»Selbstlose Entschlossenheit, die Buddha-Natur zu erlangen, ist Bodhichitta. Bodhi bedeutet ›wach‹ oder ›wachsam‹, und Chitta bedeutet ›Herz‹. Bodhichitta ist also ›das erwachte Herz‹, das von Weisheit und Erbarmen in Stücke geschnitten wurde, denn wir können lieben was wir wollen, solange wir uns nur eine offene Wunde bewahren. Genau auf diese Weise kommen wir zu einer mitfühlenden Haltung.«

Die Kollegen sind verschwunden. Der Glockenlärm hat sie vor den kleinen Supermarkt auf die andere Straßenseite getrieben. Swensen entdeckt Stephan Mielke, Rudolf Jacobsen und Helene Klein hinter einer Skulptur mit dem bezeichnenden Namen ›Das Ding‹, die aus unzähligen gebogenen Röhren besteht. Swensen erreicht die Gruppe, als Silvia Haman um die Hausecke biegt. Beide geraten mitten in eine hitzige Debatte, in der Rudolf Jacobsen gerade seinem Unglauben freien Lauf lässt.

»Ehrlich gesagt, Helene, egal was du uns prophezeist, ich glaube nicht daran, dass der Mörder hier auftaucht. So blöd kann ein Mensch gar nicht sein.«

»So klar denkt ein Täter aber nicht, Rudolf«, versichert ihm die Profilerin. »Das Motivationssystem eines Gewalttäters wird meist unbewusst gesteuert. Er kehrt an den Ort eines Verbrechens zurück, weil er im Unterbewusstsein gefasst werden möchte. Während es den nicht planenden Täter aus Schuldgefühlen und Reue zum Tatort zieht, kehrt der planende Täter meistens aus Gründen weiterer Machtausübung dorthin zurück.«

»Und unser Täter ist ein planendes Exemplar, wenn ich dich bisher richtig verstanden habe?«, mischt Silvia Haman sich ein. »Aber ob planend oder nicht planend, für mich bleibt die Frage nach dem Warum im Vordergrund. Zum Beispiel passt ein planender Täter, wie dieser Robert Steinhäuser, der letztes Jahr an seiner Schule in Erfurt 17 Menschen getötet hat, überhaupt nicht in deine wunderschönen Analysen. Der hat sich einfach zu viel Ballerspiele im Computer reingezogen und wollte das auch mal real ausprobieren.«

»Nun, es gibt zwar wissenschaftliche Untersuchungen, die einen sehr wahrscheinlichen Zusammenhang von Gewaltdarstellungen in den Medien und der Gewaltbereitschaft b[illegible] Jugendlichen und Erwachsenen annehmen. Das gilt aber e[illegible] nicht per se für alle Konsumenten.«

»Es gibt in Schweden eine Untersuchung, dass bereits 40 Prozent der Kinder zwischen sechs und zehn Jahren davon überzeugt sind, dass Menschen ausschließlich durch Mord und Totschlag sterben«, kontert Silvia Haman. »Den Unterschied zwischen einem Mord im Krimi und einer tatsächlichen Tötung in den Nachrichten verstehen sie nur noch, wenn Erwachsene es ihnen erklären.«

»Das ist zwar erschreckend, aber eine Imitation von Gewalt, sagen zumindest Medienpsychologen, ist grundsätzlich nur dort zu erwarten, wo Menschen vorher selber Gewalterfahrungen gehabt und dadurch pathologische Neigungen entwickelt haben, beispielsweise wenn sie bereits von Gewalt- oder Tötungsfantasien beherrscht werden. Der letzte Kick ist dann nur noch die Nachahmung bestimmter Verhaltensweisen.«

»Im normalen Fernsehprogramm gibt es täglich 70 Morde zu sehen«, bleibt Silvia unbeirrt bei ihrer Position.

»Es gibt auch andere Faktoren, das Alter, zum Beispiel, und das Geschlecht, private oder berufliche Konflikte, Aggressionsneigung, Persönlichkeitsstörungen!«, unterbricht Helene Klein.

»In einer Fernsehwoche werden insgesamt über 2.500 Gewalttaten gezeigt«, fährt Silvia stur fort. »Aneinandergereiht ergibt das einen 25-stündigen Nonstop-Gewalt-Clip.«

»Hallo, Silvia! Ist ja gut«, unterbricht Stephan Mielke barsch, »du bist sowieso gegen alles, was von Helene vorgetragen wird.«

»Und du findest alles richtig, was man dir erzählt.«

»Leute, Leute«, unterbindet Swensen den aufkeimenden Streit. »Während wir hier über richtige und falsche Täterprofile lamentieren, sitzt der reale Mörder vielleicht unbemerkt in der Kirche. Gehen wir auf unsere Posten und sehen uns alle Personen, die gleich rausströmen, noch mal genaustens an.«

Wortlos, nur mit einem schnellen Blickkontakt, fordert Silvia Haman Rudolf Jacobsen auf, sich mit ihr an der hinteren Kirchenpforte aufzustellen. Swensen und Mielke schlendern zur vorderen Pforte.

»Ist dir schon jemand aufgefallen?«, fragt der Oberkommissar auf dem Weg dorthin.

»Nicht wirklich«, antwortet Swensen. »aber wir sehen wahrscheinlich den Wald vor lauter Bäumen nicht. Immerhin sind etliche Personen anwesend, die wir schon befragt haben. Mir ist zumindest der Exfreund unserer Ermordeten aufgefallen.«

»Der hatte doch ein Alibi, oder?«

»Schon, aber das war nicht gerade hieb- und stichfest.«

*

Einatmen.

Ich bin gegenwärtig.

Ausatmen, ssshuuu.

Ich löse mich auf und verströme mich.

Wenigstens beim Meditieren solltest du das Handy ausschalten.

»Benenne deine Gedanken. Schaffe einen Abstand und kehre zu deinem Atem zurück«, spricht die Stimme des Meisters.

Denken!

Einatmen.

Ausatmen, ssshuuu.

»Die Praxis des Meditierens erfordert höchste Genauigkeit«, hatte ihn Rhinto Rinpoche im Schweizer Tempel gelehrt. »Du musst sie auf den Punkt bringen können, Geist und Körper sollen beim Auf-dem-Fleck-Sitzen zur Übereinstimmung finden. Wenn du dir in jedem Moment die Wichtigkeit dieser Haltung vor Augen führst, dann ist das harte Arbeit. Eine schlechte Haltung ist vergleichbar mit einer dürren Märe, die du vor einen schweren Wagen spannen willst – du wirst keinen Meter vorankommen. Sind Geist und Körper aus dem Takt, sackt der Körper in sich zusammen und der Geist schwebt davon. Diese Methode lehrt dich, einfach zu sein, dich nicht für etwas Besonderes zu halten. Du sitzt mit dem blanken Hintern auf der Erde und die Erde lässt dich auf ihr sitzen, ohne unter dir nachzugeben.«

Einatmen.

Ausatmen, ssshuuu.

Sein Körper öffnet sich zu einem weiten Raum. Die Gedanken ziehen wie Wolken hindurch, aufgetürmt zu steten Gebirgen der Bedeutung, die im nächsten Moment zerfasern, in Streifen gezogen werden, Federbüschen gleich, um dann erneut zu lockender Wichtigkeit anzuschwellen. Ein ständiges Auf und Ab. Es ist eine endlose Reise, die in eine endlose Ferne führt. Swensen lässt alles sein, wie es ist.

Einatmen.

Ausatmen, ssshuuu.

Einatmen.

Ausatmen.

Aus dem weiten Raum kehrt das Gefühl für den Körper zurück. Swensen öffnet die Augen. Es ist bereits zehn Minuten über der üblichen halben Stunde. Der Raum um ihn ist wieder real. Als der Hauptkommissar sich vom Sitzkissen erhebt, schrickt er zusammen. Ein kleiner Schatten saust haarscharf an seinem Kopf vorbei. Er kreist einmal durch sein Zimmer und fliegt zum offenen Fenster hinaus, das er vor der Meditationssitzung weit aufgesperrt hatte. Während er sich noch fragt, was das gerade war, ist der Schatten schon wieder im Raum, steht einen Moment im Rüttelflug auf der Stelle, um erneut mit einem wendigen Manöver mehrere Kreise um seinen Kopf zu ziehen und wieder durchs Fenster zu verschwinden.

Eine Fledermaus, kommt Swensen die Erkenntnis, tritt ans Fenster und schaut hinaus. Im Licht der Hausbeleuchtung sieht er mindestens drei Fledermausschatten ums Haus schnellen.

In einem Tierfilm bei arte hatte er den virtuosen Flug der Tiere einmal in Zeitlupe gesehen, wie sie mit den Krallenfingern die Wölbung ihrer Flugmembran steuern, ihre Flügel in die Senkrechte drehen, sie nach oben schnalzen und dann flach nach unten schlagen können. So gleichen Fledermäuse das Fehlen von Federn aus.

Der Kriminalist fühlt sich plötzlich eins mit Natur und Welt, steigt gedankenversunken die Treppe in den Flur hinab. Er hat bereits die Klinke der Haustür in der Hand, da kommt Anna gerade mit einer dampfenden Tasse Kaffee aus der Küche.

»Du gehst noch mal?«, fragt sie verwundert. »Du bist doch vorhin erst gekommen?«

»So ist es manchmal eben. Ich hab Mielke versprochen die Spätschicht bei einer Überwachung zu übernehmen. Es kann also länger dauern, du brauchst nicht auf mich zu warten.«

Anna eilt auf ihn zu, gibt ihm einen Kuss und sagt: »Geh kein Risiko ein, bitte.«

»Ich mach das nicht das erste Mal, Anna«, beruhigt Swensen.

Minuten später steuert der Hauptkommissar seinen alten Polo in die Dunkelheit der Nacht. Es sind nur noch wenige Tage bis zum Vollmond, aber die Leuchtkugel hat sich heute hinter dunklen Wolken verschanzt. Er passiert die Windmühle Catarina, die, einem Scherenschnitt gleich, vor dem diffusen Lichtstreifen am Horizont steht. Seit der Frühbesprechung fühlt der Hauptkommissar sich zermürbt. Das ewige Gerangel zwischen Silvia Haman und Stephan Mielke hat eine neue Dimension angenommen und beeinträchtigt mittlerweile die Ermittlungen. Während sich die Hauptkommissarin ein stetes Duell mit der Profilerin liefert, springt der Oberkommissar dieser bei jeder Gelegenheit zur Seite. Swensen hat keine Idee, wie er die Unstimmigkeiten im Team ansprechen könnte. Geschürt wurden diese zudem durch den Misserfolg bei der Aktion mit dem Gedenkgottesdienst. Die Auswertung des Überwachungsmaterials hatte zwar viele Personenüberprüfungen und reichlich Überstunden ergeben, doch am Schluss mussten die Beamten der SOKO davon ausgehen, dass der Täter sich nicht gezeigt hatte. Wenn der geplante Speicheltest jetzt auch nicht den Durchbruch bringen würde, wäre das Desaster perfekt.

Hoffentlich ist Mielkes Ansatz nicht genauso ein Reinfall, denkt Swensen resigniert und geht bei der Fahrt durch Oldenswort vom Gas. Er hat den Oberkommissar lebhaft vor Augen, wie er mit viel Pathos in der Gestik vor der Pinnwand mit den Fotos der ermordeten Frauen seine Internetrecherche erklärt.

»Es gibt ein Forum für Geocaching im Internet: ›The Official Global GPS Cache Hunt Site‹. Ich habe mich da angemeldet und umgesehen. Dabei bin ich auch auf den ominösen ›Seefahrer‹ gestoßen, auf dessen Spuren sich dieser Michael Moraht geheftet hat. Auf den Seiten findet man auch den Cache: ›Staller Fedderkens‹. Der ist an der Kirche von Kotzenbüll deponiert, wo dieser Feldwebel über unseren Spinner hergefallen ist.«

»Suchen wir jetzt auch noch nach irgendwelchem Kinderkram?«, fragt Silvia Haman in gewohnter Bissigkeit

»Danke, Silvia«, kontert Mielke souverän. »Ohne deine Bemerkungen käme ich mir schon richtig nackt vor.«

»Das kann ich doch unter keinen Umständen zulassen«, kommt es knapp zurück.

»Ich weiß jetzt, wie wir an diesen ›Seefahrer‹ rankommen«, fährt Mielke fort, ohne sich weiter provozieren zu lassen. »Leute, die einen Cache gefunden haben, hinterlassen im Internet häufig eine Nachricht, beispielsweise steht da unter dem Cache ›Staller Fedderkens‹ …«

Stephan liest von einem Zettel ab.

»›October 30, 2003 by Krabbe (17 found) Eine neue Dose für mein Geocaching-Konto. Habe sie gestern mit der Taschenlampe erleuchtet und konnte endlich das Logbuch in den Händen halten. Die Kirche ist unspektakulär, massiges Kirchenschiff, zu kurzer Turm. Trotzdem eine tolle Idee »Seefahrer«. Danke für den schönen Cache und beste Grüße.‹«

»Und warum ist das für uns interessant?«, fragt Colditz nüchtern.

»Man könnte diesem ›Seefahrer‹ eine gezielte Nachricht

zukommen lassen. Ich denke dabei an: Dein Cache ist undicht, du solltest ihn so schnell wie möglich überprüfen. Dann brauchen wir uns nur noch auf die Lauer zu legen und vor Ort auf den Kerl zu warten.«

Swensens Wunsch, Mielke möge recht haben, prescht mit ihm über die schnurgerade Straße. In der Dunkelheit breitet sich die Marschlandschaft bei Schlapphörn aus wie ein schwarzes makelloses Tuch. Die winzigen Lichtpunkte der verstreuten Gehöfte sind weit voneinander entfernt. Am Ende des Axendorfer Wegs führt die Straße direkt auf ein Bauernhaus zu. Das Autolicht trifft frontal auf die Ziegelwand und driftet links in die Nacht zurück, als der Polo nach rechts auf die B 202 biegt. Swensen fährt ein kurzes Stück auf der Bundesstraße, um gleich wieder links nach Kotzenbüll abzubiegen. Auf einer Parkeinbuchtung vor zwei kleinen Reetdachhäusern sieht Swensen den Twingo von Oberkommissar Mielke parken. Er steuert seinen Wagen daneben, steigt aus und macht sich auf die Suche nach seinem Kollegen. Der bleiabgedeckte Kirchturm schimmert hell vor dem schwarzvioletten Himmel. Mielke eilt geduckt auf Swensen zu und flüstert: »Auf der anderen Seite des Gebäudes ist jemand. Ist gerade vor fünf Minuten mit dem Auto gekommen. Ich hab dich gesehen und hab dir den Weg abgeschnitten.«

»Schauen wir uns den Kameraden aus der Nähe an«, flüstert Swensen zurück. »Wir nehmen ihn in die Zange, du links, ich rechts rum.«

Die Beamten schleichen in verschiedene Richtungen davon. Der Hauptkommissar hat gerade die andere Seite der Kirche erreicht, als er einen Schmerzschrei seines Kollegen hört. Im selben Moment sieht er einen Schatten auf sich zustürmen. Ein Ellenbogen trifft ihn an der Brust und schleudert ihn zu Boden. Noch im Fallen gelingt es ihm, sein Bein auszustrecken. Die Gestalt bleibt mit einem Fuß daran hängen und stürzt mit einem gewaltigen Satz. Ehe sie sich wieder aufrappeln kann, ist Stephan Mielke zur Stelle. Eine rechte Gerade trifft die Person unter dem Kinn und sie sackt endgültig zu Boden. Der Oberkommissar hält fluchend sein linkes Auge.

»Du blöder Idiot!«, schimpft er lauthals und dreht dem Mann den Arm auf den Rücken. »Haut mir diese Pfeife eins auf die gleiche Stelle wie dieser Bundeswehrheini!«

Swensen kommt perplex wieder auf die Beine und folgt dem Rücken von Mielke, der den Mann unsanft vor sich her zu seinem Wagen schiebt. Der Hauptkommissar springt Mielke zur Seite, als er ihn auf die Rückbank befördern will. Dabei sieht er zum ersten Mal das Gesicht des Festgenommenen und weiß sofort, dass er es kennt.

Das ist doch der Exfreund von Andrea Goldschmidt!

»Peter Kirch?«, fragt Swensen ungläubig

»Du kennst diesen verrückten Typen auch noch?«, kommentiert Mielke entgeistert.

»Ja!«, sagt Swensen. »Ist allerdings schon länger her. Das ist der Exfreund unser ersten Ermordeten.«

»Wir haben das Schwein!«, jubelt Mielke. »Ich wusste, dass wir den Killer hier schnappen werden!«

»Killer? Was redest du für einen Müll«, meldet sich der Mann im Wageninneren.

Mielke kniet sich auf den Fahrersitz und brüllt: »Seit wann duzen wir uns?« Er packt Peter Kirch am Hemdkragen, zieht ihn zu sich heran und sagt trocken: »Ich verhafte Sie wegen dringenden Mordverdachts. Sie haben das Recht zu schweigen. Sie haben das Recht auf einen Anwalt. Alles, was Sie jetzt sagen, kann gegen Sie verwendet werden!«

Swensen sieht dem Schauspiel zu, als wäre er im Theater.

Sollte der Spuk etwa wirklich vorbei sein?

Anfang November 2003

Am Samstag, den 3. November beginnt der geplante Massenspeicheltest. Bereits am frühen Morgen haben die Männer der freiwilligen Feuerwehr von Witzwort die Löschzüge aus der großen Halle auf den Platz vor dem Gebäude gefahren. Pünktlich um 9.30 Uhr stoppen zwei Mannschaftswagen und ein Transporter des LKA Kiel vor den hochgefahrenen Garagentüren. Jan Swensen trifft zum selben Zeitpunkt auf dem Feuerwehrgelände bei der Kirche ein. Die Beamten in Zivil beginnen gerade Tische, Stühle und mehrere Pappkartons mit der Aufschrift ›Medical-DNA-Diagnostik‹ in den leeren Raum zu schaffen. Der Hauptkommissar geht auf einen der Männer zu, stellt sich vor und fragt nach dem leitenden Beamten.

»Der kühle Blonde dort drüben, das ist Doc Flensburger«, ist die knappe Antwort.

Swensen grinst, dreht sich um und ruft dem hageren Mann, der gerade mit dem Fahrer des Transporters redet, von Weitem ein »Moin, Moin« entgegen.

»Dr. Flensburger?«, fragt er, als er bei ihm angekommen ist. »Ich bin Hauptkommissar Swensen aus Husum, ich hab die Liste der einbestellten Personen dabei.«

»Tach, Herr Swensen, Polizeirat Püchel hat sie schon angekündigt«, sagt Flensburger und nimmt die Mappe entgegen. »Das klappt ja perfekt. Mit wie viel Leuten müssen wir denn rechnen?«

»Wir haben 397 Männer zwischen 16 und 40 angeschrieben und gebeten, hier heute zu erscheinen.«

»Wo müssen wir denn hin?«, fragt eine Stimme in Swensens Rücken.

Bevor der Hauptkommissar sich umdreht, sieht er Flensburger genervt zum Himmel hinaufblicken: »Bei uns geht es um 10 Uhr los, Leute! Das ist in 20 Minuten!«

Als er in die aufgebrachten Gesichter der drei jungen Männer blickt, die sich in einer Reihe vor ihnen aufgebaut haben, ergänzt Swensen: »Im Anschreiben steht deutlich 10 bis 20 Uhr!«

»Manu, das ist jetzt echt ätzend«, protestiert der Sprecher der drei. »Wir müssen zur Berufsschule, solange können wir hier nicht rumhängen, Leute!«

»Und warum kommt ihr nicht, wenn die Schule vorbei ist?«, fragt Flensburger unwirsch.

»Weil wir danach ins Kino gehen, wenn wir schon in Husum sind, klaro!«

»In Herrgottsnamen, kommt mit«, erbarmt sich Flensburger, schleppt die drei in die Fahrzeughalle und stellt sie vor den Tisch, auf dem ein Beamter Plastikboxen mit Abstrichröhrchen stapelt. Flensburger redet kurz mit dem Kollegen.

»Mund auf«, befiehlt der schroff, nimmt ein Wattestäbchen aus dem Röhrchen, reibt dem ersten Mann kurz die linke und rechte Innenseite der Mundhöhle ab und steckt es ins Röhrchen zurück. Danach beschriftet er die Speichelprobe. Flensburger hakt den Namen auf der Liste ab und lässt sich danach noch eine Einwilligungserklärung unterschreiben. Swensen beobachtet den Ablauf der Szene von Weitem, als Püchels BMW auf die Auffahrt biegt, dem kurz danach Mielkes Twingo folgt. Der Polizeirat steuert seinen Wagen rasant neben einen Löschzug, springt heraus und stürmt gehetzt auf den Hautkommissar zu, wobei er die Husumer Rundschau in der rechten Hand hin und her schwenkt.

»Das musst du dir anhören, Jan«, sprudelt es aus Püchels Mund. »Ich habe noch nicht einmal Punkte in Flensburg und nun stehe ich unter Mordverdacht.«

»Moin, Moin, Heinz«, nimmt Swensen dem Polizeirat den Wind aus den Segeln.

»Ja …, Mensch! Moin, Moin!«, Püchel gerät aus dem Rhythmus und braucht mehrere Sekunden, um wieder zur Höchstform zurückzufinden. »Ihr seid doch gerade bei diesem Bigdowski gewesen und habt ihn vorgewarnt. Ist der denn jetzt völlig durchgeknallt. Anstatt uns zu helfen, veröffentlicht der Leserbriefe, die gegen unseren Speicheltest mobilisieren. ›Rücksichtslos‹, schreibt da beispielsweise einer und ein anderer: ›Die Verhältnismäßigkeit stimmt nicht.‹ Und hier: ›Gibt es in der Bevölkerung noch immer so viele unkritische Geister, die die Zeichen der Zeit nicht begriffen haben, siehe Guantanamo.‹«

»Komm runter, Heinz«, würgt Swensen den Polizeirat ab und winkt Stephan Mielke zu, der etwas abseits verharrt. »Das sind doch Lappalien, über die du dich aufregst. Außerdem ist Bigdowski doch dein Kumpel. Also rede ihm ins Gewissen, wenn dir etwas nicht passt. Du bist doch sonst nicht so zurückhaltend.«

»Was soll das denn heißen?«

»Nichts!«, sagt Swensen, lässt den Polizeirat einfach stehen und geht zu Mielke, der ihn zu sich gewunken hat.

»Danke, dass du mich losgeeist hast, Stephan!«

Während Püchel leise vor sich hin fluchend auf die Fahrzeughalle zusteuert, gehen Mielke und Swensen zum Twingo und steigen ein. Das rechte Auge des Oberkommissars schimmert erneut blauschwarz und er selbst scheint genauso ungehalten wie sein Aussehen zu sein. Ohne ein Wort legt er den Gang ein, fährt vom Hof der Feuerwehr und nach links über die Dorfstraße aus Witzwort heraus. Swensen versucht sich zu entspannen, richtet seinen Blick auf die flache Landschaft und den hohen Himmel darüber. Wie Kumuluswolken türmen sich seine Gedanken auf und plötzlich sieht er den Verhörraum vor sich.

Er kommt zur Tür herein. Oberkommissar Mielke hat

bereits Platz genommen, legt die Hände vor sich auf den Tisch und trommelt demonstrativ auf die Holzplatte. Der Exfreund der Ermordeten Andrea Goldschmidt sitzt ihm gegenüber. Peter Kirch starrt unbeweglich auf die zerkratzte Oberfläche. Sein Gesicht ist gerötet, Schweißtropfen stehen auf der Stirn. Swensen greift nach einem Stuhl und setzt sich unauffällig neben seinen Kollegen.

»Geocaching … Geocaching! Dass ich nicht lache! Du kannst das drehen und wenden wie du willst, ›Seefahrer‹, du hast ohne ersichtlichen Grund einen Polizeibeamten tätlich angegriffen.« Mielkes Stimme klingt wie ein Faustschlag.

»Was reden Sie denn da? Nicht ich, sondern Sie haben mich angegriffen! Ich bin ganz friedlich um die Kirche spaziert, da haben Sie sich von hinten auf mich gestürzt!«

»Ich sage dir jetzt mal was, Freundchen. Du machst hier ein auf Geocaching und kundschaftest dabei heimlich die Gegend aus, damit du weiß, wo du dein nächstes Opfer hinschaffen kannst.«

»Opfer? Von welchem Opfer reden Sie?«

»Wir reden bereits von Opfern, mein Lieber! Franziska Giese zum Beispiel! Dorit Missler …«

»Wer sollen die sein?«

»Andrea Goldschmidt, auch kein Begriff?«

»Sie haben mich doch damals schon befragt«, wendet sich Kirch mit Panik in der Stimme an Swensen. »Da war alles in Ordnung mit meinem Alibi, oder?«

»Das haben Sie doch mit Ihren Freunden abgesprochen, Herr Kirch«, provoziert Swensen. »Mal sehen, wie lange das Alibi noch steht, wenn wir uns diese Freunde erneut vornehmen. Bin gespannt, ob die auch behaupten, Sie wären an den fraglichen Abenden im April und Juli bei Ihnen gewesen.«

»Ich hab niemanden ermordet! Ich könnte so was gar nicht!«

»Deine Exfreundin ist kein Jahr unter der Erde und du veranstaltest eine Internet-Schnitzeljagd an den Tatort ihrer Ermordung!«, braust Mielke dazwischen. »Ich nenne so was einfach nur krank!«

»Der Cache an der Witzworter Kirche ist überhaupt nicht von mir«, widerspricht Kirch. »Wenn Sie kein Muggel wären, würden Sie das wissen!«

»Muggel? Ich kenne ›Bötjer Basch‹!«, triumphiert Mielke. »Ich weiß sogar, dass der Name aus einer Storm-Novelle über einen Böttchermeister stammt. Ich kann mich genauso gut im Internet bewegen wie du, ›Seefahrer‹! Was glaubst du, weshalb wir dich erwischt haben. Die Nachricht zu deinem Cache trägt meine Handschrift.«

»Ich bin ›Seefahrer‹ und nicht ›Bötjer Basch‹. Was wollt ihr also von mir?«

»Wir wollen wissen, wer ›Bötjer Basch‹ ist!«

»Wenn Sie sich mit Geocaching auskennen, müssten Sie auch wissen, dass alles anonym läuft.«

»Und du willst uns weismachen, dass du ›Bötjer Basch‹ nicht persönlich kennst? Wir sind hier auf Eiderstedt und nicht in Alaska!«

»Habt ihr Tomaten auf den Ohren, Geocaching ist anonym!«

»Dann werde ich dir jetzt mal deine Tomaten aus den Ohren ziehen, Freundchen! Tätlicher Angriff gegen einen Vollzugsbeamten! Das wird dir bis zu zwei Jahre einbringen! Ahoi ›Seefahrer‹!«

»Denke das Nicht-Denken!«

Swensen sitzt auf dem Beifahrersitz, sieht die Wolken ziehen und denkt darüber nach, wie er es anstellen kann, nicht zu denken. Ihm ist warm, er lässt das Seitenfenster einen Spalt herunterfahren und hält seine Stirn in den Fahrtwind. Am Horizont drehen sich die Windräder, während sie an der alten Mühle vorbeifahren, deren Flügel erstarrt wie ein bleiches Skelett dem ewigen Wind trotzen.

»Kannst du bitte das Fenster zumachen! Es zieht!«

Der Hauptkommissar fährt das Seitenfenster wieder nach oben.

»Warum fährst du über die Dörfer und nicht über die B 5?«

»Weil wir hier durch lebendige Geschichte fahren.«

»Sagt Leentje?«

»Diese einzigartige Landschaft hat nichts mit Leentje zu tun. Wusstest du, dass der erste Deich hier schon 987 gebaut wurde? Schutz für den Johanneskoog bei Poppenbüll.«

»Wusste ich!«, sagt Swensen unbeeindruckt und denkt: Endlich mal ein Thema, bei dem ich mithalten kann. »Deiche bauen war über Jahrhunderte eine Pflicht«, legt er los. »Auf Weigerung stand zeitweilig sogar die Todesstrafe. Aus der Zeit kommt der Spruch: ›Wer nicht will deichen, der muss weichen.‹«

»Herr Hauptkommissar, ich bin beeindruckt!«, lobt Mielke, als hätte er nur darauf gewartet, dem Gespräch diesen Verlauf zu geben. Bis sie Tönning erreicht haben, ist Swensen rundherum informiert, weiß, dass sich die ersten Menschen 2000 vor Christus hier angesiedelt haben, dass man geschliffene Beile aus Flint- und eine Axt aus Feldstein in den Strandwällen und Nehrungen zwischen Kirchspiel Ording und Katharinenheerd gefunden hat.

Erst als der Oberkommissar seinen Twingo vor dem Packhaus abstellt, verebbt sein Redefluss wieder. Swensen ist schlagartig angespannt, als wäre der Jagdinstinkt in ihm erwacht. Hinter der hölzernen Bogentür, irgendwo innerhalb des lang gestreckten Backsteinbaus am Hafenbecken sollen sie einen gewissen Caspar Esmarch finden. Der arbeitet in dem umgebauten Lagergebäude im Museum, hatte Peter Kirch ihnen mit einem großen Ehrenwort versichert. Und obwohl es ab September über den Winter geschlossen ist, kann man sich vorher anmelden und wird reingelassen. Mielke hatte Peter Kirch mit einem Hinweis auf sein blaues Auge klargemacht, dass er gnadenlos in den Knast wandert, wenn die Angaben zu ›Bötjer Basch‹ nicht stimmen würden.

»Jetzt schnappen wir uns diesen Kirchenmörder!«, prophezeit Mielke und klingelt an der Eingangstür.

»Stephan, das ist bereits der dritte Mörder, den du in den letzten Wochen zur Strecke bringen willst. Ich finde, wir reden erst einmal ganz ruhig mit dem Mann.«

»Wenn alles stimmt, hat der die Kirche in Witzwort ausgekundschaftet.«

»Stephan, bleib auf dem Teppich.«

»Dein buddhistisches Gehabe geht mir manchmal ganz schön auf den Senkel!«

»Lass mich das hier auf meine Art machen, Stephan«, bittet Swensen.

Mielke verzieht demonstrativ sein Gesicht. Dann geht die Tür auf und ein junger Mann mit Dreitagebart steht etwas unbeholfen vor ihnen.

»Sind Sie Herr Esmarch?«

»Sind Sie die Besucher, die sich für heute angemeldet haben?«

»Richtig! Kriminalpolizei Husum, Hauptkommissar Swensen und Oberkommissar Mielke.«

»Kriminalpolizei? Sie wollen das Museum besichtigen?«

»Wir wollen zu Herrn Esmarch. Sind Sie das nun, oder nicht?«

»Der bin ich. Was möchten sie denn?«

»Fragen, wie du zu dem Namen ›Bötjer Basch‹ gekommen bist?«, prescht Mielke vor.

»Darüber können Sie gar nichts wissen!«

»Wir können es, Freundchen!«

»Wo waren Sie am Abend des 21. Februar?«, fragt Swensen.

»Wir haben November. Wie soll ich das noch wissen?«

»Um Ihnen auf die Sprünge zu helfen, an dem Abend ist Biikebrennen. Da weiß jeder, wo er war.«

»Außerdem wurde an diesem Abend eine Frau in der Witzworter Kirche ermordet. An die Witzworter Kirche kannst du dich aber erinnern, oder?«

»Ich verstehe überhaupt nicht, was Sie von mir wollen.«

»Junge, du hast einen Cache an der Witzworter Kirche deponiert. Fällt der Groschen endlich?«

»Klar Mann, aber was soll das mit der ermordeten Frau?«

»Das spricht dafür, dass du krank bist! Entweder leitest du eine Schnitzeljagd über einen Tatort, an dem eine Frau ermordet wurde, oder du hast diese Frau auch gleich noch selbst ermordet. In beiden Fällen bist du krank, ›Bötjer Basch‹!«

*

Sie stürzt auf den Eingang zu und es sieht so aus, als würden die Glastüren vor ihr zur Seite flüchten. Die Heizungsluft in der Empfangshalle ist stickig. Ihr Herz beginnt zu klopfen. Auf der Fahrt im Fahrstuhl bildet sich ein Kloß in ihrem Hals. Internistische Station dritter Stock. Sie versucht ihn hinunterzuschlucken, doch der Kloß hat sich festgesetzt. Die Schwester hinter dem Eichentresen der Kardiologie strahlt über das ganze Gesicht, als sie die mittelgroße Frau kommen sieht.

»Frau Blau, wie geht es Ihnen?«

»Wie man sich fühlt vor der jährlichen Nachuntersuchung«, sagt sie trocken und fährt sich nervös durch ihre blonden Strubbelhaare.

»Das ist reine Routine, Frau Blau. Das macht Ihnen doch nichts mehr aus. Sie sind fit und sehen blendend aus!«

Sie findet gar nicht, dass sie blendend aussieht. Der Blick in den Spiegel, bevor sie aus dem Haus gegangen war, hatte etwas anders gezeigt. Die Patientin lässt sich von der Frau in Weiß in den Behandlungsraum führen. Die Zeit pumpt gelassen wie ihr Herz, lässt das Leben immer wieder im Kreis laufen, während außerhalb des Körpers der Startschuss fällt, die rechte Leistengegend rasiert wird, Blutentnahme, EKG. Ein Einstich, die Braunüle ist platziert. Sie wird in die Warteschleife vor das Katheter-Labor geschoben. Der Raum, ein hängender Garten der High-End-Technologie, voll mit Geräten, Monitoren, Displays, Kabeln und Schläuchen. Ein kurzer Schwebezustand auf dem schmalen OP-Tisch. Eiskaltes Desinfektionsmittel fließt über die Hautporen und eine Gänsehaut schnellt den Körper hinauf. Das Elektrolyt-Gel unter den Pflastern ist kühl und glitschig. Sie wird mit den EKG-Leitungen verkabelt und unter ein weißes Leinentuch gebettet. Über ihrem Brustkorb das fahrbare Röntgengerät. Ihr Blick fällt auf zwei Monitore, rechts die EKG-Daten, links leuchtet ihr Herz im großformatigen Schwarz-Weiß, Schlag auf Schlag, dehnt sich aus und zieht sich zusammen.

»Endlich mal wieder ein vertrautes Gesicht. Same procedure as every year?«, empfängt sie scherzend die Stimme des Arztes, bevor er die Arterie in der Leiste punktiert.

»Ist der Katheter schon drin?«, fragt sie. Im selben Moment beginnt ihr Herz zu glühen, die Hitzewelle schlägt über ihrem Kopf zusammen und flutet in den Körper zurück. Der bekannte Kontrastmittelschub. Auf dem Bildschirm schiebt sich der dünne Katheterdraht durch ihre Ader. Das Bypass-Geflecht erscheint ihr wie die Wurzeln ihres Überlebens.

»Hände hinter den Kopf. Jetzt den Kopf bitte nach rechts drehen. Bitte nicht atmen.«

Nicht atmen!

Nicht atmen!

Die fein gezeichneten Lippen formen dicht vor ihrem Gesicht mit sanften Bewegungen die eindringlichen Worte.

Nicht atmen!

Nicht atmen.

Die porige Haut seines kalten Gesichts ist blass wie der Nachthimmel vor dem nahenden Vollmond. Die Sommersprossen gleichen einem Sternenhimmel, durch den der stechende Blick sie in den Bann schlägt. Mordlüsterne Schlangenaugen, die niemanden entkommen lassen.

Nicht atmen!

Sie glaubt zu ersticken. Reißt ihre Augen weit auf, atmet in tiefen Atemzügen das undurchdringliche Schwarz ein, das sie umgibt. Das Leben geht weiter, sie ist dem Tagtraum und ihm erneut entkommen. Das neue Herz schlägt, als wäre nichts passiert.

Ein paar Tage später ist der Befund da: Die Angiografie des rechten Koronarsystems ergibt einen weitgehend unauffälligen Befund. Im Gegensatz dazu zeigt sich im intravaskulären Ultraschall eine massive, konzentrische Intimahyperplasie in den korrespondierenden Schnitten des Ramus interventricularis anterior. Das angiografisch erhaltene Gefäßvolumen ist auf kompensatorische Gefäßerweiterung zurückzuführen.

Das Geschriebene versetzt sie in helle Panik, sein elendes Kauderwelsch will ihr unter die Haut kriechen, bis sie sich überwindet und es in ihre Sprachenwelt übersetzt. Ab da machte es nur noch Angst.

Die medizinische Darstellung der Herzkranzgefäße ergibt, dass alles gut ist. Der Ultraschall weist in den beiden Ästen der rechten Herzkranzarterie eine traumatische Reaktion durch die Transplantation auf, die sich in einer ausgleichenden Gefäßerweiterung deutlich macht.

Für ihre Angst gibt es keine Übersetzung. Sie wird unerwartet des Nachts lebendig, geistert durch ihre Träume und vermischt sich mit dem Schrecken ihrer anderen Träume von dem unheimlichen Mann, der im Schlaf bei Reimersbude auf sie lauert. Sein Gesicht, das aus dem Nebel auftaucht, die gekräuselten blonden Haare, ohne Scheitel und nach hinten gekämmt. Die schmale, nach außen gewölbte Nase hat Witterung aufgenommen, sie kann ihre Spuren riechen und ihren Wegen folgen. Der Mann hat sie aufgespürt, wartet draußen, wenn sie das Haus verlässt. Sie kann es spüren. Er steigt zu ihr in den Bus, urplötzlich sitzt er neben ihr auf der Sitzbank und ist sofort wieder verschwunden, sobald sie ihn ansehen will.

Lisa Blau erwacht und glaubt langsam, verrückt zu werden. Es ist ein dumpfes Gefühl, es krallt sich an ihren Tag, ist überall dabei, unter der Dusche, beim Frühstück und Einkaufen, verfolgt sie, als sie in der Dämmerung am späten Nachmittag den Bus in die Innenstadt nimmt. An der Haltestelle Schwedenkai steigt sie aus. Im Hafen strahlt die Fähre der Stenaline nach Göteborg im Lichterglanz, verschluckt wie ein Riesenmaul Pkw um Pkw. Lisa Blau schlendert zur Hafenstraße hinüber und biegt kurze Zeit später in die Andreas-Gayk-Straße. Die Neonschrift ›Dancin' Lounge‹ über der Tür ihrer Tanzschule wirft rotes Licht durch den schmalen Durchgang zum Hof bis auf die Straße. Sie hat ihn fast erreicht, als die nackte Angst ihr in den Nacken springt. Panisch will sie den Kopf drehen, da bekommt sie einen heftigen Stoß gegen ihre Schulter. Eine hochgewachsene Schattengestalt eilt an ihr vorbei. Das Herz schlägt ihr bis zum Hals.

War er das? Der Mann von Reimersbude?

Nach wenigen Schrecksekunden beginnt sie zu rennen,

fliegt durch den dunklen Hof auf ihre Tanzschule zu, reißt die Tür auf und schlägt sie mit einem lauten Knall hinter sich zu. Die Paare auf der Tanzfläche erstarren in ihren Bewegungen und schauen erstaunt zu ihr in den Vorraum herüber. Sie schnappt nach Luft, steht stocksteif auf einem Fleck.

»Wir machen weiter!«, ruft Harald Lehmann nebenan und klatscht laut in die Hände. »Aufstellung zum Foxtrott, bitte!«

Erleichtert sieht Lisa Blau, wie die Paare sich zu drehen beginnen, ihr abwechselnd den Rücken zukehren.

»Achtung meine Damen! Sie fangen mit dem rechten Fuß an. Aufgepasst! Der rechte Fuß geht nach hinten.«

Ihr Partner steht vor der Gruppe und demonstriert den Schritt mehrere Male.

»Die Herren beginnen mit dem linken. Linker Fuß nach vorn. Zwei langsame Schritte zurück. Zwei schnelle zur Seite. Richtig, so geht's. Slow. Slow. Quick. Quick. Und auf Anfang bitte! Slow. Slow. Quick. Quick. Achten Sie auf den Rhythmus meine Damen! Die Herren nicht mit dem Oberkörper wippen! Slow. Slow. Quick. Quick.

Der Abba-Titel ›Thank you for the music‹, der jetzt den Viervierteltakt der Tanzpaare vorgibt, übt eine beruhigende Wirkung auf Lisa Blau aus. Sie schließt die Durchgangstür zum Tanzsaal, nimmt in einem der bequemen Sessel Platz und versucht, die verbleibende Viertelstunde, bis der Unterricht von Harald beendet ist, den Schock von eben aus Mark und Knochen zu bekommen. Unbeweglich und steif lässt sie die Minuten verstreichen und grübelt über ihren Zustand nach. Manchmal hat sie das Gefühl, dass ihr Körper nach der Transplantation etwas von seiner Tanzleidenschaft eingebüßt hat. Ihr altes Feuer brennt auf Sparflamme, ihre Drehungen sind weniger elegant, die Wirbelsäule unbeweglich wie ein Brett. Sie hat sich schon gefragt, ob ihre Herzspenderin den Gesellschaftstanz nicht ausstehen konnte. Irgendwann möchte sie die Eltern von Marion einmal danach fragen. Als die Tür aufgeht und Harald Lehmann hereinkommt, zuckt sie unwillkürlich zusammen.

»Ich bin durch!«, verkündet er knapp. »Deine Leute warten schon drinnen. Ich hau ab, wir sehen uns morgen, Tschau Lisa!«

Ein Impuls drängt die Tanzlehrerin, Harald zu bitten, noch dazubleiben, damit sie nachher nicht allein an der Bushaltestelle stehen muss. Sie kann sich aber nicht entschließen, es wirklich auszusprechen.

Im Tanzsaal schaut sie flüchtig in den Spiegel, atmet noch einmal tief durch und achtet darauf, möglichst graziös vor die Anfängergruppe zu treten, die heute das erste Mal zum Unterricht gekommen ist.

»Guten Abend, meine Damen und Herren«, sagt sie routinemäßig, »halten wir uns nicht mit langen Vorreden auf. Nur ein paar Worte vorab. Der klassische Gesellschaftstanz setzt sich aus folgenden Tänzen zusammen: Dem Tango, der Rumba, Foxtrott, Swing, dem langsamen Walzer, Merengue und natürlich dem Wiener Walzer. Beim Tanzen geht es hauptsächlich um Romantik und Liebe. Ziel ist es, dass sich zwei Körper im Einklang mit der Musik bewegen können. Deswegen beginnen wir mit einer ganz einfachen Übung. Damen und Herren stellen sich gegenüber auf.«

Die Worte verhallen, ohne dass jemand sich in Bewegung setzt. Die Neulinge verharren, als hätten alle ein Lineal verschluckt. Lisa Blau merkt, dass sie schneller als sonst ungeduldig wird. Sie kürzt die übliche Anfangsverlegenheit ab, indem sie durch die Reihe geht und die Paare eigenmächtig zusammenstellt.

»Wir werden uns jetzt bewegen lernen, einfach zusammen vorwärts gehen. Sie wissen doch wie man geht, oder? Bitte …! Und jetzt zurück. Nein, nein, nein. Der Mann führt, die Dame lässt sich führen.«

Hinter den Worten lauert die Angst, die genau weiß, dass der Unterricht in Kürze vorbei sein wird. Und draußen in der Dunkelheit ist die Angst in ihrem Element. Da wird die Bedrohung körperlos, ist flach wie ein Schatten, passt in jede Nische und kann sich unendlich weit in die Länge strecken.

Ein riesiger Nachtfalter zerschellt an der Windschutzscheibe. Lisa Blau schreckt auf, starrt auf den schmierigen Flecken Tod. Sie sitzt in der ersten Bank, rechts vom Busfahrer, weiß nicht mehr, wie sie es aus der Tanzschule bis hierher geschafft hat. Die Angst steht an jeder Haltestelle, doch sie steigt nirgends zu. Kurz vor dem Ziel poltert der Bus über eine kurze Strecke mit Pflastersteinen. Der Rhythmus der Fahrgeräusche klingt jetzt wie der Herzschlag, singt ihr den Blues: ›Well now, baby meet me in the bottom, bring me my running shoes.‹

Sofort, nachdem die Bustür sich hinter ihr geschlossen hat beginnt sie zu laufen. Ihr Herz gibt den Blues vor, über die 300-Meter-Strecke bis zur Haustür. In der Manteltasche fingert sie nach ihrem Schlüssel, hat ihn parat, als sie ankommt. Eine Drehung im Schloss und der Hausflur empfängt sie mit seiner Sicherheit. Ein Blick durch die Glasscheibe zurück lässt ihr fast das Blut in den Adern gefrieren. Unter der Bogenlampe steht eine Gestalt und schaut zu ihr herüber. Sie flüchtet in ihre Wohnung, schließt zweimal herum und lehnt sich erschöpft an das Holz.

Lisa Blau, du entwickelst einen Verfolgungswahn!

Sie greift zum Telefon, wählt die Nummer von Maria Teske.

»Teske!«

»Maria, er ist hier!«

»Bist du es, Lisa?«

»Ja! Du musst mir helfen! Er ist hier. Der Mann von Reimersbude. Ich habe ihn gesehen. Er ist hier in Kiel, ich bin mir ganz sicher!«

*

Nichterfolg ist ein Wackerstein, der einem am Hals hängt, denkt Swensen, als er in der Frühe die Husumer Polizeiinspektion betritt und langsam die Treppe in das obere Stockwerk hinaufsteigt. Er empfindet die Mordfälle mittlerweile als extrem belastend, die lange Arbeit ohne einen Erfolg drückt aufs Gemüt. Auf dem Flur zur Teeküche trifft er Susan Biehl, die gerade eine Thermoskanne Kaffee in den Konferenzraum tragen will. Ihr strahlendes Lächeln prallt auf einen eher missmutigen Hauptkommissar.

»Moin, Moin, Jan!«, grüßt sie ohne sich abschrecken zu lassen. »Gehst du zu deiner geheimen Schachtel, um dir deinen Stoff zu brauen?«

»Was ist passiert, Susan? Seit Wochen bist du total aufgekratzt«, stellt Swensen fest und lässt sich von ihrer guten Laune anstecken.

»Marcus Bender kommt am Wochenende«, schwärmt Susan mit Säuselstimme.

»Verstehe, im September war das Poppenspäler-Festival.«

»Ja, es lag zwar eine gedrückte Atmosphäre über allem, denn man wurde immer wieder an die schrecklichen Ereignisse vom Vorjahr erinnert. Aber trotzdem war das Festival ein Erfolg. Markus hatte auch ein neues Stück dabei und ich durfte ihn betreuen.«

»Wieder was mit Quantenphysik?«

»Ja, nur noch einen Hauch verrückter als im letzten Jahr. Diesmal ließ er seine Puppen nach der Weltformel suchen. Das

Stück hieß: Wer früher nach Nymphen fischte, sucht heute nach Superstrings.«

»Superstrings?«

»Ja, das sind die kleinsten Teilchen, aus denen unsere Welt zusammengesetzt sein soll, winzige tanzende Fäden, die Gummibändern ähneln. Und das Verrückteste ist, die Superstringtheorie braucht 26 Dimensionen, damit sie funktioniert.«

»Ich fühle mich schon mit drei Dimensionen überfordert. Mit solch einer profanen Zahl können Verliebte sich natürlich nicht zufriedengeben, oder?«

»Ich … ich muss den Kaffee reinbringen«, säuselt Susan und eine leichte Röte erfasst ihre Wangen.

Swensen grinst breit, zwinkert ihr zu und verschwindet wortlos in der Küchenzeile. Im Konferenzraum sitzen bereits alle vor ihren dampfenden Kaffeebechern und warten, als der Hauptkommissar fünf Minuten später mit seiner Kanne Tee eintrifft. Colditz steht vor der Pinnwand mit den Fotos der ermordeten Frauen, kaut nervös auf der Unterlippe und beginnt erst, als Swensen einen Tee in seine Tasse gegossen hat.

»Der Speicheltest ist verhältnismäßig problemlos über die Bühne gegangen. Sieben Personen sind nicht erschienen. Namen und Adressen stehen auf dem Zettel, der vor euch liegt. Denen sollten wir einen kurzen Besuch abstatten und ihr Alibi überprüfen.«

»Wie lange müssen wir auf die Auswertung warten?«, fragt einer der Flensburger Kollegen, »wann können wir frühestens mit dem endgültigen Ergebnis rechnen?«

»Das Labor vom LKA schafft circa vier Proben am Tag«, erklärt Colditz. »Ich gehe mal davon aus, dass wir uns bis Februar gedulden müssen.«

»Verdammt lange hin, finde ich«, wirft Jacobsen ein. »Ich hoffe, unser Killer kommt uns nicht zuvor.«

»Was soll ich machen? Es ist so, wie es ist! Ich kann die Leute doch nicht mit der Peitsche antreiben.«

»Wir hätten mit mehr Nachdruck diesen Geocachern auf den Zahn fühlen sollen«, hakt Mielke verärgert nach. »Ich finde, da haben wir viel zu schnell klein beigegeben.«

»Mir scheint, du bist nur sauer, weil deine so großartige Fahndungsidee leider in Leere gelaufen ist«, sagt Silvia Haman trocken.

»Wer sagt denn das?«, knurrt Stephan Mielke und spielt verbissen mit dem Kugelschreiber.

»Es gibt keinen konkreten Hinweis, dass auch nur einer etwas mit den Morden zu tun hat, Stephan«, erinnert Colditz.

»Die beschaffen sich gegenzeitig ihre Alibis, das ist mal klar. Und gewalttätig sind sie auch«, knurrt Mielke und deutet auf die Reste seines grün schimmernden Hämatoms.

»Du hast dem Mann aufgelauert. Was würdest du machen, wenn dich jemand packen wollte?«

»Du hättest dich wenigstens beim Staatsanwalt für einen DNA-Test einsetzten sollen, Jean-Claude.«

»Auch wenn ich mich wiederhole, es liegt kein konkreter Hinweis auf einen Zusammenhang mit den Morden vor. Nur weil die Typen kleine Plastikdosen an Kirchen verstecken, sind sie nicht automatisch tatverdächtig.«

»Ich kann Jean-Claude nur beipflichten«, meldet sich Helene Klein. »Keiner der Männer ist unser Killer, da bin ich mir sehr sicher, besonders nachdem ich mich mit beiden ausgiebig unterhalten habe. Sie zeigten klare Gefühlsregungen. Ein Psychopath dagegen besitzt ein völlig anderes Schema. Wenn ich in einem Verhör beispielsweise Worte wie See, Fahrrad, Schaf, Vergewaltigung, Folter oder Mord benutze, verändern sich bei normalen Personen die Aktivität der Stirnlappen. Psychopathen dagegen reagieren darauf überhaupt nicht. Sie empfinden bei Worten wie Vergewaltigung oder

Mord das gleiche wie bei den Worten essen gehen oder Blumen pflücken. Für sie gibt es zu keinem der Wörter irgendeine emotionale Verbindung.«

»Und das kann man in einem Gespräch herausfinden?«, fragt Mielke abfällig.

»Schätze, Helene hat dafür eine spezielle Ausbildung, Stephan«, springt Silvia der Profilerin zur Seite.

»Liebe Silvia, spielst du hier jetzt Ball paradox? Du lässt auch keine Gelegenheit aus, um mir eins beizupulen.«

»Du leidest nur an der Haman-Paranoia, lieber Stephan!«

»Sofort Schluss jetzt!«, brüllt Colditz dazwischen. »Diese ewigen Kabbeleien hören auf der Stelle auf! Ich sage das nicht noch einmal, Silvia … Stephan!«

Plötzlich steht ein beklemmendes Schweigen im Raum. Stephan Mielke und Silvia Haman sitzen stocksteif auf ihren Stühlen und starren stumm auf die vor ihnen liegenden Zettel.

»Habt ihr das verstanden?«, fragt Colditz.

»Ja«, sagt Silvia Haman kleinlaut.

»Ja«, schließt Stephan Mielke sich an.

Noch bevor Colditz erneut zur Tagesordnung übergehen kann, wird die Tür zum Konferenzraum aufgerissen und Heinz Püchel steht im Raum. Sein Gesicht verrät im Voraus, dass es unangenehme Neuigkeiten gibt.

»Es ist eine Vermisstenmeldung reingekommen«, sagt der Polizeirat ungewöhnlich ruhig. »Eine Mitarbeiterin von Libo in St. Peter ist gestern von der Arbeit nicht nach Hause gekommen. Ihr Ehemann, ein gewisser Harald Ebsen, hat heute Morgen bei uns angerufen.«

Für einen kurzen Moment könnte das Team eine Stecknadel fallen hören. Jeder ahnt sofort, was diese Nachricht bedeutet, doch niemand möchte der Erste sein, der es laut ausspricht.

Swensens Stimme drängt sich in die unerträgliche Stille: »Mein buddhistischer Lehrer sagte einmal einen sehr klugen

Satz: ›Je mehr ein Mörder tötet, desto mehr stärkt er den Mörder in sich. Er muss dann immer neue Dinge erschaffen, die dann wieder getötet werden müssen.‹ Der meinte das zwar bestimmt anders, aber ich fürchte, es beschreibt genau die Situation, in der wir uns gerade befinden.«

»Unser Job ist es, diese Typen aus der Welt zu schaffen«, ereifert sich Mielke. »Wir sollten gleich runterfahren und uns vor Ort umhören. Vielleicht können wir das Schlimmste noch verhindern.«

»Richtig, wir können uns unter keinen Umständen einen vierten Mordfall leisten«, springt ihm der Polizeirat zur Seite. »Durchkämmt das elende Dorf, dreht jeden Stein dreimal um, quetscht jede Person aus, die auch nur das Geringste wissen könnte, aber verhindert in Gottes Namen einen vierten Mord!«

»Ist ja richtig, dass wir uns in St. Peter umhören«, versucht Colditz den aufkeimenden Aktionismus einzudämmen, »aber wie sollen wir einen Mord verhindern? Wir wissen doch überhaupt nicht, wo wir ansetzen sollen.«

»Wir könnten alle Kirchen überwachen!«, wirft Püchel ein.

»Heinz, das ist unmöglich. Selbst wenn wir die Leute hätten, alle Kirchen rund um die Uhr zu bewachen, bei den letzten Morden waren die Frauen bereits tot, bevor sie dort abgeladen wurden.«

»Aber wir können hier nicht mit offenen Augen rumsitzen, bis der Kerl wieder zuschlägt.« Püchels Stimme vibriert und sein Gesicht bekommt einen rötlichen Schimmer.

»Wer sitzt hier mit offenen Augen, Heinz?«, fragt Colditz ärgerlich. »Wie schieben seit Monaten Überstunden. Diese Art Gespräch bringt uns überhaupt nicht weiter und deshalb beende ich das jetzt. Rudolf und Jan, ihr fahrt nach St. Peter und macht euch vor Ort ein Bild. Die anderen teilen die Testverweigerer unter sich auf. Auf geht's! Und wir reden noch einmal unter vier Augen, Heinz.«

Colditz rauscht mit wütendem Blick und zusammengekniffenem Mund aus dem Raum, der Polizeirat eilt mit betroffener Miene hinterher. Swensen nickt Jacobsen zu und beide treten gemeinsam auf den Flur hinaus. Der Hauptkommissar holt seine Jacke aus dem Büro, um dann drei Türen weiter in das Büro seines Kollegen zu schauen. Jacobsen fährt gerade seinen Computer runter und greift nach seinem Notizbuch auf dem Schreibtisch. Der Blick des Hauptkommissars bleibt an einem Bilderrahmen hängen. Eine junge Frau, denkt Swensen erstaunt, dem das Schwarz-Weiß-Foto zuvor noch nie aufgefallen war. Scheint ein älteres Bild zu sein. Der Kriminalist rätselt einen Moment, in welchem Verhältnis diese Frau wohl zu Jacobsen steht, traut sich aber nicht zu fragen. Die beiden Beamten verlassen stumm die Inspektion, gehen über den Hof und steigen in den Dienstwagen.

»Ich dachte, wir reden zuerst mit dem Ehemann«, informiert Jacobsen. »Hab schon versucht ihn zu Hause anzurufen, aber unter der Nummer hat keiner abgenommen.«

»Ich würde sowieso lieber erst zu dieser Libo-Filiale fahren«, entgegnet Swensen. »Ich nehme an, da erfahren wir im Moment mehr.«

Als der Polo auf die B 5 biegt, muss er sich hinter einem Kühllaster der Firma ›Klaas Puul‹ einreihen. Jacobsen gibt Gas und zieht auf der graden Strecke vorbei. Vor dem Namenszug prangt eine große rote Krabbe.

»Ist das nicht der Wahnsinn?«, entrüstet sich der Hauptkommissar. »Die karren glatt die Krabben der Nordseeküste über 6.000 Kilometer nach Marokko, lassen sie dort von Billigkräften auspulen und bringen sie wieder hierher. Danach schmecken sie dann nicht mehr nach Krabben, sondern nach Konservierungsmitteln.«

»Kann mir gar nicht vorstellen, dass die Kaffer da unten begreifen, wie man Krabben auspult.«

»Ich wäre dir sehr verbunden, wenn du solche Sprüche lassen könntest, solange wir zusammen unterwegs sind, Rudolf! Die Frauen kriegen übrigens ganze 1,20 Euro pro Kilo Krabben und die Kaffer leben in Äthiopien und nicht in Marokko.«

»Das ist doch alles die gleiche Baga…«

»Warum sonderst du eigentlich immer so ein unerträgliches Zeug ab?«

»Unerträglich, ich bitte dich! Vorhin hast du selber gesagt, dass ein Mörder immer ein Mörder bleibt.«

»Erstens interpretierst du das ziemlich locker, und zweitens, was hat das mit marokkanischen Krabbenpulerinnen zu tun?«

»Über 20 Prozent der Kriminellen sind Ausländer, da nutzt auch kein buddhistisches Eiapopeia-Geschwafel!«

»Und 80 Prozent sind deutsch! Du scherst immer alles über einen Kamm!«

»Ich hab meine Gründe, die Welt nicht unnötig zu verkomplizieren!«

»Die Gründe würde ich liebend gerne mal erfahren, Rudolf!«

»Kannst du haben. Irgendsoein Itaker hat meine Mutter erschossen!«

Der Satz trifft Swensen wie ein Geschoss, er zuckt innerlich zusammen und erstarrt in seinem Schreck. Über eine Minute bringt er keinen Ton heraus, sieht plötzlich das Foto auf dem Schreibtisch des Kollegen vor Augen. Er tastet nach Worten wie nach einem Strohhalm.

»Das Foto von der jungen Frau auf deinem Schreibtisch, ist das deine Mutter?«

»Ich hab es vor zwei Tagen hingestellt, genau an dem Tag, an dem es vor 33 Jahren passiert ist.«

»Was ist denn passiert?«

»Meine Mutter war auf der Sparkasse und wollte Geld abheben, da ist ein Mann mit einer Waffe hereingestürmt. Als der Kassierer ihm nichts geben wollte, hat er um sich geschossen und ein Querschläger hat meine Mutter getroffen.«

»Wie alt warst du da?«

»Sechs Jahre«, flüstert der Oberkommissar und Swensen sieht, wie seine Augen feucht werden.

»Das tut mir schrecklich leid, Rudolf.«

Das Gespräch erstickt. Swensen hat das Gefühl, dass alles, was er sagen könnte, verkehrt wäre, und er ist froh, dass auch Jacobsen stumm bleibt. Am Horizont in der Ferne kommt das Hochhaus von St. Peter in Sicht. Die Nachmittagssonne brennt sich durch den grauen Dunsthimmel. Hinter Tating biegt Jacobsen links ab, fährt über den unbeschrankten Bahnübergang der Nord-Ostsee-Bahn von St. Peter nach Husum und kommt wenig später durch die Baumallee vor St. Peter-Böhl. Keine fünf Minuten später, nachdem der Dienstwagen abermals die Bahnstrecke kreuzen musste, parkt der Oberkommissar vor der Libo-Filiale ein. Die beiden Beamten gehen eilig auf die Glastüren am Eingang zu. Daneben sitzt ein älterer Mann und verkauft die Obdachlosenzeitung Hempels. Über ihn gebeugt steht ein jungdynamischer Mann, perfekt gekleidet, mit kantigem Gesicht und pomadig nach hinten gekämmten schwarzen Haaren.

»Ich sage das nicht noch ein zweites Mal, dass diese Zeitschrift hier nicht verkauft wird. Das ist Privatgelände hier! Also, mach, dass du wegkommst!«

Swensen flattern die Wortfetzen ins Ohr und er stutzt.

Den kennst du doch! Zernitz, genau, Peter Zernitz, der Gebietszentralleiter. Der ist doch nicht zufällig hier.

»Sie sollten sich lieber um ihre vermisste Angestellte kümmern«, sagt der Hauptkommissar mit süffisanter Stimme, während er Zernitz dicht auf die Pelle rückt.

Der Angesprochene reißt den Kopf herum, wobei sein Blick an Jacobsen hängen bleibt, der im Eingangsbereich stehen geblieben ist.

»Wer sind Sie denn?«, pflaumt er den Oberkommissar an.

»Das ist Oberkommissar Jacobsen und ich bin Hauptkommissar Swensen, Herr Zernitz, Kripo Husum«, sagt er betont deutlich, worauf Zernitz ihn endlich entdeckt.

»Libo hat nicht das Geringste mit dieser verschwundenen Frau zu tun!«, geht der Gebietszentralleiter sofort auf Abwehr.

»Dieser? Die Frau hat einen Namen!«

»Was wollen Sie?«

»Mich interessiert sehr, ob Frau Ebsen einen Betriebsrat gründen wollte.«

»Wie kommen Sie denn darauf?«

»Das ist eine naheliegende Idee, Herr Zernitz. Und glauben Sie mir, wenn sich das bestätigen sollte, gehe ich davon aus, dass Sie das vorher gewusst haben.«

»Na und! Frau Ebsen gehörte zu diesen typischen Querulantinnen, die sich nicht in unser Unternehmen einfügen wollen.«

»Sie reden schon in der Vergangenheitsform!«

»Quatsch, das ist mir nur so herausgerutscht.«

»Und weil Frau Ebsen weg ist, sind Sie doch sicher hier?«

»Ich bin schließlich der Gebietszentralleiter, ich muss mich darum kümmern, dass hier alles in geordneten Bahnen weiterläuft. Wenn die Journalisten erst Wind von der Sache bekommen, werden die uns die Türen einrennen. Davor werden wir uns zu schützen wissen.«

»Immer frei nach dem Motto: Wer eine Libo-Filiale betritt, verlässt die freiheitlich demokratische Grundordnung?«

*

»Hauptkommissarin Silvia Haman, Kripo Husum. Herr Alberts, Sie sind nicht bei dem Speicheltest in Witzwort erschienen!«

»Richtig, ich halte nichts von vorauseilendem Gehorsam. Was weiß ich, was Sie mit meinen Daten hinterher alles machen«, knurrt der Mann zwischen den Zähnen, während er mit verschmierten Fingern den Schlüssel an der Ölablassschraube seines Traktors ansetzt. »Außerdem habe ich garantiert niemanden umgebracht.«

»Das glaube ich Ihnen gerne, aber Ihre Versicherung allein genügt uns leider nicht, Herr Alberts.«

»So? Was würde Ihnen denn genügen?«

»Wenn Sie mir zum Beispiel sagen würden, wo Sie am 21. Februar, am 26. April und am 30. Juli waren.«

»Wir haben November, woher soll ich noch wissen, was ich am 21. Februar gemacht habe.«

»Am 21. Februar ist Biikebrennen auf Eiderstedt, da weiß man doch, wo man war, oder?«

»Stimmt! Da war ich beim Biikebrennen in St. Peter. Aber deswegen weiß ich trotzdem nicht mehr, was ich an den Tagen im April und Juli gemacht habe. Zeigen Sie mir mal jemanden, der das kann.«

»Kennen Sie eine der ermordeten Frauen?«, fragt Silvia Haman und zeigt ihm die drei Fotos.

»Nein! Ist das jetzt alles, ich muss hier weitermachen!«

»Wenn Sie nicht kooperativer sind, wird Ihre Nachbarschaft erfahren, dass Sie den Speicheltest verweigert haben.«

»Machen Sie, was Sie nicht lassen können. Hier wird mich keiner für einen Mörder halten. Moin, Moin!«

Silvia Haman kratzt sich am Kopf, weiß aber nicht mehr weiter. Mit einem »Moin, Moin« tritt sie den Rückzug an. Auf der Straße zieht die Hauptkommissarin die Liste mit den Verweigerern aus der Jackentasche und stellt fest, dass Alberts die letzte Person in dieser Gegend gewesen ist. Am Treffpunkt beim

Briefkasten vor dem Gasthof Kirchspielkrug kommt ihr bereits Stephan Mielke entgegen, der bei einem anderen Verweigerer im Ort gewesen ist. Er schüttelt schon von Weitem den Kopf.

»Das war ein totaler Schuss in den Ofen«, stellt er ärgerlich fest. »Dem Typen musste man jedes Wort aus der Nase ziehen. Ein wortkarges Völkchen diese Eiderstedter. Rausgekommen ist so gut wie nichts, kein brauchbares Alibi. Aber ich kann mir auch nicht vorstellen, dass der unser Serienkiller ist.«

»Bei mir dito. Machen wir hier den Abflug«, sagt Silvia Haman und geht zum Dienstwagen hinüber, den Stephan Mielke direkt gegenüber der Westerhever St.-Stephanus-Kirche auf einem Grünstreifen abgestellt hat.

Von der Wiese weht das unentwegte Blöken einer Schafsherde herüber. Die flache Landschaft am Außendeich erinnert ein wenig an die frühere Halligwelt. Der Himmel darüber ist mit einem diffusen Schleier überzogen. Der Oberkommissar öffnet den Wagen mit einem Klick auf den Schlüssel. Silvia Haman will gerade einsteigen, da sieht sie gegenüber einen hageren Mann mit einem Stapel brauner Mappen unter dem Arm den Weg zur Kirche hinaufschlurfen. Obwohl sie nur seinen Rücken sehen kann, weiß sie sofort, dass sie ihn kennt.

Das ist dieser Organist, der hier durch alle Kirchen Eiderstedts geistert, erinnert sie sich nach kurzem Nachdenken.

»Da drüben geht der Thiel«, sagt die Kriminalistin zu Mielke.

»Thiel? Dieser Organist?«

»Genau!«

»Ja und?«

»Ich will kurz mit ihm reden. Kommst du mit?«

»Nee, ich telefoniere kurz, wenn es dir recht ist?«

Ohne eine Antwort eilt Silvia Haman zur Kirche hinüber. Das Backsteingebäude steht auf einer hohen Warft und der alte Turm ist gespickt mit Mauerankern. Thiel ist bereits im

Inneren verschwunden. Die Kirchentür ist offen und die Kriminalistin tritt vorsichtig ein. Ein feierliches Präludium empfängt ihre Ohren und die Abfolge von kleinteiligen Motiven flüstert, zischt und dröhnt durch das geduckte Kirchenschiff. Einen kurzen Moment ist sie von der sakralen Musik gebannt, schaut zum Altarbild, das ein Gemälde von Maria mit wallendem Haar und dem nackten Jesuskind zeigt, während Josef im Schatten seiner Frau steht. Nur das Kreuz mit dem goldenen Gekreuzigten davor stört Silvia Haman.

Nie kann eine Frau einfach mal für sich sprechen, denkt sie und klettert die schmale Treppe zur Empore hinauf. Finger und Füße des Organisten springen ruckartig über Tasten und Pedalen. Als er die Hauptkommissarin bemerkt, bricht die Musik mit einem langen Stöhnen in sich zusammen.

»Sie haben mich erschreckt«, sagt der Organist empört und schaut die Frau durch seine dicken Brillengläser argwöhnisch an. »Kennen wir uns?«

»Hauptkommissarin Silvia Haman von der Kripo in Husum, wir haben uns bis jetzt nur flüchtig gesehen.«

»Und weswegen schleichen Sie sich an mich heran, Frau Haman?«

»Als ich Sie in die Kirche gehen sah, hatte ich plötzlich die Idee Sie etwas zu fragen. Kennen Sie zufällig einen gewissen Hagedorn? Ich bin einmal bei Ermittlungen auf Herrn Hagedorn getroffen und weiß, dass er bis zur Rente hier Pastor in Westerhever gewesen ist.«

»Ludwig Hagedorn, ja, den habe ich noch kennengelernt. Che Guevara wurde er im Dorf heimlich genannt, wegen seines Vollbarts. Ein verrückter Typ und unentwegter Geschichtenerzähler.«

»Hat der zufällig auch mal etwas über ungewöhnliche Vorkommnisse in einem der Pastorate auf Eiderstedt erzählt?«

»Nee, nicht das ich wüsste … oder …, warten Sie mal. Doch,

von Oldenswort. Pastor Hagedorn hat auf einer Hochzeit mal etwas über den damaligen Pastor von Oldenswort erzählt, der tödlich verunglückt war …, nämlich, dass der in Wirklichkeit gar nicht verunglückt wäre. Bei seinem Tod soll etwas nicht mit rechten Dingen zugegangen sein.«

»Und was soll das genau gewesen sein?«

»Das weiß ich nicht mehr. Ich war damals noch ein Jugendlicher, ist bereits einige Jährchen her.«

»Danke, Herr Thiel, das war's. Übrigens ein irres Instrument.«

»Die Orgel ist die Königin der Instrumente.«

»Königin klingt nicht schlecht, endlich hat mal eine Frau in der Kirche den höchsten Rang«, scherzt Silvia Hamann, lässt einen verdutzten Organisten zurück und verlässt beschwingt die Empore. Mielke hat immer noch sein Handy am Ohr, als die Oberkommissarin sich auf den Beifahrersitz platziert.

»Es ist jetzt 16.35 Uhr und mit der letzten Führung bist du um fünf Uhr durch. Na, dann komm ich doch vorbei, bis gleich«, kann Silvia Haman noch hören, bevor er das Handy in der Jackentasche verschwinden lässt, den Motor startet und losfährt.

»Macht es dir was aus, wenn wir einen kurzen Umweg über Friedrichstadt machen und du dann allein nach Husum zurückkurvst?«, fragt Mielke beiläufig.

»Friedrichstadt?«

»Friedrichstadt! Frag mich jetzt nicht, was ich da will.«

»Mach ich aber! Was willst du denn da?«

»Das geht dich nichts an!«

»Ich soll aber den Wagen allein zurückfahren, oder?«

»Ich treffe mich dort mit jemandem.«

»Den Rest kann ich mir denken«, sagt Silvia Haman spöttisch. »Jetzt versteh ich endlich, warum sich dein Verhältnis zu Frauen so dramatisch verbessert hat, wenn ich dabei an unsere Profilerin denke. Meine Person ist davon natürlich ausgenommen.«

»Manchmal bist du einfach unerträglich, Silvia!«, knurrt Mielke, drückt aufs Gas und rast in Richtung Norden. Ohne ein weiteres Wort stoppt er 35 Minuten später auf dem Marktplatz in Friedrichstadt, direkt vor dem Brunnenhäuschen. Silvia steigt aus und wartet auf der Fahrerseite, bis der Kollege seinen Mantel vom Rücksitz gefischt hat, einen Notizblock verstaut hat, ebenfalls aussteigt und ihr den Zündschlüssel in die Hand drückt.

»Guck mal, wer da drüben geht«, sagt Silvia Haman erstaunt, wobei sie dem Oberkommissar über die Schulter schaut. Der dreht sich um und sieht, wie Susan Biehl Hand in Hand mit einem Mann im Café Hinrichs verschwindet.

»War das Susan Biehl?«

»Klar war das Susan Biehl! Und der Kerl, das war dieser Bender! Marcus Bender, der Puppenspieler!«

»Bist du sicher!«

»Natürlich! Friedrichstadt scheint ja das neue Liebesnest zu sein!«

»Tschüs, Silvia! Wir sehen uns morgen«, sagt Mielke kurz angebunden und geht davon.

Silvia Haman klemmt sich hinter das Steuer und verfolgt den Kollegen im Rückspiegel, doch der schlendert im Schneckentempo an den Schaufenstern vorbei. Nach zehn Minuten wird es ihr zu bunt, sie startet den Motor, fährt aus der Stadt und ist kurze Zeit später auf der B 5.

»In Wirklichkeit ist er gar nicht verunglückt!«

Der Satz des Organisten über den Pastor von Oldenswort ist plötzlich wieder in ihren Ohren, rumort dort so lange herum, bis sie kurz entschlossen von der Bundesstraße in Richtung Rantrum abbiegt und über Oldersbek und Winnert nach Hollbüllhuus fährt. Silvia Haman stoppt vor einem kleinen Backsteinhäuschen. In der offenen Garage steht ein silbergrauer Firebird Targa. An der Gartenpforte hängt ein Messingschild mit dem Namen ›Hagedorn‹. Die Hauptkommissarin geht zur Haustür und klingelt. Schritte nähern sich und eine Stimme fragt: »Wer ist da?«

»Silvia Haman! Kripo Husum. Kann ich kurz mit Ihnen reden?«

Die Tür öffnet sich vorsichtig und ein argwöhnischer Blick fällt durch die kleine Spalte.

»Kennen Sie mich nicht mehr, Herr Hagedorn? Ich hab Sie damals nach Ihrem Herzinfarkt im Krankenhaus besucht.«

»Ach ja, Sie sind das«, sagt der Mann und seine Augen blicken freundlicher, als er die Tür weit öffnet. »Ich konnte Sie im Moment gar nicht einordnen.«

»Wie geht es Ihnen, haben Sie die Krankheit gut überstanden?«

»Ja, danke! Es geht mir sehr gut. Vor einem halben Jahr hab ich eine nette Frau im NABU kennengelernt. Glücklicherweise hatte ich meinen Firebird noch nicht verkauft. Wir machen jetzt immer Touren durch Norddeutschland. Und manchmal …«

Anscheinend ist der wirklich so ein Geschichtenerzähler, wie Thiel angekündigt hatte, denkt Silvia Haman.

»Entschuldigung, Herr Hagedorn, ich möchte Sie nur kurz etwas fragen«, würgt sie seinen aufkeimenden Redefluss ab. »Können Sie mir etwas über den Unglücksfall in der Oldenswortер Kirche erzählen? Da soll ein Pastor tödlich verunglückt sein.«

»Sie meinen Pastor Schnoor?«

»Das weiß ich nicht. Ich kenne den Namen nicht«, antwortet die Hauptkommissarin.

»Jens Schnoor, ich hab ihn ein paar Mal persönlich getroffen, als ich noch Pastor von Westerhever war. Der ist die Treppe von der Empore heruntergestürzt und hat sich das Genick gebrochen. Tragische Sache damals.«

»Da soll aber irgendetwas nicht mit rechten Dingen zugegangen sein, haben Sie angeblich mal erzählt.«

»Es gab damals so merkwürdige Gerüchte.«

»Und? Was waren das für Gerüchte?«

»Also seine Frau … seine zweite Frau. Seine erste Frau war früh an Krebs gestorben. Also … seine Frau soll auch mit auf der Empore gewesen sein. Und da gab es das Gerücht, dass sie vielleicht nachgeholfen hat, ihm einen Stoß gegeben hat.«

»Gab es keine polizeiliche Untersuchung?«

»Doch, als unter der Hand gemunkelt wurde, der kleine Junge aus erster Ehe würde überall herumerzählen, seine neue Mutter hätte den Vater geschubst, leitete die Kripo ein Ermittlungsverfahren ein. Sie haben mit dem Kind gesprochen, die Stiefmutter wurde mehrmals verhört, doch es kam nichts Verdächtiges dabei heraus. Am Ende hat man die ganze Sache als einen Unglücksfall eingestuft.«

»Wissen Sie noch, was aus dem Sohn geworden ist?«

»Nein, aber ich glaube, der wohnt nicht mehr auf Eiderstedt. Soll, wie es damals hieß, einige Jahre danach in die Stadt gezogen sein. Aber mehr weiß ich auch nicht darüber, wie gesagt, war alles sehr tragisch!«

*

Die letzten Wochen haben ihre Spuren auf den Gesichtern der Frauen und Männer der SOKO Kirche hinterlassen. Der wenige Schlaf hat bei den meisten dunkle Schatten um die Augen gezeichnet. Auch an diesem Morgen schleichen alle eher aus der Frühbesprechung, als dass sie gehen würden. Selbst Swensens ruhige Haltung hat sich über das Jahr, in dem es zu keinen Ergebnissen gekommen ist, aufgerieben. Er ist gereizt und selbst seine Gedanken, die sonst in der freien Zeit die Fälle noch einmal durchgehen, um nach übersehenen Details zu fahnden, sind von der Erfolglosigkeit ihrer Arbeit wie betäubt.

Ein Serientäter entzieht sich jeder vernünftigen Überlegung, grübelt er. Je mehr man bemüht ist, rational zu bleiben, umso mehr verbirgt sich jede Erklärung nach einem nachvollziehbaren, ja natürlichen Kern dessen, was den Täter da draußen antreibt. Was ist sein Motiv? Woher kommt diese maßlose Grausamkeit? Wie kommt so etwas nur in die Welt?

Swensen betritt sein Büro, fährt den Computer hoch und starrt auf den Bildschirm. Während die Programme geladen werden, sieht er sich plötzlich in der ersten Reihe der Witzworter Kirche auf der Holzbank sitzen. An einem Morgen vor circa einem Monat war er vor der Fahrt zur Arbeit noch einmal allein in das Gotteshaus gegangen, um den Schnitzaltar in aller Stille in sich aufzunehmen. Da hatte er sie wiederentdeckt, die kleine geflügelte Teufelsgestalt mit den gekreuzten Beinen, die listig hinter den Pflanzenranken hervorlugt.

Die Kirche hat ihre Antwort auf die Frage nach dem Bösen in der Welt bereits gefunden: Es ist Satan, der schwefelstinkende Sündenbock, der dafür stets zur Verfügung steht. Mal erscheint er als verführerische Schlange, mal als Drache mit den sieben Köpfen und zehn Hörnern, mal ist er nur der Ziegenbock mit spitzen Ohren und Hinkefuß.

›Ich bin der Geist, der stets verneint!‹, schrieb Goethe, ›Und das mit Recht, denn alles, was entsteht, ist wert, daß es zugrunde geht.‹

Ja, wer den Teufel ruft und wer sich mit ihm einlässt, der ist nicht mehr Herr seiner Sinne. Und in Zeiten, in denen wir nicht mehr weiterwissen, da spukt er selbst in den Köpfen ratloser Kripobeamter herum. Da, wo wir uns nichts mehr erklären können, ist Beelzebub schon zur Stelle. Er soll der Dämon sein, der auch einen Serientäter antreibt.

Nein, widersetzt sich eine innere Stimme in Swensen.

Geben wir diesen einfachen Gedanken erst einmal Platz, hat der Höllenfürst bereits gewonnen. Dann wird das Böse zu einer fremden Macht erklärt, die von uns nicht mehr beeinflussbar ist, mit der wir selbst nichts zu tun haben. Wir geben uns damit selbst die Absolution und waschen unsere Hände wie Pilatus in Unschuld.

Auslöser seiner Gedanken war eine Diskussion in der heutigen Frühbesprechung gewesen, in der spekuliert wurde, wie gefährlich der gesuchte Täter eigentlich wirklich sei. Jeder der Kollegen wollte sich nur Gehör verschaffen und hatte die anderen Meinungen nicht an sich herankommen lassen.

»In meiner Berufspraxis habe ich schon einige Serienmörder untersuchen und beobachten können«, hatte Helene Klein nach einiger Zeit mit Vehemenz das Wort ergriffen. »Keiner dieser Täter war wirklich geisteskrank, auch wenn ich sie nicht als normal bezeichnen möchte. Sie hatten alle eine psychische Störung, aber trotzdem wussten sie immer noch, was sie taten. Sie wussten, das ihre Taten unrecht waren, falsch waren, handelten aber trotzdem weiter so.«

»Aber wie kommt ein Täter zu solch einer Geistesstörung? Der Mensch wird schließlich nicht mit sexuellen Perversionen geboren, oder?«, widersprach Colditz. »Meist sind doch die Täter selbst Opfer. Viele werden von Kindesbeinen an misshandelt, missbraucht und missachtet. Bei dieser Form von Gewalt schauen die lieben Mitmenschen eben meistens weg. Und das rächt sich, wenn die Opfer erwachsen werden. Der Täter bestraft die Welt bewusst oder unbewusst für seine Misshandlungen. Wenn er dann erst einmal mordet, hat niemand mehr Interesse an den tiefer liegenden Ursachen.«

»Es reicht nicht, jemanden moralisch und juristisch zu verdammen«, hatte Swensen nicht mehr an sich halten können. »Es wäre sinnvoller, wenn wir die Verbrechen im Vorfeld verhindern, anstatt die Täter danach zu bestrafen. Wir sind alle selbst gefragt, müssen uns unserer täglichen Handlungen und Gedanken jederzeit bewusst sein.«

»Wir sind ständig in einem persönlichen Krieg, kämpfen gegen das Gute, gegen das Böse. Kämpfen gegen das, was zu groß ist oder gegen das, was zu klein ist. Gegen das, was richtig oder falsch ist. Wir kämpfen und kämpfen, tapfer und besinnungslos, kämpfen und kämpfen und kämpfen«

Die Worte seines Meisters hatte Swensen vorhin allerdings für sich behalten. Jetzt sprechen sie erneut zu ihm, mahnen ihn achtsam mit seinen eigenen Wertungen umzugehen und endlich mit seiner täglichen Arbeit zu beginnen. Er beschließt, erst mal einen grünen Tee aufzubrühen, um sich anschließend die Akte ›Mordfall Reimersbude‹ vorzunehmen. Auf dem Flur zur Küchenzeile kommt ihm Silvia Haman entgegen, die, schon im Mantel, offensichtlich auf dem Weg zu Mielkes Büro ist.

»Du wirst es nicht glauben, wen ich gestern mit unserer Susan in Friedrichstadt gesehen hab«, sagt sie mit gedämpfter Stimme, als sie auf gleicher Höhe mit Swensen ist.«

»Marcus Bender«, erwidert der Hauptkommissar trocken.

»Woher weißt du das?«

»Ich bin Kriminalist, Silvia. Hast du das vergessen?«

»Dein sechster Sinn, wenn ich mich nicht irre?«, scherzt die Hauptkommissarin. »Aber du hast bestimmt keine Ahnung, was in der Kirche von Oldenswort passiert ist, oder?«

»In der Kirche von Oldenswort? Nee, muss ich das wissen?«

»Ich war bei Alfred Hagedorn, vielleicht erinnerst du dich an ihn? Der Mann, der unsere Leiche im Wilden Moor gefunden hat, war vor der Rente Pastor in Westerhever.«

»Ach der! Ja, jetzt erinnere ich mich.«

»Ich dachte ganz spontan, ich rede mal mit dem. Und er hat mir eine interessante Geschichte erzählt. Es hat nämlich in der Kirche von Oldenswort vor vielen Jahren einen obskuren Todesfall gegeben. Der damalige Pastor Schnoor ist die Treppe von der Empore hinabgestürzt und war auf der Stelle tot.«

»Ja und?«

»Es gab damals das Gerücht, dass seine zweite Frau ihn hinabgestoßen haben soll. Ich hab kurz in die Ermittlungsakten geguckt. Da ist der Vorfall allerdings als Unglücksfall eingestuft worden, aber es gab ein Verhör mit dem kleinen Jungen aus erster Ehe des Pastors. Das Kind behauptete darin, dass die Stiefmutter den Papa umgebracht hat. Es gab allerdings keine Spuren, die das erhärtet haben.«

»Und du meinst, dass es etwas mit unseren Fällen zu tun haben könnte?«

»Ich weiß nicht. Könnte doch sein.«

»Wie lange ist das her?«

»22 Jahre.«

»Und wie alt war der Sohn damals?«

»Sieben Jahre.«

»Dann wäre er jetzt 29 Jahre. Hast du schon mit ihm gesprochen?«

»Nein, der wohnt nicht mehr auf Eiderstedt, hat Hagedorn gesagt.«

»Hast du die Akten noch da?«

»Ja, liegen auf meinem Schreibtisch.«

»Kann ich mir die mal ansehen?«

»Geh einfach rein und nimm sie dir raus, die Ordner, auf

denen Peter Schnoor steht. Ich muss los, will mit Stephan heute noch die letzten Speicheltest-Verweigerer von der Liste abarbeiten.«

Während Silvia Haman in Stephan Mielkes Büro verschwindet, hat Swensen die Küchenzeile erreicht. Nach zehn Minuten verlässt er sie mit einer Kanne grünem Tee, stellt sie auf seinen Schreibtisch und holt sich die Akten aus Silvias Raum. Wenig später hat er seine Umgebung und das, was er eigentlich machen wollte, vergessen. Er blättert durch die Akten, bis er das Verhör des Jungen gefunden hat und liest es in einem Rutsch durch.

Frage: War deine Mama denn mit da oben, wo dein Papa war?
Antwort: Ja.
Frage: Aber deine Mama sagt, dass es gar nicht stimmt. Du darfst hier nicht lügen, verstehst du?
Antwort: Ich lüge nicht, das Gebot steht doch in Papas Buch.
Frage: Warum sagt die Mama denn etwas anderes?
Antwort: Mama ist böse, wie der Teufel in Papas Buch. Sie haut mich, wenn ich sage, dass sie Papa geschubst hat.
Frage: Mama sagt, dass du dir gerne Sachen ausdenkst.
Antwort: Ja, solche Geschichten wie in Papas Buch. Ich hab immer zugehört, wenn Papa daraus vorliest. Satan ist das Ungeheuer, steht in Papas Buch, Gott hat ihn aus dem Himmel geworfen. Mama hat das wie der Herrgott gemacht und Papa aus dem Himmel geworfen.

Swensen drängt sich beim Lesen die Geschichte der Psyche auf, in der die Schwestern den Gott Amor als Ungeheuer verteufelt haben. Auch der kleine Junge, so scheint es dem Hauptkommissar, muss nach den Ereignissen in der Oldensworter Kirche auf Gott nicht gerade gut zu sprechen gewesen sein.

›Und hämmert auch der Hölle Wut – voll
Gotteshass und Frevelmut – an unsrer Kirche
Quadermark,‹

Das Lied musste Swensen in seiner Konfirmationszeit auswendig lernen. Jetzt klingt die Melodie ihm plötzlich im Ohr. Gotteshass, schießt es durch seinen Kopf, steckt dort vielleicht der Schlüssel zu unseren Fällen? Das Kind ist heute ein Mann von 29 Jahren und passt daher bestens zu der Altersgruppe, die Helene Klein für die Täterschaft ins Auge gefasst hat.

Der Hauptkommissar nimmt die Akten, marschiert über den Flur und legt sie der Kollegin auf den Schreibtisch zurück. Als er wieder auf den Flur hinaustritt, wird die Tür von Püchels Büro aufgerissen und der Polizeirat stürzt mit bleichem Gesicht auf ihn zu.

»Jetzt … es ist wieder passiert … Gottver… Scheiße!«, stammelt er und atmet mit einem Geräusch aus. Der Geruch von kaltem Rauch schlägt dem Hauptkommissar entgegen.

»Heinz, jetzt beruhig dich erst mal.«

»Beruhigen? Der nächste Mord ist gemeldet worden! Scheiße! Verdammte Scheiße! Was machen wir jetzt nur?«

Der Polizeirat steckt sich eine Zigarette zwischen die Lippen, zündet sie an und bläst einen Mundvoll Rauch aus. Swensen wedelt ihn vor seinem Gesicht weg.

»Wir machen, was wir immer machen, Heinz. Ich informiere die Kollegen und wir sehen uns den Tatort an. Wo müssen wir hin?«

»St. Peter-Ording. Die kleine Kirche vor dem Deich.«

Mitte November 2003

Du bist nicht meine Mutter, Mutter! Trotzdem kam aus deinem Muttermund immer nur Schuld und Hass. Du wolltest den Sohn in einer ewigen Ahnungslosigkeit einkerkern, damit man ihn vergessen kann und er dort mit seinem Wissen elendig verrottet. Du hast ihm jeden Tag in eine Nacht verdreht. Dein Gesicht war mit makelloser Unschuld maskiert, damit der Sohn sich nie mehr aus seinem Nachttunnel heraustraut. Du hast ihn gezwungen in deine Hölle hineinzukriechen, dass er deine inneren Ritzen und Nischen fühlen konnte, sie sich aber nur ihm offenbarten und er sie niemanden zeigen könnte. Weil der Sohn in deiner Nacht hausen musste, konntest du den hellen Tag ausfüllen und allen deine Lügen erzählen. Ab da war er nur noch ein Schatten deiner grausamen Tat. Du falsches Muttermaul, deine enigmatische Sprache, die du extra für den Sohn verklausuliert hast, dass er sie unmöglich verstehen konnte, konnte behaupten was sie wollte. Und die Welt glaubte dir, dir glaubte selbst die Polizei. Der Sohn trug deine Schuld auf seinen Schultern durch das leere Haus Gottes. Deine dunkle Tat erstickte ihn, der Sohn wurde zu deinem Unbewussten und erkrankte an unheilbarer Sprachlosigkeit.

Mutter, du Ungeheuer, du verbrauchtest alle seine Worte, alle Sätze. Der Sohn fühlte nichts mehr, hatte all seine Worte gegessen, wie trockenen Sand geschluckt, täglich Silbe für Silbe. Er wurde aber niemals satt davon, musste täglich seine Sprache neu erlernen, die er aber nicht sprechen, sondern nur auskotzen konnte, schleimig und immer mit dem Gestank deiner Tat behaftet. Der Sohn entsagte vollends den Lauten, erschuf sich mühsam eine Fantasiewelt in Bildern, bis er unter großer Anstrengung gelernt hatte, die Sprache zu lesen, leidend und stumm, ohne einen Mucks verwandelte sich die ganze Sprache in seinem Kopf zu Bildern, und er las weiter und weiter, solange, bis er ausreichend neue Bilder zur Verfügung hatte, für eine Zeit lang, bis sie wieder entschwanden und er neue Bilder erlesen musste.

Du hattest den Sohn aus der Unschuld geworfen. Tief aus der Erde sprach deine Stimme zu ihm, du Höllenmutter.

»Du bist ein schreckliches Kind. Du hockst in der Ecke, klebst an deinen Büchern. Du bist ein Buchstabenmonster!«

»Geh zum Spielen raus, verdammt noch mal! Benimm dich wie alle normalen Kinder!«

»Stubenhocker! Wenn du so weitermachst, wirst noch verrückt!«

Sie sprach dem Sohn das tägliche Mutterunser, gleich einer diabolischen Furie. Berechnend hast du dich in das Haus Gottes geschlichen und deinen Pferdefuß versteckt, reichtest dem Sohn den bitteren Kelch des Abendmahles und gosst ihm den roten Wein über seinen weißen Anstand. Drohtest dem Vierzehnjährigen, ihn aus dem Haus zu werfen, weil du ihn nicht mehr ertragen konntest.

Den einzigen Ort der Ruhe fand der Sohn im Bauch der Bücher. Wenn das Dämmerlicht einsetzte, fand er hinter den Lederrücken seine ersten Verbündeten, die ihm schon vertraut waren, die er bereits lange in sich trug, seit Kindesbeinen an. Dort fand der Sohn den einfachen Soldaten Woyzeck mit seinem Messer, seinem Kriegsgeheul gegen die untreuen Menschen und besonders gegen die verräterischen Mütter.

›Was ist der Mensch? Knochen! Staub, Sand, Dreck.‹

›Nimm das und das! Kannst du nicht sterben? So! so! Ha sie zuckt noch, noch nicht, noch nicht? Immer noch? Bist du todt? Todt! Todt!‹

›Blut? Warum wird es mir so rot vor den Augen! Es ist

mir als wälzten sie sich in einem Meer von Blut, all mitnander! Ha rothes Meer.‹

Oder der faszinierende Lenz, der sein bester Freund wurde. Lenz, der seine Wut endgültig zum Explodieren brachte.

›In seiner Brust war ein Triumph-Gesang der Hölle. Der Wind klang wie ein Titanenlied, es war ihm, als könne er eine ungeheure Faust hinauf in den Himmel ballen und Gott herbei reißen und zwischen seinen Wolken schleifen; als könnte er die Welt mit den Zähnen zermalmen und sie dem Schöpfer in's Gesicht speien; er schwur, er lästerte.‹

Ja, Lenz kannte den Sohn genau!

›Es war ihm dann, als existiere er allein, als bestünde die Welt nur in seiner Einbildung, als sei nichts, als er; er sei das ewig Verdammte, der Satan; allein mit seinen folternden Vorstellungen. Er jagte mit rasender Schnelligkeit sein Leben durch, und dann sagte er: konsequent, konsequent; wenn Jemand was sprach: inkonsequent, inkonsequent; es war die Kluft unrettbaren Wahnsinns, eines Wahnsinns durch die Ewigkeit.‹

Er fühlt wie er existiert, legt den Kugelschreiber aus der Hand, starrt auf den Zettel mit dem frisch verfassten Text, geschrieben für die Ewigkeit und einem imaginären Finder, der einst kommen und dafür sorgen wird, dass sein Name dort hingelangt wo er hingehört, in die Ewigkeit. Doch der verdammte Text starrt trotzig zurück, als würde er sagen: Ist das schon alles? Das soll für die Ewigkeit reichen? Hat der Sohn nicht mehr zu bieten? Schreib, Sohn! Schreib! Schreib endlich!

Dem Sohn wird heiß, sein Kopf beginnt zu glühen, als wäre er voll Lava, die tief in seinem Hirn zu brodeln beginnt. Es fehlt noch dieser letzte Impuls, bevor die Hitze sich durch seinen Schädelknochen fressen wird, diese zähflüssige Höllenmade mit ihrem rasiermesserscharfen Fressfeuer. Dieser Impuls, grausam und lustvoll zugleich, drängt an die Oberfläche, will Macht, will die endgültige Kontrolle über seinen Willen, will, dass der verlorene Sohn Gottes endlich beschließt, dieses aufrührerische Geschlecht zu bestrafen, ihnen das Dasein zu nehmen, ihre trotzigen Augen zu brechen.

Noch zögert der Sohn, will die Lust möglichst lange auskosten, will noch ihren flehenden Blick sehen. Ihre Angst beflügelt seine Fantasie, schenkt ihm seine gewaltigen Bilder, lässt ihn schon im Voraus den Augenblick durchleben, wenn er das letzte Mal nach dem Messer greifen wird, wenn er seinen Schatten das letzte Mal auf die blanke Klinge werfen wird und wenn er den Raum das letzte Mal betreten wird. Nur er allein ist der Auserkorene, der dieses verräterische Geschlecht in Angst und Panik ersticken lässt. Und obwohl Gott ja immer bei ihr gewesen sein soll, hat der verlorene Sohn sie dennoch verschnürt, zu einen nutzlosem Bündel. Er allein hat die Macht über diesen Abschaum. Er allein ist der Mensch, der dieses nichtsnutzige Etwas beherrscht. Er allein wird darüber bestimmen, wann eins dieser Gotteskinder den letzten Atemzug auf dieser Welt nehmen darf. Und der Allmächtige, der alles mit ansieht, darf ohnmächtig zuschauen, wenn die Zeit gekommen ist.

Wie gut, dass dieses Geschlecht Satan völlig unterschätzt, nicht in der Lage ist, ihn zu erkennen, wenn er anbietet, es in seinem Wagen mitzunehmen. Satan ist eben charmant, freundlich und überaus zuvorkommend, solange er sich außerhalb seiner Höllenkreise bewegt. Im Moment ist er beispielsweise als Gewerkschafter unterwegs, kennt sich offensichtlich aus mit dem Unrecht in der Welt, bietet loyal seine Solidarität und Hilfe an.

»Ich kann dich doch duzen, oder? Wir kämpfen schließlich an derselben Front. Du kannst mich jederzeit anrufen, wegen dieser Betriebsratssache. Ich sage dir, wie man das macht.«

Satan sieht alles, sieht sofort, dass sie für die Jahreszeit viel zu leicht bekleidet ist und leicht fröstelt. Und Satan hat immer alles dabei, zum Beispiel eine silberne Thermoskanne mit heißem Tee, eine Porzellantasse, in die er das Getränkt gießt.

Und Satan spricht mit Überzeugung: »Mensch Mädchen, komm nimm einen Schluck, dann wird dir warm.«

Und Satan sieht sie trinken und weiß, dass er eine Seele gewonnen hat, eine Seele, die nichts mehr sagen kann und alles macht, was Satan ihr sagt.

Konsequent, konsequent!, brüllte es in seinem Kopf, als würde Gott auf seinen Gehirnwindungen wie auf einer Orgel spielen. Du bist tot! Tot! Tot!

Er nimmt seinen Zettel, schiebt ihn vorsichtig, einer unersetzbaren Kostbarkeit gleich, in eine Klarsichthülle und legt diese in einen Ordner, von denen mehrere in dem Blechschrank neben seinem Schreibtisch stehen. Danach geht er in die Küche, zieht die Schublade im Küchentisch auf. Dort liegt das Messer. Seine Fingerkuppen fahren sanft über das harte Metall. Während die Finger entschlossen den Griff packen, brandet vor seinen Augen ein blutrotes Meer auf, das Welle für Welle über die weiße Haut des Ufers schäumt. Dantes Hölle ist erwacht, ihn ihm erwacht.

> Laut brüllend, wie das Meer im Sturme tut,
> Wenn Widerwind, die Wogen peitschend, sauset.
> Die höllische Windbraut treibt, die nimmer ruht,
> Die Geister um, es quält sie ohn Erlahmen.

Satan dreht den Schlüssel im Schloss, so leise er kann, zieht den Riegel auf und öffnet die Tür einen Spalt. Das schummrige Licht verwischt die Gegenstände im Raum. Der Holzstuhl steht an der Wand, als wäre er aus durchscheinendem Pergament gedrechselt.

Leer! Er ist leer! Er … er ist leer!

Die Lederbänder für die Hände liegen wie junge Schlangen am Boden. Das Messer gleitet aus seiner Hand, fällt zu Boden. Schatten flimmern vor seinen Augen. Er sieht sich schneiden. Hört röchelnde Laute. Er sieht sich stechen. Entsetzte Augen, den aufklaffenden Bauch, seine blutigen Hände, die zwischen die bläulichen Därme gleiten.

Der Raum ist leer, Satan, der Mord ist bereits begangen!

Es ist nur meine Fantasie, die alles so lässt, als wäre noch nichts geschehen, denkt er und erinnert sich vage, die Tür im Laufe des Tages schon öfter geöffnet zu haben. Doch sowie er die Tür wieder hinter sich geschlossen hatte, kehrte diese tiefe Mordlust zurück, gaukelte ihm vor, er könne die Tat ewig wiederholen, wenn er nur erneut den Raum betreten würde.

Doch der Stuhl ist leer, leer, leer. Er bleibt leer.

Satan hat seine Tat fortgeschafft, sie vor das Angesicht Gottes gebracht. Dort vor dem Altar seiner Allmacht spottet sie jetzt seiner allumfassenden Liebe, aus der er Satan einst hinabgeworfen hat, aus seinem Himmel.

Er kennt kein Erbarmen. Am nächsten Wochenende wird er wieder seine Fantasien mit in die große Stadt nehmen, ins Gomorrha der anonymen Häuserreihen, wo kein Sünder den anderen kennt, auch wenn sie sich täglich über den Weg laufen. Dort hat er sich bereits angekündigt, will als Anfänger einen Tanzkursus beginnen. Er wird sich das Tanzen lehren lassen, bis die tödliche Lava in ihm zu kochen beginnt. Er wird tanzen, die Tänze der feinen Gesellschaft, ganz klassisch. Er wird auf dem Vulkan tanzen, bis er ausbricht und alles verbrennt.

*

Trüber Dunst hängt über der Halbinsel Eiderstedt, die Landschaft an der Küste liegt farblos zu beiden Seiten der Straße. Auf einer Wiese kurz vor St. Peter-Ording rastet eine Schar

Graugänse. Die Vögel mit dem weißen quer gebänderten Gefieder stehen dicht zusammengedrängt und bewegungslos im hohen Gras, als wollten sie hier dem kommenden Winter trotzen, helle Tupfer aufs dunkle Grün gesprenkelt.

Die scheinen sich den Flug in den Süden zu schenken, denkt Swensen, während er mit Rudolf Jacobsen und Heinz Püchel im Wagen das Ortsschild Ording passiert. Über der Küste stehen einzelne Ambosswolken, schwarze Inseln an den grauen Himmel geklebt, aus denen Regenfäden, zu breiten Streifen gebündelt, bis auf die Erde herabhängen. Gleich vor dem Außendeich und dem um diese Jahreszeit verwaisten Einkaufsladen steht die kleine Kirche St. Nicolai. Der Backsteinbau ist so unscheinbar, dass er von den Touristenströmen im Sommer kaum wahrgenommen wird. Auch Swensen wäre beinahe vorbeigefahren. Er muss eine kurze Strecke zurücksetzen, um auf den Parkplatz zu biegen. Mehrere Streifenwagen, Dienstwagen und der silbergraue Mercedes vom Polizeiarzt Michael Lade nehmen bereits den gesamten Platz ein. Mielkes Twingo steht quer dahinter. Der Hauptkommissar steuert den Dienstwagen in die letzte Lücke hinter das Wagenheck des Doktors. An einem Gebüsch, rechts vor dem Kirchlein steht eine nach vorn gebeugte junge Frau, von zwei Streifenbeamten gestützt, die sich mit beiden Händen die Magengegend hält.

»Können wir helfen?«, ruft Swensen hinüber.

»Der jungen Frau ist nur schlecht geworden«, meldet der eine Polizist zurück. »Der Doktor wird sich gleich um sie kümmern.«

»Eine kotzende Frau vor dem Eingang«, flüstert der Polizeirat leise und hält schon ungeduldig eine Zigarette in der Hand. »Da können wir uns auf einen besonders ekelhaften Anblick gefasst machen!«

Unter dem grauen Betonvordach am Eingang stehen Silvia Haman und Stephan Mielke.

»Der Doc ist schon drin und wartet, dass Hollmann und seine Truppe ihn an die Leiche lassen«, informiert Mielke die Ankömmlinge von Weitem.

»War von euch schon jemand drin?«, fragt Püchel.

»Nein, ich reiß mich auch nicht drum«, sagt Silvia Haman. »Das Schwein hat das Opfer da drinnen auf bestalische Weise zugerichtet, hat die Zeugin gesagt, die Frau, die sich drüben am Gebüsch die Seele aus dem Leib kotzt. Der Bauch der Toten soll aufgeschnitten sein und das Gedärm heraushängen, hat sie gesagt. Die stand schon hier draußen bei den Streifenbeamten, als Stephan und ich angekommen sind. Die ist völlig fertig, richtig grün im Gesicht!«

»Ist es die vermisste Lene Ebsen?«, fragt Swensen.

»Keine Ahnung«, antwortet Mielke, »wir durften noch nicht rein.«

»Was soll denn so ein Blödsinn?«, bellt Püchel um sich und zieht an der Zigarette. »Natürlich können wir jederzeit einen Blick auf die Tote werfen! Los, Jan, geh rein und schau dir den Schlamassel an!«

Der Hauptkommissar hört zwar die Aufforderung des Polizeirats, spürt aber eine starke Abwehr, ihr sofort nachzukommen.

»Was ist? Hast du jetzt schon die Hosen voll?«, stichelt Püchel, der Swensens Schwachpunkt genaustens kennt.

Ohne ein Wort drückt Swensen die Türklinke runter und tritt in die Kirche. Drinnen blendet ihn das grelle Licht aus zwei Scheinwerfern, das den vorderen Teil beim Altar flutet. Unwillkürlich kneift der Hauptkommissar die Augen zu Schlitzen zusammen und richtet seinen Blick nach oben. Die Decke besteht aus einem hölzernen Tonnengewölbe, dessen rundbogige Bretter blau gestrichen und mit Sternen, Wolken, Engeln und zwei Männern bemalt sind.

Eine Bewegung lenkt den Blick des Hauptkommissars in den

hinteren Raum des Kirchenschiffs, dort steht Peter Hollmann im weißen Overall vor der geschnitzten Kanzel und winkt Swensen heran. Der geht über eine lange Vliesmatte, die zwischen den Holzbänken ausgerollt wurde, auf den Chef der Spurensicherung zu. Seine Männer packen gerade ihre Alukoffer zusammen.

»Der Doktor ist jetzt bei der Toten«, sagt Hollmann, der mit seinem Schnauzer unter der weißen Kapuze einem verwaisten Heuler gleicht. »Brauchbare Spuren kann man hier sowieso so gut wie vergessen.«

Das Blattgold des Schnitzaltars wirft im Lampenlicht einen sakralen Glanz auf die Haut der nackten Leiche, die rücklings ausgestreckt auf einer schwarzen Plastikplane liegt. Michael Lade kniet davor und betastet den Kiefer. Ein tiefer klaffender Schnitt verläuft senkrecht den Körper hinab, durchtrennt den Nabel und endet am Schambein. Zerfetztes Gedärm hängt heraus. Am Körper klebt geronnenes Blut. Ein leicht kotiger Geruch liegt in der Luft. Swensens Blick sucht nach dem Gesicht der Toten, das auf den ersten Blick unversehrt aussieht. Er zieht ein kopiertes Foto aus der Vermisstenanzeige von Lena Ebsen aus der Brusttasche und erkennt sofort die Übereinstimmung.

»Das ist die letztlich tödliche Verletzung«, sagt Michael Lade, ohne sich umzudrehen, und deutet auf eine Stichwunde im Brustbereich. »Das muss einen hohen Blutverlust gegeben haben. Davon ist hier nichts zu sehen. Der Rest ist ein einziges Gemetzel. Da war die Frau aber mit Sicherheit schon tot. Gleich danach muss sie hier hergeschafft worden sein.«

»Schon länger tot?«

»Mindestens vier Stunden, in Kaumuskeln, Hals und Nacken ist schon Totenstarre nachweisbar.«

»Kannst du mir auch sagen, wer so etwas macht?«, fragt Swensen mit leiser Stimme.

»Das kann dir nur dieser Wahnsinnige persönlich beantworten. Ruf ihn doch einfach mal an«, scherzt Michael Lade, dreht sich grinsend um und sieht, dass der Hauptkommissar die Frage bitter ernst gemeint hat. Augenblicklich versteinert sein Gesicht. »Lass die Scheiße nur nicht zu dicht an dich ran, Jan. Ihr seid Kriminalbeamte, für euren Berufsstand sieht es eben immer so aus, als wenn das Böse euch einen Schritt voraus ist.«

»Danke, Doc, aber ich hab schon eine Psychologin daheim«, wehrt Swensen ab, weiß aber, dass Lade nicht so falsch liegt.

»Wir hätten es gerne, dass dieses ›Böse‹ und ›Übelriechende‹ in unserem Selbst und unserer Welt nicht wirklich vorhanden wäre«, mahnt Lama Rinpoche. »Alle Menschen erleben diese Negativität. In ihr steht eine grundlegende Aggression, die alle Dinge anders haben will, als sie sind. Wir klammern uns an dieses Zerrbild, wir verteidigen es, wir greifen an, und alles wird vom Gefühl des eigenen Elends durchdrungen. Dies ist Negativität, so geben wir der Welt die Schuld für unseren eigenen Schmerz.«

»Und wie machst du das, Doc?«, fragt Swensen. »Immerhin musst du einen sinnlos gequälten Menschen untersuchen.«

»Ich konzentriere mich auf die Ergebnisse für euch. Warum man den Körper gequält hat, fällt in euren Aufgabenbereich«, antwortet Michael Lade und packt seine Utensilientasche zusammen.

»Du hast ja recht, Doc, aber vielleicht erfahren wir das Warum nie«, stellt Swensen fest und geht mit dem Doktor auf den Ausgang zu. Zwei Männer der Spurensicherung rollen die Vliesmatte im Mittelgang zusammen, sie müssen sich an ihnen vorbeidrücken.

»Bis zum nächsten Mal«, sagt Lade vor der Tür, geht weiter zu seinem Wagen und ruft vom Parkplatz herüber: »Kann mal einer von euch den Dienstwagen zur Seite fahren?«

»Ich möchte kurz mit unserer Zeugin reden«, sagt Swensen. »Übernimmst du das bitte!« Er wirft Jacobsen den Wagenschlüssel rüber und entdeckt die junge Frau in einen Anorak gepackt auf einer Bank an der Kirchenwand. Mit einer Kopfbewegung gibt er dem Streifenbeamten zu verstehen, ihn mit der Zeugin allein zu lassen.

»Ich bin Hauptkommissar Swensen. Sie haben die Frau gefunden? Sind Sie schon in der Lage, mir einige Fragen zu beantworten, Frau … Wie ist ihr Name?«

»Rita Ahlefeld.«

»Also, geht es schon, Frau Ahlefeld?«

»Was … was möchten Sie wissen …, Herr Kommissar?«

»Zum Beispiel, wieso Sie um dieser Zeit in der Kirche waren, Frau Ahlefeld?«

»Ich bin … arbeite im Kirchenvorstand mit …, diesen Monat … ich bin diesen Monat für die Kirche zuständig. Die ist ab Oktober … den Winter über … ist die geschlossen … kein Gottesdienst. Ich sehe nur nach dem Rechten.«

»Dann haben nur Sie Zugang zu dem Schlüssel für die Kirchentür?«

»Der hängt im Pastorat. Da … da können auch … da können alle ran. Aber … aber die Tür war gar nicht abgeschlossen.«

»Wissen Sie warum?«

»Nein … aber der Schlüssel … den kann jeder kriegen, im Pastorat, der unbedingt … also, wenn man die Kirche besichtigen möchte.«

»Gibt es eine Liste, wie viel Personen den Schlüssel geholt haben?«

»Ja …, aber … ob jemand … um diese Jahreszeit kommt eigentlich keiner. Nur … nur Herr Thiel hat den Schlüssel geholt …, vor zwei Wochen … glaub ich. Herr Thiel ist Organist. Ich … ich hab mich noch gewundert, weil unsere kleine Kirche ja gar keine Orgel hat.«

»Wissen Sie denn, warum Herr Thiel da war?«

»Er soll gesagt haben, er wolle sich nur reinsetzen …, allein, in die Kirche. Wegen der Atmosphäre, sagte er. Ich hab nicht verstanden, was er damit gemeint haben könnte.«

»Das heißt aber, Herr Thiel könnte die Tür offen gelassen haben?«

»Keine Ahnung …, aber … die Tür war jedenfalls heute offen, als ich gekommen bin.«

»Um welche Zeit sind sie denn gekommen, Frau Ahlefeld?«

»Ich … bin kurz nach neun von zu Hause los. Das war so schrecklich! Diese Frau … vor dem Altar … einfach schrecklich. Ich weiß nicht mehr … kann mich nicht erinnern … an die Zeit erinnern.«

»Danke, Frau Ahlefeld! Erholen Sie sich erst mal von diesem schrecklichen Anblick. Ich werde Sie nach Hause fahren lassen. Sie sollten sich vielleicht von einem Arzt anschauen lassen. Sie könnten einen Schock haben.«

»Es geht schon wieder, Herr Kommissar.«

»Nehmen Sie das nicht auf die leichte Schulter. Und danke für die Auskünfte.«

Swensen gibt einem der Streifenbeamten den Auftrag, sich um die Frau zu kümmern. Der Polizeirat scheint nur darauf gewartet zu haben, dass der Hauptkommissar wieder ansprechbar ist. Mit schnellen Trippelschritten steuert er auf ihn zu und fuchtelt wild mit dem Armen.

»Ich möchte endlich wissen, was es für Ergebnisse da drinnen gibt.«

Als Püchel das fragende Gesicht von Swensen wahrnimmt, schaut er verlegen zur Seite. Er zieht noch einmal kräftig an dem Rest der Zigarette, wirft hektisch die Kippe zu Boden und tritt sie mit hin und her kreisender Fußspitze aus.

»Ich muss da ja nicht auch noch mit rein. Die Bude ist mittlerweile sowieso brechend voll«, knurrt der Polizeirat mit unterschwelligem Trotz in der Stimme. »Colditz und einige seiner Flensburger sind in der Zwischenzeit alle drin. Der Fotograf ist auch schon da. Ich guck mir dann die Bilder an, das wird reichen.«

»Du musst dich nicht verteidigen, wenn du dir diesen schlimmen Anblick ersparen willst, Heinz.«

»Es ist nicht der Anblick«, laviert Püchel, »einer muss auch den Überblick behalten und auf das Wesentliche achten. Und, verdammte Scheiße noch mal, das Wesentliche ist, dass wir die Frau nicht retten konnten, obwohl sie zum Greifen nah hier irgendwo auf Eiderstedt war.«

»Wir haben alles getan, was in unserer Macht stand!«

»Das war nicht genug, Jan! Das war nicht genug! Du wirst merken, die Presse wird das genauso sehen.«

»Mach doch mal einen Augenblick den Kopf frei«, kommentiert Swensen ärgerlich. »Fühl einfach, was passiert ist und halt nicht gleich nach dem nächsten Feind Ausschau. In so einem Fall werden wir zwangsläufig mit unserer Ohnmacht konfrontiert. Nenn mir einen Kollegen, der sich jetzt Gedanken um die Presse macht.«

»Das ist die dritte Frau, die bei diesem Discounter einen Betriebsrat gründen wollte. Das kann kein Zufall sein. Ich bin hier immer noch der Verantwortliche. Und ich bin auch der Erste, dem man Versagen vorwerfen wird.«

»Dann halt den Kopf gerade und schau dir die Dinge an, wie sie im Moment eben sind.«

Püchel verstummt, zieht eine Zigarette aus der Schachtel, die er in der Hand hält, und zündet sie an. Feiner Nieselregen hat eingesetzt. Eine Gruppe Graugänse zieht in V-Formation über den Kirchturm in Richtung Süden davon. Die Flügel peitschen geräuschvoll die Luft und ihre schrillen Schreie stürzen bedrohlich vom Himmel herab. Quong, Ouong, ga, ga, ga!

*

In der Nacht hat es das erste Mal gefroren. Der ewig schlammige Boden unter dem Gras ist plötzlich hart wie Granit. Eine Herde Schafe drängt sich zu einem schmutzigen Wollknäuel vor dem Innendeich zusammen. Die Tiere starren kollektiv auf die seltsame Prozession von Menschen, die gerade die gegenüberliegende Wiese bevölkert und aus der im Moment Hauptkommissar Swensen hervorsticht. Er hat den Wind im Rücken, spürt wie der über den Jackenkragen hinweg nach nackter Haut sucht. Die rechte Hand hält die bleigefüllte Holzkugel am ausgestreckten Wurfarm seitlich in die Luft. Sein Körper ist in höchster Konzentration, wartet auf einen Impuls.

Masse mal Geschwindigkeit zum Quadrat durch zwei, hört er seinen Physiklehrer plappern, während er bereits lossprintet, sich um die eigene Achse dreht, mit dem linken Fuß reflexartig gegen die Wurfrichtung tritt und die Kloot von hinten über die Schulter nach vorn schnellen lässt. Er legt den ganzen Ärger über die ungewollte Belehrung des Lehrers in die Bewegung und öffnet mit einem explosiven Schrei die Hand. Ihm ist, als würde die Kugel durch seine Schallwellen wie aus einer Kanone abgefeuert werden. Die Augen verfolgen das Geschoss, das unter dem Gejohle der Witzworter Mannschaft in einem Halbbogen durch das Blau des Himmels schnellt.

»88 Meter!«, ruft die Stimme des Kampfrichters herüber.

»88 Meter! Jan, das war hohe Boßelschule, mein Lieber«, jubelt Claus Ovens. »Jetzt können die ›Kugelblitze‹ aus Tönning einpacken, das ist mal klar!«

»Ihr könnt nach Hause fahrn, ihr könnt nach Hause fahrn«, schallt der Kampfgesang aus den Kehlen der Witzworter. Die Vereinsflagge mit der Aufschrift ›Flott weg‹ wird wild geschwenkt und Anna Diete, die mit mehren Frauen die Wettkämpfer unterstützt, hebt demonstrativ den Daumen und eilt zu Jan hinüber. Sie fallen sich in die Arme und hüpfen übermütig auf und ab. In der Zwischenzeit steht Harm Best, der beste

Werfer der Tönninger, am Abwurfpunkt. Er läuft kraftvoll an und schleudert mit einer gekonnten Drehung um die Achse die Kloot in Richtung Bahnwieser. Doch die Kugel fliegt etwas zu früh aus seiner Hand. Sie driftet, begleitet von einem lang gezogenem »Scheiiiißßeee« der Tönninger Mannschaft, im hohen Bogen nach rechts und versenkt sich im Schilf eines Grabens.

»Mensch, Harm, was war das denn?«

»Kacke! Nicht richtig hochgekommen!«, hadert Best lauthals. »Die Schulter zu wenig rumgedrückt. Die Kloot ist mir praktisch über das Handgelenk gerutscht.«

Wenig später wühlen die Tönninger Kugelblitze im Schilf nach der Kugel. Es wird sogar ein kleiner Metalldetektor eingesetzt. Doch die Kloot scheint unauffindbar.

»So! Jetzt setzen wir ein Schot auf die Boßelrolle«, knurrt der Kampfrichter und trägt die Punkte ins Buch ein, das er in der Hand hält. »Das ist mir jetzt egal!«

Witzwort führt im Moment mit zwei Schot. Swensen, der Boßel-Neuling, ist plötzlich der Held des Tages, dabei hatte er sich nur widerwillig für das heutige Turnier rekrutieren lassen.

»Du bist unsere letzte Rettung, Jan!«, wurde er vor drei Tagen von Peter Lührs am Telefon beschworen. »Heiner hat sich den Fuß verstaucht. Es gibt keine Ausrede! Du musst unbedingt antreten, sonst bekommen wir unsere Mannschaft nicht zusammen.«

Der Hauptkommissar hängt noch seinen Gedanken nach, da drückt ihm Claus Ovens ein Glas mit Apfelkorn in die Hand: »Auf dich, Jan! Und auf unseren heutigen Sieg!«

Swensen schluckt die gelbliche Flüssigkeit in einem Zug hinunter und genießt die wärmende Welle, die aus dem Magen aufsteigt. Danach wartet er auf eine günstige Gelegenheit, um einen Moment mit sich allein zu sein.

Die Vorstellung, der gesuchte Täter könnte in einem der

Autos sitzen, die gerade auf der Bundesstraße, keine 200 Meter entfernt, an ihrer Spielwiese entlangfahren, gibt dem ganzen Treiben um ihn herum etwas Groteskes.

Was mach ich hier eigentlich, grübelt der Hauptkommissar und will den Gedanken sofort wieder beiseiteschieben, doch der klammert sich hartnäckig an seine Stirn, flüstert provozierende Worte über den Unsinn solcher Männerveranstaltungen und schickt ihm das schabende Geräusch der Scheibenwischer in seine Ohren, das durch die Frontscheibe des Dienstwagens dringt.

Swensen sieht sich den Wischer anschalten und das poröse Gummi beginnt schmierige Schlieren über die Scheibe zu ziehen, die erst mit einigen Spritzern aus der Scheibenwaschanlage verschwinden. Der Tatort der Ordinger Kirche verschwindet hinter ihnen im Regenschauer und die Fahrt geht ein kurzes Stück am Seedeich entlang. Auf der anderen Straßenseite reihen sich die Ferienhäuser von Ording, die verwaist auf den nächsten Touristenansturm warten. Mit einer leichten Linkskurve erreichen die beiden Beamten den Strandweg, an dem sich die mit Kiefern durchwachsene Dünenlandschaft entlangzieht. An der Kreuzung Café Köm beginnt die Waldstraße. 600 Meter danach biegt Swensen links in die Friesenstraße ein und hält gegenüber von einem quadratischen Backsteinhaus mit blau glasierten Dachziegeln. ›Ferienwohnung zu vermieten‹ kündigt ein Holzschild im Vorgarten an.

»Wer macht den Job, der Hauptkommissar?«, fragt Jacobsen verhalten, während sie beide aus dem Wagen klettern und zur Gartenpforte hinübergehen.

»Ich mach das schon«, sagt Swensen.

Der Oberkommissar ist sichtlich erleichtert, wartet, dass Swensen die Pforte öffnet und reiht sich hinter ihm ein. Im selben Moment geht die Haustür auf. Der Mann, der im Rahmen steht, hat ein blasses Gesicht mit dunklen Augenrändern.

Das blonde Haar steht strähnig vom Kopf ab und dürfte schon länger keinen Kamm mehr gesehen haben. Die Augen blicken angstvoll auf die Münder der beiden Männer, deren Körperhaltung bereits das ganze Unheil ankündigt, das gleich, zwischen den Lippen heraus, auf ihn einschlagen wird.

»Sie … sie … ist tot?«

Jacobsen blickt verlegen auf den Boden. Swensen krampft sich der Magen zusammen, während er zaghaft nickt. Der Mann steht einen ewigen Moment regungslos in einer anderen Welt, dreht den Oberkörper schwerfällig zum Türrahmen und krallt seine Finger um das Holz. Langsam, wie in Zeitlupe, sackt er auf die Knie und stumme Tränen rollen die Wangen hinunter. Erst nach einer Weile quälen sich unverständliche Laute, die keinen Sinn ergeben, aus seinem tiefsten Inneren heraus.

»Wir kriegen dieses Schwein!«, bricht es aus Jacobsens Verlegenheit hervor. »Der kommt uns nicht ungeschoren davon!«

»Wo ist meine Frau?«, findet der Mann seine Worte wieder und schaut hilflos von Gesicht zu Gesicht. »Ich möchte zu meiner Frau! Ich möchte meine Frau sehen!«

»Das ist keine so gute Idee, Herr Ebsen«, versucht Jacobsen den Wunsch zu unterbinden. »Sie sollten damit besser noch …«

»Die Spurensicherung muss erst alle Untersuchungen abgeschlossen haben«, fällt Swensen Jacobsen ins Wort, damit das Gespräch nicht auf den Zustand der Leiche hinausläuft. »Es ist jetzt sehr wichtig alle Spuren sicherzustellen, die uns Aufschluss über den Täter geben können.«

»Wann … wann kann ich … meine Lene sehen?«

»Morgen früh wäre ein guter Zeitpunkt, Herr Ebsen«, sagt Swensen mit ruhiger Stimme. »Wir lassen Sie dann abholen und fahren Sie danach auch wieder hierher zurück. Haben Sie Freunde oder Bekannte, die Ihnen in dieser schweren Stunde zur Seite stehen können?«

»Ich schaff das schon.«

»Ich lasse Sie aber nur ungern hier ganz allein zurück, Herr Ebsen.«

»Ich muss eh alle benachrichtigen. Die werden mich schon nicht alleinlassen.«

»He leopt noch! He leopt noch!«

»Juuuhaaa!!!«

»Das war der Hammer!«

»Grandios, der Wurf von Volker!«, jubelt Claus Ovens und schlägt Swensen mit der flachen Hand auf die Schulter. »Und dann noch dieser riesige Trüll, das wird ein Schot!«

Der Hauptkommissar schreckt aus seinen Gedanken und muss offensichtlich unverständlich aus den Augen blicken.

»Mensch, Jan, Trüll nennen wir den Auslauf der Kugel!«

»Weiß ich doch! Ich bin kein Anfänger mehr!«

»Du sahst aber gerade nicht so aus, mein Lieber!«, lacht Ovens und wuchtet Swensen die Kloot in die Hand. »Wenn die nächsten beiden Tönninger geworfen haben, bist du wieder dran. Noch einen 88er, ist doch klar!«

Die schwere Kugel liegt in seiner Hand, als müsste er das Gewicht der Welt tragen. Seine Erinnerung liegt mit der gleichen Schwere auf seiner Seele, richtet den Blick zurück auf jenen Moment, indem er mit Jacobsen das Haus von Ebsen verlässt und Meister Rinpoche zu ihm spricht.

»Die Erde ist Schwere, das Samsara, der Kreislauf des Leidens. Der Himmel ist die Vision, das Nirwana, das frei ist von den Täuschungen der Welt. Gleichgewicht ist die Verbindung zwischen Samsara und Nirwana. Nur so kannst du das Leben bejahen, auch wenn die Umstände, in denen du lebst, unvollkommen sind.«

Das Überbringen einer Todesnachricht reißt Wunden in die Psyche, die noch Tage später schmerzen. An der Gartenpforte atmet Swensen tief durch. Der Regen prügelt auf seinen Kopf. Jacobsen ist schon auf dem Weg zum Wagen, als zwei Gestalten auf dem Bürgersteig heraneilen und suchend die Häuser inspizieren. Swensen erkennt die Frau sofort, obwohl sie eine gelbe Öljacke trägt und die Kapuze über den Kopf gezogen hat. Es ist Maria Teske von der Husumer Rundschau, die einen unbekannten jungen Mann mit Schirm in der einen und Kamera in der anderen Hand im Schlepptau hat. Die Journalistin stutzt, als sie Swensen bemerkt. Das Zusammentreffen ist ihr sichtlich unangenehm, denn sie fühlt sich selbst nicht gerade wohl bei dem Auftrag, den *Think Big* ihr aufgedrängt hat.

»Das soll jetzt nicht das werden, was ich gerade vermute?«, fragt der Hauptkommissar mit scharfer Stimme und stellt sich der Zeitungsfrau demonstrativ in den Weg.

»Ich bin nur hier, um meine Arbeit zu machen«, antwortet Maria Teske schnippisch.

»Sie wollen mir nicht allen Ernstes auftischen, dass Sie in so einem Moment den Mann eines Mordopfers interviewen wollen, gerade nachdem er die Nachricht vom Tod seiner Frau erhalten hat.«

»Ich muss auch nur das machen, was mein Job von mir verlangt. Den Zeitpunkt kann ich mir leider nicht aussuchen!«

»Frau Teske, da drin ist ein traumatisierter Mann. Sie werden jetzt nicht da reingehen und Fotos von seinem Leid machen, um damit die erste Seite ihrer Regionalzeitung zu zieren.«

»Das liegt nicht in meiner Hand, Herr Swensen. Sie kennen meinen Chef, der sitzt hinter seinem Schreibtisch und will morgen früh eine herzergreifende Story, egal, wie ich das anstelle.«

»Außerdem ist es schließlich nicht strafbar, was wir hier machen«, meldet sich der Fotograf.

»Sie werden erst mal grün hinter den Ohren! Bis dahin

halten Sie die Klappe! Überlegen Sie sich das noch einmal, Frau Teske.«

»Wenn ich jetzt abbreche, kann mich das meinen Job kosten!«

»Flott weg, Jan! Hier spielt die Musik! Wenn du jetzt den Wurf über die Ziellinie zauberst, wirst du automatisch zu einem echter Witzworter!«

Du bist es nicht, der die Kugel wirft, spricht es in Swensen. Es ist die Leerheit des Raums, die diese Kugel wirft.

Anlauf. Eins, zwei, drei. Den linken Fuß quer zur Laufrichtung. Drehung auf dem Fußballen. Rechts mit einer Drehung in die Laufrichtung und den Arm mit voller Kraft nach vorn reißen. Die Finger öffnen. Loslassen. Die Kugel schnellt durch die Leere des Raums. Alles ist eins, Himmel, Erde, Mensch.

»Flott weg! Flott weg! Flott weg!«

»Juuuhaaa!«

*

»Mehrere Schnitte weisen einen stark zerlappten Wundrand auf«, liest Colditz, bricht dann aber abrupt ab und schleudert den Obduktionsbericht mit aller Wucht auf den Tisch des Konferenzraums, sodass ein lauter Knall durch den Raum schreckt. »Wozu sollen wir diesen Scheiß hier eigentlich wissen? Steht nichts Brauchbares drin. Alles so ähnlich wie beim letzten Mal in Uelvesbüll. Täter rechtshändig, V-förmige Wunden durch das Drehen des Messers, Verletzungen ante mortem und post mortem, bla, bla, bla! Das bringt uns keinen Deut weiter!«

»Das finde ich nicht«, unterbricht Helene Klein, »ich habe den Bericht gelesen. Für mich wird daraus deutlich, dass der Täter sich auf einen Modus operandi festgelegt hat. Dass die letzten drei Opfer Verkäuferinnen einer Einkaufskette sind, ist kein Zufall. Er muss sie über längere Zeit beobachtet und Informationen gesammelt haben. Jede der Frauen war mit dem Arbeitgeber unzufrieden, wollte einen Betriebsrat durchsetzen.«

»Wir haben bereits alle Filialen unter die Lupe genommen, da ist nichts zu finden«, wirft Silvia Haman ein. »Der Filialleiter aus Friedrichstadt hat zwar kein Alibi, aber wir können ihm auch nicht nachweisen, dass er zur Tatzeit, wie er behauptet, nicht zu Hause war. Außerdem können wir nicht Gott und die Welt zum DNA-Test schleppen. Wer sollte auch eine Mitarbeiterin umbringen, nur weil die einen Betriebsrat gründen will.«

»Ich kenne die Ermittlungsakten, Silvia. Trotzdem schreit die Übereinstimmung der Fakten nach einem Hinweis auf unseren Täter. Und eines möchte ich noch dazu sagen, die Morde werden immer brutaler. Die Opfer sind fürchterlich zugerichtet. Beim letzten Mal gab es noch einmal eine Steigerung, indem der Täter nicht nur das Gedärm herausgezogen, sondern zusätzlich zerfetzt hat. Die Zeitbombe tickt schneller und ist hochexplosiv. Wenn wir den Mann nicht in Kürze stoppen, müssen wir uns auf weitere und mit Sicherheit noch brutalere Morde einstellen.«

»Ich denke, wir wissen das alles bereits, Helene«, knurrt Colditz mit ärgerlichem Unterton. »Wir brauchen keine zusätzliche Motivation mehr! Trotzdem will ich endlich Fortschritte sehen, Leute! Ist noch was bei den DNA-Verweigerern rausgekommen? Was ist mit diesen Geocachern, ist da noch was zu erwarten?«

Der Chef der SOKO Kirche lässt seinen Blick über jedes einzelne Gesicht gleiten. Betretenes Schweigen legt sich über das Team.

»Ist noch jemand an etwas dran, hat noch jemand eine Idee?«, bohrt Colditz weiter.

»Ich finde, bei allem Frust, den nicht nur du in den Knochen hast, machen wir uns schon selber genügend Druck«, entgegnet Swensen ruhig. »Wir sitzen jetzt fast ein Jahr an nichts anderem, machen alle weitaus mehr als nur unsere Arbeit, sind vor Ort, reden mit allen möglichen Leuten, gehen jeder dieser lausigen Spuren nach und überprüfen jedes Alibi. Der Mensch ist ein Phantom geblieben.«

»Er wird einen Fehler machen!«, ermutigt Helene Klein. »Vielleicht sogar mit Absicht. Viele dieser Serientäter wünschen sich unbewusst sogar, dass wir sie schnappen, damit sie endlich nicht mehr morden müssen.«

»Dein Wort in Gottes Ohr, Helene«, sagt Colditz und verzieht seinen breiten Mund zu einem bitteren Lächeln. »Okay, Leute! Ihr habt gehört, was die Profilerin gesagt hat. Höchste Konzentration, gerade jetzt, die kleinste Kleinigkeit kann der entscheidende Hinweis sein. Schluss mit dem unnötigen Gequatsche, an die Arbeit!«

Während Colditz mit federndem Gang aus dem Raum rauscht und das allgemeine Stühlerücken beginnt, greift Swensen seine Husumer Rundschau, die er schon seit mehreren Tagen morgens kauft, und trottet hinter den anderen auf den Flur hinaus. Er macht einen Abstecher in die Küchenzeile, um eine Kanne Pu-Erh-Tee mitzunehmen. Nachdem er das heiße Wasser in die Kanne gegossen hat und der Tee zieht, blättert er nebenbei die Zeitung durch.

Maria Teske hat sich seine Worte, kein Interview mit dem Ehemann des Opfers zu veröffentlichen, anscheinend zu Herzen genommen. Bisher ist jedenfalls kein Artikel erschienen.

Es hat also etwas genützt, ihr ins Gewissen zu reden, denkt der Hauptkommissar und entdeckt dabei eine weitere Folge der Serie ›Das Herz der Lisa B., – Eine Frau erzählt von ihrer Herztransplantation.‹

Unter der Überschrift des Artikels steht in dicken schwarzen Lettern:

›Der Mörder von Reimersbude erscheint ihr nachts im Traum!

Von Maria Teske

Viele Menschen werden sich noch an den schrecklichen Mord in Reimersbude erinnern. In dem bis heute ungelösten Kriminalfall gibt es eine mysteriöse Verbindung zum heutigen Leben der Lisa B. Das Herz der Frau, die in der Nähe des Schleusenhäuschens auf brutale Weise überfallen wurde, schlägt nach einer Transplantation jetzt in der Brust von Lisa B. Unter normalen Umständen hätte die Herzpatientin davon nie etwas erfahren, denn in Deutschland verbietet das Transplantationsgesetz, dass die Identität von Organspendern bekannt gegeben wird. Spender und Empfänger bleiben anonym. Doch Lisa B. ist eine außergewöhnliche Patientin. Ihr Geist kommunizierte mit ihrem Körper und ihr neues Herz antwortete. Es nahm sie mit auf eine Reise an die Grenze der menschlichen Vorstellungskraft.‹

Swensen überfliegt den Artikel flüchtig, bleibt aber unwillkürlich am letzten Abschnitt hängen. ›Lisa B.‹, liest er da, ›hatte sich nach der OP verändert, sie spürte, dass der innerste Kern ihres Wesens nicht mehr ihr ganz allein gehörte, dass sich in ihr etwas Eigenständiges, von ihr Abgetrenntes entwickelt hatte. Lisa B. konnte den Anblick von Gewalt und Brutalität im täglichen Fernsehen nicht mehr ertragen. Sie entwickelte eine seltsame Leidenschaft für Cola, ein Getränk, das sie vorher nicht leiden konnte. Sie liebte aus unerklärlichen Gründen plötzlich scharfes Essen. Ihr Wesen wurde unordentlicher, sie brachte ihre Wohnung nicht mehr jeden Tag in einen Tipptopp-Zustand. Ihre Nächte verliefen unruhiger und im Schlaf erlebte sie Träume, die sie in ferne Länder führten, die sie noch nie bereist hatte. Dazu kamen auch bedrohliche Träume, Albträume die immer wiederkehrten. Beispielsweise träumt sie unentwegt von einem Mord, der so realistisch erscheint, dass sie detaillierte Einzelheiten von der Örtlichkeit wiedergeben kann. In diesen Träumen, da ist Lisa B. sich heute sicher, sah sie den Mord an ihrer Herzspenderin in Reimersbude. Die Träume führten sie auf einen Spaziergang am Eiderdeich entlang, der im Nebel am Schleusenhäuschen in Reimersbude endete. Dort sah sie ein Auto mit hochgeklappter Kühlerhaube, hörte Orgelmusik, die aus dem Wageninneren kam, und sah eine Gestalt auftauchen, deren Gesicht sie genau beschreiben konnte.

In der nächsten Folge berichtet die Husumer Rundschau, wie Lisa B. mithilfe unserer Journalistin Maria Teske ein Phantombild von dem vermeintlichen Mörder erstellen ließ.‹

Nachdenklich faltet Swensen die Zeitung zusammen, geht in sein Büro und schaltet seinen Computer ein. Während die Programme hochfahren, bemerkt er, dass die Geschichte der Lisa Blau ihn verstört hat. Um sich selbst zu beruhigen, beschließt er, sich in naher Zukunft noch einmal die Akte vom Mord in Reimersbude vorzunehmen. Der Versuch, neben seinen Überlegungen die Melderegisterauskunft MeldIT aufzurufen schlägt fehl, weil er mit seinem Einfingersystem unkonzentriert über die Tastatur stolpert.

Was orgelst du dir da zusammen, ermahnt er sich. Mehr Achtsamkeit, Swensen!

Das Online-Formular erscheint und der Hauptkommissar gibt den Namen Peter Schnoor ein. Eine Unmenge von Eintragungen ergießt sich wie eine Sturmflut über den Bildschirm.

Noch mal!

Er fügt ›geboren in Oldenswort‹ hinzu und erhält die Auskunft: Es wurden keine übereinstimmenden Dokumente gefunden.

Wäre auch zu einfach gewesen!

Vielleicht lebt der Mann gar nicht mehr in Deutschland!

Apropos orgeln, überlegt er. Du wolltest dich noch um die Schlüsselsache mit diesem Organisten kümmern.

Swensen greift seinen Notizblock, blättert ihn durch und wählt die Nummer von Rita Ahlefeld, der Frau aus dem Kirchenvorstand St. Peter-Ording.

»Ahlefeld!«

»Jan Swensen, Kripo Husum. Hallo, Frau Ahlefeld, ich möchte mich nur kurz erkundigen, ob Sie in der Zwischenzeit nachgefragt haben, wann genau Herr Thiel vor dem Mord in der Ordinger Kirche war.«

»Das trifft sich gut! Herr Thiel war nämlich heute Morgen hier, um wieder den Schlüssel abzuholen. Er hat mir bestätigt, das er am 17. November in der Kirche gewesen ist.«

»Und Herr Thiel ist jetzt wieder in der Kirche?«, fragt Swensen verwundert.

»Richtig! Er hat mir gesagt, dass er dort unbedingt noch mal rein müsse und die Polizei hätte die Kirche schließlich wieder freigegeben. War das jetzt falsch?«

»Nein … alles in Ordnung, Frau Ahlefeld. Vielen Dank für die Auskunft!«

Was macht der da in der Mordkirche?, schießt es dem Hauptkommissar durch den Kopf, während er den Hörer auf die Station zurücklegt. Etwas in ihm will sofort nach Ording fahren, um sich vor Ort ein Bild zu machen. Er lässt alles stehen und liegen, greift seinen Mantel und holt sich den Schlüssel für den Dienstwagen. Auf der Eingangstreppe kommt ihm Helene Klein entgegen.

»Hast du spontan Zeit, Helene?«

»Wenn du mich so fragst, ich hab gerade keinen Termindruck.«

»Dann würde ich dich bitten mitzukommen. Ich erkläre dir alles während der Fahrt.«

»Es geht um den Organisten, der die erste Leiche in der Witzworter Kirche gefunden hat«, erklärt der Hauptkommissar und steuert den Polo mit der Profilerin auf dem Beifahrersitz in Richtung Westküste. »Der soll sich gerade in der Ordinger Kirche befinden.«

»Das klingt ziemlich makaber. Was will der denn an so einem schrecklichen Ort?«

»Das würde mich auch interessieren. Deshalb wollte ich dich auch gerne dabeihaben. Bei deiner Erfahrung mit Serientätern kannst du den Mann bestimmt besser einschätzen als ich, oder?«

»Wir sind zwar nicht in den USA, aber immerhin wurden seit 1945 in der alten Bundesrepublik 68 Männer und 8 Frauen als Serienmörder verurteilt. Im gleichen Zeitraum blieben allerdings auch 23 Mordserien ungeklärt. Die meisten Fälle sind mir natürlich vertraut.«

»Das hätte ich jetzt nicht gedacht«, meint Swensen erstaunt und steuert den Wagen in Höhe Tönning auf die Bundesstraße 202. »Das ist eine beachtliche Zahl. Alles solche schrecklichen Fälle wie unsere?«

»Noch schrecklicher!«

»Kaum vorstellbar.«

»Die Taten des Herbert Köhler haben mich emotional am meisten mitgenommen. Mit dem Mann habe ich auch persönlich in seiner Zelle gesprochen.«

»Herbert Köhler? Nie von dem gehört.«

»Der Mann war in einem zerrütteten Elternhaus aufgewachsen. Mutter und Vater lagen in einem Dauerclinch, stritten sich ununterbrochen, bis sie sich schließlich trennten. In der Zeit zeigte Herbert eine Reihe merkwürdiger Verhaltensweisen. Er betrieb rituelle Todesspiele mit Mädchen aus der Nachbarschaft und zerstückelte eine Hauskatze mit dem Messer. Nach der Trennung der Eltern lebte Herbert bei seiner Großmutter, einer herrischen, resoluten Frau, die dem Kind immer wieder sagte: ›Ich will, dass die Leute zu mir aufschauen.‹ Als Siebzehnjähriger stach er ein Pferd mit einer Art Lanze nieder, einem Stock, an dem er ein Messer befestigt hatte. Ein Psychiater bescheinigte ihm eine passiv-aggressive Persönlichkeitsstörung. Herbert nahm alle möglichen Jobs an, hauptsächlich als Lastwagenfahrer. Mit 24 begann er junge Anhalterinnen zu ermorden, schnitt ihnen die Köpfe ab und vergrub die mit dem Gesicht nach oben im Garten seiner Großmutter. Am Ende seiner Mordserie hatte er vier Frauenköpfe vergraben, die alle zum Schlafzimmer seiner Großmutter hinaufschauten.«

»Der Mensch ist des Menschen Wolf«, sagt Swensen mit gedrückter Stimme.

»Homo homini lupus. Thomas Hobbes«, ergänzt Helene Klein. »Ich habe Köhler gefragt, warum er das getan hat und er antwortete: ›Ich glaube, ich muss irgendetwas an Frauen hassen.‹ Er konnte mir aber nicht wirklich sagen, was genau das ist. Seine sadistischen Taten waren eruptiv ausgeführt worden. Köhler hatte seine Aggressionen heruntergeschluckt, aber nicht verdaut. Er wollte das gestörte Verhältnis zu seiner Großmutter auflösen, was ihm damit aber nicht gelingen konnte. Wenn er nicht geschnappt worden wäre, hätte er aus seiner Sicht immer weiter morden müssen.«

Der Dienstwagen passiert Brösum. Swensen biegt nach Ording ab und der Außendeich kommt in Sicht. Wenig später parkt er den Polo vor der kleinen Kirche, die irreal aus dem Bodennebel herausragt. Aus dem bunten Glas der Bogenfenster dringt Licht. Die Kirchentür ist offen, und Swensen und die Profilerin treten leise ins Kirchenschiff. Im ersten Moment scheint es leer zu sein, doch dann entdeckt der Hauptkommissar den Organisten auf der Steinstufe sitzend vor dem geschnitzten Altar. Er scheint in Gedanken versunken. Auf seinem linken Oberschenkel liegt eine aufgeschlagene Notenmappe, in seinem Mund wippt ein Bleistift auf und ab.

»Herr Thiel«, spricht Swensen den Mann an, als Helene und er fast vor ihm stehen. Thiel zuckt zusammen, die Mappe fällt herunter und die losen Notenblätter verteilen sich über den Boden.

»Entschuldigen Sie, wir wollten Sie nicht erschrecken«, sagt Swensen und beginnt die Papiere aufzuheben. Hinter dem Notenschlüssel sind ovale Köpfe mit Fähnchen am Notenhals flüchtig unter, auf, zwischen und über die Striche gekritzelt.

»Lassen Sie das bitte«, faucht der Organist ärgerlich. »Sie bringen mir nur alles durcheinander.«

Swensen legt die Blätter auf den Boden zurück, während der Mann in Windeseile den Stapel wieder in den alten Zustand bringt.

»Weswegen ist denn die Polizei hier? Ist es etwa nicht in Ordnung, dass ich in der Kirche arbeite?«, fragt Thiel und mustert den Hauptkommissar und Helene Klein mit vorwurfvollem Gesicht.

»Nein, es ist alles in Ordnung«, beschwichtigt Swensen. »Das ist übrigens Helene Klein, eine unserer Ermittlungsexpertinnen.«

»Ich denke, ihre Ermittlungen in der Kirche sind bereits abgeschlossen?«

»Das sind sie ja auch«, bestätigt Swensen. »Wir sahen nur zufällig Licht, als wir vorbeifuhren und wollten sehen, was hier drinnen los ist.«

»Haben Sie denn gar kein ungutes Gefühl, in einer Kirche zu arbeiten, in der gerade ein Mord passiert ist?«, fragt Helene Klein.

»Ich versteh die Frage nicht ganz? Ich bin kein ängstlicher Mensch, wenn Sie das meinen, Frau Klein.«

»Darf ich fragen, was Sie hier machen, Herr Thiel?«, schaltet sich Swensen ein. »Die Kirche hat keine Orgel.«

»Ich komponiere!«

»In einer Kirche ohne Orgel? Das sollten Sie mir erklären!«

»Orgelmusik ergibt sich für mich nicht über den Weg der Improvisation. Ich brauche eine durchdachte musiktheoretische Grundlage. Sie basiert auf einem komplexen System musikalischer Modi. Es geht mir nicht nur um theologische Inhalte, sondern auch um die Beobachtung der Natur, besonders der Vogelwelt von Eiderstedt …«

»Das erklärt nicht, warum Sie hier in der Kirche sitzen«, unterbricht Swensen scharf.

»Haben Sie schon einmal etwas von Inspiration gehört, Herr Swensen? Diese kleine Kirche ist meine Muse, seitdem ich hier in St. Peter wohne. Ich versuche gerade aus der Inschrift auf dieser wunderschönen Kanzel ein Orgelstück zu komponieren: Herr tu meine Lippen auf, dass mein Mund deinen Ruhm verkündige. Wenn ich hier sitze, den gemalten Himmel Gottes über mir, dann atmet meine Seele, dann strömt Musik aus meinem Herzen!«

O süße Psyche, ich hätte dich an keinen Gott zurückgegeben, fallen Swensen die Worte von Theodor Storm ein. Er ist überzeugt, dass sie gehen sollten und macht es der Profilerin deutlich. Etwas in ihm ahnt, dass die Orgelmusik, von der er in dem Zeitungsartikel über Lisa Blau gelesen und die ihn hierher gelockt hat, eine falsche Fährte gewesen sein könnte. Der Bildhauer, der das Abbild der Psyche in der Storm-Novelle geschaffen hatte, wollte sich gegen einen Gott auflehnen. Ludwig Thiel dagegen will seinem Gott eine Verehrungshymne schreiben.

Swensen beschließt, bei der nächsten Gelegenheit die Journalistin Maria Teske anzurufen und mit ihr über Lisa Blau zu sprechen.

Dezember 2003

»Einmal Chili con Carne und ein Dithmarscher Weizen! Und Streichhölzer hätte ich gerne!«

Ohne ein Wort kritzelt die junge Frau in weißer Bluse und kurzem schwarzen Rock die Bestellung auf ihren Block, steckt sich den Kugelschreiber hinter das rechte Ohr, klemmt sich die Speisekarte unter den Arm und eilt zum nächsten Tisch. Obwohl es erst 17.30 Uhr ist, gibt es im ›Historischen Braukeller‹ kaum noch einen freien Platz. Die Journalistin ist missmutig, hat heute ausnahmsweise früher in der Redaktion Schluss gemacht. Grübelnd guckt sie zum runden Deckengewölbe hinauf, dem Überbleibsel der ehemaligen Bierbrauerei. An der Wand gegenüber hängt ein gerahmter Druck von Claude Monets ›Seerosenteich‹.

»Wer als Journalist nicht über jede Brücke geht, sollte genau wissen, was er hier einbringt!«, dröhnt die Stimme von *Think Big* in ihren Ohren. Seit Tagen muss Maria Teske jeden Moment damit rechnen, dass der Chefredakteur einen seiner cholerischen Wutausbrüche bekommt, wenn sie sich auf der Themenkonferenz zu Wort meldet. Ihre Weigerung, den Ehemann des Mordopfers gleich nach der Tat zu interviewen, hat den Zeitungsmann tief verärgert. Zum Glück kommt die Reportage über die Herztransplantation bei den Lesern sehr gut an, was deutlich an den Leserbriefen abzulesen ist.

Schreibtischtäter, verflucht Maria Teske innerlich ihren Chef und schaut auf den dampfenden Teller, der plötzlich vor ihr steht. Nur nebenbei hat sie den Schatten der Bedienung wahrgenommen. Sie schaufelt gierig Hackfleisch und

Kidneybohnen in den Mund und lässt ihre Wut derweil auf Sparflamme köcheln.

Wann war der Mann das letzte Mal richtig vor Ort?, geht es ihr durch den Kopf. Der schickt uns wie ein Feldherr an die Gefühlsfront, damit die Leser was zu weinen haben, ohne dabei selbst eine Träne zu vergießen.

»Ist der Platz noch frei?«

Die Journalistin nickt gedankenverloren und ein Yuppie-Typ setzt sich neben sie auf die Bank. Seine blonden Haare sind straff zu einem Pferdeschwanz zusammengebunden. Das runde Gesicht ziert ein Dreitagebart, der im Gegensatz zum stahlgrauen Anzug und dem weißen Hemd mit Schlips steht.

»Kennen wir uns nicht?«, fragt er mit breitem Grinsen und beginnt, ohne eine Antwort abzuwarten, draufloszuplappern. »Christian Forchhammer! Ich arbeite in einer PR-Agentur in Hamburg und mache hier oben bis Weihnachten Urlaub!«

»Das ist zwar schon länger her, aber ich fürchte die Nummer haben Sie schon mal bei mir versucht«, zischt Maria Teske. »Schade nur, dass ich immer noch nicht interessiert bin!«

»'schuldigung«, sagt er knapp, steht wieder auf und sucht verstört das Weite.

Nicht mal in Ruhe essen kann man, denkt sie, poliert mit einem Stück Brot den Teller und greift nach dem Streichholzbriefchen, das die Bedienung mit dem Essen gebracht hat. Sie zündet ein Zigarillo an, lehnt sich in der Bank zurück und zieht mit geschlossenen Augen, bis die Glut knistert. Genussvoll inhaliert sie den Rauch. Als sie die Augen wieder öffnet, strahlt ihr das weiße Porzellan des Tellers entgegen, spiegelt ihre blanke Gier, die wichtige Dinge achtlos herunterschlingt, um beim täglichen Gift in Entzücken zu geraten. Ärgerlich drückt sie das halbe Zigarillo in den Aschenbecher, holt ihre Lederjacke von der Garderobe und begleicht an der Kasse ihre

Rechnung. Die Kleinstadt glänzt bereits im Weihnachtsfieber, Lichterketten winden sich wie Doppelhelixstränge um kleine Tannenbäume, die über der Schaufensterfassade des Kaufhauses angebracht wurden. Nur Maria ist, trotz ihres Namens, nicht weihnachtlich zumute.

Dabei ist der Rummel schon Ende Oktober losgegangen, denkt sie und starrt ungläubig auf die Menschen, die Berge von Einkaufstüten über den Bürgersteig schleppen. Ein Albtraum für die Journalistin, die grundsätzlich in letzter Sekunde für Mama, Papa und Schwester einkauft.

Ihr Motto um diese Zeit: Einkaufen ist eine ansteckende Krankheit!

Tapfer marschiert sie durch den Glühweinduft auf das rosa Palmgartengebäude zu, als das Handy in der Jackentasche die Melodie von Miss Marple spielt. Sie fingert das Gerät heraus und drückt die Taste zum Annehmen des Gesprächs.

»Teske!«

»Jan Swensen! Störe ich Sie bei der Arbeit?«

»Herr Hauptkommissar! Nein, ich bin gerade auf dem Heimweg. Was verschafft mir das unerwartete Vergnügen?«

»Kann ich Sie kurz in der Stadt treffen? Ich lade sie zu einem Cappuccino im Storm-Café ein.«

»Überzeugt! Ich bin schon auf dem Weg dahin.«

Maria Teske macht auf der Stelle kehrt und eilt die Norderstraße wieder hinauf. Gleich hinter dem alten Uhren- und Schmuckladen Jessen steht ein Treppengiebelhaus, an dessen Fassade mit weißen Buchstaben ›Storm-Café‹ prangt. Eine steile Treppe führt in einen niedrigen Raum mit Kronleuchtern, abgestoßenem Mobiliar im englischen Stil und weinroten Polsterstühlen. Maria Teske bekommt einen Platz an der Fensterfront mit Blick auf den Marktplatz, wo gerade die ersten Buden für den Weihnachtsmarkt rund um den Tine-Brunnen zusammengeschraubt werden. Sie bestellt einen Cappuccino und bekommt bei der Frage nach etwas Süßem die Stormtorte empfohlen. Obwohl sie eigentlich satt ist, kann sie nicht widerstehen.

Während die Bedienung das Gewünschte serviert, sieht sie durchs Fenster den Hauptkommissar kommen.

»Bringen Sie gleich noch einen Cappuccino«, bestellt Maria Teske. Wenig später kommt Jan Swensen die Treppe herauf und winkt der Journalistin zu. Als er sich setzt, stellt die Bedienung den Cappuccino vor ihn auf den Tisch.

»Das nenne ich nordfriesischen Service!«, grinst Swensen und sieht, wie Maria Teske ihm zuzwinkert. »Aber Sie sind natürlich trotzdem eingeladen, Frau Teske!«

»Das letzte Mal waren Sie nicht so gut auf mich zu sprechen. Woher kommt der Wandel?«

»Sie haben über meinen Rat nachgedacht und dieses unmenschliche Interview unterlassen.«

»Mein Chef hat eine ganz andere Meinung dazu!«

»Ein buddhistischer Meister sagte mir mal: ›Wir müssen alles Übel, alle widrigen Umstände, die uns begegnen, korrigieren oder überwinden.‹«

»Wow! Wo haben Sie den Mann denn getroffen?«

»In der Schweiz!«

»Klingt theoretisch aber leichter, als es praktisch umzusetzen ist, denn wenn …«

»Denken Sie einfach darüber nach und handeln Sie nach ihrem gesunden Menschenverstand.«

»Sie sind jetzt aber nicht gekommen, um mir irgendwelche Weisheiten zu erzählen, oder?«

»Nein, ich wollte mit Ihnen über die Frau mit der Herztransplantation reden.«

»Lisa Blau? Oh, das hatte ich jetzt nicht erwartet.«

»Es geht um ihre Dokumentation in der Zeitung. In der letzten Ausgabe habe ich gelesen, dass Lisa Blau Orgelmusik in ihrem Mordtraum gehört haben will. Hat die Frau Ihnen das wirklich persönlich erzählt?«

»Selbstverständlich, ich erfinde so etwas nicht. Aber wieso ist das wichtig für Sie, Herr Swensen?«

»Nun, ich bin in den letzten Tagen die alten Akten von dem Reimersbude-Mord durchgegangen, und darin habe ich ein schriftliches Protokoll des behandelnden Arztes gefunden. Darin heißt es, dass das Mordopfer vor dem Tod noch mal kurz bei Bewusstsein gewesen ist und die Worte ›Bach‹ und ›Toccata‹ gesagt haben soll.«

»Das wird ja immer unheimlicher, von Bachs Toccata d-moll hat mir Lisa Blau auch erzählt. Die hat sie im Traum gehört.«

»Davon stand aber nichts in Ihrem Artikel.«

»Das Detail fand ich beim Schreiben nicht so wichtig.«

»Ich habe langsam das Gefühl, ich sollte mich einmal mit Lisa Blau unterhalten. Könnten Sie das für mich arrangieren?«

»Ich war erst vor Kurzem bei Frau Blau, weil sie glaubt, dass sie von einem Mann verfolgt wird. In dem Zusammenhang fühlt sie sich im Moment von der Polizei nicht gerade ernst genommen. Dass sie bedroht wird, hat ihr dort in Kiel bis heute keiner geglaubt.«

»Dass der Mörder von Reimersbude ihr auflauern sollte, ist auch nicht gerade wahrscheinlich.«

»Und weshalb nicht?«

»Wie sollte der wissen, wo er die Frau findet? Vor ihren Artikeln wusste der gar nichts von ihrer Existenz. Und selbst wenn er jetzt nach ihr suchen will, wo sollte er anfangen? Sie haben den Namen nicht preisgegeben und nicht erwähnt, in welcher Stadt sie lebt.«

»Ich denke trotzdem manchmal, vielleicht hat er das Phantombild von sich gesehen und recherchiert genauso wie ich auch.«

Swensen blickt der Journalistin nachdenklich in die Augen. Die stehen in Flammen, als wollen sie die plötzliche Erkenntnis zu Asche verbrennen.

»Das Leben ist unendlich viel merkwürdiger als alles, was der Geist der Menschen erfinden könnte. Das hat niemand anderer als der große Sherlock Holmes gesagt«, sinniert der Hauptkommissar.

»Den hat es doch gar nicht gegeben.«

»Es ist aber trotzdem wahr!«, sagt Swensen lächelnd. »Deswegen würde ich eben gerne mit Frau Blau reden, auch wenn Sie Bedenken hat. Versuchen Sie bitte ein gutes Wort für mich einzulegen. Behutsam natürlich, aber auch mit ein wenig Nachdruck. Uns läuft die Zeit davon.«

»Ich werde es probieren, Herr Swensen, kann aber nichts versprechen.«

»Danke, das war es von meiner Seite. Was machen Sie jetzt?«

»Ich gehe in die Nordhusumer Straße, dort wohne ich.«

»Okay, dann setze ich Sie ab, ist sowieso auf meinem Weg.«

Wenig später sitzt die Journalistin auf dem Beifahrersitz und der Hauptkommissar fährt über die Großstraße, Fischergang, Hinter der Neustadt und Treibweg von oben in die Nordhusumer Straße. Nur einige Bogenlampen strahlen in Abständen auf den nackten Asphalt. Kein Baum steht zwischen den meist älteren Häusern, die drei- bis vierstöckig in den schwarzen Nachthimmel ragen. An einem bläulich gestrichenen Wohnblock lässt die Zeitungsfrau stoppen und stutzt im selben Moment.

»Heeh, was ist denn da los?«, ruft sie außer sich und deutet, wild mit der Hand fuchtelnd, auf einen blauen Balkon.

»Was ist, Frau Teske?«

»Da ist Licht! In meiner Wohnung ist Licht!«

»Wo?«

»Na da …, da oben im dritten Stock!«

»Ich sehe nichts, ist doch alles dunkel!«

»Jetzt ja, aber … aber eben war da ein Licht …, ich denke, das war eine Taschenlampe. Es ist nur kurz aufgeblitzt.«

»Gut, schauen wir uns das aus der Nähe an«, sagt Swensen, steigt aus und geht zur Haustür hinüber, während Maria Teske ihm folgt. Im Gehen fummelt sie ihren Schlüsselbund aus der Innentasche ihrer Jacke. Der Hausflur ist ein dunkles Loch.

»Kein Licht, keinen Fahrstuhl und äußerste Ruhe, kein unnötiges Wort«, warnt Swensen mit gedämpfter Stimme. »Wir nehmen die Treppe. Sie bleiben dicht hinter mir.«

Der Hauptkommissar steigt langsam durch die Dunkelheit die Treppen hinauf und achtet die ganze Zeit darauf, ob jemand den Fahrstuhl in Betrieb nimmt.

»Welche Tür?«, flüstert er, als beide den dritten Stock erreicht haben.

»Die erste rechts«, informiert Maria Teske ihn.

»Den Schlüssel«, sagt Swensen und nimmt blind tastend den Sicherheitsschlüssel von der Journalistin entgegen. »Wo ist der Lichtschalter, wenn man reinkommt?«

»Gleich links von der Tür, auf Brusthöhe.«

Der Hauptkommissar fingert vorsichtig die SIG Sauer aus dem Brustholster und entsichert sie. »Egal was passiert, Sie rühren sich hier nicht vom Fleck. Wenn ich drinnen bin, rufen Sie einen Streifenwagen, klar?«

Mit klopfendem Herzen setzt er einen Fuß vor den anderen, bis er die Tür erreicht hat. Mit äußerster Konzentration ertastet er das Schloss und führt den Schlüssel behutsam in den Zylinder ein. Der Schlüsselbart schabt mehrmals leise über Metall. Der Hauptkommissar hält inne und horcht, aus der

Wohnung kommt kein Geräusch. Er atmet mehrmals ruhig durch, hält die Luft an, dreht den Schlüssel mit einem Ruck herum, stößt die Tür auf und greift mit der Hand zum Lichtschalter. Als das Licht angeht, duckt er sich und ist blitzartig im Flur der Wohnung.

»Polizei Husum! Ist da jemand?«, schreit er in den Raum. »Geben Sie auf, werfen Sie Ihre Waffe hin oder ich eröffne das Feuer!«

»Nicht schießen!«, ruft eine Stimme lauthals. »Ich bin unbewaffnet!«

»Kommen Sie mit den Händen hinter dem Kopf heraus!«, befiehlt Swensen und hält seine Waffe im Anschlag.

»Nicht schießen! Ich komme jetzt raus«, sagt die Stimme und eine hochgewachsene Gestalt tritt in den Lichtkegel des Flurs.

»Keine falsche Bewegung! Legen Sie sich flach auf den Boden, Gesicht nach unten, Hände über den Kopf!«, kommandiert Swensen.

Der Mann lässt sich auf den Boden fallen und befolgt alles, was Swensen verlangt hat. In der Ferne ist ein Martinshorn zu hören.

»Wo ist Ihr Ausweis?«, fragt Swensen trocken.

»Ich meiner Jackentasche.«

»Holen Sie ihn ganz vorsichtig heraus, ganz langsam, klar!«

Der Mann schiebt seine rechte Hand unter die Brust, dreht sich leicht zur Seite und legt den Ausweis seitwärts auf den Boden. Swensen zieht ihn mit dem Fuß zu sich heran, hebt ihn auf und liest.

»Was machen Sie hier in einer fremden Wohnung, Herr Rösener?«

*

Der schwarze Mercedes Sprinter des mobilen Einsatzkommandos biegt von der Süderholmstraße in die Fuß am Holm. In der engen Straße im Schleswiger Stadtteil Holm stehen zwei Reihen bunte Kleinbürgerhäuser. Der Wagen stoppt am unteren Ende der Straße mit Blick auf die Schlei. Im Sonnenlicht tuckert einer der weißen Ausflugsdampfer durch die Frontscheibe. Auf der anderen Uferseite kratzt die Turmspitze des Doms den Himmel. Mit einem dynamischen Satz springt der Einsatzleiter vom Fahrersitz auf die Pflastersteine herab. Er trägt eine dunkelblaue Schutzweste, reißt die Wagentür vom Kleinbus auf und befiehlt lauthals: »Absitzen!«

Sechs Mann mit Schnellfeuergewehren schnellen aus dem Wagen und stellen sich in einer Reihe auf. In der Straße sind mehrere Streifenpolizisten dabei, ein Gebäude weiträumig abzusperren und bitten die Menschen hinter die rot-weißen Plastikbänder zurückzutreten. Jean-Claude Colditz hat den Dienstwagen hinter dem SEK-Fahrzeug geparkt und steigt synchron mit Swensen aus. Sie beobachten aus circa 20 Metern Entfernung, wie der Einsatzleiter sich vor seinem Team aufbaut.

»Männer!«, tönt die markige Stimme herüber. »Das kleine Häuschen dort drüben, direkt vor unserer Nase, ist unser Einsatzort. Der Besitzer wurde festgenommenen, weil er Wanzen in einer Privatwohnung angebracht hat. Es gibt einen Schlüssel und ich werde die Haustür aufsperren. Danach gehen wir rein und ihr sichert alle Räume, klar? Klingt wie Routine, trotzdem wissen wir nicht, was uns da drinnen erwartet. Also wachsam bleiben!«

Auf ein Handzeichen stürmt das Kommando, die Schnellfeuergewehre im Anschlag, auf das Backsteingebäude zu. Vier Männer sichern die Hausecken, zwei knien sich links und rechts neben die Eingangstür. Der Einsatzleiter kommt mit dem Schlüssel, steckt ihn ins Schloss und dreht. Gleichzeitig flammen die Lampen auf den Gewehren auf, richten einen gebündelten Lichtstrahl in Schussrichtung. Die Tür geht auf und der Einsatzleiter macht einen Sprung zur Seite. Einer der knienden Beamten zieht sein Gewehr an die Brust und rollt über die Schulter in den Flur des Hauses. Mit einem Ausfallschritt folgt der zweite Mann.

Während Swensen die Szene verfolgt, sieht er im Augenwinkel einen Wagen in die Straße biegen. Am Steuer sitzt Hollmann, der Chef der Spurensicherung. Zwei weitere Fahrzeuge folgen ihm und der Hauptkommissar winkt alle heran.

Wenig später sind die Männer des Teams damit beschäftigt, Aluminiumkoffer aus den Wagen zu wuchten und weiße Overalls überzustreifen. Die beiden Männer vom Einsatzkommando treten entspannt aus der Tür, sprechen mit dem Einsatzleiter und der brüllt herüber: »Das Haus ist sauber! Sie können rein!«

Mit knappen Handbewegungen beordert er die anderen Männer zurück. Die spurten zum Einsatzwagen, steigen wortlos ein und der Motor heult auf.

»Wir ziehen ab!«, ruft der Einsatzleiter aus dem heruntergelassenen Seitenfenster und der Kastenwagen schlängelt sich an den anderen Fahrzeugen vorbei und braust davon.

Swensen geht auf Hollmann zu, der gerade die Kapuze über den Kopf zieht und seinen zerzausten Schnauzer wieder zurechtzupft.

»Du möchtest sicher gleich mit reinkommen?«, fragt er. »Das kann man an deinem Gesicht ablesen. Okay! Wenn du dich dicht hinter mir hältst.«

Hollmann stapft seinem Team hinterher und Swensen folgt ihm. Als sie an Colditz vorbeikommen, hat der das Handy am Ohr.

»Heinz, nun nerv nicht. Die Spurensicherung geht soeben erst rein. Ich melde mich, wenn ich was weiß.«

Swensen muss grinsen und wartet an der Tür, bis Hollmann

ihm von innen ein Zeichen gibt. Auf dem Boden im Flur ist bereits eine Filzbahn ausgerollt. Swensen guckt in alle Zimmer und findet einen Raum, der bis an die Decke mit technischen Geräten, Bildschirmen und Computern vollgestopft ist.

»Könnt ihr euch diesen Raum zuerst vornehmen?«, bittet er Hollmann.

Der nickt und schickt zwei Männer hinein, die mit geübten Handgriffen beginnen, Eisenspäne auf die glatten Oberflächen der Schalter und Knöpfe aufzutragen. Swensen übt sich derweil in Geduld, reist mit seinen Gedanken in den Verhörraum der Polizeiinspektion.

Hinter dem Tisch hockt ein in sich zusammengesunkener Wilhelm Rösener, dessen schiefes Lächeln vermutlich nur seinen Seelenzustand verbergen soll.

»Diese winzigen Harmonoum-Wanzen und diese Diskoneantennen haben wir in Ihrer Tasche gefunden, gibt das dafür eine einleuchtende Erklärung?«, fragt Swensen scharf.

»Ich mache nichts anderes als Sie auch«, sagt Rösener mit monotoner Stimme und in seinen kleinen Augen blitzt so etwas wie Trotz auf. »Ich sorge nur für Sicherheit in der Bundesrepublik Deutschland.«

»Ein Wohltäter der Menschheit! Dass ich darauf nicht gleich gekommen bin. Dann erzählen Sie doch einmal, welche Sicherheit in den Privaträumen einer Journalistin gefährdet war?«

»Sie haben keine Ahnung, was hinter den Kulissen der deutschen Wirtschaft alles läuft. Wenn jemand darüber Bescheid weiß, dann bin ich das. Ich kenne alle Abgründe, zu denen Menschen fähig sind. Je weniger sie ahnen, dass man ihre Gespräche mithört, umso abgründiger benehmen sie sich.«

»Was hat das jetzt mit meiner Frage zu tun?«

»Sie schauen immer nur auf eine Person. Doch wer ist schon Maria Teske? Die ist nur ein kleines Provinzlicht.«

»So wie ich das sehe, haben Sie dieses kleine Provinzlicht aber abgehört. So klein scheint das Licht nicht zu sein!«

»Für Sie mag das nicht in ihr Wertesystem passen. Damit muss ich leben. Für das gesellschaftliche Ganze sieht das allerdings ganz anders aus. Selbst die katholische Kirche und ihre Orden haben über Jahrhunderte Geheimdienste unterhalten.«

»Sie sind vom Geheimdienst?«

»In gewisser Weise schon. Vom privaten Geheimdienst. Ich trage ökonomische Informationen aus allen Gesellschaftsbereichen zusammen, die für meine Auftraggeber von Nutzen sind.«

»Und wer sind Ihre Auftraggeber?«

»Das fragen Sie jetzt nicht im Ernst, oder?«

»Halten Sie das hier für eine Lachnummer, Herr Rösener?

»Wenn ich Ihnen etwas über meine Auftraggeber verrate, dann kann ich mich auch gleich selbst erschießen. Dann bin ich beruflich tot und bekomme nie wieder einen Auftrag. Ich muss nach diesem kleinen Betriebsunfall schließlich weitermachen.«

»Jetzt gehen Sie erst einmal ins Gefängnis. Und wenn wir Ihr Privatleben auf den Kopf gestellt haben, dann kennen wir auch Ihre Auftraggeber, das kann ich Ihnen jetzt schon versprechen.«

Die Szene löst sich auf und der Hauptkommissar findet sich an den Türrahmen gelehnt wieder, wobei ihm die Hasstiraden des kleinen Ganoven Rösener gegen die US-amerikanische Imperialpolitik, die lediglich durch die Existenz der Sowjetunion gebremst werden konnte, noch in den Ohren klingt.

»Wir sind fertig hier!«, ruft einer der Männer der Spurensicherung

Swensen tritt in den kleinen Raum, der bis unter die Decke mit Technik ausgestattet ist, Flachbildmonitore, Digitalrekorder, mehrere PCs, externe Brenner, DVD- und MP3-Player, Faxgerät, Drucker und Scanner. Die leeren Wände sind gespickt mit Schnüren und Kabeln. Ein Lötkolben hängt über einem Haken. Auf einem Tisch stapeln sich Boxen mit beschrifteten DVDs. Swensen öffnet eine Box und blättert sich durch die Silberscheiben. Bei der Beschriftung ›Husum, 25. Juli‹ stockt er.

War das nicht der Tag, an dem Franziska Giese das letzte Mal in der Libo-Filiale Husum war?, schießt es dem Hauptkommissar durch den Kopf. Danach war sie verschwunden und wurde erst wieder tot in der Uelvesbüller Kirche aufgefunden.

Ratlos geht Swensen auf den Flur hinaus, hält die runde Scheibe in der erhobenen Hand, die wie ein Heiligenschein über seinem Kopf glänzt. »Kennt sich einer der Kollegen mit diesem ganzen digitalen Technikkram aus?«, fragt er mit lauter Stimme in den menschleeren Flur.

Aus einem Zimmer nebenan guckt das Kapuzengesicht von Hollmann hinter dem Türrahmen hervor.

»Um was für 'nen Kram handelt es sich denn?«, fragt der.

»Hier steht ein … Moment«, sagt Swensen und macht einen Schritt in den Raum zurück, »… ein MPEG-2-Rekorder!«

»Moderner Kasten! Ist von Fujitsu«, stellt der Chef der Spurensicherung fest und stapft über den Flur heran. »Hat ein MO-Laufwerk.«

»Die technischen Daten brauche ich nicht, Peter. Ich möchte mir nur diese DVD ansehen. Weißt du zufällig wie das geht?«

»Da steht doch ein normaler DVD-Player«, sagt Hollmann, nachdem er sich im Raum umgeschaut hat. Er drückt auf einige Knöpfe, nimmt Swensen die Silberscheibe aus der Hand und legt sie in das geöffnete Laufwerk. Noch ein Knopfdruck.

Auf einem Bildschirm erscheint ein enger Raum, der durch die weitwinklige Aufnahme rundlich verzerrt ist. Darin sitzen zwei Männer einer Frau gegenüber. Ein dritter Mann steht breitbeinig in zwei Meter Entfernung rechts neben ihr.

»Nun, es geht um die Kassendifferenz vor zwei Wochen. In Ihrer Kasse fehlten 16,59 Euro, oder ist Ihnen das etwa schon entfallen?«, sagt der Mann rechts auf dem Bildschirm.

»Was läuft denn hier für eine Nummer? Ich bleibe nicht eine Minute länger hier!«, sagt die Frau, springt vom Stuhl auf und stürzt auf die Tür zu. Bevor sie dort ist, hat der stehende Mann ihr den Weg versperrt. Die Frau nimmt ihr Handy aus der Handtasche, beginnt eine Nummer einzutippen. Doch der Mann ist sofort neben ihr und entreißt ihr mit einer blitzschnellen Handbewegung das Gerät.

»Heeh, ich will sofort meinen Mann anrufen!«, sagt die Frau.

»Solange wir die Probleme nicht gelöst haben, bleiben Sie hier im Raum und rufen niemanden an, verstanden!«

»Wo kann man das Bild anhalten?«, fragt Swensen.

»Hier!«, sagt Colditz, der unbemerkt in den Raum getreten ist und mit dem Finger auf einen Knopf am Rekorder drückt. »Die Pause-Taste.«

»Guckt euch das an! Das ist nicht zu glauben«, platzt es aus Swensen heraus, als er sich das Bild auf dem Monitor aus der Nähe anschaut.

»Was gibt's denn zu sehen?«, fragt Colditz neugierig.

»Die Frau, die da am Tisch sitzt, ist eindeutig unser Mordopfer Franziska Giese! Und der Typ auf der anderen Seite, der neben dem Weißkittel sitzt, das ist dieser Zernitz, der Gebietszentralleiter von Libo!«

Colditz starrt ungläubig auf den Monitor und fragt außer sich: »Wie kommt ihr denn an diese Aufzeichnung?«

»Die DVD steckte in einer der Boxen dort auf dem Tisch«, klärt Swensen auf.

»Das würde ja bedeuten …«

»Das bedeutet, dass unser lieber Herr Rösener die Libo-Filiale in Husum überwacht haben muss. Und ich würde schwören, wir finden noch mehr Überwachungsfilme in seinen Boxen.«

Swensen geht zum Tisch hinüber, öffnet eine Box und klappt sich durch die Silberscheibenreihe.

»Diese DVDs sind mit Friedrichstadt und einem Datum beschriftet.«

Jetzt greift auch Colditz nach einer der Boxen und blättert mit Swensen um die Wette nach Beschriftungen.

»Ich geh wieder an die Arbeit, für die ich eigentlich hier bin«, sagt Hollmann grinsend und marschiert zur Tür hinaus. »Ich denke, ihr habt erst mal genug zu tun.«

»Hier gibt es St.-Peter-Ording-DVDs«, meldet Swensen.

»Wie ich das einschätze, geht das klar über eine normale Videoüberwachung in Verkaufsräumen hinaus«, knurrt Colditz wütend. »Das sieht für mich nach einer Riesensauerei aus.«

»Das sehe ich genauso«, stimmt Swensen zu. »Die haben von Rösener systematisch ihre Belegschaft überwachen lassen.«

»Was meinst du mit ›Die‹?«

»Das kann nicht ohne Wissen von führenden Leuten aus der Geschäftsleitung in Auftrag gegeben worden sein. Bei den Ermittlungen in den Libo-Filialen hatte ich nicht den Eindruck, dass einer der Filialleiter darüber informiert war. Die sind meistens auch nicht viel besser dran als ihre Mitarbeiterinnen.«

»Meinst du, diese Überwachungen könnten etwas mit unseren Mordfällen zu tun haben?«

»Aber hallo! Jede von den drei Ermordeten wollte in ihrer Filiale einen Betriebsrat einführen, das kann kein Zufall sein.«

»Ich weiß nicht, Jan. Den Libo-Konzern kann man doch nicht mit der Mafia vergleichen, die aufmüpfige Mitarbeiterinnen einfach umlegen lässt.«

»Das klingt zwar einleuchtend, Jean-Claude, aber das gleiche Argument habe ich seinerzeit, fast wortwörtlich, von diesem Zernitz gehört. Damals konnte der mich noch überzeugen, aber da wusste ich auch noch nicht, dass dieser Einzelhandelskonzern seine Mitarbeiter in krimineller Weise überwachen lässt. Zernitz ist der Typ, den wir eben bei der merkwürdigen Unterredung mit unserem Mordopfer gesehen haben. Der Mann ist Gebietszentralleiter für die gesamten Libo-Filialen in Schleswig-Holstein. Der andere Mann ist sein Stellvertreter, ein gewisser Konrad Hähnle. Ich finde, ich sollte diesen beiden blitzsauberen Herren einen Besuch abstatten und sie mit den Tatsachen konfrontieren.«

»Okay, machen wir Nägel mit Köpfen«, sagt Colditz nach kurzer Überlegung. »Ich packe die gesamten DVDs ein und lasse sie so schnell wie möglich bei uns in Husum auswerten. Du nimmst dir diesen Zernitz und seinen Stellvertreter vor, Jan. Aber mach das bitte nicht im Alleingang, nimm unbedingt Mielke oder Silvia mit. Und ruft mich sofort an, wenn ihr etwas habt.«

*

»Man sieht sich bekanntermaßen immer zweimal im Leben«, stichelt Stephan Mielke, nachdem ihm der Gebietsleiter von Libo die Hand gereicht hat. »Übrigens einer der legendären Sätze aus dem Vermächtnis des Ministerpräsidenten Uwe Barschel, Gott hab ihn selig!«

»Soll das ein Scherz sein, oder meinen Sie das etwa als Drohung, Herr Kommissar?«, fragt Peter Zernitz und über sein kantiges Gesicht huscht ein verlegenes Lächeln, bevor es wieder zur Maske gefriert.

»Die Kriminalpolizei hat meistens wenig Grund zum Scherzen«, ergänzt Swensen mit unterschwelligem Druck in der Stimme. »Besonders dann nicht, wenn sie bei einer Mordermittlung belogen worden ist.«

»Ich verstehe nicht ganz, was Sie damit meinen.« Die Stimme des Gebietszentralleiters klingt gepresst, während er sich Hilfe suchend nach dem Mann umsieht, der etwas abseits vom Schreibtisch in einem Ledersessel sitzt. »Hähnle, wissen Sie wovon die Herren reden?«

Der Mann zieht die leicht geschwungenen Augenbrauen hoch und zuckt nur mit den Schultern.

»Okay, dann werde ich Ihrem Gedächtnis ein wenig auf die Sprünge helfen«, sagt Swensen scharf und zieht mehrere geknickte Zettel aus der Jackentasche, entfaltet sie und beginnt die Notizen vorzulesen.

»Wenn Sie mit dem erhobenen Mittelfinger durch die Filiale rennen, wie würden Sie so was denn nennen, Frau Giese? Für mich sind das Wahnvorstellungen, werte Frau!«

Swensen setzt eine Pause und schaut dem Gebietsleiter ins Gesicht. Der sitzt mit zusammengekniffenen Augen hinter dem Schreibtisch. Eine sichtbare Röte hat sich auf Wangen und Stirn gebildet. Die Hände sind zu Fäusten geballt.

»Sie wollen mir hier etwas anhängen, unter allen Umständen«, fährt der Hauptkommissar fort vom Zettel abzulesen. »Und zwar nur, weil ich in diesem Saftladen einen Betriebsrat einrichten will.«

»Woher haben Sie das?«, brüllt Zernitz außer sich, springt vom Stuhl auf und läuft getrieben an der Fensterfront hin und her. Ohne Kontrolle stößt er einen Satz nach dem anderen aus: »Das …davon können Sie gar nichts wissen! Das ist illegal! Das können sich nur illegal besorgt haben! Sie haben unseren Betrieb ausspioniert … ohne einen ersichtlichen Grund! Das wird ein Nachspiel haben, da können Sie sich sicher sein!«

Für Swensen kommt der Wutausbruch völlig unerwartet, er folgt gespannt dem vermeintlichen Schauspiel von Zernitz, der wie Rilkes Panther vor den Fenstern seine Kreise dreht.

»Sie können hier noch so gekonnt den Unwissenden mimen,

Herr Zernitz. Fakt ist, als wir Sie das letzte Mal befragt haben, versicherten Sie uns hoch und heilig, Frau Giese wäre gekündigt worden, weil sie gestohlen haben soll …«

»Daran habe ich auch nichts zu korrigieren!«

»Jetzt stellt sich heraus, Frau Giese wollte doch einen Betriebsrat gründen und Sie wussten davon. Damals haben Sie das weit von sich gewiesen.«

»Du beantwortest ab sofort gar nichts mehr, Peter!«, unterbricht der zweite Libo-Mann, der aus dem Sessel aufsteht, sich Zernitz' Fenstermarsch in den Weg stellt und dabei an die Kommissare gewandt feststellt: »Ohne einen Anwalt beantworten wir keine einzige Frage mehr!«

»Das ist Ihr gutes Recht«, bestätigt der Hauptkommissar. »Aber dann dürfen Sie uns beide mit auf die Husumer Inspektion folgen, und zwar sofort! Wir werden unser kleines Verhör dort mit Ihnen und Ihrem Anwalt fortsetzen.«

»Das geht nicht!«, bellt Zernitz. »Sie können uns nicht dazu zwingen, sofort unseren Arbeitsplatz zu verlassen. Wir haben verfassungsmäßige Grundrechte.«

»Wir können«, bekräftigt Mielke. »Wenn Sie uns das nicht glauben wollen, rufen Sie einfach Ihren Anwalt an!«

»Und erzählen Sie mir bitte nichts von Grundrechten«, ergänzt Swensen, »solange diese Grundrechte für ihre Mitarbeiterinnen außer Kraft gesetzt werden, sobald sie Ihr Betriebsgelände betreten.«

»Meine Herren, können wir uns vielleicht auf einen Kompromiss einigen«, schlägt Zernitz plötzlich mit übertrieben freundlicher Stimme vor. »Ich gebe zu Protokoll, dass ich von dieser Betriebsratsgründung gewusst habe. Im Gegenzug verspreche ich Ihnen, dass unser Konzern auf eine strafrechtliche Verfolgung Ihrer illegalen Abhörmethoden verzichten wird.«

»Der Name Wilhelm Rösener ist Ihnen kein Begriff?«, fragt Swensen.

»Nein, den Namen höre ich das erste Mal, Ehrenwort!«, sagt Zernitz mit Inbrunst und deutet mit dem flüchtigen Heben des rechten Arms einen Schwur an. »Wer soll der Mann sein?«

»Ein Ehrenwort hat Uwe Barschel damals auch gegeben«, kommentiert Mielke. »Dann endete er in einer Badewanne!«

Hat Zernitz wirklich nichts von dieser Überwachung geahnt?

Swensens Gedanken flüchten durch die Frontscheibe in die Dunkelheit und mit ihnen die Bilder aus der Chefetage des Libo-Gebäudes in Siek. Irgendwie will der Hauptkommissar es nicht wahrhaben, dass dieser Yuppie-Typ ihn vielleicht doch getäuscht haben könnte und die Verwunderung über die Überwachung in der Husumer Filiale nur theatralisch in Szene gesetzt hat.

»Ein Serientäter lebt zwei Identitäten, die er beide gut unter Kontrolle hat«, erinnert sich Swensen an die Worte von Helene Klein.

Der Verkehr auf der Autobahn in Richtung Hamburg ist zähflüssig wie seine Überlegungen. Die roten Rücklichter taumeln in seine Augen, schmerzen auf der Netzhaut. Kurze Zeit später schleudert die Stadt ihm das grelle Licht der Straßenlampen ins Gesicht, mischt es mit bunter Neonreklame und dem Farbspiel der Ampeln. Eine schweißtreibende Reeperbahnfahrt durch das Sündenbabel Hamburgs, hinab zum Fischmarkt und wieder hinauf zu dem Gebäude mit dem großen Libo-Emblem über dem pompösen Glaskuppel-Eingangsbereich. Dem Wachmann im Schrankenhäuschen der Tiefgarage hält Mielke seelenruhig seinen Dienstausweis unter die Nase.

»Sind Sie angemeldet?«, fragt der mit verschrecktem Blick.

Mielke nickt frech und die gelb-schwarze Schranke hebt sich wie von Geisterhand.

Die Dame hinter dem Empfangstresen fällt beim Anblick des Dienstausweises ebenfalls aus ihrem routinemäßigen Trott und greift bei den Worten »Wir möchten Herrn Kreienbaum sprechen« blitzartig zum Telefonhörer.

Hier hat die freiheitlich-demokratische Grundordnung immerhin eine imposante Ausstrahlung, denkt Swensen, als er seine Augen über die graue Maserung der Marmorwände streifen lässt und dabei eine Vision von Kreienbaum als Imperator einer Discount-Demokratie hat. Höchste Zeit, sich den Mann einmal aus der Nähe anzusehen.

Der Hauptkommissar erinnert sich, dass Zernitz sich schon beim ersten Gespräch im August hinter diesem Namen verstecken wollte. Kreienbaum sei der Mann, ohne dessen Wissen im Konzern niemand einen Schritt machen könne, hatte er gesagt.

»Warten Sie bitte einen Moment, meine Herren! Sie werden sofort abgeholt«, meldet die Frau hinter dem Tresen. Mielke nickt ihr zu und greift sich die Hochglanzbroschüre, die einsam auf einem runden Tisch vor einer roten Ledercouch herumliegt, und blättert sie gelangweilt durch. Der Hauptkommissar steht vor der knallroten Farbfläche eines Gemäldes. Im Kopf spielt er Fragevarianten durch, mit denen es ihm vielleicht gelingen könnte, einen abgebrühten Manager aus der Reserve zu locken.

»Eine große Gefahrenquelle für eine spirituelle Lebensweise ist der Geldmissbrauch«, unterstützen ihn die Worte seines Meisters Rinpoche. »Ohne andauernde Hinwendung zu einer kontemplativen Praxis wird man in dieser materialistischen Welt allzu leicht vom Bann des Geldes überwältigt. Das kann so weit gehen, dass die Seele sich in einen überbordenden Luxus treiben lässt, während man die anderen Mitglieder der Gesellschaft dazu anhält, bescheiden zu leben und unentgeltlich zu arbeiten.«

»Sind Sie die Herren von der Kriminalpolizei?«, fragt eine Stimme und Swensen und Mielke nicken synchron. Der Mann in dunkelblauer Uniform führt sie mit einer Chipkarte durch eine Schleuse in einen Fahrstuhl und verfrachtet sie in den 15. Stock. Von dort geht es über einen großzügigen Flur zu einer glänzenden Doppeltür. Nachdem der Mann zaghaft angeklopft hat, drückt er nach einem »Herein« die Klinke herunter. Swensen und Mielke treten in einen weiten Raum. Hinter ihnen fällt die Tür wieder ins Schloss und der junge Mann ist verschwunden. Mit dem Rücken zu den Kommissaren steht ein sehr großer Mann vor der Fensterfront und beobachtet die Lichter im Hafen. Eine Frau in blauschwarzem Hosenanzug erhebt sich von einem Stuhl und reicht den Männern die Hand.

»Mein Name ist Innocentia Kleinschmidt, ich bin die Justiziarin. Herr Kreienbaum möchte, dass ich bei diesem Gespräch zugegen bin.«

»Das ist nichts Persönliches gegen Sie, meine Herren«, sagt der Hüne am Fenster und dreht sich herum, »aber solange wir nicht wissen, was die Polizei von uns möchte, ist das bei uns üblich. Wie kann ich Ihnen helfen?«

»Ist Ihnen der Name Wilhelm Rösener ein Begriff?«, eröffnet Swensen den ersten Spielzug. Die Dame geht in Position, der König stellt sich in Pose.

»In der Führungsetage gibt es keine Person mit diesem Namen.«

»Können Sie sich dann erklären, warum wir bei einer Hausdurchsuchung bei einem Mann dieses Namens unzählige DVDs gefunden haben, auf denen die Belegschaft Ihrer Filialen systematisch überwacht worden ist?«

Gardez la Dame! Der König zieht auf eine Linie mit dem Turm.

»Die Überwachung der Verkaufsräume ist branchenüblich.«

Der zweite Läufer zieht nach.

»Auch die der Aufenthaltsräume und der Toiletten?«

Rochade, der König tauscht den Platz mit dem Turm.

»Sind Sie sich sicher, dass die DVDs auch wirklich Aufnahmen aus unseren Filialen zeigen? Ein Supermarkt gleicht doch dem anderen.«

Der Läufer schlägt den Turm.

»Es gibt Personen auf den Aufnahmen, die eindeutig in Ihren Filialen beschäftigt sind.«

Die Dame schlägt den Läufer.

»Zu solchen … schweren Anschuldigen können wir in diesem Augenblick keine Stellungnahme abgeben. Das Material müsste erst von unserer Rechtsabteilung begutachtet werden.«

Schach!

»Ich denke, Ihre Rechtsabteilung bekommt gar nichts zu sehen. Es handelt sich hier um ein polizeiliches Ermittlungsverfahren. Diese Bänder sind Beweisstücke in mehreren Mordfällen.«

»Mordfällen!«, wiederholt der König und wird blass im Gesicht.

»Mordfälle, Herr Kreienbaum! Und deshalb rate ich Ihnen, mit uns zu kooperieren, sonst rückt in einer halben Stunde eine Polizeisondereinheit an und lüftet in Windeseile die Geheimnisse, die sich in Ihren Computern und Aktenschränken verbergen.«

»Meine Herren! Diesen Aufwand können Sie sich sparen. Ich versichere Ihnen, Ihre Sondereinheit würde nichts finden, was auf eine Überwachung der Belegschaft hindeuten würde. So etwas gehört nicht zu unserem Geschäftsgebaren. Ich versichere Ihnen, ich persönlich weiß nichts von einem Auftrag zur Überwachung unserer Filialen.«

Vielleicht ist er jetzt zu einem Bauernopfer bereit, um seinen Kopf zu retten, denkt Swensen und zieht den nächsten Springer.

»Wer in dieser Etage zeichnet für die Sektion Schleswig-Holstein verantwortlich?«

Kreienbaum blickt fordernd zu seiner Justiziarin hinüber. Die Dame eilt wie auf Kommando zum König hinüber und gibt mit dezenten Handbewegungen und geflüsterten Worten ihre Einschätzung ab. Dann stellt er seinen Bauern schützend vor sich.

»Die Verbindung der Hauptzentrale zur Gebietszentrale Schleswig-Holstein läuft über meine rechte Hand Peter Drenkhahn. Ein absolut gewissenhafter Mitarbeiter, für den ich selbstverständlich meine Hand ins Feuer legen würde.«

Schach matt? Hat Swensen die Partie für sich entschieden?

»Dann würden wir gerne mit Herrn Drenkhahn sprechen.«

»Das geht nicht, Herr Drenkhahn ist nicht im Haus, er hat für eine Woche freigenommen.«

»Das passt ja gut! Wie ist es dann mit dem Büro von Herrn Drenkhahn? Dürfen wir dort einen Blick hineinwerfen?«

Der König bleibt unbeweglich stehen. Die Dame startet einen letzten Versuch, die Partie doch noch mit einem Remis enden zu lassen.

»Unter normalen Umständen würde unser Unternehmen das natürlich nicht gestatten«, faucht Innocentia Kleinschmidt energisch, »aber bei einem Mordfall und um die Sache unbürokratisch aus der Welt zu schaffen, werde ich Sie in das Büro von Herrn Drenkhahn begleiten.«

»Die Sache ist in der Welt, und da wird sie auch bleiben!«, stellt Swensen trocken fest. »Ich kann mir beim besten Willen nicht vorstellen, dass Herr Rösener von sich aus Ihre Mitarbeiterinnen überwacht hat.«

»Geht es in Ihren Ermittlungen jetzt vorrangig um Herrn

Rösener und seine DVDs oder um die Aufklärung von Mordfällen, Herr Kommissar? Ich betone, dass wir Ihnen momentan ausschließlich bei letzteren behilflich sind.«

Die Justiziarin bringt Swensen und Mielke zwei Stockwerke abwärts zu dem Büro und schließt die Tür auf. Nachdem das Licht eingeschaltet ist, zeigt sich ein großer, übersichtlicher Raum mit schlichtem Schreibtisch und Aktenwand, der den Hauptkommissar sofort erahnen lässt, dass man hier bestimmt keine versteckten DVDs zutage fördern wird. Stephan Mielke steht neben der Justiziarin, tritt unschlüssig von einem Bein auf das andere. Swensen lässt sich von seiner Intuition durch den Raum führen und sein Blick bleibt an einem gerahmten Schwarz-Weiß-Foto einer jungen Frau auf dem Schreibtisch hängen.

Blutjung! Könnte seine Tochter sein, denkt der Hauptkommissar und fragt: »Wer ist die Person auf dem Bild?«

»Soweit ich weiß, ist das Hedwig Drenkhahn, die Ehefrau von Herrn Drenkhahn«, informiert Innocentia Kleinschmidt. »Aber das hat jetzt nichts mit Ihren Ermittlungen zu tun, oder?«

»Ich bin nicht zu meinem Privatvergnügen hier«, kommentiert Swensen scharf. »Wissen Sie, ob Herr Drenkhahn sich in seinen freien Tagen zu Hause aufhält, oder ist er verreist?«

»Wie gesagt, wir spionieren nicht hinter unseren Mitarbeitern hinterher.«

»Dann machen wir das! Ich bräuchte seine Adresse, Telefon- und Handynummer!«

*

19.47 Uhr. Wolkenverhangen präsentiert sich der Abendhimmel, Mond und Sterne sind nicht zu sehen. Vor zehn Minuten hat es aufgehört zu regnen. Lisa Blau tritt in den düsteren Hinterhof und geht auf das flache Gebäude ihrer

Tanzschule zu. Die Neonröhren über dem Eingang scheinen einen Wackelkontakt zu haben, in unregelmäßigen Abständen erlischt der Schriftzug ›Dancin' Lounge‹, um im nächsten Moment wieder aufzuflackern und rote Farbfetzen über das feuchte Kopfsteinpflaster zu werfen. In dem kurzen Moment, in dem die Neonröhren erlöschen, spenden nur zwei kleine Fenster zum Tanzsaal einen gelblichen Lichtschein. Die Tanzlehrerin hat plötzlich das Gefühl, als hätte sie ihren Albtraum der letzten Nacht bis hierhin mitgeschleppt.

Bilder taumeln durch ihren Kopf, fremd und betörend. Sie hört das heisere Hecheln der Hunde, die ihre Kämpfe beginnen, wenn die Nacht anbricht, hört ihr drohendes Knurren, das schrille Jaulen, wenn sich die spitzen Reißzähne in den Lauf eines Gegners graben. Ein großes Feuer wirft einen vibrierenden Schein in den Kreis mächtiger Eukalyptusbäume, die ihre glatten, gewundenen Stämme nach oben in ein schwarzes Nichts strecken. Eine Schar Trommler hämmert mit Stöcken auf fellbespannte Tongefäße, das Bassdröhnen treibt die Tänzer mit stampfenden Schritten über den Boden, rollt warm und erdig durch ihre nackten Leiber, Schlag auf Schlag, bis sie sich drehen, wild und trunken, in Trance auf der Stelle hüpfen und mit den flachen Händen auf ihre Oberschenkel klatschen. Das Publikum, das die Tänzer umringt, ruft im Takt nach Kali, der Todesgöttin mit den tausend Namen.

»Jai Kali Maa, Jai Kali Maa, du Herrscherin über eine aus den Fugen geratene Welt.«

Die Frauen klagen händeringend über das schreckliche Herz aus Stein in ihrer Brust. Der Trommelschlag zieht an, verdoppelt, verdreifacht sich, bis die Tänzer schweißbedeckt zu Boden sinken. Ein ascheverschmierter Sadhu mit gelb geschminkter Stirn unter seinen wirren Haaren reicht einem der Jünglinge ein Messer und führt ihn zu einem schwarzen Büffel. Die blanke Klinge dringt in den Hals des Tieres, Blut spritzt pulsierend in den Sand. Der Jüngling führt seinen Mund in den Strahl, trinkt gierig das dunkelrote Nass. Sein Kopf fällt in den Nacken, die Augen verdrehen sich ins Weiß. Er spürt, wie ein Schatten in ihn eindringt und sein Gesicht zu einer schwarzen Fratze verzerrt. Die Göttin hat jetzt von ihm Besitz ergriffen. Um seinen Hals hängt eine Girlande von bleichen Menschenschädeln. Er dürstet nach Leben, lässt seine rote Zunge heraushängen und reißt mit ihrer Spitze die Kruste der Erde blutig.

Lisa Blau drückt die Klinke nach unten, schließt kurz die Augen, um den Bilderspuk aus ihrem Kopf zu scheuchen, und drückt die Eingangstür auf. Verbrauchte Luft schlägt ihr entgegen, es riecht nach saurem Schweiß und süßem Parfüm. Im Vorraum beginnt ihr neues Herz schneller zu schlagen, erst unmerklich, aber doch fühlbar, als würde jeder Schlag behutsam versuchen ihr etwas zuzuflüstern, eine verschlüsselte Botschaft, die nur für ihren Körper, nur für ihr Bewusstsein wahrnehmbar ist. Aus dem Nebenraum dringt die Stimme von Harald Lehmann herüber.

»In dieser Position müssen Sie Ihren Partner viel enger halten. Also, meine Damen, haben Sie keine Angst. Und die Herren … ganz ruhig. Okay, also Ihre Beine kommen hierhin. Und die Damen, Ihr Oberkörper gehört dicht an den seinen. Das ergibt eine perfekte Balance.«

Aus den Lautsprechern tönen Bandoneon und Kontrabass, spielen eine melancholische Weise im Vierachteltakt. Ein lautes Händeklatschen schießt durch die geöffnete Tür zum Tanzsaal. »Aufstellung!« Rhythmische Schritte schlürfen über den Parkettboden.

»T – A – N.G.O! T – A – N.G.O!«

Winzige Schweißperlen sickern aus Lisa Blaus Stirnporen. Ihr erhöhter Herzschlag pumpt Blut durch ihren Körper, arbeitet mit grenzenloser Energie. Gleichzeitig dringt eine beklemmende Angst unter ihre Haut, kalt wie der Tod, setzt sich auf ihren Geist und lässt sie erstarren. Ihr Atem geht schwer, der Kopf schmerzt. Wahrscheinlich hat sie mindestens 20 Minuten regungslos in der orientalischen Sitzecke gesessen, als fröhliches Lachen und Wortfetzen sie aus ihrer Lähmung befreien. Die Tanzstunde ist beendet, Frauen und Männer strömen in den Vorraum, grüßen, streifen ihre Mäntel über und krakeelen laut zur Tür hinaus. Ihr Geschäftspartner Harald Lehmann kommt als Letzter in den Raum.

»Weißt du, warum das Licht draußen flackert?«, fragt Lisa Blau.

»Keine Ahnung«, sagt er beiläufig und schaut sich verwundert im Raum um. »Wo ist denn dieser Mann geblieben?«

Lisa Blau blickt verwirrt: »Welcher Mann?«

»Kurz vor der Stunde kam hier so ein großer, blonder Typ rein, fragte nach dir und wollte sich unbedingt für deinen nächsten Anfängerkurs anmelden. Ich hab ihm ein Formular zum Ausfüllen hingelegt und ihm gesagt, er könne gleich mit dir persönlich reden. Du würdest spätestens, wenn meine Stunde zu Ende ist, hier sein. Und jetzt ist er weg.«

»Als … als ich reingekommen bin, war hier keine Menschenseele«, bringt sie mühsam hervor. Sie hat den Eindruck, als hätte eine unsichtbare Hand sie am Hals gepackt und schnüre ihr langsam die Luft ab.

»Merkwürdig«, sagt Harald Lehmann, während er das Formular vom Tisch nimmt. »Er hat die Anmeldung gar nicht ausgefüllt. Dabei machte er den Eindruck, als wäre es ihm wirklich wichtig. So kann man sich täuschen.«

Lisa Blau hört seine Worte, ohne ihren Sinn zu begreifen. Sie sitzt stocksteif auf dem Sofa, hat das unbändige Gefühl, als sei das Schaumstoffpolster aus feinem Sand, der nachgeben und ihren Körper abwärts ziehen könne, bis der Stoff letztendlich über ihrem Kopf zusammenschlagen würde.

»Ist etwas mit dir?«, fragt Harald Lehmann, der bemerkt, dass seine Partnerin kreidebleich geworden ist.

»Nein, es ist nur die Luft. Die ist verbraucht. Ich lüfte gleich durch, bevor die Leute von der Selbsthilfegruppe kommen.«

»Ach ja, heute gibst du ja gar keine Stunde. Das hatte ich gar nicht mehr auf dem Plan. Na ja, dann werde ich mich mal vom Acker machen.«

Er nimmt seinen Mantel von der Garderobe, zieht ihn an und geht mit einem »Bis dann« aus dem Haus. Die Tür fällt ins Schloss und das Klicken dröhnt übernatürlich durch die eingekehrte Stille. Die Tanzlehrerin zwingt sich aufzustehen. Sie geht in den Tanzsaal und kippt beide Fenster. Doch selbst nach mehreren Minuten, obwohl kalte Luft hereinströmt, bleibt sie schlecht. Scheinbar liegt eine feine, oszillierende Schwingung im Raum, die von ihrem Verstand Besitz ergreifen will und eine Gefahr signalisiert, die nicht zu sehen, nicht zu fassen ist, ihr aber trotzdem auf Schritt und Tritt folgt.

Lisa Blau stellt mehrere Stühle zu einem Kreis in der Mitte der Tanzfläche zusammen, hört, wie in ihrem Rücken die Eingangstür aufgestoßen wird. Das Geräusch jagt einen panikartigen Schrecken durch ihre Glieder und sie dreht sich blitzartig herum. Nichts ist zu sehen. Kein Geräusch kommt von drüben. Dann steht wie aus dem Nichts eine dunkle Gestalt zwischen den Türrahmen des Tanzsaals.

»Jürgen!«, ruft sie schrill. »Ich hab dich für einen Moment gar nicht erkannt!«

»'schuldigung! Ich wollte mich nicht anschleichen«, grinst der Mann und nimmt die dicke Wollmütze ab, sodass seine Glatze zum Vorschein kommt. Jürgen Bruns ist einer aus der ersten Stunde ihrer Selbsthilfegruppe für Menschen mit Herztransplantationen. In der nächsten Viertelstunde treffen nach und nach zwei altbekannte Frauen und ein Mann, der erst einmal dabei gewesen ist, ein und besetzen die Stühle im Tanzsaal.

»Erhard, du bist heute das zweite Mal dabei«, beginnt Lisa Blau die Moderation der Gruppe. »Konntest du mit dem, was hier das letzte Mal berichtet wurde, etwas anfangen?«

»Ich habe nach dem Abend ziemlich viel nachgedacht, weil ich vorher immer geglaubt habe, alle halten mich für einen Spinner, wenn ich denen von meinen Veränderungen erzähle. Als ich mich einmal getraut habe, meinem behandelnden Arzt meine eigenartigen Gefühle zu beschreiben, sagte der nur, das wären bloß die Nebenwirkungen der starken Medikamente. Zum Abschied gab er mir den Rat: ›Machen Sie sich deswegen mal keine Gedanken. Treiben Sie einfach ein bisschen Sport, Joggen ist ganz gut.‹ Damit war für ihn die Sache erledigt.«

»Möchtest du uns deine Geschichte erzählen?«, fragt Lisa Blau. »Hier wird niemand solche Sachen sagen.«

»Okay, ich versuche es. Also, bevor ich krank wurde, bevor mein Herz durch eine Herzmuskelerkrankung eine Herzschwäche bekam und ich dauernd massive Herzrhythmusstörungen hatte, war ich ein leidenschaftlicher Schwimmer. Jede Gelegenheit, sich ins Wasser zu stürzen, habe ich genutzt. Nach der Transplantation ist diese Leidenschaft völlig verblasst, selbst jetzt – Jahre später – traue ich mich kaum noch mit den Füßen ins Wasser. Da war plötzlich eine irrationale Furcht, selbst wenn ich von Weitem das Meer gesehen habe. Vor drei Monaten hat mir eine Krankenschwester bei einer Nachuntersuchung unter der Hand verraten, dass ich mein neues Herz von einem Jugendlichen bekommen habe, der im Plattensee in Ungarn ertrunken ist.«

*

Über zwei Stunden hat Stephan Mielke sich durch die Hamburger Innenstadt gequält, Rushhour, Stop-and-go und vorwärtskommen nur im Schneckentempo. Jetzt parkt der Oberkommissar den Dienstwagen, heftig gereizt, ein Stück entfernt von der Vorstadtvilla der Drenkhahns im Klein Flottbeker Weg. Swensen nimmt die kurze Strecke bis zum Grundstück mit ausladenden Schritten, Mielke eilt mürrisch hinterher. Die Fensterfront über den Rhododendronbüschen ist hell erleuchtet. Die beiden Beamten gehen durch den Vorgarten und der Hauptkommissar drückt entschlossen die Türglocke. Ein sanfter Doppelton erklingt. Schritte kommen näher, die Tür öffnet sich und eine Kette spannt. Ein rundliches Frauengesicht mit blassem Teint und kurz geschnittenen braunen Haaren lugt aus der kleinen Öffnung.

»Sind Sie Hedwig Drenkhahn?«

»Ja, was wollen Sie?«

»Wir sind von der Kriminalpolizei in Husum«, sagt Swensen und hält den Ausweis in Gesichtshöhe vor den Türspalt, »und möchten dringend mit Ihrem Mann sprechen.«

»Da müssen Sie sich im Betrieb meines Mannes erkundigen, wo Sie ihn im Moment erreichen können. Mein Mann ist seit zwei Tagen auf einer Geschäftsreise in Schleswig-Holstein. Ich kann Ihnen nicht sagen, wann er zurück sein wird.«

»Sind Sie ganz sicher, Frau Drenkhahn?«, fragt Swensen. »Wir kommen gerade aus der Hauptzentrale. Dort versicherte man uns, Ihr Mann hätte eine Woche Urlaub genommen.«

»Nein! Mein Mann ist auf Geschäftsreise!«, platzt es aus der Frau heraus. In ihrer Stimme schwingt ein hysterischer Unterton mit. »Ich bin seine Ehefrau, ich muss es doch wissen.«

»Wir haben schon versucht Ihren Mann über Handy zu erreichen«, klinkt sich Stephan Mielke ein. »Es ist aber anscheinend abgeschaltet.«

»Können wir einen Blick in das Arbeitszimmer Ihres Mannes werfen, Frau Drenkhahn?«, fragt Swensen.

»In das Arbeitszimmer? Was wollen Sie dort?« Die Stimme der Frau hat panische Züge angenommen.

»Es geht um wichtige DVDs«, redet Swensen mit beruhigender Stimme weiter. »DVDs, die dringend in seiner Firma benötigt werden und die Ihr Mann vermutlich aus Versehen mitgenommen hat.«

Der Hauptkommissar nimmt wahr, wie die Frau ihn Hilfe suchend anblickt, ihre Stirn in Falten legt, um dann zögerlich die Türkette zu lösen.

»Sie müssen aber bitte sehr leise sein, das Baby schläft im Nebenraum«, sagt sie eindringlich, führt die Beamten durch den Vorraum und über einen Flur zu einer Tür. Der Raum dahinter macht einen überaus peniblen Eindruck, jeder Gegenstand scheint einen festen Platz zu haben und auf den ersten Blick kann Swensen nichts Verdächtiges ausmachen.

»Würden Sie bitte kurz die Schubladen vom Schreibtisch aufziehen und nachschauen, ob dort DVDs zu finden sind«, bittet Swensen.

Die Frau zieht die Schubladen auf und der Hauptkommissar sieht ihr über die Schulter. Keine DVDs.

Ob die Oberen Drenkhahn gewarnt haben?, fragt Swensen sich. Vielleicht ist der gerade mit den DVDs verschwunden, damit der Vorstand Zeit gewinnen kann.

Der Hauptkommissar hat aber Zweifel an seinen Überlegungen. Für ihn macht die Ehefrau nicht den Eindruck, als würde sie über solche schauspielerischen Fähigkeiten verfügen. Er nickt dem Kollegen Mielke zu und gibt ihm wortlos zu verstehen, dass hier offensichtlich nichts zu finden ist.

»Danke für die Hilfe, Frau Drenkhahn«, sagt er. »Wir werden Sie nicht länger stören.

Sichtlich erleichtert bringt die Frau die Beamten bis zur Tür und kurze Zeit später startet Mielke mit den Worten »Das war wohl 'ne Sache mit X« den Dienstwagen. Kurz vor der Autobahnauffahrt Othmarschen klingelt Swensens Handy im Mantel auf dem Rücksitz. Mielke drückt aufs Gas und rast in

Richtung Husum, Swensen schnallt sich ab und fingert verdreht das Gerät aus der Innentasche.

»Jan? Ich bin's, Silvia«, meldet sich die Stimme der Kollegin. »Du hast mir doch erzählt, dass diese Lisa B. aus der Zeitung in Wirklichkeit Lisa Blau heißt, oder?«

»Stimmt! Aber warum willst du das wissen?«

»Ich hab mich gerade durch den Wust von DVDs gearbeitet, auf denen die Telefongespräche der Journalistin von der Husumer Rundschau aufgezeichnet wurden. Da sind etliche dabei, die speziell mit Lisa Blau beschriftet wurden und es scheint so, als wären alle Gespräche mit ihr kontinuierlich dokumentiert worden. Das fand ich ziemlich merkwürdig, als wäre Rösener speziell auf diese Frau angesetzt worden. Deswegen wollte ich dir das gleich mitteilen, immerhin gibt es bei der Frau einen Zusammenhang zum Mord in Reimersbude.«

Für wenige Sekunden erlebt Swensen eine Art Leerheit des Geistes, von der sein Meister immer gesprochen hatte. Da ist mit einem Mal kein Gedanke mehr, der wertet, da ist nur allgegenwärtiges Wissen.

»Wenn uns etwas ganz gegenwärtig wird, dann erlangt es unsere ganze Aufmerksamkeit. Keine Aufmerksamkeit, die wir unter Anstrengung des Willens hervorbringen, sondern ganz natürlich werden wir dem vergegenwärtigten Gegenwärtigen gewahr.«

»Danke, Silvia«, sagt er knapp und beendet das Gespräch. »Wir fahren nicht nach Husum, Stephan. Bleib einfach geradeaus auf der A 7, Richtung Norderstedt! Und Vollgas!«

»Was? Du willst noch mal nach Siek, zu diesem Zernitz?«, knurrt Mielke genervt.

»Ich hab da so eine Intuition, aber die kann ich dir nicht in ein paar Worten beschreiben. Ich erzähl dir alles später während der Fahrt. Vorher muss ich unbedingt noch mit Maria Teske sprechen. Könnte sein, dass es um Leben und Tod geht!«

»Dann kann ich meine Verabredung wohl knicken«, zischt Mielke, zieht die Stirn in Falten und brummelt unverständliche Worte des Missfallens. Im selben Moment rast er an der Abzweigung Itzehoe–Husum vorbei, holt mit angesäuertem Gesicht alles aus dem Polo heraus, was möglich ist. Swensen hängt derweil erneut verdreht im Sitz und wühlt auf dem Rücksitz seinen Notizblock aus der Manteltasche. Er blättert ihn zügig durch und tippt auf der Tastatur eine Telefonnummer ein.

*

Der Schriftzug ›Dancin' Lounge‹ blinkt nach wie vor über der Eingangstür und der rote Schein der Neonröhren springt in regelmäßigen Abständen an die schwarzen Hauswände. Die Frauen und Männer der Selbsthilfegruppe stehen noch kurz im Hinterhof zusammen, alle umarmen einander und wünschen sich einen schönen Abend. Lisa Blau war in der letzten Stunde unkonzentriert und unruhig gewesen, war mehrfach von Schüben unerklärlicher Angst aufgeschreckt worden. Deshalb hatte sie am Ende der Sitzung die Mitglieder der Gruppe gebeten vor der Tanzschule auf sie zu warten. Sie schaltet den Hauptschalter aus, tritt zu den anderen in den stockdunklen Hof, ertastet das Schlüsselloch und verriegelt die Tür von außen. Jetzt spürt sie, dass ihre Angst ein wenig nachlässt. Gemeinsam geht die Gruppe über den Hof und durch die schmale Toreinfahrt zwischen den Häusern auf die Straße hinaus. Da fällt Lisa Blau ein, dass die Fenster im Tanzsaal noch immer offen stehen. Das Herz rät ihr mit aller Macht, die Sache einfach zu ignorieren und weiterzugehen, doch der Verstand zählt penetrant die ganze Palette der Wenn und Aber auf, die alle passieren könnten, wenn die Fenster nicht geschlossen werden. Lisa Blau bleibt stehen.

»Ich muss noch mal zurück«, sagt sie laut. »Ich hab die Fenster offen gelassen.«

»Wer es nicht im Kopf hat, muss es in den Beinen haben«, scherzt der Glatzkopf. »Okay, wir gehen weiter. Bis in drei Wochen, Lisa!«

»Tschüs, alle miteinander!«, ruft die Tanzlehrerin der Gruppe nach, fasst sich ein Herz und geht entschlossen durch den finsteren Gang in den Hof zurück. Nach kurzer Zeit gelingt es ihren Augen, die Dunkelheit zu durchdringen. Sie schließt erneut die Eingangstür auf, tastet nach dem Hauptschalter und drückt ihn mit dem Daumen nach oben. Draußen starten die Neonröhren mit ihrem ewigen Ein und Aus, gleichzeitig brennt die Lampe im Vorraum und im Tanzsaal flackern die Neonröhren auf. Mit dem Licht kriecht auch die diffuse Angst in die Räume zurück, als könne sie im Hellen besser die empfänglichen Punkte an Lisa Blaus Hals und Nacken berühren. Die Tanzlehrerin beginnt leise eine Melodie vor sich hin zu summen, will sich mit ihrer eigenen Stimme Mut einflößen. Sie eilt hinüber in den Tanzsaal und schließt das vordere Fenster mit einem Knall. Die Bilder aus dem Albtraum ihres Herzens jagen hinter ihr her, die blutrote Zunge hängt meterlang aus Kalis Maul, nähert sich wie eine Schlange, züngelt feindselig um ihr neues Organ, bringt es zum Pumpen, Rasen.

Schlag.

Schlag.

Schlag.

Sie schlägt das zweite Fenster zu, macht eine Drehung und sieht in der Spiegelwand, wie sie selbst auf sich zueilt.

Du wirst verrückt, brüllt ihre innere Stimme. Sie rennt mit gestreckten Armen ihrem Spiegelbild entgegen und presst ihre

Hände auf ihre Spiegelung. Das Herz lässt die Brust zucken, der Atem geht geräuschvoll. Das schreckliche Traumbild von dem eiförmigen Männerkopf, der an dem Schleusenhäuschen in Reimersbude aus dem Nebel vor ihr aufgetaucht war, steht plötzlich wieder vor ihrem inneren Auge. Die tief liegenden Augen unter den geschwungenen Augenbrauen bohren sich hart und kalt in die ihren. Sie sieht die hohe Stirn, das blonde, gekräuselte Haar, das ohne Scheitel nach hinten gekämmt ist. Die angewachsenen Ohrläppchen, den weichen Mund mit den fein gezeichneten Lippen, die nach unten zeigenden Mundwinkel. Das rundliche Kinn, die schmale nach außen gewölbte Nase. Die blasse, porige Haut seines jugendlichen Gesichts, auf das einige Sommersprossen gesprenkelt sind. Ihr Albtraum hat sie fest im Griff, das Trugbild ist zum Greifen real, als würde es jeden Moment mit ihr sprechen.

»Lisa Blau.«

»Lisa Blau!«

»Lisa Blau, es hat lange gedauert, aber ich habe dich gefunden.«

Lisa Blau spürt wie der feine Druck der Schallwellen ihre Nackenhaut erreicht, ein elektromagnetisches Feld erzeugt, das ihre Härchen aufrichtet. Gleichzeitig rast eine Gänsehaut den Rücken hinab.

Ein Trugbild kann nicht zu dir sprechen, denkt es in ihr, während ein Todesschreck ihrem Körper die Energie entzieht und sie bewegungslos erstarren lässt. Ihre Augen weiten sich. Das Trugbild im Spiegel schaut über ihre Schulter, legt seine Hände um ihren Hals und drückt zu. Ihr Herz hämmert wie ein Motor auf Hochtouren, die Sinne schwinden unaufhaltsam, das Bewusstsein verliert sich im Nichts. Sie bemerkt noch, dass sie in sich zusammensinkt und auf den Boden fällt.

Dann ist sie nicht mehr bei sich.

Die Anfangsoktaven der Toccata d-moll reißen Lisa Blau in ihr Bewusstsein zurück. Die sakrale Orgelmusik dröhnt durch den Tanzsaal. Es sind die Töne, die sie aus ihren Träumen kennt. Um sie herum ist es menschenleer und die Deckenlampen sind ausgeschaltet, nur durch die kleinen Fenster fällt das flackernde Licht der Neonröhren aus dem Hinterhof. Erneut wird sie von Panik erfasst, sie will fliehen, doch sie sitzt fest auf einem Stuhl, bewegungsunfähig. Ihre Handgelenke sind hinter der Stuhllehne mit Klebeband zusammengebunden, die Fußgelenke mit den Vorderbeinen des Stuhls verschnürt. Pullover und Kleid sind von oben bis zur Scham aufgeschnitten, die helle Haut ihres nackten Körpers mit den OP-Narben der Herztransplantation schimmert im rötlichen Schein des Flackerlichts. Vor ihr auf dem Boden liegt ihr Höschen, darauf eine große Tarotkarte mit einem roten Herzen, das von drei Schwertern durchbohrt ist. Im Hintergrund regnet es aus dunklen Wolken. Bei dem Anblick laufen ihr Tränen die Wangen hinab. Sie realisiert, dass ihr etwas Ungeheuerliches passiert ist. Ihre gefesselten Hände fühlen sich eiskalt an. Sie möchte schreien, aber auch ihr Mund ist mit Klebeband verschlossen. Es gibt kein Entrinnen, der Mann aus ihren Träumen, der ihre Herzspenderin ermordet hat, ist wirklich und leibhaftig geworden, hat ihr aufgelauert, sie überfallen, die Kleidung aufgeschnitten und sie entwürdigt auf diesem Stuhl zurückgelassen. Doch er wird noch irgendwo sein, nicht weit von ihr entfernt und ihrem Leid heimlich zusehen. Sie versucht den Kopf zu drehen, aber selbst ihr Hals ist mit Klebeband an der Stuhllehne fixiert, sodass keine Bewegung möglich ist.

Vielleicht ist er hinter mir, ist einer der Gedanken, der sie quält und kalten Angstschweiß erzeugt.

Die Tarotkarte könnte aus meinem Kartenspiel sein. Das ist meine Tarotkarte, genau, das ist meine! Dann wäre der Mann in meiner Wohnung gewesen! Nein, das kann nicht sein. Oder doch, er ist ja auch hier.

Das Orgelstück von Bach geht dem Ende entgegen. Das Klicken des CD-Players verrät ihr, dass der Mann hinter ihr im Raum ist.

»Das ist deine Karte, Lisa Blau, erkennst du sie? Ich habe sie in deiner Wohnung gefunden. Schade nur, dass du mir nicht verraten kannst, was sie bedeutet. Aber ich habe entschieden, sie passt gut zu unserem ersten Zusammentreffen, das leider auch unser letztes sein wird. Ich habe ein Bild gesehen, ein Bild von mir. Es war in der Zeitung und sie haben dazu geschrieben, dass es dein Herz war, das dir mein Gesicht verraten hat. Dabei sollte dein Herz schon lange tot sein. Es gehört dir nämlich nicht! Ich bin hier, um es mir erneut zu holen. Diesmal wird Gott dieses verräterische Herz nicht schützen, denn ich bin noch stärker geworden.«

Lisa Blau spürt, dass der Mann in diesem Augenblick direkt hinter ihr steht, sie kann seine Körperenergie fühlen. Ein Messer gleitet in Augenhöhe in ihr Blickfeld, auf der blanken Klinge flackert rhythmisch das rötliche Licht der Neonlampen.

»Gott hat in seiner Güte zugelassen, dass die Mütter böse Sachen machen dürfen, ohne dass sie bestraft werden. Doch was ist das für eine göttliche Ordnung, in der man den Sohn aus dem Paradies vertreibt, weil die Mutter Sünden begeht. Das hätte nicht geschehen dürfen. Aber es geschah! Deswegen erwarte ich auch nichts mehr von ihm, ich habe mir die Macht selbst genommen, entscheide selbst, was geschehen wird!«

Ein flackernder Schatten legt sich auf Lisa Blaus Gesicht. Die Klingenspitze berührt ihre Wange, gleitet sanft an ihr herunter, fährt über das Kinn, den Hals hinab, zeichnet die Linie der Operationsnarben nach, um auf der rechten Brust zu verharren. Dann drückt der Mann die Spitze unter die Haut und ritzt eine blutige Linie ins Fleisch. Der Schmerz weitet Lisa Blaus Augen, der Körper bäumt sich vom Sitz auf, bringt den Stuhl aus dem Gleichgewicht, sodass er zur Seite stürzt und mit einem dumpfen Knall auf dem Parkettfußboden aufschlägt.

Mitten in das Geräusch bellt ein Befehl durch den Raum: »Polizei! Lassen Sie die Waffe fallen! Hände hinter den Kopf! Treten Sie zur Seite und legen Sie sich auf den Boden, sofort!«

Der Mann steht wie angewurzelt da, dreht vorsichtig den Kopf, um nach hinten zu sehen.

»Die Waffe weg!«, schreit Swensen, der, ebenso wie Mielke, seine SIG Sauer im Anschlag hält. Der Mann lächelt, breitet zur Beruhigung die Arme aus, um im nächsten Moment mit einem lang gezogenen Schrei, die Hand mit dem Messer in die Höhe zu reißen und auf die Brust der Frau zu zielen. Mit einem lauten Knall gehen die Pistolen von Swensen und Mielke los. An zwei Stellen des rechten Wadenbeins zerplatzt der Stoff der Hose. Blut spritzt zur Seite. Der Mann heult wütend auf. Der Schmerz öffnet seine Finger, das Messer fliegt ihm aus der Hand und die Klinge bohrt sich mit einem vibrierenden Geräusch in den Parkettboden. Mielke ist mit drei Sätzen an seiner Seite, dreht ihm mit einem kräftigen Griff einen Arm auf den Rücken und zwingt ihn zu Boden. Swensen ist sofort neben ihm, schaut dem Angreifer ins Gesicht und sagt trocken: »Er sieht wirklich so aus wie dieses Phantombild!«

Epilog

Das geduckte Reetdachhäuschen steht dicht hinter dem Innendeich, weit ab von den wenigen Hauptstraßen auf Eiderstedt. Auf dem einspurigen Feldweg davor ist vor einer halben Stunde eine ganze Armada von Polizeifahrzeugen eingetroffen. Einige Dienstwagen der Husumer SOKO Kirche sind über den Deich auf die schmale Auffahrt des Anwesens gefahren. Danach waren die Beamten ausgeschwirrt, hatten die Hauseingänge inspiziert und waren daraufhin zu dem Entschluss gekommen, dem mobilen Einsatzkommando das Feld zu überlassen.

Ein breitschultriger Mann tritt jetzt vor eine alte Dielentür im Vorschuppen, der seitlich an das Haus angebaut ist, und versetzt ihr einen kräftigen Fußtritt. Der Riegel springt ohne Widerstand aus dem Schloss. Die Holztür knallt innen an die Bretterwand. Colditz, Swensen und Mielke stehen mit Hollmann ungeduldig nur drei Meter daneben, warten darauf, dass der Zugang ins Haus endlich möglich ist. Der MEK-Mann verschwindet kurz in dem kleinen Schuppen und meldet, dass auch der Seiteneingang ins Haus mit mehreren schweren Ketten verriegelt ist.

»Bringt den Bolzenschneider aus unserem Wagen«, befiehlt der Einsatzleiter.

Zwei Beamte schleppen im Laufschritt eine fast mannshohe Zange heran, einer klemmt ein Kettenglied zwischen den Schneidkopf, presst die langen Griffe zusammen und sprengt das Metall auseinander.

»Die Tür ins Haus ist verschlossen!«

»Machen wir kurzen Prozess, los!«, befiehlt der Einsatzleiter dem Beamten mit der Ramme.

Der Mann tritt an die Haustür und lässt den Eisenklotz mit

voller Wucht gegen das Türschloss knallen. Mit einem ächzenden Knarren fliegt auch diese Tür auf.

»Ihr könnt rein!«, verkündet der Einsatzleiter.

Die weißen Gestalten von Hollmanns Spurenteam verschwinden im Gänsemarsch im Inneren. Das sonst so unbewegliche Gesicht von Colditz hat sich in den letzten Tagen sichtbar entspannt. Die große Last, die er fast ein Jahr lang auf seinen Schultern getragen hat, scheint wie weggeblasen. Er klopft Swensen auf die Schulter.

»Ich bin noch gar nicht dazu gekommen, dir richtig zu danken, Jan. Das war eine ausgezeichnete Arbeit. Ich hab schon öfter gehört, dass man dir einen sechsten Sinn nachsagt. Diesmal war es sogar ein siebter, finde ich.«

»Wenn hier jemand einen sechsten Sinn gehabt hat, dann ist es Lisa Blau gewesen. Ich hätte viel früher auf das hören sollen, was sie Maria Teske erzählt hat. Sie wusste genau, wie unser Mörder aussieht. Wenn wir mit ihrer Phantomzeichnung bundesweit gefahndet hätten, wer weiß. Vielleicht wäre zumindest das letzte Opfer gerettet worden.«

»Es war nie sicher, dass dieser ungeklärte Mord in Reimerbude wirklich etwas mit unseren Morden zu tun hatte. Er liegt ganze fünf Jahre zurück und der Tathergang wies keinerlei Ähnlichkeit mit den Mordfällen in diesem Jahr auf! Mal ganz ehrlich, so einen unglaublichen Fall wie diesen habe ich in meiner ganzen Laufbahn noch nicht erlebt. Helene Klein war doch bei den Verhören dabei. Hat sie eigentlich eine plausible Erklärung abgegeben, wie das alles zusammenhängt?«

Mit der Frage stürzen die Geschehnisse, die Swensen in den letzten Tagen begleitet haben, erneut über ihn herein. Er sieht sich mit der Profilerin Helene Klein im Verhörraum sitzen. Nach zwei Tagen hatte der Mann mit dem jugendlichen Gesicht endlich zu sprechen begonnen.

»Eigentlich bin ich immer nur einsam gewesen in meiner Kindheit. Ich konnte nichts tun. Gott hat mich allein gelassen. Meine Mutter … Stiefmutter, die neue Frau von meinem Vater, war der Teufel in Person. Gott hat es erlaubt, dass mein Vater den Teufel in sein heiliges Haus gebracht hat. Da haben alle seine Worte aus der Bibel nichts genutzt. Der Teufel war mächtiger, er hat meinen Vater umbringen lassen. Mutter hat ihn die Himmelstreppe hinabgestoßen. Ich hab das allen gesagt und Mutter hat mich geschlagen, immer wenn sie mich gesehen hat, hat sie mich geschlagen, bis ich ruhig war und niemandem mehr etwas von der Treppe erzählt habe. Ich habe dann ihren Hund umgebracht, ein Messer in ihn hineingestochen und ihn hinter dem Grabstein meines Vaters vergraben. Eigentlich wollte ich Mutter erstechen. Das ging nicht, ich war zu klein. Da wollte ich nur noch wachsen, groß werden und es dann tun.«

»Und mit Ihrer Frau, sind Sie da auch einsam?«, fragte Helene Klein.

Die Gesichtszüge des Mannes verändern sich nach der Frage. Der kindliche Ausdruck verschwindet schlagartig, der Mann wirkt plötzlich nachdenklich und erwachsen.

»Ich fühle mich durch meine Frau bestärkt«, antwortet er nach längerem Schweigen. »In gewisser Weise ist sie eine Art leeres Blatt, das ich jederzeit beschreiben kann und egal, was ich darauf schreibe, es ist immer alles unveränderlich richtig. Meine Frau liebt mich, sagt sie mir immer. Aber meine Liebe ist nicht so, wie bei normalen Menschen. In gewisser Weise existiert sie für mich gar nicht. Ich bin ihr Spiegelbild, das mit ihr Mitleid hat, so wird das Gefühl jedenfalls laut Wörterbuch definiert.«

»Sie führen eine auf Mitleid beruhende Beziehung, Herr Drenkhahn? Deshalb haben Sie bei der Hochzeit den Namen ihrer Frau angenommen?«

»Nein, meine Frau ist die einzige Tochter von Thomas Drenkhahn. Das ist einer der mächtigen Namen in Hamburg.

Ihr Vater ist der bekannte Reeder. Er hat die Heirat nur zugelassen, wenn der Name seiner Familie erhalten bleibt. Und ich hasste den Namen Schnoor sowieso. Es war der Name, den meine Mutter von meinem Vater gestohlen hatte. Ich wollte ihn nicht mehr hören, wenn man mit mir spricht.«

»Und weshalb haben Sie Ihre Frau überhaupt geheiratet?«

»Ein Zuhause ist meine Zuflucht, da bin ich sicher. Wenn ich mit meiner Frau zusammen bin, sehe ich sie nicht … nicht diese Bilder …, wo ich steche … mit dem Messer steche, wo ich Fleisch schlitzen muss und schneiden.«

Das Weshalb seiner Taten hat er nicht wirklich beantwortet, denkt Swensen, und während er nach einer Antwort für Colditz sucht, sieht er Drenkhahns emotionslosen Gesichtsausdruck erneut vor sich. Es ist nicht zu fassen! Der Mann ist intelligent, freundlich, offen, man könnte von sensibel sprechen und er hat sogar Sinn für Humor gezeigt. Gleichzeitig ist er ein soziales Raubtier, das kaltblütig Frauen ermordet hat, nur weil sie Frauen waren, und ich möchte um nichts in der Welt, dass er je wieder frei herumläuft.

»Eine plausible Erklärung für seine Taten kann niemand geben«, versucht der Hauptkommissar sich der Frage von Colditz anzunähern. »Helene glaubt, dass der erste Mord von Reimersbude eine Entladung war, eine nicht geplante Tat. Das Trauma, das Drenkhahn seit seiner Kindheit tief in seiner Psyche mit sich herumgeschleppt hat, seine immer wiederkehrenden Gewaltfantasien gegen seine Stiefmutter, müssen sich in einem spontanen Ausbruch gegen Marion Döscher entladen haben. Es kann sein, dass dieser Mord seine Fantasie sehr lange Zeit beschäftigt hat, ihn sozusagen im Bann hielt, weil er die Bilder der Tat immer wieder durchleben konnte. Vielleicht ist das der Grund, warum mehrere Jahre vergingen, bevor sich der Drang, erneut zu töten, wieder in ihm gemeldet hat.«

»Aber auch die Morde in diesem Jahr hatten keine klare Handschrift, oder?«, unterbricht Colditz. »Das erste Opfer wurde in der Witzworter Kirche ermordet und war eine Schülerin. Dann verschleppte Drenkhahn Frauen aus Supermärkten, tötete sie und legte sie in Kirchen ab. Erst da taucht plötzlich ein ähnlicher Frauentyp auf. Alle wollten auf ihrem Arbeitsplatz einen Betriebsrat gründen. Wie passt das bloß alles zusammen?«

»Helene erklärte mir das so, dass ein Serientäter erst im Laufe der Zeit zu einer unverwechselbaren Handschrift findet. Er lernt sozusagen von Mord zu Mord, wie er eigentlich morden möchte. Bei den Frauen, die einen Betriebsrat einführen wollten, gibt es für mich nur die Erklärung, dass Drenkhahn erst unmittelbar nach dem Mord in Witzwort an der Überwachungsaktion der Libo-Mitarbeiterinnen beteiligt wurde. Er hat wahrscheinlich den Kontakt zu diesem Rösener gehalten, kannte also den gesamten Inhalt der DVDs und muss so auf die Frauen aufmerksam geworden sein. Wahrscheinlich hat er sogar die Überwachung von Maria Teske eigenständig in Auftrag gegeben, um an Lisa Blau heranzukommen?«

»Aber warum hat er gerade die drei Frauen aus den Supermärkten ermordet?«

»Letztendlich hat er sich zu der Ermordung der Frauen nicht geäußert, wir können also nur spekulieren. Vielleicht, weil es alles dominante Frauen waren, die sich am Arbeitsplatz nichts gefallen ließen. Vielleicht haben sie ihn auch nur an seine Stiefmutter erinnert. Eindeutig ist, Drenkhahn wollte sie beherrschen. Im Verhör sagte er wortwörtlich: Ich wollte Macht haben. Nach einem Mord fühlte ich mich immer wie vogelfrei. ›Eine Frau zu quälen, ist wie ein wahnsinniger Kick, ihr Todesangst zu machen, sie mit dem Messer zu schlitzen, das letzte Mal zuzustechen. Ich habe gefühlt, wie das Herz aufgehört hat zu schlagen, ein unbeschreiblicher Moment, wenn sie noch Urin lässt, kristallklaren Urin!‹«

»Wir haben die vermissten DVDs gefunden«, ruft Hollmann und lehnt sich aus dem geöffneten Fenster des Hauses. »In diesem Raum stehen mehrere Blechschränke, zwei sind von unten bis oben mit DVDs gefüllt.«

Swensen und Colditz eilen zu ihm ans Fenster.

»Sind sie beschriftet, die DVDs?«, fragt Swensen schon von Weitem.

»Ja, mit schwarzem Filzer, Röseners Handschrift. Da stehen meistens Ortschaften drauf, Friedrichstadt, St. Peter-Ording, Husum und andere, jeweils mit Datum.«

»Dieselben, die wir bei Rösener gefunden haben. Dann ist es jetzt sicher, Drenkhahn war wirklich der Verbindungsmann für Rösener. Ich glaube aber nicht, dass dieser Kreienbaum davon keine Ahnung hatte.«

»Das ist zwar eine andere Geschichte«, bestätigt Colditz, »aber für Libo wird die Sache bestimmt noch ein Nachspiel haben.«

»Wie seid ihr eigentlich auf dieses Haus hier gekommen?«, fragt Hollmann. »Das Teil liegt doch so weit vom Schuss, das ist normal kaum zu finden.«

»Nachdem wir wussten, dass unser Serientäter der ehemalige Pastorensohn aus Oldenswort ist, war es nicht schwer, das herauszukriegen. Seine leibliche Mutter hatte noch zu Lebzeiten ein Testament bei einem Notar hinterlegt, in dem sie ihm dieses Ferienhäuschen vererbte. Peter Schnoor hat dann mit 18 Jahren ganz normal das Erbe angetreten. Das Haus ist bis heute immer noch unter seinem Namen auf dem Grundstücksamt eingetragen. Im Einwohnermeldeamt war er natürlich unter dem Namen Drenkhahn gemeldet, geborener Schnoor.«

»Im Grunde lebte der Täter wirklich im Norden von Eiderstedt, jedenfalls immer dann, wenn er gemordet hat«, stellt Hollmann fest.

»Unsere Profilerin lag völlig richtig«, bestätigt Colditz. »Der Mann war während der Fahndung häufig direkt vor unserer Nase.«

»Aber gleichzeitig war er eben nicht hier«, ergänzt Swensen.

»Ich hab da übrigens noch etwas Bemerkenswertes entdeckt, in diesen Schränken«, sagt Hollmann. »Einen Handwerkskasten mit einem Schlüsselkopier-System. Damit kann man ohne Probleme Schlüssel nachmachen.«

Kirchenschlüssel, schießt es Swensen durch den Kopf. »Hast du auch irgendwelche undefinierbaren Schlüssel gefunden, Peter?«

»Noch nicht. Aber das sagt nichts, ich bin nämlich hier drinnen noch nicht durch.«

*

Am Anfang der geraden Straße, die am nördlichen Außendeich von Eiderstedt entlangführt, hat es zu schneien begonnen. Die weißen Flocken wirbeln wie Daunenfedern in das Scheinwerferlicht und der Scheibenwischer hat Mühe die Frontscheibe freizuschaufeln. Die Felder am rechten Rand verschmelzen im Flockenfall langsam zu einer makellosen weißen Fläche. Swensen kommt nur noch im Schritttempo voran. Der gleichmäßige Flug der Eiskristalle, die unentwegt, fast waagerecht, in seinen Blick schneien, beruhigt seine innere Ratlosigkeit. Seit der Abfahrt von Drenkhahns heimlichen Häuschen im Augustenkoog bestürmt ihn in regelmäßigen Abständen immer wieder dieselbe Frage: Wie konnte dieser unauffällige Mann etwas so unmenschlich Schreckliches tun?

Der Hauptkommissar steuert seinen Wagen durch einen langen Bogen an Uelvesbüll vorbei. Die Kirche, die er im linken Seitenfenster sehen kann, ist im Schneegestöber gerade noch als schwarzer Schatten wahrnehmbar. Das verschwommene Bild in der Nacht ist wie ein Omen. Vor seinem Auge liegt die junge Frau vor der Kirchentür. Die Tür, die Drenkhahn offensichtlich nur deshalb nicht öffnen konnte, weil er keinen nachgemachten Schlüssel für das neue Schloss besaß.

Dieselbe Frau war auf mehreren Fotos zu sehen, die in einem versteckten Raum hingen, dessen Tür Hollmann erst nach längerer Zeit hinter einem der fahrbaren Blechschränke entdeckt hatte. Eine Wand in dieser versteckten Folterkammer war mit den schrecklichsten Fotografien gepflastert, die Swensen je in seinem Leben gesehen hatte. Drenkhahn musste die Frauen, deren Gesichter von Todesangst gezeichnet sind, während seiner Peinigungen fotografiert haben. Andere Bilder zeigten Details von mit einem Messer verursachten Wunden oder geschundene, blutverschmierte Körperteile.

Erst, als Männer des Spurensicherungsteams den sauberen Raum mit einer gelbgrünlichen Luminol-Lösung eingesprüht hatten und ihn mit UV-Lampen ableuchteten, wurde das wahre Ausmaß dieses barbarischen Schreckensszenarios sichtbar. Boden und Wände waren mit verschmierten Blutspuren übersät. Zu guter Letzt wurden dann auch noch im Inneren des Blechschranks unzählige pornografische Bilder, Videos, Ordner mit handschriftlichen Aufzeichnungen, zwei grasgrüne Packungen mit Quadroplex-KO-7-Tropfen, Anatomiebücher und mehrere Glasbehälter mit weiblichen Schamhaaren gefunden. Die Beamten wollten ihren Augen nicht trauen. Swensen waren die Tränen gekommen.

»Ihr habt nur eine klägliche Sicht auf das Böse. Die Hölle existiert nicht von ihrer eigenen Seite her, es ist der negative Geist, der sie erschafft. Die Güte und die Boshaftigkeit der Menschen kommen aus dem Geist. Natürlich existiert Gut und Böse, aber letztendlich nur auf einer relativen Ebene.«

Die Worte stürzen mit dem Taumel der Flocken in sein Ohr. Der Hauptkommissar sitzt im Hier und Jetzt hinter dem Steuer, erreicht Witzwort, fährt durch das verschneite Dorf und parkt vor seinem neuen Zuhause.

Er fühlt das erste Mal, dass er heimkommt. Im Wohnzimmer brennt noch Licht, am bläulichen Flackern erkennt er, dass Anna fernsieht. Der Kriminalist atmet noch einmal tief durch, bevor er das Haus betritt, als wolle er die Gräuel des Jahres von sich abschütteln. Er geht schnurstracks ins Bad und wäscht sich das Gesicht mit kaltem Wasser, bevor er das Wohnzimmer betritt. Anna strahlt ihn an. Er küsst sie zur Begrüßung und lässt sich neben sie aufs Sofa fallen. Auf dem Bildschirm des Fernsehers sieht der Kriminalist einen Mann, dem eine rote Gummihaube über seinen kahlgeschorenen Schädel gezogen wurde, die mit Elektroden übersät ist und in einem Wald von Kabeln steckt. Langsam wird der verdrahtete Glatzkopf in die Röhre eines Magnetresonanztomographen gefahren.

»Was siehst du da?«, fragt er knapp.

»Eine irrsinnig spannende Dokumentation auf arte«, antwortet Anna, »die wird dich bestimmt auch interessieren. Forscher messen die Gehirnaktivitätsmuster von buddhistischen Meditationsmeistern, die alle mindestens 10.000 Stunden Meditationserfahrungen haben.«

»Das ist der Vorsteher eines buddhistischen Klosters in Indien«, sagt die Sprecherstimme im Lautsprecher. »Er wird überall nur der glückliche Geshe genannt. Er praktiziert seit 30 Jahren die Meditation des Mitgefühls.«

Der Film zeigt Aufnahmen aus der Transversalebene eines

Gehirns. Es folgen Bilder von den Einsenkungen der Hirnrinde.

»Das EEG hat eine Meditation des Mitgefühls aufgezeichnet«, erklärt die Sprecherstimme weiter. »Hier im präfrontalen Kortex wird eine Aktivitätsverschiebung nach links sichtbar, die um 99,7 Prozent höher ist als eine je in diesem Gehirnbereich gemessene Aktivität eines Menschen.«

»Das ist ja unglaublich«, kommentiert Swensen, dessen Neugier spontan geweckt ist.

Im Interview kommentiert der Gehirnforscher Richard Davidson: »Weil es durch ein intensiveres Training des Mitgefühls zu einer erhöhten Aktivität im präfrontalen Kortex kommt, also in den Bereichen, die mit Gefühlen wie Einfühlungsvermögen und Liebe verknüpft sind, würde ich die These wagen, dass der Mensch Gefühle durch mentales Training beeinflussen kann. Unsere neusten Forschungsergebnisse weisen eindeutig darauf hin, dass Menschen durch Meditation Gehirnfunktionen dauerhaft verändern können. Das beweist: Der Geist kann auf Materie einwirken und er ist nicht auf die Anwesenheit eines Gehirns angewiesen.«

Swensen braucht einen Moment, um die Tragweite dieser Aussage zu begreifen.

Das würde einige Interpretationen von Studien über Hirnveränderungen bei Psychopathen, Serientätern und gewaltbereiten Menschen auf den Kopf stellen, bemerkt er. Es könnte sein, dass der Täter nicht Straftaten begeht, weil es bei ihm per se eine Hirnveränderung gibt, sondern diese Hirnveränderung könnte daher kommen, dass er sich ununterbrochen mit Gewaltfantasien beschäftigt hat.

»Die Hölle existiert nicht von ihrer eigenen Seite her, es ist der negative Geist, der sie erschafft.«

»Was ist mit dir?«, fragt Anna besorgt, die sieht, wie Swensen Tränen die Wangen hinablaufen.

»Dieser Tag steckt mir in den Knochen. Nachdem wir in dem Raum waren, indem Drenkhahn drei Frauen umgebracht hat, rief Silvia Haman an. Sie hatte gerade die Hausdurchsuchung in der Hamburger Villa hinter sich und erzählte mir von der Ehefrau des Täters, die mit ihrem Säugling verstört hinter den Beamten hergelaufen ist. Kannst du mir sagen, wie diese Frau es je verkraften kann, die Ehefrau eines Serienmörders zu sein?«

»Nein, Jan, darauf habe ich keine Antwort!«

ENDE

Danksagung

Ich möchte einen herzlichen Dank an Claire Sylvia aussprechen, die mir mit ihrem Buch ›Herzensfremd‹ eine große Inspiration für meine Figur der Lisa Blau war.

Ebenso sage ich einen herzlichen Dank an den tibetischen Meditationsmeister Chögyam Trungpa, seine Bücher sind von tiefer Weisheit, klarer Sprache und ich habe durch sie viel über den Buddhismus gelernt.

Außerdem bedanke ich mich bei meiner Ehefrau Brigitte Tiegs und bei Ariane Fischer für ihre Arbeit am Manuskript.

Ein Dank gilt auch Claudia Freiburger, die mir mit ihrem Wissen über Geocaching eine große Hilfe war.

Bücher zum Thema

Caire Sylvia – Herzensfremd
Bruce H. Lipton – Intelligente Zellen
Gary E. R. Schwartz / Linda G. S. Russek – Alles erinnert
Deepak Chopra – Die Körperzeit
Paul Pearsall – Heilung aus dem Herzen
Rupert Sheldrake – Das Gedächtnis der Natur
Sharon Begley – Neue Gedanken – neues Gehirn

Unsere Lesermagazine

2 x jährlich das Neueste aus der Gmeiner-Bibliothek

DIN A6, 20 S., farbig

10 x 18 cm, 16 S., farbig

24 x 35 cm, 20 S., farbig

GmeinerNewsletter

Neues aus der Welt der Gmeiner-Romane

Haben Sie schon unsere GmeinerNewsletter abonniert?
Monatlich erhalten Sie per E-Mail aktuelle Informationen aus der Welt der Krimis, der historischen Romane und der Frauenromane: Buchtipps, Berichte über Autoren und ihre Arbeit, Veranstaltungshinweise, neue Literaturseiten im Internet und interessante Neuigkeiten.

Die Anmeldung zu den GmeinerNewslettern ist ganz einfach. Direkt auf der Homepage des Gmeiner-Verlags (www.gmeiner-verlag.de) finden Sie das entsprechende Anmeldeformular.

Ihre Meinung ist gefragt!

Mitmachen und gewinnen

Wir möchten Ihnen mit unseren Romanen immer beste Unterhaltung bieten. Sie können uns dabei unterstützen, indem Sie uns Ihre Meinung zu den Gmeiner-Romanen sagen! Senden Sie eine E-Mail an gewinnspiel@gmeiner-verlag.de und teilen Sie uns mit, welches Buch Sie gelesen haben und wie es Ihnen gefallen hat. Alle Einsendungen nehmen automatisch am großen Jahresgewinnspiel mit attraktiven Buchpreisen teil.

GMEINER

Wir machen's spannend

Alle Gmeiner-Autoren und ihre Romane auf einen Blick

ANTHOLOGIEN: Tod am Tegernsee • Drei Tagesritte vom Bodensee • Nichts ist so fein gesponnen • Zürich: Ausfahrt Mord • Mörderischer Erfindergeist • Secret Service 2011 • Tod am Starnberger See • Mords-Sachsen 4 • Sterbenslust • Tödliche Wasser • Gefährliche Nachbarn • Mords-Sachsen 3 • Tatort Ammersee • Campusmord • Mords-Sachsen 2 • Tod am Bodensee • Mords-Sachsen 1 • Grenzfälle • Spekulatius **ABE, REBECCA**: Im Labyrinth der Fugger **ARTMEIER, HILDEGUNDE**: Feuerross • Drachenfrau **BAUER, HERMANN**: Philosophenpunsch • Verschwörungsmelange • Karambolage • Fernwehträume **BAUM, BEATE**: Weltverloren • Ruchlos • Häuserkampf **BAUMANN, MANFRED**: Wasserspiele • Jedermanntod **BECK, SINJE**: Totenklang • Duftspur • Einzelkämpfer **BECKER, OLIVER**: Das Geheimnis der Krähentochter **BECKMANN, HERBERT**: Die Nacht von Berlin • Mark Twain unter den Linden • Die indiskreten Briefe des Giacomo Casanova **BEINSSEN, JAN**: Todesfrauen • Goldfrauen • Feuerfrauen **BLANKENBURG, ELKE MASCHA** Tastenfieber und Liebeslust **BLATTER, ULRIKE**: Vogelfrau **BODE-HOFFMANN, GRIT / HOFFMANN, MATTHIAS**: Infantizid **BODENMANN, MONA**: Mondmilchgubel **BÖCKER, BÄRBEL**: Mit 50 hat man noch Träume • Henkersmahl **BOENKE, MICHAEL**: Riedripp • Gott'sacker **BOMM, MANFRED**: Blutsauger • Kurzschluss • Glasklar • Notbremse • Schattennetz • Beweislast • Schusslinie • Mordloch • Trugschluss • Irrflug • Himmelsfelsen **BONN, SUSANNE**: Die Schule der Spielleute • Der Jahrmarkt zu Jakobi **BOSETZKY, HORST (-KY)**: Promijagd • Unterm Kirschbaum **BRÖMME, BETTINA**: Weißwurst für Elfen **BUEHRIG, DIETER**: Der Klang der Erde • Schattengold **BÜRKL, ANNI**: Ausgetanzt • Schwarztee **BUTTLER, MONIKA**: Dunkelzeit • Abendfrieden • Herzraub **CLAUSEN, ANKE**: Dinnerparty • Ostseegrab **CRÖNERT, CLAUDIUS**: Das Kreuz der Hugenotten **DANZ, ELLA**: Ballaststoff • Schatz, schmeckt's dir nicht? • Rosenwahn • Kochwut • Nebelschleier • Steilufer • Osterfeuer **DETERING, MONIKA**: Puppenmann • Herzfrauen **DIECHLER, GABRIELE**: Glutnester • Glaub mir, es muss Liebe sein • Engpass **DÜNSCHEDE, SANDRA**: Todeswatt • Friesenrache • Solomord • Nordmord • Deichgrab **EMME, PIERRE**: Zwanzig/11 • Diamantenschmaus • Pizza Letale • Pasta Mortale • Schneenockerleklat • Florentinerpakt • Ballsaison • Tortenkomplott • Killerspiele • Würstelmassaker • Heurigenpassion • Schnitzelfarce • Pastetenlust **ENDERLE, MANFRED**: Nachtwanderer **ERFMEYER, KLAUS**: Irrliebe • Endstadium • Tribunal • Geldmarie • Todeserklärung • Karrieresprung **ERWIN, BIRGIT / BUCHHORN, ULRICH**: Die Reliquie von Buchhorn • Die Gauklerin von Buchhorn • Die Herren von Buchhorn **FINK, SABINE**: Kainszeichen **FOHL, DAGMAR**: Der Duft von Bittermandel • Die Insel der Witwen • Das Mädchen und sein Henker **FRANZINGER, BERND**: Familiengrab • Zehnkampf • Leidenstour • Kindspech • Jammerhalde • Bombenstimmung • Wolfsfalle • Dinotod • Ohnmacht • Goldrausch • Pilzsaison **GARDEIN, UWE**: Das Mysterium des Himmels • Die Stunde des Königs